GUIDO DIECKMANN
DER PAKT DER SIEBEN TEMPLER

AF216663

atb aufbau taschenbuch

GUIDO DIECKMANN, geboren 1969 in Heidelberg, arbeitete nach dem Studium der Geschichte und Anglistik als Übersetzer und Wirtschaftshistoriker. Heute ist er als freier Schriftsteller erfolgreich und zählt mit seinen historischen Romanen, u. a. dem Bestseller »Luther«, zu den bekanntesten Autoren dieses Genres in Deutschland. Guido Dieckmann lebt mit seiner Frau an der Deutschen Weinstraße.

In der Templer-Reihe sind ebenfalls »Die sieben Templer und »Die Mission der sieben Templer« erschienen.

Alle lieferbaren Titel sehen Sie unter aufbau-verlage.de und mehr zum Autor unter guido-dieckmann.de

Prisca von Speyer, eine junge Jüdin, muss sich auf dem französischen Gut ihres Großvaters verstecken. Ihr Vater gehörte einst dem Templerorden an, der vom Papst und vom französischen König zerschlagen wurde, und war der Hüter eines Mysteriums, das die Welt verändern könnte. Heimlich hat Prisca das Erbe ihres verstorbenen Vaters angetreten und hütet eine kostbare Reliquie, die ursprünglich im Ordenshaus von Tempelhof in der Mark Brandenburg versteckt war. Prisca ahnt, dass die Reliquie im Süden Frankreichs nicht mehr sicher ist. Mächtige Feinde wollen ihrer habhaft werden, aber dann tauchen ehemalige Gefährten ihres Vaters auf. Sie brauchen die Reliquie, um den Templerorden in Portugal wiederauferstehen zu lassen. Was sie nicht wissen können: Zwei Johanniter, gefährliche Widersacher von einst, haben geschworen, die letzten Templer zu vernichten.

GUIDO DIECKMANN

DER PAKT DER SIEBEN TEMPLER

HISTORISCHER ROMAN

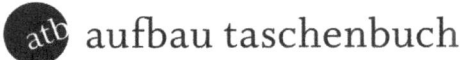 aufbau taschenbuch

ISBN 978-3-7466-3388-6

Aufbau Taschenbuch ist eine Marke der Aufbau Verlage GmbH & Co. KG

2. Auflage 2025
© Aufbau Verlage GmbH & Co. KG, Berlin 2018
www.aufbau-verlage.de
10969 Berlin, Prinzenstraße 85
Der Verlag behält sich das Text- und Data-Mining nach §44b UrhG vor,
was hiermit Dritten ohne Zustimmung des Verlages untersagt ist.
Bei Fragen zur Sicherheit unserer Produkte wenden Sie sich bitte an
produktsicherheit@aufbau-verlage.de.
Umschlaggestaltung www.buerosued.de, München
unter Verwendung eines Bildes von © Arcangel / Nik Keevil
Satz LVD GmbH, Berlin
Druck und Binden CPI books GmbH, Leck, Germany

Printed in Germany

Wir verbieten jedoch, dass es einem gestattet sei, sich übermäßiger Enthaltsamkeit hinzugeben, vielmehr soll er sich standhaft an das gemeinsame Leben halten.

Auszug aus der Ordensregel der Tempelritter aus dem Jahr 1128

Niemand konnte den Tempel betreten, bis die sieben Plagen aus der Hand der sieben Engel zu ihrem Ende gekommen waren.

Offenbarung des Johannes, 15,8

I.

FRAUENKLOSTER MÜHLEN, DIÖZESE WORMS,
SOMMER 1318

Jakobus von Hahnheim war nicht nur schlecht gelaunt, er
schäumte geradezu vor Wut, als er mit seiner Schar bewaffneter Reiter durch die schmale Dorfstraße auf das Kloster zuritt.
Sein weiter Mantel, dessen mit weißem Garn aufgesticktes
Kreuz ihn als Ordensritter auswies, flatterte im Wind, wirkte
aber schwarz wie er war wie ein Zeichen des Friedens. Als der ältere Mann den Dorfanger überquerte, sprang ihm alles, was Beine hatte, erschrocken aus dem Weg, um nicht von seinem Pferd
niedergetrampelt zu werden. Bauern suchten hinter ihren Heukarren Schutz, Mütter zogen ihre Kinder von der Gasse in die
Hütten. Hühner, Enten und Gänse stoben mit den Flügeln schla-
gend in alle Richtungen davon. Unter den Hufen der Pferde zer-
barsten Tonkrüge und Schalen. Körbe mit Kohl und Zwiebeln
wurden in den Morast gestampft. Jakobus kümmerte das nicht.
Er ignorierte die finsteren Blicke, die sich ihm wie Pfeile in den
Rücken bohrten; das Bauernvolk interessierte ihn nicht. Auf das
Kloster und dessen Bewohnerinnen hatte er es abgesehen.

Am Ende des Dorfwegs gab Jakobus seinen Männern mit einer
Geste zu verstehen, dass er von hier ab allein weiterreiten wollte.
Nur Germund, an dessen Seite er bereits im Heiligen Land ge-
kämpft hatte, wählte er aus, um ihn zu der Unterredung mit der
Äbtissin von Mühlen zu begleiten. Als Jakobus durch das Tor ritt,
stellte er mit Genugtuung fest, dass seine Ankunft bei dem Ge-

sinde auf dem Klosterhof Unruhe hervorrief. Mit offenen Mündern starrte man ihn an, aber keiner von ihnen wagte es, ihn aufzuhalten oder dumme Fragen zu stellen. Zehn Jahre zuvor wäre ein solches Eindringen noch nicht so einfach gewesen, denn damals hatte es in der Nachbarschaft des Klosters ein Ordenshaus der Templer gegeben, und die hatten sowohl das Kloster als auch das Dorf unter ihren Schutz gestellt. Doch inzwischen waren die Nonnen hier draußen in der Einöde wehrlos und allein auf den Schutz ihrer Patronin, der heiligen Margareta, angewiesen.

Als Jakobus sich aus dem Sattel gleiten ließ, blies ihm ein stürmischer Ostwind Sand in die Augen, sodass er einen Moment lang wie blind umherging. Hoch oben am Himmel zogen sich schwarze Wolken zusammen, die ein Unwetter ankündigten. Doch trotz des drohenden Regens nahm der Mann sich Zeit, um den Klosterhof zu erkunden. Aufmerksam betrachtete er sich Scheunen, Lagerräume und das kleine Brauhaus, begutachtete die Pferde im Stall sowie den Zustand der Weinkeller. Der Besitz der Nonnen von Mühlen mochte bescheiden sein, schlecht bewirtschaftet war er jedoch keineswegs. Jenseits der Mauern stand ihr Korn goldgelb und reif auf den Feldern. Dazu kamen mehrere Obstgärten und ein Fischteich, der vom Wasser eines Baches gespeist wurde. In Kürze würden die Bauern eine reiche Ernte einfahren und ihre Herrinnen in dem grauen, zweistöckigen Haus neben der Kapelle noch reicher machen.

Jakobus von Hahnheim wandte seine Aufmerksamkeit wieder dem Klosterhof zu. Ein wenig erinnerte der ihn mit seinen frei umherlaufenden Hühnern und Schweinen an den elsässischen Gutshof, auf dem er seine Kindheit verbracht hatte. Auch hier wurde fleißig gearbeitet. Einige Mägde schleppten eilig große Bündel mit frischen Binsen für die Fußböden des Klosters heran, andere beluden Karren mit duftendem Heu, während kleine Bauernmädchen Buckelkörbe, die für die Weinlese benötigt wurden, mit einigen Streifen Bast flickten. Bereits eine Meile vor dem Dorf waren Jakobus die gepflegten Weingärten aufgefallen, die zum Klosterbesitz gehörten und einen reichen Ertrag versprachen. Es war nicht schwer zu erraten, wer dies den Ordensfrauen beigebracht hatte. Jakobus ärgerte sich darüber, sobald er nur daran dachte.

Eine Insel der Seligkeit inmitten eines Reiches, das von den Machtkämpfen eines Königs und Gegenkönigs, eines Papstes im fernen Avignon sowie Dutzender Fürsten erschüttert wurde. Recht und Gesetz, für das auch Jakobus von Hahnheim mit dem Schwert in der Hand gekämpft hatte, lösten sich in Rauch auf. Der Klerus wirtschaftete in die eigene Tasche, anstatt sich um die Nöte der Armen zu kümmern. Und wie stand es um den Besitz von Mühlen? Gern hätte Jakobus den Erfolg der Nonnen ihrem Fleiß und ihrer Frömmigkeit zugeschrieben, doch was ihm zu Ohren gekommen war, ließ ihn daran zweifeln, dass die Frauen hier draußen nur beteten und arbeiteten, wie es ihre Regel vorschrieb. Wenn sein Verdacht sich bestätigte, waren sie keine harmlosen Klosterschwestern, sondern befanden sich auf einem gefährlichen Irrweg, ja, womöglich waren sie sogar mit dem Teufel im Bunde. Jakobus zog die Kapuze seines Mantels bis in die Stirn. Seine Blicke wanderten an dem hohen Turm aus grauem Feldstein empor, und er schwor sich dabei, den Satan aus ihrer Mitte zu vertreiben. Nur aus diesem Grund hatte er den anstrengenden Ritt auf sich genommen. Rasch schloss er die Augen und besann sich auf die Worte aus der Schrift, die ihm sein Kaplan mit auf den Weg gegeben hatte. *Es ist unvermeidlich, dass Verführungen kommen. Aber wehe dem, der sie verschuldet.*

Jakobus' Misstrauen richtete sich vordergründig gegen die neue Äbtissin, eine Frau, die wie ein Blitz aus heiterem Himmel aus dem Osten hierhergekommen war.

Sie nannte sich Benedicta, die Gesegnete, doch in Wahrheit war sie eine Verführerin, die ihre Mitschwestern zu Aufsässigkeit anstiftete. Ihr musste das Handwerk gelegt werden, ehe sie weitere Frauen verdarb und Jakobus als neuen Vorsteher der benachbarten Kommende damit der Lächerlichkeit preisgab. Bis hin zu Peter von Aspelt, dem Erzbischof von Mainz, hatte sich schon herumgesprochen, was die frechen Weiber hinter ihren Mauern trieben. Der Kirchenfürst war ein vorsichtiger Mann, der nur ungern in eine Angelegenheit eingriff, bevor er alle Fakten kannte. Nun, Fakten würde Jakobus von Hahnheim ihm bald in Hülle und Fülle liefern können.

»He, du!« Schroff rief er einen dünnen, blondgelockten Burschen herbei, der den Mägden mit dem Heukarren half, und drückte ihm die Zügel seines Rappens in die Hand. »Führ unsere Gäule zur Tränke«, befahl er. »Füttere und striegle sie, während ich mit deiner Herrin spreche! Machst du deine Sache gut, bekommst du einen halben Silberpfennig von mir! Also lass dich später nicht beim Faulenzen erwischen!« Der junge Knecht verbeugte sich wortlos vor den beiden Männern. Bevor er sich jedoch mit den Pferden entfernen konnte, packte Jakobus' Begleiter ihn stirnrunzelnd am Arm.

»Sind wir einander nicht schon einmal begegnet?« Germund kniff die Augen zusammen und musterte den Burschen aufmerksam von Kopf bis Fuß. »Du kommst mir bekannt vor!«

Jakobus lachte halb verärgert, halb amüsiert. Er war schon daran gewöhnt, dass sein guter Germund seit ihrer Rückkehr aus Palästina jedermann misstraute, der ihm über den Weg lief, und hinter jedem Baum einen Angreifer lauern sah. Dabei war der bärtige und breitschultrige Hüne, der Jakobus fast um Haupteslänge überragte, alles andere als ein Waschweib, sondern ein erprobter Schwertkämpfer und ein scharfsinniger Beobachter, der im Gegensatz zu dem oft jähzornigen Jakobus kalt wie Marmor war. Obwohl er nie darüber redete, was ihm im Kopf herumging, gehörte Germund zu den wenigen Rittern des Ordens, deren Ratschläge Jakobus schätzte, und wenn man es recht bedachte, war es auch Germund gewesen, der ihn gedrängt hatte, die aufsässigen Nonnen aufzusuchen.

»Ich könnte schwören, dass ich das dünne Kerlchen schon einmal irgendwo gesehen habe«, holte Germunds Stimme ihn aus seinen Gedanken. »Aber hier war das nicht. Ich bin schließlich heute zum ersten Mal an diesem gottverlassenen Ort.«

Jakobus winkte gelangweilt ab. Was zum Teufel kümmerte ihn ein zerlumpter Fronknecht? Die Äbtissin war es, die er in die Knie zwingen musste, nicht ihre Leibeigenen. Seine Geduld mit der Frau war erschöpft, und das sollte sie zu spüren bekommen. Wehe, sie führte ihn noch einmal an der Nase herum.

»Es ist eine Schande, wie Ihr Euch uns Johannitern gegenüber aufführt«, fing er zu toben an, kaum dass die Äbtissin, eine zierliche, noch junge Person mit klugen Augen ihm und Germund Platz angeboten hatte. Sie saßen in einer Kammer, die äußerst schlicht ausgestattet war und ihr dürftiges Licht nur von einem Tonlämpchen auf dem Schreibpult erhielt. Während Jakobus Vorwurf an Vorwurf reihte, goss die Ordensfrau Wein in den Becher ihres wütenden Besuchers und verdünnte diesen anschließend mit frischem Brunnenwasser, damit er nicht zu Kopf stieg. »Ein ausgezeichneter Tropfen«, sagte sie unbekümmert. »Kostet nur!«

»Hört Ihr mir eigentlich zu?«, rief der Johanniter. Ihm kam es so vor, als machte sich die Frau über ihn lustig. Nun, das würde dieser Hexe noch schlecht bekommen. Er war nicht hier, um sich verspotten zu lassen, sondern, um die Rechte seines Ritterordens zu verteidigen.

Mit einem nachsichtigen Lächeln reichte Benedicta von Rosenfeld ihm den Trunk, den er nach kurzem Zögern entgegennahm.

»Aber natürlich höre ich Euch zu, Bruder Jakobus«, sagte sie.

11

»Es wäre sehr freundlich, wenn Ihr mich über meine Verfehlungen aufklären würdet. Aber bitte nur, wenn es nicht zu lange dauert.« Sie seufzte. »Legt es mir nicht als Hochmut oder Desinteresse aus, aber es ist spät, und meine Schwestern und ich werden bald in der Kirche erwartet, um die Gebete zur Vesper zu sprechen! Vielleicht mögt Ihr Euch uns anschließen?«

Jakobus von Hahnheim verzichtete auf eine Antwort, denn er bemerkte, wie Germund den Becher in seiner Hand anstarrte, ohne einen Schluck daraus zu nehmen. Ob er den Wein für vergiftet hielt? Unsinn, soweit würde die Frau nicht gehen, um sich der neuen Herren im Dorf zu entledigen. Dass er nicht trank, hatte damit zu tun, dass er sich geschworen hatte, erst von dem Mühlener Wein zu kosten, wenn die Klosterfrauen sich seinem Orden unterworfen und ihm die Schlüssel zum Haus mitsamt seinen Weinkellern und Kornspeichern ausgehändigt hatten. Der Wein gehörte ihm, verflucht. Ebenso die Obstgärten und das Vieh. Sogar diese nach Lampenruß stinkende Kammer!

Während er sich noch an der Vorstellung berauschte, bald über Mühlen und seine Güter befehlen zu können, sprach Germund Benedicta von Rosenfeld an. »Wir wissen, dass das Land, auf dem Ihr lebt, noch vor zehn Jahren von den Templern kontrolliert wurde!«

Die Äbtissin nickte. »Ja, aber damit verratet Ihr mir kein Geheimnis, guter Bruder. Bischof Eberhard von Worms entschied im Jahr des Herrn 1272, der ansässigen Templerkomturei ein paar Güter zur Verwaltung zu übertragen. Ihr Ordenshaus grenzte direkt an unseren Besitz, da war es sinnvoll, dass die frommen Herren auch den Schutz unseres Klosters übernahmen. Einige der älteren Schwestern erinnern sich noch gut an die Schwertübungen der Ritter auf dem Waffenplatz am Seebach.« Sie spitzte die Lippen. »Aber das ist vorbei. Nun haben ja bekanntlich Eure Leute ihr Ordenshaus übernommen.«

»Ihr wollt hoffentlich nicht behaupten, wir hätten es gestohlen«, sagte Jakobus schroff. »Papst Clemens V. hat uns Johannitern die Güter des Templerordens zugesprochen, nachdem er diesen wegen seiner ungeheuerlichen Verbrechen auflösen musste. Als gute Tochter der Kirche und Vorsteherin eines Klosters solltet Ihr diese Entscheidung eigentlich begrüßen. Die Templer sind auf und davon. Sie werden nie wieder nach Mühlen zurückkehren.«

»Eine Rückkehr würde diesen Teufeln auch schlecht bekommen«, pflichtete Germund bei. »Mögen sie in der tiefsten Hölle schmoren, und möge Gott mit den Sündern gnädig sein, die ihnen bis auf den heutigen Tag aus falsch verstandener Treue Hilfe zukommen lassen!«

Benedicta von Rosenfeld sah nicht so aus, als würde sie diesen Vorwurf auf sich beziehen. Selbstbewusst erwiderte sie Germunds Blick. Dann wandte sie sich dem schlichten Holzkreuz zu, das neben dem Fenster hing, faltete die Hände und neigte andächtig den Kopf. Während sie betete, betrachte Jakobus die Frau aufmerksamer. Sie war noch recht jung für das Amt, das sie bekleidete. Jakobus schätzte sie auf kaum mehr als dreißig Jahre. Viel Erfahrung konnte sie demnach als Äbtissin nicht haben. Dennoch gab es da etwas an ihr, das ihn irritierte. Anders als viele Weiber, auch Ordensfrauen, mit denen er es schon zu tun gehabt hatte, wirkte sie trotz ihrer Jugend kampferprobt und auf eine geradezu hinterhältige Weise energisch. In ihren Blicken erkannte er Verachtung für die Männer, die im Begriff standen, das Erbe der Templer anzutreten.

»Ihr behauptet also, der Erzbischof von Mainz habe Euch Vollmachten erteilt«, wandte sich die Äbtissin schließlich an Jakobus. »Hat nicht derselbe Bischof die Templer auf seiner Synode vor fünf Jahren von all diesen schrecklichen Vorwürfen freigesprochen?«

Germund verschränkte die Arme vor der Brust und lachte spöttisch. »Welche Überraschung, nachdem zwanzig Tempelritter in voller Rüstung und von einem Wildgrafen begleitet, vor dem bischöflichen Gerichtshof aufmarschierten, um das Urteil in ihrem Sinne zu beeinflussen. Welcher Pfaffe hätte es da gewagt, die Ritter nicht frei zu sprechen? Mit einem Schwert an der Kehle lässt sich schlecht ein gerechtes Urteil fällen. Inzwischen sind diese Entscheidungen aber nicht mehr gültig. Der Orden wurde vom Papst aufgelöst. Der letzte Großmeister starb vor fast fünf Jahren in Paris auf dem Scheiterhaufen, und alles, was seine Ordensbrüder hinterließen, wurde gerecht aufgeteilt.«

»Zum Vorteil der Johanniter, die schon immer mit den Templern wetteiferten!«, erinnerte ihn die Äbtissin. Ihr Ton ließ keinen Zweifel daran, dass sie die Entscheidung des verstorbenen Papstes missbilligte. »Ihr dürft Euch beglückwünschen, damit ist Euch ein fetter Fisch ins Netz gegangen: Burgen, Gutshöfe, Dörfer und Ländereien ... Wie ich hörte, haben Eure Leute schon damit begonnen, Templergüter aus Mühlen weiterzuverkaufen.«

»Ganz recht!« Jakobus von Hahnheim erhob drohend den Zeigefinger. »Und das betrifft auch dieses Kloster, ehrwürdige Äbtissin! Falls ich Euch überhaupt noch so anreden darf, denn wie uns zu Ohren gekommen ist, habt Ihr Euch vom Orden der Zisterzienserinnen losgesagt. Soll ich Euch verraten, wie Eure Schwestern zwischen Worms und Mainz genannt werden?«

»Nur zu!« Benedicta faltete die Hände. »Man nennt uns Templerinnen, was natürlich Unsinn ist, weil Frauen nicht Angehörige eines Ritterordens sein können. Nein, wir Frauen von Mühlen kämpfen gegen die Tücke des Teufels nicht mit dem Schwert in der Hand, sondern mit der Kraft des Gebets. Aber wenn Ihr Euch die Mühe machtet, die Ordensregel der Templer zu studieren, so müsstet Ihr zugeben, dass sich darin nicht ein Punkt befindet, der verwerflich wäre. Die Nonnen hier hatten niemals einen Grund, sich über ihre Schutzherren zu beklagen. Wären sie noch hier, würdet Ihr auch in einem anderen Ton mit mir sprechen.«

»Dass Ihr darauf auch noch stolz seid, ist der Gipfel der Niedertracht«, widersprach Jakobus aufgeregt. »Seit Jahren weigert Ihr Euch, die Bulle des Mainzer Bischofs anzuerkennen, in dem uns Brüdern des Johanniterordens das Recht auf die Verwaltung dieses Klosters zugesprochen wurde. Bis zum heutigen Tage übten wir Nachsicht mit Euch Nonnen, weil …«

»… meine Vorgängerin eine nahe Verwandte des Erzbischofs von Mainz und Angehörige der Leininger Grafenfamilie war, ich weiß!«

Benedicta von Rosenfeld füllte sich nun selbst einen Becher mit Wein, und Jakobus nahm mit Genugtuung zur Kenntnis, dass ihre Hand dabei leicht zitterte. Sollte es ihm gelungen sein, die Äbtissin aus der Fassung zu bringen? In die Enge zu treiben? Wenn, so war dies gut, denn er war noch lange nicht fertig mit der feinen Dame. Noch bevor heute die Sonne versank, würde sie ihn anflehen, sie nicht mit dem Bettelstab vor die Tür zu setzen.

»O ja, die Zeiten, in denen der Bischof über euren Stolz und Starrsinn hinweggesehen hat, sind vorbei«, sagte er selbstgefällig. »Von nun an wird er seine Hand nicht mehr über Euch halten, im Gegenteil. Es ist sein Wunsch, alles, was hierzulande noch an die Templer erinnert, endgültig aus dem Gedächtnis der Menschen zu tilgen. Die Bauern hier schulden ihnen nichts mehr. Sie sollten sich daran gewöhnen, ihren neuen Herren zu gehorchen. Ihr und Eure Mitschwestern seid ihnen jedoch ein schlechtes Vorbild.« Jakobus stemmte die Hände in die Hüften. Der erschrockene Ausdruck auf dem Gesicht der Nonne gefiel ihm. Er hätte nicht gedacht, dass es so leicht werden würde, ihr Angst einzujagen, nachdem sie sich so lange trotzig gezeigt hatte. Nun gut, ihm konnte es recht sein. »Ich werde morgen früh mit einer Abordnung von Ordensrittern und mit den Gesandten der Bischöfe von

Worms und Mainz zurückkehren, um das Haus in Besitz zu nehmen«, kündigte er an. »Ihr, Schwester Benedicta von Rosenfeld, werdet mir die Schlüssel aushändigen und zum Zeichen Eurer Unterwerfung einen Umhang mit unserem Ordenszeichen anlegen: dem weißen Kreuz.«

Die Frau gab einen erstickten Laut von sich, doch Jakobus hatte keinerlei Mitleid mit ihr.

»Anschließend werdet Ihr feierlich der Regel der Templer abschwören und sie auf dem Hof vor den Augen Eurer Mitschwestern und der versammelten Dorfbewohner verbrennen. Habt Ihr das verstanden? Künftig gilt für die Nonnen von Kloster Mühlen nur noch ein einziges Gelübde, das des Johanniterordens! Widersetzt Ihr Euch, werde ich dafür sorgen, dass Ihr es bitter bereuen werdet!«

Jakobus' letzte Worte wurden vom Geläut der Gebetsglocke übertönt, was ihn ein wenig ärgerte. Doch natürlich konnte er den Nonnen nicht das gemeinsame Vespergebet untersagen. Als wolle der Himmel ihm beipflichten, drang von fern dumpfes Donnergrollen an sein Ohr. Nur wenige Augenblicke später schlugen die ersten Regentropfen gegen den hölzernen Fensterladen der Kammer.

»Nun gut, wenn Ihr darauf besteht!« Benedicta von Rosenfeld stand einen Wimpernschlag lang wie betäubt da, dann straffte sie seufzend die Schulter. »Ich gebe zu, dass die Johanniter einen begründeten Anspruch auf Kloster Mühlen haben, also sollen sie es auch bekommen. Lasst mir nur noch einige Tage Zeit, damit ich mich mit meinen Schwestern beraten und einen neuen Habit schneidern lassen kann.«

Jakobus von Hahnheim starrte die Frau begriffsstutzig an. Nanu, hatte er sich verhört? Der Sinneswandel kam ein wenig zu plötzlich. Noch vor wenigen Augenblicken hatte sich das Weib störrisch und frech gezeigt, und nun das? Sie lenkte tatsächlich ein? Einfach so? Verwirrt suchte er Germunds Blick, der ihm mit einem Stirnrunzeln zu verstehen gab, dass er der Nonne nicht über den Weg traute.

Irgendetwas führte diese Schwester Benedicta im Schilde. Zweifellos eine Teufelei, die mit den Templern, ihren ehemaligen Schutzherren, zu tun hatte.

Während Jakobus noch darüber nachsann, richtete sich Germunds Aufmerksamkeit auf das Schreibpult, auf dem einige Briefe und gesiegelte Urkunden zu sehen waren. Rasch ging er auf die Schriftstücke zu. Benedicta, die ihn aufhalten wollte, stieß er grob zur Seite.

»Mir war so, als hätte die ehrwürdige Äbtissin wiederholt verstohlen zu ihrem Pult geblickt, während sie vorgab, ihre Augen auf das Kreuz unseres Erlösers zu richten«, sagte Germund nicht ohne Häme. »Möglich, dass Euch eines dieser Schriftstücke erklärt, warum sie so plötzlich bereit ist, uns Johannitern die Tore zu ihrem Herzen zu öffnen. Kommt nur, schaut sie Euch an! Wie Ihr wisst, habe ich weder lesen noch schreiben gelernt!«

Jakobus von Hahnheim klopfte seinem Gefährten anerkennend auf die Schulter. Er war froh, dass er Germund nicht bei den anderen Ordensbrüdern im Dorf zurückgelassen hatte. Wieder einmal hatte sich dessen Spürsinn für ihn bezahlt gemacht.

»Wie könnt Ihr es wagen?« In ohnmächtigem Zorn schnappte Benedicta von Rosenfeld nach Luft. Sie hatte offenbar nicht damit gerechnet, von den Johannitern überrumpelt zu werden. »Diese Schriftstücke gehen Euch gar nichts an! Ich habe Euch zugesichert, dass Ihr bekommt, was Ihr verlangt. Genügt Euch das immer noch nicht?«

Jakobus schüttelte den Kopf. Nein, das genügte ihm nicht. Er wollte herausfinden, mit wem die Frau so fleißig Briefe austauschte. Flink nahm er Germund das erste Pergament aus der Hand und studierte es mit aufmerksamer Miene. Nachdem er es gelesen hatte, stieß er einen Pfiff aus. »Na, wenn das keine Entdeckung ist! Ihr seid also die Schreiberin der berüchtigten Äbtissin Gertrud gewesen, die einer Gruppe von Templern zur Flucht aus der Markgrafschaft Brandenburg verholfen hat.« Abwartend starrte er die Ordensfrau an, doch die dachte nicht daran, ihm diesen Gefallen zu tun. Erst als Germund drohend einen Schritt auf sie zumachte, ergab sie sich in ihr Schicksal.

»Es sind sieben Männer gewesen«, sagte sie leise. »Sieben Templer. Meine Mentorin, die Äbtissin von Halberstadt, deren Bruder selbst dem Templerorden angehörte, wollte nicht, dass ihre Geschichte in Vergessenheit gerät, deshalb gab sie mir den Auftrag, sie niederzuschreiben. Bevor sie im Winter vor zwei Jahren starb, händigte sie mir die Schriften aus. Ich sollte auf sie achtgeben, hat sie gesagt, und von keiner unwürdigen Hand berühren lassen.«

Germund schlug mit der Faust auf die geöffnete Lade des Schreibpults. »Ich erinnere mich, Bruder Jakobus! Diese Ketzer besetzten damals eine verlassene Templerkomturei in der Nähe des Städtchens Berlin in der Markgrafschaft Brandenburg, die auch schon längst an uns hätte übergeben werden sollen. Ihr Anführer, ein Bursche namens Thomas Lermond, soll sich dort als Kaufmann getarnt haben, um eine Kostbarkeit zu hüten, die seine Ordensoberen während des letzten Kreuzzugs aus dem Heiligen Land geraubt hatten.«

Jakobus stöhnte auf. Die Worte seines Freundes riefen eine Erinnerung in ihm wach. Auch unter den Männern seines Ritterordens hatten Gerüchte über diese sieben Männer die Runde gemacht. Über sie und das Mysterium, das sie in den finsteren Wäldern Brandenburgs angeblich versteckt hatten. Knappen und Novizen hatten sich abends am Feuer Geschichten darüber erzählt und dabei nicht abgestoßen, sondern tief beeindruckt geklungen.

»Willst du etwa behaupten, diese Legenden seien wahr?«, brummte er nachdenklich.

Germund zuckte mit den Achseln. »Es muss etwas dran sein. Diese Äbtissin hätte sich sonst wohl kaum die Mühe gemacht, das Vermächtnis dieser Männer aufschreiben zu lassen. Man erzählt sich, es handele sich um eine Reliquie aus Jerusalem von nahezu unschätzbarem Wert. Etwas Einmaliges in der Christenheit. Doch anstatt diesen Fund der Kirche zu übergeben, wie es ihre Pflicht gewesen wäre, haben diese Templer sich der heiligen Inquisition widersetzt. Vor vier Jahren kam es zum entscheidenden Kampf, den die Ritter wohl kaum überlebt hätten, wenn der Markgraf ihnen nicht mit seinen Männern zu Hilfe geeilt wäre. Wie es heißt, ist Waldemar von Brandenburg selbst hinter der Reliquie her gewesen, wie vor ihm schon König Philipp IV. von Frankreich, der den Templerorden vernichtet hat. Doch keiner von ihnen hat sie je gefunden.«

Jakobus von Hahnheim begab sich zum Fenster und starrte in den strömenden Regen, der den Klosterhof unter ihm in eine schlammige Dunggrube verwandelte. Wenn selbst ein so spröder Mann wie der Markgraf diese Gerüchte für bare Münze hielt, waren sie vielleicht doch mehr als törichtes Gerede. Ihm fiel ein, dass die Männer, von denen das alte Pergament berichtete, seit ihrer Flucht vom Tempelhof als verschollen galten. Ihr Schicksal berührte ihn wenig, doch dass sich mit ihnen auch die in der Schrift erwähnte Reliquie in Luft aufgelöst hatte, bedauerte er zutiefst. Er atmete tief durch. Was, wenn das kostbare Stück doch nicht für immer verloren war und wenn ihm durch den Brief an diese Äbtissin der Schlüssel zu seinem Geheimnis in die Hände gefallen war? Schon die Vorstellung, durch den Besitz der Templerreliquie Macht und Einfluss zu gewinnen, zauberte ein erregendes Prickeln auf seine von Wind und Wetter gegerbte Haut, ein Gefühl, das er schon seit seiner Jugend nicht mehr gehabt hatte. Geistliche wie weltliche Würdenträger würden sich um seine Gunst bemühen und ihm helfen, zum Großmeister seines Ordens aufzusteigen, vielleicht sogar selbst Bischof zu werden. Oder die nächste Papstwahl für sich zu entscheiden. Die Päpste, die er kannte, waren schwach. Seit sie nicht mehr in Rom, sondern im Einflussbereich des französischen Königs zu Avignon residierten, ließen sie sich benutzen wie Wachspuppen. Er, Jakobus, würde das ändern. Mit Hilfe einer Reliquie könnte er gar zu einem neuen Kreuzzug aufrufen, um den Sarazenen die Stadt Christi wieder zu entreißen. Dies würde seinen Ruhm mehren und ihn in den Augen der Nachwelt unsterblich machen.

Misstrauisch beäugte er die Äbtissin, die wieder vor dem Holzkreuz an der Wand betete. Benedicta von Rosenfeld wusste etwas über den Verbleib der geflohenen Tempelritter, soviel stand für ihn fest. Und was sie wusste, würde er aus ihr herausholen, auch wenn dies nicht dem Auftrag entsprach, den er von seinem Orden erhalten hatte. Aber wen scherte schon ein Frauenkloster mit einem Bauerndorf und ein paar läppischen Weinbergen, wenn es für seinen Orden viel mehr zu gewinnen gab? Die Templer waren arrogant gewesen, nie hatten sie sich dem Johanniterorden gegenüber rücksichtsvoll verhalten. Also war es gewiss kein Fehler, sich nebst ihren Besitzungen auch noch das letzte Stück anzueignen, das sie zu schützen versuchten.

»Du solltest weiterlesen, Bruder Jakobus«, unterbrach Germunds Stimme seine Überlegung. »Gewiss finden wir in den Briefen an die Äbtissin Hinweise darauf, was diese Leute vorhaben!«

Jakobus nickte finster. Während Germund unter Benedictas Protest fortfuhr, ihr Pult zu untersuchen, wandte er seine Aufmerksamkeit dem nächsten Schreiben zu, einem kurzen Brief, von ungelenker Hand geschrieben, welcher der Äbtissin vermutlich erst kurz vor Ankunft der Johanniter zugestellt worden war. Beim Überfliegen der Zeilen weiteten sich seine Augen. »Jetzt habe ich Euch, verruchtes Weib!«, keuchte er. »Kein Wunder, dass Ihr Euch plötzlich so gefügig zeigt!« Anklagend hielt der Ordensbruder Benedicta von Rosenfeld das Schreiben vor die Nase. »In diesem Brief fordert Euch Euer ehemaliger Schutzherr, der Templer Otto von Alzey, auf, einem Boten einen Gegenstand von großem Wert auszuhändigen. Wollt Ihr den genauen Wortlaut hören? Es sei an der Zeit, heißt es hier, den einst so mächtigen Orden, der durch die Sünde zweier Männer zu Boden getreten wurde, nun wiederauferstehen und blühen zu lassen.« Er hob streng den Blick. »Sie wollen den Orden wiederbegründen, trotz des Verbots des Papstes. Das ist Verrat, werte Äbtissin! Hochverrat und Ketzerei. Sobald dieser Brief der päpstlichen Kurie in Avignon vorliegt, wird man Euch aus dem Kloster holen und in den Kerker werfen! Dort wird Euch niemand zu Hilfe kommen!«

Mit ein paar knappen Worten informierte er Germund über seine Entdeckung, woraufhin der stämmige Ordensritter der am ganzen Leib zitternden Benedicta einen geringschätzigen Blick zuwarf. »Es sieht nicht gut für Euch aus, ehrwürdige Äbtissin!«

»Ich bin bereit ... zu sterben«, flüsterte Benedicta von Rosenfeld um Haltung bemüht.

Germund verschwand aus der Kammer, kehrte aber nur wenige Augenblicke später mit zwei blutjungen Klosterschwestern zurück, die er grob über die Türschwelle stieß. »Sind diese Novizinnen auch bereit, für Euch ins Feuer zu gehen?«, herrschte er Benedicta an, ohne dabei die Stimme zu erheben. »Sie stammen aus adeligen Familien der Umgebung, nicht wahr? Bei einem Prozess würde auch untersucht werden, ob nicht nur sie, sondern auch ihre Väter und Brüder heimliche Verbindungen zu den Templern unterhalten. Das wäre ihr Ruin.«

Eines der Mädchen versuchte sich zappelnd aus Germunds Griff zu befreien, was ihr jedoch misslang.

»Ihr könnt Euer Kloster nur retten, wenn Ihr Bruder Jakobus diesen Gegenstand aushändigt, von dem in dem Brief die Rede ist. Ihr habt ihn doch, nicht wahr?«

Die Äbtissin tauschte einen kurzen Blick mit ihren Schwestern. Den verängstigten Mädchen war anzusehen, dass sie keine Silbe von dem verstanden hatten, was der Ordensritter sagte. »Nun gut«, sagte sie müde. »Es gibt da eine Schatulle, die ich seit dem Tod der alten Äbtissin Gertrud verwahre. Darin befindet sich jedoch nur ein Teil der Reliquie.«

»Ihr lügt«, brauste Jakobus von Hahnheim auf, doch Germund legte ihm eine Hand auf den Arm und ermunterte die Frau auf diese Weise fortzufahren. Er wollte hören, was sie zu sagen hatte.

»Das Vermächtnis der sieben Templer fiel in die Hände einer Frau, die sich damals bei ihnen auf dem Brandenburger Tempelhof aufhielt. Sie hatte vor, das Land zu verlassen, doch für ein Weib ohne männlichen Schutz war dies viel zu gefährlich. Sie musste befürchten, die Reliquie nicht heil über die Grenze zu bringen, daher teilte sie sie auf und legte sie in drei Schatullen. Meine Lehrmeisterin im Kloster zu Halberstadt erhielt eine davon, die sie mir vor ihrem Tod übergab.« Die Äbtissin zuckte mit den Achseln. »Was aus den anderen Kästchen wurde, weiß ich nicht. Ich schwöre es. Und wenn ihr mich foltern würdet, könnte ich Euch doch nicht mehr darüber sagen. Nicht einmal der Name dieser Frau ist mir bekannt. Ich weiß nur, dass sie über ärztliches Wissen verfügte und mit einem der Männer vom Tempelhof sehr vertraut gewesen sein muss. Wie sonst hätte sie etwas über die Reliquie erfahren können?«

Germund strich sich über den struppigen Bart. Er schien nachzudenken. »Und nun ist jemand auf dem Weg nach Mühlen, um diesen merkwürdigen Kasten abzuholen? Das bedeutet, dass die Templer wieder aus den Erdlöchern hervorkommen, in die sie sich nach der Auflösung ihres Ordens verkrochen haben. Wir sollten uns auf die Lauer legen und den Boten abpassen, bevor ...«

»Die Reliquie ist aber nicht im Kloster«, fiel die Äbtissin ihm ins Wort. Würdevoll ging sie zu den beiden Novizinnen, legte ihnen begütigend einen Arm um die Schulter und redete ihnen mit sanften Worten gut zu. Unter den erstaunten Blicken der Männer geleitete sie die beiden zur Tür und ließ sie hinaus auf den Flur treten. Erst dann drehte sie sich zu Jakobus um. »Was habt Ihr erwartet? Dass ich etwas so Kostbares in einem Haus aufbewahre, das nur von einer Handvoll wehrloser Frauen bewohnt wird?« Sie schüttelte energisch den Kopf. »O nein. Da allgemein bekannt ist, dass das meiste Land ringsum dem Templerorden gehörte, hielt ich es für viel sicherer, die Schatulle einem Vertrauten des ehemaligen Templerpräzeptors Otto von Alzey zu übergeben. Ihr müsstet Euch also schon in die Stadt bemühen, wenn Ihr sie haben wollt.«

II.

Jakobus bestand darauf, sich sofort auf den Weg nach Alzey zu machen. Um nichts in der Welt wollte er riskieren, dass der Bote der Templer ihm auf der Suche nach der Reliquie zuvorkam. Hielt er das kostbare Stück erst einmal in Händen, würde er es Germund überlassen, sich um den Burschen zu kümmern. Um seiner habhaft zu werden, genügte es, das Haus im Auge zu behalten, welches die Äbtissin ihm beschrieben hatte. Früher oder später würde der Mann dort auftauchen, und unter der Folter würde er ihnen schon verraten, in wessen Auftrag er nach Alzey gesandt worden war und wo sich seine Auftraggeber aufhielten. Jakobus musste sie mundtot machen. Jeden von ihnen. Bis außer ihm keiner mehr übrig war, der ihm die Reliquie streitig machen konnte.

Germund fügte sich, obwohl ihm anzusehen war, dass er es vorgezogen hätte, das Ende des Unwetters in einer Schenke bei Eintopf und heißem Würzwein abzuwarten. Doch er war lange genug bei Jakobus, um zu wissen, dass man ihm nichts abschlug. Sein Wille war Gesetz. Im Gegenzug hatte Germund aber darauf bestanden, dass die Äbtissin ihnen einen ihrer Knechte mit auf den Weg gab, der sie auf schnellstem Wege in die Stadt bringen konnte. Erleichtert darüber, die Männer rasch loszuwerden, willigte Benedicta von Rosenfeld ein. Ihre Wahl fiel auf den jungen Stallknecht, der Jakobus' und Germunds Pferde versorgt hatte.

Die Männer ritten durch das Alzeyer Stadttor, kurz bevor dieses geschlossen wurde. Jakobus steckte einem der Torwächter eine Börse mit Silberpfennigen zu und befahl ihm, jeden Reiter, der sich der Stadt in den nächsten Stunden näherte, festzuhalten und unverzüglich zu ihm zu bringen. Dann schickte er seine Männer bis auf Germund in eine der Schenken am Marktplatz, aus denen leise Flötenmusik, ein Tamburin und der melodiöse Gesang eines Mannes zu hören war. Wie es schien, hatte sich eine Gruppe Spielleute in der kleinen Stadt eingefunden. Als der völlig durchnässte Knecht der Äbtissin sich den Ordensmännern anschließen wollte, wurde er von Germund zurückgehalten.

»Du nicht, mein Freund«, raunte er ihm ins Ohr. »Bevor du dir den Bauch vollschlägst, wirst du uns zum Haus dieses Freundes deiner Herrin führen!«

»Wie Ihr befehlt, Herr!« Der Junge verbeugte sich lustlos, schien sich jedoch ohne weiteren Widerspruch zu fügen. »Hier entlang, es ist nicht weit!«

»Und was tun wir, wenn die Äbtissin uns angelogen hat und der Templerbote sich doch zum Kloster aufmacht?« Skeptisch folgte Germund Jakobus und dem Klosterknecht stadteinwärts. Nie wäre es ihm in den Sinn gekommen, sich zu beklagen, doch durchnässt bis auf die Haut und trotz des wärmenden Mantels fröstelnd, hielt er nur widerwillig mit seinem Ordensoberen Schritt. Benedictas Stallknecht schien sich in dem Gewirr der kleinen Gässchen, in denen es so finster war, dass man kaum die Hand vor Augen sah, nicht auszukennen. Alle zehn Schritte blieb er stehen, um sich fragend umzublicken. Zudem hustete und nieste er, dass es einen erbarmte. Den Kerl würde morgen gewiss ein gehöriges Sommerfieber packen, doch wen kümmerte schon das Los eines Leibeigenen?

»Oh, sie wird es nicht wagen, mich zu hintergehen«, antwortete Jakobus grimmig lächelnd. »Schwester Benedicta ahnt, welches Schicksal ihr blüht, falls wir die Reliquie der Templer nicht finden. Ich würde sogleich zurückreiten und dieses Ketzernest mit Pechfackeln ausräuchern, darauf kannst du dich verlassen.« Entschlossen setzte er seinen Weg durch Marsch und Unrat fort, wobei er die Ratten, die um ihn herumwuselten, mit Stiefeltritten davonscheuchte. Sie hatten den kleinen Marktplatz längst hinter sich gelassen, als der Stallknecht in einer schmalen Gasse verschwand. Ein übler Geruch von Fäulnis und Mist stieg Jakobus in die Nase.

»Du willst uns doch wohl nicht ausgerechnet hier durchführen, Kerl«, sagte der Johanniter, das Gesicht verziehend. »Nie und nimmer befindet sich hier das Haus des Templers Otto von Alzey!« Sein Blick wanderte über die ärmlich wirkenden Hütten, aus denen kaum Licht auf die Straße drang. Die meisten bestanden aus Holz und waren mit Stroh gedeckt. Der Morast war noch tiefer als in der Gegend vor dem Stadttor. Es gab, soweit man sah, nur zwei Steinbauten, die über den Luxus eines teuren Schindeldaches verfügten. Beide lagen ein wenig abseits und teilten sich einen großzügigen, ummauerten Innenhof, zu dem ein Weg aus Holzbohlen führte. Das linke Haus war schlicht, das rechte besaß dafür eine Reihe spitz zulaufender Bogenfenster, die ihm einen Hauch sakraler Würde verliehen. Doch um eine Kirche handelte es sich nicht.

Germund ging als Erstem ein Licht auf. »Hier hausen Juden«, sagte er. »Das ist ihr Bethaus!«

Der Junge zuckte mit den Achseln. »Es war nie die Rede davon, Euch zum Haus des Otto von Alzey zu führen. Der einstige Vorsteher der Templer von Mühlen lebt nämlich gar nicht mehr in der Stadt. Nach der Auflösung des Ordens hat er schleunigst das Weite gesucht. Keiner weiß, was aus ihm geworden ist.« Er zeigte auf das der Synagoge benachbarte Haus. »Dort müsst Ihr suchen, beim Pfandleiher Gänslein. Den Juden hat meine Herrin ins Vertrauen gezogen.«

26

Jakobus von Hahnheim verdrehte die Augen, womit er zu erkennen gab, dass er von der Frau kaum etwas anderes erwartet hatte, als sich mit diesem gottlosen Volk gemein zu machen. Anders als in Worms, Mainz oder Speyer, wo es bedeutende jüdische Gemeinden gab, lebte in Alzey nur eine Handvoll Juden, die, gemessen am Zustand ihrer Gasse, ein ärmliches Leben zu fristen schienen. Vermutlich war dieser Gänslein ihr Vorsteher. Jakobus durchquerte den Hof und hielt auf den schmalen Eingang zu. Die Fenster zur Gasse waren dunkel, auch drang kein Rauch aus dem Schornstein ins Freie. Jakobus hoffte, dass der Vogel nicht rechtzeitig gewarnt worden und ausgeflogen war.

»Ist es das? Wohnt der Kerl hier?« An die Haustür hatte jemand mit ungelenken Strichen das Konterfei eines Mannes mit spitzem Hut, Ziegenbart und langem Schnabel gezeichnet, woraus zu schließen war, dass sich Gänslein in der Stadt keiner großen Beliebtheit erfreut. Doch gab es im Reich einen Ort, an dem Juden geschätzt wurden? Kaum. Sie galten als Fremde, denen der Vorwurf anhaftete, den Kreuzestod des Heilands verschuldet zu haben und an sonderbaren Ritualen festzuhalten. In den Tavernen raunte man, dabei würde das Blut unschuldiger Kinder vergossen werden.

Es sieht den Templern ähnlich, mit Juden zu paktieren, dachte Jakobus verächtlich. Im Heiligen Land hatten sie sich sogar mit den Sarazenen oft besser verstanden als mit den Angehörigen anderer christlicher Ritterorden.

»Warum dauert das so lange?«, knurrte Jakobus, als nach einer gefühlten Ewigkeit jemand auf sein Klopfen reagierte und zur Tür kam. Vor ihm stand ein mittelgroßer Mann mit schiefen Schultern und einem müden Blick, der eine Lampe in der Hand hielt. Ihr Schein fiel auf Jakobus' Gesicht und blendete seine Augen. Ehe der Mann im Haus ein Wort sagen konnte, wurde er auch schon von Germund mit einem Stoß gegen die Brust ins Innere des Hauses befördert. Krachend flog die Tür auf, und die beiden Ordensritter drangen ein, als besäßen sie jedes Recht dazu, sich Zutritt zu verschaffen. Der Knecht der Äbtissin folgte ihnen neugierig.

»Aber ... ich bitte Euch!«, stammelte der Mann mit der Lampe aufgeregt, als die Männer durch die Stube stapften, die ihm offensichtlich nicht nur als Wohnung, sondern auch als Lager für Trödel und Pfänder jeglicher Art diente. Sein Alter war schwer zu schätzen. Er mochte vierzig, vielleicht aber auch schon fünfzig Jahre alt sein. Sein Gesicht war nicht nur faltig wie ein gepflügter Acker, sondern auch von hässlichen Narben entstellt, und unter dem spitzen Hut, den er tief in die Stirn gezogen hatte, quoll ein Nest aus wirrem, weißem Haar hervor. Das Bärtchen am Kinn ließ das Gesicht des Mannes lang und hager wirken. Sein Erscheinungsbild entsprach bis ins Detail der Spottzeichnung an der Tür.

»Du bist also der Jude Gänslein und mit der Äbtissin des Klosters Mühlen bekannt?« Germund stellte diese Frage, während Jakobus' Blicke abschätzend über den Trödel glitten.

Der Mann rieb sich nervös die Hände.

»Nun, Alter, hast du deine Zunge verschluckt?« Jakobus konnte den Drang, den Krämer am Kragen zu packen, nur mühsam unterdrücken. Allein um nicht unnötig Zeit zu verschwenden, zügelte er sein Temperament. Er hatte nicht die Absicht, mehr Zeit als nötig in dieser muffigen Stube zu verbringen, denn wenn er eines nicht leiden mochte, so war dies Unordnung. Unordnung kam gleich nach Schmutz, und Schmutz, soviel hatte Jakobus während seiner Zeit im Orient gelernt, verursachte Krankheit.

»Wir kommen vom Kloster Mühlen«, sagte Germund mit einem Lächeln, das nicht zu der Kälte passte, die in seinen Augen lag. »Die ehrwürdige Äbtissin hat uns anvertraut, dass du einen gewissen Gegenstand aufbewahrst. Eine Schatulle, deren Inhalt einst unseren Freunden und Ordensbrüdern, den Tempelrittern gehörte.«

Er sah sich aufmerksam in dem nur schwach beleuchteten Raum um und stellte überrascht fest, dass er um ein Vielfaches größer war, als es von außen betrachtet den Anschein gehabt hatte. Von dem halbdunklen Lager, in dem neben einem wuchtigen Rechentisch nur noch eine Anzahl Fässer und Kisten stand, gingen drei Gänge ab, die in weitere Lagerräume mündeten. Darin breitete sich ein wahres Labyrinth aus finsteren Nischen und Winkeln aus, die teilweise hinter Vorhängen und Wandteppichen verborgen, zum Teil aber auch offen einsehbar waren. Hinzu kam ein Dickicht aus Stützbalken und dicken, mit Schnitzereien verzierten Pfeilern. Im Holz der Stützbalken steckten Eisennägel, an denen Kettenpanzer, Zaumzeug, Tongeschirr und Kräuterbündel hingen. Überall konnte man Wein- und Ölkrüge entdecken. Von den Vorräten konnte der Jude wochenlang, vielleicht sogar einige Monate lang leben, ohne vor die Tür treten zu müssen.

Jakobus hob ungeduldig den Zeigefinger. »Ich hoffe für dich, dass du weißt, wovon ich rede! Also rücke das Pfand heraus, bevor mein Freund sich vergisst und deinem Gedächtnis mit dem Schwert auf die Sprünge hilft!«

Der Mann schien einen Moment nachzudenken, dann warf er die Arme in die Luft und stieß einen Seufzer der Erleichterung aus. »Also, wenn die ehrwürdige Äbtissin Benedicta Euch zu mir schickt, habe ich keinerlei Einwände, Euch das Gewünschte auszuhändigen. Im Vertrauen, sie hat mich schon vor einiger Zeit darauf vorbereitet, dass mich jemand wegen dieses ... äh ... Gegenstands aufsuchen würde.« Er kicherte. »Nun, mit zwei frommen Ordensrittern hätte ich aber nicht gerechnet.«

»Was du nicht sagst«, erwiderte Germund. »Dann sind wir froh, dich heute von dieser Last befreien zu können.«

Flink raffte der Jude sein Gewand, huschte zu einem Wandregal, das vom Fußboden bis zum Deckengebälk mit Trödel gefüllt war, und fing an, sich durch einen Berg von Schüsseln, Krügen, Beuteln und Kästchen zu arbeiten.

»Na, na, wo habe ich es nur hingelegt? Ich kann mich noch gut an die Schatulle erinnern. Sie war mit Perlen und Smaragden besetzt. Ein Pfand des edlen Grafen von Leiningen.« Mit dem Ellbogen stieß er einen Topf vom Regal, der klirrend auf dem Fußboden zersprang. Scherben flogen, klebriges Öl rann über den Fußboden. »Ja, ich erinnere mich. War zur Verlobung der Tochter. Ein süßes Täubchen von sechzehn Jahren.«

Jakobus und Germund tauschten einen Blick, woraufhin letzterer den Stallknecht der Äbtissin kurzerhand aus dem Haus warf. Als er die Tür ins Schloss fallen hörte, baute sich der Johanniter vor dem Krämer auf. Unvermittelt schnellte seine Hand vor und packte ihn an der Gurgel. »Ich gebe dir noch Zeit für ein Paternoster, du ungläubiger Hund«, flüsterte er ihm ins Ohr. »Wenn du die Reliquie bis dahin nicht gefunden hast, zerquetsche ich dich wie eine Made.«

Jakobus von Hahnheim wollte soeben einwerfen, dass dem Krämer gewiss kein christliches Gebet über die Lippen kommen würde, als das Geräusch einer zuschlagenden Tür in seinem Rücken ihn zusammenzucken ließ. Er wirbelte herum und sah zu seiner Überraschung, dass Benedictas Stallknecht zurückgekehrt war. Der Junge hielt ein Schwert in der Hand, mit dem er in Germunds Richtung zeigte.

»Was zum Teufel suchst du schon wieder hier und woher hast du dieses Schwert?«, brüllte Jakobus den Knecht an, während seine Hand hinab zum Schwertgut wanderte. »Germund, worauf wartest du? Nimm diesem erbärmlichen Bauernlümmel die Waffe ab!«

»Ich hätte meinem Bauchgefühl vertrauen sollen«, knurrte der bärtige Ordensritter. »Dieser Bursche kam mir doch schon im Klosterhof verdächtig vor.«

Der junge Mann wischte sich mit dem Handrücken das nasse blonde Haar aus der Stirn. »Ihr irrt Euch nicht, Germund. Wir hatten vor zwei Jahren am Hof des Markgrafen Waldemar von Brandenburg das Vergnügen, und ich muss gestehen, dass ich ein wenig enttäuscht darüber bin, wie lange Ihr gebraucht habt, um darauf zu kommen. Damals, zu Allerseelen, erhielt ich mit fünf weiteren Knappen meinen Ritterschlag, was einigen der anwesenden Herren sauer aufgestoßen ist.« Er deutete eine Verbeugung an. »Wenn ich mich richtig erinnere, war Euch meine Abkunft nicht edel genug.«

Der bärtige Johanniter spie aus, womit er seine Verachtung für den blondgelockten jungen Mann zum Ausdruck brachte. An Jakobus gewandt, erklärte er: »Ein namenloser Bauerntölpel, der von Templern aufgezogen wurde. Dass Waldemar von Brandenburg einen Bastard wie ihn gegen jedes Recht in den Ritterstand erhoben hat, ist eine Frechheit. Warum er es getan hat, liegt für mich aber klar auf der Hand.«

»Tatsächlich?«, fragte Jakobus irritiert. Das Gefühl, blindlings in eine Falle getappt zu sein, wuchs von Augenblick zu Augenblick, und am liebsten hätte er sein Schwert gezogen, um dem angeblichen Klosterleibeigenen damit den Schädel zu spalten. Doch wenn dieser tatsächlich zu Markgraf Waldemars Gefolgsleuten gehörte, konnte er ihn nicht einfach erschlagen wie einen rechtlosen Vagabunden.

Germund schnaubte. »Wenn Waldemar Burschen wie den Namenlosen unter seinen Rittern duldet, dann doch wohl nur, weil er hofft, durch ihn an das zu kommen, was wir auch suchen.«

»Oh, keine Sorge«, sagte der junge Mann spöttisch. »Inzwischen trage ich einen hübschen neuen Namen, den mein Herr, der Markgraf, sogar urkundlich bestätigt hat. Man nennt mich Primus von Tempelhof, nach der Komturei, die dem Templerorden entrissen und Eurem Orden übergeben wurde. Klingt gut, nicht wahr?«

»Macht sich gut auf einem Grabstein«, erwiderte Germund höhnisch. »Aber für mich bist und bleibst du ein Ketzerknecht, den ich zur Hölle schicken werde.«

Germund ließ den Juden los, zog sein Schwert und machte ein paar Schritte auf den jungen Mann am Eingang zu. Auch Jakobus wollte seine Waffe aus der Scheide ziehen, doch da spürte er ganz plötzlich kaltes Metall an seiner Kehle. Es war eine Klinge. Erschrocken versteiften sich seine Glieder, und er verwünschte seine Nachlässigkeit. Der Wortwechsel zwischen Germund und diesem Primus an der Tür hatte ihn von dem Krämer abgelenkt. Dieser schien in seinem Trödel einen Dolch gefunden zu haben, mit dem er ihn nun bedrohte.

»Wie … kannst du es wagen, einen ehrbaren Ritter des Johanniterordens mit einer Waffe zu bedrohen«, stammelte Jakobus heiser. »Dafür lasse ich dich … aufs Rad flechten!«

Eine Antwort folgte mit einem kräftigen Tritt in den Rücken, der ihn wenig elegant zu Boden beförderte. Als er sich mit zornrotem Gesicht umwandte, bemerkte er fassungslos, wie der vermeintliche Krämer listig lächelnd hinter ihm stand. Mit ein paar Handgriffen entledigte sich der Mann seines Kinnbartes. Mit dem spitzen Hut zog er auch eine Perücke vom Kopf.

»Wer bei allen Teufeln bist du?«, keuchte Jakobus, während er fassungslos die Verwandlung beobachtete, die sich direkt vor seinen Augen vollzog.

III.

FRANKREICH, GUTSHOF DES BALTHASAR DE GROS,
SOMMER 1318

Ich fürchte, Ihr seid heute nicht ganz bei der Sache, meine Liebe. Wir wollen noch einmal von vorn beginnen. An wie viele Heilige erinnert Ihr Euch und wie lauten die sieben Todsünden?« Die Stimme des Mönchs klang an diesem Nachmittag noch lustloser als sonst. Kein Wunder also, dass Priscas Gedanken bald abschweiften. Gelangweilt schaute sie aus dem Fenster und ließ die zauberhafte hügelige Landschaft auf sich wirken. Sie verspürte eine starke Sehnsucht, sich die Schuhe von den Füßen zu streifen, die Kammer zu verlassen und mit gerafftem Kleid in den Bach zu steigen, der direkt am Gut vorbeifloss. Welch eine Zeitverschwendung, bei diesem Wetter in einer muffigen Stube zu sitzen und in Gegenwart eines Mönchs, den sie ohnehin nur schwer verstand, mit Fragen des Glaubens traktiert zu werden. Unglücklicherweise hatte Balthasar de Gros, dessen Gastfreundschaft sie genoss, darauf bestanden, sie mit dem christlichen Glauben vertraut zu machen. Mehr noch, er hatte ihr unmissverständlich klargemacht, dass er sie unter seinem Dach nur dulden würde, wenn sie dem Glauben ihrer Mutter abschwor und den seinen annahm. Den langweiligen Mönch, der aus einem Kloster in der Nähe stammte, bezahlte er großzügig für den Unterricht, aber auch dafür, dass er den Mund hielt und nicht zu viele Fragen stellte.

Der korpulente Mann wartete nicht mehr auf ihre Antwort. Längst waren ihm die Augen zugefallen, was jedoch nicht nur an der brütenden Nachmittagshitze lag, die unerbittlich durch das Fenster drang, sondern auch an der halben Hammelkeule und dem Krug Wein, mit dem sich der fromme Mann über Priscas Begriffsstutzigkeit hinwegtröstete.

Prisca räusperte sich, aber der Mönch rührte sich nicht einmal, als eine Fliege auf seinem glänzenden Schädel landete. Sein leises Schnarchen erklärte den Unterricht für heute für beendet. Prisca war dies sehr recht. Sie hatte sich in das Unvermeidliche gefügt, um den alten Gutsherrn nicht noch mehr gegen sich aufzubringen.

Als sie an seine Tür geklopft und ihm nach einigem Zögern eröffnet hatte, was sie, eine fremde, mittellose Jüdin, zu ihm führte, war er nicht gerade begeistert gewesen. Sie rechnete es ihm jedoch hoch an, dass er sie trotz seiner Vorbehalte nicht davongejagt hatte.

Hätte er ihr damals die Tür gewiesen, wäre sie verhungert oder als Hure in einem Dirnenhaus geendet. So aber besaß sie wenigstens ein Dach über dem Kopf. Sie bekam genug zu essen und hatte mit der Zeit sogar gelernt, sich in der okzitanischen Mundart ihres Gastgebers verständlich zu machen. Die Menschen auf Balthasars Gut hatten ihr viel beigebracht und niemals die Geduld verloren, wenn sie mit Händen und Füßen neue Fragen gestellt hatte.

Ganz allgemein schätzte man sie, sowohl auf dem Besitz des Alten als auch in den Dörfern der Umgebung, weil sie sich nicht zu fein war, bei der Geburt eines Kalbes zu helfen oder mit den Dienstmägden über die Anwendung verschiedener Gewürze und Heilkräuter zu diskutieren.

Prisca beschloss, den Mönch schlafen zu lassen und währenddessen ein wenig Abkühlung am Bach zu suchen. Die Gelegenheit war günstig, denn Balthasar hatte gleich nach Sonnenaufgang für sich und seine Tochter Adaliz Pferde satteln lassen. Wohin die beiden so früh aufgebrochen waren, war ihr Geheimnis geblieben, doch Prisca vermutete, dass Vater und Tochter spät nach Hause zurückkehren würden. So lange sie fort waren, konnte sie tun und lassen, was sie wollte.

Prisca umrundete den *Donjon*, einen trutzigen Rundturm, in dem die Familie des Grundherrn ihre Gemächer hatte, und schlug den Weg hinab zum Tor des Gutshofes ein. Sie mochte den Turm nicht. Vielleicht, weil es ihr nur dann erlaubt wurde, ihn zu betreten, wenn Balthasar sie zu sich befahl, um ihr ins Gewissen zu reden. Er hasste es, wenn sie sich mit dem Gesinde abgab, und hegte zudem den Verdacht, dass sie ihre Taufe mit Absicht hinauszögerte. Der Mönch, der ihm wöchentlich über ihre Fortschritte Bericht erstattete, musste ihm längst mitgeteilt haben, wie schwer von Begriff sie war, wenn es um die Vermittlung einfacher kirchlicher Dogmen ging, und dass noch viel Zeit vergehen würde, bevor er sie taufen konnte. Prisca wiederum vermutete, dass der Klosterbruder selbst es damit gar nicht so eilig hatte, immerhin genoss er die Besuche auf dem Gut. Hier bekam er eine weitaus bessere Verpflegung als im Dorf oder in seiner Abtei.

Ohne Eile schlenderte Prisca den mit Wildblumen bewachsenen Hügel zum Bach hinunter und überquerte die schmale Brücke, die über das munter plätschernde Wasser führte. Vom anderen Ufer aus genoss sie den wunderbaren Ausblick über die schier endlosen Felder und Wiesen, auf denen Schafe weideten, und atmete den Duft von Lavendel und anderen Kräutern ein, welche sie lange nur dem Namen nach gekannt hatte. Sie pflückte einige Blätter und schnupperte vorsichtig an ihnen, wie sie es schon als Kind bei Ausflügen über die Rheinauen bei ihrer Vaterstadt Speyer an der Hand ihrer Mutter getan hatte. Dabei überkam sie ein so tiefes Gefühl von Traurigkeit und Verlust, dass sie die Pflanzen sogleich wieder fallen ließ. Ihre Gedanken wanderten zu ihrem Vater, der auf diesem Gutsbesitz geboren und aufgewachsen war. Sie versuchte sich vorzustellen, wie er als Junge über die Felder galoppiert war oder sich an heißen Tagen im kühlen Bach erfrischt hatte. Hatte er Freunde gehabt, Spielgefährten? Hatte ihn sein Vater zum Jagen und Fischen mitgenommen und ihm das Bogenschießen beigebracht? Wie schwer war es doch, sich ein Bild von dem Mann zu machen, den sie nur so kurz gekannt hatte. Sie war ihm in Speyer begegnet, ihrer Geburtsstadt, wohin er sich schwer verwundet und von Fieber geschüttelt geschleppt hatte, um sie zu sehen. In einer verschlossenen Kammer hatte sie ihn gepflegt, und die Erinnerung an die Stunden, die sie neben seinem Lager gesessen hatte, waren ihr bis heute heilig geblieben. Ihr Vater war ein kräftiger, energischer Mann gewesen, und doch musste er geahnt haben, dass er Speyer nicht mehr lebendig verlassen würde. Daher hatte er sie, seine so lange verleugnete und verheimlichte Tochter, nach und nach in all seine Geheimnisse eingeweiht. Sein Erscheinen hatte ihr Leben nachhaltig verändert, und sie hatte es zugelassen, verändert zu werden. Zuletzt hatte er ihr auch von diesem Gut und der Familie erzählt, die es bewirtschaftete. Noch kurz vor seinem Tod hatte er ihr geraten, sich dorthin durchzuschlagen, falls sie jemals auf der Suche nach einem sicheren Ort sein sollte.

Ja, einen sicheren Ort brauchte Prisca in der Tat. Nach Speyer, wo inzwischen jeder über sie Bescheid wusste, konnte sie nicht wieder zurück. Hier, in der Einsamkeit dieses Besitzes, fragte niemand nach ihr – weder die Waffengefährten ihres Vaters noch der König von Frankreich. Für sie war Prisca längst der Vergessenheit anheimgefallen, und die einzige Frage, die sie sich heute noch stellte, war, ob ausgerechnet Balthasars Turm inmitten der Felder und unter der heißen südfranzösischen Sonne sie vor traurigen Erinnerungen beschützen konnte.

Tief in Gedanken versunken suchte sich Prisca einen flachen Findling, auf dem sie sich für ein Weilchen niederlassen konnte, und starrte dann auf die dichten Brombeerhecken, die das Gut von den ersten Häusern des nahen Bauerndorfs trennten. Versteckt unter den dornigen Ranken befand sich ein fast mannshoher, behauener Block aus Sandstein, der sie fast magisch anzog, seit sie ihn beim Umherstreifen zufällig entdeckt hatte. Er war von Wind und Wetter schwer geschädigt worden und um fast ein Drittel seiner Größe in den Erdboden eingegraben, doch noch immer ließen sich auf der Vorderseite zwei mit Geschick eingemeißelte Köpfe erkennen und darunter einige verwitterte Schriftzeichen, die Prisca allerdings nicht entziffern konnte. Sooft sie den Stein betrachtete, musste Prisca an den jüdischen Friedhof ihrer Vaterstadt denken, auf dem ähnlich uralte und verwitterte Grabmäler standen. Dieser Stein schien jedoch noch um einiges älter zu sein. Außerdem war die Beschriftung nicht Hebräisch. Und überhaupt gab es, soweit Prisca wusste, in dieser Gegend weit und breit keine Juden. Der verstorbene König Philipp von Frankreich, der von manchen auch »der Schöne« genannt worden war, hatte die jüdischen Kaufleute seines Landes bereits vor mehr als zwölf Jahren vertrieben, nachdem er sich ihr Vermögen unter den Nagel gerissen hatte. Damals war Prisca noch ein Kind gewesen, dennoch erinnerte sie sich noch ganz deutlich an die Empörung, welche die Berichte davon unter den Bewohnern ihres Viertels hervorgerufen hatten. Doch das jüdische Vermögen hatte dem schönen Philipp nicht lange genügt. Als seine Staatskasse wieder leer gewesen war, hatte er die Hand nach dem Reichtum des Templerordens ausgestreckt, dessen Hauptquartier in Paris gewesen war. Im Morgengrauen eines nebligen Oktobertages waren die Soldaten des Königs überfallartig in die Templerburg eingedrungen, hatten die überraschten Ritter überwältigt und den Großmeister in Ketten gelegt. Philipp hatte einen Vorwand für sein Handeln gebraucht, denn die Templer zählten nicht nur zu den wohlhabendsten, sondern auch zu den einflussreichsten Ritterorden und unterstanden allein der Gerichtsbarkeit des Papstes. Doch dem verschlagenen König fiel es nicht schwer, in Windeseile Gerüchte in Umlauf zu bringen, welche die gefangenen Ritter in die Nähe von Ketzern und Teufelsanbetern rückten. Keine Anschuldigung war ihm zu billig, kein Vorwurf zu unglaubwürdig, um ihn nicht gegen die Templer zur Sprache bringen zu lassen. Papst Clemens V., der eigentlich hätte wissen müssen, dass die Prozesse die reinste Farce waren, hatte dem König nicht widersprochen und zuletzt gar die Auflösung des einst ruhmreichen Ordens sowie die Beschlagnahmung seiner Güter angeordnet.

Prisca versuchte sich vorzustellen, wie die Familie ihres Vaters es aufgenommen hatte, als sie von der Verdammung des Ordens erfahren hatte. Waren die Schergen des Königs auch hier gewesen, um nach ihm zu suchen? Zweifellos war ein diesbezüglicher Befehl erlassen worden, denn ihr Vater hatte dem Orden nicht nur als einfacher Ritter angehört, sondern war in den Monaten vor dem Untergang ein Vertrauter des letzten Großmeisters gewesen. Einer, der von Geheimnissen wusste, und das konnte dem König in seiner Gier nach Gold kaum verborgen geblieben sein.

Zu Priscas Bedauern gab es jedoch keinen Menschen, der es wagte, mit ihr über ihren Vater zu sprechen. Wie es schien, hatte der alte Balthasar jegliche Erinnerung an ihn tilgen lassen. Weder in der Dorfkirche noch im nahen Zisterzienserkloster wurden für den Verstorbenen Seelenmessen gelesen, und falls es sich doch einmal einer der Bediensteten einfallen ließ, den Ritter zu erwähnen, bezahlte er diesen Fehler mit einer Nacht am Pranger.

»Besser du merkst dir gleich, dass wir nicht an diese Zeiten erinnert werden wollen«, hatte der alte Balthasar Prisca nach ihrer Ankunft auf dem Gut ermahnt. »Die Templer und ihr Orden sind Vergangenheit, und über Vergangenes lässt man Gras wachsen. Merk dir das, Mädchen, dann kannst du hierbleiben.«

Prisca hatte sich die Worte des Alten gut eingeprägt. Balthasar de Gros war bei den Bauern, die seine Felder bestellten, als streng, aber auch gerecht bekannt. Fällte er ein Urteil, so durfte man davon ausgehen, dass er gründlich darüber nachgedacht hatte und sich an das Gesetz des Königs hielt, auch wenn dieser viele Tagesreisen von hier entfernt residierte.

Prisca stand auf, ging zu dem Stein und streckte die Hand aus, um ihn zu berühren. Wenn er doch nur reden könnte, dachte sie versonnen. Er hatte gewiss Generationen von Menschen auf diesem Land kommen und gehen sehen und würde sich bestimmt nicht weigern, ihr etwas über die Vergangenheit des Mannes zu erzählen, dessen Namen sie niemals tragen durfte.

»Nicht, meine Schöne!«

Die Stimme des Mannes, der plötzlich hinter ihr stand und ihr Handgelenk packte, war tief, klang aber angenehm. Dennoch erschrak Prisca so sehr, dass sie sogleich mit einem Aufschrei herumwirbelte, bereit, sich gegen den Burschen zu verteidigen, der sich so unvermittelt an sie herangepirscht hatte. Der Mann lachte, als er ihren verstörten Gesichtsausdruck bemerkte. Sofort ließ er ihr Gelenk los, machte einen Schritt zurück und hob beide Hände, zum Zeichen, dass er nicht vorhatte, ihr etwas anzutun.

»Ach, Ihr seid das, Albin!« Prisca atmete erleichtert auf, verzichtete aber nicht darauf, dem Mann, der plötzlich vor ihr aufgetaucht war, einen vorwurfsvollen Blick zuzuwerfen. »Darf ich fragen, warum Ihr Euch anschleicht, als wäret Ihr auf der Jagd nach Rebhühnern? Ihr habt mich fast zu Tode erschreckt!«

»Zu Tode erschreckt ist besser als zu Tode gestochen, meint Ihr nicht auch?«

Prisca hob verwirrt die Augenbrauen.

»Habt Ihr die Wespennester nicht bemerkt? Der Sandstein ist voller Risse, und dort nisten Dutzende dieser kleinen Biester. Glaubt mir, die können ziemlich angriffslustig werden, wenn sie sich gestört fühlen.« Er lächelte. »Die Erfahrung mussten mein Freund und ich als Knaben machen, als wir den alten Stein freilegten. Vor den Wespen rettete uns nur ein Sprung in den Bach, trotzdem bekam jeder von uns ein paar Stiche ab, die uns tagelang wie Aussätzige aussehen ließen. Vom Spott der Leibeigenen ganz zu schweigen. Dieses Schicksal wollte ich einer geheimnisvollen Schönen wie Euch gerne ersparen, nur deshalb hielt ich Euer Handgelenk fest.« Er verbeugte sich galant. »Ich bitte Euch um Vergebung, falls die Berührung Euch unangenehm war.«

Prisca spürte, wie ihr vor Scham das Blut in den Kopf stieg und ihre Wangen rötete. Daran war jedoch weniger Albins Berührung schuld, sondern die Tatsache, dass er schon wieder so völlig ungeniert mit ihr scherzte. Wie hatte er sie genannt? Geheimnisvolle Schöne?

Albin de Fanion war Balthasars Nachbar, wenngleich man stundenlang reiten musste, um sein Anwesen zu erreichen. Albin schien das nicht zu stören, denn er kreuzte hier auf, sooft er konnte. Er war schrecklich alt, Prisca schätzte ihn auf über dreißig Jahre, aber, wie sie zugeben musste, nicht unattraktiv. Sein haselnussbraunes Haar war voll und lockig, und der Umstand, dass es an den Schläfen einen silbernen Schimmer bekam, verlieh seinem schmalen, bartlosen Gesicht eine markante Note. Mit seinen breiten Schultern und der olivfarbenen Haut brachte er zweifellos so manche Magd dazu, ihm schmachtende Blicke nachzusenden, wenn er auf seinem Pferd durch die Dörfer ritt.

Prisca gegenüber hatte sich der Edelmann bei seinen Besuchen nie anders als taktvoll und höflich benommen, und doch hätte sie zu gern gewusst, wie Balthasar ihm ihre Anwesenheit auf dem Gut erklärt hatte. Hatte er etwa behauptet, sie sei eine neue Magd, der man keine Beachtung schenken musste? Den meisten Gutsbewohnern hier galt sie als Vertraute und Begleiterin der Edeldame Adaliz, doch die gute Kleidung, die man ihr zugestand, hob sie von einer einfachen Dienerin oder Zofe ab. Sie speiste nicht mit der Familie und wohnte nicht im *Donjon*, versah aber auch nicht die Pflichten einer Magd. Dass dieser Umstand Fragen aufwarf, verstand sich von selbst, und es war weiß Gott kein Wunder, dass Außenstehende wie Albin de Fanion in ihr eine rätselhafte Person sehen mussten. Eine Person, die Neugier weckte.

Gottlob war sie noch nie mit ihm alleingewesen, weswegen er ihr auch nicht mit neugierigen Fragen zusetzen konnte. Doch allein schon der Umstand, dass er sie »geheimnisvolle Schöne« genannt hatte, versetzte sie in Alarmbereitschaft.

Er darf es nicht herausfinden, dachte sie und spürte, wie ihre Unbefangenheit einer starken Anspannung wich. Niemals. Keiner darf das. Der Alte würde mich eigenhändig von seinem Gut peitschen, wenn er erführe, dass ich noch viel mehr zu verbergen habe als meine Herkunft.

»So still?« Albin lächelte sie wohlwollend an, da ihm aufgefallen war, dass sie seinen Blicken auswich. »Ich hoffe, Ihr empfindet mich nicht als zu aufdringlich, aber ich unterhalte mich gern mit Euch!«

Prisca entschied, dass ihr von Albin keine Gefahr drohte. Nicht einmal ein gelangweilter Landedelmann wie er würde den weiten Weg über die Felder nur auf sich nehmen, um sie zu beobachten. Nein, sie war ihm völlig gleichgültig, mochte er sie auch für geheimnisvoll und eine Schönheit halten, was durchaus im Auge des Betrachters lag. Tatsächlich beehrte er das Gut des alten Balthasar deshalb so fleißig, weil er sich Hoffnungen auf Adaliz machte. Die junge Frau hatte es Prisca vor einigen Tagen anvertraut, dabei jedoch offengelassen, ob ihr die Werbung gefiel oder eher lästig war.

»Ich war im *Donjon*«, sagte Albin nun, während er sich mit einem Tüchlein den Schweiß von der Stirn wischte. Die Schwüle des Tages wurde immer drückender und würde sich vermutlich bald in einem heftigen Gewitterregen entladen. »Aber dort sagte man mir, der Herr und seine Tochter seien fortgeritten. Ihr habt nicht zufällig gehört …«

Prisca hob rasch die Hand. »Nein, ich muss Euch enttäuschen, werter Albin. Ich weiß wirklich nicht, wohin die beiden geritten sind. Vielleicht nach Pouillon. Die junge Herrin hat Altartücher für die Kirche Saint-Martin bestickt, die sie vielleicht heute abgeben möchte, und ihren Vater hörte ich erst neulich sagen, in Labatut gebe es einen neuen Weinhändler, der für Weine aus dem Königreich Aragón wirbt.« Sie seufzte leicht. »Hätte der Herr geahnt, dass Ihr ihn besuchen wollt, hätte er seine Geschäfte gewiss auf einen anderen Tag verschoben.«

»Natürlich hätte er das!« Die Art, wie Albin das sagte, klang eher sarkastisch als ehrlich überzeugt, dennoch lächelte er Prisca freundlich an. Galant führte er sie über den Steg und schlug an ihrer Seite den Weg zurück zum Hofgut ein. Prisca war das zwar unangenehm, doch sie traute sich nicht, Albin abweisend zu behandeln. Immerhin war er ein Nachbar von edler Geburt und dem Haus de Gros von Kindheit an eng verbunden.

»Ich hoffe, man erweist mir trotz der Abwesenheit des Herrn Gastfreundschaft«, sagte Albin nach einer Weile mit einem prüfenden Blick zum Himmel, der sein sommerliches Blau verloren hatte. Mücken umschwirrten seinen Kopf. »Reite ich jetzt los, werde ich bestimmt nass bis auf die Haut sein, bevor ich zu Hause angekommen bin.«

Da Prisca selbst kaum mehr als ein vages Gastrecht auf dem Gut genoss, durfte sie ihm keinesfalls die Tür weisen. Sie dachte angestrengt darüber nach, was der alte Herr wohl in einem Fall wie diesem von ihr erwartete. Anweisungen hatte sie keine erhalten. War es trotzdem ihre Pflicht, die Rolle der Gastgeberin zu übernehmen? Ein verstohlener Blick glitt über ihren schlanken, fast knabenhaften Körper. Das taubengraue Kleid, das sie trug, war eine Spur zu lang – sie hätte den Saum längst ändern müssen, wozu sie sich aber der Hitze wegen einfach nicht hatte aufraffen können. Der Surcot als Übergewand, der hierzulande aus leichterem Material gewebt wurde als zu Hause am Rhein, besaß nicht die kleinste Verzierung am Saum, doch dafür war er sauber genug, um nicht vor einem Gast in Verlegenheit geraten zu müssen. Dasselbe galt auch für das steife Leinengebende, welches ihr rabenschwarzes Haar bedeckte: einfach, langweilig, aber kleidsam. Und es brachte ihr Gesicht mit dem blassen Teint und den dunklen Augen treffend zur Geltung. Prisca hatte nie die Zeit gefunden, sich Gedanken über ihr Aussehen zu machen. Während andere Mädchen Gürtelbänder und Tüchlein bestickt oder nach Borten, Tasseln oder Schnabelschuhen Ausschau gehalten hatten, hatte sie sich um die Kranken ihres Viertels gekümmert. Sie hatte Kräuter für Salben gesammelt, Tränke gebraut und sich in die medizinischen Schriften arabischer, persischer und jüdischer Gelehrter vergraben, um ihre eigenen Kenntnisse der Heilkunde zu erweitern. Eine Zeitlang hatte sie sogar verbotenerweise Männerkleidung getragen, weil sie sich auf ihren Reisen in der Aufmachung eines jungen Mannes weniger beachtet und auch weniger angreifbar gefühlt hatte. Um sich vor räuberischem Gesindel zu schützen, hatte sie sogar ihr Haar geopfert. Unwillkürlich berührte Prisca ihren Kopf. Es gab Tage, an denen sie sich immer noch kahl und hässlich fühlte, und obschon ihre Haare in den vergangenen Monaten nachgewachsen waren, beruhigte sie der Umstand, dass die Frauen in dieser Gegend wie in ihrer Vaterstadt Schleier und Hauben trugen.

Als Prisca an Albins Seite auf das Portal des *Donjons* zuging, spürte sie die skeptischen Blicke der Torwächter wie Nadelstiche im Rücken. Kein Wunder, schließlich betrat sie das imposante Wohngebäude so gut wie nie. Und das war allgemein bekannt. Heute indessen hatte sie keine andere Wahl. Der Verwalter ließ sich nirgendwo blicken, und sie konnte einem Gast des alten Balthasar kaum eine Erfrischung in die Pferdeställe bringen lassen.

Das Gemach, in dem Balthasar gemeinsam mit seiner Tochter sein Nachtmahl einzunehmen pflegte, ließ sich über eine steinerne Wendeltreppe erreichen. Im Unterschied zu den anderen Räumen des *Donjons*, die äußerst schlicht und spärlich möbliert waren, hatte Adaliz aus diesem Ort ein behagliches Refugium gemacht. Das kahle Mauerwerk wurde von kostbaren Wandteppichen geschmückt, es gab geschnitzte Lehnstühle für den Gutsherrn und seine Gäste und sogar einen Kamin, über dem Balthasars Lieblingswaffen neben dem in Blei gefassten Wappen der Familie hingen.

Prisca konnte der Versuchung nicht widerstehen, sich in dem Gemach umzuschauen, auch wenn sie befürchten musste, dass Albin ihre neugierigen Blicke bemerkte und seine Schlüsse daraus zog. Hinter einem Stützbalken entdeckte sie Adaliz' Stickrahmen. Eines der Altartücher, von dem sie Albin erzählt hatte, war noch aufgespannt, auf einem Fußschemel daneben lagen geschnitzte Hirschhornkämme, Nadeln aus Bronze und Spulen aus mehrfarbigem Garn.

Priscas Annahme, Vater und Tochter seien zur Kirche geritten, war demnach falsch. Um ihre Verlegenheit zu überspielen, rief sie eine Magd herbei und befahl ihr, Wein, Käse und Obst für den Gast des Gutsherrn aufzutragen. Sie dankte Gott, dass ihre Stimme dabei nicht zitterte.

»Ein wirklich schöner Besitz«, sagte Albin, nachdem er den ersten Becher, ohne abzusetzen, geleert hatte. Gemächlich schlenderte er zum Kamin und betrachtete sich das Wappen. »Trotz der Missernten, die unsere Region seit einigen Jahren heimsuchen, hat der alte Herr Balthasar nie schlecht gewirtschaftet, das muss man ihm lassen. Und das, obwohl er keine männlichen Nachkommen hat, die ihn unterstützen!«

Mit einer einladenden Geste deutete er auf den Lehnstuhl des Gutsherrn. »Warum setzt Ihr Euch nicht zu mir?«

Prisca schluckte. Auf den Stuhl des Alten sollte sie sich setzen? Nein, das wagte nicht einmal Adaliz, die ihren strengen Vater für gewöhnlich um den kleinen Finger wickeln konnte, wenn es darum ging, ihren Willen durchzusetzen. Doch Albin blieb unnachgiebig und beharrte darauf, dass sie ihm bei seinem Wein Gesellschaft leistete. Durch das offene Fenster war plötzlich Musik zu hören. Unten im Dorf schienen Spielleute angekommen zu sein. Sie entlockten ihren Flöten jene hübschen Melodien Okzitaniens, die mit dem Wind in die Gemächer getragen wurden und sie wie ein Duft mit Leichtigkeit und der Sorglosigkeit des Augenblicks erfüllten.

Albin beugte sich über die Fensterbrüstung. »Da unten wird etwas gefeiert«, sagte er. »Der Anger ist voller Leute!«

»Eine Hochzeit«, bestätigte Prisca. Sie gesellte sich zu dem Mann am Fenster. »Die Tochter des Hufschmieds heiratet einen Bauern aus einer der Hütten unten am Bach. Der Herr ist mit der Verbindung einverstanden.«

»Nur leider ist er nicht anwesend, um dem Brautpaar seinen Segen zu geben!«

Wie zufällig berührte Albins Arm sanft ihre Schulter. Sie schnappte nach Luft, spürte, wie ihr Körper sich versteifte. Wie lange war es her, dass sie so nah bei einem Mann gestanden hatte? Sie erinnerte sich nicht mehr. Unwillkürlich schlich sich das Bild ihres Vaters in ihr Gedächtnis. Ein wenig abrupt rückte sie von Albin ab, der sie mit einem spöttischen Grinsen musterte, und begab sich zurück in die Mitte des Gemachs.

»Wart Ihr jemals verheiratet?«, wollte Albin wissen.

»Ich?« Prisca sperrte verwundert die Augen auf. Wie kam er denn nur auf so etwas? »Nein, niemals!«

»Und sonst?« Balthasars Nachbar nahm einen weiteren Schluck

Wein. Er schien nicht gewillt, mit seiner Ausfragerei aufzuhören. »Nun habt doch ein Einsehen und erzählt mir mehr von Euch. Seid Ihr Euch überhaupt darüber im Klaren, dass sich der gesamte okzitanische Adel über Euch, die geheimnisvolle Schönheit, den Kopf zerbricht? Wohin ich auch komme, wird über Balthasar de Gros' fremden Gast geredet.«

»Über mich?« Prisca erbleichte. Was Albin andeutete, hörte sich zwar stark übertrieben an, bereitete ihr aber dennoch Sorgen. Wie lange ließ sich hier auf dem Land wohl ein Geheimnis bewahren? Nicht länger als in ihrer Heimat, vermutete sie.

»Euer Französisch ist ausgezeichnet, aber in Eurem Tonfall liegt ein Akzent«, fuhr Albin fort. »Wohingegen Ihr das Okzitanische kaum beherrscht.« Er grinste sie an, wobei er scherzhaft mit dem Finger drohte. »Wartet nur, ich finde schon noch heraus, wo Ihr geboren wurdet!«

»Gehört es vielleicht zu den Tugenden des okzitanischen Adels, eine Dame mit Fragen zur Last zu fallen?«, gab Prisca spitz zurück. »Erzählt mir lieber etwas über den merkwürdigen Stein unten am Bach.«

Albin runzelte die Stirn. »Den Stein?«

»Jawohl! Ihr sagtet vorhin, ihr habt den Stein zusammen mit einem Freund freigelegt.« Sie räusperte sich. »Stammte dieser Freund vielleicht hier von diesem Gut?«

Aus dem Gesicht des Nachbarn verschwand das Lächeln. Nervös nippte er an seinem Becher und ließ viel Zeit verstreichen, ehe er sich bequemte, mit der Sprache herauszurücken.

»Es schickt sich eigentlich nicht, in diesem Haus über ihn zu reden, aber ...« Er zwinkerte ihr zu. »Der Alte ist schließlich nicht da, und in die Hand versprochen habe ich ihm gar nichts.« Er stellte seinen Weinbecher ab und näherte sich Prisca. Ihren Widerstand ignorierend, führte er sie zu Balthasars Lehnstuhl und zwang sie mit sanfter Gewalt, sich zu setzen. »So ist es doch besser, nicht wahr?« Plötzlich waren seine Lippen so nah an ihrem Ohr, dass der Hauch seiner Stimme sie kitzelte. »Ich frage mich, ob eine kluge Frau wie Ihr Schach spielt, meine Liebe?«

Sie verneinte mit einem Kopfschütteln, obwohl dies nicht der Wahrheit entsprach. Als Kind hatte sie das aus dem Orient stammende Spiel geliebt, weil es sie an ihre Mutter erinnert hatte, die selbst eine ausgezeichnete Spielerin gewesen war. Wann immer sie später im Haus ihres Onkels schwere Stunden durchlitten hatte, hatten die kunstvoll geschnitzten Figuren ihr Trost gespendet. Doch dies war lange her.

»Beim Spiel der Könige geht es um Triumphe und Niederlagen, um Kampf und Sieg«, erlöste Albins Stimme sie von ihren Erinnerungen. »Zug um Zug führen wir unsere Streiter ins Feld. Rohe Gewalt nützt ihnen nichts, nur Raffinesse und Eifer. Was ist, Herrin? Sollen wir beide eine Partie wagen? Ich erzähle Euch, was immer Euch interessiert, im Gegenzug darf ich Euch ebenfalls ein paar Fragen stellen. Nur so ist es gerecht, meint Ihr nicht auch?«

Eine innere Stimme warnte Prisca davor, sich mit einem Mann, den sie kaum kannte, auf ein Spiel einzulassen, dessen Verlauf sie unmöglich abschätzen konnte. Doch dann musste sie wieder an ihren Vater denken. Die Last der Vergangenheit, die nun allein auf ihren Schultern lag, drängte sie dazu, ihren Widerwillen herunterzuschlucken.

»Nun gut, ich bin einverstanden«, erklärte sie schließlich mit rauer Stimme. »Dann beginnt und macht Euren ersten Zug!«

IV.

Ich war mit Balthasars Sohn Payen de Gros befreundet«, begann Albin seinen Bericht. »Payen war zwar bedeutend älter als ich, aber als Junge bewunderte ich ihn wie einen Helden, der siegreich vom Kampf gegen Drachen und Räuber zurückkehrt. Ich erinnere mich noch, wie ich ihm überallhin nachlief und wie gutmütig er meine Aufdringlichkeit ertrug. Da mein Vater vom Kriegszug gegen das aufständische Flandern nicht zurückkehrte, brachte Payen mir bei zu reiten und mit dem Schwert umzugehen. Er war ein guter Lehrer, wenngleich auch manchmal etwas reizbar. Wenn ihn die Ungeduld packte, konnte man sich auch einmal einen Fußtritt einhandeln. Er sagte, als Knappe müsse man noch ganz andere Launen über sich ergehen lassen.« Er lachte. »Aber so wild und unbeherrscht sind alle de Gros', der alte Balthasar ist das beste Beispiel. Manchmal durfte ich Payen auch auf die Jagd begleiten, dabei lehrte er mich, Pfeil und Bogen zu gebrauchen. Eines Tages im Sommer, als wir uns nach einem Jagdausflug im Bach erfrischten, stieß Payen zufällig mit dem Fuß gegen den alten Stein. Er ragte nur eine Handbreit aus dem Erdboden heraus, aber Payen gab keine Ruhe, bis wir ihn ausgegraben hatten. Er sagte, der Stein sei römischen Ursprungs und vermutlich zu Ehren eines großen Heerführers aufgerichtet worden, der mit seiner Frau einst in dieser Gegend, vielleicht sogar auf dem Gut der de Gros', gelebt habe. Die Römer saßen ja überall in Aquitanien, da lag der Verdacht nahe. Kennt Ihr die Straße nach Bordeaux? Nein? Ihr Pflaster stammt auch noch aus römischer Zeit. Payen war fasziniert von dem Gedanken, womöglich selbst von dem Römer abzustammen, dessen Antlitz auf dem Stein zu sehen ist. Ja, er glaubte, eine Ähnlichkeit zwischen ihm und den de Gros' zu entdecken. Die große, leicht gebogene Nase … die wachen Augen und die hohe Stirn … ach, was weiß ich. Das ist natürlich blanker Unsinn, und nach einer Weile wünschte ich mir, wir hätten das vermaledeite Teufelsding niemals ausgegraben oder wenigstens gleich zerschlagen, weil …«

»Weil …?« Prisca wurde hellhörig, gleichzeitig fühlte sie ihr Herz schneller schlagen. Endlich hatte sie jemanden gefunden, der es nicht ablehnte, mit ihr über ihren Vater zu sprechen. Sie durfte nur nicht zu neugierig erscheinen und Albins Argwohn erregen. Auf keinen Fall durfte er herausfinden, dass sie Payen de Gros' Tochter war.

Albin wandte Prisca den Rücken zu und starrte hinüber zum Kamin mit dem Wappen der de Gros'. Prisca erinnerte sich nicht, es jemals zuvor gesehen zu haben, fand es jedoch höchst beeindruckend. Trotz des schummrigen Dämmerlichts im *Donjon* erkannte sie auf dem Schild einen Turm und daneben eine Eiche mit begrünter Krone. Eine Schwertklinge deutete auf den Ritterstand hin, eine Lilie umschrieb Treue und Verbundenheit zur französischen Krone.

»Nur zwei Wochen nach unserer Entdeckung, zog eine Schar schwerbewaffneter Templer durch das Dorf«, sagte Albin. »Die Männer waren auf dem Weg zu ihrer Komturei in Charmant, von wo aus sie mit weiteren Rittern zum Hafen von Marseille weiterreiten wollten. Dort lagen einige Schiffe der Templerflotte vor Anker, die ins Heilige Land segelten. Wenn ich mich recht entsinne, mussten sieben der Ordensritter hier vor Ort rasten, um ihre Pferde beschlagen zu lassen, und Payen, der ein ziemlich vorwitziger Bursche war, bot ihnen an, sich währenddessen im *Donjon* seines Vaters zu stärken.«

Prisca begriff. In demselben Raum, in dem sie nun stand, war ihr Vater zum ersten Mal mit Angehörigen des Ritterordens zusammengekommen, der wenige Jahre später über sein eigenes Schicksal entscheiden sollte. Und über ihres gleich mit, wenn man es genau betrachtete. Erneut versuchte sie, sich das Bild des fiebrigen Mannes ins Gedächtnis zurückzurufen, für dessen Rettung sie vor einigen Jahren in Speyer all ihr medizinisches Wissen aufgeboten hatte. Durch einen Schwerthieb verwundet, abgemagert und geschwächt, hatte er ihr erlaubt, sich um ihn zu kümmern. Für sie beide hatte sich daraus eine harte Bewährungsprobe ergeben, denn ihr Vater, der mit Gott und seinen Templergelübden gehadert hatte, war nicht immer sanft mit der Tochter umgesprungen, die ihn an vergangene Stunden höchster Glückseligkeit und tiefster Schande erinnerte. Dass Prisca einen christlichen Ritter im Spital der Judengasse vor seinen Verfolgern versteckte, war ihm ein Gräuel gewesen, doch der Ort hatte sich für geraume Zeit als weise gewählt erwiesen. In den Nächten, die Prisca an Payens Krankenlager verbracht hatte, waren sich Vater und Tochter schließlich nähergekommen und hatten es zumindest für kurze Zeit geschafft, zu vergessen, was sie trennte: ihr Glaube und seine Gelübde. Inmitten der Speyrer Judengasse hatte Prisca von der atemberaubenden Liebesgeschichte zwischen einer hübschen Jüdin und einem Ordensritter erfahren, die mit Recht verboten genannt werden durfte. Eine Beziehung über alle Grenzen und Gesetze hinweg, die in den Augen so vieler als Verrat und Sünde galt.

Ein Templer, der mit einer Jüdin seine Gelübde brach, dachte Prisca wehmütig. War es denn ein Wunder, dass sie, die Frucht dieser unerlaubten Beziehung, ein Leben im Schatten führen musste? Verdammt dazu, ein Wesen der Nacht zu bleiben, allenfalls geduldet, aber niemals akzeptiert? Wer war sie, und vor allem, was war sie? Eine Adlige oder eine Unfreie, eine Jüdin oder eine Christin? Heilige oder Dämonin?

Gedankenverloren trat sie zum Kamin, verschränkte die Arme vor der Brust und betrachtete das Wappen ihrer Familie väterlicherseits.

Familie. Ein Wort, das recht hübsch in den Ohren klang, ihr jedoch nicht gerade leicht über die Lippen kam.

»Und dann?«, hörte sie sich selbst fragen. »Was geschah mit Payen, nachdem die Templer in diesem Haus eingekehrt waren?«

»Oh, das Ende ist rasch erzählt«, gab Albin ohne Umschweife Auskunft. »Payen bat seinen Vater um Erlaubnis, in den Templerorden eintreten zu dürfen. Er war wie besessen davon und brachte ganze Nächte betend in der Kapelle zu, um sein Gewissen zu erforschen. Als er mir von seinen Plänen erzählte, war ich natürlich begeistert. Welcher halbwüchsige Knabe wäre das nicht gewesen, schließlich hörte sich Payens Vorhaben nach einem grandiosen Abenteuer an. Am liebsten wäre ich mit den Templern ins Heilige Land übergesetzt, um die Festung Akkon gegen die Sarazenen zu verteidigen oder gar gleich das Heilige Grab zu befreien. Woher hätte ich wissen sollen, dass der Ruf des Ordens zu dieser Zeit schon schwer beschädigt war? Die Erwachsenen erzählten nun häufiger von dämonischen Ritualen in hellen Vollmondnächten und von wüsten Orgien in der alten Komturei von Charmant. Payen tat das als übles Gerede ab. Für ihn waren die Templer nichts weniger als fromme und ritterliche Helden, in deren Macht es lag, die heiligen Stätten von den Sarazenen zurückzuerobern. Er redete von nichts anderem mehr.«

»Doch sein Vater war dagegen, nicht wahr?«, warf Prisca ein. Obwohl sie die Antwort bereits kannte, war sie erpicht darauf, sie aus Albins Mund zu hören. Schließlich hatte er Payen gekannt und musste wissen, was in jenen Tagen in ihm vorgegangen war. Was er gedacht und gefühlt hatte.

»Dagegen?« Albin lachte. »Das ist noch milde ausgedrückt! Balthasar schäumte vor Wut. Er verbot ihm, das Gut zu verlassen, um sich den Templern anzuschließen. Für den Fall, dass Payen es dennoch tun sollte, drohte er, ihn zu verstoßen und um ihn wie um einen Toten zu trauern.«

»Das war hart.«

»Ja, aber man muss Balthasar zugutehalten, dass er damals noch von Kummer über den Tod seiner Gemahlin, Payens Mutter, erfüllt war. Die Ärmste hatte nämlich erst einen Winter zuvor bei der Geburt ihrer einzigen Tochter das Zeitliche gesegnet.«

»Adaliz, nicht wahr«, flüsterte Prisca, der allmählich die Zusammenhänge klarer wurden. Dass Balthasars Tochter ohne Mutter aufgewachsen war, wusste sie zwar bereits, doch hatte sie angenommen, dass die Gutsherrin lange vor Payens Abschied gestorben war.

»Ganz recht, die schöne Adaliz!« Albin atmete tief durch, bevor er weitersprach. »Ihr Vater hatte erwartet, dass sein Sohn, den er zum eigenen Ebenbild hatte erziehen wollen, ihm über seinen Kummer hinweghelfen und sich dereinst um die Bewirtschaftung der Güter kümmern würde. Es ist nachzuvollziehen, wie schwer ihn daher Payens Entschluss traf, mit den Templern nach Palästina zu ziehen. Dabei vergaß er völlig, wie ähnlich sich Vater und Sohn waren. Beide konnten störrisch wie Maulesel sein. Ich selbst wurde mehr als einmal Zeuge, wie sie sich hier in diesem Gemach anbrüllten. Dabei ging es darum, dass Balthasar sich eine große Nachkommenschaft wünschte, für die Payen als Templer aber nicht würde sorgen können. Wegen der … Keuschheitsgelübde.« Er sah Prisca forschend an, als wolle er prüfen, ob sie verstand, wovon er sprach. »Keine Kinder für ihn, wenn Ihr versteht, was ich meine. Weder Knaben noch … Mädchen!«

Prisca spürte, wie ihr das Blut in den Kopf schoss. Doch nicht Verlegenheit war es, die ihre Wangen färbte, sondern die Angst, Albin könnte in ihren Gesichtszügen etwas entdecken, was ihn an den alten Freund erinnerte und seine Schlüsse daraus ziehen. Als sie den Blick hob, bemerkte sie, wie sein Lächeln breiter wurde. Doch zu ihrer Erleichterung fuhr er mit seinem Bericht fort, als hätte es diesen Moment nie gegeben.

»Als Payen bei Nacht und Nebel davonlief, strich Balthasar ihn aus seiner Erinnerung. Er ließ alles aus dem Haus entfernen, was an ihn erinnerte. Unten im Hof mussten die Knechte und Mägde seine Habe verbrennen und die Asche im Wind verstreuen. Niemand in Pouillon darf seit diesem Tag über Payen reden oder Fragen über sein Schicksal stellen. Die alten Römer kannten dafür einen Begriff: *Damnatio memoriae*, die Auslöschung jeglicher Erinnerung.«

Nun, immerhin hält sich der alte Mann an seine eigenen Regeln, dachte Prisca bekümmert. Nachdem ihm am Tag nach ihrer Ankunft klargeworden war, wem er seine Tür geöffnet hatte, hatte Prisca erwartet, dass er ihr eine Menge Fragen stellen würde. Über die kurze Beziehung, die sein Sohn trotz seines Keuschheitsgelübdes als Templer mit ihrer Mutter eingegangen war, und darüber, wo und wie er den Tod gefunden hatte. Doch weit gefehlt. Balthasar hatte sich nur mäßig berührt gezeigt und sein Verbot, über Payen zu reden, sogar bekräftigt. Er zweifelte Priscas Worte nicht an, verlangte von ihr aber, über diese Dinge Stillschweigen zu bewahren, sonst könne er sie nicht unter seinem Dach dulden.

Also schwieg sie. Und wartete.

Die plötzliche Stille im Gemach holte Prisca aus ihren düsteren Gedanken. Albin hatte seine Erzählung beendet, denn mehr wusste er über ihren Vater und dessen Zerwürfnis mit seinem Vater nicht zu berichten.

Nach Payens Verschwinden war er zwar weiterhin regelmäßig an der Seite seiner Verwandten nach Pouillon gekommen, doch wenn Prisca die Worte des Nachbarn richtig deutete, so hatte auch Albins Verhältnis zu den Bewohnern des Gutes de Gros aufgrund der Angelegenheit von damals an Unbeschwertheit verloren. Man achtete einander, mehr aber auch nicht. Sollte Balthasar jemals zu Ohren kommen, dass Prisca es gewagt hatte, seine eiserne Regel zu brechen, würde er es sie, aber auch Albin spüren lassen. Fehler dieser Art, soviel hatte Prisca gelernt, konnten Fehden unter den Adelsfamilien provozieren, die zuweilen sogar die Jahrhunderte überdauerten. Doch selbstverständlich hatte Prisca nicht vor, ein solches Unheil heraufzubeschwören. Nicht umsonst hatte sie die Mägde fortgeschickt und die Tür geschlossen, und Albin würde sich gewiss nicht ins eigene Fleisch schneiden, indem er etwas über ihr Gespräch ausplauderte.

»Ich danke Euch für Eure Auskünfte«, sagte sie schließlich ein wenig steif. »Aber nun müsst Ihr mich entschuldigen. Ich muss …«

»Nicht so hastig«, fiel Albin ihr brüsk ins Wort. Er machte eine Handbewegung, als schiebe er unsichtbare Spielfiguren über ein Brett. »Ihr habt doch nicht unsere Abmachung vergessen? Zug um Zug, habe ich gesagt. Wenn Ihr keine weiteren Fragen an mich habt, seid Ihr nun an der Reihe.« Gelassen griff er nach dem Tonkrug, den die Magd zurückgelassen hatte, und füllte sich den Becher bis zum Rand. Auf Wasser zum Verdünnen verzichtete er. Während er trank, bedachte er Prisca mit einem ernsten Blick, der sie warnen sollte, Spielchen mit ihm zu spielen.

»Heraus mit der Sprache! Wer seid Ihr wirklich, und warum gewährt der alte Balthasar Euch auf seinem Gut Unterschlupf? Oh, versteht mich bitte nicht falsch. Es ist keineswegs so, dass ich Euch für eine Vagabundin oder Diebin halten würde. Ein Mann, der die Ehre seines Hauses so verbissen verteidigt wie Balthasar, würde keinen aufnehmen, der mit den Gesetzen des Königs in Konflikt geraten ist.«

Prisca holte tief Luft und betete, dass er übersah, wie durcheinander sie war. Sie durfte ihm nicht anvertrauen, was sie mit den de

Gros' verband. Und wenn er noch so hartnäckig in sie drang, sie musste den Mund halten. Unglücklicherweise deutete Albin ihr Schweigen falsch.

»Man hat mir zugetragen, dass einer der Mönche vom Kloster Saint-Jacques le Seigneur hier seit Wochen regelmäßig ein und ausgehe, um sich mit Euch zu treffen.« Albin strich sich über das glattrasierte Kinn, ließ Prisca dabei aber nicht aus den Augen. »Nun redet schon, denkt an unsere Abmachung! Warum die Besuche dieses Klosterbruders? Zweifelt die Kirche etwa Eure Rechtgläubigkeit oder gar die des Gutsherrn an? Es wäre nicht das erste Mal, dass sein Haus von Männern des Königs durchsucht werden würde.«

»Durchsucht?« Prisca starrte den Mann irritiert an, da diese Neuigkeit für sie überraschend kam. »Etwa, weil Payen ein Tempelritter war?«

»Weswegen denn wohl sonst!«, sagte Albin gereizt. »Es kamen Gerüchte auf, die Templer hätten ihm vor dem Überfall auf ihre Pariser Burg an jenem Freitag Anno 1307 einen Teil ihres gewaltigen Vermögens anvertraut, und Payen wäre zu seinem Vater gekommen, um ihn zu überreden, ihn und eine Handvoll seiner ketzerischen Gefährten über die Berge ins Königreich Aragón zu bringen. Dort sollen die Templer noch so gut wie unbehelligt leben, weil König Jacob II. sie beschützt. Was der Heilige Vater in Avignon verfügt, kümmert diese Frevler nicht.«

Die Art, wie Albin dies sagte, klang reichlich verbittert in Priscas Ohren, und plötzlich fragte sie sich, ob seine Freundlichkeit ihr gegenüber aufrichtig oder nur gespielt gewesen war, um sie in aller Ruhe aushorchen zu können. Je länger sie ihn betrachtete, desto mehr beschlich sie der Verdacht, dass sie einen gewaltigen Fehler gemacht hatte. Sie hatte Albin geglaubt, ein enger Jugendfreund ihres Vaters gewesen zu sein, doch seinen zynischen Worten nach, hasste er die Templer und alles, wofür sie standen, noch leidenschaftlicher als Balthasar. Sein Abscheu schien sich zudem gegen jedermann zu richten, der die Autorität des Papstes infrage stellte und nicht rechtgläubig genug war. Wie auch immer er diesen Begriff auch auslegen mochte. »Die Soldaten des Königs stellten das Gut drei volle Tage lang auf den Kopf. Sie suchten nach belastenden Briefen oder Dingen, die Payen angeblich vor seiner Flucht zurückgelassen hatte. Während dieser Zeit war es niemandem erlaubt, das Gut zu betreten oder es zu verlassen. Was glaubt Ihr, was die Männer gefunden haben?«

Prisca zuckte mit den Schultern, denn sie hatte tatsächlich keine Vermutung.

»Natürlich nichts«, sagte Albin mit einem verächtlichen Schnauben. »Ihre Nachforschungen verliefen im Sande. Dem alten Balthasar konnte niemals nachgewiesen werden, dass er seinen Sohn überhaupt noch einmal sah, nachdem der sich den Templern angeschlossen hatte.« Albin leerte den Becher in einem Zug. »Ihr habt den Herrn de Gros doch inzwischen kennengelernt. Haltet Ihr es für möglich, dass er Besitz und Titel riskiert hätte, um Payen zu helfen? Obwohl der ihn so bitter enttäuscht hat?«

»Er war Balthasars einziger Sohn und hatte sicher nie vor, ihn zu enttäuschen«, gab Prisca zu bedenken. Die Wendung, die das Gespräch nahm, behagte ihr nicht, und in Gedanken schimpfte sie sich eine Närrin, weil ihre Neugier sie für einen wortgewandten Mann wie Albin zu einer leichten Beute gemacht hatte. Dass ihr Fehler noch schwerer wog, bemerkte sie, als Albin ihr mit einem triumphierenden Lächeln entgegenhielt: »Ihr sagt, er *war* sein Sohn? Woher wisst Ihr, dass er tot ist? Ich habe das nie erwähnt.«

»Ich … ich weiß gar nichts!« Prisca gab sich Mühe, nicht zu aufgeregt zu klingen. Keinesfalls sollte Albin dahinterkommen, dass sie ihn belog. Natürlich wusste niemand besser als sie, was mit Payen geschehen war. Sie kannte die Umstände, die zu seinem Tod geführt hatten, wo er gestorben und begraben war. Und ihr war

56

bekannt, welches Geheimnis er gehütet hatte, denn dieses Geheimnis war sein Vermächtnis an sie: die Tochter, um die er sich im Leben nicht hatte kümmern können.

Sie stand auf, um mit einer hastig gemurmelten Entschuldigung, eilig aus dem Raum zu schlüpfen, doch sie hätte damit rechnen müssen, dass Albin sie nicht so leicht entkommen lassen würde. Noch bevor sie die Tür erreichte, holte er sie ein und versperrte ihr den Weg. Zierlich wie sie war, hatte sie keine Möglichkeit, ihn zur Seite zu drängen. Er überragte sie um Haupteslänge und besaß genug Kraft in den Armen, um ihre Handgelenke festzuhalten.

»Ihr wollt mir also weismachen, Eure ganzen Fragen über Payen hätten nur mit weiblicher Neugierde zu tun?«, zischte er sie an. »Nun, das mag eine Erklärung sein. Dann schwört mir aber bei Eurer liebsten Schutzheiligen, dass weder Ihr noch sonst jemand in diesem Haus etwas mit den Templern zu tun hat.«

Prisca presste die Lippen zusammen, und zu ihrer Erleichterung vertrieb die Wut, die in ihr hochstieg, ihre Furcht. Wie kam dieser Mann, den sie kaum kannte, dazu, ihr einen Schwur abzuringen? Noch dazu bei einer Heiligen? Sie dachte angestrengt nach, aber in der Aufregung wollte ihr kein Heiligenname einfallen. Ihr Lehrer, der Mönch, hatte zwar einige Male versucht, ihr die Anrufung verschiedener Menschen nahezubringen, die als Märtyrer ihres Glaubens an Jesus gestorben waren und sich nun im Himmel bei Gott für reumütige Sünder verwendeten, doch dieser Glaube war für Prisca so fantastisch und fremd geblieben wie die Sprache der Knechte und Mägde auf dem Landgut. Kein Wunder, dass der christliche Himmel mit seinen Scharen von Heiligen und Engeln sie entsprechend irritierte. Um sich Seligkeit zu verdienen, genügte es offenkundig nicht, die Zehn Gebote und einige Anweisungen Jesu zu beachten, wie sie zunächst irrtümlich angenommen hatte. Nein, es schien außerdem darum zu gehen, seine

Nachbarn durch fromme Taten davon zu überzeugen, dass man sich keiner Ketzereien schuldig machte, sondern zu den Rechtgläubigen gehörte. Prisca hatte von Predigern erfahren, die noch in Payens Kindheit von Dorf zu Dorf gezogen waren, um das Volk Armut und Reinheit im Glauben zu lehren. Aber diese Männer waren von der Kirche des Papstes verurteilt und verfolgt worden. Seitdem schien es besonders dem einheimischen Adel ein Bedürfnis zu sein, dem Papst in Avignon ihrer Treue zu versichern und niemandem einen Anlass für Zweifel an der eigenen Glaubensfestigkeit zu geben. Prisca hatte bislang nicht beobachtet, dass es der alte Balthasar mit der Frömmigkeit so genau nahm. Gewiss besuchte er fast täglich die Messe und entrichtete den Kirchenzehnten von seinen Gütern an die nahe Abtei, doch anders als seine Tochter Adaliz, die Altartücher für Kirchen bestickte und Almosen gab, zog er es doch vor, sich über seine Glaubensvorstellungen auszuschweigen. Dennoch verlangte er von Prisca, die Stunden mit dem dicken Klosterbruder fortzusetzen.

»Was ist los, wollt Ihr nicht oder könnt Ihr nicht schwören?« Albin sah sie durchdringend an, doch seine Stimme wurde weicher. Er schien sich nun aufs Schmeicheln zu verlegen. »Ihr dürft mir vertrauen. Habe ich Euch nicht anvertraut, wie sehr ich Payen bewundert habe? Wollt Ihr mir nicht im Gegenzug verraten, was Euch hierher nach Frankreich geführt hat? Dass Ihr aus dem deutschen Rheinland kommt, weiß ich längst. Die Art und Weise, wie Ihr manche Wörter betont, erinnert mich an deutsche Kaufleute, die ich in Avignon und anderen Städten getroffen habe.«

Prisca suchte noch fieberhaft nach einer unverfänglichen Antwort, um Balthasars Nachbarn wenigstens für den Augenblick zufriedenzustellen, als plötzlich die Tür aufgerissen wurde und ein grauhaariger Mann in das Gemach stürmte. Seinen blitzenden Augen nach schien er auf der Treppe einiges von dem gehört zu haben, was Albin gesagt hatte, denn er hielt schnaufend auf seinen

Nachbarn zu, wobei er ein Gesicht zog, als habe er einen Räuber ertappt, der sich über seine Vorräte hermachte. Prisca wich erschrocken vor ihm zurück. Mit einer so frühen Rückkehr des Gutsherrn hatte sie nicht gerechnet, und obwohl sein Erscheinen sie von Albins Fragen erlöste, fürchtete sie, dass dessen Zorn nicht nur den Nachbarn treffen würde. Er zumindest war ein adliger Freund der Familie, während sie ... Noch bevor ihr eine angemessene Entschuldigung einfiel, drehte sich Balthasar zu ihr um.

»Was hat du hier mit ihm gemacht?«, fuhr er sie mit seiner rauen, kehligen Stimme an. Balthasar de Gros war ebenso groß wie Albin, aber von breiterem Körperbau, und obwohl er inzwischen einen mächtigen Bauch vor sich hertrug und sein braungebranntes Gesicht faltig geworden war, wirkte er mit seinen stechenden wasserblauen Augen noch immer so einschüchternd wie zu seinen besten Zeiten als Schwertkämpfer. Trotz der Sommerhitze trug er ein Wams aus gegerbtem Ziegenleder über der Tunika, das in den Hüften von einem breiten Gürtel mit Silberschnalle straffgezogen wurde. Die schmutzigen Reitstiefel an seinen Füßen verrieten, dass er die Treppe hinaufgeeilt sein musste, ohne den Umweg über die Stallungen zu machen, wo er sich für gewöhnlich nach einem Ausritt dabei helfen ließ, die Stiefel gegen bequemeres Schuhwerk zu tauschen. Vermutlich hatte einer der Torwächter ihm gemeldet, dass Albin de Fanion eingetroffen und gemeinsam mit der Fremden im *Donjon* verschwunden war.

Wie so oft fühlte sich Prisca unter den strengen Blicken des Alten klein wie eine Raupe. Er ließ sie spüren, dass sie sein Vertrauen missbraucht hatte, obwohl davon eigentlich keine Rede sein konnte, da er ihr noch nie sein Vertrauen geschenkt hatte. Sie wusste nicht erst seit heute, dass sie ihm lästig war wie eine Zecke im Fell eines Hofhundes, und dass Abscheu und Argwohn die einzigen Gefühle waren, die sie von ihm erwarten durfte. Das kränkte sie, aber sie zwang sich, es niemanden wissen zu lassen. Als einstige

Bewohnerin der Judengasse von Speyer und Bastardkind eines Unbekannten hatte sie seit frühester Kindheit Demütigungen erfahren, die schreckten sie längst nicht mehr. Als sie nun aber wagte, den Blick des Gutsherrn zu erwidern, fand sie darin zu ihrer Überraschung nicht die leiseste Spur von Hass. Sein nervöses Zwinkern deutete vielmehr auf Furcht und Ratlosigkeit hin, was beides nicht so recht zu dem sonst so kühlen Mann passen wollte.

Immer noch zutiefst durcheinander, setzte Prisca zu einer förmlichen Entschuldigung an. Sie wollte dem Alten erklären, dass sie geglaubt hatte, in seinem Sinne zu handeln, indem sie Albin Gastfreundschaft erwies. War dies nicht auch in Aquitanien ein ungeschriebenes Gesetz der Höflichkeit, gegen das man unter keinen Umständen verstoßen durfte? Insbesondere, wenn es sich um den ländlichen Adel oder einen Angehörigen der Ritterschaft handelte?

Doch Balthasar wollte ihre Erklärungsversuche nicht hören; störrisch schüttelte er den Kopf und beharrte darauf, dass sie nicht gegen seine Befehle hätte verstoßen dürfen.

»Nun aber raus mit dir«, brummte er schließlich, nachdem er seinen mächtigen Körper unter Mühen in seinen Lehnstuhl gehievt hatte. Sein breites, bärtiges Gesicht glänzte vor Schweiß, die Wangen waren so gerötet, dass Prisca schon befürchtete, ihn könnte der Schlag treffen, falls er sich weiterhin so aufregte. Am liebsten hätte sie seinen Puls gefühlt, doch da sie keine Lust verspürte, ein weiteres Mal in Albins Gegenwart angeschrien zu werden, neigte sie nur ergeben den Kopf und beeilte sich, den Raum zu verlassen.

»Und schließ die Tür, Mädchen«, schickte Balthasar de Gros ihr mit fester Stimme hinterher. »Was wir hier zu besprechen haben, ist nicht für deine Ohren bestimmt!«

V.

Das Leben auf einem abgeschiedenen Landgut mit nur einer Handvoll waffenfähiger Knechte in seinen Diensten hatte Balthasar de Gros gelehrt, dass es überlebenswichtig war, sich mit dem umliegenden Adel gutzustellen. Er galt als gastfreundlicher Mann, der den Armen mildtätige Gaben zukommen ließ und seine Tore jedermann öffnete, der in Frieden kam. Das bedeutete jedoch nicht, dass ihm entging, wie einige seiner Nachbarn hinter seinem Rücken über ihn redeten. Die vornehmsten Herren machten seit Jahren einen weiten Bogen um seinen Besitz, weil sein Sohn ein Templer gewesen war. Nicht irgendein Templer, sondern, wie man nachträglich erfahren hatte, einer der wenigen Ritter, die trotz ihrer Jugend in der Gunst des letzten Großmeisters aufgestiegen waren. Balthasar hatte lange gehofft, die alten Freunde zurückzugewinnen, indem er die angeblichen Verbrechen und Ketzereien des Templerordens verurteilte, doch da hatte er sich gründlich geirrt. Der Tag, an dem König Philipps Späher ausgerechnet unter seinem Dach nach Templerurkunden gesucht hatten, ließ sich nicht so ohne weiteres aus dem Gedächtnis der Leute tilgen. Es war eine Schmach gewesen, ein Affront, den Balthasar dem König niemals verziehen hatte. Als Philipp IV. ein paar Jahre nach diesem Zwischenfall bei einem Jagdunfall den Tod gefunden hatte, war Balthasar erleichtert gewesen. Ja, mehr noch, er hatte es als ausgleichende Gerechtigkeit empfunden, dass der König den hingerichteten Großmeister der Templer nur um wenige Monate überlebt hatte. Nicht des erloschenen Ordens wegen, dessen Schicksal kümmerte ihn wenig, doch um der Demütigung willen, die er und Adaliz erlitten hatten. Balthasar hatte im Stillen gehofft, dass die Sache nun ausgestanden wäre und endlich Gras über die unseligen Verstrickungen seines Sohnes in die Umtriebe der Templer wachsen würde. Doch die Tatsache, dass ausgerechnet Albin de Fanion seine Abwesenheit schamlos ausnutzte, um das Mädchen in seinem *Donjon* auszuhorchen, bewies ihm, dass er sich auch in diesem Punkt geirrt hatte. Priscas Anwesenheit hatte alles wieder heraufbeschworen.

Was hatte sich dieses dumme Kind nur dabei gedacht, den Nachbarn zu bewirten, als sei sie die Herrin des Hauses? Hatte sie Albin ermutigt? So etwas tat eine Edeldame nicht. Aber Prisca war keine Edeldame, sondern ein dahergelaufenes Ding, das keine Ahnung hatte, was es in seiner Naivität anrichten konnte. Natürlich hatte dieser schamlose Aufschneider sich die Gelegenheit nicht entgehen lassen, ihr Fragen zu stellen. Wie sehr musste es ihm doch unter den Nägeln brennen, mehr über sie und ihre Beziehung zu den de Gros' herauszufinden.

Balthasar atmete tief durch und hoffte dabei inständig, dass sein Nachbar die Wahrheit nicht schon erraten hatte. Einen neuen Skandal konnte er sich nicht leisten. Nicht jetzt, wo so viel auf dem Spiel stand. Adaliz' Zukunft. Die Zukunft des gesamten Gutsbesitzes.

»Dein Vater starb viel zu früh«, brummte er, nachdem er Albin eine Weile mit unverhohlener Missbilligung betrachtet hatte. »Hätte er nicht in der Schlacht gegen den Grafen von Flandern den Tod gefunden, wäre aus seinem einzigen Sohn gewiss kein schlechter Kerl geworden.«

Albin zuckte mit den Achseln; große Mühe, betroffen zu wirken, gab er sich nicht. »Muss ich daraus schließen, dass Ihr mich für missraten haltet, Herr? Das schmerzt mich aber. Schließlich gehöre ich zu den wenigen Grundherren, die sich überhaupt noch dazu herablassen, mit Euch zu verkehren. Ihr wart einmal ein angesehener Ritter, aber die Sache mit Payen ...« Er schnalzte mit der Zunge.

»Sprich seinen Namen nicht in meiner Gegenwart aus«, fuhr Balthasar dem jüngeren Mann über den Mund. »Du bist ihm hinterhergelaufen wie ein Hund, bevor er zu den Templern ging. Doch nachdem König Philipp den Orden anklagen ließ, hast du gar nicht schnell genug die Seiten wechseln können. Plötzlich war dein früherer Freund nur noch ein Ketzer, der es verdiente, von den Schergen des Königs gejagt zu werden. Hätte Philipp ihn in die Finger bekommen, wäre es ihm ergangen wie den vierundfünfzig Templern, die vor acht Jahren vor Notre Dame in Paris verbrannt wurden. Wolltest du das? Für ein paar Silberlinge zum Judas werden?«

Mit Genugtuung stellte Balthasar fest, dass seine Worte eine gewisse Wirkung zeigten. Albin versuchte zwar nach wie vor, Haltung zu bewahren, doch es war kaum zu übersehen, dass er seine Wut nur mühsam unterdrückte. Balthasar fragte sich, warum sein Gegenüber trotz der Beleidigung nicht das Schwert zog. Hatte er keinen Mumm in den Knochen, oder lag es daran, dass er ihn, Balthasar, für einen Greis hielt? Dabei hätte er dem dreisten Burschen liebend gern mit der Waffe in der Hand eine Lektion erteilt. Anfangen wollte er die Händel indessen nicht, denn Albin war nicht nur unter den adligen Grundherren Aquitaniens beliebt, sondern unterhielt auch sorgfältig geknüpfte Verbindungen zu Angehörigen der königlichen Kanzlei.

»Ich bin nicht gekommen, um mich mit Euch über Vergangenes zu streiten, Balthasar«, sagte Albin schließlich. Es klang versöhnlich, als wäre niemals ein böses Wort zwischen den beiden

Männern gefallen. Balthasar jedoch beschloss, wachsam zu bleiben. Gespannt wartete er, was sein Nachbar ihm noch zu sagen hatte. Der zog zu seiner Verwunderung ein vergilbtes Stück Pergament unter seinem Gürtelband hervor und erklärte: »Warum habt Ihr mir all die Jahre verschwiegen, dass es einen Vertrag zwischen Euch und meinem Vater gab? Ihr hattet vor, unsere Familien enger aneinanderzubinden, das beweist diese Urkunde, die ich zufällig unter Vaters alten Sachen gefunden habe. Ihr habt sie eigenhändig unterschrieben. Beide.«

Balthasar schnappte nach Luft. Was zum Teufel war das nun wieder? Ein neuer Versuch, einen alten Mann zu verwirren? Er konnte sich nicht erinnern, dieses Pergament jemals zuvor gesehen zu haben. Allerdings entsprach es der Wahrheit, dass er und Albins Vater befreundet gewesen waren. Er hatte dem Nachbarn hin und wieder aus finanziellen Nöten geholfen und ihm zuletzt sogar mit einer neuen Rüstung ausgeholfen, mit welcher sein Freund sich dann den Rittern des Grafen Robert von Artois angeschlossen hatte, um den Aufstand der flandrischen Städte niederzuschlagen. Der Feldzug war in eine Katastrophe gemündet. In der Schlacht der goldenen Sporen, wie die Kämpfe später oft genannt worden waren, hatte Albins Vater ebenso den Tod gefunden wie siebenhundert weitere französische Ritter. An einem einzigen Tag hatte der König seine gesamte militärische Führung verloren und war, da er die reichen Handelsstädte nicht besetzen konnte, somit nahezu ruiniert gewesen. Um seine Staatskassen zu füllen, hatte der Monarch in den folgenden Jahren erst die französischen Juden geschröpft und vertrieben, dann war er gegen die mächtigen Templer vorgegangen. Balthasar hatte Albins Vater damals gewarnt, das Heer der Nordfranzosen und damit das Machtstreben des Königs zu unterstützen, schließlich lebten sie in Aquitanien und hatten mit ganz eigenen Problemen zu kämpfen. Doch wie zuvor schon sein Sohn hatte auch der Nachbar sämtliche Warnungen in den Wind geschlagen und war seinem Untergang stolz und mit geliehener Rüstung entgegengeritten.

Stumm ließ sich Balthasar nun das Pergament reichen, das er angeblich unterzeichnet hatte. Obwohl er nur wenige Wörter Latein verstand, erfasste er den Inhalt der Urkunde auf Anhieb. Als er die Unterschrift von Albins Vater neben seiner eigenen erkannte, erschrak er. Mit einem erstickten Laut ließ er das Schriftstück sinken.

»Was habt Ihr?«, fragte Albin. Er blieb höflich, doch seine Augen musterten Balthasar so kalt und berechnend, dass der alte Mann plötzlich trotz der hochsommerlichen Schwüle fror.

»Hör mir gut zu, denn ich sage es dir nur ein einziges Mal: Dein Vater Jacques und ich haben das damals aus einer Weinlaune heraus niedergeschrieben. Es war nicht ernst gemeint. Nicht von meiner Seite aus.«

»Wollt Ihr behaupten, mein Vater habe Euch betrunken gemacht?« Albin rümpfte die Nase. »Diese Ausrede ist Eurer nicht würdig, Balthasar. Und glauben würde sie Euch auch keiner. Was Ihr mit Eurem Namen bestätigt habt, ist nichts weniger als ein Heiratsversprechen. Adaliz sollte mein Weib werden. Ferner setztet Ihr, falls Euer Sohn Payen ohne Nachkommen sterben würde, mich als Alleinerben Eurer Güter ein, bis uns ein Sohn geboren würde. Nur der Umstand, dass mein armer Vater in Flandern von einem tödlichen Pfeil getroffen wurde, gab Euch die Möglichkeit, mich fast zwanzig Jahre lang hinters Licht zu führen. Wäre Vater am Leben geblieben, hätte er auf die Einhaltung des Abkommens bestanden.« Er schüttelte den Kopf. »Was habt Ihr der armen Adaliz nur angetan? Sie könnte schon seit zehn Jahren eine ehrbare Ehefrau sein. Stattdessen haltet Ihr sie hier in diesem Turm fest und seht zu, wie sie allmählich verblüht.«

Balthasar starrte auf das Schriftstück in seiner Hand, als hegte er die Hoffnung, die Tinte darauf könnte verblassen, wenn er sie nur lange genug ansah. Doch dieses Wunder ließ auf sich warten, und schließlich entwand Albin die Urkunde seinen steifen Fingern und schob sie zurück unter sein Gürtelband, ohne dass Balthasar einschritt.

Großer Gott, durchfuhr es ihn, wie um alles in der Welt, soll ich das nur Adaliz beibringen? Ausgerechnet heute, wo sie so glücklich ist, zerstöre ich alter Narr ihr Leben.

Balthasar fuhr sich über die Augen, die so brannten, als habe jemand Salz hineingestreut. Er hatte seit Jahren nicht mehr an die Nacht gedacht, die er mit Jacques durchzecht hatte. Es war eine Laune gewesen, nichts weiter. Ein Abkommen unter Freunden, die nicht mehr ganz nüchtern gewesen waren. Wäre er bei klarem Verstand gewesen, hätte er sich gegen die Überredungskünste seines Nachbarn zweifellos gewehrt. Ein Vater wünschte sich nur das Beste für die Zukunft seiner Tochter. Ein Grundherr von altem Adel setzte darüber hinaus alles daran, sie wenigstens mit einem Baron, besser noch einem Grafen zu vermählen, einem anständigen jungen Burschen, auf dessen Herkunft man stolz sein konnte. Albin war nicht der Mann, den Balthasar an Adaliz' Seite sehen wollte. Mochte er auch noch so schlau sein: Sein heruntergewirtschaftetes Gutshaus war Balthasar eine ständige Mahnung, wohin Verschwendungssucht und Trägheit führten. Doch auch der Passus über die angebliche Einsetzung als Erben kam Balthasar bei näherer Betrachtung reichlich verdächtig vor. Nein, da konnte etwas nicht stimmen. Er war doch kein Schwachkopf, dem man einen Esel für ein Streitross verkaufen konnte. Nicht einmal nach zwei, drei Kannen Wein.

Bedauerlicherweise stand es aber auf diesem verfluchten Fetzen schwarz auf weiß, und wie er Albin kannte, würde dieser keine Zeit verlieren, den Inhalt des Vertrags publik zu machen. Balthasar dachte angestrengt nach, doch noch bevor er zu einem

Schluss kam, ging die Tür auf und seine Tochter huschte in Begleitung einer Dienerin in das Gemach. Verwundert begrüßten die Frauen Albin, indem sie sittsam den Kopf neigten. Über Adaliz' Lippen glitt ein scheues Lächeln, das Balthasars Kummer vermehrte. Stumm beobachtete er, wie seine Tochter sich von ihrer Dienerin einen Sessel zurechtrücken ließ, und musste angesichts ihrer Bewegungen an seine verstorbene Gemahlin denken, der Adaliz von Tag zu Tag ähnlicher sah. Verglichen mit anderen Frauen war sie großgewachsen und ihr Haar, das sie im Nacken zu einem lockeren Knoten geschlungen hatte, war üppig und besaß die Farbe reifer Kornähren. Wie gewöhnlich, so erschien sie auch an diesem Nachmittag sorgfältig gekleidet und geschmückt. Ihr silbernes Schapel thronte gerade auf ihrem Kopf, und das Band aus blütenweißem Leinen war unter dem Kinn so straffgezogen, dass Balthasar sich fragte, wie sie so noch den Mund aufbekam. Ein mit aufwändigen Stickereien verziertes Gürtelband über dem weinroten Surcot vollendete ihre Aufmachung und bescherte ihr so viel Eleganz, dass es auch Albin für einen Moment die Sprache verschlug.

Mit einem leicht tadelnden Blick wandte sich Adaliz an ihren Vater. »Warum muss ich erst jetzt erfahren, dass wir einen Gast haben, Vater?« Ohne eine Antwort abzuwarten, schenkte sie Albin ein Lächeln, das sogar noch herzlicher ausfiel, als das zur Begrüßung. »Verzeiht, lieber Freund. Mein Vater und ich sind zwar gerade erst von einem Besuch in der Nachbarschaft zurückgekommen, aber selbstverständlich werdet Ihr mit uns zu Abend speisen. Es gibt etwas zu feiern, und da Ihr zu unseren ältesten Freunden gehört, seid Ihr mir umso willkommener.«

Albin machte eine Handbewegung in Richtung Fenster. Die Musik, welche die Spielleute im Dorf ihren Sackpfeifen, Leiern und Flöten entlockten, war lauter geworden. Vermutlich tanzte die Bauernschar ausgelassen durchs Dorf. Der Geruch eines Feuers zog durch den schmalen Fensterbogen des *Donjons*. »Ich habe schon gehört, dass vor Eurem Tor eine Hochzeit gefeiert wird«, sagte er desinteressiert, hob aber gleich darauf den Blick, als Adaliz den Kopf schüttelte.

»Nicht nur die Bauern haben heute Grund glücklich zu sein. Ich bin es auch.«

Balthasar räusperte sich, denn es war ihm unangenehm, dass Adaliz nach seinem heftigen Wortwechsel mit Albin nun so arglos mit diesem plauderte. Dummerweise missverstand sie seine Warnung und plapperte weiter drauflos.

»Ihr müsst wissen, dass um meine Hand angehalten wurde. Vater ist einverstanden.« Sie stieß einen Seufzer aus. »Ihr könnt Euch nicht vorstellen, wie glücklich ich bin, lieber Freund. Nach all den Jahren, in denen wir von allen Freunden … gemieden wurden, scheint jetzt wieder das Glück ins Haus de Gros einzuziehen.«

Albin hob die Augenbrauen. »Was für eine interessante Neuigkeit, Monsieur Balthasar! Darf ich fragen, wer der Glückliche ist, der Eure Tochter so plötzlich für sich entdeckt hat?«

Balthasar hätte sich nur zu gern umgedreht und wäre aus dem Gemach gelaufen, doch das wäre feige gewesen. Ebenso feige wie einfach zu schweigen. Warum auch? Er hatte sich nichts vorzuwerfen. Adaliz und der junge Mann, der sie heiraten wollte, kannten einander erst seit kurzer Zeit, aber Balthasar stimmte mit ihr völlig darin überein, dass er ihr ein guter Gatte sein würde. Und an Albins Vertrag hatte er schließlich bis vor wenigen Augenblicken noch keinen Gedanken verschwendet.

»Adaliz ist Michel de Montloup versprochen, dem Neffen des alten Barons Gilbert aus Dax«, presste er zwischen den Zähnen hervor. »Er stammt nicht aus der Region, daher weiß ich nicht, ob du ihn kennst.«

»Man kann nicht jeden Burschen kennen, der in fremden Wäldern wildert«, sagte Albin, der seine Enttäuschung nun nicht länger verbarg. Herausfordernd funkelte er Balthasar an. »Wollt Ihr Eurer Tochter nicht erklären, warum es mir nicht möglich ist, Ihr zu dieser Verlobung zu gratulieren?«

»Bitte?« Erstaunt zog Adaliz sich an den Lehnen ihres Stuhles in die Höhe. Mit einem Wink schickte sie ihre Dienerin hinaus.

Balthasar spielte mit dem Gedanken, die Magd nach ein paar Knechten zu schicken, damit sie den unverschämten Kerl von seinem Gut jagten, doch damit war nichts gewonnen. Schon gar nicht bei Adaliz, die ihn so verstört ansah, dass es ihm beinahe das Herz zerriss. Nein, um dem Mädchen größeren Kummer zu ersparen, musste er reden. Er durfte ihr nicht verschweigen, zu welcher Dummheit er sich vor Jahren hatte hinreißen lassen.

»Du hast mich mit Albin de Fanion versprochen?« Adaliz wurde kreidebleich, kaum dass er mit seinem Geständnis zu Ende gekommen war. »Großer Gott, wie konntest du das nur tun?« Die hübschen blauen Augen füllten sich mit Tränen, die sie aber durch einige Wimpernschläge fortblinzelte. Dann ballte sie die Fäuste und machte ein so angriffslustiges Gesicht, dass Balthasar seine so fügsame, stille Tochter kaum wiedererkannte. »Habt Ihr mich verstanden? Niemals werde ich seine Frau!«

»Ihr solltet Euch geschmeichelt fühlen, Adaliz«, sagte Albin ungerührt. »Ihr seid nicht mehr so jung wie andere Edeldamen Aquitaniens, und der Ruf Eurer Familie hat sehr gelitten, weil auf den Kopf Eures Bruders ein Preis ausgesetzt war. Nichtsdestoweniger bewerben sich nun gleich zwei Männer um Eure Hand.«

»Warum Albin es tut, weiß ich genau!« Adaliz warf ihrem Vater einen flehentlichen Blick zu. »Jedermann kennt den schlechten Zustand seiner Besitzungen. Er braucht Geld, sonst kann er sich bald kein Fass Wein mehr leisten. Hätte er genug, wäre er niemals auf die Idee gekommen, dich mit einem alten Pergament zu behelligen.«

Eine schwere Anschuldigung aus dem Mund einer Frau. Sie unterstellte Albin nichts weniger als Habgier und Berechnung. Dabei wurden Ehebündnisse auch unter dem Adel Aquitaniens kaum jemals aus Gründen aufrichtiger Zuneigung geschlossen. Nein, es war völlig normal, dass Ehen arrangiert wurden, um Besitz zu mehren oder günstige Verbindungen zu knüpfen. Adaliz ließ indes keinen Zweifel daran, dass sie sich Albins Ansprüchen widersetzen würde.

Balthasar musste als Vater eine Entscheidung treffen. Dabei dachte er daran, dass er schon einmal ein Kind verloren hatte. Ein zweites Mal wollte er das nicht riskieren. Während Albin siegessicher einen weiteren Becher Wein leerte und dabei so tat, als wäre er bereits im *Donjon* zu Hause, raunte der alte Gutsherr seiner Tochter ins Ohr: »Sollte ich mein Wort brechen und meine Unterschrift auf der Urkunde widerrufen, verliere ich meinen guten Namen endgültig.«

Adaliz nickte traurig.

»Würde dich Michel trotzdem heiraten? Überleg es dir gut, denn wenn wir erst einmal eine Entscheidung getroffen haben, gibt es keinen Weg zurück mehr.«

Adaliz musste nicht lange darüber nachdenken, was Balthasar freute. Auch er hatte von dem jungen Ritter einen guten Eindruck gewonnen und glaubte keinen Moment lang, dass er Albin de Fanion kampflos seine Braut überlassen würde. Adaliz erinnerte ihn jedoch noch an einen weiteren Grund, warum sie Albin nicht dauerhaft unter ihrem Dach dulden durften.

»Er würde dahinterkommen«, flüsterte sie mit tonloser Stimme. »Er würde nicht eher ruhen, bis er herausgefunden hätte, wer Prisca in Wahrheit ist. Damit wäre ihr Leben in Gefahr!«

Darüber war Balthasar sich im Klaren. Ohne Albin aus den Augen zu lassen, klärte er seine Tochter mit einigen Worten darüber auf, was er bei seiner Ankunft im *Donjon* mitangehört hatte. Ja, sie hatte recht. Albin im Haus bedeutete tödliche Gefahr für das Mädchen, das er unter seinen Schutz gestellt hatte, und obwohl Balthasar noch nicht entschieden hatte, was aus der Fremden werden sollte, war eines gewiss: An ihr würde er nicht wortbrüchig werden. Mit schnellen Schritten durchquerte er das Turmgemach und öffnete schwungvoll die Tür. Gleichzeitig erhob sich Albin erwartungsvoll von seinem Stuhl.

»Meine Tochter hat deutlich gesagt, dass sie dich nicht heiraten will, und da sie seit heute mit dem Erben von Montloup verlobt ist, werde ich sie auch nicht zwingen!«

»Aber Euer Vertrag mit Vater ... das Heiratsabkommen ...« Albin machte ein Gesicht, als hätte er niemals, auch nicht einen Augenblick lang daran gezweifelt, Balthasar mit dem Papier in der Hand zu haben.

»Für mich ist es nichts mehr wert, denn auch ich glaube, dass Adaliz die Wahrheit sagt. Niemals hättest du dich dazu herabgelassen, um ihre Hand anzuhalten, wenn deine Geldnöte dich nicht dazu zwingen würden.« Mit einiger Genugtuung sah Balthasar, wie Albins Fäuste sich ballten. Um dem Gericht ein wenig die Schärfe zu nehmen, sagte er schließlich: »Aber ich sehe ein, dass wir dich nicht mit leeren Händen gehen lassen können.«

»Wie darf ich das verstehen?«

»Ganz einfach, ich werde meinen Verwalter anweisen, dir für deine Unannehmlichkeiten einen großzügigen Geldbetrag auszuzahlen. Wenn man den Zustand deines Hauses bedenkt, solltest du das Geld annehmen.«

»Oh, wer sagt, dass ich das nicht tue?« Albin lächelte auf eine Art, die Balthasar nicht gefiel, da sich Wut und Kälte darin mischten. Zwar schien die Aussicht auf Geld seinen Nachbarn ein wenig zu beruhigen, trotzdem war es fraglich, ob er bis nach Adaliz' Trauung Ruhe geben würde. Balthasar ließ sich die ganze Angelegenheit durch den Kopf gehen. Vielleicht war es ja besser, auf eine rasche Vermählung zu drängen, in aller Stille und ohne die üblichen tagelangen Feierlichkeiten, bei denen sich der halbe Adel auf Kosten des Gastgebers den Bauch vollschlug. Doch wie sollte er das der Familie des jungen Montloup beibringen? Auf einmal fühlte sich Balthasar de Gros, der seine großen Ländereien ein ganzes Leben lang mit fester Hand regiert hatte, alt und verbraucht. Bevor Albin aufbrach, bat er ihn um die Urkunde, doch der jüngere Mann lehnte kopfschüttelnd ab.

»O nein, die bleibt vorläufig in meinem Besitz!« Er sah Adaliz an. »Schließlich könnte sich das Blatt ja noch wenden, nicht wahr?«

»Nicht, was mich betrifft«, flüsterte Adaliz.

»Du hast es gehört!« Balthasar straffte die Schultern. »Also nimm, was mein Verwalter dir auszahlt, und verschwinde dann von meinem Gut!«

»Ob er uns nun in Ruhe lassen wird?«, fragte Adaliz, nachdem Albin wortlos den Raum verlassen hatte. Sie ging zum Fenster und starrte hinunter in den Hof, über den soeben eine Schar Schweine den Ställen zugetrieben wurde. Balthasar schritt zu ihr und berührte sie sachte an der Schulter. Wie ähnlich sie doch ihrem Bruder Payen sah, den sie nie kennengelernt hatte. Das war ihm bis zum heutigen Tag nicht aufgefallen, weil sein Zorn auf den davongelaufenen Sohn es ihm verboten hatte. Doch nicht nur Adaliz, auch das Mädchen, das er aufgenommen hatte, erinnerte in der Art, wie sie lächelte oder den Kopf zurückwarf, schmerzhaft an Payen.

Payen, den ich jetzt mehr denn je auf dem Gut bräuchte, fügte er in Gedanken hinzu.

VI.

Als die Abenddämmerung anbrach, wurde auf dem Dorfplatz vor den Toren des Gutes ein großes Feuer entzündet.

Gaukler machten Späße, und Spielleute riefen Männer und Frauen zum Tanz. Auch das Brautpaar, das sich eben erst vor den Stufen der Kirche das Eheversprechen gegeben hatte, schloss sich dem Strom der vergnügt Feiernden an. Berauscht von Glück und Honigwein ließ sich Marie mitreißen und vergaß dabei sogar ihre Aufregung. Sie war erst kurz nach Mariä Himmelfahrt fünfzehn Jahre alt geworden, und obwohl die Frauen ihrer Familie sie einigermaßen auf die Pflichten vorbereitet hatte, die nun auf sie zukommen sollten, fühlte sie, wie ihr Herz schneller schlug. Aus den Augenwinkeln betrachtete sie das gerötete Gesicht ihres Bräutigams, der ihre Hand so sehr drückte, als müsse er befürchten, sie könnte ihm im Gedränge abhandenkommen. Zuletzt nahm der junge Mann sie unter den Beifallsrufen seiner Freunde und Verwandten auf den Arm, als wäre sie leicht wie eine Feder und setzte zum Sprung über das Feuer an. Sie schmiegte sich eng an ihn und hielt den Atem an, als die Hitze der Flammen ihre Wangen streichelte. Doch ihr Gemahl war stark, er ließ sie nicht fallen. Sie hatte nichts zu befürchten, solange er bei ihr war. Nach einigen weiteren wilden Sprüngen über die glühenden Scheite wagte sie mit klopfendem Herzen, ihn um eine Verschnaufpause zu bitten.

»Alles, was du willst«, versprach er ihr und wandte sich dem

Fass Bier zu, das der Herr des Gutshofs ihm nebst zwei Ferkeln zum Geschenk gemacht hatte. Eines von beiden war am Spieß gebraten worden, das andere sollte aufgezogen werden. Darauf hatte Marie bestanden, die schon ahnte, dass sie von heute an darauf zu achten hatte, nichts zu verschwenden, sondern sparsam zu leben. Als sie nach einem Holzbecher griff, in dem sich noch ein Rest vom starken Bier befand, hielt sie plötzlich in der Bewegung inne und starrte in die Nacht hinaus.

»Was hast du?«, fragte ihr Bräutigam stirnrunzelnd.

Sie schüttelte den Kopf. »Ich weiß nicht, aber ich dachte, ich hätte dort drüben am Dorfrand jemanden gesehen, der mich angestarrt hat. Er sah irgendwie merkwürdig aus. Bedrohlich und voller Hass! Als ertrage er es nicht, dass hier Hochzeit gefeiert wird.«

Ihr Mann lachte sie aus, wobei er sie von der Bank zog und in seine muskulösen Arme schloss. »Nun ja, du bist die Tochter des Schmieds und hübsch dazu. Kein Wunder, dass viele Burschen hier mich beneiden und wünschten, heute Nacht an meiner Stelle zu sein!«

Ein paar Verwandte und Freunde, die in der Nähe standen und seine Worte aufgeschnappt hatten, klopften ihm lachend auf die Schultern. Dass Marie schamvoll errötete, hinderte die Männer nicht daran, sich mit zotigen Bemerkungen über die bevorstehende Hochzeitsnacht auszulassen. Glücklicherweise erbarmten sich Maries Mutter und einige Dorffrauen, indem sie ankündigten, dass nun in Kürze der Zug durchs Dorf zur Hütte des frisch vermählten Paares beginnen würde. Marie und ihr Bräutigam ließen sich unter Jubelrufen Blütenkränze aufsetzen und reichten einander feierlich die Hände. Der bereits tattrige Dorfpriester, dessen Finger vom Fett des gebratenen Ferkels glänzten, murmelte kauend einen lateinischen Segen, der aber im Getöse der Sackpfeifen und Flöten unterging. Nun konnte es losgehen. Die Spielleute führten den Zug an, dann folgte das Brautpaar und dessen Angehörige, bis sich nach kurzer Zeit das ganze Dorf tanzend vorwärtsbewegte. Die Festgesellschaft sprang ausgelassen um die Hütten und Zäune herum und machte dabei überflüssige Umwege, denn es entsprach dem Brauch, den Heimweg zu verlängern und die Hochzeitsnacht so hinauszuzögern, um das Verlangen des Ehemannes zu steigern. Doch schließlich standen alle vor der strohgedeckten Hütte am Bach, deren Türsturz so niedrig war, dass selbst Marie beim Durchschreiten den Kopf einziehen musste. An ihr vorbei huschten die Spielleute, die das neue Heim der Sitte nach stürmten und vom Ehemann mit Versprechungen, Wein und ein paar Münzen vertrieben werden mussten.

Marie beobachtete mit Herzklopfen, wie ihre Mutter und Tante das Lager für sie und ihren Gatten herrichteten. Sie hatten herb duftende Kräuterbündel an den Wänden befestigt und eine Wachskerze auf den wackeligen Tisch gestellt. Auf der Bettstatt entdeckte sie ein weißes Leintuch, das über der Strohschütte ausgebreitet worden war. Ein Hofknecht vom nahen *Donjon* hatte es als Geschenk der jungen Edelfrau Adaliz geschickt. Marie würde mit Garn ein Zeichen einsticken, sobald sie …

Marie biss sich auf die Lippen. Da war er wieder gewesen, dieser Schatten. Vor dem Fenster. Ein Augenpaar hatte zu ihr hereingestarrt, das hatte sie ganz deutlich gesehen. Nein, sie irrte sich nicht, mochten die Dorfburschen auch noch so sehr über sie lachen.

Dort draußen in der Dunkelheit lauerte jemand, der ihr Böses wollte.

Marie verschluckte sich an dem Trunk, den ihr die Dorffrauen reichten. Es war mit Honig gesüßte Mandelmilch, ein Leckerbissen, auf den sie sich eigentlich gefreut hatte. Nun rann die Flüssigkeit zäh wie Fischtran ihre Kehle hinab. Ihre Aufregung legte sich weder als ihre Mutter und die anderen Frauen ihr aus den Kleidern halfen und die Haare lösten, noch als sie um die Bettstatt Ähren verstreuten, was zu größerer Fruchtbarkeit führen sollte.

Da die Männer nicht alle in die niedrige Behausung passten, zogen die meisten ab, ohne zu bezeugen, wie das junge Paar unter die Decke schlüpfte. Nach und nach verließen die letzten die Hütte, die Musik war bald nur noch ganz von fern zu hören und verstummte schließlich ganz. Im Dorf kehrte Stille ein, denn trotz der Feierlaune der Menschen befand man sich inmitten der Kornernte, was bedeutete, dass die Bauern bei Tagesanbruch wieder auf den Feldern des Grundherrn zu sein hatten.

Marie kniete mit Herzklopfen inmitten ihrer Habseligkeiten, die als Aussteuer ihren Weg in das kleine Haus gefunden hatten: aus Holz geschnitzte Schalen und Löffel, ein von ihrem Vater geschmiedetes Kreuz an einem Lederband, ein Säckchen Mehl, ein Topf Honig und ein paar gestärkte Hauben, unter denen sie künftig ihr hübsches rotes Haar verbergen sollte. Das weiße Leinen der Gutsherrentochter war das einzige Stück, das ihr wirklich gefiel. Es fühlte sich so kühl und glatt an, dass Marie es am liebsten abgezogen und in die Truhe gelegt hätte, um es zu schonen. Aber heute war ihre Hochzeitsnacht, und sie bezweifelte, dass ihr Gemahl für ein solches Verhalten Verständnis aufbringen würde.

Während der junge Mann sich langsam den Kittel abstreifte und seine stark behaarte Brust entblößte, suchte Marie in ihrem Gedächtnis nach den Namen der Heiligen, die gemeinhin für eine gute Ehe angerufen wurden. Die heilige Cäcilia? Sie hätte besser aufpassen sollen, als ihre Mutter davon geredet hatte. Ein knackendes Geräusch unterbrach ihre Gedanken. Es kam von draußen und hörte sich an, als, als breche jemand vor dem Fenster einen Stab entzwei.

»Verflucht, diese Spaßvögel können es einfach nicht lassen«, knurrte ihr Mann übellaunig. »Sie wollen wohl unbedingt zusehen, wie ich dich besteige!« Mit nacktem Oberkörper schritt er durch die kleine Stube bis zur Tür und tastete nach etwas, das auf dem Balken lag und wie eine Rute aussah. »Den Burschen werde ich den Schabernack austreiben und helfen, nüchtern zu werden.«

»Geh nicht hinaus, bitte«, flehte Marie, deren Unbehagen wuchs. »Lass mich nicht allein! Die Hütte ist so abgelegen, und vorhin beim Tanz, da habe ich ...«

Er schnitt ihr mit einer Handbewegung das Wort ab. Seiner Miene nach war er nun wirklich wütend. Auf sie wohl noch mehr als auf den vermeintlichen Lauscher vor der Tür, denn ihre Angst verdarb ihm die Vorfreude. Ohne jedes weitere Wort riss er die Tür auf und verschwand in der Dunkelheit. Einen Moment lang hörte Marie ihn noch gegen den Fensterladen schlagen, dann entfernten sich seine Schritte, und es drang nur noch das leise Plätschern des Baches an ihr Ohr.

Marie stand zitternd auf, den Blick starr auf die Tür geheftet. Doch die Zeit verstrich, und ihr Gatte kehrte nicht zurück. Irgendwann hielt sie es nicht mehr aus, und sie schlüpfte in ihre Sandalen. Obwohl alle Sinne ihr befahlen, innerhalb der schützenden vier Wände zu bleiben oder wenigstens Krach zu schlagen, stahl sie sich nun ebenfalls aus dem Haus.

Es war eine finstere Nacht, warm und trocken, aber völlig sternenlos. Der Mond hatte sich hinter die schwarze Wolkendecke zurückgezogen, und selbst die Fackeln, die für gewöhnlich am Gattertor des Dorfes die Nacht hindurch brannten, waren erloschen. Möglicherweise hatte wegen der Hochzeitsfeier auch niemand daran gedacht, die beiden Pechfackeln anzuzünden. Somit empfing Marie nichts als Dunkelheit, als sie vorsichtig einen Fuß vor den anderen setzte, um die Hütte zu umrunden.

Ein Geräusch, das wie ein Stöhnen klang, ließ sie erschrocken nach Luft schnappen. Es kam nicht von den Hütten der Nachbarn, sondern von der Gegend unten am Bach. Marie zögerte. In ihrem Rücken ragte der *Donjon* des alten Grundherrn Balthasar empor, doch auch auf dem Gutshof schienen bereits alle zu schlafen.

Marie ließ die Hütte hinter sich und tastete sich den schmalen Pfad entlang, der hinab zum Bach führte, denn sie war inzwischen sicher, dass der unheimliche Laut von dort gekommen war. Vorsichtig suchte sie sich einen Weg durch das Gebüsch und presste die Lippen zusammen, als ihr Haar in einer Brombeerdornenranke hängenblieb. Mit verzerrtem Gesicht befreite sich und unterdrückte einen Schrei, als dabei ein Dorn die Haut ihrer Hand aufriss.

Nach ein paar Schritten stand sie am Bachbett und lauschte dem Murmeln und Plätschern des Wassers. »Wo bist du?«, rief sie halblaut.

Niemand antwortete ihr, und auch das Stöhnen, das sie vor der Hütte so erschreckt hatte, blieb aus. Sie ging weiter, immer am Ufer entlang, bis sie den Steg erreichte, der zum Tor des Gutsbesitzes führte. Zu ihrer Linken erhoben sich die Umrisse des römischen Grabsteins, vor dem sich Marie schon als kleines Mädchen gefürchtet hatte, weil ihre Mutter behauptet hatte, dass dort die Geister der alten Heiden umgingen. Als ihr Blick den Stein streifte, schrie sie auf, denn sie spürte etwas Hartes unter ihren Fußsohlen. Die Rute, dachte sie entsetzt. Ihr Mann musste sie hier verloren haben. Ihr Magen krampfte sich zusammen, als sie plötzlich zwei Füße hinter dem Heidenstein hervorschauen sah. Dort lag jemand.

Von Übelkeit geschüttelt, machte sie einen Schritt auf den zusammengesunkenen Körper zu und warf sich schluchzend über ihn, als sie erkannte, dass es sich dabei tatsächlich um ihren Gatten handelte. Er starrte sie an, als sähe er sie zum ersten Mal. Aus einer tiefen Wunde am Kopf rann ihm Blut über die Stirn und in die Augen. Ein Stein, der nur zwei Schritte neben ihm auf der Erde lag, schien ihm den Schädel gespalten zu haben.

Marie fing an zu weinen. Hilfe, war ihr einziger Gedanke. Sie musste Hilfe holen. Wie töricht von ihr, nicht sogleich das ganze

Dorf zusammengerufen zu haben. Wie schwer dieser Fehler tatsächlich wog, merkte die junge Frau, als ihr Mann plötzlich unter großen Mühen die Lippen bewegte und ihr ein abgehacktes »Lauf … weg«, entgegenhauchte.

Doch seine Warnung kam zu spät. Bevor Marie sich auf die Füße kämpfen konnte, wurde sie auch schon gepackt und mit einem kräftigen Ruck in die Höhe gerissen. Sie wollte schreien, doch eine Hand, die sich auf ihren Mund legte, hielt sie zurück. Sie strampelte und kämpfte mit dem Mut der Verzweiflung und konnte doch nicht verhindern, dass ihr Angreifer, der geradezu aus dem Nichts aufgetaucht war, sie von ihrem blutenden Ehemann wegzog. Als dieser sich stöhnend aufrichten wollte, erhielt er einen derben Tritt gegen die Brust, der ihn gegen den Grabstein beförderte. Ein hässliches Knirschen ertönte, und im nächsten Moment war der alte Stein voller Blutspritzer. Maries Mann sank besinnungslos zur Erde. Ein weiterer Stoß beförderte den leblosen Körper die Böschung hinunter in den Bach, wo er mit einem klatschenden Geräusch liegenblieb.

Marie keuchte vor Entsetzen auf; ihre Gegenwehr erstarb in dem Moment, als ihr Bräutigam ihrem Blickfeld entschwand. Der Schatten war voller Mordlust. Er hatte getötet und würde auch sie töten. Fast ohnmächtig ließ sie es geschehen, dass er ihr einen Knebel in den Mund stopfte und sie dann durchs Unterholz mit seinen dornigen Ranken zerrte, als wäre sie ein Kalb auf dem Weg zum Schlachter. Unbegreiflicherweise ging es die Böschung hinauf, in Richtung Dorf. Der Schatten brachte sie nach Hause. In die Hütte mit den verstreuten Kornähren, den Geschenken. Dem wunderschönen weißen Leintuch auf dem Bett.

»Heute ist deine Hochzeitsnacht«, flüsterte ihr eine heisere Stimme ins Ohr, nachdem sie in die Stube gestoßen worden war. »Keine Angst, hübsche Braut, niemand wird uns stören!«

VII.

Die ehemalige Templerkomturei Iben lag in der fruchtbaren
Senke des Appelbachs und war von ihren Erbauern einst
aufgrund ihrer günstigen Lage an der alten Straße zwischen Alzey und Meisenheim als Wasserburg angelegt worden, die leicht
gegen Angreifer zu verteidigen war. Obwohl seit der offiziellen
Auflösung des Ordens sechs Jahre vergangen waren, stieß man
in den alten Mauern noch immer auf zahlreiche Spuren der ehemaligen Herren. Dies war auch kein Wunder, hatte doch der Raugraf Rupert von Altenbaumburg, der den Johannitern den Besitz
bei der Aufteilung des Templervermögens vor der Nase wegge-
schnappt hatte, stets im besten Einvernehmen mit den Ordensbrüdern gelebt. Nach ihrem Abzug hatte der Graf das Gut von
Vögten weiterbewirtschaften lassen, wobei er selbst sich nur hin
und wieder in der Burg blicken ließ. Seine Bediensteten hatte er
jedoch angewiesen, jeden Reisenden, der dem Ritterstand angehörte, auf Gut Iben zu beherbergen.

An diesem Abend hatten die Diener des Raugrafen alle Hände
voll zu tun, denn die Männer, die sich nach eigener Aussage auf
der Durchreise von Luxemburg nach Speyer befanden, waren
nicht leicht zufriedenzustellen. Für sie hatte der ehemalige Kapi-
telsaal der Templer ausgefegt, der Staub von Tischen und Bänken
gewischt und die teuren Wachskerzen angezündet werden müssen. Einer der Reisenden, ein Bär von einem Mann, krakeelte in

regelmäßigen Abständen nach Wein und verzog, nachdem er von den Vorräten gekostet hatte, angewidert das Gesicht. Aufbrausend behauptete er, die Diener servierten ihm Essig, und zog drohend sein Schwert, sooft sich einer der Unglückseligen in seine Nähe verirrte.

»Ich hätte in Luxemburg bleiben sollen«, maulte der dicke Hugo van Haarlem, während er sich mit Kanincheneintopf, Blutwurst und Käse vollstopfte. »Auf dem Gut meines Schwagers wird ein süffiges Bier gebraut, das meinem Magen guttut. Aber von diesem ganzen sauren Wein hier bekomme ich Reißen im Leib!«

Der Mann, der ihm gegenüber Platz genommen hatte, hob den Blick und verdrehte gequält die Augen, um zu zeigen, dass ihm das Gejammer des Flamen auf die Nerven ging. Obwohl sich in seine Gesichtszüge inzwischen auch die ersten Falten gruben und sein blondes Haar an den Schläfen ergraute, wirkte er aufgrund seiner drahtigen Figur nicht nur jünger als Hugo, sondern auch aufgeweckter. Anders als sein Freund, der seit einigen Jahren seinen Verwandten zur Last fiel und dabei immer fetter und trübseliger wurde, hatte Rémy St. Clair sein Schwert niemals aus der Hand gelegt. Er mochte kein junger Spund mehr sein, doch er war noch täglich bei Wind und Wetter auf dem Waffenübungsplatz anzutreffen, wo er die Männer des Markgrafen Waldemar von Brandenburg im Schwertkampf ausbildete. Bei der Burgmannschaft galt er als schwierig und schwer zufriedenzustellen, war aber dennoch nicht unbeliebt. Wer seine harte Schule durchlief, hatte gute Chancen, sich auch als Kämpfer eines längeren Lebens zu erfreuen. Dass Rémy einst den Templern angehört und im schottischen Argyll eine Komturei mit zwei Dutzend Brüdern geführt hatte, wusste niemand. Rémy schämte sich seiner Vergangenheit nicht, hielt es aber für angebracht, darüber zu schweigen. Seine Standesgenossen hielten ihn daher für einen wortkargen Eigenbrötler, womit sie genau betrachtet nicht ganz unrecht hatten. Rémy war ein schweigsamer Mann, der, anders als sein alter Freund Hugo van Haarlem, kein Vergnügen an Saufgelagen fand und es auch niemals zuließ, dass sein Mienenspiel verriet, was er dachte oder fühlte. Sein Schicksal als Templer hatte ihn gelehrt, stets vor Widersachern auf der Hut zu sein. Daher versah er seinen Dienst als Waffenmeister gewissenhaft, ließ jedoch keinen seiner Zöglinge nahe an sich heran, Quartus allein ausgenommen.

Rémy St. Clair wandte sich suchend nach dem jungen Mann um und fand ihn im Gespräch mit einem in etwa gleichaltrigen Bediensteten. Rémy hörte die beiden Burschen leise lachen und runzelte die Stirn. Wie oft hatte er Quartus schon gesagt, dass es sich nicht gehörte, zu vertraulich mit dem Gesinde umzugehen? Knechten gab man Befehle und belohnte sie je nach Lust und Laune, vorausgesetzt, es gab nicht allzu viel an ihnen auszusetzen. Doch gemein machte sich ein Ritter unter keinen Umständen mit ihnen. So ermutigte man die Burschen nur, frech und aufmüpfig zu werden. Hörte Quartus ihm denn nie zu, wenn er mit ihm sprach?

Rémy schluckte seinen Ärger mit einem großen Schluck Wein herunter. Dabei überlegte er, ob er nicht einen Fehler gemacht hatte, Quartus unter seine Fittiche zu nehmen. So oft, wie er sich über den Burschen ärgerte, hätte er ihn eigentlich längst davonjagen sollen, anstatt ihn zu seinem Knappen zu machen. Auf der anderen Seite musste er zugeben, dass Quartus ihn durch seine rasche Auffassungsgabe und seinen Ideenreichtum oft in Erstaunen versetzte. Mit seiner üppigen Mähne, die ihm dauernd in die Augen fiel, dem schlaksigen, hoch aufgeschossenen Körper und dem verträumten Blick, galt der Junge auf der Burg nicht nur als Mädchenschwarm, nein, er hatte auch etwas im Kopf. Davon abgesehen besaß er die Gabe, in jeder Situation die passenden Worte zu finden, worum Rémy ihn beneidete.

Eine Weile später kam Quartus an die Tafel, um sowohl Rémy als auch dem immer noch kauenden Hugo van Haarlem nachzuschenken. Auf Reisen gehörte dies zu seinen Aufgaben, gleichgültig, ob es im Haus Bedienstete gab oder nicht.

»Worüber hast du mit dem Kerl geredet?«, fuhr Rémy den jungen Mann an. Demonstrativ schob er seinen Becher zur Seite. Auch wenn Raugraf Rupert ein großzügiger Mann und dieses Haus mitsamt seinen Weinkellern einst Eigentum der Templer gewesen war, verspürte er nicht die geringste Lust, sich zu betrinken.

»Ach, gar nichts Besonderes, Bruder Rémy«, erklärte Quartus. Mit einem breiten Grinsen pustete er sich eine Haarsträhne aus der Stirn. »Ich erkundigte mich bloß ...«

Rémy schlug so heftig mit der Faust auf den Tisch, dass die Schüssel mit Ziegenkäse vor seinem Freund Hugo wackelte.

»Wie oft muss ich dir noch sagen, dass du mich nicht so anreden sollst, du Narr«, fauchte Rémy den jungen Mann an. »Du bist nicht mehr auf dem Tempelhof, und es gibt auch keinen Orden mehr, hast du verstanden?« Er atmete schwer aus, um seine angespannten Nerven zu beruhigen. Dabei spähte er zum Portal der nur notdürftig möblierten Halle und wünschte, die Tür möge aufgehen. Seit Stunden warteten er und seine Gefährten nun schon auf die Rückkehr ihrer beiden Freunde, die tags zuvor zum Kloster Mühlen geritten waren. Rémy fand, dass die beiden schon viel zu lange fortblieben. Hatte es sich die Äbtissin womöglich anders überlegt und war doch nicht mehr bereit, ihm und seinen Gefährten ihren Teil der Reliquien auszuhändigen? Er konnte nur hoffen, dass dem nicht so war. Hugo van Haarlem gab seinen Platz hinter dem Ofen seiner Schwester auf, was leicht zu verschmerzen war. Für Rémy und Quartus lagen die Dinge da schon anders. Es stand zu befürchten, dass es mit dem Markgrafen bald zu Ende ging, denn mit dessen Gesundheit stand es nicht zum Besten. Starb er, so würde ihm sein Sohn nachfolgen, der allerdings erst zehn Jahre zählte. Rémy war hin- und hergerissen zwischen der Pflicht gegenüber seinem Dienstherrn und dem Gelübde, das er nie widerrufen hatte. Tief in seinem Innern fühlte er sich immer noch als Tempelritter, und er ahnte, dass es allen seinen Freunden in dieser Halle ebenso ging.

»Ich habe den Diener nur ein wenig ausgefragt, was er über das Kloster Mühlen gehört hat«, meldete sich Quartus vorsichtig zu Wort. »Es scheint so, als leisteten die Nonnen schon seit Jahren Widerstand gegen den Johanniterorden, der ihr Kloster beansprucht. Bislang wurden sie auch geschont, weil die Bischöfe von Worms und Mainz den Orden vertröstet hatten, aber es scheint so, als müssten sich die Nonnen nun doch unterwerfen.« Quartus schürzte die Lippen und lächelte. »Nicht jeder versteht es, seine Interessen so hartnäckig durchzusetzen wie der Raugraf. Wisst Ihr, warum man ihm die Wasserburg zugesprochen hat und nicht den Brüdern vom Johanniterorden?«

Rémy wusste es nicht, ahnte es jedoch. Die stattliche Burg, zu der auch eine hübsche Kapelle gehörte, in der die Freunde nach ihrer Ankunft auf Iben Gott um seinen Beistand angefleht hatten, war den Templern vor etwa fünfzig Jahren zwar zur dauerhaften Nutzung überlassen worden, doch hatte der schlaue Raugraf vor dem Bischof nachweisen können, dass der Besitz schon vor Auflösung des Templerordens ihm gehört hatte und er nur an sich nehme, was dem Recht nach auch ihm gehöre. Beim Kloster Mühlen, das tatsächlich dem Templerorden gehört hatte, sah es dagegen anders aus.

Rémy dachte an Benedicta von Rosenfeld, die in die Fußstapfen ihrer alten, inzwischen aber verstorbenen Gönnerin Äbtissin Gertrud von Halberstadt getreten war, und wünschte sich, ihr bei der Verteidigung ihres Klosters helfen zu können. Was ihm über den neuen Vorsteher der Johanniter, einen gewissen Jakobus von

Hahnheim, zu Ohren gekommen war, klang nicht sehr beruhigend. Seinen Erkundigungen nach, galt Hahnheim zwar als fromm, schien aber auch von Ehrgeiz getrieben zu sein. Er würde die schutzlosen Nonnen von Mühlen in die Knie zwingen, daran bestand kein Zweifel.

In der benachbarten Kapelle stieß Rémy auf einen weiteren Reisenden, der vor dem Altar mit Inbrunst seine Gebete sprach. Um ihn dabei nicht zu stören, hielt Rémy sich im Hintergrund und wartete ungeduldig, bis der schlanke Mann schließlich das Zeichen des Kreuzes geschlagen und sich erhoben hatte.

»Rémy«, sprach ihn der blasse Ritter erwartungsvoll an. In der Kapelle war es so kalt, dass der Atem des Mannes in weißen Wölkchen zerstob. »Sind die beiden zurück?«

Rémy schüttelte den Kopf. »Allmählich mache ich mir Sorgen. Vielleicht war es ein Fehler, sie allein gehen zu lassen. Was, wenn sie erkannt wurden?«

»Erkannt? Unmöglich, du siehst Gespenster!« Der Ritter klopfte Rémy aufmunternd auf die Schulter. Er war von all den ehemaligen Templern, die sich auf der Wasserburg des Raugrafen eingefunden hatten, derjenige, der Rémy, in Bezug auf Lebensalter, Körperbau und Erfahrung am ähnlichsten war. Wie Rémy so war auch Gottfried Bisol von eher nachdenklicher Natur, was die beiden jedoch nicht unbedingt zu Freunden machte, denn während Rémy sich ein Leben ohne Schwertkampf nicht vorstellen konnte, hatte Gottfried den Umgang mit Waffen von jeher verabscheut. Möglicherweise war dies aber auch der Tatsache geschuldet, dass er von Kindheit an im Schatten seines älteren Bruders gestanden hatte und gezwungen gewesen war, dessen Erfolge als Kämpfer zu bewundern. Um ihm zu gefallen, war er als halbwüchsiger Knabe Templer geworden. Nachdem der Orden dann wenige Jahre später vom Papst aufgelöst worden war, hatte Gottfrieds Bruder entschieden, weiter nach Osten zu fliehen und sich den Deutschherren anzuschließen. In deren Orden war er rasch aufgestiegen, ohne auch nur noch einen Gedanken an den Schwur zu verschwenden, den er und seine früheren Waffengefährten geleistet hatten. Gottfried hingegen, der lieber Gelehrter als Tempelritter geworden wäre, hatte den Eid trotz aller Abneigung gegen das enge, einschränkende Dasein als Ordensritter nicht vergessen. Diese Treue zu Gehorsam und Pflichterfüllung war es, was ihn mit Männern wie Rémy verband, und so hatte es keinen der früheren Templer gewundert, dass auch er die Reise zur Burg Iben auf sich genommen hatte.

Es war an der Zeit, die Reliquien, ihr Mysterium von einst und letztes Vermächtnis des vor langer Zeit hingerichteten Großmeisters, ein letztes Mal zusammenzufügen.

»Hast du dir überlegt, was wir tun, wenn die Neuigkeiten, die uns hierhergelockt haben, gar nicht stimmen?«, sagte der dunkelhaarige Mann plötzlich in die Stille hinein. In der Kapelle war es fast dunkel, das Öllämpchen, das Gottfried an der Schmalseite des Raumes abgestellt hatte, warf seinen Schein nicht einmal bis vor zur Apsis. Nichtsdestotrotz war zweifelsfrei zu erkennen, dass sich die Männer in einem Gotteshaus befanden, welches sich mit den reichen Verzierungen an den Kapitellen, dem kunstvoll aus dem Stein gehauenen Schlussstein sowie den hohen Gewölberippen keineswegs hinter größeren Kirchenbauten verstecken musste. Die kleine Kapelle entsprach ganz dem Geschmack der Templer, und einen Atemzug lang verspürte sogar Rémy, der seine Gefühle sonst so eifersüchtig kontrollierte, einen Schauer von Ehrfurcht über seinen Rücken gleiten. Ihm war, als sei das Rad der Zeit zurückgedreht worden.

Schließlich räusperte er sich. »Glaubst du, ich hätte den Markgrafen nur aufgrund eines Gerüchts verlassen? Nein, die Kundschafter, die der Äbtissin die Neuigkeit überbracht haben, sind zuverlässig. Benedicta von Rosenfeld ist bei der alten Äbtissin

Gertrud durch eine harte Schule gegangen und besitzt Menschenkenntnis. Ich vertraue ihr und ihrem Urteilsvermögen, sonst hätten Quartus und ich niemals ohne Graf Waldemars Erlaubnis seine Burg verlassen.«

»Zugegeben«, bestätigte Gottfried vorsichtig abwägend. »Das Wagnis, das du auf dich nimmst, ist größer als meines oder Hugo van Haarlems. Ich verstehe nur nicht, warum du den Jungen mitnehmen musstest. Gewiss, ich streite nicht ab, dass er unseren Leuten vor ein paar Jahren gute Dienste geleistet hat, aber ist es nicht falsch, ihm etwas vorzumachen? Ein Bauernbursche wie Quartus wird niemals den Ritterschlag empfangen. Zu viele ungünstige Umstände sprechen gegen ihn.«

Damit war Rémy nicht einverstanden. Quartus mochte nicht von edler Geburt sein, aber er konnte beschwören, dass seine Eltern einst von einem Priester getraut worden waren. Dies war mehr, als sein bester Freund vorweisen konnte, der vor nicht allzu langer Zeit am Hof des Brandenburgers zum Ritter geschlagen worden war und sich nun stolz Primus von Tempelhof nannte. Rémy dachte kurz nach. Wenn ihn seine Erinnerung nicht trog, hatte der junge Mann seine ersten Lebensjahre auf dem früheren Gut der Templerkomturei nahe der Stadt Berlin an der Spree verbracht und war von Ordensbrüdern zum Kundschafter ausgebildet worden. Nach der Niederwerfung und Auflösung des Ordens hatte er nicht nur dem letzten verbliebenen Ritter auf dem Tempelhof die Treue gehalten, sondern sich auch um die Rettung und Bewahrung der den Templern anvertrauten Mysterien verdient gemacht. Sein Lohn war die Ausbildung zum Ritter gewesen, die er nun abgeschlossen hatte. Rémy war als Waffenmeister des Markgrafen zugegen gewesen, als Primus vor der versammelten Ritterschaft in die Knie gesunken und die alte Formel »Besser Herr sein als Knecht« empfangen hatte, und obwohl er sich für den zähen Burschen freute, ärgerte es ihn doch ein wenig, dass er diese Ehrung früher empfangen hatte als sein Schützling Quartus. Dass er den Jungen nicht davon abgehalten hatte, ohne Erlaubnis die markgräfliche Burg zu verlassen und mit ihm durch halb Deutschland zu reiten, brachte ihn seinem großen Ziel nicht unbedingt näher.

Gemeinsam mit Gottfried verließ Rémy die Kapelle und trat hinaus in die Nacht. Der Regen, der seit den frühen Abendstunden auf die Dächer der umliegenden Gebäude geprasselt war, hatte nachgelassen. Die Luft war frisch und roch nach Wald, eine willkommene Abwechslung nach dem erdrückenden Mief von Rauch und Bratenfett, der in der Burg hing.

»Wenn ich dich so ansehe, habe ich den Eindruck, dass du den Waffendienst nicht sonderlich vermisst«, wechselte er vorsichtig das Thema, da er keine Lust hatte, sich heute Nacht über Quartus' Zukunft den Kopf zu zerbrechen.

Gottfried verschränkte die Arme vor der Brust, eine typische Abwehrhaltung, die Rémy schon früher oft an dem alten Waffenkameraden aufgefallen war. Wortlos machte er einen Schritt vorwärts, bis zum Rand des Wassergrabens, auf dessen Oberfläche sich der Schein der nahen Wachfeuer vom Turm bewegte wie ein Schwarm tanzender Glühwürmchen. Nach einer Weile drehte der Mann sich um und maß Rémy mit einem festen Blick.

»Warum sollte ich abstreiten, dass mir diese ganze Mission zuwider ist?«, sagte er. »Für dich, Hugo, und die anderen mag es anders aussehen. Ihr habt die letzten Jahre nichts weiter getan, als darauf zu warten, dass das Unmögliche wahr wird. Dass der Tempel wiederaufersteht.« Er schüttelte den Kopf. »Ich nicht! Wir haben vor vier Jahren unser Leben aufs Spiel gesetzt, um das Mysterium vor der Inquisition zu retten, und das ist uns auch gelungen. Wunderbar! Der Mann, der uns damals nach dem Leben trachtete, ist tot. Ebenso König Philipp von Frankreich und der Papst.«

»Auch wunderbar«, spottete Rémy.

»Warum sollten wir nun wegen einer so vagen Hoffnung, die noch dazu in weiter Ferne liegt, schon wieder alles im Stich lassen, was uns etwas bedeutet? Mein Leben als Rechtsgelehrter und Berater des Erzbischofs von Köln mag für dein Verständnis nicht besonders aufregend sein, aber ich tue, was ich immer schon tun wollte. Ich lese Bücher, studiere Urkunden und Dokumente und befasse mich mit Fragen des Rechts im Bistum. Das ist hochinteressant, zumal der Kölner Erzbischof nicht nur geistlicher Würdenträger, sondern auch Erzkanzler des Reiches ist. Als mich eure Nachricht erreichte, war ich gerade im Begriff, an die juristische Fakultät von Cambridge zu gehen. Erzbischof Heinrich hatte mir hierfür sogar einen Dispens erteilt, weil er möchte, dass ich noch besser ausgebildet werde. Nun muss er annehmen, ich befände mich auf halbem Weg über den Kanal.« Er verzog das Gesicht. »Heinrich ist ein alter Mann, aber sein Geist ist nicht verwirrt. Er wird erfahren, dass sein geachteter Rechtsbeistand nie in Cambridge angekommen ist.«

Rémy konnte ein Lächeln nicht unterdrücken. Es sprach für das aufrichtige Wesen seines Freundes, beim Gedanken an seinen Gönner in Köln ein schlechtes Gewissen zu verspüren. Das konnte er verstehen. Er selbst fand es ja auch schlimm, dass er sich klammheimlich aus Brandenburg davongestohlen hatte, obwohl der Markgrafschaft, wie zu vermuten war, in Kürze turbulente Zeiten bevorstanden. Andererseits hatten Gottfried und er einst aus freien Stücken einen Pakt geschlossen, und der Umstand, dass sie hier draußen beisammenstanden, war Beweis genug, dass sich beide an den alten Eid immer noch gebunden fühlten.

Die Männer waren kaum in die Halle zurückgekehrt, als einer der Burgwächter die Ankunft zweier Reiter meldete.

»Endlich!« Hugo van Haarlem wischte sich die fetttriefenden Finger an seinem Schnürkittel ab und plagte sich mit rotem Gesicht auf die Füße. Sein fast kahler Schädel glänzte mit den lebhaften kleinen Augen um die Wette. »Wurde auch Zeit, dass die Burschen zurückkehren«, rief er erfreut aus. »Ich schwöre bei der heiligen Kunigunde, wenn ihr mich noch einen Moment länger mit diesen Köstlichkeiten alleingelassen hättet, wäre ich geplatzt wie eine Schweinsblase. Aber das darf nicht sein!« Er rülpste aus vollem Halse. »Ihr braucht mich doch!«

»Selbstverständlich brauchen wir dich, mein Bester«, erwiderte Gottfried, ohne mit der Wimper zu zucken. Als Berater eines Bischofs neigte er nicht dazu, Witze zu reißen, doch Rémy sah ihm an, dass es auch ihm schwerfiel, ernst zu bleiben. »Sollte uns jemand nachstellen, werden wir dich einfach in seine Speisekammer setzen. Ohne Vorräte geht zwangsläufig jede Armee zugrunde!«

»Ach, und was willst du damit sagen, Bücherwurm?«, brauste der Flame auf, der sehr wohl begriffen hatte, dass die Männer sich über seinen gewaltigen Appetit und seine Trinkfestigkeit lustig machten. »Warst ja nicht mal dabei damals, im Heiligen Land.« Mit rotem Kopf schlug er sich gegen die Brust. »Ich war dort, verstanden? Gemeinsam mit Payen de Gros und diesem maulfaulen Schotten dort drüben!« Sein bärtiges Kinn wies in Richtung Kamin, wo Rémy stand. »Wir Templer fochten in Akkon gegen eine Übermacht, bis die Mauern zusammenbrachen.«

Hugo hielt jäh inne, vermutlich weil die Erinnerung an seine Erlebnisse in Palästina ihn zu überwältigen drohten. Er wuchtete seinen massigen Körper auf eine Bank und streckte die Beine aus. »Geh zurück nach Köln und wisch deinem Bischof den Arsch mit deinen Büchern«, brummte er.

Im nächsten Moment erklang vom Eingang her das Geräusch sich rasch nähernder Schritte. Zwei Männer kamen mit breitem Lächeln auf die Männer zu. Der jüngere von beiden trug ein poliertes Kettenhemd, das bei jedem Schritt leise klirrte, während sein Begleiter in seiner schäbigen Aufmachung erst auf den zweiten Blick zu erkennen war.

»Baudouin, Primus!« Rémy breitete die Arme aus und hieß die Ankömmlinge willkommen. »Wir haben uns Sorgen gemacht, weil ihr zwei Tage fort wart, ohne uns zu benachrichtigen.«

»Wart Ihr erfolgreich?« Gottfried musterte die beiden Männer aufmerksam. »Hat Benedicta von Rosenfeld euch unser Eigentum ausgehändigt?«

Primus hob die Schultern. Er trug einen Beutel bei sich, den er nun vorsichtig auf den Tisch legte und dann die Verschnürung öffnete. Zum Vorschein kam eine hübsche Schatulle, um die sich die ehemaligen Templer alsbald scharten. Keiner der Männer wagte indes, den Deckel hochzuklappen und den Inhalt in Augenschein zu nehmen. Eine Weile sagte keiner ein Wort, bis Hugo van Haarlem sich schließlich räusperte. Seine Wut war längst verraucht. »Dieser Kasten scheint mir doch ein wenig zu klein für das vollständige Mysterium. Habe zwar damals auf dem Tempelhof nur einen flüchtigen Blick auf die Gefäße werfen können, bevor diese Prisca mit ihnen verschwunden ist, aber ich hätte bei meinem Wanst geschworen ...«

Ein Raunen unterbrach ihn.

Primus von Tempelhof hob beschwichtigend die Hände. »Freund Hugos äh ... Bauchgefühl trügt nicht. In dieser Schatulle ist nur ein Teil der Reliquie. Mehr konnte uns die Äbtissin von Mühlen nicht geben!« Er atmete tief durch. »Und ich fürchte, das ist nicht die einzige schlechte Nachricht!«

VIII.

Kaum hatte der junge Mann ausgesprochen, als sich auch schon Fassungslosigkeit auf den Gesichtern der Anwesenden breitmachte. Hugo van Haarlem brauchte auf den Schreck einen Schluck Wein, Rémy runzelte die Stirn, und Gottfried begann sogleich mit geballten Fäusten vor dem Kamin der Halle auf und abzugehen.

»Das darf doch nicht wahr sein«, maulte Quartus, obwohl es ihm als Knappen nicht zustand, das Wort zu ergreifen. Doch keiner der Männer tadelte ihn dafür. »War dann alles umsonst? Ich meine, wir brauchen doch die vollständige Reliquie, um ...«

»Halt gefälligst den Mund! Ich muss nachdenken.« Rémy unterbrach den jungen Mann mit einer scharfen Geste, die diesen sogleich verstummen ließ. Dann trat er an den Tisch und legte seine Hand auf die Schatulle, die Primus und Baudouin aus dem Haus des jüdischen Krämers geholt hatten. Dass das Mysterium nicht mehr vollständig war, konnte man nur als herben Rückschlag für ihre Sache ansehen. Zu beschönigen gab es da nichts. Andererseits bedeutete die Aufteilung auch nicht, dass ihr Vorhaben zum Scheitern verurteilt war. Irgendwo mussten die beiden anderen Teile ja sein. Er atmete tief durch und lauschte auf das Prasseln des Feuers, das die Diener des Raugrafen entfacht hatten, um die Feuchtigkeit aus den Mauern der Halle zu ziehen.

»Vielleicht war es klug von dem Mädchen, das Vermächtnis des Großmeisters aufzuteilen«, sagte er nach einer Weile.

Gottfried runzelte die Stirn. »Klug? Also ich weiß nicht. Wir verlieren wertvolle Zeit, wenn wir uns auch noch auf die Suche nach weiteren Kassetten machen müssen. Vielleicht sollten wir einfach versuchen, mit dem, was wir haben, unsere Forderungen durchzusetzen. Besser als mit leeren Händen aufzutauchen, wäre das allemal, und die Portugiesen sind wahrhaft nicht in der Position, uns unsere Rechte streitig zu machen. Schließlich waren wir die letzten *Prudhommes*, die vom Großmeister persönlich zu Beratern ernannt wurden.«

»Ich fürchte, das müsst Ihr Euch aus dem Kopf schlagen!«

Überrascht wandten sich die Männer in die Richtung um, aus der der Einspruch gekommen war. An der Tür stand eine Frau, die das Habit einer Klosterschwester trug. Ihre Augen waren gerötet, und sowohl im Gesicht als auch am Saum ihres Gewands klebten Schlammspritzer. Als alle Augen auf der Nonne ruhten, forderte sie einige Personen, die noch vor der Tür warteten, mit einer Handbewegung auf, sich zu ihr zu gesellen. Schweigend huschten fünf weitere Nonnen in die Halle und scharten sich mit gefalteten Händen um ihre Wortführerin wie Küken um eine Mutterhenne.

Baudouin Lavalle, der das dunkle Krämergewand inzwischen ebenso abgelegt hatte wie den falschen Bart, sprang sogleich auf und ging der Frau entgegen. »Äbtissin Benedicta? Würdet Ihr uns verraten, was Euch und Eure Schwestern zu so später Stunde nach Iben führt? Warum seid Ihr nicht in Eurem Kloster?«

Die Nonne lächelte sanft, während der ehemalige Ordensritter sie den andern vorstellte. Sie schien keine Berührungsängste zu kennen und suchte sich, noch bevor sie dazu eingeladen wurde, einen Platz am Feuer. Obwohl sie sich betont aufrecht hielt, war ihr doch anzusehen, dass der anstrengende Ritt über die schlammigen Straßen sie ihre ganze Kraft gekostet hatte. Mit einem dankbaren Nicken nahm sie den Becher entgegen, den ein Diener ihr einschenkte, trank aber erst, nachdem auch ihren Schwestern eine Erfrischung gereicht worden war.

»Unser Verwandlungskünstler hat Euch doch etwas gefragt«, knurrte Hugo van Haarlem, der sich in weiblicher Gesellschaft noch nie besonders wohlgefühlt hatte. »Was macht Ihr hier?«

Benedicta von Rosenfeld überging die Frage. Stattdessen stand sie auf, beugte sich über die Schatulle und berührte sie behutsam. Dann wandte sie sich Primus von Tempelhof zu und hob die Augenbrauen. »Na, wenn das nicht mein guter Stallknecht ist«, sagte sie ironisch. »Wie ich sehe, seid ihr Jakobus von Hahnheim zuvorgekommen. Gewiss war er überrascht, als ihm aufging, wer ihn geführt hat. Ich wünschte nur, ich wäre dabei gewesen.« Plötzlich verschwand das Lächeln aus ihrem Gesicht. Sie sah Baudouin an. »Was habt Ihr mit dem Johanniter gemacht? Ich nehme an, dass er Euch die Reliquie nicht kampflos überlassen hat. Als ich ihm verraten musste, wo sie zu finden ist, wusste ich, dass er Euch in Alzey antreffen würde. Schließlich hattet Ihr nur einen knappen Vorsprung vor ihm. Ist er … tot?«

Primus von Tempelhof wechselte einen knappen Blick mit Baudouin, dann schüttelte er den Kopf. »Eure Vermutung ist richtig, ehrwürdige Mutter, es gab eine kleine Auseinandersetzung, die Baudouin und ich für uns entscheiden konnten. Aber der Johanniter wurde nur verwundet. Als wir Alzey verließen, lebte er noch.«

»Sein Laufbursche ebenfalls«, bestätigte Baudouin. Es klang verdrießlich. Vermutlich hätte er beiden Angreifern lieber den Garaus gemacht, um weiteren Ärger mit ihnen zu vermeiden. Die Äbtissin hörte den beiden ehemaligen Templern geduldig zu, dann neigte sie den Kopf und sann nach. »Ich habe mir schon so etwas gedacht«, sagte sie schließlich. »Das bedeutet, dass Jakobus, sobald er genesen ist, vor dem Klostertor stehen und meinen Kopf fordern wird. Ich habe ihn verraten, und das wird er nicht auf sich sitzen lassen. Er wird nach mir suchen, um Rache zu nehmen und um sich das da unter den Nagel zu reißen.« Sie deutete auf die Kassette.

»Marschiert Ihr deshalb mit Euren Schwestern hier auf?«, platzte Hugo van Haarlem heraus. »Um uns vor diesem Kerl zu warnen? Das ist aufmerksam von Euch, aber absolut überflüssig. Verratet uns lieber, was aus den übrigen Reliquien geworden ist. Da Ihr so klug seid, wisst Ihr sicher auch, dass wir das gesamte Mysterium brauchen, oder?«

Das war der springende Punkt. Benedicta von Rosenfelds Miene verriet, dass sie darüber sehr wohl im Bilde war. Sie hatte das Erbe ihrer verstorbenen Meisterin nach bestem Wissen verwaltet und die Kontakte, welche diese im Heiligen Römischen Reich gepflegt hatte, um die im Verborgenen lebenden Templer zu unterstützen, umsichtig gepflegt. Kein Wunder, dass sie auch die Bedingungen kannte, unter denen eine Zukunft für die ehemaligen Ordensritter in greifbare Nähe gerückt war.

»Ich kann immer noch nicht glauben, dass der Papst auch nur über eine Neugründung des Templerordens nachdenken soll!« Gottfried schüttelte den Kopf. »Sollte ich als Berater Seiner Exzellenz, des Erzbischofs von Köln, nicht darüber Bescheid wissen?«

»Vielleicht ist es dir entgangen, weil du gedanklich schon auf dem Weg nach Cambridge bist, um dort langweilige Milchbärte zu unterrichten!«, warf Rémy ein. Allerdings musste auch er zugeben, dass er am Hof des Markgrafen niemals von den Neuigkeiten gehört hätte, wenn die Äbtissin ihm in ihren heimlichen Botschaften nichts davon mitgeteilt hätte.

»Nun, zunächst einmal wird der Templerorden in der Form, wie er im Jahr 1118 im Heiligen Land gegründet wurde, nicht wiederbegründet«, erklärte Benedicta von Rosenfeld. »Der neue Orden soll ganz offiziell Christusorden genannt werden und auch nur in Portugal seinen Sitz haben. Ansonsten bleibt alles beim Alten. Das bedeutet, dass auch das Templervermögen aus Portugal in die Tresore des neuen Ritterordens fließen wird.« Die Frau blickte von einem zum anderen, bevor sie mit fester Stimme hinzufügte: »Ihr hättet die Chance, im Süden noch einmal ganz von vorn zu beginnen, auch wenn Ihr Euch nicht Templer, sondern Christusritter nennen und dem roten Templerkreuz noch ein kleines weißes hinzufügen müsstet. In Portugal könntet Ihr endlich wieder nach Eurer Regel leben, als Mönche und Ritter, und dies unter dem Schutz des Königs und mit der Billigung des Papstes.« Ihre Augen verengten sich zu kleinen Schlitzen. »Sogar Großmeister könnte einer von Euch edlen Herren werden, schließlich sind Eure Namen auf der Iberischen Halbinsel nicht unbekannt. König Dinis wurde zugetragen, dass sieben Templer aus Deutschland, Frankreich und Flandern zu den besonderen Vertrauten des letzten Großmeisters Jacques de Molay zählten.«

Rémy schloss die Augen und sann über die Worte der Frau nach. Einen Augenblick lang gab er sich ganz der Vorstellung hin, er schlendere in einem funkelnagelneuen Waffenrock und dem weißen Templermantel über den Schultern an einem menschenleeren Strand entlang und blicke hinaus auf die stürmische See, die Mauern einer stolzen Burg im Rücken und das Schwert in der Hand. Er schmeckte das Salz in der Luft und spürte, wie seine Füße im feuchten Sand versanken. Die donnernde Brandung sowie das Geschrei der Seemöwen, die über seinem Kopf dahinzogen, betörten ihn. Hitze trieb ihm den Schweiß auf die Stirn. Unvermittelt traf ihn ein Gefühl, das er sich die letzten Jahre nicht erlaubt hatte: Sehnsucht. Ja, vielleicht würde es wie damals in Palästina werden, wo er als ganz junger Bursche die aufregendste, aber auch entbehrungsreichste Zeit seines Lebens verbracht hatte. Es war möglich, dass er und seine Waffenbrüder im fernen Portugal tatsächlich etwas ganz Neues erschaffen konnten. Die Zeit der Kreuzzüge gegen die Sarazenen war vorbei, das Heilige Land fest in ihrer Hand. Aber irgendetwas ganz tief in Rémys Seele mochte daran glauben, dass auch vor ihm noch Herausforderungen lagen, die wichtiger waren als das, was er in den letzten Jahren getan hatte. Aufgaben, die eine Wiederbelebung des Ordens in vollem Umfang rechtfertigten. Aber was genau? Die Johanniter hatten sich dem Aufbau von Spitälern verschrieben und leisteten Krankenpflege, während die Deutschherren ihren Ordensstaat im Osten aufbauten. Welchen Nutzen konnte dieser Christusorden im fernen Portugal schon für die Menschheit haben?

Plötzlich kam ihm ein Gedanke. Das Mysterium, schoss es ihm durch den Kopf. Das Mädchen Prisca hatte so gut es ging darauf aufgepasst, solange er und seine Freunde das nicht vermocht hatten. Doch sobald der neue Christusorden im Süden auf festen Beinen stand, würden er und die anderen sich der Reliquie annehmen.

»Es ist wahr!« Benedicta von Rosenfeld hob den Blick, als habe sie Rémys Gedanken gelesen. »Der König von Portugal war immer ein großer Freund und Bewunderer des Templerordens, und daran konnte auch dessen Zerstörung durch Philipp von Frankreich und Papst Clemens V. nichts ändern. In seinem Land blieben die Templer daher weitgehend unbehelligt. König Dinis setzt große Hoffnungen auf die Gründung des Christusordens und möchte, dass er bis ins kleinste Detail seinem großen Vorbild entspricht. Um dies umzusetzen, braucht er Männer wie Euch. Vertraute des letzten Großmeisters, die über alle Geheimnisse unterrichtet sind.«

Primus, der seine feuchten Haare vom Kaminfeuer trocknen

ließ, warf den Kopf zurück. Seine wachsamen Augen glitzerten. »Noch mehr als für uns scheint sich dieser Dinis von Portugal aber für den Inhalt der Kassette zu interessieren, habe ich Recht?«

»Der König ist kein Dummkopf«, sagte die Äbtissin, die sich in der Rolle der Diplomatin zu gefallen schien. »Natürlich braucht er einen Beweis dafür, dass er mit Euch auch die richtigen Männer mit dieser gewaltigen Aufgabe betraut. Es geht ihm um die Ehre Gottes, aber auch um die Interessen seines Landes, die er nicht nur gegenüber Frankreich und dem Papst, sondern auch gegenüber Gegnern am eigenen Hof durchsetzen muss. Es erfordert schon eine gehörige Portion Mut von dem Mann, Ordensritter in seinem Land zu dulden, die im übrigen Europa noch immer als Ketzer und Teufelsanbeter verschrien sind.«

Primus' Miene verriet, dass ihn diese Antwort noch nicht restlos zufriedenstellte, doch einstweilen begnügte er sich damit. Dafür wollte Gottfried, der während der letzten Minuten kein Wort gesagt hatte, nun wissen, auf welchem Weg der portugiesische König ausgerechnet von ihnen erfahren hatte.

»Nicht durch mich, das kann ich beschwören«, erklärte Benedicta von Rosenfeld, die mit der Frage offensichtlich schon gerechnet hatte. »Aber es gibt da einen Ritter, der an Dinis' Hof lebt und einst ebenfalls dem Templerorden angehörte. Er muss dem König von Euch und Eurem engen Verhältnis zu Jacques de Molay berichtet und ihm geraten haben, Euch nur unter der Bedingung einzuladen, dass Ihr das Mysterium nach Portugal bringt und dem neuen Orden übergebt. Wie ich hörte, soll der Mann sich damals in Paris aufgehalten haben, als Euer letzter Großmeister verbrannt wurde.«

Alle Blicke richteten sich nun auf Baudouin, der neben Hugo an der Tafel Platz genommen hatte. Während sich die Templer, die der Verfolgung Philipps IV. entkommen waren, über halb

Europa zerstreut hatten, war Baudouin in Paris geblieben. Er hatte ein Leben im Untergrund geführt, was ihm aufgrund seiner Gabe, sein Äußeres so zu verändern, dass nicht einmal seine Mutter ihn wiedererkannt hätte, auch geglückt war. Wenigstens eine Zeitlang. Doch davon, dass sich zur selben Zeit ein weiterer Ordensbruder wie er in der Stadt durchgeschlagen hatte, wusste Baudouin nichts.

»Dann hast du deine Augen nicht aufgemacht«, brummte Hugo, der sich den Bauch hielt. Er schien unter einer Verdauungsstörung zu leiden, die ihn unleidlich und streitlustig machte.

»Mit meinen Augen ist alles in Ordnung«, widersprach Baudouin gekränkt. »Ich sage nur, wenn anno 1314 noch ein Templer in der Stadt war, muss er sich ebenso gut versteckt haben wie ich, denn König Philipps Soldaten machten auf Straßen, Märkten und Schenken Jagd auf jeden, der im Verdacht stand, ein geflohener Templer zu sein.« Er nickte mit Nachdruck. »Ich weiß, wovon ich rede, schließlich bin ich ihnen ein paar Mal nur um Haaresbreite entkommen.«

»Unwichtig«, entschied Rémy, dem das Geplänkel der Männer allmählich auf die Nerven ging. Sie hatten Wichtigeres zu tun, als sich um den Ratgeber des portugiesischen Königs den Kopf zu zerbrechen. Für ihn zählte nur, dass dieser Mann seinen Herrn davon überzeugt hatte, die ehemaligen Templer ins Land zu holen.

Sie und das Mysterium.

Er stieß die Luft aus und wandte sich wieder der Äbtissin zu, die in der Zwischenzeit einige Worte mit ihren Begleiterinnen gesprochen hatte. Mit fester Stimme erklärte er: »Ich habe es nie ganz verwunden, dass ich vor vier Jahren meine Komturei in Schottland verlassen musste. Im Juni 1314 kämpfte ich noch an der Seite von Robert Bruce in der Schlacht von Bannockburn, wo wir das viel größere Heer der Engländer unter Edward II. schlugen. Aber bleiben durfte ich nicht, weil es auch in Schottland offiziell keinen Templerorden mehr geben durfte. Wie lange ich nach Markgraf Waldemars Tod noch am Hof der Askanier geduldet werde, ist ungewiss.« Er stieß einen tiefen Seufzer aus, wobei er zu seinem Schwert hinübersah, das an einem Nagel an der Wand hing. »Also was mich betrifft, ich werde gen Süden reiten und mich für den Aufbau des neuen Ordens einsetzen.« Erwartungsvoll blickte er in die Runde. »Wer folgt mir?«

Primus, Baudouin und Hugo erhoben ihre Becher und stimmten Rémy mit einem feierlichen Nicken zu. Gottfried zögerte, sich den anderen anzuschließen, widersprach jedoch auch nicht. Der Einzige, auf den die euphorische Stimmung nicht überzuspringen schien, war Quartus. Der junge Mann rieb sich mit nachdenklicher Miene die Hände.

»Du warst niemals ein Templer, auch wenn du auf den Gütern einer Komturei aufgewachsen bist«, sagte Rémy, dem der düstere Gesichtsausdruck seines Schützlings nicht entgangen war, zu ihm. »Wenn du nach Brandenburg zurückkehren willst ...«

»Das ist es nicht, was mir Sorgen bereitet Herr! Ich frage mich nur, wie wir die fehlenden Teile des Mysteriums aufspüren wollen. Es wird verdammt schwierig werden, sie rechtzeitig vor der Berufung eines neuen Großmeisters nach Portugal zu bringen. Vielleicht hat dieser Templer dem König diese Bedingung eingeflüstert, weil er genau weiß, dass die vollständige Reliquie nicht mehr in unserem Besitz ist und ...«

»Genug«, schnitt Rémy dem jungen Mann das Wort ab. Seine Einwände klangen vernünftig, dennoch wollte er heute Nacht nichts davon hören.

»Wenn der Mann wirklich ein Templer war und sich noch Jahre nach dem Überfall auf unser altes Hauptquartier in Paris aufhielt, muss er ein Ehrenmann sein, dem wir vertrauen können. Und was die übrigen Reliquien betrifft ...« Er brauchte nur einen Moment des Nachsinnens, bis seine Gesichtszüge sich aufhellten. »Prisca von Speyer wird sie in ihrem Besitz haben, und ich wage zu behaupten, dass ich weiß, wo sie sich aufhält. In ihre alte Heimat kann sie nicht zurückgegangen sein, das wäre viel zu gefährlich. Aber sie ist immerhin Payen de Gros' Tochter, und wenn mich nicht alles täuscht, lebte der auf einem verschlafenen Gut im Süden Frankreichs, bevor er sich dem Orden anschloss. Ich gehe jede Wette ein, dass man dort weiß, was aus dem kleinen Biest geworden ist.«

Rémys Überlegungen wurden von den Männern mit Freude und Erleichterung aufgenommen. Fast alle erinnerten sich noch an den verstorbenen Ordensbruder, hatten doch gerade die älteren wie Hugo und Baudouin einst in Palästina Seite an Seite mit ihm gekämpft. Zudem hatte sie der Umstand, dass der letzte Großmeister sie auserwählt und mit einer ganz besonders wichtigen Aufgabe betraut hatte, zusammengeschweißt wie leibliche Brüder. Ihr Pakt galt nach wie vor, sogar über den Tod hinaus. Die Männer redeten nicht gern darüber, dass Bruder Payen es als junger Ritter mit dem Keuschheitsgelübde der Templer nicht so genaugenommen hatte, doch wer mochte es ihm verübeln, dass er versucht hatte, seine Enttäuschung in den Armen einer hübschen Jüdin zu vergessen. Der Orden hatte nach dem Verlust der letzten Burgen im Heiligen Land in einer tiefen Sinnkrise gesteckt, welche viele Brüder an ihrer Berufung hatte zweifeln lassen. Auf vollen Geldtruhen zu sitzen wie verdammte Krämerseelen und seine Tage mit Schwertkampf und Saufgelagen zu verbringen, das konnte doch nicht alles gewesen sein. Nein, so etwas entsprach in keiner Weise den Idealen, welche die Ritter zum Eintritt in den Orden bewogen hatten. Payen war trotz seines Gelübdes ausgebrochen, wissend, dass er sich damit in mehrfacher Weise entehrte und eines Frevels schuldig machte. Doch keinem seiner Kampfgefährten wäre es in den Sinn gekommen, deswegen den Stab über ihm zu brechen. Weil im Grunde jeder von ihnen seinen eigenen Kampf ums Überleben hatte ausfechten müssen, auch Rémy.

Ein Hüsteln der Äbtissin holte ihn schließlich jäh aus seinen Gedanken. Der Frau schien noch mehr unter den Nägeln zu brennen.

»Seid Ihr nicht der Meinung, dass wir uns nach Frankreich aufmachen sollen?«, erkundigte sich Gottfried mit einem Stirnrunzeln.

»O doch, unbedingt!« Benedicta von Rosenfelds Augen begannen zu glitzern. »Wenn meine Informationen wahr sind, hat Prisca von Speyer auf dem Landsitz des alten de Gros Zuflucht gesucht. Allerdings ...« Sie hob den Daumen ihrer rechten Hand empor. »Nur mit einer der gesuchten Reliquien. Die dritte findet ihr nicht bei dem Mädchen. Sie hat sie aus Gründen der Sicherheit ebenfalls zurückgelassen.«

Primus raufte sich seufzend das dichte, wellige Haar, das er stolz wachsen ließ, seit er den Ritterschlag empfangen hatte. »Ich sehe Euch an, dass ihr wisst, wo sich das heilige Stück befindet«, sagte er. »Also heraus mit der Sprache. Wir sind alle müde und würden uns gern noch ein Weichen ausruhen, bevor wir aufbrechen.« Aus den Augenwinkeln spähte er zum Eingang. Zu beiden Seiten hatten Wächter des Raugrafen Stellung bezogen, was gut war, denn nach dem blinden Eifer zu schließen, den dieser Jakobus von Hahnheim an den Tag gelegt hatte, um der Äbtissin ihr Geheimnis zu entlocken, stand zu befürchten, dass bald eine Schar Ritter vor den Toren der kleinen Wasserburg stehen würde. Raugraf Rupert mochte das Gastrecht heilig sein, aber ob er sich mit den einflussreichen Johannitern anlegen würde, um ein paar versprengte Templer zu beschützen, war mehr als fraglich. Nein, sie mussten im Morgengrauen verschwunden sein und beten, dass Jakobus von Hahnheims Verwundung ihn davon abhielt, sich an ihre Fersen zu heften.

Benedicta von Rosenfeld ließ etliche Augenblicke verstreichen, bevor sie mit einem Nicken zu verstehen gab, dass sie das Versteck der fehlenden Reliquie kannte.

»Bevor ich Euch sage, was ich weiß, verlange ich, dass Ihr mich und diese fünf Nonnen nach Speyer begleitet. Wir haben dort ein Haus, dessen Besitz in den Klosterbüchern von Mühlen nicht aufgeführt wird. Meine Schwestern werden dort fürs erste vor dem Zorn dieses Jakobus von Hahnheim sicher sein. Die übrigen Nonnen haben es vorgezogen, im Kloster zu bleiben. Unter ihren Angehörigen befinden sich einflussreiche Männer: Domherren in Mainz sowie Grafen und königliche Vögte. Ihnen wird, so hoffe ich, nichts geschehen.«

Rémy presste die Lippen aufeinander. Die Forderung dieser Frau war die reinste Erpressung, doch im Augenblick sah es so aus, als würde er sich fügen müssen. Nach einigem Zögern nickte er, obwohl seine Miene dabei finster blieb. »Nun gut, ich hoffe, Ihr und Eure Schwestern seid sattelfest. Wir haben nicht die Absicht, oft zu rasten.« Und sind froh, wenn wir euch los sind, fügte er in Gedanken hinzu.

Ein spöttisches Lächeln glitt über das blasse Gesicht der Ordensfrau. »Seid unbesorgt«, sagte sie mit zuckersüßer Stimme. »Ihr werdet es vielleicht nicht glauben, aber keine von uns Frauen hat im Kloster das Reiten verlernt.«

Damit wandte sie Rémy den Rücken zu und gab im Gehen ihren Mitschwestern ein Zeichen, ihr hinaus zu folgen. Die verbliebenen Stunden bis zum Tagesanbruch wollte sie nicht in der stickigen Hall, sondern betend in der Kapelle verbringen.

An der Tür blieb sie noch einmal stehen. »Sobald wir in Speyer angekommen sind, sage ich Euch, was ich über das Versteck der zweiten Reliquie weiß, darauf habt Ihr mein Wort. In der Zwischenzeit solltet Ihr Euch noch einmal die Bedingungen in Erinnerung rufen, unter denen der König von Portugal Euch mit dem

Aufbau des neuen Christusordens betrauen will. Er erwartet sieben Templer!« Sie hob fragend die Augenbrauen. »Seid Ihr sieben an der Zahl?«

Rémy spürte einen bitteren Geschmack im Mund, als er die Häupter der Männer in der Halle abzählte. Verdammt, die Klosterfrau hatte recht. Wie hatte ihm das nur entgehen können? Einer fehlte.

Kurz entschlossen ging er auf Primus zu, der überrascht zusammenzuckte, als der ältere Mann ihn am Arm packte und von der Sitzbank zog. Dabei stieß er einen vollen Weinbecher um, der klirrend über die Steinplatten rollte.

»Was zum Teufel hast du vor?«, vernahm er Baudouins Stimme, der mit Gottfried und Hugo einen ratlosen Blick tauschte.

»Aus dem Burschen einen Templer zu machen, und zwar noch heute Nacht«, knurrte Rémy, während er den jungen Ritter dem Ausgang entgegentrieb.

IX.

Einen Medicus gab es in der kleinen Stadt nicht. Der einzige Mann, dem einige Erfahrung darin bescheinigt wurde, Stichwunden und Schwerthiebe zu versorgen, hieß Bozo und betrieb in einem baufälligen Haus neben der Marktschenke eine billige Badestube, die vornehmlich von Tor- und Stadtwächtern, Lehrlingen und Bauern aus den umliegenden Dörfern besucht wurde.

Jakobus von Hahnheim stöhnte gequält, als ihn zwei seiner Ordensbrüder auf Bozos Anordnung hin auf einen Hocker drückten. Die Männer blieben neben ihm stehen, bereit, ihn sogleich aufzufangen, falls er während der Behandlung ohnmächtig werden und zu Boden fallen sollte. Argwöhnisch beobachtete er, wie der Bader ohne jede Gemütsregung in seinen abgegriffenen Beutel griff und ein paar Instrumente herausholte, die er wortlos auf einer nach Pferd riechenden Decke ausbreitete. Unter dem Sammelsurium aus Haken, Zangen, Scheren und Lanzetten befand sich auch eine bronzene Nadel, die Bozo kurz unter der Kerzenflamme reinigte, bevor er ein langes Rosshaar durch das Öhr fädelte. Er schien gute Augen zu haben, denn gleich sein erster Versuch war erfolgreich. Dafür verriet der säuerliche Atem des Baders, dass er Wein getrunken und folglich nicht mehr ganz nüchtern war.

»Nun mach schon«, drängte der Johanniter mit einem Blick auf die klaffende Fleischwunde in seiner Schulter. Der Schmerz drohte, ihm die Sinne zu nehmen. Als er Bozo das mitteilte, ließ dieser ihn einen Schluck aus einer schmutzigen Flasche nehmen. Jakobus befürchtete für einen Moment, flüssiges Feuer zu schlucken, und verzog voller Pein das Gesicht. Doch in der Schulter spürte er nun nur noch ein Klopfen. Als Bozo kurz darauf einen nach herben Kräutern duftenden Schwamm auf die Wunde legte und dann mit Hilfe eines kleinen Schabmessers einen Teil der blutigen, entzündeten Haut entfernte, empfand er fast nur noch Müdigkeit. Der Bader begann, eine Melodie zu summen, die ihm vermutlich von Spielleuten in seiner Badestube beigebracht worden war. Mit geübten Handgriffen jagte er die Rosshaarnadel durch Jakobus' Fleisch. Zug um Zug, Stich um Stich nähte er weiter, bis die Wunde geschlossen war. Zuletzt wies er die gelangweilt herumstehenden Ordensritter an, den Verletzten zu dem bereits aufgeschlagenen Deckenlager im Winkel des Raumes zu tragen. Dort verteilte er eine Paste aus in Schmalz gesottenem Beinwell, Gänsefingerkraut und Ringelblume auf einem Stofffetzen, den er auf die frisch genähte Wunde legte.

»Stiftet der Jungfrau Maria eine Wachskerze für Eure Genesung«, riet der Mann. »Und dafür, dass der tödliche Brand ausbleibt! Am besten Ihr ruht die nächsten Tage hier auf diesem Lager, ohne Euch viel zu regen, dann hält auch die Naht.« Selbstbewusst begegnete er Jakobus' Blick, wobei eine Bewegung seines Daumens und Zeigefingers andeutete, dass er nichts dagegen hätte, nun bezahlt zu werden.

»Nicht so eilig«, keuchte Jakobus, dem vor Erleichterung über den nachlassenden Schmerz die Tränen in die Augen schossen. Das flüssige Feuer, das ihm immer noch in der Kehle brannte, musste aus der Höllenküche des Leibhaftigen stammen. Aber es half, das musste er zugeben. »Bevor du verschwindest, siehst du dir Germund an! Dieses verfluchte Gesindel im Haus des Juden ist wie ein Rudel Wölfe über ihn hergefallen.« Mit einer mühsamen Kopfbewegung deutete er in einen dunklen Winkel, wo sein

Waffengefährte breitbeinig auf einem Sack hockte und sich den Schädel hielt. Germund schien es indessen weniger schlecht zu gehen, als er vermutet hatte. Seine Kopfschmerzen ertrug er klaglos, doch die Wut darüber, von einem dahergelaufenen Burschen außer Gefecht gesetzt worden zu sein, nagte schwer an ihm. Grob stieß er Bozo von sich, als dieser sich über ihn beugte, um den blutenden Kopf zu untersuchen.

»Scher dich bloß fort, ich weiß selbst, wie man Wunden behandelt«, fuhr er den Bader an. Erst als dieser sich beleidigt abwenden wollte, lenkte er ein. »Also schön, einen Verband darfst du mir anlegen, aber keine falsche Bewegung, sonst kannst du als Nächstes deine hässliche Fratze nähen. Und schür das Feuer, mir ist kalt!«

Nachdem der Bader sich mit ein paar wenigen Kreuzern in der Tasche davongemacht hatte, hörte Jakobus Germund mit den Ordensmännern seines Geleits flüstern.

»Die Burschen scheinen die Stadtwachen bestochen zu haben«, sagte einer der Männer. »In Alzey sind sie jedenfalls nicht mehr. Wir haben jeden Winkel der Stadt nach ihnen abgesucht.« Germund stieß einen wütenden Laut aus. »Heißt das, diese Ketzer sind uns durch die Lappen gegangen? Was ist mit dem Juden Gänslein? Habt ihr den wenigstens zum Reden gebracht?«

Ein Ordensritter verließ die Kammer und kehrte nur wenige Augenblicke später mit einem grauhaarigen Mann mittleren Alters zurück, der einen knöchellangen Kaftan über der Tunika trug. Widerstandslos ließ sich der Mann über den schmutzigen Lehmboden führen, rümpfte aber die Nase, als er den Gestank von Schweiß, Blut und Krankheit wahrnahm, der jede Ecke des Raumes erfüllte. Germund sagte nichts dazu. Dafür gab er seinem Begleiter einen Wink, woraufhin dieser ausholte und dem Grauhaarigen ins Gesicht schlug. Dies wiederholte er so lange, bis Germund die Hand hob.

»Du bist also der Witzbold, der seinen Trödelladen einem ketzerischen Templer überließ?« Jakobus richtete sich auf seinem Lager auf. Dieses Verhör interessierte ihn auch. Es gefiel ihm nicht, dass Germund Gewalt anwenden ließ, weil das eines Ordensritters unwürdig war. Aber er fühlte sich zu erschöpft, um ihn deswegen zu maßregeln.

»Gewiss hat es dir Freude bereitet, heimlich zuzusehen, wie zwei ehrenwerte Angehörige des Ordens der Johanniter in deinem Haus überfallen und verwundet wurden?«, erklang da auch schon die schneidende Stimme des Johanniters.

Der Mann schüttelte leicht den Kopf; Blut tropfte aus seiner Nase und besudelte den Kragen seines Gewandes. »Ich war zu Besuch bei meiner Tochter und kam erst vor wenigen Stunden zurück, Herr«, lispelte er. »Fragt den Torwächter ... den, der nur noch ein Auge hat. Der Mann kennt mich und war so gütig, mich einzulassen. Dass Fremde sich in meinem Haus eingenistet und für mich ausgegeben haben, erfuhr ich erst, als ich die Spuren des Kampfes bemerkte. Das schwöre ich bei Abraham, Isaak und Jakob, die auch Euch als Stammväter des Glaubens heilig sind.«

Germund hob die Faust und gab vor, zuschlagen zu wollen, doch dieses Mal schritt Jakobus ein. Er verschaffte sich Gehör, indem er mit der flachen Hand gegen den hölzernen Bettkasten hämmerte. Verwundert hielt Germund in der Bewegung inne.

»Lass den Mann in Ruhe«, verlangte Jakobus mit schwacher Stimme. »Ich glaube ihm. Wieso sollte ausgerechnet ein Jude mit der Äbtissin von Mühlen oder mit ehemaligen Tempelrittern gemeinsame Sache machen?«

Germund wollte diesen Einwand nicht gelten lassen und verzog verächtlich das Gesicht. »Weil sie alle Ausgeburten der Hölle sind? Ihr habt wohl vergessen, dass ich diesem frechen Burschen, Primus von Tempelhof, schon am Hof von Markgraf Waldemar von Brandenburg begegnet bin. Damals bildete ich mit einigen Brüdern den Geleitschutz der Ordensmeister, die sich die von uns übernommenen Gehöfte und Dörfer der Templer im Osten ansehen wollten. Zu diesen Gütern zählte auch der Tempelhof.« Er schüttelte den Kopf, obwohl dies seinem schmerzenden Schädel nicht guttat. »Eine ungeheuerliche Dreistigkeit und Provokation, dass der Ketzer sich ausgerechnet nach dieser Liegenschaft benannt hat. Als ob er uns nachträglich herausfordern oder die Rechtmäßigkeit der Besitzübertragung auf unseren Orden in Zweifel ziehen wollte.«

Und nun schnappen die Ketzer mir auch noch die Reliquie vor der Nase weg, dachte Jakobus mürrisch. Aus der Traum vom Aufstieg an die Spitze des Ordens. Es sei denn ...

Obwohl Jakobus todmüde war und unter grauenvollen Schmerzen litt, grübelte er, bis der Tag anbrach. Ein schüchternes Mädchen brachte ihm beim ersten Hahnenschrei eine Schüssel Gemüsebrei mit fetten Speckstreifen, doch er war so aufgewühlt, dass er von dem Essen kaum mehr als drei Löffel hinunterbekam. Während die Wachen sich ihr Morgenmahl schmecken ließen, steckte einer der Männer, die vor wenigen Stunden nach Mühlen aufgebrochen waren, den Kopf in die Kammer.

»Die Vögel sind ausgeflogen«, wusste er mit einiger Empörung zu berichten. »Benedicta von Rosenfeld hat das Kloster mit den meisten ihrer Nonnen verlassen. Zurückgeblieben sind nur ein paar zahnlose alte Weiber, und die schwören beim Blute Christi, dass ihre Äbtissin ihnen nicht verraten hat, wohin sie geflohen ist.«

»Das liegt doch auf der Hand«, brüllte Germund. Wutentbrannt packte er den dreibeinigen Schemel, auf dem Jakobus die Behandlung des Baders über sich hatte ergehen lassen, und schleuderte ihn mit einem Aufschrei gegen die Wand. »Zu den Templern!«

»Keine Sorge, die werden wir finden, und dann wird abgerechnet«, sagte Jakobus und schob mit schmerzverzerrtem Gesicht zuerst das rechte, dann das linke Bein von der Bettstatt. Bis er aufrecht saß und nach seinen Stiefeln tastete, rann ihm schon wieder der Schweiß aus allen Poren. Ihn schwindelte, als hätte er drei Humpen schwarzes Bier auf einmal geleert. Das hielt ihn aber nicht davon ab, sich mit der Hilfe eines Knechtes sein Schwert umzugürten.

»Wir stehen auf der Seite Gottes«, krächzte er, während er zur Tür wankte. »Das hat uns der Papst in Avignon bescheinigt.« Er warf Germund einen durchdringenden Blick zu. »Wir sind die Guten in diesem Spiel, die Gesegneten, die den Gesetzen der Kirche und den Beschlüssen der Konzile folgen. Eine Schar vogelfreier Götzendiener wird mich nicht davon abhalten, mir das zurückzuholen, was uns zusteht.«

»Wir müssen die verräterischen Nonnen aufspüren«, brummte Germund. »Diese Benedicta von Rosenfeld mag sich ins Fäustchen lachen, weil sie uns überlistet hat, aber niemand kann unbemerkt von der Bildfläche verschwinden. Schon gar keine Nonne. Irgendjemand wird ihre Flucht bemerkt haben. Ein Bauer, ein Fuhrmann ... und dieser Jemand wird es uns sagen.«

Während Germund sich ausmalte, was er mit der Nonne anstellen würde, sobald sie ihm in die Hände gefallen war, stakste Jakobus schwerfällig aus der Kammer und mitten hinein in den knöcheltiefen Schlamm der Gasse. Seine Lungen schrien nach frischer Luft, und obwohl es auf dem ummauerten, zum pfalzgräflichen Hof gehörenden Platz wie fast überall in den Straßen nach den im Unrat wühlenden Schweinen stank, atmete er so lange tief ein und aus, bis er Seitenstechen bekam. Nur wenige Schritte entfernt gingen Zimmerleute und Steinmetze ans Werk. Sie turnten auf dem Gerüst eines halbfertigen Turms herum, der eine ebenfalls noch im Bau befindliche Kirche zieren sollte.

Ich sollte auf Germund hören, befand Jakobus, während neben ihm mit einem Flaschenzug Steinquader den Turm hinaufbefördert wurden. Für entflohene Nonnen war es unmöglich, unbemerkt unterzutauchen. Sie brauchten ein Obdach, und sie brauchten Menschen, die sie mit Nahrungsmitteln versorgten. Jakobus lehnte sich gegen einen Mauervorsprung und ließ das geschäftige Treiben der Menschen auf den Gassen an sich vorüberziehen, ohne von ihnen Notiz zu nehmen.

An wen würden sie sich wenden, wenn sie Hilfe brauchten? An Verwandte? An ein anderes Frauenkloster? Ihm kam da eine Idee. Er warf seinen Umhang über die schmerzende Schulter und schritt geradewegs auf die Pferdeställe zu. Germund, der soeben vor die Tür trat, rief er zu: »Nun komm schon, schlag keine Wurzeln! Wenn wir deine Vögel wieder einfangen wollen, sollten wir nicht noch mehr Zeit an diesem tristen Ort verschwenden!«

Primus klopfte das Herz vor Aufregung bis zum Hals, als er zwischen Gottfried und Baudouin in das dunkle, nur von schwachem Kerzenschein beleuchtete Gotteshaus einzog. Draußen, vor der Kapellentür, kündigte verhaltenes Vogelgezwitscher den neuen Tag an. Nach dem Regen des vergangenen Tages, der bis in die Nacht hinein gegen die Fenster der Burg getrommelt hatte, wagten sich nun wärmende Sonnenstrahlen hinter den Wolken hervor. Es versprach ein heiterer Sommertag zu werden.

Am Weihwasserbecken blieben die Männer kurz stehen, um die Finger zu benetzen, dann schritten sie weiter, den Blick starr geradeaus, auf den steinernen Altar und das Kreuz dahinter gerichtet. An der Südwand, wo die steinernen Sitze der Zelebranten eingelassen waren, entdeckte Primus Hugo van Haarlem. Der Flame hielt die Augen geschlossen, aber seine Lippen bewegten sich lautlos, als betete er. An der Nordwand schließlich wartete Rémy. Er hatte sich zunächst gesträubt, in der für den ehemaligen Komtur vorgesehenen Nische Platz zu nehmen, doch da er der Einzige in der Runde war, der einst einer Komturei vorgestanden war, hatten die anderen ihn überredet, sich dort niederzulassen.

Primus rief sich den Tag seines Ritterschlags in der Burg des Markgrafen in Erinnerung und befand, dass er damals kaum aufgeregter gewesen war als in diesem Moment. Kein Wunder, hatte er sich auf diesen Tag mit seinem umfangreichen Zeremoniell doch ein wenig länger vorbereiten können als auf das, was ihm nun bevorstand. Sein Verstand flüsterte ihm zu, dass er nicht wirklich in den Templerorden aufgenommen werden konnte, gleichgültig, was Rémy und die anderen behaupteten. Der Orden war durch einen päpstlichen Erlass aufgelöst, und es gab niemanden mehr, der bevollmächtigt war, neue Novizen aufzunehmen. Weder ein Ordenskapitel noch ein Meister. Doch Primus' Einwände waren von Rémy mit einer Handbewegung beiseite gewischt worden. Der König von Portugal erwartete die Ankunft von sieben Templern, also mussten sich auch sieben Ordensritter auf den Weg gen Süden machen. So simpel war das für ihn. Dass es in Wahrheit nicht ganz so einfach war, schien außer Primus keinem der Männer aufzufallen.

Primus hörte gemeinsam mit den anderen Männern die Messe, die ein Kaplan gähnend zelebrierte, und legte anschließend vor diesem die Beichte ab. Dies tat er ohne jede Begeisterung. Was sollte er dem Priester denn sagen? Dass seine Freunde die Absicht hatten, ihn in einen längst verbotenen Orden aufzunehmen, was in den Augen der Kirche einen verdammenswerten Akt übler Ketzerei darstellte? Verrat am Papst und der gesamten Christenheit? Sollte er beichten, dass er eigentlich Angst um das Wohl seiner unsterblichen Seele haben sollte, sich aber schuldig fühlte, weil dies nicht der Fall war?

Er tat es nicht, sondern machte den müden Kaplan munter, indem er ihm von unkeuschen Träumen berichtete, die ihn in den vergangenen Tagen heimgesucht hatten. Der Priester ließ ihn ausführlich berichten. Nachdem der Mann mit einer prall gefüllten Börse aus der Kapelle geschickt und die Tür hinter ihm verschlossen worden war, folgte der nächste Schritt des Aufnahmerituals, der nicht für alle Ohren, gewiss aber nicht für die eines gewöhnlichen Priesters bestimmt war.

»Die Ordnung sieht vor, ihm die Ordensregel vorzulesen, die Bernhard von Clairveaux 1128 aufgestellt hat«, verkündete Gottfried.

»Was denn, alle zweiundsiebzig Artikel?« Hugo van Haarlem sperrte verblüfft die Augen auf. »Dann sitzen wir ja heute Nacht noch hier!«

»So war es aber bei meiner Aufnahme, ich erinnere mich ganz genau daran. Und ich lag auf dem Fußboden, während ich zuhörte.«

»Ja, weil du besoffen warst!«

Rémy bat sich Ruhe aus. Um den feierlichen Charakter der Zeremonie zu erhöhen, hatte er darauf bestanden, überall in der Kapelle Kerzen zu entzünden. Bedauerlich fand er nur, dass keiner der anwesenden Brüder den weißen Mantel mit dem roten Kreuz tragen konnte, mit Ausnahme von Primus, der vor Tagesanbruch mit einem funkelnagelneuen Mantel überrascht worden war. Er vermutete, dass Benedictas Nonnen das improvisierte Ordensgewand auf Rémys Bitten hin aus einem alten Stück Leintuch für ihn genäht hatten, behielt diese Ahnung jedoch für sich. Ihm grummelte der Magen auch so schon genug.

Als Nächstes begann Rémy mit fester Stimme zu rezitieren: »*Wir wenden uns zuerst an alle diejenigen, welche ihrem eigenen Willen zu folgen verschmähen und mit reinem Herzen dem Höchsten Ritterdienst zu tun begehren.*«

Primus stieß die Luft aus. Seinen eigenen Willen verschmähte er eigentlich nur ungern. Bis jetzt hatte ihn dieser nebst einer gehörigen Portion Pfiffigkeit gut durch sein Leben geführt.

»Und so ermahnen wir euch, die ihr bestrebt seid, die Rüstung des Gehorsams anzulegen ...«

Gehorsam? Oh, den zu leisten war ihm schon in den Jahren seiner ritterlichen Ausbildung schwergefallen.

»Was ist? Warum sprichst du nicht weiter?«, hörte er Baudouin fragen. Tatsächlich war es in der Kapelle auffallend still geworden.

Rémy verdrehte entnervt die Augen, gab aber schließlich zu, dass er nie mehr als den Anfang der Regel auswendig gelernt hatte. Damit wusste er allerdings mehr als Hugo van Haarlem, der verkündete, er könne sich nur noch an einen einzigen Absatz erinnern, und in dem werde vor allzu übertriebener Mäßigkeit gewarnt.

»Vielleicht sollten wir die Sache abblasen und uns darauf konzentrieren, die Klosterfrauen nach Speyer zu bringen, bevor uns dieser Jakobus von Hahnheim aufstöbert«, wagte Primus einzuwenden. Er fühlte sich zwar geschmeichelt, dass ausgerechnet Rémy, den er immer als unnahbar und distanziert wahrgenommen hatte, darauf drang, ihn vor den anderen für ebenbürtig zu erklären, war sich aber nicht sicher, ob er nicht einen Riesenfehler machte. Andererseits ... Schon als kleiner Junge hatte er die Tempelherren bewundert, auf deren Besitz im Osten er aufgewachsen war. Er hatte davon geträumt, wie sie zu werden und eines Tages den weißen Mantel über einer Rüstung zu tragen. Trotz der strengen Gelübde, denen die Männer als Kriegermönche unterworfen waren, hatte er sich in ihre Reihen gewünscht. Als armseliger Knecht, als Laufbursche und Prügelknabe, der nicht einmal seinen eigenen Namen kannte, hatte er sich indes nichts als Spott und Schläge eingefangen, sobald er im Dorf nur davon anfing. Primus – dieser Name war ihm auf dem Tempelhof gegeben worden, weil er kurz nach seiner Geburt am Neujahrstag auf die Schwelle der Komtureikirche gelegt worden war.

Inzwischen hatte er mit dem Namen, der ihn hatte brandmarken sollen, Frieden geschlossen und trug ihn mit Stolz. Er fand, dass er zu ihm ebenso passte, wie der Name Quartus zu seinem Freund, der ein ganz ähnliches Schicksal hatte wie er selbst.

Es ist schon tragisch, dachte er versonnen. Damals konnte ich nicht Templer werden, weil auf mich gespuckt wurde, heute kann ich es nicht sein, weil man auf den Orden spuckt.

Rémy erhob sich vom Sitz des Komturs und ging ihm würdevoll entgegen. »Ritter Primus von Tempelhof, begehrt Ihr freien Willens die Gemeinschaft des Templerordens und wollt Ihr an seinen geistlichen und weltlichen Werken teilhaben?«

Primus holte tief Luft, dann bejahte er die Frage.

»Ihr strebt nach Großem«, fuhr Rémy fort, wobei er, wie Primus annahm, improvisierte. Es musste fünfzehn Jahre her sein, dass er einem Aufnahmeritual beigewohnt hatte, daher wählte er seine Worte mit Bedacht, änderte sie aber an einigen Stellen ab, da es wenig Sinn ergab, von etwas zu reden, was es so nicht mehr gab.

»Einst war der Orden der armen Ritter Christi hoch angesehen und wohlhabend. Wir wurden um unsere prächtigen Rüstungen und Pferde beneidet und von Königen und Fürsten geehrt. Wir waren nur dem Heiligen Vater in Rom Rechenschaft schuldig. Daher dachten viele, die zu uns kamen, sie hätten in unseren Reihen ein angenehmes Leben. Doch Ihr kennt die strengen Regeln nicht, die unseren Bund zusammenhalten. Wenn Ihr den weißen Mantel anlegt, seid Ihr nicht mehr Herr, sondern Diener. Ihr werdet nur selten tun dürfen, was Ihr wollt. Habt Ihr vor, im Abendland zu bleiben, schickt man Euch nach Palästina; wollt Ihr nach Akkon ziehen, schickt man Euch nach Tripolis.«

»Als ob die Städte heute noch in unserer Hand wären«, brummte Hugo van Haarlem, aber so leise, dass nur Primus ihn hören konnte.

»Wollt Ihr schlafen, werden wir Euch befehlen, wach zu bleiben, und wenn Ihr wach seid, werdet Ihr zu Bett geschickt, um zu ruhen. All das müsst Ihr geloben, um Eure Ehre und die ewige Errettung Eurer Seele. Ferner versprecht Ihr Armut und Keuschheit.«

Primus senkte den Blick und hoffte inständig, dass die Hitze, die er in den Wangen spürte, ihn nicht erröten ließ. In den zurückliegenden Monaten hatte er hart gearbeitet und war an den Abenden müde auf sein Bett gefallen. Den schmachtenden Blicken der Edelfräulein am Hof des Markgrafen war er ausgewichen. Sie interessierten ihn nicht, daher stellten sie für ihn keine Bedrohung dar. Gefährlich waren allein seine Erinnerungen an ein Mädchen, das er nur kurz gekannt hatte, dessen Bild aber immer noch manchmal durch seine Gedanken geisterte. Gelobte er nun, was Rémy forderte, musste er sich die junge Frau ein für alle Mal aus dem Kopf schlagen. Aber ging so etwas überhaupt?

Die plötzliche Stille in der Kapelle sagte ihm, dass er nun an der Reihe war. In früherer Zeit hatten die Bewerber eine kurze Bedenkzeit bekommen, doch dafür blieb keine Zeit.

»Du musst niederknien«, flüsterte ihm jemand ins Ohr. »Weißt du, was du zu sagen hast?«

Primus wusste es. »Herr, ich bin vor Euch und die getreten, die mit Euch sind, um meine Aufnahme in den Orden zu erbitten.«

Obwohl er den Blick niederschlug, beobachtete Primus aus den Augenwinkeln, wie Rémy zu der Sitznische, dem Platz des Ordenskomturs, zurückging und ein Mauerschränkchen öffnete. Darin befanden sich die Schatulle mit der Reliquie und ein Buch, mit dem er kurz darauf vor Primus trat. Mit lauter Stimme forderte er den jungen Mann auf, auf das Buch zu schwören. Es sollte fortan seine Pflicht sein, das zu bewahren, was die Ritter in Jerusalem, der Stadt des Martyriums Christi, erworben hatten.

Primus versprach es, ohne zu zögern. Dabei kam ihm in den

Sinn, wie viele junge Ritter vor der Vernichtung des Ordens dasselbe Versprechen abgelegt hatten, ohne auch nur zu ahnen, wovon dabei die Rede war. Er aber kannte die Macht des Mysteriums. Auf dem Tempelhof hatte er mit eigenen Augen gesehen, was die Reliquie vermochte. Sie konnte ihre Kraft allerdings nur entfalten, wenn alle drei Teile wiedervereinigt und in den richtigen Händen waren. Der Inhalt der Schatulle war ohne die übrigen Reliquien wertlos und ohne Bedeutung.

»Nun fehlt nur noch eines, Brüderchen«, hallte Hugo van Haarlems tiefe Stimme durch das kleine Gotteshaus. »Nimm das Kreuz von der Wand und tritt darauf! Anschließend …« Er tat so, als wolle er seinen Gürtel öffnen, »… kannst du mir einen Kuss auf den Arsch geben!«

Rémy warf dem hünenhaften Flamen einen vernichtenden Blick zu. »Du solltest dein Maul halten, bevor ich meine guten Manieren vergesse und dich in den Wassergraben befördere«, sagte er wütend. »Vergiss nicht, dass solche gemeinen Verleumdungen unsere Ordensbrüder noch vor wenigen Jahren in den Kerker oder auf den Scheiterhaufen gebracht haben.«

Hugo van Haarlem zuckte mit den Achseln, verzichtete aber angesichts der entsetzten Blicke seiner Gefährten auf eine Erwiderung. Obwohl er zu rohen Späßen neigte und keiner Rauferei aus dem Weg ging, war er im Grunde ein gutmütiger Bursche. »Tut mir leid«, brummte er an Primus gewandt und schlug ihm kräftig auf die Schulter. »Hab mir nichts dabei gedacht, aber zum Denken habt Ihr mich ja wohl auch nicht aus dem Weinkeller meiner Schwester gelockt. Vermute, das übernimmt unser Freund, der Schotte, für alle anderen mit.«

Wenn Primus etwas besaß, so war es ein feines Gespür für Spannungen und unterdrückten Groll. Zwischen dem Flamen und Rémy schien es einen Konflikt zu geben, über den aber keiner der beiden Männer offen sprechen wollte. Er beschloss, Quartus in einem günstigen Moment darüber zu befragen. Sollten sie sich tatsächlich gemeinsam auf den langen, gefahrvollen Weg nach Portugal begeben, durfte es kein böses Blut unter den Rittern geben.

»Wie fühlt Ihr Euch, junger Mann?«, wollte Benedicta von Rosenfeld wissen, als er ihr und ihrer Schar Nonnen wenig später bei einem Spaziergang um die Burgmauern begegnete. Die Äbtissin schien an diesem Morgen gutgelaunt zu sein. Primus fand das erstaunlich, denn der Frau musste doch eigentlich klar sein, in welch gefährlicher Situation sie sich befand. Die Tage, die sie in Ruhe und Sicherheit gelebt hatte, waren gezählt. Stattdessen hatte ihr Entschluss, den neuen Herren von Mühlen den Gehorsam zu verweigern, sie in eine fast ausweglose Lage gebracht. Jakobus von Hahnheim würde die Schmach nicht auf sich sitzen lassen und Himmel und Hölle in Bewegung setzen, um die abtrünnige Äbtissin anzuklagen. Vermutlich würde er sich an die Bischöfe von Worms und Mainz wenden, die dann gar nicht anders konnten, als Benedicta von Rosenfeld zu verfolgen. Ob sie in Speyer wirklich sicher war, wagte er daher zu bezweifeln. Er fragte sich, warum die Äbtissin all das auf sich nahm. In Mühlen hätte sie ein Dach über dem Kopf, und diplomatisch, wie sie war, wäre es ihr gewiss nicht schwergefallen, den Johannitern auch Zugeständnisse für ihr Kloster abzutrotzen. Verstohlen musterte er die Frau und ertappte sich dabei, dass er sich wünschte, sie einmal ohne den strengen Schleier zu sehen. Benedicta schien das zu bemerken; ein Lächeln glitt über ihr Gesicht. Dann klatschte sie in die Hände, woraufhin sich ihre Begleiterinnen stumm zurückzogen. Wie es aussah, hatte die Frau vor, sich mit Primus allein zu unterhalten.

»Was habt Ihr da?«, fragte Primus, dessen Blick auf ein Buch fiel, das die Äbtissin bei sich trug. Es war in Kalbsleder gebunden und sah alt und abgegriffen aus. So wie Benedicta es hielt, schien es ihr viel zu bedeuten, aber eine Bibel oder ein Psalter war es nicht.

»Das sind die Statuten des Templerordens«, erklärte sie ohne Umschweife. »Bevor die Ritter ihr Komturhaus in Mühlen verließen, ließ Otto von Alzey die Schrift ins Kloster bringen. Er wollte nicht, dass sie in die Flammen geworfen wird, denn sie ist sehr alt. Angeblich stammt sie aus der Zeit, in der der Orden in Jerusalem gegründet wurde.« Sie reichte Primus das Buch. »Wollt Ihr es nicht an Euch nehmen? Als kleines Geschenk zu Eurer Aufnahme in den Orden. Vielleicht wird es Euch und Euren Brüdern ja einige Türen öffnen, wenn Ihr erst einmal in Portugal seid. Ihr könnt doch lesen?«

Primus schlug die erste Seite auf und strich mit dem Finger über das brüchige Pergament. Soweit er wusste, hatten sich die Templer nie viel aus Büchern gemacht und keine besonderen Bibliotheken angelegt, wie das in etlichen Klöstern gang und gäbe war. Der einzige ehemalige Ordensritter, der sich für das geschriebene Wort interessierte, war Gottfried. Primus hingegen hatte in dem brandenburgischen Bauerndorf, in dem er seine Kindheit verbracht hatte, nur durch einen Zufall die Buchstaben gelernt. Daher sträubte er sich ein wenig, das kostbare Buch anzunehmen. Benedicta von Rosenfeld bestand jedoch darauf. Sie hatte genug Zeit gehabt, die Statuten und Regeln des Ordens zu studieren und sie nach und nach ihren Schwestern im Kloster beizubringen. Nun sollte die Schrift in andere Hände übergehen.

»Der Christusorden in Portugal wird ein fundiertes Regelwerk benötigen, wenn er überleben will«, sagte sie mit Nachdruck. »Vor allem sollte er nicht dieselben Fehler machen wie …« Sie verzichtete darauf, den Satz zu beenden, doch Primus wusste auch so, wovon sie sprach. Den Templern hatten einige falsche Entscheidungen in der Vergangenheit das Genick gebrochen. Sie hatten aus den Augen verloren, zu welchem Zweck die Bruderschaft einst in Palästina geschaffen worden war. Das durfte sich keinesfalls wiederholen.

Primus geleitete Benedicta zum Tor zurück. Obwohl noch immer bläulicher Nebeldunst über den Wiesen lag, war es Zeit, die Bündel zu schnüren.

»Ich werde das Buch annehmen, weil es schon immer im Besitz der Templer war«, sagte er nachdenklich. »Allerdings ist Euch bestimmt bekannt, dass ich von nun an keinen persönlichen Besitz mehr haben darf. Ich muss die Templerregel daher Rémy übergeben.«

Benedicta seufzte. »Ja, das hatte ich vergessen. Er hat Eure Führung übernommen, aber ich bin mir gar nicht sicher, ob er der richtige Mann dafür ist. In den Aufzeichnungen meiner alten Lehrmeisterin ist von einem anderen Ritter die Rede, der von eurem letzten Großmeister dazu ausersehen war, das Mysterium mit seinem Leben zu bewahren.«

»Thomas Lermond«, bestätigte Primus. Er erinnerte sich lebhaft an den älteren Ritter, der als Kaufmann getarnt auf dem Tempelhof geblieben war und sein Leben mit Warten verbracht hatte. Von ihm hatten er und Quartus einst den Auftrag erhalten, die verbliebenen Hüter des Templergeheimnisses zu sammeln.

»Soviel ich weiß, hat Lermond eine junge Edeldame geheiratet, das Mündel des Bischofs von Magdeburg, dem kein Trick zu schmutzig war, um die überlebenden Templer ans Messer zu liefern. Nachdem das Mysterium nicht mehr in unmittelbarer Gefahr war, nahm Lermond von uns und seinem früheren Leben Abschied.« Er schüttelte den Kopf. Nein, Lermond würde den Teufel tun und sein bequemes Leben hinter sich lassen, nur um sie nach Portugal zu führen. Vermutlich hatten er und seine Gemahlin inzwischen Kinder in die Welt gesetzt, um die er sich kümmern musste. Oder er war längst verstorben wie Meister Stüplin der Baumeister, der auch zu den sieben Eingeweihten gehört hatte und im vergangenen Winter zu Braunschweig einem Fieber zum Opfer gefallen war.

»Oh, keine Sorge, Lermond lebt«, beendete die Äbtissin kurzerhand Primus' Spekulationen. »Meine verehrte Lehrmeisterin verfügte über bessere Informanten als die heilige Inquisition. Daher ist mir sein Aufenthaltsort bekannt. Selbstverständlich würde ich es mir nie erlauben, Euch meine bescheidene Meinung aufzudrängen, aber ich finde, dass Bruder Thomas durch einen Boten informiert und vor die Wahl gestellt werden sollte.«

Und mit dem Boten meint sie natürlich mich, dachte Primus. Einmal Bote, immer Bote. »Ihr seid sehr gewieft, Benedicta von Rosenfeld«, sagte er schließlich, obwohl es sich eigentlich nicht gehörte, auf diese Weise mit einer Äbtissin von vornehmer Herkunft zu reden. Tatsächlich hob die Frau verblüfft die Augenbrauen, gab aber keinen Ton von sich. Nicht einmal, als Primus sich mit verschränkten Armen vor das Burgtor stellte, um sie am Eintreten zu hindern.

»Weil Ihr uns in Briefen von der Gründung des neuen Ordens unterrichtet habt, sind wir hier. Ihr habt es eingefädelt, dass ich die beiden Johanniter nach Alzey brachte, wo Baudouin schon auf mich wartete. Darf ich Euch sagen, was ich glaube?«

»Doch wohl hoffentlich an den Vater, den Sohn und den Heiligen Geist«, warf Benedicta mit fester Stimme ein.

»Ihr habt gehofft, dass wir Euer Problem mit diesem Jakobus von Hahnheim aus der Welt schaffen! Deshalb habt Ihr Euch so ins Zeug gelegt.«

Verärgert über diesen Vorwurf schnappte die Frau nach Luft, doch während sie noch nach Worten suchte, wurde auf dem bewachten Turm hoch über ihrem Kopf dreimal kräftig ins Horn gestoßen. Als Primus sich umwandte, bemerkte er eine Schar Reiter, die in wildem Galopp geradewegs auf die Wasserburg zu preschte.

Benedicta von Rosenfeld zuckte zusammen. Kreidebleich schlug sie ein Kreuz und wich dabei mit dem Rücken bis an die Mauer zurück.

»Wir bekommen Besuch«, sagte Primus, während seine Hand zum Schwertgurt wanderte. »Wir haben zu lange gezögert.« Ohne der Nonne einen weiteren Blick zu schenken, stürzte er an ihr vorbei und durchquerte mit raschen Schritten den Burghof.

X.

Prisca hatte ihre Kammer nicht mehr verlassen, seit sie von Balthasar aus dem *Donjon* geworfen worden war. Sie war von Natur aus kein besonders neugieriger Mensch und hatte aufgrund ihrer eigenen Vergangenheit Verständnis dafür, wenn jemand ein Geheimnis für sich behielt, doch ein wenig grollte sie Adaliz, weil die sich hartnäckig weigerte, ihr mehr über Albin zu erzählen.

Der Mann beschäftigte sie, seit sie ihm zum ersten Mal am Bach begegnet war. Sie fühlte sich von ihm angezogen und gleichzeitig abgestoßen. Das war ihr vorher noch nie passiert. In ihrem Leben hatte es keine Männer gegeben, weder in ihrer Heimatstadt, wo die engen Mauern des jüdischen Viertels ihr ebenso wenig Freiraum zugestanden hatten wie ihre Arbeit in dem kleinen Spital, noch später, als sie sich nach Payens Tod auf die Reise in eine ungewisse Zukunft begeben hatte. Ein einziges Mal hatte sie einen Menschen getroffen, der sie zum Lachen gebracht hatte, doch diese Begegnung erschien ihr wie aus einem anderen Leben. Sie verbot sich die Frage, was aus ihm geworden war, weil sie sich nicht mit solchen Gedanken belasten wollte. Sie lebte nun hier, im Süden Frankreichs. Den Tempelhof gab es nicht mehr, und was sie dort erlebt hatte, verschwand zusehends hinter einem Netz aus verblassenden Erinnerungen.

Allerdings gab es da noch das Mysterium, welches sie während ihrer Flucht aus Brandenburg an sich genommen hatte, und obgleich sie nur einen Teil davon nach Frankreich gebracht und auf dem Gut versteckt hatte, spürte sie, dass ein normales Leben mit ihrem Wissen sowie der Verantwortung, die auf ihr lastete, niemals möglich sein würde.

Prisca ließ ein wenig Wasser in ihre Tonschüssel rinnen, um sich das Gesicht zu waschen. In Speyer hatte sie regelmäßig die *Mikwe* aufgesucht, ein in einem Gewölbe gelegenes Bad, das von Grundwasser gespeist wurde und der zeremoniellen Reinigung diente. Wollte sie hier vollständig untertauchen, blieb ihr nur der Bach, der sich am *Donjon* vorbeiwand, aber es wäre ihr nie eingefallen, sich dort all ihrer Sachen zu entledigen. Dafür gab es viel zu viele Leute, die sie beim Baden hätten beobachten können. Während sie ihre Haut mit einer Bürste schrubbte, fiel ihr Blick auf die Bibel, die Adaliz ihr mit Balthasars Einverständnis ausgeliehen hatte. Sie las fast täglich darin, insbesondere die Schriften, in denen der Evangelist Lukas über das Leben des Jesus von Nazareth berichtete, hatten es ihr angetan. »Lukas«, flüsterte sie beschwörend, während sie ihre Finger über die aufgeschlagene Seite gleiten ließ. Sie fand, dass der Name einen guten Klang hatte, und fragte sich, wie sie wohl mehr über ihn in Erfahrung bringen konnte. Einmal hatte sie es gewagt, den Mönch nach ihm zu fragen, doch der hatte sie nur verwundert angesehen und mit den Achseln gezuckt. Abgesehen von den wenigen Spuren, die Lukas in den neutestamentlichen Schriften hinterlassen hatte, war über sein Schicksal kaum mehr bekannt als die Tatsache, dass er sich bereits in jungen Jahren zur Lehre des Jesus bekannt hatte und ein Arzt gewesen zu sein schien.

Lukas der Arzt, überlegte Prisca und begann grübelnd in der Kammer auf und abzugehen. In der Zeit, die sie unter den ehemaligen Waffengefährten ihres Vaters zugebracht hatte, war ihr einiges über den in der Bibel erwähnten Mann zu Ohren gekommen, aber durfte sie all dem glauben? Konnte es vor allem möglich sein, dass sie in direkter Linie von dem legendären Arzt abstammte? Hatte er ihre Abstammungslinie begründet und ihr damit eine Gabe vermacht, die sie befähigte, die Kraft des Mysteriums vom Tempelhof zu lenken? Sie setzte sich an den kleinen Tisch, an dem sie die Kräuter studierte, die in der Umgebung wuchsen, und aus denen sie auch schon Heilsalben gemischt hatte. Zu ihrem größten Bedauern legte hier niemand auf ihr ärztliches Können Wert. Als Balthasar kurz nach ihrer Ankunft erfahren hatte, dass Prisca sich auf die Heilkunst verstand, hatte er ihr unerklärlicherweise verboten, ihr Wissen auf seinen Gütern anzuwenden. Vermutlich gehörte auch das zu seinem Plan, ihre Anwesenheit totzuschweigen.

Sie nahm ein kleines Schälmesser zur Hand und begann, es mit einem Tuch zu polieren, als vom Hof her plötzlich Schreie an ihr Ohr drangen. Sie stürzte ans Fenster und starrte hinaus. Am Tor entdeckte sie einige Frauen aus dem Dorf. Ihre Gesichter zeichnete blankes Entsetzen. Da kam auch schon Balthasars Verwalter auf das Grüppchen zugelaufen. Händeringend und mit fliegenden Haaren eilte er hinter den aufgelösten Frauen durch das Tor, den Hütten am Bach entgegen.

Im nächsten Moment flog die Tür auf, und der Gutsherr stapfte in die Kammer. Er warf einen Blick auf den Tisch mit der aufgeschlagenen Bibel und Priscas Kräutern.

»Da bist du ja«, stellte er fest, wobei sich Prisca einbildete, aus seiner Stimme Erleichterung herauszuhören. Äußerlich jedoch sah der alte Mann zum Fürchten aus. Er war nassgeschwitzt, sein Gewand verschmutzt und am Saum zerrissen. Gehetzt wischte er sich mit dem Ärmel über das Gesicht. Prisca entdeckte an seinem Hals eine pulsierende Ader.

»Was ist geschehen, Herr?«, fragte Prisca. Sie war sich darüber im Klaren, dass sie mit bloßen Füßen und feuchtem Haar vor dem alten Mann stand, doch sein jähes Auftauchen bei ihr ließ keinen Zweifel daran, dass er an solche Dinge keinen Gedanken verschwendete. Die Antwort auf Priscas Frage kam indessen nicht von Balthasar, sondern von Adaliz, die sich hinter ihrem Vater in die Kammer schob. Bevor Balthasar sie aufhalten konnte, fiel sie Prisca um den Hals und begann hemmungslos zu schluchzen.

»Tochter«, brummte Balthasar tadelnd. Offenkundig war er der Ansicht, dass sich ein solcher Gefühlsausbruch für eine Edeldame nicht schickte. Schon gar nicht im Beisein einer Person von derart fragwürdiger Herkunft. Dass Adaliz dem Blut nach Priscas Tante war, spielte dabei keine Rolle.

»Stell dir nur vor, während alles schlief, ist es unten im Dorf zu einem schrecklichen Unglück gekommen«, würgte die junge Frau hervor. Anders als ihr Vater war sie wie gewohnt tadellos gekleidet und frisiert, mühte sich aber vergeblich ab, die Tränen zurückzuhalten. »Das junge Paar, das gestern mit Vaters Segen vermählt wurde ...«

Prisca erinnerte sich dunkel. Richtig, während Albin drüben im *Donjon* versucht hatte, hinter ihr Geheimnis zu kommen, hatten die Bauern vor dem Tor Hochzeit gefeiert.

»Da zeigt man sich freigebig und spendiert den Leibeigenen sogar noch ein Schwein für den Bratspieß, und so danken sie es einem«, tobte Balthasar. »Das törichte Geschöpf hat seinem frischgebackenen Ehemann in der Hochzeitsnacht den Schädel zertrümmert, vermutlich, weil er ihr im Ehebett etwas ... zu grob beiwohnte.« Die letzten Worte wisperte er verlegen.

»Ist der Mann tot?«, wollte Prisca wissen.

Balthasar hob bekümmert die Schultern. »Er atmet noch schwach, aber wie es aussieht, wird er sterben, denn Maître Pierre, der Wundarzt aus Dax, kann nichts für ihn tun.«

»Ich kann das nicht glauben«, sagte Adaliz. Sie hatte sich wieder gefangen und blinzelte die Tränen aus den langen Wimpern. »Ich kenne Marie schon seit sie auf der Welt ist. Ein sanftes Engelchen, das niemandem ein Haar krümmen würde.« Ihr Vater wies darauf hin, dass das Mädchen mehr als das getan hatte. »Und das Absurdeste ist, dass sie ihre Untat jetzt auch noch einem Dämon zuschreiben will. Einem Schatten, von dem sie sich schon während des Traufestes beobachtet gefühlt haben will. Sie behauptet, es sei der alte Heide gewesen, der Römer, dessen Grabstein unten am Bachufer steht. Der Römer habe als Dämon ihren unglückseligen Ehemann vor die Tür gelockt, erschlagen und sie dann in die Hütte zurückgeschleppt, um sie auf dem Hochzeitslager ...« Es war unnötig, den Satz zu beenden. Nicht nur Prisca, auch Adaliz hatte begriffen, was das Bauernmädchen behauptete.

Auf die Frage der jungen Frau, was der Gutsherr nun vorhabe, erklärte dieser, er habe seinen Verwalter beauftragt, das Mädchen festzunehmen und in den Kellergewölben des *Donjons* einzusperren. Als Grundherr, der innerhalb der Grenzen seiner Ländereien die Gesetze des Königs vertrat, war dies seine Pflicht. »Ich muss wohl über das dumme Ding Gericht halten, da führt kein Weg dran vorbei«, sagte er. »Falls der Bursche seinen Verletzungen erliegt, kann ich ihr den Strick nicht ersparen.« Verdutzt starrte er zu Prisca hinüber, die, noch während er sprach, verschiedene Gegenstände in einen Beutel legte, diesen verschnürte und dann in ihre Sandalen schlüpfte.

»Darf man erfahren, was du vorhast?« Er schüttelte den Kopf. »O nein, das wirst du nicht tun! Keinesfalls werde ich dir erlauben ... Ein Gast meines Gutes tut so etwas nicht. Ich habe Maître Pierre bezahlt, mehr kann ich für die Bauern im Dorf nicht tun.«

»Mich müsst Ihr nicht bezahlen, Herr«, fauchte Prisca den alten Mann an. »Und ich werde nicht hier in dieser Kammer herumsitzen, wenn im Dorf vielleicht meine Hilfe gebraucht wird.«

Mit diesen Worten ließ sie Balthasar stehen und schlüpfte an ihm vorbei ins Freie.

Als Prisca den mottenzerfressenen Vorhang anhob und ins Innere der ärmlichen Hütte spähte, war ihr erster Eindruck, dass darin vielleicht tatsächlich ein Dämon sein Unwesen getrieben hatte. Dieser war indes keinem alten Grabstein entschlüpft, und ganz gewiss war er auch nicht dem Höllenschlund entstiegen. Sie hob ihren Rocksaum und stieg über Scherben und Stroh. Der Fußboden war voll davon. Es gab kaum eine Schüssel, kaum einen Tonkrug, der nicht zerbrochen war. Blutgetränkte Stofffetzen und Stroh, wohin sie auch blickte. Selbst die Wände waren beschmiert. Hier musste jemand mit großem Zorn gewütet haben.

An der Stirnseite der Hütte befand sich ein aus Weidengeflecht bestehendes Lager, auf dem der bewusstlose Mann lag. Um ihn herum standen ein paar ältere Frauen mit geschwollenen Augen, unter ihnen vermutlich die Angehörigen des Jungen. Durch das Fenster, das nur wenig frische Luft in die stickige Stube ließ, vernahm Prisca wüstes Geschrei. Männerstimmen, die sich in Beleidigungen und Drohungen gegen die Frau des Verletzten und deren Sippe ergingen.

Prisca hielt den Atem an. Hier lag etwas in der Luft, das noch gefährlicher war als die Wunde am Schädel des Bauern. Ein Funke, der jederzeit ein Feuer entfachen und die aufgebrachten Leute zu den Waffen greifen lassen konnte.

Prisca bahnte sich einen Weg durch das Getümmel, doch bevor sie das Strohlager erreicht hatte, stellte sich ihr der Dorfpriester in den Weg. Sie hatte bislang nur wenig mit dem hageren Mann zu tun gehabt und kannte nicht einmal seinen Namen. Nun sah er sie argwöhnisch an. »Was willst du hier, Mädchen?«

»Mir den Verletzten ansehen!«

Der Priester schüttelte abweisend den Kopf.

»Lasst mich bitte vorbei«, verlangte sie keck, obwohl ihr die missbilligenden Blicke der Leute am Bett Angst machten. »Oder soll ich dem Gutsherrn sagen, dass Ihr einer Heilkundigen, die als Gast auf seinen Gütern weilt, verbieten wollt, dem armen Mann Hilfe zu leisten?«

»Hilfe leisten kann nur der Himmel, und der hat beschlossen, den Jungen abzuberufen«, rief der Priester starrsinnig. Aber er ließ schließlich zu, dass sich Prisca zu den Weibern gesellte, die noch immer jammernd die Bettstatt umlagerten.

»Vom Gut seid Ihr?«, blaffte eine dicke Frau, deren herzförmiges Gesicht von einem Schleier umhüllt wurde. Ihre Hände waren groß und von Schwielen gezeichnet, die darauf hinwiesen, dass sie ihr Brot auf den Äckern vor dem Dorf verdiente. »Steckt Ihr etwa mit dieser Hexe unter einer Decke?« Voller Entschlossenheit baute sich das Weib vor dem Bett auf. Ehe Prisca eine Antwort geben konnte, bekam sie einen Ellbogen ins Genick, der sie straucheln ließ. Eine wütende Stimme verlangte, dass sie verschwinden sollte. Dann zerrte jemand an ihrem Ärmel, bis die Nähte des dünnen Stoffes rissen.

Prisca hob beide Arme, um ihren Kopf vor Rempeleien und Stößen zu schützen, die reichlich ausgeteilt wurden, während sie sich auf das Lager zubewegte. Sie war fassungslos, da sie doch nur helfen wollte. Wie es aussah, waren die Dorfbewohner außer sich vor Schmerz, und obwohl keiner es offen wagte, dem Grundherrn Vorwürfe zu machen, schien sich die Wut der Bauern auch gegen Balthasar zu richten.

»Schluss jetzt, auseinander«, hörte Prisca nun jemanden in ihrem Rücken rufen. Sie brauchte sich nicht einmal umzudrehen, um zu bemerken, dass es Balthasar war, der die Hütte betreten hatte. Ein scharfes Geräusch verriet ihr zudem, dass ein Schwert gezogen wurde.

»Hinaus mit euch, und zwar alle!«, brüllte der Gutsherr.

Murrend gehorchte die Menge. Die Männer und Frauen drängten sich an Prisca vorbei und strebten dem Ausgang entgegen, ohne sie eines weiteren Blickes zu würdigen. Als es ruhiger geworden war, bemerkte sie, dass Balthasar geblieben war. Mit einer Mischung aus Neugier und Ablehnung starrte er sie an.

»Der Wundarzt aus Dax wusste sich keinen Rat mehr«, sagte er. »Dabei ist er ein erfahrener Mann.«

Prisca holte tief Luft, bevor sie sich über den Verletzten beugte, um ihn zu untersuchen. Auf den ersten Blick entdeckte sie zweierlei: Der Bauer war jung und kräftig. Das war von Vorteil. Von Nachteil war, dass ihm durch einen harten Schlag eine Handbreit über dem linken Ohr eine klaffende Wunde beigebracht worden war. Er hatte viel Blut verloren und war seit dem Angriff nicht einen Moment zu sich gekommen.

»Diese Marie scheint über Bärenkräfte zu verfügen«, sagte Prisca. Flink zog sie eine polierte Silberscheibe aus ihrem Beutel, die sie dem Verwundeten unter die Nase hielt. Sie beschlug leicht, was bewies, dass er immer noch atmete. »So, wie sie zugeschlagen hat ... voller Wut.« »Oder Angst«, erklärte Balthasar. Seiner Miene nach wünschte er sich nichts sehnlicher, als den düsteren Ort schleunigst zu verlassen, doch er widerstand dieser Versuchung. Erst als Prisca um eine Schale warmes Wasser sowie einen Schwamm und saubere Tücher bat, verließ er die Hütte, um das Gewünschte aufzutreiben. Als er zurückkehrte, war Adaliz an seiner Seite. Sie nahm es auf sich, nach Priscas Anweisungen die Wunde vorsichtig von dem verkrusteten Blut und Schmutz zu säubern.

Prisca wühlte derweil in ihrem Beutel, bis sie eine bronzene Pinzette sowie einen kleinen Meißel fand. Mit beiden Instrumenten kehrte sie an das Krankenlager zurück.

»Was willst du denn damit?«, fragte Balthasar. Argwöhnisch fuhr er sich mit der Hand über den Bart. »So viel Aufhebens wegen eines Bauern. Du solltest den Burschen in Frieden sterben lassen. Der Priester war schließlich schon hier, um die Ölung vorzunehmen.« Er deutete auf seinen Schwertgurt. »Solche Dinge geschehen nun mal, wir sind machtlos dagegen. Ich bin kein Rechtsgelehrter, daher ist es für mich wesentlich einfacher, einer Mörderin den Prozess zu machen als einer, die nur den Versuch unternommen hat, ihrem Gatten den Garaus zu machen. Darüber zu befinden ist schwieriger.«

Adaliz warf ihrem Vater einen tadelnden Blick zu. »Wenn er wieder aufwacht, kann er uns erzählen, ob er nicht doch von dem alten Heiden niedergeschlagen wurde«, flüsterte sie. »Ich mag diesen fürchterlichen Grabstein nicht. Du hättest ihn schon vor Jahren zerschlagen lassen sollen, sofort nachdem Payen und Albin ihn ausgegraben hatten.«

Prisca fiel ein, dass ihr Nachbar sich am Vortag erst ganz ähnlich über das Grabmal am Bach ausgelassen hatte. War er nicht sogar der Meinung gewesen, der Stein habe Payen verhext und in die Arme der Templer getrieben? Aber was auch immer zu der unglückseligen Tat geführt hatte, im Augenblick war das klaffende Loch im Schädel des Mannes alles, was ihr Sorgen bereitete. Unwillkürlich musste sie an den Arzt Lukas denken und fragte sich, was er an ihrer Stelle getan hätte. Hatte er schon verstanden, sich die Macht der Reliquie zunutze zu machen? Vermutlich, denn wenn sie den Berichten der Templer glauben durfte, war diese einst im Besitz des Evangelisten und Heilers gewesen. In diesem Moment bereute Prisca, nicht die vollständige Reliquie nach Frankreich mitgebracht zu haben. Sie hatte mit eigenen Augen gesehen, wie ein tödlich verwundeter Templer durch sie ins Leben zurückgefunden hatte, und wünschte sich, sie hätte alle drei Kassetten hier bei sich in der Hütte. Allerdings wäre es unter Balthasars skeptischen Blicken nahezu unmöglich gewesen, sie auch zu öffnen.

»Ich habe dich etwas gefragt, Mädchen!« Die Stimme des Grundherrn klang so barsch wie eh und je. »Was hast du mit diesem Werkzeug vor?«

Prisca erklärte es ihm, während sie ihre Pinzette zwischen Daumen und Zeigefinger klemmte und so behutsam wie möglich Knochensplitter aus der Wunde zog. Dies war nötig, um das Gehirn des Mannes vor dem Eindringen winziger, spitzer Teilchen zu schützen. Anschließend maß sie noch einmal die Schädelöffnung mit Hilfe einer Schnur. Das Loch war fast so breit wie ihr Mittelfinger.

»Und nun?«, fragte Adaliz. Sie schluckte heftig, als ihr Blick auf einen blutgetränkten Fetzen Leintuch auf dem Fußboden fiel. Sie machte einen Schritt darauf zu, bückte sich aber nicht, um ihn aufzuheben. »Das Tuch habe ich der kleinen Marie zur Hochzeit geschenkt. Sie wirkte so glücklich. Ich kann einfach nicht begreifen, wie sie nur wenige Stunden später so ein Blutbad anrichten konnte.«

Prisca erwiderte nichts darauf. Stattdessen bat sie Balthasar um eine Silbermünze.

»Maître Pierre war nicht so teuer«, murrte er, holte aber das gewünschte Geldstück aus seinem Gürtelbeutel. Prisca reinigte es, indem sie ein wenig Wein darüber schüttete und sie anschließend unter den staunenden Blicken Adaliz' und ihres Vaters mit einem Zipfel ihres Kleides blank polierte. Mit einem Schaber entfernte sie dann rund um die klaffende Wunde Teile der verletzten Kopfhaut samt blutverkrusteter Haare, wobei sie mit einem in Kräutersud getauchten Schwamm das austretende Blut auffing.

»Der Medicus, der mich ausbildete, besaß ein Exemplar der *Practica chirurgiae*, geschrieben von dem berühmten Arzt Roger Frugardi aus Salerno. Ich habe dieses Werk so lange studiert, bis die Seiten unter meinen Fingern brüchig wurden.«

Sie ließ die Silbermünze behutsam in die Schädelöffnung gleiten und bedeckte sie dann mit einer dicken Schicht Salbe, die sie aus Gänsefett und entzündungshemmenden Pflanzen selbst hergestellt hatte. Adaliz half ihr, den Kopf mit einem Verband zu umwickeln.

»Ich werde ihm noch eine Arznei zubereiten«, sagte Prisca. »Ich brauche dazu Ochsengalle, Wein, Zwiebeln und ein paar Knoblauchzehen.«

»Und das hilft ihm?« Adaliz schüttelte sich, lief aber sogleich aus der Hütte, um jemanden nach den gewünschten Zutaten zu schicken.

Erschöpft ließ Prisca sich auf den Holzkasten fallen und lockerte das Gebende, weil das straffe Kinnband ihr die Luft zum Atmen nahm. In ihrem Kopf brummte es, als nistete ein Bienenvolk darin, außerdem taten ihr Füße und Rücken weh. Ob ihre Bemühungen erfolgreich waren oder nicht, würden sie bald wissen. Wenn der junge Mann Glück hatte, wuchs der Knochen um die Münze wieder zusammen. Silber galt vielen Heilern, von denen sie gehört hatte, als ein reines Metall, das dem Verletzten womöglich das Wundfieber vom Halse hielt.

Müde kämpfte sich Prisca auf die Füße. Obwohl sie keine Ahnung hatte, ob der junge Mann die Nacht überlebte, konnte sie ein gewisses Glücksgefühl nicht unterdrücken. Es war so lange her, seit sie Gelegenheit gehabt hatte, die Heilkunde anzuwenden. Und wie es aussah, hatte sie nichts von dem verlernt, was sie im Judenviertel von Speyer gelernt hatte.

Sie nahm sich fest vor, zukünftig ihre Dienste auf dem Gut und in den Dörfern der Umgebung anzubieten und sich ihr Brot damit selbst zu verdienen.

XI.

O nein, das werde ich keinesfalls erlauben!«
Balthasar hob kaum den Kopf, als Prisca ihn nach dem Abendläuten im *Donjon* mit ihrem Vorhaben konfrontierte. Enttäuscht sah sie den alten Mann an, der seelenruhig am Tisch saß und Suppe löffelte. Adaliz, die ihm gegenüber ein paar Weintrauben aß, schlug peinlich berührt den Blick nieder. Während Prisca sich nach der Behandlung des Schwerverletzten lediglich Hände und Arme gewaschen sowie ihr Haar gerichtet hatte, hatte ihre Tante sich vollständig umgekleidet. Prisca, die im Hof ein Feuer gesehen hatte, fragte sich, ob Adaliz darin ihr altes Kleid nebst Surcot und Schleiertuch verbrannt hatte. Entgegen der Mode trug sie ihr Haar an diesem Abend zu einem Zopf geflochten. Verglichen mit ihr fühlte Prisca sich in ihrer taubengrauen Aufmachung schäbig, die sie nur notdürftig vom Blut des Überfallenen gereinigt hatte.

Balthasar bot ihr weder einen Platz noch Wein an, sondern löffelte weiter, als stünde nicht seine Enkeltochter, sondern eine Magd vor ihm, die nur darauf wartete, seine Suppenschüssel abzuräumen.

»Sonst noch was?«

Prisca wechselte einen flüchtigen Blick mit Adaliz, dann straffte sie die Schultern. Obwohl ihr Herz zum Bersten klopfte, sagte sie:»Mein Entschluss steht fest, Herr! Ich will nichts gegen den

Wundarzt aus Dax sagen, dazu habe ich kein Recht. Schließlich bin ich eine Fremde hier. Aber ich finde es unerträglich, Euch auf der Tasche zu liegen und um jede Kleinigkeit betteln zu müssen.«

»Wenn du auf die Silbermünze anspielst …« Dem Grundherrn schien der Appetit vergangen zu sein, denn er legte seinen Holzlöffel zur Seite. Zum ersten Mal ließ er sich dazu herab, Prisca in die Augen zu schauen. »Ich finde, dass ich mich sehr großzügig gezeigt habe, als ich den Nichtsnutz von Wundarzt bezahlt und dann auch noch eine Münze geopfert habe.«

»Gewiss, das habt ihr«, gab Prisca leise zu. »Aber das ist nicht der springende Punkt. Ich habe eingesehen, dass auf dem Gut de Gros kein Platz für mich ist. Daher habe ich beschlossen, mir mein Brot zu verdienen, bis ich genug Geld gespart habe, um weiterreisen zu können.«

Balthasar hob den Blick. »Verrätst du mir auch, wohin du gehen willst, du undankbares Geschöpf?«

Priscas Nacken versteifte sich. Ja, möglicherweise war sie undankbar, denn schließlich hatte der alte Mann ihr, einem Bastard, der nicht einmal seinen Glauben teilte, ein Dach über dem Kopf gegeben. Er ließ sie nicht hungern, versorgte sie mit den abgelegten Kleidern ihrer Tante und bot ihr hinter den Mauern seines Gutshofes Schutz. Was hatte sie sich erhofft? Hatte sie allen Ernstes angenommen, dass ein stolzer Adeliger wie Balthasar sie eines Tages an seiner Tafel willkommen heißen würde, als sei sie ihm und Adaliz ebenbürtig?

Aber das war sie nicht und würde es auch niemals sein, ganz gleich, was ihr Vater Payen ihr versprochen hatte. Vermutlich wäre es ihm bei seiner Rückkehr selbst nicht besser ergangen als ihr heute. Die Menschen hierzulande mochten die Templer ebenso wenig wie Wanzen in der Küche. Da Prisca dies wusste, widerstrebte es ihr, dem alten Grundherrn ihre Pläne für die Zukunft anzuvertrauen. Da sie jedoch ahnte, dass er sich nicht mit Ausflüchten zufriedengeben würde, erklärte sie schließlich, mit welchem Gedanken sie schon seit einiger Zeit spielte.

»Nach Palästina willst du?« Balthasar starrte sie an, als habe er eine Wahnsinnige vor sich. »Wegen eines Gelübdes?« Unbeherrscht schlug er mit der Faust auf den Tisch. »Damit treibt man keine Späße, hörst du? Du wirst einen Fluch auf dein dummes Haupt ziehen.«

Prisca schüttelte den Kopf. Nein, ihr war es bitterernst damit. Das Mysterium der Templer stammte nachweislich aus Jerusalem. Ihr Vater hatte ihr davon erzählt, als er fiebernd in ihrer Krankenstube gelegen war. Ordensritter hatten die Reliquie einst unter Bergen von Schutt gefunden, nachdem sie die Gewölbekeller unterhalb ihres neuen Quartiers untersucht hatten. Wie die kostbaren Stücke dort hingekommen waren, blieb auch den Weisen des Ordens ein Rätsel. Falls sie tatsächlich vor Jahrhunderten im Besitz des Arztes und Evangelisten Lukas gewesen waren, so hatte dieser sie womöglich in den weitläufigen Gängen unterhalb des alten Tempelberges versteckt. Davon war zumindest die Nonne überzeugt, mit der Prisca seit Jahren in einem regen Briefwechsel stand. Sie hielt die Frau für vertrauenswürdig und hatte daher kurz vor ihrer Abreise nach Frankreich beschlossen, ihr einen Teil der Reliquie anzuvertrauen. So sicher war sie gewesen, dass das Vermächtnis des letzten Großmeisters in einem abgeschiedenen deutschen Kloster, fernab dem Spiel der Mächtigen, nicht in Gefahr wäre, doch die letzten Briefe ihrer Vertrauten klangen besorgniserregend. Überall im Reich gärte und brodelte es. Vier Jahre war es her, seit mit Ludwig dem Bayern und dem Habsburger Friedrich zwei deutsche Könige gewählt worden waren, und noch immer tobte zwischen den beiden Rivalen ein erbitterter Thronstreit, den geistliche und weltliche Fürsten auch noch zu ihrem Vorteil schürten. Ganze Söldnerheere zogen plündernd und brandschatzend durch die Lande. Kaufleute wagten sich kaum noch hinter den schützenden Mauern der Städte hervor, um auf Handelsfahrt zu gehen. Wanderprediger wetterten gegen die Prunksucht des Klerus und prophezeiten Düsteres über Unheil und gewaltige Seuchen, die in Kürze über diejenigen kommen sollten, die es ablehnten, Buße zu tun. Aus den Berichten der deutschen Nonne hatte Prisca herausgelesen, dass sie für die Sicherheit der ihr anvertrauten Gabe nicht mehr lange würde sorgen können. Prisca hielt daher die Zeit für gekommen, sie von ihr zurückzufordern.

»Palästina!« So, wie der Grundherr das Wort betonte, klang es selbst für Prisca unheimlich. »Solltest du vergessen haben, dass das christliche Königreich Jerusalem längst untergegangen ist? Die Ritter, die einst das Kreuz nahmen, haben das Land aufgegeben. Soviel ich weiß, ist Jerusalem inzwischen in der Hand der ägyptischen Mamelucken. Die würden jedem Europäer erbarmungslos den Kopf abschlagen, der sich auch nur in die Nähe der Stadttore blicken lässt.«

»Eine unverheiratete Frau geht nicht allein auf Pilgerreise«, pflichtete auch Adaliz ihrem Vater bei. »Die Straßen in den Süden sind schlecht und sehr gefährlich. Nicht einmal bis Compostela würdest du es ohne bewaffneten Begleitschutz schaffen, und wir können hier draußen auf dem Gut keinen Mann entbehren. Außerdem …« Adaliz sprach nicht weiter, aber Prisca begriff auch so, dass es ihrer Tante nicht in den Kopf wollte, wie ausgerechnet sie, das Kind einer Jüdin, eine gefährliche Pilgerreise in Betracht ziehen konnte. Ob sie anders darüber gedacht hätte, wenn sie über das Geheimnis ihres verstorbenen Bruders, Priscas Vaters, Bescheid gewusst hätte? Vermutlich nicht. Adaliz war freundlich und gutherzig, doch allein schon der Gedanke, Regeln zu brechen oder Grenzen zu überschreiten, jagte ihr Angst ein.

»Das kommt überhaupt nicht in Frage«, entschied Balthasar. »Schlag dir diese verrückte Idee aus dem Kopf! Wir haben hier momentan weiß Gott genug Scherereien am Hals, da fehlt es gerade noch, dass auch du uns Kummer bereitest.«

Adaliz zupfte nervös einen Faden aus dem Saum ihres Surcot. »Ich werde heiraten!«

»Das nennt Ihr Scherereien?«, wunderte sich Prisca.

»Nein, natürlich nicht ... Es ist nur, weil ...« Die junge Edeldame spähte scheu zu ihrem Vater am anderen Ende der Tafel. »Meinst du nicht auch, dass wir Prisca einweihen sollten? Sie hat Albin inzwischen doch kennengelernt und ...«

Balthasars Knurren klang zwar nicht wirklich nach einer Zustimmung, doch nach einigem Zögern, erlaubte er Adaliz, Prisca über die Forderungen ihres Nachbarn zu informieren.

Später am Abend lud Adaliz Prisca zu einem Spaziergang hinunter zum Bach ein. Es war noch fast hell, die letzten Sonnenstrahlen verfingen sich in den Wipfeln der Bäume. Prisca willigte sogleich ein, da sie ohnehin vorgehabt hatte, vor dem Schlafengehen noch einen letzten Blick in die Hütte des verletzten Bauern zu werfen.

»Du hast Vater mit deinem merkwürdigen Einfall gekränkt«, sagte Priscas Tante, als sie den Weg zur Uferböschung einschlugen. Beim Anblick des römischen Grabsteins, der nur wenige Schritte entfernt, jenseits des Stegs, aus dem sandigen Boden ragte, schlug sie hastig ein Kreuz und berührte das Amulett, das sie an einer Kette um den Hals trug. Es zeigte das Bildnis einer Heiligen, und Prisca hatte bereits herausgefunden, dass ihre junge Tante es niemals abnahm.

»Ich kann ja verstehen, dass du von hier fort möchtest. Mich hält es an diesem düsteren Ort selbst nicht mehr.« Sie lächelte schüchtern. »Vater gibt sich alle Mühe, um die Trauung mit Michel so schnell wie möglich durchzusetzen, aber das ist nicht ganz so einfach. Sollte Albin de Fanion in der Gegend verbreiten, er habe ältere Rechte auf meine Hand, die Vater wissentlich verletze, könnte es sein, dass Michels Familie einen Rückzieher macht.« Sie seufzte. »Und nun auch noch dieser furchtbare Vorfall im Dorf. Es wird heißen, wir zögen das Unglück an.« Obwohl Prisca genug eigene Probleme hatte, versuchte sie, ihre Tante zu trösten. Adaliz war immer nett zu ihr gewesen und verdiente eine glückliche Zukunft.

»Warum kommst du nicht einfach mit mir, nachdem ich Michel geheiratet habe?«, schlug die junge Frau plötzlich vor. Ihre Miene hellte sich auf. »Wäre das nicht herrlich? Keine von uns würde sich einsam fühlen müssen. Ich könnte dir beibringen, was eine Edeldame wissen muss, und auf der Burg der Montloups wird dich niemand behelligen.«

Prisca strich sich das Haar aus der Stirn. Da das Abendgeläut im Dorf längst verklungen war, hatte sie auf Schleiertuch oder Gebende verzichtet. Am liebsten hätte sie sich auch noch die Sandalen abgestreift und Abkühlung im Bach gesucht, doch sie verzichtete darauf, da Adaliz ein derart freizügiges Verhalten gewiss missbilligt hätte.

»Heißt das, ich dürfte mich auf der Burg Eures Zukünftigen zu meiner Herkunft bekennen?«, fragte sie vorsichtig.

Adaliz hustete nervös. »Zugeben, dass mein armer Bruder als Templer mit einer Jüdin verkehrte, woraus ein Bastardkind entstand? Großer Gott, nein, das wäre Sünde. Michel wäre entehrt und müsste mich verstoßen, sobald er davon erführe.«

Also lügst du ihn lieber an, dachte Prisca. Sie hielt dies für einen denkbar schlechten Beginn einer gemeinsamen Zukunft, doch sie hatte leicht reden. Nur durch ihr plötzliches Auftauchen hatten ihre Verwandten vom Fehltritt Payens erfahren. Ohne sie bräuchte Adaliz vor ihrem Verlobten keine Geheimnisse zu haben.

Ein Grund mehr, das Gut zu verlassen, dachte Prisca. Als sie Adaliz versichern wollte, dass sie sich ihretwegen keine Sorgen machen musste, glaubte sie einen bangen Moment lang, im Gesicht ihrer Tante einen feindseligen Ausdruck wahrzunehmen, doch noch ehe sie diesen Verdacht überprüfen konnte, wandte Adaliz ihr den Rücken zu und gab vor, dem Gesang eines Drosselpärchens auf einem der Weiden am Bachlauf zu lauschen. Sie spazierten noch eine Weile plaudernd am Ufer entlang, aber Adaliz kam nicht mehr auf ihre Einladung zurück. Sie trennten sich, als am Tor die ersten Fackeln entzündet wurden. Dies geschah allabendlich und hatte bislang der Abwehr von Wölfen gedient, die manchmal im Schutze der Nacht aus den nahen Wäldern kamen. In Folge der aufgeheizten Stimmung, die seit dem Überfall unter den Bauern des Dorfes herrschte, hatte Balthasar jedoch befohlen, die Anzahl der Pechfackeln sowie die der Torwächter zu verdoppeln. Aufruhr war das letzte, was er dieser Tage gebrauchen konnte.

Ein wortkarger Gutsknecht begleitete Prisca zu der Hütte, in der der Kranke nach wie vor in tiefer Ohnmacht lag. Neben seinem Bett hockte ein gähnender Rotbart, der kaum die Augen offenhalten konnte. Ein erdrückender Geruch von Blut, Schweiß und Knoblauch schlug Prisca entgegen, doch zu ihrer Überraschung stellte sie fest, dass jemand in der Stube aufgeräumt hatte. Das bluttriefende Stroh auf dem Fußboden war gegen frisches ausgetauscht, die Wände mit reichlich Wasser abgewaschen worden.

»Keine Veränderung?«, erkundigte sich Prisca besorgt. Sie prüfte zuerst den Verband, dann versuchte sie, dem Mann die Lippen zu öffnen, um ihm ein paar Tropfen der übelriechenden Arznei einzuflößen. Ein undeutliches Gemurmel drang an ihr Ohr, was sie erleichtert aufatmen ließ. Wer Laute von sich gab, lebte noch. Sie musste dem Unglücklichen also kein zweites Mal das polierte Silber unter die Nase halten. Was Prisca weniger gefiel, war die Hitze, die von dem geschundenen Körper ausging. Er glühte wie eine Kohlenpfanne.

»Lauf zum Bach und schöpf Wasser«, trug sie Balthasars Knecht auf, der auch umgehend mit einem Eimer verschwand. Der Hüne blickte ihm verdutzt hinterher.

»Hilf mir, ihn zu entkleiden!«

»Was?« Konsterniert drehte sich der Krankenwächter zu ihr um und schnappte nach Luft, als er Prisca an dem zerrissenen Beinkleid des Verletzten zerren sah. »Das dürft Ihr nicht, Ihr seid ein Weib! Schlimm genug, dass der Gutsherr zugelassen hat, was Ihr mit dem Kopf des armen Burschen angestellt habt.«

»Er lebt doch noch, oder etwa nicht?«, entgegnete Prisca spitz. Sie erlebte nicht zum ersten Mal, dass ältere Männer ihr von oben herab begegneten, wenn sie Kranke behandelte. In ihrer Heimatstadt am Rhein war es ihr erst nach zähen Verhandlungen gelungen, von den Ältesten ihrer früheren Gemeinde als Leiterin der Krankenstube akzeptiert zu werden. Im Laufe der Zeit hatte sie sich jedoch nicht nur einen guten Ruf als heilkundige Frau erworben, sondern auch ein dickeres Fell zugelegt. Obwohl sie gegenüber dem kräftigen Bauern wie ein kleines Mädchen wirkte, befahl sie ihm, ihr beim Entkleiden des Ohnmächtigen zu helfen.

»Nun stell dich nicht so an, schließlich bist nicht du es, der sich die Kleider abstreifen muss«, beendete sie das Maulen des Mannes. Nachdem der Gutsknecht zurückgekehrt war, ging sie daran, jeden Fetzen Tuch, den sie fand, in kaltes Wasser zu tauchen, und den erhitzten Körper damit zu umschlingen. Sie konnte nur hoffen, dass dies das Fieber zurückdrängte.

»Warte, bis die Leintücher sich erwärmt haben, dann erneuerst du sie«, sagte sie, bevor sie die Hütte verließ. Nun gab es nichts weiter zu tun, als abzuwarten.

Müde und aufgewühlt machte sich Prisca auf den Heimweg. Inzwischen dämmerte es, doch der Dorfplatz neben der kleinen Kirche, wo gestern um diese Zeit getanzt und gefeiert worden war, lag wie ausgestorben vor ihr. Aus dem Schornstein der Schmiede stieg kein Rauch in den Himmel auf. Es hieß, der Hufschmied habe sein Weib und die jüngeren Kinder auf einen Karren gesetzt und mit ihnen das Weite gesucht. Hielt auch er seine Tochter für schuldig, oder hatte er nur Angst, dass man ihn aus Rache im Schlaf erschlagen könnte?

Da Prisca es nicht darauf anlegen wollte, einem der Bauern oder gar dem misstrauischen Priester zu begegnen, ging sie nicht die Dorfstraße entlang, sondern machte kehrt und wandte sich wieder dem Bach zu, hinter dem die Äcker, Fluren und Schafweiden der de Gros' in einem glühenden Meer aus Sonnenstrahlen verschwanden. Dieses Schauspiel sah so unbeschreiblich schön aus, dass Prisca stehenblieb. Sie wollte keinen einzigen Augenblick davon versäumen. Ob die untergehende Sonne in Palästina ähnliche Empfindungen weckte wie in Aquitanien? Wie mochte es sein, über die hohen Klippen der Küste zu steigen, auf denen die christlichen Ritter einst ihre Burgen errichtet hatten? Oder durch die Stadt zu schlendern, die König David einst zum Zentrum des Volkes Israel gemacht und in der Salomon seinen Tempel erbaut hatte?

Prisca rieb aufgeregt ihre Finger, als sie sich die Reise übers Meer ausmalte. Sie war schon so weit gekommen, von Speyer nach Brandenburg und dann weiter bis in den Süden Frankreichs. Es musste doch möglich sein, ein Schiff zu finden. Vielleicht in Marseille? Hatte Albin nicht erwähnt, dass auch Payen von dort aus einst nach Palästina gesegelt war? Einfach würde es natürlich nicht werden, da machte Prisca sich nichts vor. Sie würde nicht nur tage-, sondern wochenlang unterwegs sein. Zu Pferde, auf einem Karren und an Bord eines Schiffes. Die Furcht, von Räuberbanden ausgeraubt oder auf irgendeinen orientalischen Sklavenmarkt geschleppt zu werden, würde sie auf Schritt und Tritt begleiten. Ihre einzige Chance war, eine Gruppe Reisender zu finden, der sie sich anschließen konnte. Aber so etwas kostete viel Geld, und sie war nahezu mittellos.

Nein, so geht es nicht, befand sie und hätte vor Enttäuschung weinen können wie ein Kind. Balthasar hatte recht, wenn er sie eine Träumerin und Närrin schimpfte. Sie würde niemals nach Jerusalem kommen. Stattdessen konnte sie froh sein, wenn Adaliz sie als Dienstmagd mit auf die Burg ihres Verlobten nahm. Nach dem, was ihre Tante gesagt hatte, war dieser Michel ihr aufrichtigen Herzens zugetan. Anders als Albin würde er keine Fragen über ihre Herkunft stellen, denn in Adaliz' Gefolge würde sie nicht einmal auffallen.

Plötzlich blieb sie stehen, weil aufgebrachte Stimmen an ihr Ohr drangen. Männerstimmen, die wild durcheinanderredeten. Prisca hielt inne. Weiter unten am Bach schien sich eine größere Anzahl von Bauern aus dem Dorf zusammengerottet zu haben. Auf Zehenspitzen schlich sie weiter, bis sie schräg unterhalb der Böschung, wo sich der römische Grabstein befand, eine Schar Männer entdeckte. Angeführt von dem Priester, dem Prisca in der Hütte des verletzten Bauern begegnet war, führten sie eine hitzige Diskussion. Prisca entdeckten sie nicht. Rasch verbarg sie sich hinter einem Baum und spähte von dort aus auf die Stelle am Bach, wo sich das Unglück ereignet hatte.

Was taten die Bauern bloß dort unten? Suchten sie nach Spuren? Nein, so sah es nicht aus. Vielmehr schien sich ihr Unmut gegen den Grabstein zu richten, denn sooft der Priester darauf zeigte, schwoll das ärgerliche Gemurmel deutlich an. Ein paar junge Burschen spuckten nun sogar auf den Stein, andere traten mit dem Fuß dagegen, um ihn umzustürzen.

Prisca runzelte die Stirn. Balthasar hatte den Befehl gegeben, das verwirrte Mädchen auf den Gutshof zu bringen und im Keller des *Donjons* einzusperren. Ein besseres Gefängnis gab es weit und breit nicht. Marie konnte keinesfalls entfliehen, aber es kam auch keiner zu ihr hinein, und wie die Dinge lagen, war das momentan ihr Glück. Obwohl der Grundherr an ihrer Schuld keinen Zweifel hegte, schob er es auf, sie zu befragen oder ihr den Prozess zu machen. Das Schicksal ihres Ehegatten sollte auch über ihr eigenes Schicksal entscheiden.

Plötzlich sah Prisca, wie der Priester einem der Männer ein Beil aus der Hand nahm und sich damit zu dem alten Stein begab.

»Wir haben dieses Zeichen des Bösen lange genug vor unserem Dorf geduldet«, hallte seine raue Stimme bis zu ihr herauf. Er holte mit dem Beil aus und hieb, so kräftig er konnte, auf das Relief mit dem steinernen Abbild des alten Römers. Angefeuert vom Jubelgeschrei der Bauern schlug er dem in Stein Gebannten Nase und Ohren ab, zertrümmerte Hals und Kopf, bis dieser völlig unkenntlich war und nicht mehr an einen Menschen erinnerte.

»Der Sohn des alten Balthasar hat dieses Monstrum ausgegraben und aufgestellt«, keuchte der Hagere vor Anstrengung. Seine Stirn glänzte, Schweiß lief ihm beide Schläfen hinab, aber er gab das Beil nicht aus der Hand, bis ein Großteil des Steins zerschlagen war. Erst als er mit sichtlicher Genugtuung zur Seite trat und sich die Soutane abklopfte, fielen weitere Dorfleute über die Trümmer her. Sie zertrampelten sie unter ihren Sohlen oder warfen sie in den Bach. »So ist es richtig«, rief der Priester zufrieden. »Der Stein verführt zum Bösen, deshalb darf nichts von ihm übrigbleiben! Zuerst hat er den Sohn des Grundherrn verhext, sich den finsteren Templern anzuschließen, und nun muss seinetwegen ein Mann aus dem Dorf sterben! Der Dämon steckt in dem Weib, das den Unglücklichen hierhergelockt und vor dem Stein erschlagen hat!«

Prisca lief ein Schauer über den Rücken, als sie den Mann so reden hörte und in die Mienen der Leute sah, die seine Worte vorbehaltlos akzeptierten.

»Der alte Balthasar steht auch unter dem Bann des Steins«, schnarrte auf einmal die Stimme eines Mannes mitten aus der Menge. »Ihr werdet schon sehen, er hat nicht vor, der Mörderin den Prozess zu machen. Er wird sie laufenlassen!« Wütendes Geschrei folgte auf diese Behauptung. »Das dürfen wir nicht zulassen«, kreischte eine zerlumpte Frau. »Ihr Männer müsst sie aus dem *Donjon* holen!« Prisca erinnerte sich dunkel, die Frau in der Hütte des Bewusstlosen gesehen zu haben. Nun schwang sie einen Dreschflegel und teilte die Entschlossenheit der anderen. Erschrocken suchte Prisca mit Blicken nach dem Mann, doch mehr als einen schattenhaften Umriss konnte sie zwischen den brennenden Fackeln nicht ausmachen. Da setzten sich die ersten Bauern in Bewegung. Sie kehrten nicht ins Dorf zurück, sondern lenkten ihre Schritte den Hügel hinauf, auf den Gutshof zu. Der hagere Priester, der den Aufruhr durch seine Reden angezettelt hatte, schwenkte unvermittelt um. Einen vermeintlich teuflischen Stein zu zerschlagen war eine Sache, sich gegen die Obrigkeit aufzulehnen eine andere. Er riskierte seinen Hals, wenn man ihn einer solchen Tat anklagte. Mit wehender Kutte hastete er den mit Fackeln, Knüppeln und Äxten bewaffneten Dorfbewohnern hinterher und versuchte, sich ihnen in den Weg zu stellen.

Prisca verließ ihr Versteck und nahm außer sich vor Angst die Beine in die Hand. Im *Donjon* gab es außer Balthasar und Adaliz nur eine Handvoll Bediensteter, bei weitem nicht genug, um einer wütenden Schar die Stirn zu bieten.

Und sobald Balthasar die Tore erst einmal schließen ließ, würde auch sie keine Möglichkeit mehr haben, hinter den Mauern des *Donjons* Schutz zu suchen.

XII.

Rémy war erleichtert, als er sah, dass nicht seine Verfolger, sondern der Raugraf, Rupert von Altenbaumburg, mit einer Schar Reiter auf die Wasserburg zu galoppierte. Allem Anschein nach wollte der Graf nach dem Rechten sehen und überprüfen, ob die Männer, denen er großzügig Obdach gewährt hatte, seine Gastfreundschaft in Anspruch nahmen.

»Ich muss Euch mitteilen, dass nach zwei Männern gesucht wird«, sagte er, nachdem er sich in der Burghalle niedergelassen hatte. Mit einer flüchtigen Geste lud er die Templer ein, sich zu ihm zu setzen. Alle folgten seiner Aufforderung, bis auf Quartus, der respektvoll am Feuer stehen blieb, aber die Ohren spitzte, damit ihm nichts von dem entging, was am Tisch besprochen wurde.

Raugraf Rupert hatte die sechzig bereits überschritten, doch obwohl sein Gesicht von tiefen Falten durchzogen und sein Haar fast weiß war, wirkte er nicht im Geringsten wie ein alter Mann. Seine Arme waren muskulös, seine Gesichtsfarbe wirkte frisch. Noch immer liebte er es, jeden Morgen auszureiten oder mit Freunden Jagdausflüge in die Wälder rund um seine Burg zu unternehmen.

»Es heißt, einige Ketzer hätten den Versuch unternommen, zu Alzey einen ehrwürdigen Bruder des Johanniterordens zu bestehlen und anschließend zu ermorden«, sagte der Graf mit sorgenvoller Miene. »Der Mann ist noch am Leben, ebenso sein Vertrauter. Sie haben ihre Leute ausgeschickt, um die Gegend zu durchstreifen, insbesondere die Handelsstraßen, die nach Worms, Mainz und Speyer führen.« Er blickte Rémy, der ihm am nächsten saß, mit einem durchdringenden Blick an. »Bei den Angreifern soll es sich um ehemalige Mitglieder des Templerordens handeln. Außerdem wird erzählt, dass einige Nonnen aus ihrem Kloster verschwunden sind. Die Templer sollen sie entführt haben. Gott allein weiß, warum.«

»Alles Lügen«, brummte Hugo van Haarlem. Der stämmige Ritter griff nach dem Krug Wein, der auf der Tafel stand, doch zu seinem Bedauern war er leer. »Dass diese Nonnen hier aufgetaucht sind, war nicht unsere Idee. Wir haben sie nicht eingeladen.«

Primus verdrehte die Augen, während Gottfried und Baudouin dem Flamen bitterböse Blicke zuwarfen. Es war wahrhaftig nicht nötig gewesen, dem Raugrafen auf die Nase zu binden, dass Benedicta von Rosenfeld und ihre Schwestern ebenfalls Zuflucht auf Burg Iben gesucht hatten. Der Raugraf war ihnen zwar freundlich gesinnt, doch im Unterschied zu ihnen war er darauf angewiesen, mit dem Bischof von Worms in gutem Einvernehmen zu leben. Da durfte er sich keinesfalls dem Verdacht aussetzen, bei der Flucht von Nonnen aus ihrem Kloster die Hand im Spiel zu haben.

»Jakobus von Hahnheim wird den Fall vor das bischöfliche Gericht in Worms bringen«, sagte der Raugraf. »Ich kann der Äbtissin von Mühlen nur raten, bald dort zu erscheinen, um ihre Streitigkeiten mit den Johannitern zu bereinigen. Bischof Heinrich mag nicht sonderlich beliebt sein, aber welcher unserer Bischöfe ist das schon? Er ist mein Verwandter, und ich kenne ihn. Er wird der Frau zuhören und eine gerechte Entscheidung fällen.«

Rémy hörte schweigend zu, bis der Raugraf geendet hatte, dann aber schüttelte er den Kopf. »Wie ich die Äbtissin einschätze, wird sie sich darauf nicht verlassen. Befindet sie sich erst einmal in bischöflichem Gewahrsam, wird Jakobus von Hahnheim dafür sorgen, dass sie nie wieder das Tageslicht erblickt. Sie hat sich gegen ihn aufgelehnt und sich geweigert, die Ansprüche der Johanniter am Kloster Mühlen anzuerkennen. Der Bischof kann nicht anders, als Jakobus in dieser Frage Recht zu geben.«

Graf Rupert runzelte die Stirn. »Dann soll es so sein. Wir leben in unsicheren Zeiten, wie könnte ich es zulassen, dass Rechtsverstöße ungeahndet bleiben? Die Johanniter haben auch diese Burg verlangt, das konnte ich glücklicherweise verhindern, indem ich nachwies, dass sie schon vor den Templern Eigentum der Raugrafen war. Das hat dem Orden nicht gepasst. Ich muss nun sehr vorsichtig sein, darf nicht riskieren, mir solche mächtigen Feinde zu schaffen. Auch wenn es nicht so aussehen mag: Ich bin ein alter Mann, und die Zeiten, in denen ich Turniere geritten oder Schwerkämpfe ausgefochten habe, um mein Recht durchzusetzen, sind vorbei. Heute regle ich meine Angelegenheiten mit Hilfe von Pergament und Feder.« Er atmete tief durch. »Die Frauen müssen aus dem Haus, und zwar noch zu dieser Stunde, wenn ich bitten darf. Die Johanniter besitzen nämlich genaue Verzeichnisse über alle Güter der Diözese, die früher zum Besitz der Templer gehört haben. Dieser Jakobus von Hahnheim ist kein Dummkopf, ansonsten wäre er wohl kaum so rasch in seinem Ritterorden aufgestiegen. Er wird zwei und zwei zusammenzählen und auch einige seiner Leute nach Iben schicken, um nachzuforschen, ob Männer, auf die seine Beschreibung passt, hier gewesen sind.« Er stand auf und befahl seinem Leibdiener, der am Eingang der Halle gewartet hatte, die Pferde satteln zu lassen.

Rémy erhob sich. »Wir danken Euch für Eure Gastfreundschaft, Graf«, sagte er höflich. »Wir werden sie nicht länger in Anspruch nehmen, um Euch keine Schwierigkeiten zu machen!« Erleichtert verabschiedete sich der Raugraf und versicherte, dass seine Bediensteten über die Anwesenheit der Templer auf Iben Stillschweigen bewahren würden.

»Sollte einer von ihnen reden, lasse ich ihn mit einem Strick um den Hals vom Turm der Burg baumeln!«

Wie erwartet lehnte Benedicta von Rosenfeld den Vorschlag des Raugrafen vehement ab, sich nach Worms zu begeben und auf die Gnade des dortigen Bischofs zu hoffen.

»Niemals«, erklärte sie kopfschüttelnd, als Rémy und Primus sie kurz nach dem Abschied von Graf Rupert in der Kapelle aufsuchten, um mit ihr zu reden.

»Ihr vergesst, dass es Jakobus von Hahnheim nicht mehr allein um Kloster Mühlen geht. Ich habe die Gier in seinen Augen gesehen, die schon aus so manchem aufrichtigen Mann einen Getriebenen gemacht hat. Glaubt mir, er wird nicht eher ruhen, bis er Euch das Mysterium wieder abgejagt hat.« Sie seufzte. »Natürlich bin ich nicht unschuldig daran, dass es überhaupt so weit kam. Hätte Jakobus in meiner Klosterschreibstube nicht von den Reliquien erfahren, müssten wir nicht überlegen, wie wir ihm entkommen können. Aber den Bischof von Worms in die Sache hineinzuziehen, halte ich für den falschen Weg. Er würde mich Jakobus ausliefern, und wer weiß, ob ich nicht zusammenbreche und ihm auch noch das Versteck der zweiten Reliquie verrate.«

»Dem könntet Ihr aus dem Weg gehen, indem Ihr mir endlich verratet, wo sie ist«, brummte Rémy. »Ihr habt kein Recht, sie uns vorzuenthalten, schließlich wurde die Reliquie uns Templern anvertraut.«

Benedicta von Rosenfeld lächelte hintergründig. »Ihr werdet sie ja auch wiederbekommen, das habe ich Euch versprochen und Ihr habt keinen Grund, an meinen Worten zu zweifeln. Aber ich muss darauf bestehen, dass Ihr uns zuerst wohlbehalten nach Speyer bringt. Ich trage Verantwortung für die Ordensschwestern, die sich mir angeschlossen haben. Kloster Mühlen ist verloren, das sehe ich ein. Wir werden uns dort nicht länger gegen die Johanniter und ihre Regel sträuben. In Speyer hingegen haben wir die Möglichkeit, in einem eigenen Haus nach den Regeln zu leben, die wir von den Templern übernommen haben.«

Primus, der sich bislang aus der Unterredung herausgehalten hatte, gab nun zu bedenken, dass es nicht gerade leicht werden würde, eine ganze Schar Nonnen unbemerkt bis zum Rhein zu begleiten.

»Raugraf Rupert hat von Spähern gesprochen, welche die Straßen überwachen«, sagte er. »Auch wenn ich nicht glaube, dass dieser Kerl in so kurzer Zeit mehr als eine Handvoll Männer losgeschickt haben kann, sollten wir vorsichtig sein und keinen Verdacht erregen.«

»Ein Wagen voller Nonnen?« Rémy begann nachdenklich auf und abzugehen. »Wie um alles in der Welt sollte so etwas keinen Verdacht erregen?«

Bevor die beiden Männer weiter über diesen Punkt diskutieren konnten, hob Benedicta von Rosenfeld begütigend die Hand und teilte ihnen mit, dass sie und ihre Schwestern unter diesen besonderen Umständen bereit wären, ihre Ordenstracht vorübergehend gegen unverdächtigere Kleidung zu tauschen.

»Bestimmt können uns die Burgmägde Röcke und Schnürkittel zur Verfügung stellen«, sagte sie lächelnd. »Wir werden auch dafür bezahlen, dass sie unseren alten Habit ins Feuer werfen. Sollte Jakobus tatsächlich jemanden nach Iben schicken, um hier nach uns zu suchen, wird er keine Spur mehr von uns finden.« Hoch erhobenen Hauptes schritt sie auf die Kapellentür zu und gab den Frauen, die sich bescheiden im Hintergrund gehalten hatten, mit der Hand ein Zeichen, ihr ins Freie zu folgen. »Vorausgesetzt, wir vergeuden keine Zeit mehr«, rief sie Rémy und Primus zu, ohne sich noch einmal nach den Rittern umzublicken.

»Bei Salomos Tempel«, knurrte der Schotte«, »dieses Weib ist zweifellos die eigensinnigste Person, der ich je begegnet bin.« Dem konnte Primus nur zustimmen, aber er fand Ruhe bei dem Gedanken, dass sich ihre Wege trennen würden, sobald sie die Nonnen nach Speyer gebracht hatten. Dort würde die Äbtissin ihnen das Versteck des zweiten Templerschreins zeigen, und sie konnten einander endlich Lebewohl sagen.

Benedicta von Rosenfeld hatte nicht nur dafür gesorgt, dass ihre Schwestern sich wie weltliche Frauen zurechtgemacht hatten. Umsichtig wie sie war, hatte sie die Nonnen aufgeteilt. Primus übernahm es, sich gleich mit zwei von ihnen auf den Weg zu machen, daher wurde ihm ein kleines Fuhrwerk überlassen. Neben ihm saß eine blonde junge Frau, die sich ihm als Judith von Westhofen vorgestellt hatte, dahinter kauerte eine ältliche, etwas sauertöpfische Nonne, die Irmengard hieß und nur dann den Mund aufmachte, wenn ihr auf der holprigen Straße schlecht wurde und sie nach einer Rast verlangte.

»So werden wir niemals bis zum Rhein kommen«, beklagte sich die Jüngere, als Irmengard zum wiederholten Mal vom Wagen kletterte, um sich in die Büsche zu schlagen. Primus zuckte mit den Achseln. Auch er war besorgt, weil der Wagen mit der alten Schindmähre im Gespann viel langsamer vorwärtskam, als er erhofft hatte, doch wenigstens waren sie bis zu dieser Stunde unbehelligt geblieben. Das Fass auf der Ladefläche wies ihn als Weinhändler aus, und er musste zugeben, dass Judith von Westhofen ihre Rolle als seine Ehefrau tadellos spielte. Kreuzte ein Reiter oder ein Wanderer ihren Weg, schlug sie den Blick nieder oder summte ein Lied, das sie keinesfalls im Kloster gelernt haben konnte.

Irmengard, die bei Nachfragen in Herbergen oder Schenken angeben sollte, Judiths Mutter zu sein, verfügte über weniger schauspielerisches Talent und überließ das Reden daher Primus, eine Entscheidung, für die er sehr dankbar war.

Es dämmerte bereits, als der junge Ritter das Gefährt auf das Stadttor von Speyer zu lenkte. Zu dieser Stunde herrschte vor den Mauern kein Gedränge mehr, daher musste er nur warten, bis zwei Kurierreiter mit Depeschen für einen Domherrn, eine Gruppe Handwerksburschen und ein Krämer abgefertigt worden waren, der allerlei Bandwaren, Gürtel und Schnallen in der Stadt zu verkaufen gedachte. Die Torwächter brachten keinem der Ankömmlinge größeres Interesse entgegen. Sie gähnten unentwegt und durchsuchten die Bündel und Karren eher oberflächlich. Schließlich war Primus an der Reihe. Er wollte auf einen Wink des Torwächters soeben vom Wagen steigen, als er den Ellenbogen der jungen Nonne neben ihm in der Seite spürte. Verdutzt blickte er an dem Wachhabenden vorbei und sah nun selbst, worauf Judith ihn aufmerksam machen wollte. Es handelte sich um einen stämmigen Mann mit gelocktem Vollbart und schulterlangem Haar, der aus der Stadt kommend mit eiligen Schritten auf das Tor zuhielt. Er trug den Ordensmantel der Johanniter.

Primus warf einen Blick über die Schulter und warnte Irmengard, die einen erschrockenen Laut von sich gab, mit einem Blick, sich durch keine unbedachte Äußerung zu verraten.

Aus den Augenwinkeln beobachtete er, wie der Ordensritter einem der beiden Torwächter etwas zuflüsterte. Als der Mann nicht sogleich verstand, zog er ein zerknittertes Stück Papier aus seinem Gürtel, von dem er etwas ablas, das die Augen des Torwächters größer werden ließ.

»Seid Ihr sicher?«, hörte Primus den Mann nachhaken, woraufhin der Johanniter ihm einen ungnädigen Blick zuwarf.

»Du wirst tun, was ich dir befehle! Oder willst du dich vor dem Bischof verantworten?«

Der Johanniter wartete die Antwort des Torwächters nicht ab.

Er kehrte ihm den Rücken zu und schlug den Weg zurück in die Stadt ein. Sein langer Mantel bauschte sich beim Gehen auf wie eine Gewitterwolke.

Kaum war der Mann außer Hörweite, schickte der Wächter ihm einen Fluch hinterher. »So ein hochnäsiger Affe«, schimpfte er. »Glaubt, dass er uns Befehle erteilen kann, nur weil seine Leute hier in der Stadt zu Geld gekommen sind und vom Bischof empfangen werden.«

»Wer war der Mann?«, erkundigte sich Primus mit unschuldiger Miene.

»Hast du keine Augen im Kopf, Händler? Einer von den Johannitern. Die unterhalten hier in der Stadt ein Ordenshaus und sind eigentlich gern gesehen, weil sie fromm sind und Almosen geben. Aber heute Nachmittag kam einer in die Stadt geritten, den ich nicht kannte. Er ist nicht von hier. Der kam mir gleich so merkwürdig vor, irgendwie gehetzt. Er hat mich angeguckt, als wäre ich eine Laus, die sich in seinen Bart verirrt hat.« Der Mann spie neben sich aus. »Dann hat er mir auch noch dämliche Fragen gestellt.«

Judith zupfte nervös an ihrem Gebende herum, schaffte es aber dennoch, dem Mann einen mitfühlenden Blick zuzuwerfen. »Was wollte er denn wissen?«

»Er wollte wissen, ob ich eine Schar Klosterfrauen in die Stadt gelassen habe. Nonnen, die von mindestens zwei Männern begleitet wurden.« Er lachte kehlig. »So ein Idiot! Ich dachte, der Bursche wollte mich nur foppen, obwohl er nicht so ausgesehen hat, als ob er zu Scherzen aufgelegt wäre. Aber nein, er meinte es ernst. Und nun erscheint einer der Johanniter mit einem offiziellen Wisch, in dem wir aufgefordert werden, es sofort zu melden, falls Leute, auf die eine gewisse Beschreibung passt, um Einlass in die Stadt bitten.« Er warf Primus einen argwöhnischen Blick zu. »Die Weiber auf deinem Karren sehen mir zwar nicht wie Nonnen aus, aber man kann nie wissen.«

»Ich bin Weinhändler«, erhob Primus Einspruch und machte eine Kopfbewegung in Richtung des Fasses auf der Ladefläche des Karrens. »Habe einen guten Tropfen aus dem Lothringischen geladen, den ich hier in Speyer verschiffen will. Die Frauen sind mein Weib und deren Mutter, die Verwandte in der Stadt besuchen wollen.«

»Runter vom Wagen mit euch, wird's bald«, brüllte der Torwächter, den Primus' Erklärungen offensichtlich nicht zufriedenstellten. Um seiner Forderung Nachdruck zu verleihen, stampfte der Mann mit seinem Spieß auf. Primus hatte keine Wahl. Wollte er nicht auffallen, musste er dem Befehl wohl oder übel gehorchen. Während er abstieg, hoffte er inständig, dass der Wachhabende darauf verzichtete, seinen Wagen gründlich zu durchsuchen. Tat er das, würde er in dem mit Stricken vertäuten Fass keinen guten Tropfen, dafür aber Primus' Schwert finden. Sollten die Frauen zudem gezwungen werden, ihr Gebende abzunehmen, würden ihre fast kahl geschorenen Köpfe sie sofort als Ordensfrauen verraten.

Während Primus noch überlegte, wie er den Wächter im Ernstfall auch ohne sein Schwert ausschalten konnte, bevor dieser um Hilfe rief, streckte er die Hand aus, um Judith vom Wagen zu helfen. Die junge Frau erhob sich zögerlich, verzog jedoch keine Miene. Hatte sie Angst, so ließ sie es niemanden merken. Plötzlich aber stolperte sie und fiel der Länge nach vom Gefährt, geradewegs in Primus' weit geöffnete Arme.

»Ich muss gestolpert sein«, hauchte sie ihm ins Ohr. »Danke, dass du so rasch reagiert und mich aufgefangen hast, mein Liebster. Ein gebrochener Knöchel würde mir jetzt gerade noch fehlen.« Sie strich Primus über die Wange, dann küsste sie ihn zärtlich auf die Lippen.

»Ihr seid wohl noch nicht lange verheiratet«, meinte der Torwächter kopfschüttelnd. »Mein Weib ist schon seit zwanzig Jahren bei mir und würde sich eher den Mund mit Disteln stopfen, als mich freiwillig anzurühren.«

Auf dem Wagen war ein missmutiges Schnauben von Irmengard zu hören. Mühsam kämpfte sie sich auf die Füße, was ihr, ihrer angespannten Miene nach, äußerst schwerzufallen schien. Kaum stand sie, krümmte sie sich, als schüttelte ein Krampf ihren unförmigen Leib. Noch bevor sie die Hand vor den Mund schlagen konnte, erbrach sie sich geräuschvoll über den Rand des Wagens. Mit einem Satz brachte sich der Torwächter in Sicherheit. Dann fluchte er, was das Zeug hielt.

»Die Mutter meiner Frau ist krank«, sagte Primus entschuldigend. »Sie braucht Ruhe und ein warmes Lager!«

»Das sehe ich«, giftete der Mann mit gerümpfter Nase. »Na los, macht, dass ihr fortkommt! Wenn die Alte eine Nonne ist, bin ich ein Herzog!«

Erleichtert half Primus seinem vermeintlichen Eheweib beim Aufsteigen und griff dann nach den Zügeln. Wenige Augenblicke später hatte er das Stadttor hinter sich und lenkte das wackelige Fuhrwerk auf eine breite Straße, an deren Ende ein gewaltiges Gotteshaus zu sehen war.

»Der Dom«, gab Irmengard ehrfurchtsvoll Auskunft. »Grablege von Kaisern und Königen des Reiches!« Der älteren Frau war immer noch schlecht, dennoch schlug sie ergriffen ein Kreuz, als von irgendwo der Klang einer Glocke an ihr Ohr drang. Ihr aufgedunsenes Gesicht hatte inzwischen Farbe und Aussehen eines schimmeligen Käses angenommen. »Ich habe genug von dem Geschaukel, lasst mich gefälligst absteigen!«, forderte sie Primus unumwunden auf. »Ich werde im Dom eine Kerze anzünden und die Jungfrau bitten, dass sie unsere Äbtissin auf sicheren Wegen in die Stadt führt.« Mit spitzen Fingern tippte sie Judith auf die Schulter. »Und Ihr solltet mitkommen, gute Schwester, und den Herrn im Gebet um Vergebung für Euer Verhalten von eben anflehen. Das war wirklich schamlos, wie Ihr Euch diesem Ritter an den Hals geworfen habt. Als hättet Ihr niemals ein Gelübde abgelegt.«

Judith von Westhofen errötete. Sie öffnete den Mund zu einer Erwiderung, doch noch bevor sie ein Wort hervorbrachte, drehte sich Primus zu der älteren Nonne um und maß sie mit einem strengen Blick. Allmählich hatte er genug vom Genörgel der Frau. »Wäre es Euch lieber gewesen, dieser Kerl hätte Euch das Gebende vom Kopf gerissen und als Ordensfrau erkannt?«, fragte er.

»Nein, natürlich nicht, aber ...«

»Schwester Judith hat geistesgegenwärtig gehandelt und den Mann somit überzeugt, dass sie keine Nonne, sondern mein Eheweib ist. Ihr dagegen habt nicht mehr getan, als dem Kerl vor die Füße zu kotzen. Ihr solltet Euch daher mit Euren Vorwürfen etwas zurückhalten!«

Irmengard presste gekränkt die Lippen aufeinander, verzichtete aber darauf, die Sprache noch einmal auf den Vorfall am Stadttor zu bringen. Stattdessen fragte sie Judith abermals, ob sie sich ihr anschließen wolle, um im Dom zu beten. Die junge Frau brauchte nicht lange zu überlegen. Kurz entschlossen schüttelte sie den Kopf.

»Wir müssen das Haus finden, in dem wir die nächste Zeit verbringen werden, bevor es dunkel wird!«, erinnerte sie Irmengard an den Auftrag, den Benedicta von Rosenfeld beiden Nonnen erteilt hatte. »Ich kenne Speyer, weil ich als Mädchen hin und wieder in der Stadt war, wenn mein Vater Pferde kaufte oder sich Sättel anfertigen ließ. Er sagte immer, die Speyrer Sattler machten das beste Zaumzeug weit und breit. Ich werde das Haus finden, auch wenn die Äbtissin nur ungefähr beschrieben hat, wo es zu finden ist. Aber das kann dauern. Ich fürchte, auf einen Schluck Schwarzbier und eine Schüssel Suppe werden wir warten müssen, bis wir die richtige Gasse gefunden haben.«

»Barmherziger!« Irmengard schlug die Hände über dem Kopf zusammen. Die Vorstellung, sich die Füße wund zu laufen, gefiel ihr überhaupt nicht. Nach einem kurzen Wortwechsel kam sie mit Judith überein, die Suche nach ihrer Unterkunft ihr und Primus zu überlassen. Sie selbst wollte in der Zwischenzeit den Dom aufsuchen und sich anschließend ein Schlückchen Bier und eine kleine Mahlzeit in einer der Schenken genehmigen.

»Ich hoffe, Ihr schafft es noch die Straße hinunter?«, erkundigte sich Primus mit geheuchelter Anteilnahme. Seine Freude darüber, die griesgrämige Nonne loszuwerden, konnte er indes kaum verbergen.

Irmengard beantwortete seine Frage mit einem säuerlichen Blick, dann kehrte sie ihm den Rücken zu und machte sich auf den Weg. Kurz darauf war nichts mehr von ihr zu sehen.

Primus suchte einen geeigneten Platz für den Karren. Er fand ihn gegenüber eines Hofes, der allem Anschein nach einem Kaufmann gehörte. Durch das geöffnete Tor sah Primus eine stattliche Anzahl von Fässern mitten im Hof stehen. Ein paar Kinder vergnügten sich damit, einander kreischend um die Waren herum zu jagen, bis ein grauhaariger Mann mit einem Klemmbrett und Schreibgriffel aus der Tür trat und die Kinder mit mürrischen Worten vertrieb. Dann spähte er misstrauisch zur Gasse hinüber. Sein Blick fiel auf Primus Fuhrwerk mit dem Fass, das er nicht ohne Interesse musterte. Nur wenige Schritte von dem Kaufmannshof entfernt boten Krämer aus Tierknochen geschnitzte Löffel, Schalen, Trinkhörner und Flöten an. Ihnen gegenüber zerteilte ein Knochenhauer eine Schweinehälfte.

»Habt Ihr eine Ahnung, wem der Kaufmannshof dort drüben gehört?«, wandte sich Primus an die junge Nonne, deren Blicke sich auf die Ware der Garn- und Bandhändler hefteten.

Judith wusste es nicht. Daher bat Primus sie, einen Moment beim Wagen auf sie zu warten, überquerte rasch die Straße und betrat den gepflasterten Hof mit den Fässern. Nur wenige Augenblicke später kehrte er zufrieden zurück. »Das Anwesen gehört einem gewissen Wulf«, wusste er zu berichten. »Ich habe mit seinem Schreiber gesprochen. Der hat mir erzählt, dass sein Herr mit Wein handelt, genau wie wir. Ist das nicht ein Zufall?«

Judith musste sich ein Lachen verkneifen. »Der Wein, mit dem wir angeblich handeln, würde kaum reichen, um einen einzigen Krug zu füllen.«

»Das wissen wir beide, aber der Schreiber dieses Kaufmanns Wulf ist so ahnungslos wie ein Novize. Der Kerl hat ein Auge auf unseren köstlichen Burgunder geworfen und hofft nun, dass ich ihm den guten Tropfen verkaufe, solange sein Herr nicht in der Stadt weilt. Dann könnte er das Fass nämlich verschiffen, ohne dass Wulf davon Wind bekommt, und den Gewinn in die eigene Tasche stecken.«

»Wäre das nicht Betrug an seinem Herrn?« Schwester Judith spähte verstohlen zum Tor des Kaufmannshofes hinüber. Der Grauhaarige drehte ihr den Rücken zu, aber sie konnte seine Stimme hören, mit der er einige Knechte aufforderte, die inmitten des Hofs lagernden Weinfässer in eines der angrenzenden Gebäude zu schleppen. Als er sich davon überzeugt hatte, dass die Arbeiter ihm gehorchten, kam er schnell mit einem Grinsen zu ihr und Primus gelaufen.

»Das ist Euer Weib?«, fragte er Primus mit Nachdruck, während er Judith von Kopf bis Fuß musterte. »Freut mich, Eure Bekanntschaft zu machen. Ich bin Kunig, die rechte Hand des Kaufmanns Wulf.«

Primus lächelte, dachte aber bei sich, dass der Schreiber seine rechte Hand im Gesicht spüren würde, falls er nicht aufhörte, Judit so schamlos zu begaffen.

»Sind wir uns einig?« Primus deutete auf den Wagen mit dem

Fass. »Euer Herr hat nichts dagegen, wenn wir unser Fuhrwerk vorübergehend auf seinem Hof unterstellen?«

Kunig schüttelte den Kopf. Er war fast so groß wie Primus, aber schmächtiger. Imposant war an ihm lediglich der kräftige Schnauzbart, der ebenso grau war wie das schüttere Haar. Auf seine Kleidung schien der Schreiber indes Wert zu legen, denn sowohl Tunika als auch Hosen bestanden aus feinem flämischem Tuch und wurden von einem breiten Gürtel aus weichem Leder zusammengehalten. Primus erfuhr, dass der Kaufmann sich auf einer Handelsreise nach Basel befand und erst in zwei Wochen zurückerwartet wurde. Solange durfte Kunig als sein engster Vertrauter in allen geschäftlichen Belangen schalten und walten wie er wollte, solange dies im Interesse seines Herrn geschah.

»Nein, mein guter Herr ist nicht nur ein geachteter Weinhändler, sondern auch ein frommer Mann, dem die Klöster der Stadt Speyer zahlreiche Stiftungen zu verdanken haben. Er wäre froh, Euch Obdach gewähren zu können, allerdings ...« Der Schreiber wurde plötzlich nervös. Unstet fuhr er sich mit der Zunge über die schmalen Lippen.

»... sollte er besser nichts von unserer Anwesenheit und der unseres Burgunders erfahren«, beendete Primus den Satz, woraufhin Kunig ihm hastig versicherte, dass er persönlich dafür einstehen wollte, dass seiner Ware auf Kaufmann Wulfs Handelshof nichts geschehen werde. Nur Unterkunft im Haus könne er ihm und seinem Weib bedauerlicherweise nicht anbieten, da die Gemahlin seines Herrn seit Michaelis kränklich sei und jede Aufregung ihr schlecht bekomme.

»Ihr wollt den Wagen wirklich hierlassen?«, raunte Judith Primus zu, während Kunig auf den Hof lief und einen Knecht damit beauftragte, im Stall seines Herrn Platz für ein zusätzliches Pferd zu schaffen. An der Art, wie die junge Frau ihre Frage stellte, erkannte Primus sogleich, dass sie Kunig für verschlagen

159

hielt. Diese Meinung teilte auch er, doch die Gelegenheit, einen sicheren Platz für den Wagen zu finden, kam so schnell nicht wieder.

»Ich bezahle Kunig für seine Gefälligkeit, somit sind wir ihm weder etwas schuldig noch zu irgendeinem Dienst verpflichtet«, erklärte er schließlich. Er hoffte, Judith damit ein wenig zu beruhigen und fügte hinzu: »Pferd und Wagen bei einer Schenke unterzustellen ist mir zu gefährlich. Die Leute sind neugierig und reden gern, vor allem über Fremde. Bestimmt hat es sich bereits herumgesprochen, dass die Johanniterbrüder Ausschau nach entflohenen Nonnen halten.« Primus warf einen prüfenden Blick über die Schulter. Die Dämmerung brach herein. Einige der Krämer fingen an, ihre Zelte abzubauen und ihre Waren zusammenzusuchen. Es würde nicht mehr lange dauern, bis es dunkel war. Vorher mussten er und Judith das Haus der Äbtissin finden, denn es war nicht ratsam für Fremde, nach Einbruch der Nacht durch die Gassen zu streifen und den Nachtwächtern aufzufallen.

Primus kannte Speyer nur aus den Erzählungen seiner Freunde Rémy und Gottfried, die in ihrer Jugend einige Male am Rhein gewesen waren. Soweit er sich entsann, war Payen, der auch zu den sieben Vertrauten des letzten Templergroßmeisters gehört hatte, hier gestorben. Er hatte sich verwundet in die Stadt geschleppt und war von seiner Tochter, die er jahrelang verleugnet hatte, gepflegt worden. Primus konnte sich kaum an Payen erinnern. Es mochte sein, dass er den Ritter als Junge ein, zweimal gesehen hatte, wenn er die Templerkomturei in der Markgrafschaft Brandenburg, wo er aufgewachsen war, besucht hatte. Deutlicher waren seine Erinnerungen an Payens Tochter Prisca. Sie hatten einander nur flüchtig kennengelernt, doch diese Begegnung hatte sich für alle Zeiten in Primus' Gedächtnis gebrannt. Das Mädchen hatte ihn stärker beeindruckt als jede Frau, mit der er zuvor zu tun gehabt hatte. Sie hatte ihm gezeigt, dass es sich auszahlte, an sich selbst zu glauben. Vielleicht hatten sie einander auch deshalb so gut verstanden, weil ihrer beider Leben – trotz einiger Unterschiede – völlig unerwartete Wendungen genommen hatte. Primus war ohne Namen geboren und als Höriger aufgezogen worden, bis ein Tempelritter auf seine Fähigkeiten aufmerksam geworden war und ihn unter seine Fittiche genommen hatte. Priscas Geschichte hatte hier, in dieser Stadt, ihren Anfang genommen. Als Kind einer Jüdin, die ihre wahre Herkunft vor ihr verheimlicht hatte, war sie zur Heilerin ausgebildet geworden. Sie hatte eine Krankenstube in der Judengasse geleitet, bis eines Tages ein ihr völlig unbekannter Ritter an ihre Tür geklopft und ihr offenbart hatte, dass er ihr leiblicher Vater, ehemaliger Angehöriger des verfolgten Templerordens und Hüter eines der größten Geheimnisse der Christenheit war.

Primus fragte sich, wo Payen de Gros begraben worden war. Hatte man ihm hier in der Stadt ein würdiges Begräbnis zugestanden, oder war sein Leichnam verbrannt und die Asche in den Rhein gestreut worden? Einen Moment lang spielte Primus mit dem Gedanken, den Schreiber Kunig danach zu fragen, doch er verwarf den Einfall ebenso rasch, wie er gekommen war. Judith hatte ganz recht. Dem Burschen war nicht zu trauen, daher konnte Primus nur hoffen, dass die Nonnen von Mühlen in Sicherheit und er mit seinen Gefährten auf dem Weg nach Frankreich waren, bevor dieser herausfand, dass der begehrte Burgunder nicht existierte.

Eine halbe Stunde später machten sich Primus und Judith auf die Suche nach dem Haus, was die Stimmung der jungen Nonne wieder hob. Sie schien die Stadt zu mögen, möglicherweise, weil sie gute Erinnerungen mit ihr verband.

»Warum hat Euer Vater Euch ins Kloster Mühlen geschickt?«, fragte Primus nach einer Weile. Zu Beginn ihrer Reise hätte er sich dies noch nicht getraut, doch nach dem wenngleich auch gespielten Kuss am Stadttor, spürte er, dass die junge Frau Zutrauen zu ihm gefasst hatte. Sie machte außerdem einen lebenslustigen Eindruck, der so gar nicht zu dem Bild passen mochte, dass er bislang von Ordensfrauen gehabt hatte.

Judith von Westhofen schien einen Moment lang über seine Frage nachzudenken, dann sagte sie: »Die meisten Frauen in Mühlen sind adeliger Herkunft. Ihr werdet lachen, aber sogar Irmengard ist stolz darauf, dass ihre Wiege in irgendeiner zugigen Burg stand. Ich dagegen bin nur die Tochter eines Bauern. Mein Vater war kein Leibeigener, sondern wurde frei geboren, doch das ändert nichts an der Tatsache, dass ich im Stand weit unter einer Irmengard oder einer Benedicta von Rosenfeld stehe. Nach Vaters Tod erbte einer meiner Brüder den Hof der Eltern. Mir blieb als Mädchen nur die Wahl, meiner Schwägerin als Magd oder einem Bauern aus dem Dorf als Eheweib zu dienen.« Sie lächelte schief, woraus Primus folgerte, dass keine der beiden Möglichkeiten Judiths Zustimmung gefunden hatte.

»Aber benötigt man nicht eine stattliche Mitgift, um Aufnahme in einem Kloster zu finden?«, wollte Primus wissen.

Judith nickte bedächtig. »Meine Mutter war die Tochter eines Burgvogts. Nach ihrem Tod erhielt ich ein paar goldene Ringe und Spangen. Nichts von großem Wert, doch genug, um nicht gleich fortgeschickt zu werden. Mein Bruder hätte es lieber gesehen, wenn ich zu den frommen Schwestern nach Rosenthal gegangen wäre. Ihr Kloster ist berühmt. Es wurde vom Grafen von Eberstein gegründet, einem Vetter der heiligen Hedwig, der auch mit den Raugrafen verschwägert ist. Aber für mich kam nur Mühlen in Frage. Als Kind habe ich mich manchmal in der Nähe der alten Templerkomturei herumgedrückt und durch eine Lücke in der Mauer zugesehen, wie die Ritter sich im Schwertkampf erprobt haben. Als ich erfuhr, dass die Frauen im benachbarten Kloster nach der Regel des Templerordens leben, wusste ich, dass ich zu ihnen gehören wollte.« Sie zuckte mit den Achseln. »Jammerschade, dass nun auch noch diese letzte Bastion gefallen ist.« Primus wollte erwidern, dass das letzte Wort dazu noch nicht gesprochen sei, da die Äbtissin augenscheinlich vorhabe, ihr Leben nach der Regel der Templer hier in Speyer fortzusetzen, doch er ließ es bleiben. Judith war ein kluges Mädchen, das es sich nicht abgewöhnt hatte, auch kritische Gedanken zu hegen und Fragen zu stellen. Sie schien schon zu ahnen, dass ihr Aufenthalt in Speyer nicht mehr als eine kurze Atempause bedeuten konnte. Im Schatten der Bischofskirche würde selbst Benedictas Entschlossenheit nicht ausreichen, um sich und ihre Schwestern auf Dauer zu schützen. Die einzige Möglichkeit, künftig ein friedliches Leben zu führen, bestand darin, dass Jakobus von Hahnheim das Interesse an den Nonnen verlor. Da er aber wusste, dass er nur über Benedicta an die Reliquie herankam, war damit bis auf weiteres nicht zu rechnen. Natürlich konnten Primus, Rémy und die anderen die Johanniter von den Frauen ablenken, doch damit wäre nur erreicht, dass sich ihre Gegner an ihre Fersen hefteten.

Judiths Hand auf seinem Arm holte Primus aus seinen Gedanken. Sie schien etwas gesehen zu haben, denn sie blieb plötzlich stehen. Kreidebleich drückte sie sich gegen eine Mauer, gab jedoch keinen Ton von sich. Primus folgte sogleich ihrem Blick, doch alles, was er erkennen konnte, war der Rücken eines kräftigen Mannes, der etwa hundert Schritte entfernt ein Haus verließ, dann ein Stück geradeaus lief und schließlich zu seiner Linken unter einem Torbogen verschwand. Dem wallenden Mantel nach handelte es sich um einen Ordensritter.

»Keine Angst«, raunte Primus Judith begütigend zu, die am ganzen Leib zu zittern begann. »Der Mann hat uns nicht gesehen, und selbst wenn, könnte er uns nichts anhaben. Woher sollte er wissen, dass wir …«

»Vielleicht, weil ich ihn schon einmal gesehen habe«, fiel Judith ihm ins Wort. »Ebenso wie er mich. Er kam mit Jakobus von Hahnheim ins Kloster Mühlen. Ihr müsstet ihn auch kennen, denn ihr habt ihn nach Alzey begleitet.«

Germund, schoss es Primus durch den Kopf. Aber wie war das möglich? Nach dem Schlag auf den Kopf, den er dem Mann vor gar nicht langer Zeit verpasst hatte, hätte er im Traum nicht daran gedacht, den Johanniter schon so bald wieder putzmunter zu sehen.

»Wenn Ihr Euch nicht getäuscht habt, dann ist Germund der Reiter, von dem der Torwächter vorhin erzählt hat«, brummte Primus.

»Aber warum ist er ausgerechnet nach Speyer geritten? Jakobus von Hahnheim kann doch nicht wissen, dass wir hierher geflohen sind, oder doch?« Die junge Nonne schlug mit vor Schreck geweiteten Augen die Hand vor den Mund. »Es sei denn, einige Eurer Brüder sind ihm unterwegs ins Netz gegangen.«

»Unsinn, das kann nicht sein!« An ein solches Unglück mochte Primus nicht einmal denken. Er war der einzige Templer, an dessen Gesicht sich sowohl Jakobus als auch sein Handlanger Germund im Zweifelsfalle erinnern konnten. Baudouin war als Meister der Maskerade so gut wie unsichtbar und die anderen ...

Er schnappte nach Luft, als ihm einfiel, wo Germund ihm bereits über den Weg gelaufen war. Am Hof des Markgrafen war das gewesen, wo er auch Rémy begegnet sein konnte. Primus schloss einen Moment die Augen, um sich zu sammeln. Das war nicht gut, nein, überhaupt nicht. Germund war hier in der Stadt und machte Jagd auf sie. Vermutlich hatte er sich zum Ordenshaus der Johanniter begeben, wo er auf die Ankunft seines Herrn wartete, so wie Primus auf die Ankunft seiner Freunde.

Die möglicherweise niemals eintreffen werden, dachte er niedergeschlagen.

»Rémy St. Clair ist ein erfahrener Ritter«, sagte er schließlich mit einer Überzeugung, von der er selbst nicht wusste, woher er sie nahm. »Die Brüder Gottfried und Baudouin ebenso. Die meisten haben im Kampf gegen die Sarazenen große Tapferkeit bewiesen. Selbst wenn einer oder mehrere von ihnen in Gefangenschaft geraten sollten, würden sie weder diesem Jakobus von Hahnheim noch einem anderen auch nur ein Sterbenswörtchen über unsere Pläne verraten.«

Judith von Westhofen bedachte ihn mit einem langen, mitleidigen Blick, und noch bevor sie ein Wort über ihre Lippen brachte, war Primus schon bewusst, dass sie den Schönheitsfehler in seiner Rechnung gefunden hatte. Die Templer würden schweigen, sogar unter der Folter. Waren sie jedoch gefangengenommen worden, so galt dasselbe auch für Benedicta und ihre Schwestern. Ob die sich gegen Jakobus behaupten konnten, war fraglich.

»Germund darf keinen von uns zu Gesicht bekommen«, entschied Primus. Obwohl er spürte, wie sich ein beklemmendes Gefühl von Unruhe in ihm ausbreitete, zwang er sich, einen kühlen Kopf zu bewahren. »Versucht Euch zu erinnern, wie wir zu diesem Haus kommen, damit ich wenigstens Euch in Sicherheit bringen kann!«

Zu Primus' Erleichterung gelang es Judith kurze Zeit später, die richtige Gasse ausfindig zu machen. Das Haus, welches die Äbtissin für Notzeiten erworben hatte, befand sich in der Nähe des Fischmarkts und ruhte, anders als die Holzhütten der unmittelbaren Nachbarschaft, auf steinernen Grundmauern. Es besaß zwei Stockwerke, was auf genügend Platz für eine größere Anzahl von Frauen schließen ließ, sowie Kräutergarten und Schuppen. Obwohl das Anwesen im Unterschied zu den geräumigen Unterkünften der Domherren und bischöflichen Beamten in der Nähe des Domplatzes reichlich heruntergekommen wirkte, war Primus doch froh, dass es hinter einer gut zwei Zoll dicken Mauer lag und sich somit den Blicken Neugieriger entzog. Umso überraschter war er, als er am Türpfosten ein Emblem entdeckte, in dem er das Wappen des Bischofs von Speyer zu erkennen glaubte. Judith lächelte dünn. »Ihr täuscht Euch nicht. Unsere ehrwürdige Äbtissin hat das Haus vom Bischof persönlich gekauft, das Wappen aber nicht abgenommen. Solange es dort am Pfosten hängt, wird sich keiner in der Stadt an diesem Besitz vergreifen. Es heißt zwar, dass die Macht des Bischofs allmählich schwindet und er immer größere Zugeständnisse an den Rat und die Zünfte machen muss, aber noch wacht er mit strenger Hand über seinen Besitz.«

Als Primus den kleinen, von Unkraut überwucherten Hof samt Nebengebäude einer kurzen Begutachtung unterzog, stellte er fest, dass der Schuppen groß genug war, um Wagen und Pferd unterzustellen, und er beschloss, sich früh am nächsten Morgen zu Wulfs Kaufmannshof aufzumachen, um beides von Kunig zurückzuverlangen. Nachdem er einen Eimer Wasser aus dem Brunnen geschöpft und etwas trockenes Stroh aus dem Schuppen geholt hatte, begab er sich ins Haus, wo er Judith so vorfand, wie er sie zurückgelassen hatte. Mit verschränkten Armen stand die junge Ordensschwester in der düsteren Stube mit der niedrigen Decke und lauschte auf das raschelnde Geräusch der Mäuse im Gebälk. Die Wände waren grau und schmucklos, der Fußboden starrte vor Schmutz, und es stank nach Katzenkot. Judiths Blick fiel auf den Eimer in Primus' Hand. Das Wasser würde kaum ausreichen, um auch nur einen Teil der Stube zu scheuern, aber es war ein Anfang.

»Ich mache mir Sorgen um Schwester Irmengard«, sagte Judith, während sie ihren Beutel nach einer Öllampe und Feuersteinen durchwühlte. »Im Dom sollte sie eigentlich sicher sein, aber was geschieht, wenn sie es sich einfallen lässt, ihn zu verlassen?«

»Ach was, lasst sie ruhig noch ein Stündchen beten«, wandte Primus gähnend ein. »In ihrem rostfarbenem Schnürkleid und dem Gebende auf dem Kopf, würde sie nicht einmal Germund für eine Nonne halten. Ist er ihr überhaupt jemals begegnet?«

»Der Türhüterin von Mühlen?« Judith verdrehte die Augen, um deutlich zu machen, dass sie nicht scherzte. »Ich vermute schon. Wenn Ihr daher bitte ... Ihr stört sowieso, während ich hier saubermache. Es sei denn, Ihr suchtet Euch einen Besen, aber das will ich von einem Ritter nun wirklich nicht verlangen.« Mit einer selbstbewussten Kopfbewegung drängte sie Primus zur Tür.

Er unterdrückte einen Seufzer, doch selbstverständlich hatte Judith recht. Solange Germund in der Stadt war, blieb ihnen nichts anderes übrig, als sich ruhig zu verhalten. Keinesfalls durfte einer von ihnen etwas riskieren, was Jakobus Handlanger einen Hinweis auf ihre Anwesenheit gab.

»Verriegelt die Tür hinter mir!«, trug er Judith auf, bevor er über die Schwelle trat. »Und öffnet sie unter keinen Umständen, bevor ich mit Irmengard zurück bin.«

Er spähte hinaus. Jenseits der Mauer war die Gasse finster. Ein laues Lüftchen trug den penetranten Fischgeruch von den nahen Hütten der Rheinfischer bis zu ihm. Irgendwo in der Nachbarschaft kläfften Hunde, und ein Fensterladen schlug geräuschvoll zu. Plötzlich kam er sich beobachtet vor. Gewiss war es schon einigen Bewohnern dieser Gasse aufgefallen, dass zwei Fremde sich Zutritt zu dem alten Haus verschafft hatten. Ob sie die Büttel holten oder beschlossen, dass morgen auch noch ein Tag war, um sich darum zu kümmern?

»Nun geht schon, oder wollt Ihr warten, bis es stockdunkel ist?«, hörte er Judiths Stimme. Die junge Frau hob kurz die Hand, um ihm zuzuwinken, dann kehrte sie ins Haus zurück und schlug den Riegel vor, wie Primus es ihr aufgetragen hatte.

XIII.

Prisca eilte so rasch sie konnte den Hügel hinauf und erreichte das Tor gerade noch rechtzeitig, bevor die Knechte des Grundherrn es schlossen. Aus einiger Entfernung war Lärm zu hören. Es war abzusehen, dass in Kürze eine wütende Menge vor der Umzäunung stehen würde.

»Ihr wart unten im Dorf?«, wurde Prisca von Balthasars Verwalter angesprochen. »Was geht dort vor sich?«

In knappen Worten schilderte Prisca, was sie am Bachlauf beobachtet hatte. »Ich fürchte, ein paar Wirrköpfe haben sich von dem Geschwätz des Priesters beeinflussen lassen! Sie halten das Mädchen für besessen und verlangen seine Auslieferung!«

Der Verwalter starrte sie aus großen Augen an. Seit fünfundzwanzig Jahren lebte er nun schon auf dem Hofgut, aber noch nie hatte er solch einen Aufruhr erlebt. Ängstlich richtete er seinen Blick auf das Tor, bei dem sich einige Knechte mit Knüppeln und Spießen eingefunden hatten. Es bestand aus zwei Flügeln, war aber nicht stark genug, um Männern zu trotzen, die sich mit Gewalt dagegen warfen. Noch weniger Schutz bot im Ernstfall die Umzäunung des Hofs, denn die Palisaden und Dornenhecken konnten ohne besondere Mühen überwunden werden. Von Adaliz wusste Prisca, dass ihr Vater Payen den alten Gutsherrn schon vor vielen Jahren gedrängt hatte, seinen Besitz mit einer Mauer zu umgeben, doch Balthasar hatte dies stets mit dem Hinweis auf

das starke Mauerwerk seines *Donjons* abgelehnt. Mauern koste-
ten Geld. Daher hatte sich der Alte damit begnügt, von Zeit zu
Zeit schadhafte Stellen im Wohnturm auszubessern.
»Ihr solltet Euch in den *Donjon* begeben«, sagte der Verwalter.
Mit dem Ärmel wischte er sich über das schweißnasse Gesicht.
»Hier draußen kann niemand für Eure Sicherheit sorgen.«
Prisca zuckte mit den Schultern. Als sie sich umwandte, sah sie
zwei der Küchenmägde, die ein paar aufgescheuchten Hühnern
hinterherhasteten. Offensichtlich hatten sie den Befehl erhalten,
das Federvieh in den *Donjon* zu treiben. Gleichzeitig schleppten
die Männer, die der Verwalter am Tor entbehren konnte, Säcke
voller Getreide zum Turm hinüber. Allem Anschein nach befürchtete ihr Großvater, dass es zu Plünderungen kommen konnte. Nun, an dem *Donjon* würde sich die wütende Menge die Zähne ausbeißen. Doch das Gut bestand nicht nur aus dem Wohnturm
der Adelsfamilie. Um ihn herum waren die strohgedeckten Hütten der Bediensteten errichtet worden, die Ställe für das Vieh und
auch das Wirtschaftsgebäude, in dem nicht nur der Verwalter,
sondern auch Prisca ihren Schlafplatz hatten.

Kaum fünf Minuten verstrichen, bevor am Tor die ersten zor-
nigen Rufe durch die Nacht drangen. Prisca konnte den Schein
zahlreicher Fackeln durch die Ritzen der Zäune sehen. Den Bauern, die sie am Dorfbach bei dem heidnischen Grabstein gesehen
hatte, schienen sich weitere Männer und sogar einige Frauen angeschlossen zu haben. Der Verwalter war auf eine Leiter geklet-
tert und mühte sich vergeblich ab, die Menschen, die sich vor
dem Gutshof zusammenrotteten, zu beschwichtigen. Aber niemand hörte auf das, was er zu sagen hatte. Fäuste wurden geschüttelt, mit Füßen wurde gegen das Tor getreten. Die Menge
ließ sich nicht mehr beruhigen. Immer wilder verlangte sie nach
der Auslieferung der Missetäterin. Nach einer Weile hörte Prisca
sogar Stimmen, die die Vertreibung des alten Balthasar forderten.

Es dauerte nicht lange, bis die ersten Steine flogen. Prisca stockte der Atem, als sie den Verwalter aufschreien hörte. Er taumelte, dann fiel er mit einem gurgelnden Laut von der Leiter. Prisca, die unter dem Vordach der Scheune Schutz gesucht hatte, machte Anstalten, zu dem blutenden Mann zu laufen, doch als er sie bemerkte, winkte er energisch ab und deutete auf den Eingang des *Donjons*. Er wollte, dass sie sich in Sicherheit brachte, und vermutlich hatte er recht. Hier draußen konnte sie nichts tun. Zu ihrem Schrecken sah sie, wie von jenseits der Umzäunung Schlingen über die zugespitzten Enden der Palisaden geworfen wurden, um sie gewaltsam niederzureißen. Die Gutsknechte taten ihr Bestes, um dies zu verhindern, doch die Angreifer befanden sich in der Überzahl. Prisca wagte sich aus ihrer Deckung. Sie wollte soeben über den Hof zu ihrer Schlafkammer eilen, als ihr ein greller Blitz entgegenflog. Im letzten Moment warf sie sich zu Boden. Als sie es wagte, den Kopf zu heben, hörte sie ein Knistern ganz in ihrer Nähe. Und sie roch Rauch. Eine Fackel, die jemand über den Zaun geschleudert hatte, hatte ihren Kopf nur knapp verfehlt, war aber in einem Heuhaufen gelandet, der sogleich Feuer fing und binnen weniger Augenblicke lichterloh brannte. Der ersten Fackeln folgten weitere. Die meisten verfehlten ihr Ziel und fielen in den Staub, wo sie von Balthasars Mägden ausgetreten wurden. Dann aber traf eine der Pechfackeln das Dach des Wirtschaftsgebäudes, das wie die Hütten der Dienerschaft aus Holzbrettern errichtet worden war.

Bestürzt sahen die Knechte am Tor zu, wie sich die Flammen gierig durch den Dachstuhl fraßen und sich dann der dünnen Wände annahmen. Was sollten sie nun tun? Gaben sie ihre Stellung am Tor auf, um den Brand zu löschen, würden die Angreifer eindringen. Balthasars Verwalter blickte hilfesuchend zum *Donjon* hinüber, durch dessen winzige Scharten kein Lichtschein drang. Der Turm lag im Dunkeln, kalt, abweisend und uneinnehmbar.

»Hört auf zu löschen«, drang plötzlich eine raue Stimme an Priscas Ohr. Balthasar bewegte sich ein wenig schwerfällig, aber zielstrebig auf das unter den Schlägen und Tritten der Menge berstende Tor zu. Er trug Helm, Kettenhemd und einen Waffenrock. In der Rechten schwang er das Schwert, das Prisca erst kürzlich über dem offenen Kamin im *Donjon* bewundert hatte. Gewiss waren Jahre vergangen, seit der alte Mann es zuletzt in der Hand gehalten hatte. Prisca überlegte kurz, sich ihm zu zeigen, entschied sich aber dagegen. Balthasar schien selbst eingesehen zu haben, dass es sinnlos war, das Tor zu verteidigen, aber er zeigte zumindest, dass ihm das Schicksal seiner Diener nicht gleichgültig war. Die Wirtschaftsgebäude waren nicht mehr zu retten, die Männer am Tor hingegen schon. Balthasar rief ihnen zu, sich hinter die Mauern des *Donjons* in Sicherheit zu bringen, und passte persönlich auf, dass keiner von ihnen zurückblieb.

Auf halbem Weg zum Turm fiel Prisca ein, dass sie noch einmal in ihre Kammer musste. Dort hatte sie etwas versteckt, das um keinen Preis ein Raub der Flammen werden durfte. Sie hatte mit einem heiligen Eid geschworen, darauf achtzugeben, was auch immer geschehen würde. Kurz entschlossen machte sie kehrt und kämpfte sich durch den beißenden Rauch, bis sie die Tür zu ihrer Kammer fand. Rasch warf sie die Tür hinter sich zu und tastete sich hustend vorwärts, einen Arm schützend vor Mund und Nase gepresst. Obwohl das Feuer noch nicht auf ihren Gebäudeteil übergegriffen hatte, drang dunkler Qualm durch das Fenster und den Türspalt. Verzweifelt rang sie nach Atem. Derweil wurde der Lärm draußen auf dem Hof lauter, woraus sie schloss, dass einige der aufrührerischen Dorfleute das Tor aufgebrochen hatten und auf den Hof gelangt waren. Ein eisiger Schrecken durchfuhr Prisca, als ihr klar wurde, dass sie nun keine Gelegenheit mehr haben würde, sich in den Schutz des Turmes zurückzuziehen. Sie konnte entweder hier drinnen bleiben und ersticken oder sich von einer wütenden Menge totschlagen lassen. Schluchzend taumelte sie auf ihr Bett zu, das Balthasars Verwalter für sie in eine Nische an der Ostwand geschoben hatte. Im Raum dahinter befanden sich ein Webstuhl sowie einige Gerätschaften, die bei der Schafschur Verwendung fanden. Prisca schob das Bett von der Wand und schlüpfte in den freigelegten Zwischenraum. Vorsichtig tastete sie das raue Flechtwerk ab und dankte dem Himmel, als ihre Fingerspitzen eine kleine, kreuzförmige Kerbe berührten. Das Zeichen hatte sie selbst kurz nach ihrer Ankunft in die Wand geritzt. Dort musste sie graben. Rasch holte sie ihr kleines Messer aus seinem Futteral am Gürtelband und begann, direkt unter der Kerbe die Erde aufzulockern. Dabei spähte sie immer wieder zu der kleinen Fensteröffnung hinüber, die in Ermangelung von Glasscheiben mit einem Gemisch aus Heu, Stroh und Lehm verstopft war. Davor glaubte sie Schatten wahrzunehmen, die eilig an der Kammer vorbeihuschten. Viel Zeit blieb ihr nicht mehr. Fieberhaft grub sie weiter, bis die Spitze ihrer Klinge endlich auf etwas Hartes stieß. Metall. Sie hatte sich also nicht getäuscht. Ihre Vorfreude darauf, ihren wertvollsten Besitz in wenigen Augenblicken berühren zu können, spornte sie an, trotz Hitze und Rauch durchzuhalten. Vorsichtig entfernte sie die Erde vom Deckel des Kästchens, dann rüttelte sie vorsichtig an dessen Unterseite, um ihn aus dem festgetretenen Lehm zu befreien. Sie hatte den Schrein fast freigelegt, als sie plötzlich hinter sich ein Schnaufen hörte. Im selben Moment spürte sie zu ihrem Entsetzen, wie sie am Oberarm gepackt und grob in die Höhe gerissen wurde. Verzweifelt versuchte sie sich aus dem eisernen Griff zu befreien, doch der Mann, der sich unbemerkt an sie herangepirscht hatte, war stärker als sie und hielt sie fest.

»Na, was versteckst du da?«, zischte eine heisere Stimme ihr ins Ohr. »Hast du etwa einen Schatz vergraben?«

Der Mann trug einen wirren Vollbart und war nicht besonders

groß, kaum größer als Prisca selbst, dafür aber grobschlächtig und breit gebaut. Er starrte vor Dreck und trug Lumpen. Seine Füße steckten in ausgetretenen Sandalen. Prisca wollte schreien, doch der Rauch, der inzwischen ihre Kammer erfüllte, ließ sie lediglich röcheln. Der Eindringling verzog höhnisch das Gesicht. Dann griff er mit der Hand nach ihrem Haar und zerrte sie von ihrem Lager fort.

»Lass mich sehen, was du da hast«, raunte er ihr drohend zu. »Sonst drücke ich dir den Hals zu und lass dich liegen, damit du im Feuer krepierst!«

Mit diesen Worten kehrte er Prisca den Rücken zu und bückte sich, um den vermeintlichen Schatz aus dem Erdloch an der Rückwand des Bettes zu holen. Doch da sprang ihn Prisca wie eine wilde Katze an und versetzte ihm einen Stoß, der ihn gegen das Mauerwerk warf. Rasch hob sie das Messer auf, mit dem sie den festgestampften Fußboden aufgegraben hatte und stach zu, ohne lange nachzudenken. Die Klinge war nur fingerlang, Prisca verwendete sie für gewöhnlich, um Heilkräuter für Wundsalben oder wohltuende Tränke zu zerkleinern, doch sie drang in den linken Oberarm des Eindringlings wie in ein Stück Butter. Der Mann kreischte erschrocken auf, als er den Schmerz spürte und das Blut sah, das ihm sogleich den Ärmel hinunterlief. Prisca zog das Messer aus der Wunde und holte aus, um ein weiteres Mal zuzustechen, doch sie war zu langsam. Der Mann schaffte es, dem Stoß auszuweichen. Er brüllte auf, als seine blutverschmierte Faust vorschnellte und Priscas Arm mit einer solchen Wucht traf, dass sie glaubte, er würde ihr mit glühenden Zangen abgerissen. Benommen taumelte sie zurück und sah zu ihrer Bestürzung das Messer vor ihr auf dem Boden liegen. Sie musste es fallengelassen haben, wenngleich sie es immer noch in ihrer verkrampften Hand zu spüren glaubte. Binnen eines Herzschlags stand der Grobschlächtige vor ihr. Seine Augen waren blutunterlaufen und tränten. Aus der Wunde, die Priscas Messer ihm beigebracht hatte, quoll weiterhin Blut.

»Ich habe dich gewarnt, du Miststück«, keuchte er. Zu ihrem Entsetzen sah sie, dass er das Kästchen aus dem Erdloch befreit hatte und nun an einer der Schlaufen festhielt, die am Deckel befestigt waren. Er benutzte es wie eine Waffe, um Prisca vor sich herzutreiben. »Wie würde es dir gefallen, wenn ich dir mit deinem eigenen Kasten den Schädel zertrümmere?«

Er schlug nach ihr. Obwohl Prisca benommen war und nur mit äußerster Mühe gegen die drohende Ohnmacht ankämpfte, gelang es ihr einige Male die Hiebe mit den Armen abzufangen. Er kam näher, drängte sie gegen die Wand. Prisca stieß mit der Hüfte gegen den Tisch, auf dem ihre Kräuterbündel und einige Tonkrüge, Tiegel und ärztliche Instrumente lagen, die sie selbst hergestellt hatte. In Panik warf sie alles auf ihn, wonach sie greifen konnte, zuletzt sogar die Bibel. Das schwere Buch prallte an der stahlharten Brust des Unbekannten ab und wurde von ihm mit einem verächtlichen Fußtritt zur Seite befördert.

Ein Grinsen legte sich über das fleischige Gesicht des Bärtigen, als ihm aufging, dass er Prisca mit dem Rücken zur Wand vor sich hatte. Gemächlich hob er den Kasten an.

Das ist mein Ende, dachte sie hilflos und schloss in Erwartung des tödlichen Schlages die Augen. Sie hatte einen weiten Weg zurückgelegt. Von der kleinen Speyerer Judengasse über den Tempelhof in Brandenburg bis hierher auf das einsame französische Landgut inmitten einer endlosen Weite goldgelber Felder und nach Lavendel und Thymian duftender Wiesen.

Sie würde so einsam sterben, wie sie gelebt hatte. Am Geburtsort ihres Vaters Payen, der sie zum Hüter eines Geheimnisses gemacht hatte, durch das sie nun den Tod finden sollte. Ein hysterisches Gelächter kämpfte sich seinen Weg durch ihre Kehle. War dieses Ende die Strafe, weil sie das Mysterium vom Tempelhof nicht nur an sich genommen, sondern in drei Stücke geteilt hatte? Traf sie der Fluch der Reliquie? Warum schlug er nicht endlich zu und machte ein Ende? Sie würde hier sterben. Seltsam, es war gar nicht so schwer loszulassen. Nicht so schwer, wie sie gedacht hatte. Panik und Todesangst ließen nach, und sie spürte, wie ihre Beine weich wurden und erkalteten, als versänke sie in einem Waldsee. War sie etwa schon getroffen und hauchte soeben ihr Leben aus? Nein, das war es nicht. Aber worauf wartete der Mann vor ihr? Warum beeilte er sich nicht, aus der Kammer zu fliehen, bevor die Flammen ihm eine Flucht unmöglich machten?

Ein markerschütternder Schrei erklang, dem ein Geheul folgte, das einem ganzen Wolfsrudel Ehre gemacht hätte. Prisca spürte, wie ihr Herz gegen ihre Rippen trommelte. Mit dem Geräusch krochen auch Panik und Todesangst zurück in ihre Glieder.

Das Gebrüll verstummte nicht, es wurde lauter, schwoll an zu einem Donnergrollen.

Obwohl ihre Augen wie Feuer brannten, befahl sie sich, sie zu öffnen. Ihr Blick glitt zu Boden, wo, kaum fünf Schritte entfernt, ein längliches Etwas in einer Blutlache schwamm. Es war ein abgetrennter Arm, und der Bärtige starrte wie gelähmt darauf. Blut schoss aus dem Stumpf, und der Unbekannte begann mit vor Entsetzen weit aufgerissenen Augen, tänzelnde Bewegungen auf Prisca zuzumachen. Prisca schlug die Hand vor den Mund, als sie die Schneide eines Schwertes erkannte, die sich durch den dichter werdenden Rauch vorarbeitete. Der Mann, dem das Schwert gehörte, gab Prisca einen Wink, zur Seite zu treten, dann machte er einen Satz vorwärts und schlug dem Bärtigen mit einem gezielten Hieb den Kopf ab.

»Ihr?«, keuchte Prisca, als sie den alten Balthasar erkannte.

Der Gutsherr trug immer noch das Kettenhemd und das wattierte Wams, worin sie ihn zum Tor hatte gehen sehen. Nun bedachte er sie mit einem wütenden Blick, dann senkte er das blutbesudelte Schwert und streckte die Hand nach ihr aus. Prisca blieb kaum Zeit, sich nach dem Kasten zu bücken, der neben der Leiche des Plünderers zu Boden gefallen war. Ekel stieg in ihr auf, als sie feststellte, dass die durch Balthasars Schwert abgetrennte Hand des Mannes noch immer die Schlaufe des Kastens umklammerte.

»Bist du wahnsinnig?«, herrschte Balthasar sie an, als sie die Finger zu lösen versuchte. Der alte Mann presste sich mit einer Hand ein Stück in Wasser getränktes Stück Stoff gegen Mund und Nase, um den giftigen Qualm nicht einatmen zu müssen, die andere hielt das Schwert fest umklammert. »Auf der Stelle hinaus ins Freie mit dir, oder willst du hier zugrunde gehen? Das Feuer breitet sich aus, es hat längst auch das Wirtschaftsgebäude erfasst.« Sein Blick wanderte zur Decke hinauf. »Das Dach ... Es kann jeden Moment einstürzen!«

Er griff nicht nach Priscas Handgelenk, dafür hätte er entweder sein Tuch oder die Waffe loslassen müssen, stattdessen trieb er sie mit dem Schwert durch die Tür. Prisca taumelte nach Luft schnappend und von Hustenkrämpfen geschüttelt vorwärts, ließ aber das Kästchen nicht los. Fluch oder nicht. Das Schicksal schien entschieden zu haben, dass sie noch ein Weilchen auf das Mysterium vom Tempelhof würde achtgeben müssen.

Balthasar taumelte ihr hinterher und schaffte es eben noch, das Verwalterhaus zu verlassen, als der Dachstuhl des angrenzenden Gebäudes in einem wahren Funkenregen zischend in sich zusammenfiel. Halb verkohlte Balken schossen wie rotglühende Pfeile an ihm und Prisca vorbei.

»Und nun?«, fragte Prisca, während sie sich vorsichtig umsah. Von fern glaubte sie Stimmen und Geräusche zu hören, die klangen, als schlügen viele Fäuste gegen Holz. Doch da die Dächer der Strohhütten des Gesindes ihr die Sicht auf das Portal des *Donjons* nahmen, konnte sie nicht sehen, was sich dort abspielte.

Balthasars Augen zogen sich zu winzigen Schlitzen zusammen, und seine Unterlippe zitterte, so wütend war er. »In den *Donjon* können wir nicht mehr. Dafür ist es jetzt zu spät. Ich habe den Befehl gegeben, die Tür von innen zu verrammeln und nicht zu öffnen. Ich darf Adaliz' Leben nicht aufs Spiel setzen.« Er blickte sich um. »Keiner zu sehen! Dieses Pack tobt sich vermutlich drüben beim Turm aus. Natürlich rechnet niemand damit, dass ich mich nicht auch dort befinde.«

»Meint Ihr, wir könnten es schaffen, durch das Tor zu entfliehen, ohne dass uns jemand aus dem Dorf sieht?« Prisca tat ihr Hals höllisch weh. Am liebsten wäre sie zum Brunnen gelaufen, um Wasser daraus zu schöpfen. Unweigerlich fühlte sie sich an den Tag ihrer Flucht vom Tempelhof erinnert, und die Erinnerung an die sieben Ritter, die ihr Leben riskiert hatten, um das Mysterium zu retten, kehrte zurück. Damals war die ehemalige Templerkomturei in der Nähe des Städtchens Berlin von den Soldaten des Bischofs von Magdeburg angegriffen worden, und einen Ausweg hatten sie nur gefunden, indem sie schwimmend einen eiskalten See überquert hatten.

»Wenn ich an eines der Pferde kommen könnte, würde ich es wagen, an der Menge vorbei aus dem Tor zu galoppieren«, holte Balthasar sie aus ihren Erinnerungen. »Aber ich fürchte, ich wäre tot, noch ehe ich den Stall erreichte.«

»Dann bleibt uns wohl nur der Weg durch die Dornen«, flüsterte Prisca und deutete auf eine Stelle, wo in einer Entfernung von etwa hundert Schritten die hölzerne Gutsumzäunung in eine undurchdringlich erscheinende Hecke aus Dornengestrüpp überging. Prisca wunderte sich nicht, dass die Dorfleute lieber gegen das Hoftor angerannt waren, statt sich die Haut an den Dornen blutig zu reißen. Aber Balthasar besaß ein Schwert, mit dem es ihm nicht weiter schwerfallen würde, eine Schneise in das stachelige Gestrüpp zu schlagen.

XIV.

So leise sie konnten, schlichen sie den Hügel hinunter, bis sie zu der Stelle kamen, wo sich die Hecken mannshoch vor ihnen auftürmten. Während Prisca aufpasste, dass niemand ihnen folgte, begann Balthasar, auf die wildwachsenden Ranken einzuschlagen. Er fluchte, als die Dornen seine Haut aufrissen, ließ aber nicht ab, sie zu teilen, bis er und Prisca durch eine ausreichend große Lücke schlüpfen konnten. Prisca klemmte sich die Kassette unter den Arm und kämpfte sich hinter dem alten Mann durch das Gestrüpp. Nur wenige Augenblicke später hatten sie es geschafft und stießen oberhalb des Bachlaufs durch die Hecke.

Balthasar reichte Prisca, die mehrmals stolperte, die Hand, um ihr den abschüssigen Pfad hinunter bis zum Wasser zu helfen. Dort angekommen blieben beide einen kurzen Moment lang stehen, um zu Atem zu gelangen. Prisca lauschte. Es war wie ein Wunder, dass niemand ihre Flucht bemerkt hatte. Doch von hier aus war auch von dem Lärm auf dem Gut kaum noch etwas zu hören. Sie betete, dass die aufgebrachte Menge nicht doch einen Weg fand, sich Zutritt zum Wohnturm des alten Ritters zu verschaffen. Aufgestachelt wie sie waren, konnte es so leicht zu einem Blutbad kommen. Prisca sah ihren Großvater an, dessen Miene verriet, dass ihm ganz ähnliche Gedanken durch den Kopf gingen. Anstatt bei seiner Tochter zu sein und sein Heim zu verteidigen, hatte er sich von seinem eigenen Grund und Boden vertreiben lassen. An einem stolzen Mann wie ihm, musste das schwer nagen. Und wofür? Für sie?

Langsam begab sie sich zum Bach, ließ sie auf die Knie sinken und spritzte sich Wasser ins Gesicht. Dann trank sie, bis das Gefühl zu ersticken allmählich nachließ. Erst als sie den Kopf hob, bemerkte sie, dass Balthasar dicht neben ihr kniete.

»Warum seid Ihr in die Kammer gekommen?«, fragte sie nach einigem Zögern. »Ihr habt mir das Leben gerettet. Ohne Euch hätte mich der Kerl ganz sicher erschlagen. Aber ich frage mich doch, warum Ihr nicht mit Eurem Verwalter und dem Gesinde in den *Donjon* gegangen seid.« Mit einer müden Handbewegung strich sich Prisca das feuchte Haar aus der Stirn, wobei sie überlegte, ob sie mit ihrer Frage vielleicht zu weit gegangen war.

»Mein Verwalter hat das Weite gesucht, als es brenzlig wurde«, sagte Balthasar schließlich bitter. »Hat sich eines der Pferde gesattelt, und als diese Wahnsinnigen das Tor aufdrückten, ist er hindurchgepprescht. Niemand konnte ihn aufhalten.« Er schöpfte mit der Hand etwas Wasser und benetzte damit seinen Nacken. Dann sah er Prisca durchdringend an. »Wundert mich gar nicht, dass er weggelaufen ist. Ihm gehört hier gar nichts. Aber der Hof ist mein Besitz. Die Scheunen und Ställe, der *Donjon*, all das gehört schon seit Generationen meiner Familie. Du willst wissen, warum ich nach dir gesucht habe?« Der alte Mann schüttelte den Kopf. »Um ehrlich zu sein, weiß ich das selbst nicht. Du bist schuld, dass ich jetzt nicht dort sein kann, wo ich sein müsste. Im *Donjon*!« Er stieß die Spitze seines Schwertes in den Sand und zog sich mühsam daran empor, bis er wieder auf den Beinen stand. Sein Gesicht war totenblass und spiegelte die Frage wider, die auch Prisca sich stellte: Wie sollte es nun weitergehen?

Plötzlich kam ihr eine Idee. »Ich weiß, wo wir bis zur Morgendämmerung sicher sind«, sagte sie und setzte sich in Bewegung. Ein Stück weiter sah sie die Überreste des alten römischen Steins aus dem sandigen Boden ragen. Viel war von ihm nicht übriggeblieben, doch die Trümmer sahen, vom fahlen Mondlicht beschienen, weitaus gespenstischer aus als zu der Zeit, da er noch heil gewesen war.

»Ich hätte dieses Ungetüm vor Jahren schon schleifen lassen sollen«, brummte Balthasar, als er Priscas Blick auffing. »Gleich, nachdem Payen von zu Hause fortgelaufen ist, um sich den Templern anzuschließen. Womöglich ist der Stein wirklich verhext worden! Kaum tauchst du auf, da ...« Er sprach nicht weiter, vielleicht, weil er trotz seiner Erschöpfung selbst bemerkt hatte, wie absurd sich dieser Vorwurf anhörte. Solange Prisca auf seinem Besitz lebte, war nie etwas geschehen, was Anlass zu dem Verdacht geboten hätte, sie könnte Unheil über Gut und Dorf bringen. Im Gegenteil, hatte sie nicht getan, was sie konnte, um das Leben des verletzten Bauern zu retten?

»Ist das nicht die Hütte dieses Bauern?« Verwundert schüttelte Balthasar den Kopf, als Prisca unvermittelt die Böschung erklomm und dann auf eines der Häuser am Dorfrand zuschritt. Sie bemerkte, wie sich seine Faust fester um den Schwertgriff legte.

Im Innern herrschte bis auf eine müde flackernde Kerze bleischwarze Finsternis. Der Kranke lag noch immer so auf seinem Strohlager, wie Prisca ihn zurückgelassen hatte. Doch er war nicht allein. Am Fußende des mit Schaffellen bezogenen Bettes kauerte eine Gestalt auf Knien, die den Kopf gesenkt hielt und leise lateinische Gebete murmelte, aber sogleich aufsprang und sich zur Tür wendete, als sie Prisca und ihren Großvater eintreten hörte.

Sieh an, wer sich hier verkrochen hat, dachte Prisca mit einem Stirnrunzeln. Der Dorfpriester!

Von den Lippen des spindeldürren Mannes drang ein jammervolles Stöhnen. Sein Blick fiel auf das Schwert, das der Gutsherr beim Näherkommen drohend auf seine Brust gerichtet hielt. In Todesangst sank er vor ihm auf die Knie und hob beide Arme.

»Vergebung, Herr«, flehte die Jammergestalt Balthasar an. »Ich wollte diesen Teufelsstein am Bach zerstören, das gebe ich zu. Gott verlangte das von mir. Seine Stimme drang durchs Kirchenfenster an mein Ohr, während ich die Heiligen anrief, das Leben dieses armen Mannes dort zu schonen.«

Prisca, die Anstalten machte, nach dem verletzten Bauern zu sehen, hielt verwundert inne und spitzte die Ohren. Etwas an dem Gestammel des Priesters ließ sie aufhorchen. War der Mann wahnsinnig und lediglich einer Sinnestäuschung erlegen, oder hatte er am Ende tatsächlich jemanden gehört? Nicht Gott oder einen Engel, aber möglicherweise einen Menschen, der dem einfältigen Mann wohldurchdacht einen Floh ins Ohr gesetzt hatte.

»Wie hätte ich ahnen können, was dieses sündhafte Volk im Schilde führt?«, lamentierte der Priester weiter. »Die meisten von denen stammen nicht einmal aus dem Dorf!«

Balthasar verharrte. »Was soll das, Pfaffe? Willst du etwa behaupten, es seien gar nicht meine Bauern, die oben auf dem Hof meine Scheunen in Brand setzen und plündern, was nicht niet- und nagelfest ist?«

Der Priester antwortete nicht, aber dafür bemerkte Prisca, dass ihr Großvater nachdenklich wurde. Nach einer Weile fragte er sie: »Hast du den Kerl, der dich in deiner Kammer überfallen hat, schon einmal im Dorf gesehen?«

Prisca musste nicht lange überlegen. Nein, sie mochte beschwören, dass sie ihm nie zuvor begegnet war. Aber was hatte das alles zu bedeuten? Wer waren die Fremden, die sich unter die Dorfbewohner gemischt hatten, und warum überfielen sie Balthasars Gut?

»Wenn ich nur mehr Männer als die Handvoll Knechte zu meiner Verfügung hätte«, rief der Grundherr, während er mit seinem Schwert die Tür im Auge behielt. »Ich hätte diese Schurken längst totgeschlagen. Stattdessen muss ich mich wie ein Feigling in dieser

Hütte verkriechen.« Er drehte sich mit finsterer Miene zu Prisca um. »Ich schwöre bei meiner Ehre als Ritter und Herr dieser Ländereien, dass dieser Frevel nicht ungesühnt bleiben wird. Wer auch immer dahinter steckt, ich werde nicht eher ruhen, bis die Verantwortlichen am Galgen zappeln. Ein Balthasar de Gros lässt sich nicht von einem Pöbelhaufen von seinem Gut verjagen.«

Von dem Strohlager drang ein leises Stöhnen. Prisca sah, wie der Verletzte zuerst die Lippen, dann Arme und Beine bewegte. Zuletzt schlug er die Augen auf und starrte orientierungslos in die Flamme der kleinen Kerze neben seinem Bett.

»Er erwacht«, rief Prisca mit Erleichterung in der Stimme. Wenigstens ein Lichtblick in dieser Nacht. Rasch beugte sie sich über den jungen Mann, um seinen Puls zu fühlen. Dieser schlug kräftiger als in den Stunden zuvor. Auch das Fieber war offensichtlich zurückgegangen. Er war zwar noch heiß, doch seine Stirn glühte nicht mehr.

»Was ... ist geschehen?«

Prisca lächelte, wobei sie gleichzeitig ihren Finger sanft auf die Lippen des jungen Bauern legte. Sie war heilfroh, dass er aus der tiefen Ohnmacht erwacht war, und wollte vermeiden, dass er sich überanstrengte. Balthasar war nicht so rücksichtsvoll. Er verließ seinen Posten am Eingang der Hütte und kam mit dem Schwert in der Hand auf das Bett zugelaufen.

»Wenn er wach ist, kann er uns auch ein paar Fragen beantworten, nicht wahr?« Einen Moment lang musterte er den Mann, dann hob er erwartungsvoll das Kinn. »Du wirst doch noch wissen, was dir zugestoßen ist! Deinetwegen wütet ein aufgebrachtes Gesindel vor meiner Tür!«

»Gelobt sei der Herr«, stimmte der Priester an und faltete die Hände zu einem Dankgebet, verstummte aber, als er einen strengen Blick des Grundherrn einfing.

»Mach gefälligst, dass du hinauskommst. Mit dir rechne ich später ab! Nein, warte noch. Ich will, dass du dir anhörst, was der Bursche zu sagen hast. Anschließend wirst du zur Kirche hinübergehen und die Glocken läuten.« Balthasar packte den Dorfpriester am Arm. »Ruf alle zusammen, die noch treu zu mir stehen. Sie sollen sich mit Forken, Sensen und Knüppeln auf dem Dorfplatz versammeln.«

Der Priester öffnete erschrocken den Mund, aber noch bevor ihm eine Erwiderung einfiel, schnappte der Verletzte auf der Strohmatte nach Luft. Er wehrte Priscas Versuch ab, ihn zurück auf die Bettstatt zu drücken, und richtete sich mühsam auf. »Wo ist ... meine Braut?«, stammelte er, wobei seine Blicke zwischen Balthasar und dem Priester hin und her eilten. »Ist ihr auch etwas zugestoßen?«

Der Geistliche befreite sich aus dem Griff des Grundherrn. »Das Mädchen sitzt im Keller des *Donjons*«, sagte er so wenig einfühlsam, dass Prisca ihn am liebsten geohrfeigt hätte. »Der Herr hat sie dort eingesperrt, weil sie dich unten am Bach hinterrücks erschlagen wollte. Beim alten Heidenstein. Habe ich euch nicht alle gewarnt, ihm zu nahe zu kommen? Aber keine Sorge, ich habe das heidnische Götzenbild vernichtet, bevor es noch mehr Leute zum Bösen verführen konnte.«

Der Verletzte blinzelte irritiert. Er schien starke Kopfschmerzen zu haben, was Prisca nicht im Geringsten verwunderte. Abgesehen davon lag auf der Hand, dass er aus dem Geschwätz des Geistlichen nicht schlau wurde. Nur eines hatte er begriffen. Seine Braut war nicht hier. Mit schwacher Stimme begann er ihren Namen zu rufen – so verzweifelt, dass Prisca behutsam seine Hand ergriff.

»Kannst du dich daran erinnern, was dir zugestoßen ist?«, fragte sie leise. »Du wurdest unten am Bach gefunden, mit einem hässlichen Loch im Schädel. Daher wäre es auch besser für dich, ruhig liegenzubleiben. Aber was hattest du dort bei dem römischen Grabstein zu suchen?«

Der junge Mann schloss die Augen. Er blieb so lange stumm, dass Prisca schon glaubte, er sei wieder ohnmächtig geworden, doch plötzlich begann er zu sprechen. Es fiel ihm schwer, nur unter größten Anstrengungen brachte er Wort um Wort über die Lippen. Aber schließlich erfuhren Prisca und Balthasar, dass irgendjemand um die Kate herumgeschlichen war und der junge Bauer nur vorgehabt hatte, den Störenfried zu vertreiben.

»Ich glaubte an einen Streich«, flüsterte der junge Mann. »Meine Braut wollte nicht, dass ich die Hütte verlasse. Sie hatte ... Angst. Sie glaubte, schon beim Tanz auf dem Dorfplatz etwas beobachtet zu haben. Einen ... Fremden, der sie musterte. Ich ...« Er riss die Augen auf. »Was ist mit ihr geschehen?« Seine Augen füllten sich mit Tränen. »Warum ist sie nicht hier bei mir? Sie hat mir nichts angetan. Wer auch immer mich zum Heidenstein gelockt hat, griff hinterrücks an, aber ich kann beschwören, dass es ein Mann und keine Frau war.«

Balthasar hatte genug gehört. Energisch trieb er den Dorfpriester vor sich her durch die Hütte, riss die Tür auf und schob den Mann über die Schwelle »Du weißt, was du zu tun hast. Das Mädchen ist unschuldig! Ruf die Leute zusammen und sag ihnen, was du soeben gehört hast.«

Der Priester erbleichte. »Aber ...«

»Wer sich weigert, mir zu helfen, das Gesindel von meinem Haus zu vertreiben, wird es bitter bereuen! Nur tu endlich, was ich dir auftrage, sonst wirst du der Erste sein, der meinen Zorn zu spüren bekommt!«

Der Priester nickte erschrocken. Er warf noch einen Blick über die Schulter in die Hütte, dann nahm er die Beine in die Hand und verschwand in der Dunkelheit.

Tatsächlich vergingen nur wenige Augenblicke, bis die Glocke zu läuten begann. Dumpf, beinahe wehklagend hallte ihr Klang über die Dächer der Hütten und Scheunen.

Prisca flößte dem Verletzten einen Schluck der Medizin aus Rindergalle und Knoblauch ein und gab Acht, dass er ihn nicht gleich wieder erbrach. Dann erneuerte sie die Umschläge auf seiner Stirn und den Handgelenken mit frischem Wasser. Erst als sie ihn ruhig und regelmäßig atmen hörte, hob sie das Kästchen auf, das sie im letzten Moment aus dem Verwalterhaus geholt hatte und ließ sich damit auf einem Schemel nieder. Als sie das kostbare Holz mit seinen kunstvollen Schnitzereien sanft berührte, fielen Erschöpfung und Angst von ihr ab. Am Deckel und der Trageschlaufe klebte Blut, das sie mit Hilfe ihres Ärmels und etwas Wasser entfernte. Sie polierte das Holz so lange, bis es im Schein des Talglichts zu glänzen begann. Erst als es ganz sauber war, lehnte sie sich zufrieden zurück. Die Schatulle zu öffnen kam ihr indessen nicht in den Sinn. Das hatte sie nur ein einziges Mal getan, nachdem sie die Reliquien vom Tempelhof an sich genommen hatten. Mit geschlossenen Augen träumte sie sich in die halb verfallene Kapelle am Kreuzberg bei Berlin zurück, wo sie die Freunde ihres Vaters Payen zum letzten Mal gesehen hatte, und sann darüber nach, was aus ihnen geworden war. Sie lächelte, als sie an den jungen Primus dachte. Ein wenig vermisste sie sein Lächeln. Aber sie vermisste auch Rémy St. Clairs ruhiges, besonnenes Wesen und hoffte, dass er nicht immer noch unter der Furcht vor engen Räumen zu leiden hatte. Wohin mochte es den Ritter Gottfried verschlagen haben, der dem Templerorden nur beigetreten war, um seinen Bruder nicht zu enttäuschen? Er hatte auf schmerzliche Weise seinen eigenen Weg finden müssen. Und der kleine Quartus? Um ihn machte sie sich keine Sorgen. Wie Primus hatte sich auch der Junge mit einer gehörigen Portion Raffinesse durchgeschlagen, bis der Schotte Rémy ihn unter seine Fittiche genommen hatte.

Behutsam legte sie beide Hände auf die Schatulle. War es ein Fehler gewesen, nicht alle drei Kästchen zu behalten? Nach dem alten Lermond war sie deren Hüterin geworden, aber sie fragte sich ernsthaft, ob ihr Vorgänger ihre Entscheidung, sich aus Gründen der Sicherheit von zweien der Reliquien zu trennen, gutgeheißen hätte. Bedauerlicherweise konnte sie ihn nicht fragen. Ein paar Mal hatte sie die Äbtissin Benedicta von Rosenfeld in ihren Briefen darum gebeten, ihr mitzuteilen, ob er noch am Leben und wenn ja, ob sie ihm schreiben dürfe, da sie viele Fragen habe. Aber Benedicta hatte stets ausweichend geantwortet, woraus sie folgerte, dass Lermond ebenso wenig behelligt werden wollte wie die übrigen Templer.

Es ist an der Zeit, die beiden anderen Schatullen zurückzuholen, entschied sie. Der Aufruhr auf dem Gut war eine Warnung gewesen, die sie nicht leichtfertig übergehen durfte. Dieses Mal hatte sie noch Glück gehabt, beim nächsten Mal konnte es schon anders ausgehen. Sie würde Benedicta schreiben. Die Ordensfrau aus dem Kloster zu Mühlen fühlte sich mit den Templern und ihrem Vermächtnis fast noch stärker verbunden als sie selbst. Prisca würde sich auf ihre Bevollmächtigung berufen und die Reliquien von ihr zurückfordern. Und waren die Reliquien erst einmal wieder bei ihr, würde sie nach Palästina aufbrechen. Hier hielt sie ohnehin nichts mehr. Dass der alte Balthasar sie im Verwalterhaus verteidigt hatte, bewies nur, dass er es hasste, bestohlen zu werden, aber nicht, dass ihm etwas an ihr lag.

»Was zum Teufel befindet sich in diesem verflixten Kasten, für den du unser Leben aufs Spiel gesetzt hast?«, holte die Stimme des alten Mannes sie aus ihren Überlegungen. »Vielleicht der Schmuck deiner Mutter, dieser …«

»Jüdin«, ergänzte Prisca gleichmütig. »Tut Euch keinen Zwang an, Herr. Ich weiß, wie Ihr über die Verbindung Eures Sohnes zu meiner Mutter denkt. Vermutlich seid Ihr auch der Meinung, dass aus einer solchen Beziehung nichts anderes als ein Wechselbalg entstehen kann, eine Kreatur der Nacht.«

»Hör auf«, schnaubte Balthasar. »Du weißt genau, dass ich nicht an solchen Unfug glaube. Aber das bedeutet nicht, dass ich vergessen kann, wie schamlos sich mein Sohn verhalten hat.«

Prisca verdrehte die Augen. Natürlich war ihr nicht neu, dass ihr Großvater so darüber dachte. Sie konnte es sogar verstehen, denn zu Hause in Speyer hatten ihre Verwandten die Sache nicht anders betrachtet. Für sie war ihre Mutter eine Hure gewesen, und dass sie sich zeit ihres Lebens geweigert hatte, den Namen des Mannes zu nennen, von dem sie schwanger geworden war, hatte die Schande nicht gemindert. Als Payen de Gros in Priscas Leben getreten war, hatte ihre Mutter schon nicht mehr gelebt. Ihre Verwandten hatten ihr ein Zuhause im Judenviertel gegeben und sie in den Lehren und Gepflogenheiten des Volkes Israel erzogen, doch wirklich zugehörig hatte sich Prisca niemals gefühlt.

Balthasar schien keine Lust mehr zu haben, sich an alte Geschichten zu erinnern, und machte eine Handbewegung, die andeutete, dass er nicht länger über Priscas Vergangenheit reden wollte. »Sobald die Dinge hier geklärt sind, wird Adaliz die Frau von Michel de Montloup. Und du wirst sie zur Burg ihres zukünftigen Gemahls begleiten, verstanden? Doch bevor es soweit ist, werden wir dich taufen lassen, und du wirst eine gute Christin werden, damit du deiner Verwandtschaft keine Schande machst. Möglicherweise hat dich ja tatsächlich der Herr zu uns geschickt, um mich zu prüfen und dann von den Geistern der Vergangenheit zu befreien.«

Prisca schwieg. Ja, was Balthasar sagte, klang einleuchtend. Nun begriff sie auch, warum ihr Großvater sie trotz all seiner Vorbehalte bei sich haben wollte. Indem er sie zu einer Christin machte, schloss er Frieden mit Payen und besänftigte sein schlechtes Gewissen. Nur erfahren durfte niemand davon.

Leider kann ich dir diesen Wunsch nicht erfüllen, dachte Prisca traurig. Sie hätte es gern getan, aber je länger sie darüber nachdachte, desto falscher kam es ihr vor, das Erbe ihrer Ahnen abzulehnen, um einem verbitterten alten Mann seinen Willen zu lassen. Den Aufzeichnungen ihrer Familie nach reichte ihre Blutlinie bis zurück zu Lukas dem Arzt, der den Bericht über das Leben des christlichen Messias Jesus geschrieben hatte. Diese Verbindung erlegte ihr die Pflicht auf, das Mysterium der Templer, welches der Evangelist vor mehr als tausenddreihundert Jahren in Händen gehalten hatte, zu beschützen, und zwar solange, bis sie einen neuen Auftrag bekam.

Plötzlich hörte sie Pferdegetrappel, und sie sah, wie Balthasar vor die Tür trat. Rasch eilte sie dem alten Mann nach. Reiter näherten sich der Ansiedlung. Eine ganze Menge Reiter, und soweit Prisca erkennen konnte, waren sie bewaffnet. Der Mann, der sie führte, war gerüstet, als befände er sich auf einem Kriegszug. Prisca kniff die Augen zusammen. Sie erkannte ihn auf Anhieb wieder.

Verwirrt stieß Balthasar die Luft aus, dann frohlockte er. »Das ist Albin! Ich kann's kaum glauben, dass ausgerechnet er uns zu Hilfe eilt. Und der Bursche mit dem zerkratzten Gesicht hinter ihm ist mein Gutsverwalter. Ich fürchte, ich habe dem alten Halunken Unrecht getan. Er ist nicht geflohen, sondern zum Nachbargut geritten, um Hilfe zu holen. Mädchen, weißt du, was das heißt? Du und ich, mein *Donjon* und der Schmuck deiner Mutter sind gerettet.«

»Ja, so scheint es!« Prisca trat aus der Tür und lauschte. Das Glockengeläut war ebenso verklungen wie das Getöse vor dem *Donjon*. Als auch das Geräusch der Pferdehufe nicht mehr zu hören war, breitete sich eine lähmende Stille über dem Dorf aus. Nachdenklich sah sie zu, wie ihr Großvater die Vorüberreitenden winkend auf sich aufmerksam machte.

Natürlich freute sie sich mit Balthasar und empfand Erleichterung, dass Hilfe anrückte. Doch irgendetwas daran kam ihr merkwürdig vor. Sie rang ihre Neugierde nieder und beschloss, noch ein Weilchen zu warten, bis sie zum Gut hinaufstieg. Zunächst galt es, ein neues Versteck für die Reliquie der Templer zu finden.

XV.

Germund verließ das Ordenshaus der Johanniter voller Wut. Er hatte auf die Hilfe der dortigen Brüder gehofft, aber der alte Vorsteher der Ordensniederlassung, mit dem Jakobus von Hahnheim befreundet gewesen war, war gestorben, und sein Nachfolger schien nicht davon angetan, ihn zu unterstützen. Zwar hatten sie auf sein Drängen hin die Wachsoldaten an allen Stadttoren beauftragt, sich nach verdächtigen Fremden in der Stadt umzuschauen, mehr aber konnten oder wollten sie nicht tun. Die Männer gaben vor, ihre eigenen Probleme zu haben. Germund hatte nicht richtig zugehört, als sie ihm davon erzählt hatten. Hängengeblieben war nur, dass es sich um Schulden handelte, welche das Ordenshaus bei jüdischen Pfandleihern in der Stadt hatte. Nun, das ging Germund nichts an. Er hatte zwar angedeutet, dass Jakobus sich gewiss erkenntlich zeigen würde, wenn die Speyrer Johanniter ihm bei der Suche nach den geflohenen Templern zur Hand gingen, doch festlegen wollte er sich nicht. Jakobus war sich zwar sicher, dass die Nonnen in einer der Bischofsstädte untertauchen würden, aber in welcher? Vergeudete er nicht seine Zeit damit, den Nonnen und ihren Helfershelfern nachzustellen? Gewiss konnte er nicht leugnen, dass er dem unverschämten Burschen, der ihn in Alzey zum Narren gehalten hatte, nur zu gern das Schwert durch sein verfluchtes Ketzerherz gestoßen hätte, aber der Mann konnte inzwischen überall sein.

Germund suchte eine Schenke auf, die er von früheren Besuchen in der Stadt kannte. Der Wein und das Flötenspiel in dem verräucherten Schankraum beruhigten sein Gemüt. Nach drei Bechern ging es ihm besser, und er beschloss, die Stadt im Morgengrauen zu verlassen. Hier waren die Templer definitiv nicht. Vielleicht hatten die Brüder, die Jakobus nach Worms und Straßburg gesandt hatten, mehr Glück. Wenn nicht, würden sie warten müssen. Irgendwann würden sie einen Fingerzeig finden, da war sich Germund ganz sicher. Bei dem Gedanken, was er dann mit diesem Primus anstellen würde, legte sich ein diabolisches Lächeln auf seine Lippen.

Du kannst vor mir davonlaufen, aber ich werde dich finden, dachte er, während er seinen Becher leerte. Und dann wird abgerechnet.

Da Germund noch nicht müde war und auch keine Lust auf eine weitere Unterredung mit den Männern im Ordenshaus hatte, beschloss er, sein Abendgebet im Dom zu sprechen. Gemächlich überquerte der Johanniter den Domplatz und betrat das Gotteshaus. Im Innern empfing ihn ein schwacher Dunst von Weihrauch, vermischt mit dem Duft von Wachskerzen. Nach dem Lärm in der Schenke genau die richtige Atmosphäre, um die Gedanken zu ordnen. Germund tauchte seinen Finger in das steinerne Weihwasserbecken, dann schlenderte er durch das von mächtigen Säulen getragene Langhaus auf den Chor zu. Ohne Eile betrachtete er sich die kunstvollen Arbeiten der Steinmetze, die Grabplatten verstorbener Bischöfe und die Bildnisse der Heiligen in den zahlreichen Nischen. Schließlich steuerte er auf eine Kapelle an der äußeren Nordwand des Langhauses zu, die der heiligen Afra von Augsburg geweiht war. Germund hatte es sich angewöhnt, seine Gebete hier zu sprechen, wenn er die Domkirche besuchte, da er sein Ordensgelübde als Johanniter vor Jahren am Gedenktag dieser Heiligen abgelegt hatte. Manche seiner Ordensbrüder hatten ihn deswegen verspottet, weil die heilige Afra für gewöhnlich nicht von Rittern, sondern von Büßerinnen und reumütigen Huren verehrt wurde, doch Germund hatte sich daran nie gestört. Ärgerlich fand er allerdings, dass sich in der Kapelle bereits ein ältliches Weib breitgemacht hatte, das mit gesenktem Kopf die Lippen bewegte. Germund verzog ungeduldig das Gesicht. Er war nicht gern in Gesellschaft, wenn er seine Gebete sprach.

Er räusperte sich, ohne dass das Geschöpf vor dem Altar sich davon beeindrucken ließ. Erst als er scharf die kühle Luft ausstieß, ließ die Frau sich dazu bewegen, ihr Gebet zu beenden. Mühsam plagte sie sich auf die Beine, dann drehte sie sich zu ihm um, öffnete den Mund und hielt inne. Ihre Augen weiteten sich, als stünde der Leibhaftige vor ihr. Einen Herzschlag lang starrte sie ihn an, dann schlug sie den Blick nieder und huschte schließlich, ein paar Worte der Entschuldigung murmelnd an ihm vorbei. Stirnrunzelnd blickte Germund der Frau nach. Sein Ordensgewand schien ihr Angst eingejagt zu haben, aber das geschah dem Weib ganz recht. In Zukunft würde sie genauer darauf achten, wem sie Respekt schuldig war. So schäbig, wie sie herumlief, konnte sie aus keiner vornehmen Familie stammen. Vielleicht war sie ja in ihrer Jugend eine Hure gewesen, die nun zu alt für ein Leben im Dirnenhaus geworden war und sich durch Bußgebete vor dem Bildnis der Heiligen Befreiung von ihrem schlechten Gewissen erhoffte.

Germund wollte sich schon dem Altar zuwenden, als ihn der Blitz der Erkenntnis durchfuhr. Nein, schrie er innerlich auf. Keine Hure, sondern eine Nonne. Nun fiel es ihm wieder ein, wo er das Gesicht des Weibes schon einmal gesehen hatte. Nicht hier in der Stadt, war das gewesen, sondern im Kloster Mühlen. Ja, er täuschte sich gewiss nicht. Das Weib war dort Pförtnerin gewesen, darauf mochte er Pferd und Schwert verwetten.

Mit einem der Würde der Domkirche kaum angemessenen Aufschrei hastete Germund aus der Kapelle. Als er das Langhaus betrat, lag dieses menschenleer vor ihm. Das Gemurmel der Betenden war verklungen, dafür waren deutlich Schritte zu hören. Germund war überzeugt davon, dass diese nur von der Nonne stammen konnten, die um ihr Leben lief. Demnach hatte sie ihn in der Kapelle auch erkannt, daher ihr erschrockenes Gesicht.

Ein Grinsen legte sich auf das zerfurchte Gesicht des Mannes, gleichzeitig leistete er in Gedanken Jakobus von Hahnheim Abbitte. Der schlaue Fuchs hatte demnach doch keinen Fehler gemacht, indem er Germund nach Speyer geschickt hatte. Wenn die Pförtnerin in der Stadt war, dann konnten auch ihre Äbtissin und die Templerbrut nicht weit sein. Irgendwo in Speyer hatten sie einen Unterschlupf gefunden, in dem sie sich verkrochen. Er musste nur herausfinden, wo sich ihr Versteck befand.

Zufrieden beobachtete Germund, wie die Nonne auf das hohe Hauptportal zueilte und dort an der schweren Tür zu rütteln begann. Sie zog aus Leibeskräften und rief dabei die Jungfrau Maria sowie alle Heiligen, die ihr einfielen, um Beistand an, aber die Tür ließ sich nicht bewegen. Sie war fest verschlossen. Germund wusste auch warum. Nach Sonnenuntergang konnte die Domkirche nur noch durch eine der Seitenpforten, nicht aber durch das große Portal verlassen werden.

Als der Frau klar wurde, dass all ihre Mühen vergeblich waren, raffte sie ihren Rock und stürzte in blinder Hast den Gang hinunter, der zum Lettner führte. Anstatt aber durch eine der Pforten zu verschwinden, stolperte sie die Stufen einer Treppe hinab.

Germund schüttelte den Kopf. Das Weib war dümmer, als er zu träumen gewagt hatte. Dort unten befand sich die Grablege der deutschen Kaiser und Könige, aber gewiss kein Ausgang ins Freie. Sie saß in der Falle.

Ohne Hast folgte er ihr hinunter in die Krypta. Dort waren zu seiner Überraschung flüsternde Männerstimmen zu hören. Germund runzelte irritiert die Stirn. Die Anwesenheit weiterer Personen missfiel ihm. Wer zum Teufel war noch hier unten? Als seine Augen sich an die Dunkelheit gewöhnt hatten, entdeckte er ein Stück weiter ein halbes Dutzend Männer, überwiegend Greise mit weißen Bärten und müden Augen, die sich am östlichen Ende des Mittelschiffs um den Kreuzaltar scharten und Gebete murmelten. Alle trugen Wachskerzen in den Händen, deren Schein den Teil der Krypta, in dem sie sich befanden, in ein warmes Licht tauchte. Als die Männer auf den Johanniter aufmerksam wurden, hielten sie in ihrem Singsang inne und blickten neugierig zu ihm herüber.

»Bitte helft mir, im Namen der heiligen Afra«, hörte Germund plötzlich eine Frauenstimme. Er spähte durch das schummrige Licht zu einer der schlanken Säulen, hinter der nun die Nonne hervortrat. Sie schleppte sich schwer atmend auf die Gruppe der Männer zu. Einer der Alten machte einen Schritt nach vorne, bedeutete der Frau aber mit einer Handbewegung, dass sie still sein und nicht näherkommen sollte.

»Wer seid ihr und warum stört ihr die Gebete der ehrwürdigen Stuhlbruderschaft?« Der Ton des alten Mannes klang ruhig, zeugte aber auch von einem gewissen Selbstbewusstsein. »Wir sind mit Billigung des Bischofs an diesem Ort.«

»Das ist mir bekannt«, jammerte die Frau. Über ihr bleiches Gesicht liefen nun Tränen. »Ich kenne eure fromme Bruderschaft doch. Ihr seid täglich in der Domkirche anzutreffen, um für die Seelen unserer Herrscher zu beten, die hier bestattet wurden.« Anklagend streckte sie die Hand aus und deutete auf Germund, der sich schweigend im Hintergrund hielt und es aus tiefstem Herzen bedauerte, dass sein Schwertgurt im Ordenshaus zurückgeblieben war. »Ich bin Irmengard, Tochter des Ritters von Lösnich aus dem Erzstift Trier, und werde von diesem Mann verfolgt!«

Der Alte bedachte sie mit einem mitleidigen Blick und seufzte. Hinter ihm ging ein Raunen durch die Schar der frommen Männer.

Er glaubt ihr kein Wort, dachte Germund triumphierend. Wie sollte er auch?

»Ich sage die Wahrheit«, rief die Nonne. »Der Mann gehört den Johannitern an!«

»Das ist unschwer zu übersehen«, sagte der Alte mit der Kerze. Er neigte höflich den Kopf vor Germund, der sich dazu herabließ, den Gruß zu erwidern.

»Es tut mir wirklich leid, dass dieses arme verwirrte Geschöpf die Gebete für unsere toten Kaiser unterbrochen hat«, sagte Germund. »Ich wollte sie davon abhalten, in die Krypta zu laufen, um eben dies zu verhindern, aber sie ist mir entwischt.« Er lächelte einnehmend. »Ihr wisst ja, dass unser Orden sich der Pflege der Kranken verschrieben hat, auch der Kranken im Geiste.«

Irmengard stöhnte auf. »Krank im Geiste? Schwachsinnig? Das ist der Gipfel der Niedertracht. Dieser Mann ist kein wohltätiger Ordensbruder, sondern ein Ränkeschmied. Ihm und seinem Meister haben wir armen Frauen es zu verdanken, dass wir unser schönes Kloster verlassen mussten.«

Der Alte horchte auf. »Ach, eine Ordensfrau bist du auch noch?« Er blickte sich nach seinen Begleitern um, die zu kichern begannen. »Was denn noch?«

»Vielleicht die Gattin des Königs?«, platzte einer der Männer heraus. »Aber von welchem? Vom Bayern oder dem Habsburger?«

Germund schürzte die Lippen. »Die Ärmste hält sich für eine adelige Nonne, dabei war ihr bisheriges Leben nicht gerade von Demut und Keuschheit geprägt, wenn ihr versteht, was ich meine.

Ich ließ mich überreden, sie eine Weile vor dem Altar der heiligen Afra beten zu lassen, doch plötzlich überkamen sie wieder üble Wahnvorstellungen.«

Die Männer nickten verständnisvoll. Germunds Worte schienen sie zufriedenzustellen. »Wir müssen nun gehen«, sagte der Vorsteher der Stuhlbruderschaft. Er nickte Germund zu, dann winkte er seinen Begleitern, sich ihm anzuschließen.

Irmengard schlug entsetzt die Hand vor den Mund. Sie ergriff den Ärmel des Alten, der sich mit einer segnenden Handbewegung von ihr verabschieden wollte. »Nehmt mich mit, ich flehe euch an«, kreischte sie so schrill, dass ihre Stimme von den kahlen Wänden der Krypta schaurig widerhallte. »Lasst mich nicht mit ihm zurück!«

Der Vorsteher der Bruderschaft lächelte sanft. »Ich kenne die Johanniter«, sagte er. »Sie tun viel Gutes, auch hier in Speyer kümmern sie sich um Kranke. Sie werden auch dir helfen. Du darfst nur nicht mehr lügen!«

Germund pirschte sich von hinten an sie heran. »Hör auf den Narren«, zischte er ihr ins Ohr, während die Männer einer nach dem anderen die Treppe hinaufstiegen. »Von jetzt an gib es keine Lügen mehr!«

Er vergewisserte sich, dass er mit der Nonne allein in der Grablege zurückgeblieben war. Dann schlug er ihr ins Gesicht. Sie fiel zu Boden und versuchte, seinen Fäusten auszuweichen, aber er machte weiter, bis sie blutend zu seinen Füßen lag.

Der Rausch war zu Ende. Erschöpft ließ er von der Frau ab. Mit den Händen fuhr er sich über das Gesicht, von dem der Schweiß in Strömen rann. Erst in diesem Augenblick fiel ihm ein, an welchem Ort er sich befand. Einem geweihten Ort. Sakrileg, fuhr es ihm durch den Kopf, als er die Blutflecke auf den Steinplatten gewahrte. Wie hatte er sich nur so gehen lassen können? In einem Gotteshaus, das der Jungfrau Maria geweiht war, Blut zu vergießen, noch dazu das Blut einer Nonne, war eine schwerwiegende Sünde. Er erinnerte sich an Männer, die aufgrund ähnlicher Taten exkommuniziert worden waren. Ausgestoßen. Verachtet. Er ließ seine Augen durch den Raum schweifen. Einige der Männer hatten Kerzen auf dem Altar zurückgelassen oder sie in eine der Nischen vor der Grablege abgestellt. Anklagend flackerte das Licht.

Germund wurde so übel, dass er nur mit Mühe verhindern konnte, sich zu übergeben. Ihm war plötzlich, als hörte er ganz in der Nähe unter den schweren Grabplatten die Herzen der dort Ruhenden schlagen. Er massierte sich die Schläfen, um die Hirngespinste loszuwerden. Dabei half ihm schließlich das Stöhnen der Frau, die aus ihrer Ohnmacht erwacht war.

Germund taumelte auf sie zu und schleifte sie quer über die Steinplatten bis zur Altarwand, wogegen er sie lehnte, um sie näher zu betrachten. Vielleicht war seine Tat ja gar kein Frevel, überlegte er, sondern eine gottgefällige Tat. Schließlich hatte das Weib ihrem Kloster den Rücken gekehrt. Sie folgte der Äbtissin Benedicta, die mit Templern unter einer Decke steckte.

Irmengard schlug die Augen auf und blinzelte. Als sie Germund über sich gebeugt sah, war ihr erster Impuls, loszubrüllen, doch da legte er ihr auch schon die Hand auf den Mund. »Wenn du schreist, töte ich dich, Templerin!«

Er sprang auf und begann, auf und abzugehen. Schließlich kam ihm ein Einfall. Er zog Irmengard auf die Beine und schleppte die halb besinnungslose Frau zur Grablege. Vor dem Sarkophag der Kaiserin Beatrix von Burgund, der Gemahlin Barbarossas, blieb er stehen. »Du bist doch die Tochter eines Ritters, nicht wahr? Wie würde es dir gefallen, deine letzte Ruhestätte an der Seite einer Kaiserin einzunehmen?«

Irmengard gab einen erstickten Laut von sich. Sie zitterte am ganzen Leib.

»Nein? Wirklich nicht?« Germund packte die Frau im Genick und zwang sie, sich die flache Platte des Sarkophags anzusehen. »Wie schade, ich bin enttäuscht«, flüsterte er rau. »Dann hör mir jetzt genau zu. Es gibt da etwas, das ich haben will. Und du, Schwester Irmengard vom Kloster Mühlen, wirst es mir beschaffen.«

»Was um alles in der Welt ist Euch denn zugestoßen?« Primus entdeckte Irmengard erst, nachdem er bereits geraume Zeit durch den Dombezirk geirrt war. Auch jetzt wäre er um ein Haar an der Nonne vorbeigelaufen, denn sie kauerte mit angezogenen Knien, und den Kopf in den Armen vergraben, vor dem Tor eines ganz aus Stein erbauten Hauses, das schräg gegenüber der großen Domkirche stand. Sie gab keine Antwort auf sein Rufen, und in der zerrissenen und staubigen Kleidung hätte man sie für eine Bettlerin halten können.

Da Irmengard nicht antwortete, wiederholte Primus seine Frage. Er leuchtete ihr mit einer Laterne ins Gesicht und erschrak, als das Licht auf ein zugeschwollenes Auge sowie zahlreiche hässliche Blutergüsse fiel. Hastig zerrte die Frau an ihrem Gebende, um die Verletzungen zu verdecken. Sie wollte sich so nicht zeigen. Schließlich hob sie den Kopf und ließ sich von Primus aufhelfen.

»Fragt nicht so dumm«, murmelte sie. Ihre Stimme klang verwaschen, als hätte sie Kieselsteine im Mund. »Ihr wolltet mich zeitig abholen, stattdessen musste ich im Dunkeln umherirren. Ich bin über einen Stein gestolpert und gestürzt. Ein Wunder, dass ich mir nichts gebrochen habe.« Sie wich seinem Blick aus und starrte auf den kelchförmigen Stein ihr gegenüber, der vom Licht des Mondes beschienen wurde. Er sah aus wie eine riesige Trinkschale und wurde, wenn man den Berichten glauben durfte, mit Wein gefüllt, sobald ein neuer Bischof in die Stadt einzog.

Primus spürte, dass Irmengard ihn belog. Ihre Verletzungen sahen nicht nach einem Sturz aus, aber auch auf dem Weg durch die abendlichen Gassen blieb sie hartnäckig bei dieser Version ihrer Geschichte.

Im Haus angekommen, ließ sie sich zwar von Judith notdürftig verbinden, schüttelte aber auch auf deren Fragen nur den Kopf. »Lasst mich ruhen, morgen wird es mir wieder besser gehen«, zischte sie ihre Mitschwester an und zog sich in eine der Kammern zurück, die Judith inzwischen mit Decken und frischem Stroh versehen hatte. Als sie auf der Stiege stand, drehte sich die ältere Nonne noch einmal um und sah die jüngere aus trüben Augen an. »Ich fürchte, wir haben einen schweren Fehler gemacht, indem wir der Äbtissin gefolgt sind. Die Frau führt uns geradewegs ins Verderben. Sie ist krank vor Hochmut und Geltungssucht. Und wer sagt uns, dass diese eigenartigen Reliquien wirklich heilige Objekte sind? Sie könnten doch ebenso gut auch vom Leibhaftigen kommen, der uns für seine finsteren Zwecke missbrauchen will. Ich habe nie verstanden, warum die Äbtissin sich mit Templern und dieser Jüdin Prisca eingelassen hat. Aber noch ist Zeit, umzukehren, Schwester. Noch haben wir keines unserer Gelübde gebrochen und könnten nach Mühlen zurückgehen.«

»Und uns diesem Jakobus von Hahnheim unterwerfen?«, gab Judith kopfschüttelnd zurück. »Was wäre das für ein Leben?«

»Ein geordnetes Leben, mein Kind. Ein Leben in Ruhe und Frieden, vor allem aber ohne die fürchterlichen Geheimnisse, die uns Benedicta von Rosenfeld aufgezwungen hat. Ja, ich weiß, was Ihr sagen wollt. Sie hat mich nicht gezwungen, mit ihr von Mühlen wegzugehen. Aber als ich das tat, glaubte ich noch, ich wäre es ihr schuldig, weil sie schließlich Äbtissin ist.« Sie schnaubte, wobei sich ihr lädiertes Gesicht zu einer höhnischen Grimasse verzerrte. »Aber ich bin ihr nichts mehr schuldig!«

Irmengard warf Primus, der schweigend zugehört hatte, einen feindseligen Blick zu. Dann schleppte sie sich die Stiege hinauf. Kurz darauf hörten er und Judith eine Tür schlagen.

»Ihr dürft ihr das nicht übelnehmen«, meinte Judith an Primus gewandt. »Irmengard verehrt unsere Äbtissin und hat unsere Lebensweise nach dem Regelwerk des Templerordens immer aus ganzem Herzen bejaht. Soweit ich weiß, hat sie sogar in jungen Jahren mitgeholfen, es auf unser Leben als Klosterschwestern in Mühlen anzupassen.« Sie machte eine Pause, als sie sah, wie Primus nachdenklich die Stirn runzelte.

»Ihr fragt Euch, ob Irmengard die Wahrheit gesagt hat, nicht wahr?«

Primus nickte, denn die Worte der älteren Nonne gingen ihm immer noch im Kopf herum. Für ihn stand fest, dass sie Angst hatte. »Jemand muss sie geschlagen haben«, murmelte er.

»Aber wer?« Judith begann, im Raum herumzugehen. Dann blieb sie stehen. »Germund?« Ängstlich spähte sie zur Tür hinüber und lauschte dabei, ob sich auf dem Hof etwas regte. »Vielleicht hat er sie gesehen und wiedererkannt. Aber warum gibt sie es nicht unumwunden zu? Was hätte sie davon, ihren Peiniger zu decken?«

Primus begab sich zu dem wackeligen Tisch vor der Herdstelle, tauchte einen Becher in den Wassereimer und trank mit gierigen Zügen. Er wollte Judith nicht beunruhigen, doch er konnte nicht abstreiten, dass er sich dieselbe Frage stellte. Was, wenn Germund Irmengard im Auge behalten hatte und ihnen gefolgt war? Dann wusste er jetzt, wo sie zu finden waren.

Was hat er vor?, grübelte er. Warum hat er sich nicht gleich auf mich gestürzt? Auf dem Weg vom Dombezirk hinab zum düsteren Viertel der Rheinfischer hatte es an dunklen Ecken nicht gemangelt, um jemanden hinterrücks zu überfallen.

Aber vielleicht täuschten sie sich ja auch, und Irmengards Blessuren hatten ganz andere Gründe. Wenn man es genau betrachtete, gab es keine Beweise dafür, dass Germund die Frau niedergeschlagen hatte. Trotzdem nahm Primus sich vor, auf der Hut zu bleiben und die Nacht Wache haltend am Fenster zu verbringen. Die Sonne war schon aufgegangen, als Primus wachgerüttelt wurde. Sogleich öffnete er die Augen und blinzelte verwirrt. Zu dumm, da hatte er sich solche Mühe gegeben, den Hof im Auge zu behalten und war letztendlich doch eingeschlafen.

»Nennst du das Wachdienst?«, hörte er eine bekannte Stimme dicht neben seinem Ohr. Zu seiner Überraschung war es Rémy, der breitbeinig vor ihm stand und ihn halb amüsiert, halb verärgert musterte. Der Ritter war bleich und unrasiert, sein Gewand zerknittert, was darauf schließen ließ, dass er viele Stunden im Sattel verbracht hatte. Davon abgesehen machte er einen munteren Eindruck. Er war nicht allein gekommen. Unter dem niedrigen Deckengebälk drängten sich die Äbtissin, Quartus und Gottfried sowie einige der Nonnen, die wie Judith und Irmengard die Kleider einfacher Mägde trugen.

»Wir haben uns in einem Dorf auf der anderen Rheinseite getroffen«, erklärte Gottfried eine Weile später, als alle bei heißer Ziegenmilch, einem Laib Brot und einer Schüssel mit reichlich krümeligem Käse um den Tisch saßen. »Rémy und ich bilden die Vorhut, Hugo van Haarlem ist zurückgeblieben.« Er seufzte. »Vielleicht besser so. In der Stadt fällt ein Bursche wie er nur auf. Wir dagegen haben keinen Verdacht erregt, als wir heute früh durchs Stadttor geritten sind.«

»Wäre ja auch noch schöner gewesen«, pflichtete ihm Rémy gutgelaunt bei. »Immerhin sind wir Edelleute und dienen offiziell einflussreichen Persönlichkeiten. Gottfried dem Bischof von Köln und ich dem Markgrafen von Brandenburg. Mit denen legt sich besser keiner an.« Er deutete auf Benedicta von Rosenfeld, die als Einzige der Frauen standesgemäß gekleidet war. »Bruder

Rémy St. Clair war so freundlich, mich als seine Gemahlin auszugeben.« Sie wischte einen Strohhalm von ihrem Surcot. Dieses Gewand hatte sie zuletzt als ganz junges Mädchen getragen, noch bevor sie als Novizin ins Kloster Halberstadt eingetreten war. Es war ihr Glück gewesen, dass sie es vor ihrer Abreise aus Mühlen in ihr Bündel gepackt hatte. Benedicta nippte an ihrer Milch, dann stand sie auf und ließ ihre Blicke durch die Stube schweifen.

»Ihr habt Euer Versprechen gehalten und meine Schwestern nach Speyer gebracht«, sagte sie schließlich. »Dafür kann ich Euch Herren nicht genug danken.«

Rémy räusperte sich und sah dabei ungewöhnlich verlegen aus. »Nun ja, wir sind einen Pakt eingegangen und haben unseren Teil dieser Abmachung eingehalten. Aber nach dem, was wir von unserem Freund Primus gehört haben, muss ich in Zweifel ziehen, dass ihr Frauen hier so sicher seid, wie ihr gehofft habt.«

Benedicta von Rosenfeld tauschte einen Blick mit Judith, dann sagte sie entschlossen. »Ich werde mit Irmengard reden. Gewiss hat sie etwas Fürchterliches erlebt, etwas, das ihr große Angst eingejagt hat. Aber ...«

»Wir sollten noch heute aufbrechen«, unterbrach Gottfried die Ordensfrau. »Sonst bringen wir euch in Gefahr und verhindern, dass ihr in eurer neuen Heimat in Frieden leben könnt.«

Benedicta lehnte sich in ihrem Stuhl zurück. Ihrer entspannten Miene nach fühlte sie sich keineswegs eingeschüchtert. Gelassen blickte sie in die Runde und erklärte dann, dass sie auf den Schutz des Bischofs von Speyer hoffe. Dieser sei ein Jugendfreund ihres Vaters gewesen und werde dessen Tochter gewiss nicht abweisen, wenn sie mit einer Bitte an ihn herantrete. »Dann habt Ihr das bischöfliche Wappen mit Bedacht am Torpfosten hängenlassen?«

Primus kam in den Sinn, wie wenig er über die Vergangenheit der Äbtissin wusste.

Benedicta lächelte.

»Nun gut«, sagte Rémy stirnrunzelnd. »Ihr müsst wissen, was ihr tut. Aber wenn Ihr meine Meinung hören wollt, so bietet dieses Anwesen wohl kaum ausreichend Schutz für ein halbes Dutzend alleinstehender Frauen. Und was sollen die Leute in der Stadt von euch denken, habt ihr daran auch schon einmal gedacht? Manch einer wird annehmen, es hier mit einem Dirnenhaus zu tun zu haben.« Er schüttelte den Kopf. »Gewiss wäre es vernünftiger, in einem Kloster hier in der Stadt um Aufnahme zu bitten. Ganz in der Nähe leben die Dominikanerinnen von St. Maria Magdalena. Wir sind auf dem Weg hierher an der Klosterkirche vorbeigeritten.« »Das mag sein, aber wir sind keine Dominikanerinnen«, widersprach Benedicta.

»Templerinnen seid ihr ebenso wenig«, gab Rémy gereizt zurück. Er sprang auf und begann, in der Stube umherzugehen. Unter seinen Schritten knisterte das Stroh. »Ihr vergesst, dass wir einem Ritterorden angehörten. Wir beteten wie Mönche und folgten den Gelübden der Armut und der Keuschheit. Vom Gehorsam gegenüber Ordensoberen und Regeln gar nicht zu reden. Aber das ist nur die eine Seite der Münze. Zur anderen gehört der ritterliche Kampf, und genau aus diesem Grund wurden nur Männer in den Orden aufgenommen.« Er machte eine Pause, dann fügte er hinzu: »Versteht mich bitte nicht falsch! Wir Templer wissen durchaus zu schätzen, wie loyal die Frauen von Mühlen zur Komturei gestanden sind, und dies sogar weit über die Auflösung des Ordens hinaus. Ihr habt den Johannitern die Stirn geboten, die sich euren Klosterbesitz einverleibt haben, und das Mysterium unseres toten Großmeisters geschützt. Aber nun ist es an der Zeit, der Realität ins Auge zu sehen. Wir Männer gehen nach Portugal, um bei der Gründung des neuen Ordens mitzuwirken, während ihr …« Er machte eine unbestimmte Handbewegung, die alles Mögliche bedeuten konnte.

»Ich sage es nur ungern, aber ich fürchte, Rémy hat recht«, meinte Gottfried. »Ihr solltet uns vergessen. Vergesst, dass ihr jemals mit dem Templerorden zu tun hattet. Wenn der Bischof von Speyer euch freundlich gesinnt ist, wird er eurer Aufnahme bei den Magdalenerinnen gewiss gutheißen.«

»Wir sollten über den Vorschlag des Ritters nachdenken, ehrwürdige Mutter«, unterbrach eine der Nonnen am Tisch das betretene Schweigen, das auf Gottfrieds Worte folgte. Die Frau blickte sich um, wobei Ihr Blick verriet, wie unbehaglich sie sich in dem baufälligen Haus fühlte. »Aber vorher müsst Ihr Euer Versprechen halten und den Templern sagen, wo sie die Kassette mit der zweiten Reliquie finden.«

»Ich hatte auch nicht vor, es ihnen vorzuenthalten«, sagte Benedicta von Rosenfeld kühl. Sie ging zum Wandhaken, nahm ihren Reisebeutel herunter und hängte ihn sich über die Schulter. Anschließend zog sie den Kinnriemen ihres Gebendes straff. »Ich muss zum Bischof«, sagte sie. »Gottfried, würdet Ihr mich begleiten? Ich brauche den Sachverstand eines Mannes, der sich auf Bücher und Urkunden versteht.«

»Äbtissin …«, begann Rémy, dem der plötzliche Aufbruch nicht ganz geheuer war. »Wolltet Ihr uns nicht noch etwas geben?«

Benedicta starrte ihn an, und zum ersten Mal seit die Männer sie kannten, sah sie aus, als ringe sie mühsam um ihre Selbstbeherrschung. Dann presste sie zwischen den Zähnen hervor: »Wenn ich mich zu Bischof Emich aufmache, dann nicht, um mit ihm einen Becher Wein zu leeren. Euer hochgeschätztes Mysterium befindet sich im Bischofspalast!«

XVI.

Obwohl Gottfried tausend Fragen auf der Zunge lagen, verzichtete er darauf, die Äbtissin auch nur auf eine davon anzusprechen. Sie befand sich in einer Stimmung, die nicht dazu einlud, sich mit ihr zu unterhalten. Schweigend gingen sie nebeneinander her, bis sie ihr Ziel erreicht hatten.

Gottfried betrachtete die dicken, hohen Mauern des burgähnlichen Hauses mit gemischten Gefühlen. Zweifellos gab es in den Kellern des Bischofspalasts finstere Kerker, mit denen er ungern Bekanntschaft schließen wollte. Aber dann sagte er sich, dass er nichts zu befürchten hatte. Er war als Rechtsgelehrter bekannt, und auch wenn er Köln und den dortigen Bischof unter Vorspiegelung falscher Tatsachen verlassen hatte, um seine ehemaligen Weggefährten zu treffen, würde man ihn deswegen nicht gleich bestrafen. Außer Benedicta wusste hier auch niemand, dass er einst Templer gewesen war, und dass ausgerechnet sie dies ausplauderte, hielt er für ausgeschlossen. Warum Benedicta von Rosenfeld aber darauf bestanden hatte, sich ausgerechnet von ihm begleiten zu lassen, blieb ihm ein Rätsel.

Auf Benedictas Frage, ob der Bischof zu sprechen sei, wurden sie und Gottfried durch einen schlauchartigen Hof und über mehrere Treppen in einen Gang geführt, der dem Kreuzgang eines Klosters ähnelte. In die frisch getünchten Mauern waren Reliefs mit biblischen Szenen eingelassen. Gottfried betrachtete die Tafeln mit Interesse und bedauerte dabei, dass sein alter Freund Stüplin diese nicht mehr sehen konnte. Er hätte ihn zu gern gefragt, was er davon hielt. Stüplin war ein hervorragender Baumeister gewesen, der seine Kunst in Palästina von sarazenischen Architekten erlernt und sein Wissen nach der Zerschlagung des Ordens beim christlichen Dom- und Kirchenbau eingesetzt hatte. Besonders eine der größeren Relieftafeln, die in einer Nische hinter einer steinernen Sitzbank angebracht worden war, weckte Gottfrieds Neugier. Auf ihr war eine Szene aus der Bibel zu sehen, die ihm wie kaum eine andere vertraut erschien, denn sie stellte die Geburt Jesu Christi in Bethlehem dar. Drei Männer knieten im Halbkreis vor der Krippe, um dem neugeborenen Heiland zu huldigen. Das war an sich noch nichts Besonderes. Erstaunlich fand Gottfried die Gesichtszüge der Männer, die so kunstfertig aus dem Stein geschnitten worden waren. In ihren Blicken, die allesamt auf dem Kind ruhten, lag ein Ausdruck, der Gottfried verwirrte. Er erinnerte ihn an einen Moment höchsten Glückes und zugleich an eine tief im Innern lauernde Furcht. Insgesamt wirkten die steinernen Figuren der Männer aus dem Morgenland so lebendig, als würden sie sich gleich erheben und den Stein verlassen, der sie noch gefangen hielt.

Gottfried runzelte die Stirn. Immer wieder schaute er sich die Gesichter der Knieenden an. Täuschte er sich, oder kamen ihm die Züge der Männer bekannt vor? Nein, das war unmöglich. Und doch erinnerten ihn die Figuren des Künstlers an drei Männer, die ihm wohlbekannt waren. Dem Mann mit dem Turban auf dem Kopf hatte man Rémys Kopfform verliehen, seine starke Nase und die hohen Wangenknochen, die seinen Freund auszeichneten. Der Heilige, der ein wenig theatralisch den Arm gen Himmel reckte, sah so aus, als habe Primus für den Bildhauer Modell gestanden, während Gottfried in dem dritten Weisen, der gebückt vor der Krippe kauerte, sich selbst wiederfand.

Verdutzt atmete er tief ein und aus. Nein, das konnte doch nur eine Sinnestäuschung sein. Vermutlich spielte ihm die Sommerhitze, die wie eine Glocke über der Stadt lag, selbst in dem kühlen, stillen Gang des Bischofssitzes einen Streich. Zu heißes Wetter hatte er nie gut vertragen können, daher war er noch heute erleichtert darüber, dass er als Templer zu jung gewesen war, um in die Gluthölle Palästinas geschickt zu werden.

Als Gottfried sich schließlich dazu durchrang, doch noch einen weiteren Blick auf das Relief zu werfen, entdeckte er etwas nicht weniger Verblüffendes. Mochte sein Eindruck, die Gesichter der Figuren zu kennen, ihn getäuscht haben – dies hier war definitiv keine Täuschung. Die Gaben, welche die drei Männer aus dem Morgenland dem neugeborenen Messias darboten, hatte er schon einmal gesehen. Nicht nur das, er hatte sein Leben riskiert, um sie zu schützen.

Der Künstler hatte das Mysterium der Templer in Stein verewigt.

»Ihr bewundert dieses Relief zu Recht, es ist von allen, die Ihr hier an den Wänden seht, auch mir das liebste!«

Die Stimme gehörte einem Mann, der unvermittelt hinter Gottfried auftauchte. Erschrocken fuhr der Ritter herum.

»Ich bin Bischof Emich«, sagte der Mann ebenso freundlich wie unverbindlich. Der Bischof war hochgewachsen, fast einen Kopf größer als Gottfried, der sich selbst nie für einen kleinen Mann gehalten hatte. Dafür war er aber mager und bleich, als hätte er nach dem Osterfest vergessen, die Fastenzeit zu beenden. Sein silbergraues, lockiges Haar war voll wie das eines Jünglings, aber ihm fehlte der Glanz. Auch in den Augen des Bischofs suchte man vergebens nach einem Funken oder auch nur nach einem Schimmer. Erstaunlich bescheiden wirkte auch Bischof Emichs Aufmachung. Während Gottfrieds bischöflicher Mentor in Köln es liebte, seinen wuchtigen Leib in Brokat und golddurchwirkte

Seide zu hüllen, schien Emich größeren Gefallen an fester, dunkler Wolle zu finden. Auf seinem bodenlangen Gewand zeichneten sich Ruß- und Tintenflecke ab, die Füße steckten nicht in modischen Schnabelschuhen, sondern in hölzernen Pantinen. Den einzigen Schmuck, den der Bischof sich selbst erlaubte, waren ein Silberkreuz, das an einer Kordel um seinen dünnen Hals hing, sowie der Ring am Finger, der die Würde seines geistlichen Amtes repräsentierte.

Gottfried kniete nieder, doch erst, als er sich vorbeugte, begriff der Bischof, dass es ja an ihm war, ihm die Hand mit Ring entgegenzustrecken. Mit einem verlegenen Lächeln nahm er den respektvollen Gruß entgegen, zog die Hand jedoch gleich darauf wieder zurück.

»Eine wundervolle Arbeit, nicht wahr?« Bischof Emich deutete auf die Wand und lenkte so Gottfrieds Aufmerksamkeit zurück auf das Relief.

»Ohne jeden Zweifel«, entgegnete Gottfried, während er sich bemühte, seine Stimme gelassen klingen zu lassen. Auf keinen Fall sollte der Bischof merken, wie aufgewühlt er wegen seiner Entdeckung war. »Ich habe nie zuvor so etwas Schönes gesehen.«

»Wie gefällt Euch die Marienfigur?« Benedicta von Rosenfeld trat zu den Männern. Auch sie küsste den Ring des Bischofs, dann richtete sie sich wieder auf und deutete mit einem leichten Lächeln auf die Figurengruppe.

Gottfried wandte sich der Wand zu. Schlagartig wurde ihm klar, worauf die Frau anspielte. Es war Jahre her, dass Gottfried Prisca von Speyer zum letzten Mal gesehen hatte, aber die Maria, die mit nachdenklicher Miene hinter der Strohkrippe stand, trug unverkennbar ihre Züge.

»Die Frau, die dem Bildhauer als Vorbild für seine Jungfrau Maria diente, wurde hier in Speyer geboren«, sagte Bischof Emich, während er seine Besucher mit einer Handbewegung bat, ihm in seine Gemächer zu folgen. Diese bestanden aus zwei schmalen, ineinander übergehenden Räumen, die recht nüchtern wirkten. Ihre Einrichtung bestand aus ein paar wuchtigen Truhen, einem Betschemel und einer unübersichtlichen Anzahl von Büchern. Diese stapelten sich auf Schreibpulten, die exakt hintereinander angeordnet waren wie im Scriptorium eines Klosters. Einige davon waren aufgeschlagen, und Gottfried fragte sich, ob der Bischof alle gleichzeitig las. Auf einem Schemel stand das Frühstück des Bischofs, eine Schale mit Dinkelbrei. Doch er hatte nichts davon angerührt. Die einzige Annehmlichkeit, auf die Bischof Emich wohl nicht verzichten wollte, war ein kunstvoll gedrechselter Stuhl, dessen Rückenlehne mit hübschen Schnitzereien verziert war. Der Stuhl stand vor einem großen Fenster, das von vier Rundbögen geteilt wurde. Von hier aus ließ sich nicht nur der Dombezirk überblicken, sondern nahezu die ganze Stadt. Beeindruckt betrachtete Gottfried, was sich tief unter ihm auf der Straße tat. Er hörte das Geblöke der Ziegen und Böcke, die durch den Matsch zum Viehmarkt getrieben wurden, und die Rufe der Fuhrknechte, deren Weiterfahrt dadurch gestört wurde. Er sah, wie Frauen ihre Eimer aus den Dachfenstern auf die Gasse leerten und andere zum Brunnen eilten. Es war ein wildes, lärmendes Durcheinander. Der Bischof lebte in seinem Palast inmitten des Getöses, entzog sich ihm aber gleichsam.

»Ihr kennt die Frau auf dem Relief auch, nicht wahr? Wenn mich nicht alles täuscht, ist sie der Grund Eures Besuchs.« Bischof Emich sah sich verlegen nach geeigneten Sitzmöglichkeiten um, fand aber keine. Ein Diener schleppte schließlich Stühle herbei, während ein anderer auf Geheiß seines Herrn verdünnten Honigwein servierte.

Gottfried warf der Äbtissin einen fragenden Blick zu, woraufhin diese ihm mit einem Nicken zu verstehen gab, dass er die Frage des Bischofs getrost beantworten konnte.

»Das dachte ich mir«, sagte der Bischof nachdenklich. »Wer das Relief draußen im Gang so lange und eingehend studiert hat wie ich, dem entgeht so leicht kein Detail mehr. Mir ist gleich aufgefallen, wie ähnlich Ihr einer der Figuren seht, mein Freund.« Gottfried räusperte sich. »Ich vermute, dass ich den Bildhauer kannte, der das Relief angefertigt hat«, sagte er. »Sein Name war Stüplin, nicht wahr? Merkwürdig, als mein Blick auf die Tafeln fiel, musste ich gleich an ihn denken. Wir hatten einander aus den Augen verloren, daher bin ich überrascht, dass er in Eure Dienste getreten ist.«

»Aber warum denn?« Bischof Emichs eisgraue Augenbrauen zuckten in die Höhe. »Weil Stüplin dem Templerorden angehört und ein Geheimnis gehütet hat?«

Die Äbtissin lächelte matt. »Ich war es, die Eurem Freund den Auftrag vermittelt hat, diese Reliefs zu entwerfen.«

Warum wundert mich das nicht?, dachte Gottfried irritiert und fragte sich, ob es irgendetwas gab, in das die Äbtissin nicht ihre Nase steckte.

»Keine Sorge, Ritter Gottfried, Ihr braucht vor dem Bischof nicht den Ahnungslosen spielen. Er ist auf unserer Seite. Von ihm habt Ihr nichts zu befürchten.«

»Ach … nein?« Gottfried hatte in seiner Jugend gestottert, wofür er von seinem Vater und seinem Bruder oft aufgezogen worden war. Er hatte viele Jahre gebraucht, um das Stottern in den Griff zu bekommen. Umso mehr ärgerte es ihn, dass ihm nun wieder die Worte im Halse steckenzubleiben drohten. Er sandte wütende Blicke in Richtung der Äbtissin, die sich davon aber nicht sonderlich beeindruckt zeigte.

»Nehmt es Schwester Benedicta nicht übel«, versuchte der Bischof lächelnd zu schlichten. »An Eurer Stelle wäre ich vermutlich auch vorsichtig.« Er wandte seinen Blick dem Fenster zu. Von draußen waren das Gebrüll eines Ochsen und darauf ein lauter

Knall zu hören; es klang, als kippte jemand eine Fuhre Holz in den Hof des Bischofssitzes. »Ihr könnt es nicht wissen: Prisca, die auch Prisca von Speyer genannt wird, hat einmal mein Leben gerettet. Das ist vier Jahre her, aber ich habe es nicht vergessen.«

»Ein ehrgeiziger Domherr trachtete dem Bischof damals nach dem Leben«, klärte Benedicta den unruhig auf seinem Schemel hin und her rutschenden Gottfried auf. »Als Heilkundige hatte sie Zutritt zu diesen Räumen und sollte Bischof Emich vergiften. Natürlich tat sie es nicht. Im Gegenteil, ihr ist es zu verdanken, dass dem Intriganten das Handwerk gelegt wurde.«

»Ich fand später heraus, dass Ihr leiblicher Vater Payen de Gros ein Tempelritter war.« Die Miene des Bischofs nahm einen bekümmerten Ausdruck an. »Aber sie hatte Angst, sich mir anzuvertrauen, was mich noch heute beschämt. Versteht Ihr? Ich stand in ihrer Schuld, und dennoch musste sie annehmen, ich würde ihren Vater ans Messer liefern. Seitdem ist viel Zeit vergangen. Ich habe dazugelernt.«

Gottfried spürte, wie Emich von Leiningen ihn durchdringend ansah. Was wollte der Mann ihm damit sagen? Dass ihm daran gelegen war, eine alte Schuld zu begleichen?

»Ich war dabei, als ihr Vater starb«, bestätigte der Bischof nach einer Weile seinen Verdacht. »Er wurde von demselben Mann getötet, der mich beseitigen wollte. Nachdem der Verräter entlarvt und besiegt war, verschwand Prisca aus der Stadt. In die Judengasse konnte sie ja kaum zurückkehren, das wäre viel zu gefährlich gewesen. Ihren Vater Payen ließ ich beim Heilig-Grab-Kloster vor den Toren der Stadt beerdigen. Es vergingen fast zwei Jahre, bis ich wieder etwas von ihr hörte.«

Gottfried schnappte nach Luft. Er, Rémy und die anderen hatten angenommen, dass Prisca sich mit dem Mysterium außer Landes begeben hatte. War es möglich, dass sie zuerst hierher, nach Speyer, gegangen war?

»Sie schickte mich«, erklärte Benedicta, als habe sie Gottfrieds Gedanken gelesen. »Aber ich durfte es niemandem verraten.«

Gottfried sprang auf. Dieses verrückte Weib, dachte er und konnte nicht verhindern, dass ein Lachen in seiner Kehle emporkroch. Prisca hatte sich für die zweite Kassette weiß Gott ein ungewöhnliches Versteck ausgedacht.

Sie hatte sie dem Bischof von Speyer geschickt.

Emich von Leiningen stritt es nicht ab. Ausführlich berichtete er, wie erstaunt er gewesen war, als Benedicta von Rosenfeld ihm das Kästchen mit der Bitte überreicht hatte, es für sie zu verwahren.

»Zu diesem Zeitpunkt wusste der Bischof noch nichts von meiner Verbindung zu Prisca. Er ging davon aus, dass es sich bei der Kassette um einen kostbaren Gegenstand aus dem Kloster Mühlen handele. Dass sie eine Reliquie enthält, konnte er damals nicht ahnen. Er wusste auch nicht, dass ausgerechnet seine frühere Ärztin Prisca von Speyer sie mir übergeben hatte.« Die Äbtissin legte eine Pause ein, was Gottfried ganz recht war.

»Ihr meint, inzwischen weiß er, um was es sich handelt?« Gottfried war völlig durcheinander und wünschte sich, Rémy wäre hier. Der Schotte war viel schwerer aus der Ruhe zu bringen, dafür hatte er weniger Erfahrung im Umgang mit hohen geistlichen Würdenträgern. Mit deren Launen umzugehen hatte Gottfried am Hof des Kölner Erzbischofs gelernt.

»Ihr habt wohl Angst, ich könnte Eure Kassette behalten wollen«, sagte Emich von Leiningen. »Jetzt, da ich weiß, was sich darin befindet. Nun, das kann ich Euch nicht übelnehmen, aber macht Euch keine Sorgen, ich habe die letzten Jahre damit zugebracht, das große Geheimnis dieser Reliquie zu erforschen.« Er deutete mit dem Finger auf all die Bücher, die er gesammelt hatte. »Eines der heiligen Gefäße in Händen gehalten zu haben, welches Christus nach seiner Geburt zum Geschenk gemacht wurde, war für mich Segen genug.«

Gottfried dachte an das Relief vor Emichs Gemächern. Die Darstellung der drei Weisen, die ein Stern nach Bethlehem geführt hatte. Ein ganz ähnliches Motiv hatte die Wand der alten Komturei von Tempelhof geschmückt.

»Es waren keine Könige, die damals nach Bethlehem zogen, sondern persische Magier, nicht wahr?«, flüsterte der Bischof. Seine Augen nahmen einen eigentümlichen Schimmer an. »Sie brachten Gold, Myrrhe und Weihrauch in goldenen Gefäßen. Gold galt schon in damaliger Zeit als Zeichen von Macht und Königsherrschaft, Myrrhe stand für die Heilkraft und Weihrauch für das Amt eines Hohepriesters. All diese Attribute werden Christus zugeschrieben. Er ist der König unserer Seele, er heilt uns von Sünden, und seinen göttlichen Dienst vollbringt er, weil ihm gemäß der Heiligen Schrift die Vollmacht gegeben wurde. Gold, Myrrhe und Weihrauch.« Emich hielt kurz inne, während er sich Gottfried zuwandte.

»Man könnte die Gaben der Magier aber auch anders auslegen, nicht wahr? Nämlich so, wie die Templer es taten. Für sie stehen Gold, Myrrhe und Weihrauch ebenfalls für Macht, Heilung und Priesterdienste, aber es ist unsere Kirche, die eine Reform nötig hat.« Er holte tief Luft, während er sich zu seiner ganzen Größe aufrichtete. »Schaut mich an. Vor wenigen Jahren war ich nicht anders als die übrigen Bischöfe des Reiches. Wie den meisten von Ihnen war auch mir nur daran gelegen, meine Pfründe zu vergrößern und Reichtümer anzuhäufen. Ich war mehr Fürst als Diener, dabei hat Christus uns doch ein perfektes Beispiel an Demut gegeben, indem er zu den Kranken und Hilflosen ging. Er wusch seinen Jüngern die Füße und lebte in einfachen Verhältnissen. Seit ich mich mit der Reliquie beschäftige, die mir Prisca von Speyer anvertraut hat, hat sich mein ganzes Leben geändert. Der

Prunk der Kirche ist mir zuwider, und ich beobachte die Entwicklung des Papsttums in Avignon mit großer Sorge, auch wenn ich nicht wage, es öffentlich zu kritisieren.« Er lächelte schwach. »Ich bin davon überzeugt, dass Ihr mit den Reliquien die Welt verändern könntet. Dreh- und Angelpunkt dabei wäre eine Wiederherstellung der Kirche, die in den Briefen des Neuen Testaments beschrieben wird.«

»Das wird auch geschehen«, mischte sich Benedicta von Rosenfeld ein. »Ihr habt bestimmt gehört, dass die Kurie des Papstes die Gründung eines neuen Ritterordens bewilligt hat. Er soll auf Wunsch des portugiesischen Königs Dinis die dortigen Güter der Templer bekommen. Im Grunde ist dieser Christusorden damit nichts anderes als eine Wiederherstellung des Ordens der Templer. Ritter Gottfried und seine Freunde sind auf dem Weg nach Portugal, aber wenn sie Eurem Wunsch entsprechend von dort aus die Welt verändern wollen, brauchen sie alle Gefäße der drei Weisen. Von mir erhielten sie das erste, das einst Goldstücke enthielt.«

Der Bischof nickte. »Ihr werdet Euch wundern, aber ich habe mich schon als Kind gefragt, was aus den Geschenken der Mager geworden ist. Obwohl sie so kostbar waren, werden sie in keiner der Schriften des Neuen Testaments mehr erwähnt. Ist das nicht eigenartig?«

»Vergesst nicht, dass Jesus Familie nach Ägypten fliehen musste, um den Nachstellungen des Königs Herodes zu entgehen«, erwiderte Gottfried, der zeigen wollte, dass auch er sich in den Schriften auskannte. »Sie verbrachte einige Jahre in der Fremde und musste von irgendetwas leben. Vermutlich gingen die Goldstücke des Sterndeuters für Essen und ein Dach über dem Kopf drauf, ebenso die Myrrhe und der Weihrauch.«

Der Bischof dachte darüber nach. »Ja, aber die Gefäße scheinen sie nicht verkauft zu haben. Von der Muttergottes wird doch berichtet, dass die Umstände der Geburt ihres Sohnes sie sehr berührten. Es muss sie geradezu erschüttert haben, dass fremde Männer sie aufsuchten und ihrem Kind kostbare Geschenke überreichten. Nein, ich halte es für ausgeschlossen, dass sie die Gefäße aus der Hand gegeben hat. Sie behielt sie, solange sie lebte.«

»Es gibt Überlieferungen, nach denen eines der Gefäße die Form eines Kelches besaß«, sagte die Äbtissin. »Maria soll es ihrem Sohn für dessen letztes Abendmahl im Kreis seiner Jünger überlassen, später aber wieder an sich genommen haben. Es gibt auch Gerüchte über einen vierten Weisen, der angeblich zu spät in Bethlehem erschien. Die heilige Familie war da schon vor dem König Herodes nach Ägypten geflohen. Der Weise zog wieder von dannen, ohne sein Geschenk überreichen zu können. Einer alten Legende nach erkannte er Christus bei dessen Kreuzigung als den Knaben wieder, den er in Bethlehem vergeblich gesucht hatte. Er soll sein Geschenk dann ebenfalls der Mutter Gottes übergeben haben.«

Gottfried starrte sie verwirrt an. Er hatte noch nie von einem vierten Weisen gehört, dabei war er einst vom letzten Templergroßmeister Jacques de Molay persönlich über Ursprung und Bedeutung des Mysteriums unterwiesen worden. Auf Zypern war das gewesen, wo der Templerorden zu jener Zeit seinen Hauptsitz gehabt hatte. Gottfried erinnerte sich noch lebhaft daran, wie aufgeregt er gewesen war, als ihm der alte Großmeister die Schatzkammer gezeigt hatte. Inmitten eingemauerter Tresore voller Gold und Wechselbriefen, hatte er dort mit eigenen Augen die verschlossene Lade gesehen, über die unter den Brüdern nur gewispert wurde. Sie gehörte dem Großmeister, obwohl die Statuten des Templerordens eigentlich keinem Ordensbruder Privateigentum erlaubten. Jacques de Molay hatte die Lade geöffnet und ihr einige uralte Aufzeichnungen entnommen. Bis

zum Abendgebet hatte der Großmeister Gottfried alles beigebracht, was er selbst über das Mysterium wusste. Gottfried war
damals vor Stolz beinahe geplatzt, hatte aber dennoch nie verstanden, was ausgerechnet einen verträumten Burschen wie ihn
befähigt haben sollte, das Amt eines *Prudhomme*, eines Ratge-
bers des Tempels, auszuüben. Um de Molays Vertrauen nicht zu
enttäuschen, hatte er sein künftiges Leben diesem Amt geweiht.
Zumindest bis zu jenem schwarzen Freitag, an dem das Unheil
für den Orden in Paris seinen Anfang genommen hatte. Doch
weder er noch sein Bruder oder die anderen eingeweihten Templer hatten jemals von einem vierten Sterndeuter gehört. Stets
war nur von drei Männern die Rede gewesen. Drei Weise und
drei Gefäße, die, sofern man daran glaubte, die wundersamen
Kräfte von Reliquien freisetzten.

»Ich hätte gar nicht davon anfangen sollten«, sagte die Äbtissin beschwichtigend. Sie wirkte zerknirscht. »Wie gesagt, das
sind Legenden, die uns nicht kümmern sollten. Wir wissen nur
von den Behältnissen für Gold, Myrrhe und Weihrauch, nicht
von einem vierten.«

»Die Zahl drei ist göttlich«, bestätigte auch der Bischof. Er ging
zu einem seiner Schreibpulte und blätterte in einem Buch, das
wunderschöne Inkunabeln besaß. Gewiss hatten Mönche in irgendeiner Klosterschreibstube jahrelang daran gearbeitet. »Vater, Sohn und Heiliger Geist, die vollkommene Einheit des
Himmlischen, während die Zahl vier weltlich und irdisch ist. Sie
beschreibt die Elemente Erde, Wasser, Luft und Feuer.« Er hob
den Blick. »Dinge, die vergehen werden, nachdem die Ungeheuer
Leviathan und Bephemoth vernichtet worden sind.«

Gottfried hatte kaum noch zugehört, denn ihm ging nun im
Kopf herum, was Benedicta eben gesagt hatte. Ganz so abwegig
fand er die Vorstellung von einem vierten Gefäß nicht. Schließlich stand nirgendwo in den Evangelien explizit, dass es nur drei

Weise gegeben hatte. Was, wenn der vierte keine Legende war und es ein weiteres Gefäß gegeben hatte? Was, wenn die Reliquie, welche sie als Templer gehütet hatten, gar nicht vollständig war? Hieß das dann nicht auch, dass die Reliquie in ihrem jetzigen Zustand nicht mehr wert war als die vielen anderen Reliquien, welche die Kirche seit Urzeiten hütete? Leere Hüllen ohne Macht. Gottfried presste die Lippen aufeinander und bemühte sich, den Gedanken zu verscheuchen. Nein, das konnte nicht sein. Der Großmeister konnte sich unmöglich so geirrt haben. Von ihm wusste Gottfried, was damals im Heiligen Land geschehen war. Maria, die Mutter Jesu, hatte die Gefäße der drei Heiligen aufbewahrt. Von ihr waren sie an Johannes, den Lieblingsjünger des Herrn, gelangt, der sie dem Evangelisten Lukas überließ. Dieser hatte sie vor Augen gehabt, als er die Ereignisse um die Geburt Jesu im Stall zu Bethlehem niederschrieb. Tausend Jahre später hatten Templer die Gefäße der Sterndeuter in Jerusalem gefunden und an sich genommen. Gottfried beschloss, Rémy und die anderen mit Spekulationen um einen vierten Weisen zu verschonen. Es führte zu nichts, seine Gefährten damit anzustecken und womöglich ihre Reise nach Portugal zu gefährden.

Doch plötzlich horchte er auf. Was hatte der Bischof da eben gesagt? Einer der Namen, den der Mann genannt hatte, kam ihm bekannt vor. Bephemoth? Mit stockender Stimme fragte er Emich von Leiningen danach.

»Das Bephemothmonster wird in hebräischen und arabischen Aufzeichnungen als wildes Untier erwähnt, eine groteske und furchteinflößende Mischung aus Flusspferd, Elefant, Wasserbüffel und Ziege. Überlieferungen nach soll es nach der endzeitlichen Schlacht von Harmagedon gegen den Leviathan, ein anderes Monstrum, kämpfen, bevor Gott beide erschlägt und somit die letzten Symbole des Bösen endgültig von der Erde vertilgt. In manchen Berichten wird behauptet, das Bephemoth würde eine

Tür bewachen, aber es ist unklar, wo diese liegt und was dahinter zu finden ist. Die Hölle sagen die einen, das Paradies die anderen. Aber warum fragt Ihr?«

Gottfried winkte ab. Der fremdländisch klingende Name war ihm aufgefallen, weil er ihn an eine Begebenheit erinnerte, die er eigentlich lieber vergessen wollte. In der Zeit, als er und sein Bruder ein paar Jahre beim Deutschen Ritterorden im Osten gewesen waren, hatten sonderbare Gerüchte die Runde gemacht. Angeblich hatten französische Templer im Kerker gestanden, auf das Kreuz Christi getreten und einen Götzenkopf angebetet zu haben. Dieser sei angeblich Baphometh genannt worden, was sich in Gottfrieds Ohren ganz ähnlich anhörte, wie der Name dieser sonderbaren Kreatur. Zufall? Allmählich hatte Gottfried genug von den ganzen alten Überlieferungen. Ihm schwirrte schon der Kopf davon. Mochte sich der Bischof während seiner Askese damit beschäftigen so lange er wollte. Für Gottfried standen nun ganz andere, wesentlich wichtigere Dinge im Vordergrund als gelehrte Disputationen über heilige Zahlen und kryptische Untiere.

»Könnten wir zum eigentlichen Grund unseres Besuchs zurückkommen?«, fragte er höflich, aber mit fester Stimme. »Unglücklicherweise bin ich in Eile!«

Bekräftigend klatschte Benedicta mit beiden Handflächen auf die geschnitzten Armlehnen ihres Stuhles. Dann erhob sie sich und machte einen Schritt auf Emich von Leiningen zu. »Herr Gottfried muss sich auf den Weg machen. Ich bitte Euch, ihm die Kassette zu geben, die ich Euch in Prisca von Speyers Auftrag überließ.«

Emich von Leiningen verschwand im Nebenraum, doch Gottfried und die Äbtissin brauchten nicht lange zu warten, denn schon nach wenigen Augenblicken kehrte er mit einem Kästchen aus Kirschbaumholz zurück, das er Gottfried überreichte.

Gottfried atmete auf. Seine Hand zitterte, als sie behutsam den Deckel der Kassette berührte. So aufgewühlt war er. Hatte das, was darin lag, tatsächlich einst Jesus gehört? Ein einziges Mal hatte er es zu Gesicht bekommen, und das war Jahre her. Trotzdem widerstand er dem Drang, das Kästchen zu öffnen.

»Ihr wollt Euch das Gefäß nicht ansehen?« wunderte sich der Bischof. »Wer sagt Euch, dass ich Euch nicht übers Ohr haue und irgendwelchen Plunder andrehe?«

Gottfried lächelte. »Warum solltet Ihr das tun? Ihr habt selbst gesagt, dass die Reliquie Euch die Augen geöffnet und Euch zum Nachdenken über den Zustand der Kirche angeregt hat. Dieser lässt sich niemals ändern, wenn Ihr sie behaltet. Nur die drei Gefäße zusammen können etwas bewirken, und auch das nur, wenn sie in den richtigen Händen sind.« Er seufzte. »Ich denke, Ihr wisst, wem diese Hände gehören, nicht wahr?«

Die Augen des Bischofs leuchteten, denn er hatte sehr wohl verstanden, auf wen Gottfried anspielte. »Einer tüchtigen Ärztin, die uns beiden bekannt ist, nehme ich an. Ihr werdet Euch auf die Suche nach ihr begeben?«

Gottfried nickte. Nun, da sich zwei der Gefäße wieder in ihrem Besitz befanden, war es an der Zeit, sich des letzten anzunehmen.

»Überbringt ihr meine Grüße, wenn Ihr sie wiederseht«, sagte Emich von Leiningen. »Sagt ihr, dass über dem Grab ihres Vaters ein Lindenbaum aufgegangen ist.«

Gottfried drängte zum Aufbruch. Rémy und die anderen warteten sicher schon ungeduldig auf seine Rückkehr. Wenn sie sich beeilten, konnten sie Speyer noch vor dem Angelusläuten verlassen haben. Doch als er zur Tür schritt, bemerkte er, dass die Äbtissin noch etwas auf dem Herzen zu haben schien.

»Wäret Ihr bereit, mich von meinem Gelübde zu entbinden«, wandte sie sich nach kurzem Zögern an den Bischof, der sie erstaunt anstarrte. »Ich habe dem Kloster den Rücken gekehrt, weil ich mich weigerte, die Johanniter als neue Herren anzuerkennen. Folglich kann ich keine Äbtissin mehr sein.«

»Ich kenne Eure Beweggründe und verstehe sie«, sagte Emich von Leiningen nachdenklich. »Aber seid Ihr Euch auch über die Konsequenzen im Klaren, die ein solcher Schritt nach sich zieht?«

Mit einem wehmütigen Nicken gab sie zu verstehen, dass sie lange und gründlich darüber nachgedacht und die Angelegenheit auch mit den Schwestern besprochen hatte, die ihr nach Speyer gefolgt waren.

»Ritter Gottfrieds Freund Rémy hat ganz recht, wenn er sagt, dass wir in Speyer nicht das Leben von Templerinnen führen können. Getrennt von unserem Mutterkloster, haben wir keinerlei Anrecht auf Billigung durch die Kirche, aber ohne die würden wir in den Verdacht geraten, Ketzerei zu betreiben. Ich habe daher vor, in Speyer einen Beginenhof zu gründen, und bitte Euch, mir hierfür einen bischöflichen Schutzbrief auszustellen, der uns vor Belästigungen von Seiten des Rats der Stadt und der Geistlichkeit schützt.« Sie seufzte. »Ihr wisst selbst, in welchem Ruf die Beginen vielerorts stehen.«

Der Bischof wandte ein, dass es schon mehrere Beginenhäuser in der Stadt gab. Alle wurden von Frauen bewohnt, die ein gemeinschaftliches Leben führen, sich aber nicht den Zwängen des Klosterlebens unterwerfen, sondern nach eigenen Regeln beten und arbeiten wollten. Doch Benedicta lehnte den Vorschlag, sich in einem dieser Häuser einzukaufen ab. Schließlich gab Emich von Leiningen nach und versprach, den Frauen von Mühlen einen Schutzbrief mit seinem Siegel auszustellen. Ferner erlaubte er ihnen, das bischöfliche Wappen am Pfosten des Hauses hängenzulassen. Wer künftig ihre Ruhe störte, sollte bestraft werden.

»Habt Ihr wirklich vor, Begine werden?«

Gottfried schüttelte ungläubig den Kopf, als er neben der früheren Äbtissin den Dombezirk überquerte und dann den Weg zum Hasenpfuhl einschlug. Er hatte der Abfassung der nötigen Papiere beigewohnt, ihren Inhalt geprüft und ihn schließlich mit seiner Unterschrift bezeugt. Damit war Benedicta von Rosenfeld nicht länger an ihre klösterlichen Gelübde gebunden. Sie würde nie wieder Äbtissin eines Klosters sein können. Als Gottfried das hintergründige Lächeln auf dem Gesicht der Frau bemerkte, dämmerte es ihm, dass nichts anderes ihr Ziel gewesen war. Die Last ihres Amtes war von ihren Schultern geglitten, doch ebenso das Ansehen und die Privilegien, die damit einhergegangen waren. Zu ihrer Familie, wo immer sie sich auch befand, würde sie nicht zurückkehren können, da diese den Bruch der Gelübde als Schande ansehen würde. Vermutlich würde sie es schwer haben, ihr Erbe einzufordern. Gottfried kannte die Beginen aus Köln und erinnerte sich, dass in der erzbischöflichen Kanzlei zuweilen Beschwerden über sie eingegangen waren. Zwar galten die Frauen als fleißig und geschäftstüchtig, unterhielten gut bewirtschaftete Höfe, brauten Bier oder unterhielten Leinenwebereien. Viele Vertreter der Zünfte sahen diese Form der Konkurrenz allerdings nicht gern. Frauen, die nicht hinter Klostermauern, sondern in eigenen Häusern ohne strenge geistliche Regeln lebten, waren den meisten suspekt. Einige ihrer Konvente lehnten es ab, sich Beichtväter und Priester zuweisen zu lassen, und verlangten, sie wählen zu dürfen. In anderen wurden Schriften zu theologischen Fragen erstellt. Gleichzeitig wurde ihnen nachgesagt, es mit der Keuschheit nicht so genau zu nehmen. Einige hielten ihre Höfe für große Dirnenhäuser, die nur nach außen hin den Mantel der Ehrbarkeit trugen. Kurz, die Beginen sorgten für Unruhe, wo immer man sie antraf, und waren deshalb nicht überall beliebt.

»Von heute an werde ich für Jakobus von Hahnheim nicht mehr von Interesse sein«, gab die Frau zurück. »Er wird rasen vor Zorn, wenn er erfährt, dass er nichts mehr in der Hand hat, um mich unter Druck zu setzen. Ich bin sicher, dass Bischof Emich sein Wort halten und unser Haus schützen wird.« Sie lachte. »Lasst mich meinen Beginenhof in Speyer gründen und gründet Ihr Euren neuen Ritterorden an der Atlantikküste!«

Nachdenklich wich Gottfried einem Haufen schimmeliger Gemüsereste aus, die auf die Gasse gekippt worden waren. Er wollte einwenden, dass der Bischof, so kränklich wie er auf ihn gewirkt hatte, vielleicht nicht mehr lange genug am Leben bleiben werde, um sein Versprechen zu halten, doch noch bevor er den Mund aufmachen konnte, bemerkte er zwei junge Männer, die ihm entgegeneilten. Es waren Primus und Quartus. Sie wirkten atemlos. »Was ist denn mit euch beiden los?« Gottfried blieb stehen und deutete auf den Beutel, in den er das Holzkästchen mit der Reliquie gesteckt hatte. »Ich habe sie«, raunte er Primus zu. »Habt wohl geglaubt, ich sei damit über alle Berge, was?«

»Ihr nicht, aber diese Nonne Irmengard …«, platzte Quartus heraus. »Sie ist verschwunden!« Er warf Benedicta von Rosenfeld einen missbilligenden Blick zu. »Und sie hat Rémys Satteltasche mit der Reliquie mitgenommen.«

XVII.

FRANKREICH, GUTSHOF DES BALTHASAR DE GROS,
SOMMER 1318

Der Himmel war grau verhangen, und ein feiner Nieselregen drang durch den dünnen Schleier, mit dem Prisca ihr Haar bedeckte. Nach der brütenden Hitze der vergangenen Nächte war der kühle Wind, der durch die Baumwipfel strich, eine wahre Wohltat. Die Luft roch nach Heu und feuchtem Laub. Doch genießen konnte Prisca das nicht. Sie war erschöpft, ihr Kopf schmerzte, und sie sehnte sich nach einem Schluck warmer Milch. Doch statt sich in einem warmen Bett auszuruhen, stand sie seit den frühen Morgenstunden fröstelnd auf dem Dorfplatz und sah zu, wie ein armseliges Häuflein zerlumpter, schmutziger Gestalten mit Spießen über den Anger getrieben wurde. Es handelte sich um den Rest der Aufrührer, die den Frieden des Gutes gestört und das Verwalterhaus in Brand gesteckt hatten. Albin und seine Männer hatten in jener Nacht nur wenige Gefangene gemacht. Unter denen, die nun vor dem Gutsherrn in den Staub gestoßen wurden, befanden sich zwei Frauen und vier Männer, die Prisca bekannt vorkamen. Sie hatte sie in der Hütte des Verletzten und später noch einmal bei dem römischen Stein gesehen.

»Von den Fremden ist keiner darunter«, flüsterte Prisca ihrer Tante Adaliz zu, die neben ihr stand. Die Tochter der Gutsherrin hatte sich zum Schutz vor der Witterung einen dunkelgrünen mit Pelz verbrämten Surcot übergeworfen, den der Wind wie ein Segel aufblähte. Die Ereignisse jener Nacht waren auch an ihr keineswegs spurlos vorübergegangen, das bewiesen ihre Blässe und die feinen Falten um ihren Mund. Sie hatte schreckliche Angst um ihren Vater gehabt. Obwohl sie Prisca keinen Vorwurf machte, spürte diese, dass sie es ihr übelnahm, Balthasar in Gefahr gebracht zu haben. Damit hatte sie wohl auch recht, dennoch war es die Entscheidung des alten Mannes gewesen, nach ihr zu suchen. Dafür, dass sie nicht mehr in den *Donjon* hatten zurückkehren können, war sie schließlich nicht verantwortlich. Zum ersten Mal seit Tagen blickte Adaliz ihr in die Augen. »Was spielt das für eine Rolle? Dieses Gesindel wird rechtzeitig geflohen sein, als es Albins Reiter näherkommen sah.«

»Ja, aber das ist es ja, was ich merkwürdig finde«, gab Prisca flüsternd zurück. »Den Bauern ist die Flucht nicht geglückt, nur diesen Fremden. Als ob sie einen Wink bekommen hätten, sich noch rechtzeitig zurückzuziehen und über die Felder zu verschwinden. Albin ließ sie nicht verfolgen.«

»Weil er sich um mich und Vater kümmern wollte«, sagte Adaliz. »Dafür sind wir ihm zu Dank verpflichtet.«

Prisca gab auf. Mit ihrer Tante zu diskutieren war mühseliger, als in einem Sack Bohnen eine Erbse zu finden. Dabei hätte sie zu gern gewusst, wie weit Adaliz' Dankbarkeit gehen mochte. Zweifellos war Albin noch immer daran interessiert, sie zur Frau zu nehmen. Ob seine Chancen wieder gestiegen waren? Und was war mit Michel de Montloup, dem Mann, dem Adaliz versprochen war? Balthasar hatte nicht gezögert und sogleich einen Boten zu seiner Burg geschickt. Er würde binnen eines Tages auf dem Gutshof eintreffen.

Der Gutsherr saß auf seinem Rappen und blickte mit versteinerter Miene auf die Männer, die vor ihm in den Staub gestoßen wurden. Dort, wo noch vor wenigen Tagen gefeiert worden war, hatten die Hofknechte frisch gehäckseltes Stroh verteilt und einen Richttisch aufgestellt. Prisca konnte erkennen, wie Albin, begleitet von zweien seiner Bewaffneten, durch die Reihen schritt. Noch immer trug er seinen Waffenrock und ein Schwert in der Scheide. Einer seiner Männer führte sein Pferd am Zaumzeug herbei und half ihm, sich in den Sattel zu schwingen. Offensichtlich war es ihm wichtig, mit Balthasar auf Augenhöhe zu sein. Stolz lenkte er sein Tier an das des Grundherrn heran und rief ihm etwas zu. Balthasar antwortete darauf mit finsterer Miene. Prisca konnte nicht hören, worüber die Männer sprachen, doch sie vermutete, dass es bei dem Wortwechsel um die Bestrafung der Rädelsführer ging. Sie warf einen Blick zurück auf den *Donjon*, der die ärmlichen Hütten wie ein drohend aufgerichteter Zeigefinger überragte. Davon, dass dort vor gar nicht langer Zeit Menschen in blindem Zorn gewütet hatten, war nicht mehr viel zu sehen. Allerdings war das Verwalterhaus völlig niedergebrannt worden, und auch das daran angrenzende Gebäude hatte unter dem Feuer gelitten. Priscas Kammer war verwüstet. Ihre Aufzeichnungen, ärztliche Instrumente, ja sogar die so mühsam hergestellten Heilsalben und Tinkturen waren verbrannt. Doch so sehr sie deren Verlust auch schmerzte, so froh war sie auch, dass sie ihren kostbarsten Besitz hatte retten können. Das Kästchen mit dem Gefäß des Weisen lag nun sicher verwahrt im *Donjon*. Balthasar hatte ihr erlaubt, künftig dort zu wohnen. Doch diese versöhnliche Geste änderte nichts an ihrem Entschluss.

Sie musste fort. Nach Palästina, dem einzigen Ort auf der Welt, an den die Reliquie gehörte. Ihre Aufmerksamkeit wurde von plötzlichem Geschrei wieder auf den Dorfplatz gelenkt. Wie es schien, hatte Albin den Grundherrn überredet, auf einen langwierigen Prozess zu verzichten und stattdessen zur Tat zu schreiten.

»Der Fall ist klar«, erklärte Priscas Tante. Sie spielte nervös an ihrem dicken, blonden Zopf, der ihr wie ein Strick über die schmale Schulter fiel. »Diese Aufrührer haben den Tod verdient. Ich zittere bei dem Gedanken, was die mit uns gemacht hätten, wenn es ihnen gelungen wäre, die Tür des *Donjons* aufzubrechen.«

Prisca schmeckte einen bitteren Geschmack auf der Zunge. Stumm beobachtete sie, wie manche der Dorfleute die Fäuste schüttelten und ihren Unmut zum Ausdruck brachten. Aber sie wurden mit Spießen hinter die Absperrung zurückgedrängt. Die anderen blieben stumm und verfolgten das Geschehen mit gesenkten Köpfen, weil sie nicht riskieren wollten, ebenfalls zu den Aufrührern gezählt zu werden. Davor hatten alle Angst. In den ersten Tagen nach dem Angriff auf das Gut hatten Balthasars und Albins Knechte wiederholt das Dorf heimgesucht. Sie waren in Häuser eingedrungen, hatten Scheunen und Ställe durchsucht und lange Listen mit dem Hab und Gut der Dorfbewohner angefertigt. Jedes einzelne Schwein und jedes Huhn waren verzeichnet worden. Es war Albins Einfall gewesen, den Bauern für ihre Aufmüpfigkeit eine strenge Sühne aufzuerlegen, und Balthasar hatte nach einigem Zögern zugestimmt. »Ich war immer ein guter, verständnisvoller Grundherr«, hatte er zu Adaliz deswegen gesagt. »Aber was hat mir meine Milde eingebracht? Aus meinem eigenen Haus wurde ich vertrieben, und Prisca wäre um ein Haar von einem dieser Diebe getötet worden.«

Prisca schrak zusammen, als nun ein hölzerner Klotz auf das Stroh des Angers gestellt wurde. Einer nach dem anderen wurden die Gefangen vorgeführt und mussten warten, bis Balthasar ein Stab gereicht wurde. Nach einem unschlüssigen Blick in Albins Richtung brach der Gutsherr ihn entzweibrach. Damit war das Urteil gesprochen, und das Richtschwert konnte zum Einsatz kommen. Der erste Bauer wurde auf die Knie gezwungen, sein Kopf von zwei Knechten auf den Block gelegt. Die Menge schrie erschrocken auf, Frauen bekreuzigten sich. Einen Moment später rollte der Kopf des Mannes in das Stroh. Ein dicker Blutschwall schoss aus dem leblosen Rumpf.

Prisca legte ihre Hand vor die Augen. Ihr wurde schwindelig, und obwohl sie begriff, dass ihr Großvater gar nicht anders handeln konnte, beschlich sie einmal mehr das Gefühl, betrogen worden zu sein.

Beim Nachtmahl, das sie zum ersten Mal seit ihrer Ankunft in Frankreich gemeinsam mit der Familie einnahm, starrte sie auf die dampfenden Schüsseln. Am liebsten hätte sie sich noch vor dem Essen zurückgezogen, aber das wäre unhöflich gewesen. Adaliz gab sich alle Mühe, sie zu unterhalten, doch auch sie war befangen wegen Albins Gegenwart, dem die schwermütige Stimmung an der Tafel nicht aufzufallen schien. Er trank und plauderte, als gehörte er zur Familie. Balthasar nickte zuweilen, wenn sein Nachbar das Wort an ihn richtete, doch sein Gesichtsausdruck verriet, dass er mit seinen Gedanken weit weg weilte. Erst als das Geräusch von Pferdehufen an sein Ohr drang, schien er aus seiner Apathie zu erwachen. Mit einem erleichterten Seufzer sprang er auf und stapfte zum Fenster. »Es ist Michel«, verkündete er freudestrahlend. Dann wandte er sich seiner Tochter zu, die sich ebenfalls erhob. »Er ist endlich gekommen!«

Prisca warf Albin einen Blick zu. Er schien das nicht gern zu hören, sagte aber nichts dazu. Balthasar verließ den Raum, um dem Gast entgegenzugehen, und Adaliz folgte ihm nach kurzem Zögern. Vom Fenster aus beobachtete Prisca, wie ihre Verwandten einen jungen Mann mit dunklen, kurzgeschnittenen Haaren auf dem Hof begrüßten. Adaliz bat die Männer ins Haus, doch der Ankömmling gab ihr zu verstehen, dass er sich zuerst gern die durch das Feuer entstandenen Schäden anschauen wollte. Während einer der Stallknechte sein Pferd nahm, begab er sich gemeinsam mit Balthasar zu dem niedergebrannten Verwalterhaus.

Eine halbe Stunde später kehrten die Männer in den *Donjon* zurück.

»Ich möchte Euch nicht zu nahetreten, Balthasar«, erklärte Michel de Montloup, nachdem ein Diener ihm Wein gebracht hatte. »Aber die Befestigung Eures Gutes verdient ihren Namen nicht.« Er runzelte die Stirn. »Weder die Tore noch die Umzäunung bieten Schutz vor Angreifern. Die Dornenhecke auch nicht.« Er zögerte einen Moment. »Eigenartig, dass diese Meute sie nicht angezündet hat. Diese Leute scheinen überhaupt recht unorganisiert vorgegangen zu sein. Sie brannten ein Gebäude nieder, indem sie eine Fackel auf das Strohdach warfen, und zerstörten das Eingangstor, aber an der Tür zu diesem Turm hat sich keiner zu schaffen gemacht. Ich habe sie untersucht, es zeigt nicht die geringste Spur einer Beschädigung.«

»Die Tür besteht aus dickem Eichenholz«, warf Albin ein. »Kein Wunder, dass sie standhielt.« »Sie hielt stand, weil sie nicht angerührt wurde!« Michel de Montloup warf Balthasars Nachbar einen düsteren Blick zu. »Ich muss gestehen, dass ich noch nie von einem so eigenartigen Überfall gehört habe. Da muss man sich doch fragen, was diese Leute so aufgebracht hat.« Er lächelte Balthasar höflich zu. »Aber gewiss habt Ihr die Gefangenen ausgiebig befragt.«

Der Gutsherr errötete und überspielte seine Verlegenheit, indem er einen tiefen Atemzug nahm und dann trotzig die buschigen Augenbrauen hob. »Davon könnt Ihr ausgehen, mein guter Michel. Aber ich habe auch dafür zu sorgen, dass auf meinen Gütern rasch wieder Ruhe einkehrt. Albin hat mich überzeugt, dass dies auf der Stelle zu geschehen hatte. Es sind auch so schon zu viele dieser Halunken entkommen.« Er nahm einen Schluck aus seinem Becher, bevor er das Wort an seinen jungen Gast richtete. »Ihr habt ja recht«, sagte er dann. »Mein Gutsbesitz ist zu schlecht gesichert, und das hat sich nun gerächt. Seit mein Sohn mir davongelaufen ist, um sich den Templern anzuschließen, habe ich mich nicht mehr darum gekümmert. Mein Urgroßvater war der letzte de Gros', der sich Gedanken um die Sicherheit der Leute auf dem Gut gemacht hat. Aber er lebte auch in einer Zeit, in der das dringend erforderlich war. Er hat erlebt, wie Simon de Monfort seine Truppen aus dem Norden plündernd und brandschatzend durch das Languedoc geführt hat, um die Angehörigen dieser katharischen Sekte auszurotten. Wohin seine Söldner kamen, haben sie Burgen und Städte eingenommen, Dörfer dem Erdboden gleichgemacht. Damals hat mein Urgroßvater diesen *Donjon* errichten lassen.« Er zuckte mit den Achseln. »Er hatte Glück. Die de Gros' waren weit und breit als fromme Christenmenschen bekannt, die sich niemals mit Feinden der Kirche einlassen würden. Und so ist es bis zum heutigen Tag geblieben.«

Er hatte kaum ausgesprochen, als Adaliz ein Hustenreiz überfiel. Sie schien sich an ihrem Wein verschluckt zu haben, aber Prisca wusste es besser. Ihre Tante hatte daran gedacht, dass das, was ihr Vater vorbrachte, nicht ganz der Wahrheit entsprach. Um die Aufmerksamkeit der Männer nicht noch mehr auf sich zu ziehen, presste sie ein Tüchlein vor den Mund und wandte sich ab.

Ein Diener schlüpfte in den Raum und flüsterte Balthasar etwas zu, woraufhin der alte Mann übellaunig das Gesicht verzog. »Also schön, hinein mit ihr.« An Prisca gewandt, sagte er. »Mir scheint, da will dir jemand unbedingt danken!«

Die Frau, die nur wenige Augenblicke später eintrat, hatte rötliches, wirres Haar, ihr hübsches Gesicht war von Schrammen und Blutergüssen übersät. Furchtsam blickte sie sich nach dem Diener um, der sie eingelassen hatte, doch der machte eine Geste, die ihr bedeutete, dass er sie nicht begleiten würde. Sie bewegte sich schwerfällig, als hätte sie lange nicht auf den Beinen gestanden. Prisca war sofort klar, um wen es sich bei dem Mädchen handelte. Es war die Braut des jungen Bauern, dessen zertrümmerten Schädel sie behandelt hatte.

»Du bist also Marie, die Tochter des Dorfschmieds«, brummte

Balthasar.»Mein Diener sagte mir, dass du mich zu sprechen wünschst!«

Prisca beobachtete, wie die junge Frau tapfer mit den Tränen kämpfte, und empfand plötzlich so großes Mitleid, dass sie am liebsten zu ihr gelaufen und ihr tröstend einen Arm um die Schulter gelegt hätte. Diese Marie hatte Fürchterliches durchgemacht, aber alles, was man für sie getan hatte, war, sie aus dem finsteren Loch unter dem *Donjon* zu befreien, in dem sie die letzten Tage in völliger Abgeschiedenheit verbracht hatte. Prisca hatte den Verwalter gebeten, ihr in der Küche etwas zu essen zu geben, Marie hatte das jedoch abgelehnt. Sie wollte zuerst zu ihrem Ehemann gehen und nach ihm sehen. Nun war sie zum Gut zurückgekehrt.

»Ich … wollte mich bei der Heilerin bedanken«, sagte die junge Frau schließlich unter Tränen. Sie taumelte auf Prisca zu und fiel vor ihr auf die Knie.»Ich habe gehört, was Ihr für meinen Gatten getan habt, Herrin! Er lebt, und es geht ihm besser. Möge Gott Euch dafür segnen!«

»Ja, schon gut«, ertönte Balthasars Stimme. Er klatschte in die Hände, worauf sein Diener dem aufgelösten Mädchen aufhalf und es mit sanftem Griff zur Tür führte.

»Ihr seid eine Heilerin?«, erkundigte sich Michel de Montloup. Es war das erste Mal, dass er Prisca eine Spur Aufmerksamkeit schenkte. Nun musterte er sie sichtlich interessiert.»Welch ein Glücksfall, dass Ihr Euch um den armen Burschen kümmern konntet. Darf ich fragen, woher eine junge fremde Edeldame so außergewöhnliche Kenntnisse hat?«

Als Prisca den Mund öffnete, fing sie einen Blick ihrer Tante auf, der sie daran erinnerte, dass auch Albin im Raum war. So neigte sie nur höflich den Kopf und überließ es Adaliz, dem jungen Adeligen eine Antwort zu geben.

»Prisca ist die Tochter eines entfernten Verwandten meiner

verstorbenen Mutter«, begann ihre Tante sogleich und erfand aus dem Stegreif eine rührselige Geschichte, nach der Prisca nach dem frühen Tod ihrer Angehörigen von Nonnen aufgezogen worden war. In deren Obhut sei sie mit dem Wissen um Heilkräuter und ihre Anwendung bei Krankheiten in Berührung gekommen und habe sogar Lesen und Schreiben gelernt. Nachdem sie mehr zufällig von ihren Verwandten in Aquitanien erfahren hatte, habe sie sich schließlich zu ihnen auf den Weg gemacht. Seitdem bemühe sich Adaliz nach Kräften, das Mädchen mit den Gepflogenheiten des aquitanischen Adels vertraut zu machen, was keine leichte Aufgabe sei.

Michel hörte den Worten seiner Verlobten aufmerksam zu. »Wie ich sehe, verfügt jede der beiden Damen über eine gewisse Begabung«, meinte er mit einem Schmunzeln, ging aber nicht weiter darauf ein, wie er das meinte. Stattdessen wandte er sich wieder Marie zu, die er mit fester Stimme zum Bleiben aufforderte. Erschrocken drehte sich das Mädchen um. »Um dich drehte sich der ganze Aufruhr, nicht wahr? Die hielten dich unten im Dorf für … ja, wie wollen wir es nennen? Verhext? Von einer dämonischen Macht besessen?« Er stand auf und ging auf das Mädchen zu, das plötzlich die Augen aufriss und nach Luft schnappte. Als Michel seine Hand nach ihr ausstreckte, sprang Marie entsetzt zurück.

»Keine Angst, ich würde nur gern herausfinden, was sich hier wirklich zugetragen hat. Ich finde, das bin ich meiner zukünftigen Familie schuldig. Der Grundherr erwähnte, ein römisches Grabmal am Bach, aber ehrlich gesagt fehlt mir die Phantasie, um mir vorzustellen, wie ein alter Heide des Nachts seinen Stein verlässt, um in der Brautnacht einem frisch vermählten Paar Gewalt anzutun.«

Prisca holte tief Luft. Auch wenn Balthasar und Adaliz es gewiss missbilligten, konnte sie nicht anders. Sie musste sich einmischen.

»Ich halte die Geschichte mit dem Grabmal auch für einen dummen Aberglauben«, sagte sie mit Überzeugung. »Marie hat ihren Bräutigam nicht niedergeschlagen. Selbst wenn sie ihm in geistiger Umnachtung mit einem Stein den Schädel hätte spalten wollen, hätte sie das unmöglich ausführen können.« Sie warf dem zitternden Geschöpf an der Tür einen prüfenden Blick zu. »Sie ist viel kleiner und zierlicher als er. Dazu kommt, dass der Winkel, aus dem der Schlag geführt wurde, eher zu einem Mann passt.«

Montloup warf Prisca einen Blick zu, aus dem Anerkennung sprach.

Albin verdrehte die Augen. »Seid Ihr endlich fertig damit, dieses Bauernmädchen zu quälen, Montloup? Ihr habt doch die Absicht, Euch selbst bald zu vermählen, nicht wahr? Da solltet Ihr eigentlich ein wenig mehr ritterliches Zartgefühl aufbringen. Manche Dinge sind nicht für die Ohren einer Edeldame geeignet.« Er reckte herausfordernd das Kinn. »Mich graust schon die Vorstellung, jemand könnte über Adaliz herfallen.«

»Genug«, rief Balthasar, wobei er abwehrend die Hand hob. »Das reicht jetzt, Albin.«

»Verzeiht mir, Balthasar, aber ich begreife nicht, wie Ihr zulassen könnt, dass Montloup hier lächerliche, neugierige Fragen stellt, als habe er hier auf dem Gut de Gros das Sagen!« Albin nahm einen Schluck aus seinem Becher. »Wo hat er gesteckt, als die aufgebrachte Menge vor Eurem Tor gewütet hat?«

Prisca erinnerte sich, wie Albin an der Spitze seiner Männer durch das Dorf und zum *Donjon* galoppiert war. In der Tat war er zur rechten Zeit gekommen, um die Plünderer zu vertreiben. Dass er sich nun an den Rand gedrängt vorkam, konnte sie verstehen, schließlich fühlte er sich seit seiner Kindheit eng mit dem Gut verbunden. Mitanzusehen, wie ein fremder Ritter in die Familie aufgenommen wurde, in der er seinen Platz zu finden gehofft hatte, musste ihn schwer treffen. Insbesondere jetzt, nachdem er den de

Gros' mit Bewaffneten geholfen hatte. Auf der anderen Seite fand sie es ungerecht, dem jungen Montloup vorzuwerfen, nicht zeitig genug auf Balthasars Hof gewesen zu sein. Michels Burg befand sich zu weit entfernt. Selbst wenn der Verwalter ihres Großvaters an Albins Stelle ihn geholt hätte, wäre er mit seinen Männern erst lange nach Tagesanbruch eingetroffen.

»Wir sind dir wirklich dankbar für deine nachbarschaftliche Hilfe, Albin«, erklärte Balthasar. »Du weißt hoffentlich, dass ich dasselbe auch für dich wie für jeden anderen meiner Nachbarn tun würde, der Waffenhilfe braucht. Aber das ändert nichts daran, dass ich Adaliz mit Michel de Montloup vermählen werde. Sie erhält die vereinbarte Mitgift, und mein Besitz wird nach meinem Tod an das Haus Montloup fallen, da ich keine männlichen Nachkommen habe.«

Albin verzog keine Miene. Im Gegenteil, er nahm Balthasars Ankündigung so gelassen auf, dass Prisca einen Moment lang den Verdacht hegte, er habe dem alten Mann nicht zugehört. Schweigend grübelte er eine Weile, dann erhob er sich, räusperte und neigte vor Michel de Montloup höflich den Kopf.

»Ich hoffe, Ihr verzeiht mir mein unbeherrschtes Geschwätz von eben, Montloup«, sagte er lächelnd. »Als ältester und bester Freund von Adaliz' verstorbenem Bruder Payen war ich um ihr Wohlergehen besorgt. Aber natürlich hat ihr Vater zu entscheiden, wem er sie anvertraut. Es war töricht von mir, dies infrage zu stellen.« Balthasar wollte etwas sagen, doch Albin hob rasch die Hand. »Ich weiß, dass das Geschlecht der Montloup über einen beachtlichen Besitz verfügt. Mit Eurer Burg kann ein baufälliges Haus wie meines nicht mithalten.«

»Das ist aber nicht der einzige Grund, warum Vater eine eheliche Verbindung zwischen mir und Michel wünscht«, sagte Adaliz, die offensichtlich nicht den Eindruck entstehen lassen wollte, dass es nur das Vermögen der de Montloups war, was sie interessierte.

Prisca musste sie diesbezüglich nicht überzeugen. Seit ihrer Unterhaltung neulich am Bach glaubte sie, dass Adaliz dem jungen Michel aufrichtig zugetan war und es kaum abwarten konnte, endlich mit ihm getraut zu werden. Sie konnte auch verstehen, was Adaliz an Michel anziehend fand. Abgesehen von einer kleinen Narbe unter dem linken Auge hatte er keine körperlichen Makel. Seine kohleschwarzen Augen versprühten den forschen Glanz eines leidenschaftlichen jungen Mannes, der freundliche Zug um seinen Mund mit den gerundeten Lippen ließ indes darauf schließend, dass Güte und Mitgefühl für ihn keine Fremdwörter waren. Was Prisca aber am meisten an dem Burgherrn beeindruckte, war sein Drang, Ungereimtheiten auf den Grund zu gehen und Fragen zu stellen. Wie ihr selbst, widerstrebte es offensichtlich auch ihm, sich mit bloßen Vermutungen zufriedenzugeben.

Adaliz' Angebot, nach ihrer Vermählung mit Michel und ihr auf Burg Montloup zu leben, fiel ihr wieder ein, und Prisca ertappte sich bei dem Gedanken, dass ihr dies wohl gefallen könnte. Michel machte ganz den Eindruck, als stünde er Diskussionen über ungewöhnliche Themen offener gegenüber als ihr Großvater oder Adaliz. Ob man ihr erlauben würde, Michel nach der Hochzeit die wahre Geschichte ihrer Herkunft zu erzählen? Womöglich brachte ein Mann wie er sogar Verständnis für ihren waghalsigen Plan auf, das Mysterium der Templer über das Meer nach Palästina zu schmuggeln, und half ihr dabei?

Unmöglich, rief sie sich selbst streng zur Ordnung. Sie hatte geschworen, ihr Geheimnis nur im äußersten Notfall mit einem Außenstehenden zu teilen. Wohl oder übel musste sie der Versuchung widerstehen, mit Adaliz auf die Burg Montloup zu ziehen. Ihre Tante hatte ein unbeschwertes Leben verdient, und mit Prisca unter ihrem Dach würde sie ein solches wohl kaum haben. Nein, Prisca würde auf dem Gut ihres Großvaters bleiben, bis Benedicta von Rosenfeld ihr die beiden anderen Gefäße der Sterndeuter geschickt hatte. Sie betete, dass dies noch vor dem Winter geschehen würde, obwohl es ihr vermutlich nicht mehr gelingen würde, dieses Jahr in See zu stechen. Aber das machte nichts. Eine Reise, wie Prisca sie im Sinne hatte, musste gut vorbereitet sein. Sie musste vor allem so viel wie möglich über das Heilige Land und die Stadt Jerusalem in Erfahrung bringen. Möglicherweise gab es ja in der Abtei St. Jacques Bücher und Aufzeichnungen, die ihr dabei halfen, den richtigen Ort für das Mysterium zu finden.

Prisca steckte so tief in ihren Überlegungen, dass sie nicht sofort mitbekam, wie Albin ein zusammengefaltetes Papier aus seinem Gürtel zog. Erst als sie Balthasar scharf die Luft ausstoßen hörte, horchte sie auf. Der Blick ihrer Tante verriet ihr, dass es sich bei dem Papier um das Übereinkommen handeln musste, welches ihr und Albins Vater vor Jahren ausgehandelt hatten. Zu ihrer Überraschung ging Albin mit einem Lächeln auf Adaliz zu und überreichte ihr den Vertrag.

»Hier, ich möchte, dass du dieses Papier bekommst«, sagte er. »Sicher ein ungewöhnliches Hochzeitsgeschenk, aber unter den gegebenen Bedingungen gewiss ein willkommenes, nicht wahr?«

Adaliz' Hand zitterte leicht, als sie den Vertrag entgegennahm. Sie konnte es nicht fassen. Albin gab damit ein wertvolles Faustpfand aus der Hand.

»Soll das heißen, dass du nicht länger auf deine Ansprüche bestehst?«, erkundigte sie sich vorsichtig. »Du entbindest Vater von seinem Versprechen?«

Albin nickte. Dann nahm er eine der Kerzen und hielt sie Adaliz entgegen. »Ich schlage vor, du verbrennst das Papier. Es war dumm von mir, es nach so langer Zeit überhaupt noch einmal zur Sprache zu bringen. Na los, worauf wartest du noch?« Er sah Adaliz eindringlich an. »Verbrenne es, dann bist du frei, und deiner Hochzeit steht nichts mehr im Weg!«

XVIII.

Am nächsten Morgen wurde Prisca beim ersten Hahnenschrei zu Adaliz gerufen. Sie fand ihre Tante in deren Schlafkammer. Ein hübsches Lied vor sich hin summend, begutachtete sie einige Schmuckstücke, die sie bei ihrer Vermählung zu tragen gedachte. Prisca näherte sich Adaliz mit gemischten Gefühlen. Sie hatte sich nie viel aus Geschmeide gemacht und hoffte, dass ihre Tante sie nicht in aller Herrgottsfrühe sehen wollte, um sich von ihr beraten zu lassen. Zu ihrer Überraschung hielt sich auch die junge Marie bei Adaliz auf. Das Mädchen hockte in einem Winkel des Raumes und glättete Leintücher, eine anspruchslose Arbeit, die ihr vermutlich von Adaliz aufgetragen worden war.

»Ich habe beschlossen, Marie hier auf dem Gut Arbeit zu geben«, sagte Adaliz, der Priscas Verwunderung nicht entgangen war. »Im Dorf sollte sie nicht bleiben. Vater hat zwar überall verkünden lassen, dass nicht sie es war, die ihren Ehemann erschlagen wollte, aber wir wissen doch, wie die Menschen sind. Verdächtigungen halten sich hartnäckig, auch wenn sie jeglicher Grundlage entbehren. Ich möchte nicht, dass die Ärmste schief angesehen wird, wenn sie durch das Dorf geht. Ihr Mann wird ebenfalls in Vaters Dienste treten, sobald er sich erholt hat.« Sie hob fragend den Blick. »Er wird sich doch erholen, oder? Ich meine, so, dass er auf dem Gut kräftig zupacken kann?«

Prisca mochte es nicht beschwören, aber sie war zuversichtlich, dass Maries Mann wieder vollständig genesen würde. Allerdings bestand sie darauf, ihm viel Ruhe und die nötige Zeit zu gönnen, um kräftiger zu werden.

»Ich werde noch heute zwei Knechte ins Dorf schicken, um ihn hierherbringen zu lassen«, entschied Adaliz. »Marie kann sich um ihn kümmern, sobald ich sie nicht mehr in meiner Kammer brauche.«

Das Mädchen auf dem Hocker brach in Tränen aus.

»Vorausgesetzt, sie heult nicht den ganzen Tag. Eine Zofe, die andauernd mit geschwollenen Augen herumläuft, kann ich nicht gebrauchen.«

Prisca fand es großherzig von Adaliz, das Mädchen in ihre Dienste zu nehmen. Sie teilte die Meinung ihrer Tante, dass es vernünftig war, Marie und ihren Ehegatten nicht länger in ihrer Hütte am Dorfrand zu lassen, jedoch noch aus einem anderen Grund. Wer auch immer die beiden in der Nacht nach ihrer Trauung angegriffen hatte, war mit Gewalt und Heimtücke vorgegangen. Gewiss hatte er nicht damit gerechnet, dass sein Opfer am Bach den Schlag mit dem Stein überlebt hatte. Was dies betraf, so hatte Prisca dem unheimlichen Schatten, wie Marie sich ausgedrückt hatte, ganz offensichtlich einen Strich durch die Rechnung gemacht. Ob Marie sich an ein Gesicht aus dieser Nacht erinnerte oder tatsächlich nichts gesehen hatte, blieb ihr Geheimnis. Sie weigerte sich hartnäckig, sich jemandem anzuvertrauen.

Balthasar war geneigt, die Tat einem Fremden zuzuschreiben, einem der Burschen, die seine Bauern aufgehetzt hatten und anschließend gegen den Gutshof gezogen waren. Er hatte sogar den Gedanken geäußert, dass es der Plünderer gewesen sein könnte, den er in Priscas Kammer erwischt hatte. Demnach habe sich dieser Kerl im Dorf herumgedrückt, um auszukundschaften, was sich dort zu stehlen lohnte. Er habe die Hochzeitsfeier auf dem

Anger aus einem Versteck heraus beobachtet und nur auf die Dunkelheit gewartet, um loszuschlagen. Die Hütte der Frischvermählten musste ihm dabei besonders aufgefallen sein, da es am Dorfrand stand, abgeschiedenen von den Katen der übrigen Bauern, und weil er sich ausrechnen konnte, dass sich in der Hütte unter den Geschenken auch ein paar Dinge von Wert befanden. Prisca hatte darüber nachgedacht, fand die Erklärung allerdings wenig einleuchtend. Sie war in der Hütte gewesen und hatte die Scherben sowie das zerschlagene Inventar mit eigenen Augen gesehen. Der Plünderer, den ihr Großvater mit dem Schwert getötet hatte, hätte gestohlen, was er hätte tragen können, da gab sie Balthasar recht. Doch dem Mann, der Marie misshandelt hatte, war es nicht um die bescheidene Habe der Dorfbewohner gegangen. Er hatte nichts gestohlen, nicht einmal das feine Leinen, Adaliz' Gabe. Stattdessen hatte er in blinder Wut alles zerschlagen, was ihm unter die Finger gekommen war.

Nein, gegen den Plünderer sprach zu viel. Der wahre Täter war nicht gefasst worden, davon war Prisca überzeugt. Doch falls er noch in der Gegend war, war es für Marie und ihren Mann bestimmt sicherer, auf dem Gutshof Zuflucht zu finden.

»Ihr habt mich bestimmt nicht nur rufen lassen, um mir Eure neue Zofe vorzustellen«, sagte Prisca, während sie sich unauffällig in Adaliz' Kammer umsah. Es war das erste Mal, dass sie den Raum betreten durfte, und fand, dass Adaliz ihn mit viel Geschmack eingerichtet hatte. Um Tür und Fenster war das graue Mauerwerk des Turms mit Blumenmalereien verziert, es gab ein breites Bett mit Baldachin und bestickten Bettvorhängen sowie einen stillen Winkel mit einem silbernen Kruzifix an der Wand. Ein zerlesener Psalter auf der Kniebank wies darauf hin, dass Adaliz es mit ihren täglichen Gebeten sehr genau nahm.

Mit einer einladenden Geste bat sie Prisca, sich einen Stuhl auszusuchen, während sie selbst hinter ihrem Stickrahmen Platz nahm. Marie, die mit dem Zusammenlegen fertig war, schickte sie mit der Bitte hinaus, sich in der Gesindeküche zu vergewissern, dass die Männer ihres Nachbarn auch eine sättigende Morgenmahlzeit erhielten.

»Heißt das, Albin und seine Leute sind immer noch hier?«, erkundigte sich Prisca erstaunt. Sie hatte angenommen, dass der Mann noch gestern Abend das Gut verlassen hatte.

Adaliz verdrehte ungeduldig die Augen. »Vater wird allmählich unruhig, aber er kann ihn ja wohl schlecht vor die Tür setzen, nachdem er sich so großmütig gezeigt hat. Ich glaubte ja selbst, ich würde träumen, als er mir diese unglückselige Vereinbarung geschenkt hat.«

Prisca erwiderte Adaliz' Lächeln. Verständlicherweise hatte ihre Tante keinen Moment gezögert, das Papier in die Kerzenflamme zu halten. Sie und Balthasar waren höchst zufrieden gewesen, der Alte hatte sogar seinen besten Wein aus dem Keller holen lassen, um mit den Männern Becher um Becher zu leeren. Michel de Montloup hatte die Einladung angenommen, aber wenig Wein getrunken, während Priscas Großvater nach kurzer Zeit nicht mehr sicher hatte stehen können.

»Reden wir nicht mehr von Albin«, bat Adaliz. »Er wird bald den Heimweg antreten, da es ja jetzt für ihn hier nichts mehr zu holen gibt. Du hast gehört, was mein Vater gesagt hat: Das Gut wird nach seinem Tod an meine Nachkommen übergehen. Meine und Michels.«

»Ja schon, aber ...«

Adaliz kicherte ausgelassen wie ein Kind. »Unsere Familie war immer fruchtbar, wenn du verstehst, was ich meine. Und Michel sieht nicht so aus, als würde es ihm schwerfallen, seine ehelichen Pflichten im Schlafgemach zu erfüllen. Ich werde ihm einen ganzen Stall voller Söhne schenken.« Sie deutete auf den Betschemel in der Ecke. »Bis in die Nacht hinein habe ich die Jungfrau Maria und die Heilige Anna, Mutter Mariens, angefleht, mir diesen Wunsch bald zu erfüllen.«

»Solltet Ihr nicht erst einmal heiraten? Ich weiß, dass Maria auch ohne Ehemann schwanger wurde, aber ...«

Adaliz drohte ihr spielerisch mit dem Zeigefinger. »Na, nur nicht so vorwitzig, Nichte! Michel ist einverstanden, auf eine längere Verlobungszeit zu verzichten. Den Guten scheint etwas zu quälen, bestimmt ist er um meine Sicherheit besorgt. Darum hat er zugestimmt, dass wir nicht auf Burg Montloup, sondern in der Klosterkirche von St. Jacques getraut werden. Anschließend kehren wir zunächst auf das Gut zurück, bevor ich dann endgültig nach Montloup übersiedle. Vater wünscht das. Er ist der Meinung, meine Hochzeit mit Michel wäre eine gute Gelegenheit für ihn, die Beziehungen zu den Leuten im Dorf wieder zu verbessern. Er wird sie an unserem Glück teilhaben lassen und ihnen einen Mastochsen stiften. Außerdem hat er versprochen, beim Bischof von Bordeaux wegen eines neuen Priesters vorzusprechen. Das Volk verkümmert, wenn es noch länger ohne Beichte und Kommunion dahinvegetiert.«

Prisca musste an den dürren Mann mit dem verkniffenen Gesichtsausdruck denken, der in der Bauernkate ihren Großvater um Vergebung gebeten hatte. Er war an den Ereignissen der schrecklichen Nacht nicht unschuldig gewesen, doch eine innere Stimme sagte ihr, dass er ebenso missbraucht worden war wie die Bauern aus dem Dorf, die sich dazu hatten anstiften lassen, das Tor des Gutshofes niederzureißen. Nach dem Blutgericht auf dem Anger hatte der Pfaffe sein Bündel geschnürt und schleunigst Reißaus genommen. Wohin, wusste keiner. Seit der Priester fort war, kümmerte sich einer der Mönche der Abtei St. Jacques um die geistlichen Belange des kleinen Ortes; er schien seine dringlichste Aufgabe darin zu sehen, den Dorfleuten wieder Achtung vor der gottgewollten Ordnung einzutrichtern. Nach dieser

Ordnung gab es auf der Welt Freigeborene und Leibeigene, Herren und Knechte, Rechtgläubige und Irrlehrer, und wehe denen, die sich dagegen versündigten und falschen Propheten ihr Ohr liehen. Gewiss sei der Wunsch des früheren Geistlichen, den Ort von einem heidnischen Schandfleck zu befreien, ein rechtschaffener gewesen, doch den Gutsherrn anzugreifen und seine Tochter zu ängstigen sei eine Sünde, aufgrund derer der Allmächtige dem Dorf zurecht zürne.

Der Angriff auf zwei unschuldige Personen aus dem Dorf blieb dabei ebenso unerwähnt, wie die Tatsache, dass vornehmlich fremdes Gesindel für die Schäden auf dem Gut verantwortlich gewesen war.

Prisca fragte sich, ob die Bußpredigten des Mönchs nicht zusätzlich Öl ins Feuer gossen. Mit mahnenden Worten und einem gemästeten Ochsen allein ließ sich kein Frieden stiften. Die Bauern waren verunsichert und verschwanden in ihren Häusern, sobald jemand vom Gut durch das Dorf ritt. Erstaunlicherweise gab es aber auch einige Stimmen, die dem Gutsherrn recht gaben. Die drei Hingerichteten, so erklärten sie ohne Scheu, seien von jeher unbeliebt und faul gewesen und hätten der Dorfgemeinschaft nur auf der Tasche gelegen.

Unvermittelt ergriff Adaliz Priscas Hand. »Du bist die Tochter meines Bruders und damit mein Fleisch und Blut, auch wenn wir das niemandem sagen konnten. Nicht einmal Michel. Aber er wird es erfahren. Bald schon, das verspreche ich dir!«

»Wirklich?«

Die junge Frau nickte eifrig. Ihre wasserblauen Augen, die Prisca manchmal an ihren Vater Payen erinnerten, schimmerten. »Ich verzichte nur zu gern auf ein großes Hochzeitsbankett, auf Spielleute, Gaukler und sämtlichen Mummenschanz«, sagte sie. »Nicht, dass ich an böse Omen glauben würde, aber wir sollten das Schicksal nicht herausfordern, nach allem, was nach dem letzten

Hochzeitsfest auf Vaters Grund und Boden geschehen ist ...«
Ängstlich starrte sie zu der Wand mit dem Kruzifix und bekreuzigte sich.

Dann ließ sie die Katze aus dem Sack.

»Es ist mein Wunsch, dass du, meine einzige Verwandte, als meine Ehrenjungfer hinter mir zum Altar der Klosterkirche schreiten wirst. Aber, du musst verstehen, dass ich mich unwohl fühlen würde, wenn du bis dahin nicht ... ich meine ...« Adaliz' hübsches Gesicht nahm einen bekümmerten Ausdruck an. Doch es war unnötig, weiterzusprechen. Prisca hatte auch so verstanden, was ihre Tante beschäftigte. Wieder einmal ging es um Priscas Herkunft, darum, was sie glaubte, vor allem aber, was sie nicht glaubte. Natürlich war es für eine junge Frau von Adaliz' Stand unmöglich, sich im Beisein des Bischofs, des Abtes von St. Jacques und der Hälfte des Adels von Aquitanien von einer Jüdin zum Traualtar begleiten zu lassen. Adaliz war fromm erzogen worden, daher musste sie schon die Vorstellung an einen solchen Frevel mit Abscheu erfüllen.

Prisca atmete tief durch und versuchte, sich ihre Enttäuschung nicht anmerken zu lassen. Insgeheim hatte sie gehofft, dass ihre Verwandten sie nach den jüngsten Geschehnissen nicht mehr zur Taufe zwingen würden. Doch da schien sie sich getäuscht zu haben. Nun, da sie kurz vor der Vermählung stand, war es Adaliz sogar noch wichtiger geworden, Prisca dem Schoß ihrer Kirche zuzuführen.

Prisca biss sich auf die Lippen. Nun gut, ein wenig konnte sie ihre Tante ja auch verstehen. Doch warum fiel es dieser so schwer, sich einmal in Prisca hineinzuversetzen? Warum fragte sie sie nicht wenigstens, ob ihr etwas an ihrem Glauben lag? Hätte sie das getan, so hätte Prisca ihr anvertraut, dass sie sich keineswegs nach den strengen Regeln und Geboten zurücksehnte, die in der Judengasse zu Speyer ihre Kindheit und Jugend geprägt hatten. Eine halbe Ewigkeit hatte sie nicht mehr daran gedacht, an Freitagabenden nach Sonnenuntergang Kerzen anzuzünden. Sie hatte aufgehört, Milch von Fleisch zu trennen, weil man so etwas nun mal nicht tat, und an die hebräischen Worte des täglichen Morgengebetes, mit denen eine Frau dafür dankte, dass der Herr sie erschaffen hatte, wie sie war, erinnerte sie sich nur noch dunkel.

Prisca spürte einen Kloß im Hals, als sie sich an das kleine Steinhaus in Speyer erinnerte, in dem sie als Ärztin Kranke behandelt hatte. Bis zu jenem Tag, als der Bischof sie zu sich in den Dom hatte rufen lassen. Dort war ihr erlaubt worden, einen verletzten Christen zu behandeln, obwohl sie eine Jüdin war. Die sieben Templer hatten ihr das Mysterium anvertraut, ohne sich an dem Glauben zu stören, mit dem sie aufgewachsen war.

Prisca hatte sich von allem getrennt, was ihr einmal etwas bedeutet hatte. Der alte Glaube mochte ihr nicht mehr viel sagen, dennoch hatte sie Angst, alles Vertraute hinter sich zu lassen. Sie fürchtete, auf diese Weise auch ihre Mutter zu vergessen.

»Ich bitte dich, Prisca«, hörte sie die eindringliche Stimme ihrer Tante, die noch immer ihre Hand drückte. »Du bereitest dich doch schon so lange darauf vor, und du weißt, dass es sein muss. Vater kann dir kein Erbe hinterlassen, solange du keine Christin bist. Er kann dich nicht als seine Enkelin anerkennen. Du kannst keine Ehe eingehen, weder mit einem Christen noch mit einem Juden. Du bist absolut rechtlos.« Sie seufzte. »Daher wünsche ich, dass du noch vor meiner Trauung getauft wirst!« Ihr Blick wurde streng, als Prisca die Lippen öffnete. »Ich dulde keinen Widerspruch. Du hast dich lange genug geziert, jetzt gelten keine Ausflüchte mehr, du habest zu wenig Zeit gehabt, um dich vorzubereiten. Ich finde, du hattest ausreichend Zeit. Stell dir nur vor, dieser schreckliche Kerl, der Plünderer, hätte dir etwas angetan und du wärest gestorben, ohne den Trost der heiligen Kirche zu empfangen. Nicht auszudenken! Nein, es bleibt dabei. Du wirst getauft!«

»Aber ... doch nicht hier im Dorf?«

Adaliz dachte nach. »Wir können das in einer Kapelle der Abteikirche vornehmen lassen. Michel sagen wir einfach, ich möchte mit dir und Vater noch ein stilles Gebet sprechen, bevor uns der Bischof vermählt.«

Sie ließ Priscas Hand los und stand auf. »Und denk nicht, dass du damit deine Mutter oder deine Verwandten verraten würdest«, sagte sie, als hätte sie Priscas Gedanken gelesen. »Ich habe deine Mutter nicht gekannt, aber wenn mein Bruder Payen trotz seiner Templergelübde Gefallen an ihr gefunden hat, muss sie eine bemerkenswerte Frau gewesen sein.«

Prisca glaubte, ersticken zu müssen. Obwohl sie gewusst hatte, dass dieser Tag kommen würde, fühlte sie sich in einem Zwiespalt gefangen. Einerseits wollte sie Adaliz, die immer gut zu ihr gewesen war, nicht vor den Kopf stoßen. Sie wollte Teil der Familie sein, von der sie abstammte. Andererseits schien ihr der Preis, der dafür von ihr gefordert wurde, zu hoch zu sein.

»Hast du dazu denn nichts zu sagen?«, hörte sie Adaliz. Sie klang argwöhnisch, als ahnte ihre Tante bereits, dass in ihrer Brust ein Kampf tobte. »Du wirst doch gehorchen?«

Prisca mochte Adaliz nicht anlügen, aber welche Wahl hatte sie?

»Ihr habt gehört, dass ich nach Palästina pilgern möchte«, versuchte Prisca abzulenken. »Es ist das Land, aus dem die Ahnen meiner Mutter stammen, und ich habe vor ...«

Adaliz brachte sie mit einer scharfen Handbewegung zum Schweigen. »Vater hat dir doch schon mitgeteilt, was er von diesem verrückten Einfall hält. Da könntest du dich auch gleich nackt auf die Landstraße nach Bordeaux werfen und ›Nimm mich‹ schreien.« Sie griff nach einer Garnspule und begann, sich mit ihrem Stickrahmen zu beschäftigen. »Am besten schlägst du dir das gleich wieder aus dem Kopf. Du wirst niemals nach Jerusalem gelangen, und was deine Herkunft angeht, so werde ich dir schon beibringen, was es heißt, das Leben einer frommen Christin zu führen. Dazu gehört, dass du die Flausen vergisst, die Payens Templerfreunde dir in den Kopf gesetzt haben. Ihren Orden gibt es nicht mehr, der Papst hat ihn geächtet, und wir wollen nicht mehr an diese scheußlichen Prozesse erinnert werden.« Sie wandte den Blick von ihrer Stickarbeit ab und Prisca zu. »Dein Vater kann die Sünden der Templer nicht mehr bereuen, er ist tot. Du aber lebst und kannst für seine Seele beten – sobald du getauft bist.«

Während Prisca zur Tür ging, spürte sie die Blicke ihrer Tante wie feine Nadelstiche in ihrem Rücken. Als sie schon hinausgehen wollte, rief Adaliz sie noch einmal zurück.

»Die Schmuckstücke aus meinem Kästchen sind viel zu bescheiden für die Vermählung mit einem wohlhabenden Burgherrn«, flüsterte sie verschwörerisch, wobei ihre Wangen sich vor Verlegenheit röteten. »Vater hat mir erzählt, du habest neulich eine Schatulle mit Geschmeide vor dem Feuer gerettet. Schmuckstücke, die deiner Mutter gehört haben. Gewiss sind sie sehr kostbar. Würdest du sie mir zeigen?«

Prisca erschrak. Sie hatte Balthasar in dem Glauben gelassen, in ihrem Kasten befänden sich Schmuckstücke, damit dieser ihr keine weiteren Fragen zu seinem Inhalt stellte.

»Euer Vater hat sich geirrt«, sagte sie nach kurzem Zögern. »In meiner Schatulle sind … ein paar Erinnerungsstücke, aber nichts, was Euch interessieren könnte.«

»So?« Adaliz klang enttäuscht und alles andere als überzeugt. »Nun gut, du kannst gehen.«

Prisca trat vor die Tür des *Donjons* und blinzelte, da das Sonnenlicht ihre Augen blendeten. Sie hoffte, dass ihre Tante nicht noch einmal auf den vermeintlichen Schmuck in dem Kästchen zurückkam. Auf keinen Fall durfte sie die Reliquie zu Gesicht bekommen. Adaliz war eine kluge Frau, ihr würde auffallen, dass es mit dem Gefäß eine besondere Bewandtnis hatte, und gewiss würde sie Prisca so lange quälen, bis sie alles darüber erfahren hatte. Prisca dachte nach. Sie brauchte ein gutes Versteck für das Mysterium, ein Ort, an dem das Kästchen sicher war, bis sie ihre Vorbereitungen für die Reise ins Heilige Land abgeschlossen hatte. Doch wie mochte ein solcher Ort aussehen? Seit dem Aufruhr gab es weder im *Donjon* noch anderswo innerhalb der Umzäunung auch nur einen Hauch von Privatsphäre. Fortwährend lief einem ein Knecht über den Weg.

Tief in Gedanken scheuchte Prisca eine Schar Hühner auf, die sich gackernd an ihr vorbei bewegte. Wie gern wäre sie jetzt durch den Wald oder über eines der weiten Felder gestreift, um Wind und Sonne auf der Haut zu spüren. Sie musste sich nach neuen Kräutern umschauen, da ihr Vorrat an Heilpflanzen mitsamt dem Verwalterhaus verbrannt war. Zu ihrem Bedauern aber hatte der Gutsherr ihr und Adaliz strikt verboten, den Besitz zu verlassen.

Auf dem Hof herrschte rege Betriebsamkeit. Balthasars Knechte waren damit beschäftigt, die beschädigte Umzäunung niederzureißen, was Prisca für eine kluge Entscheidung hielt. Die morschen Pfähle boten inzwischen auch keinerlei Schutz mehr. Der Verwalter begutachtete das Holz mit prüfenden Blicken und ließ alles, was brauchbar war, mit einem Karren in einen der heilgebliebenen Schuppen schaffen. Ein Stück weiter, wo der Hügel zum Bachlauf abfiel, machten sich Arbeiter mit Werkzeugen an der Dornenhecke zu schaffen.

»Ich bin froh, dass ich den alten Herrn überzeugen konnte, dieses fürchterliche Gestrüpp zu beseitigen«, hörte Prisca unvermittelt eine Stimme neben sich. Überrascht drehte sie sich um und sah Michel, der sich mit einem freundlichen Lächeln den Schweiß von der Stirn wischte. Er trug einen lässig geschnürten Wollkittel, der seine nackte Brust nur unzureichend bedeckte. In der Hand hielt er eine Axt. Wie es aussah, begnügte er sich nicht damit, Befehle zu geben, sondern half den Gutsknechten damit, die Dornenranken zu beseitigen. Davon zeugte auch eine blutige Schramme auf dem Handrücken.

»Das sollte verbunden werden«, meinte Prisca zurückhaltend. Sie spürte ihr Herz klopfen und fragte sich, wie es sein konnte, dass man sich in Gegenwart eines völlig Fremden unbehaglich und wohl zugleich fühlen konnte.

Michel de Montloup schürzte die Lippen. »Ach ja, ich vergaß, dass Ihr nicht nur eine entfernte Verwandte, sondern auch eine begabte Heilerin seid.« Er lachte, wobei Prisca zwei Reihen faszinierend weißer, gerader Zähne zu sehen bekam. Am liebsten hätte sie gefragt, wie er sie reinigte, aber natürlich gehörte sich so das nicht.

Der junge Adelige winkte einen Jungen herbei, der mit Eimer und Schöpfkelle unterwegs zu den Palisadenarbeitern war, und bat ihn, ein wenig Wasser über seine Hand zu gießen.

»Seht Ihr? Schon wieder in Ordnung. Ein Kratzer hat noch niemanden umgebracht!«

»Ihr müsst es ja wissen«, sagte Prisca ein wenig pikiert. »Ich aber habe schon so manchen Helden am Wundfieber jämmerlich verglühen sehen, weil er den blutigen Kratzer verspottet hat. Steht nicht sogar in Eurer Heiligen Schrift, dass ein wenig Sauerteig den ganzen Teig sauer macht?«

»*Eurer* Heiligen Schrift, sagt Ihr?« Unvermittelt zuckten seine schwarzen Augenbrauen in die Höhe. Prisca hätte sich vor Wut über ihren gnadenlosen Leichtsinn ohrfeigen können.

»Ein *Lapsus linguae*«, gab sie zurück. Sie bemühte sich, gleichmütig zu klingen. »Ich hoffe, Ihr verzeiht mir, dass meine Kenntnisse des hiesigen Dialekts noch nicht ausreichen, um mich mit einem Edelmann, der so gewandt ist wie Ihr, unterhalten zu können.« Sie versank in einen ehrerbietenden Knicks, wie Adaliz ihn ihr beigebracht hatte, und wandte sich zum Gehen. Doch Michel hielt sie zurück.

»Ich wollte Euch nicht kränken, Prisca«, sagte er, worauf er mit der Hand über seinen groben Kittel wischte und dabei ein wenig Blut von seiner Schramme auf dem Tuch verteilte. »Sieht so für Euch ein weltgewandter Edelmann aus?« Prisca unterdrückte ein Lächeln. Nein, soweit sie es beurteilen konnte. Der junge de Montloup schien sich überhaupt nicht auf seinen Privilegien auszuruhen. So, wie seine Hände aussahen, übte er sich nicht nur im Waffenhandwerk, sondern schreckte auch vor der harten Arbeit einfacher Knechte nicht zurück. Prisca gefiel das, doch sie fragte sich gleichzeitig, was Adaliz wohl davon halten mochte.

Michel lenkte schließlich ein und erlaubte Prisca, seine Hand zu säubern. Da Prisca nicht wollte, dass der junge Burgherr ihrer Tante schmutzig und verschwitzt über den Weg lief, führte sie ihn die Treppen hinab zu den Kellergewölben des *Donjons*, wo sich auch der Küchentrakt befand. Die Küche lag Tag wie Nacht in beklemmendem Halbdunkel. Dennoch fühlte sich Prisca hier wohler als oben im Turm. Dass sie in einer ausgeräumten Vorratskammer neben der Küche schlief, band sie Michel jedoch nicht auf die Nase. Sie schämte sich ein wenig deswegen.

»Habe ich das richtig verstanden?«, fragte sie, während sie Michels Kratzer mit einer Salbe bestrich und dann ein Stück sauberes Leintuch darumband. »Ihr habt Pläne gemacht, den Hof mit einer Mauer aus Stein zu umgeben?«

»Es war ein hartes Stück Arbeit, bis ich dem alten Gutsherrn die Mauer schmackhaft gemacht hatte, aber zuletzt konnte ich ihn überzeugen.«

Prisca stellte den Salbentopf zurück auf das Regal und wischte sich die Hände ab. Sie war froh, noch einen letzten Rest gefunden zu haben. Die Salbe hatte sie im Winter hergestellt, und obwohl sich die Bewohner des Guts anfänglich dagegen gesträubt hatten, sie zu benutzen, ging sie inzwischen zur Neige. »Balthasar ist kein

Dummkopf«, meinte sie schließlich. »Er wird wissen, dass eine Mauer seinen Besitz nicht nur sichert, sondern auch dessen Wert beträchtlich steigert. Sie macht aus seinem Gut fast eine Burg. Eure Kinder, denen sein Erbe einmal zufallen wird, werden Euch für diese Entscheidung danken.«

»Um ehrlich zu sein, dachte ich soweit noch gar nicht!«, gab Michel zu. »Mir geht es zunächst nur darum, den Besitz der de Gros' vor künftigen Überfällen zu bewahren. Ich … ich meine Adaliz könnte den Gedanken sicher nicht ertragen, Euch und ihren Vater in dieser Einöde jeder umherstreifenden Räuberbande hilflos ausgeliefert zu wissen.«

Prisca erwiderte nichts darauf. Offensichtlich hatte ihre Tante Michel noch nichts von ihren Absichten erzählt, Prisca als ihre Vertraute mit nach Montloup zu nehmen. Dass sie das Gut verlassen würde, sobald sie wieder im Besitz aller drei Reliquiengefäße war, behielt sie ebenfalls für sich. Michel mochte aufgeschlossener sein als Adaliz, doch so aufgeschlossen, dass er ihre aberwitzigen Pläne mit Palästina gutheißen würde, war er denn doch nicht. Sie wandte sich um. Nur wenige Schritte von ihr entfernt, drehte sich eine fette Gans am Spieß. Zwei Mädchen, fast noch Kinder, hackten Kräuter für eine Soße. Der Qualm, der Priscas Augen brennen ließ, schien ihnen nichts auszumachen.

Sie wollte sich schon davonstehlen, als ihr ein Mann mit einer grünen Umhängetasche auffiel, der suchend den Hals reckte. Er war nicht größer als ein Zehnjähriger, dabei aber fast kahl und besaß die größten Ohren, die Prisca je gesehen hatte. Sein langes Pferdegesicht mit den schiefen Zähnen war von braunen Flecken übersät.

»Ich glaube, der Mann sucht Euch! Gehört er nicht zu Euren Begleitern aus Montloup?«

Michel blickte zur Tür hinüber, dann hob er die Hand und winkte den Kahlkopf zu sich. »Das ist Raymond«, stellte er den

Gnomen vor, der nicht nur hässlich, sondern auch noch mit einem lahmen Bein geschlagen war, das er wie einen Holzklotz hinter sich herzog. »Er und seine ältere Schwester Calaine leben schon seit mehreren Wintern auf Burg Montloup.«

Raymond verbeugte sich tief vor Prisca. Sie konnte eben noch ihre Hand zurückziehen, um zu verhindern, dass er seine Lippen darauf drückte. Doch er schien ein ebenso umgängliches Wesen zu haben wie sein Herr. Seine Miene strahlte eine Wärme aus, die Prisca sogleich für ihn einnahm, zumal das Netz aus Falten um seine wachen Augen ihr verriet, dass er gern und oft lachte.

»Du bist also zurück?« Michel bedeutete seinem Bediensteten, die Stimme zu senken. »Nun, was hast du herausgefunden?«

»Nicht viel, fürchte ich, dabei habe ich mir den Hintern plattgeritten.« Raymond zog eine Grimasse. »Und der war bislang bestimmt noch mein hübschestes Körperteil.«

»Das will niemand wissen! Also weiter!«

Prisca biss sich auf die Lippen, um nicht laut zu lachen. Gleichzeitig spitzte sie die Ohren. Wohin mochte Michel den Lahmen nur geschickt haben? Sie bot dem erschöpften Mann einen Becher Ziegenmilch an, doch Raymond zog Wasser vor. Milch, so erklärte er mit einem fröhlichen Augenzwinkern, trinke er nie.

»Ich habe Erkundigungen über diesen Albin de Fanion eingeholt, wie Ihr mir befohlen habt, Herr«, sagte der Diener, nachdem er seinen Durst gestillt hatte. »Er besitzt einige Weingärten, aber die werfen nicht mehr viel ab. Schuld daran sind eine Reihe von Missernten, aber auch der Umstand, dass dieser Fanion jahrelang über seine Verhältnisse gelebt hat. Ich habe mich ein wenig auf seinem Gut umgesehen. Das Haus machte auf mich einen reichlich verwahrlosten Eindruck. Allerdings wundert es mich auch nicht, dass er es nicht herrichten lässt. Die Leute, die ich auf dem Hof traf, waren ziemlich wortkarg, keiner wollte mit der Sprache heraus, aber in der nächsten Stadt sah das schon anders aus. Ich

musste dort nur das Dirnenhaus aufsuchen; Huren, die sich lang-
weilen, sind oft gesprächig, von ihnen erfährt man gegen Bezahlung sogleich, was man wissen will.«

Prisca fing Michels peinlich berührten Blick auf. Offensichtlich
hielt er Raymonds Redeweise für zu unverblümt. Doch sie war
nicht Adaliz. Ihre Tante hätte jetzt vermutlich schockiert die Luft
angehalten. Prisca dagegen hatte lange genug unter Tempelrittern
gelebt, um sich nicht an Raymonds Art zu stören, die Dinge beim
Namen zu nennen. Schweigend hörte sie zu, was der kleinwüch-
sige Diener noch zu berichten hatte. Nach seinen Informationen
waren tags zuvor drei Männer von Albins Gesinde bei den Dirnen
aufgetaucht. Als sie betrunken waren, hatte einer von ihnen behauptet, sein Herr habe ihm und seinen Freunden viel Geld für
einen besonderen Dienst versprochen. Nur einer bräuchte die Belohnung nicht mehr, da er plötzlich und unerwartet verstorben sei.

»An einem Fieber«, sagte Raymond. »Aber wenn das wahr ist,
fresse ich den Sattel meines Gaules.« Er hustete geräuschvoll, da
der Rauch der Herdstelle ihn im Hals reizte. »Wisst Ihr, was ich
glaube? Dass die Burschen, die über das Gut herfielen, von diesem
Albin de Fanion bezahlt wurden. Jawohl! Und ich habe auch eine
Ahnung, warum!« Er blickte stolz von Michel zu Prisca.

»Sprich weiter«, drängte sein Herr.

»Albin steht das Wasser bis zum Hals. Er soll Geld bei Kaufleuten in Avignon geliehen haben. Nicht gegen Zinsen, denn die darf
ein Christenmensch ja von Mitgläubigen nicht annehmen, aber
doch eine so gewaltige Summe, dass seine Gläubiger allmählich
ungeduldig werden.«

Prisca zupfte an ihrem Schapel. Das war eine ernste Anschuldigung, die in ihren Ohren plausibel klang. Andererseits: Wenn Albin in finanziellen Nöten war, warum um alles in der Welt bestand
er dann nicht mehr auf die Einhaltung des alten Heiratsverspre-
chens? Warum verzichtete er auf Adaliz' Mitgift, die seine Schul-

den tilgen könnte? Und warum der Angriff? Um Zwietracht zwischen Balthasar und dem Dorf zu sähen? Sich selbst als Freund und Retter in der Not aufzuspielen? Möglich. Vielleicht hatte er den Vertrag ja nur zurückgegeben, um den Verdacht von sich abzulenken. Michels Anwesenheit konnte ihm nicht gefallen, dass dieser Erkundigungen über ihn einholte, noch weniger. Was aber hatte er vor? Warum verließ er das Gut nicht? Konnte es sein, dass er ...

Sie wagte kaum, den Gedanken weiterzuverfolgen. Angst schnürte ihr die Kehle zu.

»Noch halten die Kaufleute in Avignon still. Vielleicht, weil diesem Albin gute Kontakte zum Palast des Papstes nachgesagt werden«, unterbrach Raymonds Stimme ihr Grübeln.

Diese Neuigkeit schien Michel zu erschrecken. Mit gerunzelter Stirn starrte er auf das graue Mauerwerk, bevor er leise fragte: »Soll das heißen, der Kerl kennt den Heiligen Vater?«

Raymond zuckte mit den Schultern. »Na, zumindest hat Albin de Fanion die letzten beiden Jahre nicht auf seinem Gut, sondern in Avignon zugebracht. Dort soll er sogar die Palastwache des Papstes befehligt und in dessen Auftrag ... Verhaftungen vorgenommen haben.«

»Verhaftungen?«, platzte Prisca heraus.

»O ja. Vor etwa einem Jahr befahl Papst Johannes XXII. die Wortführer der Spiritualen nach Avignon, damit die sich für ihre Lehren rechtfertigten. Eine unschöne Angelegenheit, die euer Freund Albin ausnutzte, um seine Verbindungen zu den Mächtigen der Kirche zu vertiefen!«

»Spiritualen?« Prisca brummte allmählich der Kopf. »Was sind das für Leute?«

»Eine Strömung innerhalb des Franziskanerordens, die den Reichtum und Prunk der Kirche ablehnt und für die Armut nach dem Vorbild der Apostel Christi eintritt«, klärte Michel sie auf. »Es scheint fast so, als hätten die Prozesse gegen die Templer vor einigen Jahren so manche Pforte aufgestoßen. Es herrscht eine allgemeine Unruhe in der ganzen Christenheit. Stimmen, die jahrhundertelang geschwiegen haben, fangen an, Reformen zu fordern. Darunter auch die Spiritualen. Aber im vergangenen Jahr wurde ihre Lehre in Avignon als ketzerisch verdammt. Einige Anhänger nahmen diese Entscheidung hin und blieben im Franziskanerorden, andere verließen ihre Klöster, um eine neue Gruppe zu bilden. Soweit ich weiß, nennen die sich nun *Fraticelli* – kleine Brüder. Ihre Anliegen sind berechtigt, aber sie werden ebenso blutig verfolgt wie der Templerorden vor ihnen. Sie werden getötet, wo immer man sie aufspürt.«

»Es ist gefährlich, diesen Namen in den Mund zu nehmen, mein Herr«, mahnte Raymond. Aus dem Gesicht des kleinen Mannes wich jede Farbe. »Ihr habt doch nicht vergessen, was Ihr mir und meiner Schwester versprochen habt?«

Prisca hatte genug gehört. Die Konflikte zwischen den christlichen Ordensleuten und ihrem Papst gingen sie nichts an, davon verstand sie auch nichts. Dafür war sie nun umso mehr davon überzeugt, dass Albin etwas Grausames im Schilde führte. Dumm war nur, dass sie das nicht beweisen konnte. Die Prahlereien irgendwelcher Knechte in einem Hurenhaus würden kaum ausreichen, um einen Edelmann wie Albin finsterer Machenschaften zu überführen. Dennoch hielt sie es für angebracht, ihren Großvater aufzusuchen und zu warnen.

Sie konnte nur hoffen, dass der alte Mann ihr glaubte.

Mit tränenden Augen tastete sie sich durch den Küchenqualm. Den Schatten, der die Treppe hinaufhuschte, noch bevor sie die Tür erreichte, sah sie nicht mehr.

XIX.

In Benedictas Haus herrschte eine trübselige Stimmung, die so gar nicht zu dem Sonnenschein passen wollte, der durch die Fenster ins Innere drang. Quartus zog den Kopf ein, um ihn sich nicht an der niedrigen Decke der Kammer zu stoßen. Wohin er auch sah, stieß er auf betretene Gesichter. Als er Gottfried und Benedicta die Tür aufhielt, damit sie eintreten konnten, kam Judith von Westhofen die Treppe hinuntergelaufen. Sie war bleich wie Kalk. In ihrer Hand hielt sie einen Fetzen Stoff, auf dem ein paar hastig dahingekritzelte Worte zu sehen waren. Rémy, der wie ein Raubtier auf und ablief, machte seinem Ärger lautstark Luft.

»Ich kann es nicht fassen, dass dieses Weib sich mit meinem Beutel davongemacht hat«, polterte er los, kaum dass er Quartus entdeckt hatte. Dabei konnte sein Knappe nun wirklich nichts dafür. Rémy hatte das Mysterium verwahrt, aber hätte er erwarten können, ausgerechnet von einer ältlichen Nonne bestohlen zu werden? Nur ganz kurz hatte er die Augen zugemacht, und diese wenigen Moment musste das durchtriebene Weib ausgenutzt haben.

Judith reichte Benedicta den Fetzen. »Irmengard schreibt, wir sollen sie nicht suchen, denn sie habe die Stadt bereits verlassen!«

»Aber was hat sie mit dem Mysterium vor?«, wollte Quartus

wissen. Der junge Mann ließ sich breitbeinig auf einem Schemel sinken und zückte sein Messer. Er hatte es sich angewöhnt, an einem Stück Holz herum zu schnitzen, wenn ihn ein Problem beschäftigte. »Sie kann mit der Reliquie doch gar nichts anfangen.«

Rémy verpasste seinem Schützling eine Kopfnuss. »Sag mal, wann denkst du eigentlich mal mit? Natürlich kann diese Nonne nichts damit anfangen, aber Germund sehr wohl. Er und sein Spießgeselle Jakobus von Hahnheim.«

Quartus schüttelte seine üppige Mähne über die Schulter zurück. »Ihr meint also, er hat die Nonne in der Stadt als Pförtnerin von Mühlen wiedererkannt und unter Druck gesetzt, ihm das Mysterium zu bringen? Ja, das klingt einleuchtend.«

»Unter Druck gesetzt?« Rémy hatte inzwischen die Nachricht auf dem Leintuch gelesen. Sie schien den sonst so besonnenen Mann noch mehr zu erzürnen. »So kann man es auch nennen. Man hat ihr versprochen, die neue Äbtissin vom Kloster Mühlen zu werden!« Er lachte bitter auf. »Äbtissin von Jakobus von Hahnheims Gnaden.«

Benedicta von Rosenfeld schüttelte den Kopf. »Ich bezweifle, dass der Johanniter Wort halten wird. Vermutlich wird Irmengard die Stadt gar nicht mehr lebend verlassen.«

»Verzeiht, wenn sich mein Mitgefühl mit dieser diebischen Elster in Grenzen hält«, brummte Rémy ungehalten. »Aber was jammere ich, es ist ja meine Schuld. Ich hätte besser aufpassen sollen, wem ich mein Vertrauen schenke.« Er überlegte kurz, dann wandte er sich Gottfried und Primus zu. »Germund hat die Reliquie, da gehe ich jede Wette ein. Er wird sie zu Jakobus bringen, und der wartet bestimmt in Mühlen auf ihn.« Er lief zur Stirnwand des Raumes. Dort hatte er seinen Schwertgurt an einen Haken in der Wand gehängt. »So groß kann Germunds Vorsprung nicht sein. Wenn wir uns beeilen, holen wir ihn ein!« Er drehte sich zu den Männern um, die ihn stumm anstarrten. »Was ist mit euch los? Habt ihr nicht gehört? Wir brechen auf. Holt eure Pferde, damit wir ...«

Gottfried unterbrach ihn, indem er beide Hände hob. »Beruhige dich, Rémy! Keiner von uns macht dir Vorwürfe. Aber es führt auch zu nichts, überstürzt die Stadt zu verlassen. Denn das ist es, was Germund nun von uns erwartet.«

Rémy starrte ihn mit finsterer Miene an.

»Bruder Gottfried hat recht, mein Herr«, meldete sich Quartus.

»So, hat er! Kannst du kleiner Klugscheißer mir auch verraten, warum?«

»Na ja, dieser Germund mag nicht der Klügste sein, aber er weiß doch, dass er uns auf den Fersen bleiben muss, wenn er auch der beiden anderen Reliquien habhaft werden will. Verliert er uns aus den Augen, kann er die nämlich vergessen, und das würde seinem Freund Jakobus von Hahnheim bestimmt nicht recht sein. Nein, er muss in der Nähe bleiben, und der einzige Ort, an dem er sich in Speyer sicher fühlen kann, ist das Ordenshaus der Johanniter.« Ein Lächeln glitt über die Lippen des jungen Mannes. Offensichtlich genoss er es, zur Abwechslung einmal die volle Aufmerksamkeit der älteren Ordensritter zu haben.

»Klingt einleuchtend«, pflichtete Primus bei. »Nur bedauerlicherweise stellt uns das vor ein ziemliches Problem. Die Johanniter werden ihr Ordenshaus bewachen und keinen Unbefugten eintreten lassen.«

Rémy prüfte die Klinge seines Schwertes.

»Vergiss es«, mahnte Gottfried kopfschüttelnd. »Wir können nicht mit gezogener Waffe die Komturei eines Ritterordens stürmen. Germund würde das gewiss gefallen, er würde uns von seinen Brüdern töten lassen. Danach würde er sich hierher begeben, um auch noch die zweite Reliquie zu stehlen.« Er drückte den Beutel mit dem goldenen Gefäß des alten Weisen so fest an sich, als handele es sich dabei um ein Kind, das er beschützen wollte. Die Männer hatten bislang kaum Notiz von dem Beutel genommen, zu groß war die Bestürzung über den Verlust des ersten gewesen. Nun aber nickten sie, mit Ausnahme von Rémy, der am liebsten gleich zur Johanniterkomturei gestürmt wäre, um Germund zum Zweikampf zu fordern. Aber schließlich sah er ein, dass dies kein guter Einfall war.

Benedicta von Rosenfeld war es, die nach einigen Momenten des Schweigens die Initiative ergriff. Sie glättete ihren Surcot und begab sich zur Tür.

»Darf ich fragen, was Ihr vorhabt?«, fragte Rémy argwöhnisch. »Wo wollt Ihr hin?«

Der junge Wachposten vor der Kommende des Ordens vom Hospital des Heiligen Johannes von Jerusalem richtete drohend seine Lanze auf die Schar Bewaffneter, die im Laufschritt in die schmale Gasse einbogen. Als einfacher Sergeanten-Bruder, der zwar die Gelübde abgelegt hatte, aber den strengen Zulassungsvorschriften zum ritterlichen Ordensdienst nicht genügte, erkannte er zwar das Wappen des bischöflichen Stuhls auf den Waffenröcken der Männer, aber lesen konnte er nicht. Schwitzend betrachtete er das Pergament, das ein ganz in schwarzes Tuch gekleideter Mann ihm hinhielt.

»Ich habe Befehl, niemanden hereinzulassen«, wagte der Sergeant einen Widerspruch, der angesichts des strengen Blickes, mit dem der Schwarzgewandete ihn bedachte, eher kleinlaut als selbstbewusst ausfiel. »Diese Gebäude gehören zum Besitz des Ordo…« Beim Versuch, den lateinischen Namen korrekt auszusprechen, verhaspelte er sich.

Vor dem Augustinerkloster, das sich in unmittelbarer Nachbarschaft der Ordensgebäude befand, blieben ein paar Frauen stehen, Almosensammlerinnen aus den betuchteren Vierteln, die den Bettelbrüdern vom Kloster täglich Körbe mit Brot oder Gemüseresten brachten. Nun steckten sie die Köpfe zusammen. Als weitere Johanniter am Tor erschienen, gab der Wachposten seinen Widerstand auf und ließ die Männer des Bischofs durch einen niedrigen Torbogen in den Hof eintreten.

Rémy ließ Gottfried und Quartus vorgehen, er selbst bildete das Schlusslicht. Ein wenig widerstrebte es ihm, den Besitz eines Ordens zu betreten, der mit seinem jahrzehntelang rivalisiert hatte, andererseits konnte er sein Glück nicht fassen. Er war sprachlos gewesen, als die ehemalige Äbtissin zurückgekehrt war und den Männern eröffnet hatte, dass der Bischof gewillt sei, ihnen bei der Wiederbeschaffung der Reliquie zu helfen.

Aus den Augenwinkeln beobachtete er, wie einige bärtige Männer aus einer Tür traten und auf die bischöflichen Abgesandten zueilten. Auf ihren wallenden schwarzen Übermänteln hob sich ein gezacktes weißes Kreuz ab, an dem sie bereits von weitem als Johanniter zu erkennen waren. Finster nahmen sie dem Sekretär des Bischofs das gesiegelte Pergament aus der Hand und überflogen es. Empört schüttelten sie dabei den Kopf. Offenbar empfanden sie das, was der Bischof ihnen mitzuteilen hatten, als Demütigung. Dazu kam der Aufmarsch von Bewaffneten, die sich auf einen Wink des Sekretärs hin verteilten. Ihre Aufgabe war es, die Ein- und Ausgänge im Auge zu behalten und dafür zu sorgen, dass niemand etwas vom Hof entfernte.

Rémy kümmerte sich nicht um das Gezeter der Johanniter. Er ließ seine Blicke durch den Hof wandern. Er bildete ein Rechteck und war von hohen Mauern umgeben. Gleich hinter dem Torbogen, durch den sie gekommen waren, befand sich das zweistöckige Ordenshaus, in dessen oberen Räumen die Ritter schliefen, dahinter ein länglicher Fachwerkbau aus Holz und Lehm für die Sergeanten-Brüder und das Gesinde. Ein weiterer Torbogen führte linkerhand in einen kleineren, ungepflasterten Hof, der an das Gehöft eines Bauern erinnerte. Schweine suhlten sich dort im Schlamm. An einer bröckeligen Mauer waren nicht weniger als zehn Heringsfässer aufgereiht. Den drei Ställen für Pferde und Rindvieh gegenüber lag zurückversetzt ein weiteres Gebäude, dessen Pforte über einen Holzsteg erreicht werden konnte. Es war das Spital, in dem die Johanniter Kranke und Verwundete pflegten.

Ein ärgerliches Schnauben lenkte Rémys Aufmerksamkeit wieder auf die beiden bärtigen Ordensritter, die das Pergament des Bischofs inzwischen zuende gelesen hatten. Einer von beiden winkte nun einen seiner Sergeanten herbei und flüsterte ihm etwas ins Ohr. Der Mann zuckte zusammen, nickte dann aber und machte sich davon.

»Ich habe ihm befohlen, alle Ordensbrüder hierherzubeordern«, sagte er dann in einem Ton, der keinen Zweifel daran ließ, wie sehr es ihm gegen den Strich ging, den Anordnungen des Bischofs Folge zu leisten. »Sie werden gleich hier sein!«

Sein Blick fiel auf die drei Templer. Missbilligend runzelte er die Stirn. »Wer sind die denn?«

»Ich bin der Berater des Erzbischofs von Köln«, kam Gottfried dem Sekretär zuvor, der soeben zu einer Erklärung ansetzen wollte. »Da ich gerade in der Stadt weile, bat mich Bischof Emich, die Durchsuchung Eures Ordenshauses zu beaufsichtigen.« Er deutete ein kühles, überlegenes Lächeln an. »Dem Bischof liegt daran, dass die Sache so rasch wie möglich aus der Welt geräumt wird.«

»Der Bischof hat ganz offensichtlich vergessen, dass wir das Christentum mit dem Schwert in der Hand verteidigt haben«, brummte der Johanniter, während er Gottfried geringschätzig musterte. »Ich finde es unverschämt von ihm, sich gegen uns zu stellen und stattdessen Ungläubigen zu helfen.«

Gottfried zuckte mit den Achseln. Doch Rémy kannte seinen Freund lange genug, um zu erkennen, dass er insgeheim frohlockte. Zu ihrer beiden Erleichterung hatte Bischof Emich nicht gezögert, ihnen zu helfen, auf legalem Weg Zutritt zur Kommende zu erhalten. Ihm war nämlich eingefallen, dass das Johanniterordenshaus seit einiger Zeit bei zwei jüdischen Geldverleihern Schulden hatte, die trotz mehrfacher Mahnungen bislang nicht beglichen worden waren. Die Juden hatten sich in ihrer Sorge zuletzt an den Bischof gewandt, der die Bitten um Vermittlung aber zunächst unbeantwortet gelassen hatte. Nach Benedictas Bitte um Hilfe hatte er sich jedoch entschlossen, den Antrag auf sofortige Rückerstattung des Geldes zu genehmigen. Waren die Johanniter nicht in der Lage, den geschuldeten Betrag aufzubringen, sollte Ordenseigentum beschlagnahmt und als Pfand sichergestellt werden.

Der Vorsteher des Johanniterordenshauses hieß Rezzo und versah seinen Dienst für den Orden bereits seit fast vierzig Jahren. Obwohl die Entscheidung des Bischofs ihn kränkte, sah er rasch ein, dass er keine Möglichkeit hatte, sich dagegen aufzulehnen. Mit angespannter Miene schaute er zu, wie seine Brüder sich um ihn herum auf dem Hof versammelten. Die meisten wirkten verunsichert. Fragende Blicke richteten sich auf den alten Rezzo, der jedoch nicht im Traum daran dachte, den Männern den Grund für die Aufregung mitzuteilen.

Zähneknirschend nahm er es hin, dass einige der Bewaffneten auf einen Wink des Sekretärs ausströmten, um nach geeigneten Pfändern zu suchen. Das Pergament mit dem bischöflichen Siegel ließ er zu Boden fallen; ehe der Sekretär sich danach bücken konnte, trat Rezzo es mit dem Fuß in den Staub.

»Das wird Euch nichts nutzen«, sagte Gottfried. »Wir haben das Recht, uns hier umzusehen, und das werden wir auch tun!«

Der Ordensmeister funkelte ihn wütend an. Rémy konnte sich

vorstellen, dass er ihnen am liebsten das Schwert in die Rippen gestoßen hätte. Rezzos Feindseligkeit steckte auch seine Männer an, die leise murrend zusahen, wie die bischöflichen Knechte nach und nach einen mit Schnitzereien versehenen Lehnstuhl, ein halbes Dutzend kaum getragene Obergewänder aus gesponnenem Flachs, zwei Plattenpanzer, einen Dolch und zwei Paar weiche Lederschuhe, die mit Borten und Goldstickereien verziert waren, sicherstellten. Jeder einzelne Gegenstand, der aus dem Ordenshaus getragen wurde, wurde von dem bischöflichen Schreiber begutachtet und auf ihren Wert geschätzt. Er hatte sich zu diesem Zweck einen Tisch in den Hof stellen lassen, hinter dem er nun Platz nahm, um sämtliche Pfänder in ein Register einzutragen.

Sooft einer der Bischofsknechte mit einem neuen Stück das Ordenshaus verließ und es dem Schreiber auf den Tisch legte, hielt Rémy gespannt den Atem an. Schon stapelte sich das von Bischof Emich beschlagnahmte Ordenseigentum, doch das, was Rémy zu finden hoffte, war nicht unter den Sachen.

Er schoss wütende Blicke zu der Schar Ordensritter, die das Vorgehen der Bischöflichen nicht nur mit finsteren Mienen, sondern auch mit Drohgebärden kommentierten. Unter ihnen gab es aber auch einen Mann, auf dessen Lippen Rémy die Andeutung eines triumphierenden Lächelns auszumachen glaubte. Er lehnte lässig gegen den Stamm eines Lindenbaumes. Als er bemerkte, dass Rémy ihn beobachtete, wandte er seinen Blick nicht etwa ab, sondern hob herausfordernd die Augenbrauen.

Germund, schoss es Rémy durch den Kopf. Natürlich, nun erinnerte er sich, dass er Jakobus' Handlanger sogar schon einmal begegnet war: vor einem Jahr war das gewesen, auf der Burg des Markgrafen von Brandenburg. An jenem düsteren Januartag hatte nicht nur Primus seinen Ritterschlag erhalten, auch der Vertrag von Cremmen war unterzeichnet worden, in welchem Graf Waldemar die brandenburgischen Güter des aufgelösten Templerordens endgültig auf die Johanniter überschrieben hatte. Ein schwarzer Tag, an den Rémy nur mit Wut zurückdachte, denn durch den Vertrag war ihm und seinen Freunden der Tempelhof, das einstige Versteck der drei Reliquien, für immer entrissen worden. Nie wieder würden Templer dort ein- und aus gehen. Germund, der die Abordnung der brandenburgischen Johanniter begleitet hatte, hatte damals genauso herablassend gegrinst. Rémys Hände ballten sich zu Fäusten. Gottfried hatte recht behalten: Jakobus von Hahnheims Handlanger hatte Speyer tatsächlich nicht verlassen.

Rémy befahl sich, Haltung zu bewahren. Obwohl er dem Mann gern an die Kehle gegangen wäre, kam es nun darauf an, kühles Blut zu bewahren.

Andererseits ließ die selbstzufriedene Miene des Johanniters darauf schließen, dass er Vorsorge getroffen hatte.

»Dort drüben, der Kerl unter dem Lindenbaum, das ist Germund«, raunte er Quartus zu. »Ich fürchte, wir werden im Ordenshaus nichts finden. Er muss das Gefäß gut versteckt haben. So gut, dass wir bis zum Jüngsten Gericht danach suchen können.«

»Warum sagen wir ihm nicht auf den Kopf zu, dass wir ihn kennen und dass er ein gemeiner Dieb ist?« Quartus deutete auf die bewaffneten Männer des Bischofs von Speyer. »Ich sehe es Euch an, dass Ihr es ebenso gerne aus ihm herausprügeln würdet wie ich!«

Rémy stieß scharf die Luft aus. Obwohl dies wahr war, durfte er nicht einmal daran denken. Gaben er und seine Freunde zu, worum es ihnen wirklich ging, entlarvten sie sich selbst vor Rezzo und seinem gesamten Johanniterordenshaus als flüchtige Templer. Der Bischof würde sie in diesem Fall nicht mehr schützen können, ohne sich nicht vor aller Welt in den Verdacht zu bringen, mit gesuchten Ketzern gemeinsame Sache zu machen.

Germund starrte mit einem hämischen Grinsen auf dem Gesicht zu ihm herüber, rührte sich aber nicht vom Fleck. Er hatte Rémy längst wiedererkannt, daran bestand wohl kein Zweifel mehr.

Seine Lippen formten ein Wort. Ein einziges Wort, das Rémy auf Anhieb richtig deutete:

Templer.

Seinen Triumph auskostend, schlenderte er nun gemächlich auf Rémy und Quartus zu. Für die ohnmächtige Wut seiner Ordensbrüder hatte er keine Augen. Ja, er gab sich nicht einmal Mühe, Anteilnahme an der demütigenden Situation zu heucheln, in der sie sich befanden.

»Rémy St. Clair, wenn mich mein Gedächtnis nicht im Stich lässt«, sagte er lächelnd. »Ich bin sehr erstaunt, Euch ausgerechnet hier wiederzusehen. Wart Ihr nicht Waffenmeister auf der Burg des Brandenburger Markgrafen?«

»Warum fragt Ihr? Ihr wisst es doch!«

Der Johanniter nickte. Er schien an dem Schlagabtausch Gefallen zu finden. »Allerdings, und ich weiß noch viel mehr. Zum Beispiel, dass eine Schar ehemaliger Tempelritter drüben in der Grafschaft Leiningen den ehrenwerten Ordensritter Jakobus von Hahnheim überfallen und bestohlen hat wie gemeine Straßenräuber.«

Rémy warf dem Mann einen abschätzigen Blick zu. »Ach, und ich dachte bisher immer, man könnte nur bestohlen werden, wenn man zuvor etwas besessen hat.«

»Die Stücke, um die es geht, kamen aus dem Kloster von Mühlen, und das befindet sich nun einmal im Besitz des Johanniterordens.« Er trat dicht an Rémy heran und raunte ihm ins Ohr: »Ihr habt verloren, Ritter. Kehrt besser nach Brandenburg zurück und jagt eure Knappen über den Burghof, wie es Euch beliebt. Die Reliquie werdet Ihr niemals finden. Also seid vernünftig und überlasst mir auch die übrigen Stücke! Vielleicht kommt Ihr dann mit heiler Haut hier heraus.«

Rémy musste nun wirklich an sich halten, um dem Johanniter nicht sein hämisches Grinsen aus dem Gesicht zu schlagen. Hastig überdachte er seine Möglichkeiten. Er konnte Germund herausfordern. Einen ritterlichen Zweikampf würde der Mann kaum ablehnen, wollte er nicht als ehrlos dastehen und seinem Freund Jakobus Schande bereiten. Doch auch damit würde er die Aufmerksamkeit Rezzos und seiner Männer auf sich lenken. Nein, so ging es nicht. Aber wie dann? Er durfte nicht zulassen, dass Germund einen so wichtigen Teil des Mysteriums verschwinden ließ. Unschlüssig musterte er den Ritter, der wieder zufrieden die Arme verschränkte und sich dem Treiben der Knechte auf dem Hof zuwandte. Dort verzeichnete der bischöfliche Schreiber soeben die letzten wertvollen Stücke. Rémy knirschte mit den Zähnen, als ihm aufging, dass ihr Plan nicht aufgegangen war. Das gesuchte Gefäß war nicht unter den beschlagnahmten Gegenständen.

Quartus stieß Rémy sacht mit dem Ellenbogen an. Was erlaubte sich der Bengel? Hatte er die Manieren vergessen, die Rémy ihm so mühsam beizubringen versucht hatte?

»Habt Ihr mal einen Blick auf Germunds Hände geworfen?«, flüsterte der junge Mann ihm aufgeregt zu. Ein starker Wind war aufgezogen. Er ließ Quartus' wilde Locken fliegen. »Seht sie Euch an!«

»Seine Pfoten sind dreckig«, gab Rémy entnervt zurück. Das sah Quartus wieder ähnlich, sich in einem verzweifelten Augenblick wie diesem, an solchen Nebensächlichkeiten aufzuhängen. Der Knappe schüttelte den Kopf. »Aber nein, das ist kein gewöhnlicher Dreck, sondern Lehm! Die Hälfte aller Bauernkaten auf dem Tempelhof waren daraus gebaut. Lehm besteht aus Sand und Ton, wobei eisenhaltiger Ton eine rötliche Farbe hat. Genauso, wie der Boden dort!« Er wies mit einer Bewegung seines Kinns auf den morastigen Innenhof vor der Hospitalstube.

Rémy warf Gottfried, der sich mit Bedacht von Germund ferngehalten hatte, einen ratlosen Blick zu. »Na wunderbar, dann hat dieser Schuft die Reliquie also vergraben. Vielleicht sollte ich Meister Rezzo um einen Spaten und ein paar Arbeiter bitten. Er wäre bestimmt begeistert.« Quartus griff mit beiden Händen in sein strubbeliges Haar und strich es hinter die Ohren. Er schien fieberhaft nachzudenken. Plötzlich hellte sich seine Miene auf. »Nein, Germund hatte überhaupt keine Zeit, etwas zu vergraben«, flüsterte er. »Das wäre doch jedem aufgefallen, der seit heute früh zwischen den beiden Höfen hin und herging. Aber trotzdem kleben Lehmreste nicht nur an beiden Händen, sondern auch an seinen Stiefeln. Er muss mit dem Zeug in Berührung gekommen sein! Nur wie?«

Nachdenklich starrte der junge Mann auf seine Schuhspitzen. Dann, ganz plötzlich, wirbelte er auf dem Absatz herum und rannte auf die Pforte des Ordenshauses zu.

Rémy und Gottfried blickten ihm nach. Was hatte der verrückte Bursche nun schon wieder vor?

Der Schreiber des Bischofs kam eilig auf sie zu. Er hatte seine Arbeit beendet; die Liste mit dem beschlagnahmten Ordenseigentum konnte mit dem bischöflichen Siegel versehen werden. Vorsteher Rezzo folgte ihm mit zweien seiner Ordensbrüder gemessenen Schrittes durch den Matsch. Ihre düsteren Blicke verhießen wenig Gutes.

»Leider haben wir nichts wirklich Wertvolles finden können«, bedauerte der Schreiber. »Ob die beschlagnahmten Stücke dem Gegenwert der Schuld entsprechen, wird geklärt, sobald die beiden Gläubiger sich im Bischofspalast eingefunden haben.«

Rezzo fuhr sich grollend über seinen wallenden Bart. »Wenigstens wart ihr so rücksichtsvoll, die beiden Juden nicht in unser Ordenshaus zu lassen. Das hätte unter den Brüdern zu Aufruhr geführt.«

Erst Geld in der Judengasse leihen und sich dann zieren wie eine Jungfer, dachte Rémy. Doch er schwieg. Mit wachsender Panik blickte er zum Ordenshaus, in dem Quartus verschwunden war. Er kehrte nicht zurück. Wo zum Teufel steckte er?

»Wir rücken ab«, ertönte da auch schon die Stimme des Schreibers. »Los, zum Domplatz, wir haben nicht den ganzen Tag Zeit!« Seine Leute packten die wenigen Wertgegenstände auf einen mitgebrachten Karren. Rezzo spuckte aus, als dieser sich knarrend und schaukelnd in Bewegung setzte. War der Johanniter bis zu diesem Moment darauf bedacht gewesen, seine Männer zur Zurückhaltung zu mahnen, so hatte er nun nichts mehr dagegen, dass sie den Abzug der Bischöflichen mit Steinwürfen, Flüchen und Drohgebärden begleiteten.

»Halt! Wartet!« Quartus erschien in der Tür. »Ihr könnt den Trödel hierlassen. Ich habe ein Stück gefunden, das sich wesentlich besser als Pfand eignet!«

Mit einem Lächeln überquerte der schlaksige junge Mann den Hof. In seinen Händen hielt er eine unscheinbare Schale aus mattem, rötlichem Ton. Nutzlosen Plunder.

Rémy hörte Gottfried neben sich geräuschvoll ausatmen. Gleichzeitig fing er einen geradezu verstörten Blick von Germund auf, der offensichtlich nicht mit dem gerechnet hatte, was er da sah.

»Was faselt dieser Bursche da?«, dröhnte Rezzos Stimme zu den Männern hinüber. Der alte Johanniter schien anzunehmen, Quartus erlaube sich zu allem Überfluss einen Spaß mit ihnen. Dabei war er nicht gerade in der Stimmung für Scherze. »Ist er närrisch geworden? Nun gut, mir soll es recht sein. Wenn ihr Bischof Emich lieber eine alte Tonschale überreichen wollt ...« Er zuckte mit den Achseln. Einige seiner Männer fingen verhalten zu lachen an. Ihr Gelächter blieb ihnen jedoch jäh im Halse stecken, als Quartus mit dem Ärmel seines Gewands über die Schale zu reiben begann. Was unter der dünnen Lehmschicht zum Vorschein kam, war hell. Es funkelte wie Metall.

»Gold?«, keuchte Rezzo. Ungläubig sperrte er die Augen auf. »Aber ... Wie ist das möglich? Ich schwöre bei meiner Ehre, dass ich davon keine Ahnung hatte!«

Quartus reichte Rémy die goldene Schale, der sie behutsam entgegennahm. »Hätte ich dem Burschen gar nicht zugetraut«, sagte er grinsend. »Er hatte sie auf ein Wandbord in der Küche gestellt. Zu den Schüsseln und Bechern, aus denen die Herren ihr Dünnbier trinken. Aber der Lehm war trotz des Herdfeuers noch ganz feucht. Seht Ihr?« Er zeigte den Männern seine mit Lehm befleckten Finger.

Germund, der sich gerade eben noch über Rémy lustig gemacht hatte, wurde bleich. Es verging eine ganze Weile, bis er erkannte, dass Quartus ihn durchschaut hatte. Als er begriff, dass er die Reliquie verloren hatte, stieß er einen wilden Schrei aus, drängte Rezzo grob zur Seite und stürmte mit gezogenem Schwert auf Quartus zu.

Der Junge war unbewaffnet. Einen Moment lang starrte er wie gelähmt auf den Mann, der schon ausholte, um ihm den Schädel zu spalten. Im letzten Moment duckte er sich, und diese Bewegung rettete sein Leben. Germunds Hieb fuhr durch den Haarschopf des jungen Mannes, rasierte einige Strähnen ab, berührte aber nicht die Kopfhaut. Geistesgegenwärtig warf Quartus sich herum und versetzte Germund, der bereits wieder ausholte, einen kräftigen Fußtritt gegen das Knie. Dieser Tritt brachte den Wütenden einen Augenblick lang aus dem Gleichgewicht. Er schwankte. Zeit genug für Rémy, sein eigenes Schwert zu ziehen.

»Ehrloser Lump«, brüllte er Germund an. »Der Junge hat keine Waffe im Gürtel, ich schon!«

Jakobus von Hahnheims Handlanger drehte sich zu ihm um. Sein breites Gesicht verschob sich zu einer einzigen Grimasse.

»Sieh an, der Waffenmeister des armseligen Markgrafen Waldemar, der Templer in seinen Reihen duldet und schmutzige Bauernburschen zu Rittern macht. Nun, warum sollten wir nicht endlich herausfinden, wer von uns beiden der Bessere ist?«

Er hob seinen Schwertarm und bewegte sich mit einem leichtfüßigen Sprung auf Rémy zu, der ihn in Kampfhaltung erwartete. Rezzos Männer und die Knechte des Bischofs zogen sich derweil bis an die Mauer zurück, um den Streitenden Platz zu machen. Bischof Emichs Schreiber öffnete zwar kurz die Lippen, um im Namen seines Herrn zu protestieren, doch seine Mahnung verhallte ungehört.

Germund umschlich Rémy wie ein hungriges Raubtier, das heimtückisch darauf bedacht war, sich einen Vorteil zu verschaffen.

Dann preschte er unvermittelt vor und vollführte einen kräftigen Schlag, den Rémy jedoch mühelos parierte. Rémy drehte sich einmal um die eigene Achse und schaffte es, den Angreifer einen Schritt zurückzudrängen. Doch er bemerkte rasch, dass der Johanniter besser mit dem Schwert umgehen konnte, als er angenommen hatte. Er drosch nicht mit dumpfer Gewalt auf ihn ein, sondern schien jeden Hieb zu berechnen. Hinzu kam, dass Germund größer und breiter gebaut war als Rémy. Er schien nicht müde zu werden, im Gegenteil. Bald schon kam es Rémy so vor, als fielen die Schwertstreiche seines Gegners von Mal zu Mal kräftiger aus.

Rémy spürte, wie ihm der Schweiß in Strömen über die Stirn und in die Augen rann. Sein Gesicht wurde heiß, und sein Atem beschleunigte sich vor Anstrengung. Er besann sich auf die Ratschläge, die er den Männern des Markgrafen zu geben pflegte; das Gewicht verlagern, nicht auf einem Fleck verharren, sondern

Arme und Beine in Bewegung halten, selbst wenn der Muskelschmerz einem fast die Sinne raubte.

Während er noch versuchte, sich an all das zu erinnern, stürmte Germund ihm entgegen. Mit einem günstig ausgeführten Schlag, den er mit Müh und Not abfing, zwang er ihn, den Schwertarm hochzureißen und damit seine Seite ungesichert Germund zuzuwenden. Er sah die Faust des Mannes vorschnellen, fand aber keine Möglichkeit mehr, ihr auszuweichen. Sie traf ihn hart in die Rippen. Rémy wurde von den Füßen gerissen und landete auf dem Rücken. Seine Faust verkrampfte sich um den Schwertgriff, doch ein hässliches Klirren in seinen Ohren verriet ihm, dass ihm die Waffe bereits entglitten und auf dem Boden aufgeschlagen war. Durch die Reihen der Männer hinter ihm zog ein Raunen.

Germund stapfte mit einer höhnischen Grimasse auf Rémy zu. »Du und deine Freunde haltet euch für so schlau, nicht wahr? Irrtum, Waffenmeister! Zunächst hole ich mir meine goldene Schale zurück, dann statte ich deinen Nonnenfreundinnen einen Besuch ab. Sie haben doch etwas für mich, nicht wahr?« Er hob sein Schwert, bereit zuzustoßen, doch Rémy drehte sich blitzschnell zur Seite. Der Gedanke an die Reliquie, die er zu beschützen gelobt hatte, schien ihm ungeahnte Kräfte zu verleihen.

»Herr«, hörte er Quartus' Stimme wie durch einen Nebel dringen. Noch während er seine letzten Kräfte bündelte, um auf die Füße zu springen, sah er aus den Augenwinkeln, wie sich sein Knappe nach dem Schwert bückte. Germund, dem nichts daran lag, seinen Gegner wieder bewaffnet zu wissen, wandte seine Aufmerksamkeit von Rémy ab. Er schien zu überlegen, ob er Quartus niederstrecken sollte, der nur etwa zehn Schritte von ihm entfernt war, oder sich nicht zuvor Rémy mit einem letzten Hieb vom Halse schaffen sollte. Sein Zögern wurde ihm zum Verhängnis, denn noch bevor er Quartus erreichte, gelang es diesem, das Schwert, an Germund vorbei, Rémy zuzuwerfen. Dieser fing es unverzüglich auf, und als Germund sich verdutzt umdrehte, um einen schlecht gesetzten Hieb in Rémys Richtung auszuführen, schlug ihm dieser das Schwert aus der Hand. Germund stieß einen erstickten Laut aus. Die Augen weit aufgerissen, musste er es sich gefallen lassen, dass Rémy ihm die Spitze seiner Waffe an die Kehle setzte und ihn so bis zur Mauer zurücktrieb.

»Dieser Mann, der sich mir gegenüber dreist als Mitbruder des Ordens ausgegeben hat, hat Euch und Euren Knappen angegriffen, Ritter Rémy«, verkündete Rezzo kurz darauf mit rauer Stimme. »Ich habe keine Ahnung, was ihn dazu getrieben hat. Vermutlich die Gier nach diesem goldenen Gefäß, welches er ins Ordenshaus geschmuggelt hat. Diebesgut, wie ich vermute.« Er schüttelte den Kopf, während er sich in voller Größe dem immer noch in Schach gehaltenen Germund zuwandte. »Pfui, Bruder, schäm dich! Du hast ungerührt zugesehen, wie ein Haus deines Ordens von Bischofsknechten durchsucht wurde, und dabei keinen Finger gerührt. Der Ritter hätte jedes Recht, dich zu töten. Wir können alle bezeugen, dass er ehrlicher gekämpft hat als du!«

Germunds Unterlippe zitterte, aber er zog es vor, nichts darauf zu erwidern. Angesichts der Klinge an seinem Hals war dies vielleicht auch nicht die unvernünftigste Entscheidung.

Rémy dachte einen Moment lang nach. Der Johanniterkomtur stellte ihn vor eine Wahl, die wohlüberlegt sein musste. Eine bessere Gelegenheit, sich Jakobus von Hahnheims Spürhund vom Hals zu schaffen, kam gewiss nicht so rasch wieder. Dennoch zog er nach kurzem Zögern sein Schwert vom Hals des Mannes zurück und ließ es in die Scheide gleiten.

»Ich werde es bereuen«, schimpfte Rémy, als er wenig später mit Gottfried und Quartus durch die engen Gässchen des Hasenpfuhls lief. Er musste Schweinen und Hunden ausweichen, die sich knurrend um Gemüsereste balgten. »Ich werde es bitter bereuen, diesen hinterhältigen Schuft am Leben gelassen zu haben.« Ein kritischer Blick traf Quartus, dem es nur mühsam gelang, mit seinem Herrn Schritt zu halten. »Und daran bist nur du schuld, Junge!«

»Wer, ich?« Quartus machte ein dummes Gesicht. »Ich habe die Reliquie gefunden!«

»Bilde dir bloß nichts ein«, keuchte Rémy. »Die hätten auch Gottfried und ich gefunden! Aber glaube nicht, mir wäre entgangen, wie groß deine Augen wurden, als ich diesen Germund vor meinem Schwert hatte. Du wolltest doch, dass ich ihn verschone, nicht wahr?« Er schnaubte. »Wenn du diese Empfindsamkeit nicht ablegst, kannst du den Ritterschlag vergessen. Ich habe doch recht, nicht wahr, Gottfried?«

Sein Freund antwortete nicht. Seit er gemeinsam mit Benedicta von Rosenfeld den Bischof aufgesucht und mit ihm geredet hatte, benahm sich der Bücherwurm für Rémys Empfinden recht merkwürdig. Er schien geistesabwesend und grübelte immerzu.

Na, wenigstens haben wir das zweite Gefäß wieder, dachte Rémy und verspürte gleichzeitig Gewissensbisse, weil er Quartus angefaucht hatte, anstatt dem Jungen für seine Hilfe im Johanniterhof ein Lob auszusprechen. Es war aber auch wie verhext: Sparte Rémy sonst auch bei keinem anderen Mann mit anerkennenden Worten – Quartus gegenüber brachte er solche nur schwer über die Lippen. Dabei hatte er nicht das Geringste gegen den jungen Mann, nein, er wollte ihm bestimmt nichts Böses. Er nahm sich feierlich vor, künftig nachsichtiger zu sein.

»Rezzo hat uns sein Wort gegeben, dass er Germund einstweilen unter Arrest stellen und scharf bewachen wird«, erinnerte ihn Quartus. »Das verschafft uns einen Vorsprung, den der Bursche nicht mehr aufholen kann.« Zufrieden trat er nach einem Kieselstein, der ihm im Weg lag. »Nun können wir uns endlich auf den Weg nach Frankreich machen, um die dritte Reliquie zu holen. Und danach geht es weiter nach Portugal.«

Rémy wünschte, er könnte Quartus' Zuversicht teilen, aber es mochte ihm nicht gelingen. Zu viel lag ihm auf dem Herzen. Ja, für den Augenblick mochten sie Jakobus von Hahnheim und seinen Handlanger abgeschüttelt haben, doch eine innere Stimme flüsterte Rémy zu, dass dies nicht für lange sein würde.

Davon abgesehen, gab es für die Templer noch eine andere Pflicht zu erfüllen. Und das würde vermutlich noch schwieriger werden, als sich die Johanniter vom Hals zu halten.

XX.

FRANKREICH, BURG VON VAUCOULEURS,
SOMMER 1318

Thomas Lermond schlief seit Wochen schlecht. Nachts wälzte er sich stundenlang im Bett hin und her, wobei er auf jedes Geräusch lauschte, das vom Burghof in seine Kammer hinaufdrang. Seiner Frau kam es fast so vor, als warte er auf etwas, doch sooft sie ihn darauf ansprach, schüttelte er nur den Kopf und behauptete, er wisse nicht, wovon sie spreche. Es sei doch verständlich, dass er erschöpft sei, immerhin laste als Befehlshaber einer Grenzbefestigung zwischen Deutschland und Frankreich eine schwere Verantwortung auf seinen Schultern. Und der Jüngste war er schließlich auch nicht mehr. Das meiste davon entsprach der Wahrheit und beruhigte Lermonds Frau. Beide fühlten sich geehrt, dass der Herr von Joinville, dem auch die Burg von Vaucouleurs gehörte, einen Mann von Lermonds Alters damit beauftragt hatte, auf seinen Besitz aufzupassen. Tatsächlich ging damit auch die Aufsicht über die nahe Grenze einher, eine Aufgabe, die Lermond mit Stolz erfüllte, obwohl sie ihn viel weniger forderte, als er zugeben mochte. Sein einziges Bestreben lag darin, dem Burgherrn zu zeigen, dass er nicht auf ihn verzichten konnte. Sommers wie winters stand er beim ersten Hahnenschrei auf und zog sich meist erst in seine Kammer zurück, wenn auf der Burg längst Ruhe eingekehrt war. Es kam sogar vor, dass er mitten in der Nacht auf den Zinnen des Bergfrieds auftauchte und die schlaftrunkene Wache zu Bett schickte. Ihm machte es nichts aus, wach zu bleiben, ganz im Gegenteil, die ruhigen Stunden auf dem Turm halfen ihm, seine Gedanken zu ordnen. Agnes verstand nicht, warum er mit seiner Gesundheit Raubbau trieb. Allerdings war sie so höflich, ihm niemals sein Alter vorzuhalten. Dabei hätte sie das gekonnt, denn sie war etliche Jahre jünger als er. Auch nach vier Jahren Ehe kam es Lermond immer noch wie ein Wunder vor, dass sie ihn zum Mann genommen hatte, denn abgesehen davon, dass er seine besten Jahre lange hinter sich hatte, war ein Leben an seiner Seite nicht einfach. Besonders jetzt, da Agnes' Niederkunft unmittelbar bevorstand, überfiel ihn immer häufiger die Angst, dass er womöglich nicht mehr viel Zeit hatte, um sich an seinem späten Familienglück zu erfreuen. Aber was sollte aus Agnes werden, wenn er nicht mehr bei ihr war? Was sollte aus ihrem gemeinsamen Kind, seinem Erben, werden? Würden sie auf Vaucouleurs bleiben dürfen, wenn er alles tat, um bei dem Burgherrn in guter Erinnerung zu bleiben? Er wusste es nicht, und das quälte ihn, je öfter er darüber nachdachte.

Es war noch dunkel, als Lermond sich an diesem Morgen erhob. Geräuschlos schlüpfte er in seine Sachen, um Agnes nicht aufzuwecken. Sie brauchte ihren Schlaf. Ihm gegenüber stritt sie es zwar energisch ab, aber er ahnte, dass diese Schwangerschaft sie noch mehr anstrengte als die vorherige. Damals hatte der Allmächtige in seiner Weisheit beschlossen, das Kind nicht zur Welt kommen zu lassen. Vielleicht war dies für Lermond nun die letzte Gelegenheit, Vater zu werden. Vorausgesetzt, Gott trug es ihm nicht nach, dass er seine in der Jugend abgelegten Gelübde gebrochen hatte und ein Leben führte, das nicht seiner Berufung entsprach.

Lermond ging zu den Ställen und weckte einen der Pferdeknechte. Was ihm fehlte, war frische Luft, um die düsteren Gedanken der Nacht loszuwerden. Er beschloss daher, ein Stück am Flussufer entlangzureiten. Allein. Die Morgenröte über der sanft dahingleitenden Maas, die sich zu dieser frühen Stunde in seidenweiße Nebelschleier hüllte, war zauberhaft. Das Erwachen der Natur kam ihm wie eine Geburt vor, und ehe er es verhindern konnte, spürte er eine Träne auf seiner Wange. Stirnrunzelnd wischte er sie fort. Was sollte dieser Unfug, war er etwa närrisch geworden? Er würde doch auf seine alten Tage nicht sentimental werden? Nur gut, dass Agnes ihn so nicht sehen konnte. Sie würde ihn nicht auslachen, nein. Aber sie würde sich wieder Sorgen machen, und das war das Letzte, was er wollte. Sie war es doch, der schwere Tage bevorstanden. Sie brauchte seine Stärke, sein Durchsetzungsvermögen. Das durfte er nicht verlieren, nur weil ihn ein Sonnenaufgang rührte.

Er führte sein Pferd zu einer seichten Stelle am Fluss, wo er es bequem tränken konnte, ohne nasse Füße zu bekommen. Während das Tier seinen Durst stillte, überfiel ihn ein leichter Schwindel, der ihn zwang, sich auf einen Findling zu setzen. Da war es wieder, das erdrückende Gefühl in seiner Brust, das die alte Frage heraufbeschwor. Strafte ihn der Himmel, wenn er eine Familie gründete? Trat er die alten Gelübde mit Füßen? Hatte er wirklich vergessen, was er einst geschworen hatte? Agnes' Fehlgeburt fiel ihm wieder ein. Was, wenn er verflucht und seine Bemühungen, einen Sohn zu zeugen, zum Scheitern verurteilt waren? Wie konnte er Agnes in die Augen schauen, wenn das Kind wieder tot zur Welt kam?

Lermond massierte sich die Schläfen, doch der Schmerz dahinter ließ nicht nach.

Vier Jahre war es her, dass Agnes und er geheiratet hatten, und schon vor dem Altar war es ihm so vorgekommen, als mustere der Priester ihn mit einem durchdringenden Blick. Agnes hatte ihn beruhigt. Sie hatte ihm auf ihre einfühlsame Weise erklärt, dass jedermann das Recht habe, sein Glück zu suchen. Ja, Lermond habe als junger Mann dem Templerorden die Treue geschworen, aber der Orden existierte nicht mehr. Er war nicht verpflichtet, sich an Regeln zu halten, die im Staub versunken waren.

Lermond wusste, dass aus Agnes die pure Vernunft sprach. Er hatte sich viele Jahre für den Ritterorden aufgeopfert. Nach seiner Auflösung war er als Kaufmann getarnt auf dem Tempelhof, seiner alten Komturei bei Berlin an der Spree, geblieben, um als Wächter des alten Mysteriums zu dienen. Dieser Aufgabe hatte er sich mit Mut und Ausdauer gestellt, obwohl die Inquisition immer wieder versucht hatte, hinter das Geheimnis der Templer zu kommen. Doch dieses Leben lag lange hinter ihm. Er versuchte, nicht mehr an den Tempelhof zu denken. Das aber fiel ihm zunehmend schwer, je näher die Stunde der Geburt kam. Mit Agnes' Leib schien auch seine Angst zu wachsen, dass das alte Mysterium in Gefahr war.

»Großer Gott, werde ich wahnsinnig?«, murmelte er erschrocken vor sich hin.

Als Lermond von seinem Ausritt zurückkehrte, war Agnes wach. Wie immer lächelte sie, als er sich nach ihrem Befinden erkundigte.

»Ich glaube, es wird doch ein Junge«, neckte sie ihn, als sie später gemeinsam frühstückten. »Weißt du, ich rede mit ihm, wenn du unterwegs bist. Über meinen Tag und wie ich diese kalten grauen Mauern von Vaucouleurs wohnlicher machen will, sobald er erst einmal da ist. Aber jedes Mal, wenn ich anfange, über meine Gefühle zu sprechen, bekomme ich einen Tritt.« Ein Schmunzeln huschte über ihr verschwitztes Gesicht. »Typisch für einen Mann, nicht wahr? So etwas mag sich keiner von euch anhören.«

Mit hochgezogenen Brauen betrachtete Lermond seine Gemahlin. Trotz ihrer Blässe und der dunklen Ringe unter ihren braunen Augen fand er sie begehrenswerter als je zuvor. Er öffnete den Mund, um ihr zu widersprechen, denn ihn interessierte es durchaus, was sie über ihr Leben an seiner Seite dachte. Seit dem Tag ihrer Vermählung hatte es keinen Moment gegeben, an dem er ihr nicht gezeigt hatte, wie sehr er sie liebte und brauchte. Ein Leben ohne sie konnte er sich längst nicht mehr vorstellen. Agnes und das Kind, mehr brauchte er nicht, um glücklich zu sein. Schon gar kein Mysterium, dachte er. Schon gar keine Erinnerungen an den Tempelhof.

Nach dem Morgenmahl knotete sich Agnes den Schlüsselbund an ihren Gürtel. Sie war stolz darauf, Lermond als Kastellanin der Burg zur Seite zu stehen, und für gewöhnlich verließ er sich auch gern auf ihren Rat. Agnes war beliebt und verstand es ausgezeichnet, einen großen Haushalt zu führen. Lermond wunderte sich immer wieder, wie leicht es ihr fiel, Streit unter den Mägden zu schlichten oder auf andere Weise zu helfen. Gelernt hatte sie dies nicht, denn sie war schon früh Waise geworden und von ihrer adeligen Verwandtschaft, den Herren von Vitzenburg, als Spielball ihrer eigenen Interessen missbraucht worden. Zuletzt hatte sogar ihr Vormund, der Bischof von Magdeburg, Besitzansprüche auf sie angemeldet. Agnes wäre als seine Hure geendet, hätte Lermond sie nicht aus dieser fatalen Abhängigkeit befreit. Sie war ihm dafür dankbar, aber ihre Beziehung ging weit über Dankbarkeit hinaus.

»Du solltest dir nicht zu viel zumuten, meine Liebe!« Besorgt schüttelte Lermond den Kopf. »So müde wie du aussiehst, solltest du lieber ruhen und die Arbeit den Mägden überlassen. Wenn du nicht schlafen willst, setzt dich wenigstens mit einer Näharbeit in den Schatten. Die Sonne ist heute so heiß, als wollte sie uns verbrennen!«

Agnes drückte ihm die Hand, ohne auf die Runzeln und großen Adern zu achten, die aus der Haut heraustraten. »Du hast wohl vergessen, dass Herr de Joinville für morgen seinen Besuch angekündigt hat. Es ist lange her, seit er seinen Besitz zuletzt begutachtet hat. Gewiss will er sich davon überzeugen, dass sein Kastellan etwas von seinem Handwerk versteht und nicht den lieben langen Tag auf der faulen Haut liegt.« Sie stieß einen Seufzer aus. »Ach, ich habe vor seiner Ankunft noch so viel vorzubereiten. Das Leinen, die Vorräte an Wolle und Flachs ... Das letzte Mal musste ich den edlen Herrn überall herumführen, jede Truhe für ihn öffnen. Aber er war zufrieden. Und das ist doch die Hauptsache, nicht wahr? Dass er mit uns zufrieden ist. Wir wüssten sonst nicht, wohin wir gehen sollten.«

Lermond spürte einen bitteren Geschmack auf der Zunge. Was Agnes andeutete, entsprach der Wahrheit und ließ sich nicht schönreden. Beide lebten sie von der Gunst des Burgbesitzers Anseau de Joinville. Lermonds eigene Güter waren entweder von König Philipp dem Schönen beschlagnahmt worden oder auf einen seiner jüngeren Brüder übergegangen. Lermond besaß nur ein paar Habseligkeiten, die er vor vier Jahren vom Tempelhof in Brandenburg hatte retten können. Agnes stammte zwar aus wohlhabendem Haus, doch weil sie sich ohne Billigung ihrer Verwandtschaft und des Bischofs mit einem ehemaligen Tempelritter vermählt hatte, war ihr die Mitgift vorenthalten worden. Auf einen Prozess vor dem König hatte sie verzichtet, da ihr ein solcher kaum etwas gebracht hätte. Und an welchen König hätte sie sich auch wenden sollen? Momentan gab es zwei, die um die Krone des Reiches stritten.

Lermond und Agnes hatten sich rasch mit diesen neuen Bedingungen abgefunden, zumal es ihnen in Vaucouleurs an nichts fehlte. Nur wenn de Joinville seinen Besuch ankündigte, wurde Lermond wieder daran erinnert, dass er ein Dienstmann geworden war.

Wenigstens habe ich als Templer Gehorsam und Pflichterfüllung gelernt, beruhigte er sich, als er die Turmkammer öffnete.

Darin befanden sich Truhen und Laden mit Aufzeichnungen. De Joinville prüfte die Bücher zweimal im Jahr, war jedoch noch nie auf Unregelmäßigkeiten gestoßen. Dies war auch kein Wunder, da Lermond längst erkannt hatte, wieviel davon abhing, dass der Edelmann mit ihm und Agnes zufrieden war.

Eifrig suchte Lermond nun die Pergamentrollen über Einnahmen und Ausgaben seit Martini heraus. Jedes Schriftstück sah er sich an, bevor er es wieder zusammenrollte. Pergament war teuer, er selbst hätte billigeres Papier vorgezogen, um Geld zu sparen, aber davon wollte de Joinville nichts wissen. Papier war etwas für Ratsherren und Stadtschreiber. Auf seinen Burgen durfte nur feines Pergament verwendet werden, auch wenn dieses zehnmal teurer war.

Lermond griff nach der letzten Rolle und erschrak, als er sie nicht an seinem Platz fand. Verflucht, durchfuhr es ihn. Suchend ließ er seine Blicke über das Pult gleiten. Wie war das möglich? Hatte er das Pergament etwa schon vorher herausgenommen, ohne sich daran zu erinnern? Er durchwühlte mit wachsender Aufregung sämtliche Regale und Truhen, doch die Rolle blieb verschwunden.

Lermond rief nach Agnes. Sie betrat die Stube seit ihrer Schwangerschaft nicht mehr, weil ihr von dem muffigen Geruch von Kreidestaub und Galltinte übel wurde.

Nun aber trat sie ängstlich über die Schwelle und zupfte an dem steifen Gebende, das ihren Kopf umschloss. »Glaubst du, das gibt Ärger?«, fragte sie ihn, nachdem er ihr von der fehlenden Rolle berichtet hatte.

»Vielleicht ist Anseau morgen in Eile und will die Aufzeichnungen gar nicht sehen«, meinte Lermond, doch sein ratloser Blick strafte diese Äußerung Lügen. Nein, der Burgherr verzichtete niemals darauf, seinen Besitz zu begutachten. Nicht einmal ein Huhn durfte in Vaucouleurs ohne sein Wissen geschlachtet werden. De Joinville hatte den Besitz erst im vergangenen Jahr, nach dem Tod seines Vaters geerbt. Er war ein harter, misstrauischer Mann, der Lermond nur deshalb in seinen Diensten beließ, weil das für ihn bislang am bequemsten gewesen war.

Gemeinsam suchten sie weiter nach der Urkunde, bis Agnes' Blick schließlich auf eine der Katzen fiel, die es sich im Herrgottswinkel gemütlich gemacht hatte. Vom Körper des Tieres halb verdeckt, entdeckte sie ein paar schmale Fetzen, die verdächtig nach von scharfen Krallen zerfetztem Pergament aussahen. Mit einem erschrockenen Aufschrei ergriff sie einen Besen und verscheuchte die Übeltäterin, die beleidigt maunzend das Weite suchte.

Lermond wurde bleich. Er konnte sich nicht vorstellen, wie das Tier an die Rolle gekommen sein konnte, da er sie doch stets in der Truhe verwahrt hatte, doch das war momentan auch unwichtig. Als Burgvogt war er allein dafür verantwortlich, dass keine wichtigen Unterlagen verloren gingen. Er hatte versagt. Alles war seine Schuld. Was bei allen Heiligen sollte er de Joinville nun vorlegen? Seine Augen hatten in den letzten Jahren nachgelassen, daher fiel es ihm ohnehin schon schwer genug, das Hausbuch zu führen. Bis morgen all die Eintragungen wiederherzustellen, die Anseau de Joinville interessierten, war ein Ding der Unmöglichkeit, selbst wenn er die ganze Nacht am Schreibpult verbrachte.

Wütend ballte er die Hände zu Fäusten. Was zum Teufel war aus ihm geworden, dass er, ein Ritter, wegen eines langweiligen Schriftstücks Herzklopfen bekam?

Scham und Zorn färbten sein faltiges Gesicht rot, und er war überzeugt: Wenn er nicht schon graue Haare gehabt hätte – nun würde er sie bestimmt bekommen.

Er hastete in seine Schlafkammer zurück und öffnete dort den Kasten mit seinen wenigen Habseligkeiten. Zitternd vor Aufregung berührte er sein altes Schwert mit dem Silberknauf. Wie lange hatte er es nicht mehr aus dem Kasten genommen? Zwei, drei Jahre? Egal. Er hatte nie gewagt, sich hier damit zu zeigen, nun aber wollte er spüren, wie es in seiner Hand lag. Es war ein wundervolles Stück, das Zeugnis bester französischer Schmiedearbeit. Vor vielen Jahren hatte es Jacques de Molay gehört. Der letzte Templergroßmeister hatte es Lermond wenige Tage vor seiner Gefangennahme geschenkt, und Lermond war damit von Paris nach Brandenburg geflüchtet. Überallhin hatte das Schwert ihn seither begleitet. Nun war es nach Frankreich zurückgekehrt. Lermond hatte es in Ehren gehalten. Nie würde er sich davon trennen, und eines Tages würde er es seinem Sohn schenken.

Sofern der Himmel ihm gnädig war und seine Gebete um Nachkommenschaft erhörte.

Ganz zuunterst im Kasten fand er ein Stück des weißen Mantels, den er als Templer getragen hatte. Das einst mit blutrotem Garn aufgestickte Kreuz hatte er schweren Herzens abgetrennt. Es war zu gefährlich, etwas zu besitzen, was an den verbotenen Orden erinnerte.

Seine Gelenke schmerzten, als er sich nach einer halben Ewigkeit wieder auf die Füße plagte. Der Ausflug in die Vergangenheit hatte ihm zu seiner Überraschung gutgetan, doch beruhigt war er immer noch nicht.

»Herr?« Ein Knecht rief ihn. Er klang aufgeregt. »Unten im Hof sind einige Reiter, die nach Euch fragen.«

Auch das noch! Vermutlich Kaufleute. Oder Pilger, die ein Nachtquartier suchten. Lermond hatte keine Zeit für irgendwelche Leute, die ihn sprechen wollten. Trotzdem begab er sich zu einem Bogenfenster, von dem aus der gesamte Burghof sowie die Straße nach Vaucouleurs zu überblicken war.

Schräg unter ihm beobachtete er, wie sich eine Handvoll Männer mit eiligen Schritten dem Palas näherte. Lermond kniff ein Auge zu. Er zählte sechs Männer, von denen zwei fast noch wie Knaben aussahen. Ihre Kleidung wirkte schlicht, doch die Haltung, die sie beim Gehen an den Tag legten, verriet Lermonds geschultem Auge, dass es sich bei den Fremden um Edelleute handelte. Verwirrt runzelte er die Stirn. Ob sie von de Joinvilles Hof kamen? Ein Fünkchen Hoffnung glomm in ihn auf. Vielleicht sagte der Burgherr ja seinen angekündigten Besuch ab? Aber wenn dem so war, warum sollte er gleich ein halbes Dutzend seiner Hofleute zu ihm schicken?

Agnes gesellte sich zu ihm. Als sie zum Portal hinüberspähte, stieß sie einen spitzen Schrei aus. »Gütiger Herr Jesus«, keuchte sie. Dann hob sie die Hand und winkte, bis ihr Gruß erwidert wurde. »Träume ich? Das kann doch wohl nicht wahr sein!«

Lermond grüßte nicht. Stumm schüttelte er den Kopf.

Lermond war nie gut darin gewesen, Gefühle wie Freude und Begeisterung vorzuspielen. Viele Jahre lang hatte er sich verstecken, hatte lügen und täuschen müssen, um sein Geheimnis zu bewahren. Das wollte er nicht mehr. Er hatte die Vergangenheit hinter sich gelassen. Folglich sprühte er nicht gerade vor Begeisterung, als er die sechs Männer willkommen hieß. Da er als Burgvogt jedoch den Regeln der Gastfreundschaft folgen musste, bat er sie mit einer knappen Geste, ihm die Treppen hinauf zu folgen.

»Was machst du bloß für ein Gesicht?«, mahnte ihn seine Frau, nachdem sie jeden einzelnen ihrer unerwarteten Gäste begrüßt hatte. Ihre Wangen glühten vor Aufregung. »Man könnte fast meinen, du freust dich gar nicht, deine alten Waffengefährten wiederzusehen.«

»Sieht man mir denn nicht an, wie ich juble?«, knurrte Lermond. Er sagte nichts weiter dazu. Stattdessen schickte er einen Diener in den Keller hinab, um Wein zu holen.

Seine Besucher blickten sich neugierig in der Halle um. Vaucouleurs war keine große Burg und ihr Besitzer eher geizig als verschwenderisch. Entsprechend schlicht war auch der Palas ausgestattet. Die hübschen Wandteppiche, welche das kahle Mauerwerk bedeckten, waren ebenso Agnes zu verdanken wie die vor dem Kamin. Drei eisige Winter lang hatte sie an ihnen gewebt. Sie war es auch gewesen, die Lermond überredet hatte, die morschen Dielenbretter zu erneuern und das bereits wurmstichige Mobiliar durch ein paar Eichentische, Bänke und Scherensessel zu ersetzen. Obwohl nicht einmal das erste Herbstlaub gefallen war, lagen dank ihrer Umsicht schon mehrere Klafter Brennholz und reichlich Stroh in den Schuppen. Die Nächte konnten auf Vaucouleurs frostig werden, aber sie waren darauf vorbereitet.

Einer der Männer klopfte Lermond auf die Schulter. »Schön, dass ich endlich wieder die Luft der Heimat schnuppern kann«, sagte er schmunzelnd. »Ich muss zugeben, dass mir das gefehlt hat. Hätte gar nicht erwartet, noch einmal im Leben meinen Fuß auf französischen Boden zu setzen. Nach allem, was dieser hinterlistige König Philipp uns in diesem Land angetan hat.« Er nahm den Zinnbecher, den der inzwischen zurückgekehrte Diener ihm anbot, und nippte daran. »Ausgezeichneter Tropfen«, schwärmte er, wobei er genießerisch die Augen verdrehte. »Diese sonnengereiften Trauben wachsen nur in Burgund. Ach, wie habe ich das vermisst. Du musst uns alles über Frankreich erzählen. Wie sieht es in Paris aus? Hat der Sohn des schönen Philipp das Land schon ausgeplündert, wie sein Vater es getan hat? Was ist aus unserem alten Ordenshaus, dem *Temple*, geworden? Steht es noch, oder hat man es inzwischen niederreißen lassen?«

Lermond zuckte ungeduldig mit den Achseln. Er hatte keine Lust, über seinen Burgunder oder den jungen König Philipp zu reden, der nach dem Tod seines älteren Bruders Louis in Paris nach der Macht gegriffen hatte. Neuigkeiten aus der Hauptstadt drangen nur selten bis in die Grenzregion, und für gewöhnlich interessierte es Lermond auch nicht, worüber die Leute redeten. Er hatte lediglich gehört, dass der neue König die *Lex Salica* als einziges gültiges Erbrecht in Frankreich durchgesetzt hatte. Nach diesem konnten nur Prinzen den Thron des Landes erben. Damit ging Philipps Nichte, die Tochter seines älteren verstorbenen Bruders, leer aus. Aber so war dies nun einmal. Wer fragte nach den Rechten einer Frau? Nein, Lermond stand nicht der Sinn über solcherlei zu diskutieren. Er wollte nur wissen, was seine ehemaligen Ordensbrüder ausgerechnet jetzt zu ihm führte. Und das auf der Stelle. Erst ein tadelnder Blick seiner Frau erinnerte ihn an seine Gastgeberpflichten.

»Wie du dich vielleicht erinnerst, habe ich damals auf dem Tempelhof nicht nur mit Fisch, sondern auch erfolgreich mit Wein gehandelt«, erklärte er schließlich. »Daher meine Vorliebe für Burgunder. Und was das Übrige betrifft ...« Er blickte seine alten Waffengefährten prüfend an. Unter den sieben Tempelrittern, die der Großmeister de Molay ausgewählt hatte, um das Mysterium zu schützen, waren außer ihm nur noch zwei Franzosen gewesen. Nach Payen de Gros' Tod gehörten er und Baudouin Lavalle zu den Übriggebliebenen.

Baudouin hatte sich kaum verändert, seit Lermond ihn vor vier Jahren zuletzt gesehen hatte. Dasselbe galt auch für seine Begleiter.

»Euer Besuch kommt unerwartet, aber ihr seid mir auf Burg Vaucouleurs willkommen«, log er und war froh, dass Agnes sich verabschiedet hatte. Sie fand immer sofort heraus, wenn er nicht die Wahrheit sagte. »Würdet ihr mir nun bitte erklären, was euch zu mir führt?« Er blickte misstrauisch zur Tür, durch die Agnes verschwunden war. Es war nicht ihre Art, Gespräche zu belauschen, aber sie war auch neugierig wie eine Waschmagd. Erst als er sich davon überzeugt hatte, dass sich keiner draußen herumdrückte, fuhr er fort.

»Soweit ich mich erinnere, waren wir uns doch damals alle einig, dass das Mädchen, Bruder Payens Tochter, auf die Reliquien aufpassen sollte.«

Hugo van Haarlem erhob Einspruch. »Hatten wir denn eine Wahl? Das Weibsbild ist mit dem Mysterium auf und davon, während wir uns gegen die Männer des Bischofs von Magdeburg wehren mussten. Hätte übel ausgehen können. Sehr übel!«

»Sie hat nicht nach der Reliquie gesucht«, widersprach Lermond mit einer Leidenschaft, die ihn selbst erstaunte. »Die Reliquie suchte nach ihr, so merkwürdig das auch klingen mag. Prisca von Speyer hat als Abkömmling eines Templers das Recht, die Gefäße der drei Weisen solange zu hüten, bis ein ganz besonderes Ereignis eintritt, das ein erneutes Eingreifen eurerseits nötig macht. So haben die Großmeister es gelehrt, und ich habe keinen Grund, daran zu zweifeln.« »Das wissen wir auch«, sagte Rémy.

Er legte die Satteltasche vor Lermond auf den Tisch.

»Was ist das?«

»Öffne den Beutel, dann siehst du es!«

Lermond zögerte, dann aber riskierte er einen kurzen Blick. Was er sah, ließ ihn verblüfft nach Luft schnappen. Die beiden goldenen Gefäße in Rémys Tasche ähnelten auf irritierende Weise denen, auf die er selbst jahrelang aufgepasst hatte. Die Schätze der Sterndeuter von Bethlehem.

»Ha, Fälschungen«, brummte er. »Nicht schlecht ausgeführt, aber glaubt bloß nicht, dass ich auf Plunder hereinfalle!« Er hob den Kopf und warf Rémy, der den Beutel wieder verschnürte, einen wütenden Blick zu. »Wie kommt ihr dazu, mir solche plumpen Nachbildungen zu zeigen? Wir wissen doch, was aus den echten Stücken wurde!« Er war nun wirklich verärgert. Hatten seine ehemaligen Ordensbrüder die lange Reise nach Frankreich nur deshalb gemacht, um ihm auf seine alten Tage einen Streich zu spielen? Baudouin traute er das ohne Zögern zu. Sein Landsmann war von jeher ein Possenreißer gewesen. Tapfer und geschickt als Kämpfer, ja, aber für Lermonds Geschmack nicht ernst genug, um die Würde des Templerordens zu vertreten. Hartnäckig hielt sich das Gerücht, er sei damals, an jenem Freitag des Jahres 1307, bei der Erstürmung ihres Ordenshauses in Paris nur deshalb nicht gefangengenommen worden, weil er die Nacht in einem Hurenhaus an der Seine verbracht hatte. Lermond hatte nie nachgefragt, ob dies der Wahrheit entsprach, aber vorstellen konnte er es sich schon. Später, nach seiner Flucht vor den Soldaten des Königs, war Baudouin als Einziger der Freunde in Paris geblieben, nach eigener Aussage, um den König zu beschatten. Dass er sich dabei nicht nur mit ehrbaren Leuten, sondern auch mit Dirnen, Gauklern und Dieben umgeben hatte, lag auf der Hand. Baudouin war kein Mann, dem Lermond auf den ersten Blick auch nur einen Maulesel anvertraut hätte. Doch was ein alter Bursche wie er dachte, war unerheblich. Der Großmeister hatte Baudouin zu einem der Sieben gemacht, das allein zählte.

»Das sind aber keine Fälschungen«, erhob nun Primus seine Stimme. Der junge Mann sah so enttäuscht aus, dass Lermond überrascht innehielt. Er kannte Primus, seit er ein kleiner Junge gewesen war, der heimlich die Ordensbrüder der Komturei Tempelhof beobachtet und sich gewünscht hatte, eines Tages ihr Gewand zu tragen. Den ehemaligen Boten nun als Ritter vor sich zu sehen freute Lermond. Mehr noch, es machte ihn stolz und ließ ihn gleichzeitig hoffen, dass er es doch noch erleben würde, gemeinsam mit Agnes ein eigenes Lehen zu erhalten, anstatt bis zum Lebensende das Gesinde des Herrn de Joinville zu beaufsichtigen.

»Wenn die Gefäße echt sind, was habt ihr dann mit ihnen vor?«, fragte er, wobei er sich um einen versöhnlicheren Ton bemühte.

Die Männer tauschten ein paar verschwörerische Blicke.

Schließlich war es Rémy, dem die Aufgabe zufiel, alles zu erklären. Ausführlich berichtete er von dem Plan, sich gemeinsam nach Portugal aufzumachen, um bei der Gründung und dem Aufbau des neuen Ordens mitzuwirken.

Lermond verschränkte die Arme hinter dem Rücken und begann auf und abzugehen, wie er es immer tat, wenn es einen neuen Gedanken zu verarbeiten galt. Was Rémy da sagte, klang ebenso aufregend wie verwirrend. Beängstigend einerseits, andererseits jedoch ... Nein, es war völlig unmöglich.

Langsam wandte er sich um. Die erwartungsvollen Blicke der Männer schienen sich scharf wie Dolchspitzen in seinen Leib zu bohren.

»Eigenartig, dass du noch nichts von diesen Plänen weißt«, sagte Rémy. »Äbtissin Benedicta hat dir nicht geschrieben?«

Lermond atmete tief durch. Brief um Brief hatte er erhalten, die Schreiben aber ungelesen ins Feuer geworfen, weil er nicht an die Vergangenheit erinnert werden wollte.

»Wie dem auch sei, wir brauchen dich in Portugal! Du musst mit uns kommen!« Die Stimme des Schotten hatte etwas Beschwörendes, das Lermonds Herzschlag antrieb.

»Nein!«, entschied er schließlich. »Ich kann verstehen, dass ihr diese Chance ergreifen wollt, aber meine Zeit als Ordensritter liegt hinter mir. Ich habe eine Frau und – so Gott will – bald auch einen Sohn. Da kann ich nicht in der Weltgeschichte umherreisen. Davon abgesehen, bin ich für solche Abenteuer zu alt!«

Gottfried räusperte sich. »Du hast Rémy missverstanden, Lermond. Keiner von uns will dich überreden, dein Schwert dem portugiesischen Orden zur Verfügung zu stellen. Du sollst nur als Bürge mit uns kommen. Als Hauptmann der sieben Templer, der unserem Großmeister damals am nächsten stand. Wenn du dem König unsere Geschichte erzählst und die heiligen Reliquien zeigst, wird er einen von uns zum neuen Großmeister machen!«

»Einen von euch?« Lermond musste sich zwingen, ein Augenrollen zu unterdrücken. Wen seiner alten Waffengefährten konnte er sich in dieser Position vorstellen? Gottfried? Nein, der hatte dem Templerorden nur widerwillig angehört, weil sein Bruder das so gewollt hatte. Auch wenn er sich nach dessen Tod nicht mehr so leicht von anderen beeinflussen ließ, glaubte Lermond nicht, dass er das Zeug zu einem Großmeister hatte. Dasselbe galt für Hugo van Haarlem, der sich mehr für Wein und Braten interessierte. Baudouin Lavalle? Zugegeben, sein Landsmann war schlau wie ein Fuchs, und er hatte vier Jahre zuvor große Tapferkeit an den Tag gelegt, als er den Großmeister aus dem Kerker hatte befreien wollen. Aber wollte er sich einen Luftikus wie Baudouin als Meister eines Ritterordens vorstellen? Dann blieb noch Rémy, der schweigsame Schotte, der stur genug gewesen war, das Ende des Templerordens in seiner Heimat zu ignorieren und trotz der Erlasse des Papstes in seiner abgelegenen Komturei die Stellung zu halten, bis Lermond ihn schließlich von dort abberufen hatte. Ihm traute er es zu, dem neuen Ritterorden in Portugal vorzustehen, denn von allen Rittern erschien er ihm doch derjenige zu sein, der die alten Ideale noch am ehesten aufrechterhalten hatte. Doch dieser Umstand änderte nichts an seiner Entscheidung.

»Es tut mir leid, dass ihr den Umweg über Vaucouleurs umsonst gemacht habt, aber ihr werdet mich nicht umstimmen.«

»Ist das dein letztes Wort?«, fragte Rémy niedergeschlagen.

Lermond nickte. »Wenn ihr mich nun entschuldigen würdet! Es war ein langer Tag, und ich habe noch eine Menge zu tun. Morgen erwarte ich einen Besuch des Herrn de Joinville, für den ich diese Burg mitsamt ihren Ländereien verwalte. Das ist eine schwierige Aufgabe, die mir jede Menge Kopfschmerzen bereitet. Ich möchte keinesfalls ungastlich sein, aber es wäre mir lieber, wenn ihr schon in aller Frühe aufbrechen könntet.« Er machte ein düsteres Gesicht, weil ihm das zerstörte Rechnungsdokument wieder einfiel, für das er geradestehen musste.

Gottfried sah ihn neugierig an. »Du wirkst beunruhigt!« Lermond winkte ab. Nach der Abfuhr, die er seinen früheren Ordensbrüdern soeben erteilt hatte, kam es ihm schäbig vor, die Männer mit seinen Sorgen zu behelligen. Doch Gottfried ließ sich nicht so leicht abspeisen. Hartnäckig setzte er ihm mit Fragen zu, bis Lermond ihm erklärte, weshalb ihm vor dem angekündigten Besuch des Burgherrn graute.

»Ich weiß, ich sollte mich schämen«, murmelte er. »Ich gehörte einmal zu den heimlichen Vertrauten des Großmeisters des Templerordens, kämpfte im Heiligen Land und verteidigte ein heiliges Mysterium gegen die Inquisition. Und nun? Nun zähle ich Vorräte und befehlige eine Handvoll fauler Burgknechte in einem Haus, das nicht mal mir gehört und aus dem wir jederzeit verjagt werden können, wenn der Burgherr nicht mehr zufrieden mit uns ist.« Er hob den Blick. »Aber euch wäre das wohl ganz recht, nicht wahr? Wenn wir auf der Straße sitzen, bleibt mir nichts anderes übrig, als euch nach Portugal zu begleiten!«

Gottfried und Rémy funkelten ihn an, sprachlos vor Ärger.

»Du traust deinen alten Waffengefährten eine solche Niedertracht zu?«, brummte Baudouin.

Lermond errötete. Nein, das tat er nicht. Es war unverzeihlich, solche hässlichen Gedanken überhaupt aufkommen zu lassen. Schließlich gab es da immer noch den Pakt, den sie einst geschlossen hatten und auf den sich jeder Einzelne von ihnen verlassen konnte. Kleinlaut stammelte er eine Entschuldigung. Zu seiner Erleichterung wurde diese auch angenommen. »Bin ja selbst nie Vater geworden«, rief Hugo van Haarlem versöhnlich und hob seinen Becher. »Aber mein Schwager, bei dem ich die letzten Jahre lebte, hat einen Stall voll Gören. Jedes Mal, wenn sein Weib im Kindbett lag, verschwand er mit mir im Weinkeller und soff, bis ...«

Gottfried unterbrach die blumigen Schilderungen des Flamen mit einer Geste. Dann bot er Lermond freundlich an, sich einmal seine Aufzeichnungen im Turm anzusehen.

»Wenn du wüsstest, wie oft ich verlorengegangene Urkunden am Hof des Erzbischofs von Köln wiederhergestellt habe«, meinte er mit einem Schmunzeln. »Lass mich nur machen!« Lermond stieß verwirrt die Luft aus. »Du meinst ... du fälschst?«

»Willst du mich schon wieder beleidigen?« Gottfried lachte. »Sagen wir, ich werde gerufen, um gewisse Angelegenheiten ins Reine zu bringen und Menschen damit zufrieden zu machen. Ist es nicht haarsträubend, sich vorzustellen, dass kleine Pergamentfetzen die Macht haben, Fehden und Kriege auszulösen?« Er legte seinen Arm um Lermonds Schulter und dirigierte ihn zur Tür. »Na komm schon, zeig mir deine Urkunden!«

XXI.

Gottfried genoss die Zeit in der muffigen Turmstube mehr als ein gutes Essen oder einen Platz am Kamin. Er wurde nicht müde, die dicken Rechnungsbücher zu wälzen, die Lermond vor ihm aufs Schreibpult legte. Mit einem seligen Lächeln auf den Lippen vergrub er sich in Zahlen und flüchtig niedergeschriebene Kommentare, rechnete nach und verglich. Immer wieder musste Lermond für ihn das Stundenglas wenden oder ein neues Licht anzünden. Erst als der Morgen graute, legte er gähnend die Feder aus der Hand.

»Und?«, erkundigte sich Lermond zaghaft. Er wagte kaum zu hoffen. »Fertig?«

Stolz überreichte Gottfried ihm eine eng beschriebene Rolle Pergament. »Das war's. Wie gesagt, ein Kinderspiel!« Während Lermond neugierig das Schriftstück aufrollte, streckte er seine nach dem langen Stehen lahm gewordenen Glieder und massierte sich die Finger.

»Würde mich schon sehr wundern, wenn dieser Anseau de Joinville meine Ausarbeitung infrage stellen würde. Sie deckt sich mit den Rechnungen der vergangenen Jahre. Mir blieb nur zu berechnen, wie viel für die Instandsetzung des Kamins im Palas und die Ausbesserung des Dachgebälks in den beiden Waffenkammern aufgewendet werden musste. Aber lassen wir das, ich möchte dich nicht mit langweiligen Einzelheiten ermüden.

Als Kastellan hast du gewiss wichtigere Dinge zu erledigen. Zum Beispiel mich vor dem Verhungern zu retten, indem du für ein kräftiges Frühstück sorgst. Eine heiße Bohnensuppe und einen Schluck Kräuterbier zur Stärkung würde ich jetzt nicht ablehnen.«

Voller Freude überflog Lermond Gottfrieds Ausarbeitung. Was diesem in dieser einen Nacht gelungen war, kam ihm wie ein Wunder vor.

»Ich weiß gar nicht, wie ich dir danken soll«, sagte er, nachdem er die Rolle sorgfältig in dem Kasten mit den anderen Unterlagen verstaut hatte. »Vielleicht war es doch eine Fügung, dass ihr ausgerechnet jetzt aufgetaucht seid.«

»Möglich«, sagte Gottfried vorsichtig.

»Aber ich hoffe, du verstehst, dass dies nichts an meinem Entschluss ändern wird! Ihr müsst ohne mich nach Portugal reisen.« Lermonds gute Laune verflog. Er warf einen Blick aus dem Fenster. Auf dem Wehrgang ihm gegenüber wurde der Wachwechsel vollzogen. Eine Magd leerte einen Eimer mit Küchenabfällen über der dampfenden Dunggrube aus.

»Nun ja, ich muss zugeben, dass ich auch lange gezögert habe«, hörte er Gottfrieds Stimme in seinem Rücken. »Ich glaubte, ich sei am Ziel meiner Wünsche und Hoffnungen angekommen. Der Erzbischof von Köln, in dessen Diensten ich die letzten Jahre stand, hatte mich nach viel Bitten und Betteln endlich freigestellt, damit ich an einer englischen Universität römisches und kirchliches Recht lehren kann.« Er lachte auf. »Man könnte sagen, ich bin ein wenig vom Weg abgekommen.«

Lermond drehte sich um und betrachtete den Ritter hinter dem Stehpult mit gerunzelter Stirn. »Die Frage ist, welcher Weg für dich der richtige ist.« Er klopfte gegen das Pult. »Ich weiß genau, dass dich ritterliche Zweikämpfe oder Turniere nie so recht glücklich gemacht haben. Du hast sie ebenso sehr gehasst, wie dein Bruder, Gott hab ihn selig, sie geliebt hat. Aber auch im alten Orden gab es für manche Brüder mehr als nur Schwertkampf und Gebete. Erinnere dich an unser Archiv! Ich bin selbst einmal dort gewesen, als die Aufzeichnungen noch auf Zypern verwahrt wurden. Das Archiv war in einem unterirdischen Gewölbe untergebracht und so riesig, dass man sich darin verlief. Vom Fußboden bis zur Decke stapelten sich Schriften, bei deren Anblick es sogar mir die Sprache verschlug. Hunderte, nein Tausende von Pergamenten, einige davon noch aus der Zeit der ersten Apostel Jesu. Sie wurden von einer Handvoll Brüder bewacht, die von jedem Besucher besondere Kennwörter und Handzeichen verlangten. Die Sprache der Vögel, nannten sie das. Ich sah Bücher in arabischer und hebräischer Schrift, die es sonst auf der ganzen Welt kein zweites Mal geben kann.« Ein Lächeln huschte über seine Lippen, als er Gottfrieds glänzende Augen bemerkte.

»Ich bin überzeugt davon, dass dort einmal dein Platz gewesen wäre, Gottfried«, fuhr er fort. »Die meisten unserer Ordensbrüder konnten nicht einmal lesen, aber deine Leidenschaft für Bücher übersteigt die eines jeden Mönchs. Du hast eine besondere Gabe, auf die die Brüder unmöglich verzichten können. Ein neuer Ritterorden benötigt ein gutes Archiv und einen fähigen Kopf, der es verwalten kann.«

»Aber die Aufzeichnungen, von denen du redest, existieren doch schon lange nicht mehr«, entgegnete Gottfried wehmütig. »Das Templerarchiv wurde 1307 in Paris vernichtet, bevor es unseren Verfolgern in die Hände fiel. Jedenfalls hat man mir das so gesagt.« Er stutzte. »Stimmt das etwa nicht?«

Lermond dachte einen Moment lang nach, dann zuckte er mit den Achseln. »Tut mir leid, aber ich fürchte, darüber weiß ich kaum mehr als du selbst. Natürlich gab es Gerüchte, nach denen der Großmeister außer uns sieben auch noch eine Anzahl weiterer Ordensritter für ganz besondere Aufgaben ausgewählt haben soll. Demnach könnte er nicht nur die Rettung unseres Mysteriums, sondern auch die des Templerarchivs angeordnet haben.«

Gottfried stieß scharf die Luft aus. »Das würde ja bedeuten, dass es noch mehr Templer gibt, die eine Wiederherstellung des alten Ordens herbeisehnen, weil sie, wie wir, einen heiligen Eid geschworen haben. Und all die Jahre wussten wir nichts voneinander.«

»Vergiss bitte nicht, wir reden hier über Gerüchte und Vermutungen! An deiner Stelle würde ich das Gerede nicht allzu ernst nehmen.«

»Gerüchte, Gerede«, murmelte Gottfried. Er starrte auf die schwarzen Flecke, welche die Tinte auf seinen Fingern hinterlassen hatte. »So wie die Legende von dem vierten Weisen aus dem Morgenland?«

Lermond starrte ihn an, als habe er nicht richtig verstanden. »Was sagst du da? Woher zum Teufel hast du das schon wieder?«, fragte er verblüfft.

Gottfried betrachtete nachdenklich Schreibfeder und Tintenfass auf dem Pult, an dem er bis eben noch gearbeitet hatte. »Äbtissin Benedicta hat so etwas angedeutet. Ist es wirklich nur eine Legende?«

»Du kommst doch aus Köln, nicht wahr? Werden dort die Gebeine der Heiligen drei Könige verwahrt oder nicht?«

Gottfried nickte überrascht. Seit der Kanzler des Stauferkaisers Barbarossa die Gebeine vor mehr als hundertfünfzig Jahren an den Rhein gebracht hatte, hatten sie ihren Platz im Dom.

»Da siehst du es! Auch wenn die Evangelien uns die konkrete Anzahl der Weisen niemals verraten haben, zweifle ich doch nicht daran, dass es drei waren. Drei Männer, drei Gaben, drei goldene Gefäße. Richtig angewendet, steckt in diesen Gefäßen nicht weniger Macht als im heiligen Gral.« Lermond schüttelte den Kopf.»Auch wenn es ein viertes Gefäß geben sollte, wäre es nicht deine Aufgabe danach zu forschen. Weil…« Er zögerte, den Satz zu beenden, tat es aber schließlich doch.»Weil das sehr gefährlich werden könnte. Man spielt nicht mit Kräften, die man nicht zu kontrollieren versteht.«

Gottfried wirkte alles andere als überzeugt. Aufgeregt griff er nach der Schreibfeder und bog sie so lange, bis sie splitternd brach. Ein schwarzer Tropfen Tinte zerplatzte auf dem staubigen Dielenboden.»Aber was, wenn das vierte Gefäß nichts anderes ist als der heilige Gral?«

Lermonds Augen weiteten sich.»Hör auf, Bruder!«, mahnte er Gottfried eindringlich.»Du darfst dich nicht weiter mit solchen Dingen beschäftigen. Sie sind, wie gesagt, gefährlich. Nicht nur, weil der Papst derartige Überlegungen schnell als Ketzerei verurteilen könnte, sondern auch, weil deine Seele dadurch Schaden nehmen würde.« Er schnaubte.»Ich bin der Meinung, dass der Templerorden noch heute bestehen würde, hätten einige unserer Brüder sich nicht verdächtig gemacht, sonderbare Rituale zu praktizieren.«

»Ich kann gut auf mich aufpassen«, entgegnete Gottfried beleidigt.»Davon abgesehen kann ich deine Warnungen beim besten Willen nicht nachvollziehen. Du, Rémy, ich und die anderen wurden berufen, um ein Vermächtnis zu hüten, das zu den größten Geheimnissen der Templer gehörte. Wir haben vor vier Jahren auf dem Tempelhof mit eigenen Augen gesehen, welche Kräfte von dem Mysterium ausgehen, sofern es sich in den richtigen Händen befindet. Rémy verdankt ihm sein Leben. Du hast es doch selbst miterlebt.«

»Ich weiß, was ich gesehen habe!« Lermond atmete ein paar Mal tief durch.»Aber das ändert nichts daran, dass ich es für falsch halte, etwas zu tun, was nicht unserer Aufgabe entspricht. Wir sollen die drei Gefäße der Weisen mit unserem Leben verteidigen und uns nicht den Kopf über ein viertes zerbrechen. Wenn dieses Ding, von dem die Legende erzählt, wirklich eine heilige Reliquie wäre, hätte die Jungfrau Maria auch dafür gesorgt, dass es bewahrt geblieben wäre. Da das nicht der Fall ist, gehe ich davon aus, dass … etwas Böses darin haust.« Er schlug hastig ein Kreuz. »Etwas Zerstörerisches!«

Gottfried seufzte. »Ein Jammer, wenn du mich fragst. Insbesondere jetzt, wo ich erfahre, dass wir möglicherweise gar nicht die einzigen Ordensritter waren, die von Meister Jacques de Molay für besondere Aufträge ausgewählt wurden.«

»Ich hätte niemals davon anfangen sollen«, schimpfte Lermond. Unruhig fuhr er sich mit der Hand durch sein schütteres Haar. Verdammt, seit Jahren hatte er schon keine Diskussionen dieser Art mehr geführt. Er fühlte sich matt und müde wie ein Bauer nach einem Tag hinter dem Ochsenpflug. Gegen Gottfrieds sprudelnden Eifer kam er nicht an.

»Ich wette, dass in unserem Ordensarchiv Aufzeichnungen über den vierten Weisen und sein Vermächtnis gegeben hat«, hörte er Gottfrieds Stimme. Mit gerunzelter Stirn hob Lermond den Kopf und sah den jüngeren Mann an. »Du glaubst mir also nicht, dass dieses Ding, wenn es denn existiert, besser nie gefunden werden sollte?«

Gottfried zögerte kurz, dann aber schüttelte er den Kopf. »Nein, das tue ich nicht. Seit ich davon erfahren habe, spüre ich tief in mir, dass die Gabe des vierten Weisen nicht in Vergessenheit bleiben darf. Sie gehört zum Mysterium dazu, und wenn die Templer sie damals nicht gefunden haben, als sie ihr Hauptquartier noch in Jerusalem hatten, dann wird es höchste Zeit, danach zu suchen.«

»Bitte, wenn du deine Zeit mit Hirngespinsten verschwenden willst, anstatt in Portugal einen neuen Orden aufzubauen, dann brauchst du ja nur das verschollene Archiv aufzustöbern und es nach einem einzigen, ganz bestimmten Dokument zu durchsuchen. Viel Vergnügen!«

Gottfried überging Lermonds spöttische Bemerkung mit einem Schulterzucken. »Vielleicht genügt es ja, einfach abzuwarten. Sollte das Archiv existieren, werden sich die Männer, die es gerettet haben, vermutlich ebenfalls auf den Weg nach Portugal machen. Sie werden die Aufzeichnungen des Tempels dem neuen Christusorden zur Verfügung stellen.« Gottfried warf Lermond einen herausfordernden Blick zu, mit dem er ihm zu verstehen gab, dass er nicht aufhören würde, nach dem vierten Gefäß zu forschen.

Lermond öffnete den Mund, um den Ritter ein letztes Mal zu warnen, doch noch bevor er ein Wort über die Lippen brachte, hörte er plötzlich Türenknallen und eilige Schritte. Durch das Fenster drang ein markerschütternder Schrei.

Er kam von Agnes, seiner Frau.

In die Kammer stürzte ein Diener. Atemlos hob er die Hand und winkte Lermond, ihm zu folgen. »Eure Gemahlin, Herr, sie ist ...!«

Vor dem Eingang zu seiner Schlafkammer wurde Lermond von einer dicken, ruppigen Frau mittleren Alters abgewiesen, die nach saurer Milch und Zwiebeln roch. Sie stellte sich ihm mit knappen Worten als Hebamme vor und gab an, dass man sie gerufen habe, weil die Burgvögtin seit einigen Stunden in den Wehen liege.

»Seit Stunden?«, keuchte Lermond erstickt. Großer Gott, warum hatte Agnes nicht nach ihm schicken lassen? Entsetzt drehte er sich nach Gottfried um, der ihm eine Hand auf die Schulter legte und sachte von der Tür wegzog, welche die Hebamme ihm schallend vor der Nase zuschlug. Nur zwei Mägde, die Tücher und eine Schüssel heißes Wasser herbeischleppten, durften eintreten.

Agnes' Schreie waren gedämpft durch das harte Eichenholz der Tür zu hören.

Lermond trottete mit schwerfälligen Bewegungen ans andere Ende des zugigen Flures. Es war dunkel darin. Die Fackeln an den Wänden, die während der Nacht brannten, waren inzwischen erloschen. Lermond überlegte, ob er einem Diener befehlen sollte, einen Kienspan zu holen, um sie wieder anzuzünden. Das düstere Zwielicht zerrte ebenso an seinen Nerven wie die Klagelaute seiner Frau. Ächzend ließ er sich auf einer Truhe nieder.

»Ich weiß, dass ich mich wie ein dummer Esel anstelle«, sagte er leise zu Gottfried, der nicht von seiner Seite wich. »Erst Tempelritter, dann Fisch- und Wachshändler und nun ...« Er verzog den Mund. »Ein Mann meines Alters sollte eigentlich gelernt haben, Ruhe zu bewahren. Ich befand mich schließlich schon in ganz anderen Situationen.« Er blickte Gottfried an, als müsse er ihn um Entschuldigung bitten. »Ich sollte meiner Arbeit nachgehen oder zur Jagd reiten wie jeder vernünftige Mann, nicht wahr? Den Weiberkram den Weibern überlassen.«

Gottfried schüttelte den Kopf, aber er wirkte abwesend. Lermond ahnte schon, warum.

Agnes' Schreie wurden schriller. Etwas polterte in der Stube, und die Stimme der ruppigen Frau war zu hören. Sie schien eine der Mägde anzukeifen, aber was genau sie aufregte, konnte Lermond nicht verstehen. Irgendetwas ging dort drinnen schief, das spürte er in jedem seiner alten Knochen. Zu allem Überfluss tauchte nun auch noch einer der Burgwächter auf, der ihn über die Ankunft des Herrn de Joinville in Kenntnis setzte.

»Verflucht, ausgerechnet jetzt!«

Mit dröhnendem Schädel erhob sich Lermond, schwankte aber nach wenigen Schritten so sehr, dass er sich gleich wieder setzen musste.

»Herr de Joinville besteht darauf, dass Ihr zu seinem Empfang

297

in den Hof kommt«, brachte sich der Burgwächter in Erinnerung. Der Mann trat verlegen von einem Bein auf das andere. »Er ist wütend, weil Ihr ihn so lange warten lasst.«

Lermond fluchte. Doch ihm blieb keine andere Wahl, als hinunterzugehen und den Burgherrn zu begrüßen. Was half es Agnes, wenn er sich weigerte und sie morgen kein Dach mehr über dem Kopf hatten. Schweren Herzens raffte er sich auf und machte sich auf den Weg zur Treppe. Als er an seiner Kammer vorbeikam, war ihm, als dringe ein zaghaftes Quäken an sein Ohr, das schon im nächsten Augenblick zu einem kräftigen Gebrüll anschwoll. Lermond riss die Tür auf, hinter der die dicke Hebamme stand. Sie trug ein winziges Etwas auf dem Arm.

»Nur ein Mädchen«, brummte sie, als sie Lermonds fragenden Blick auffing. »Aber munter!« »Und mein Weib?« Lermond spähte misstrauisch zum Alkoven hinüber, in dem das Bett stand, das er mit Agnes teilte. Er übersah das blutige Stroh vor dem Geburtsstuhl, das von einer Magd weggefegt wurde.

Agnes war bleich wie das Laken, das ihren schönen nackten Leib umhüllte, aber als sie ihm zunickte, glänzten ihre Augen, als wollten sie ihm zurufen: Siehst du, es gibt keinen Fluch. Der Herr hat unser Kind auf der Welt haben wollen, auch wenn sein Vater immer noch glaubt, er habe einen Eid gebrochen.

Er ergriff ihre Hand und drückte sie sanft. Ein wenig heiß war sie, aber keineswegs schlaff.

»Ist de Joinville schon angekommen?«

Lermond vergrub sein Gesicht seufzend im Duft ihres schwarzen Haars. Woher nahm sein Weib nur dieses Pflichtbewusstsein, selbst in einem Moment wie diesem an ihre Aufgaben in diesem Haus zu denken? Gewiss, es hatte eine Zeit gegeben, da war auch er so gewesen. Damals, im Tempel. Doch diese Zeiten lagen hinter ihm. Sein Weib war alles, was für ihn jetzt noch zählte.

»Du musst zu ihm gehen! Verärgere ihn nicht, du weißt doch,

wie jähzornig er werden kann. Und bitte ihn um Entschuldigung, weil ich heute nicht zur Verfügung stehen kann. Wir sehen uns doch heute Abend. Versprochen!«

»Wäre ja auch noch schöner, wenn Euer Weib jetzt aufstünde«, knurrte die Hebamme mit dem wimmernden Säugling auf dem Arm. Sie kniff die Augen halb zusammen und entblößte ihr Gebiss. Irgendetwas an Agnes' Anblick schien sie zu irritieren. Kurz entschlossen reichte sie Lermonds Tochter an die Magd mit dem Besen weiter und beugte sich über Agnes. Die zuckte stöhnend, als die fette Frau ihren Leib abtastete.

»Heiliger Kuhmist«, presste das Weib durch seine dicken Lippen. »Es ist also doch noch nicht vorbei!« Sie riss Agnes das Laken herunter und zwang sie auf die Füße.

In Lermonds Rücken räusperte sich der Burgwächter. Polternde Stiefelgeräusche drangen aus dem unteren Geschoß des Palas durch die Decke zu ihnen herauf.

»Herr, Monsieur de Joinville …«

Lermond taumelte einen Schritt zurück, als Agnes einen langgezogenen Schrei von sich gab.

XXII.

FRANKREICH, KLOSTER SAINT JACQUES,
HERBST 1318

Das festliche Glockengeläut der Abteikirche war an diesem
Nachmittag meilenweit zu hören.
Prisca stand der Sinn jedoch nicht nach Feiern. Im Gegenteil,
als sie sich den grauen Mauern des kastenförmigen Gebäudes näherte, spürte sie, wie Anspannung und Aufregung wie mit Klau-
en nach ihr griffen.

Fröstelnd zupfte sie an dem wollenen Überkleid, das ihr Adaliz
wegen des kühlen Windes geliehen hatte. Hatte bis vor wenigen
Tagen noch eine drückende Hitze über dem Gut gelegen, so
beugten sich nun Bäume und Büsche unter heftigen Sturmböen,
und der andauernde Regen der vergangenen Tage verwandelte
die Straßen in einen bräunlichen Sumpf.

Von der kleinen Reisegesellschaft, die trotz des garstigen Wet-
ters die Reise zur Abtei nicht gescheut hatte, war Adaliz die Einzige, die ihre gute Laune offen zur Schau trug.

Kein Wunder, dachte Prisca ein wenig neidisch. Sie wird in diesen Mauern heiraten. Ein feiner Stich drang ihr durch die Brust,
als sie an Michel dachte. Er war seit langer Zeit der erste Mann,
der sie weder abschätzig behandelte noch ihr mit Argwohn begegnete. Im Gegenteil, Michel de Montloup hatte sie ins Vertrauen gezogen. Anders als ihr Großvater, der sich nach wie vor
weigerte, sie als sein Enkelkind anzuerkennen, nahm er sie ernst,
obwohl sie doch nur ein Mädchen war.

Michel war nicht bei ihnen. Tags zuvor hatte er verkündet, mit seinem Diener Raymond und dessen Schwester zu seiner Burg zu reiten und sie erst am Tag der Vermählung in der Abtei zu treffen. Prisca war über Michels Abreise einerseits erleichtert gewesen, andererseits musste sie sich eingestehen, dass sie ihn vermisste.

Aber das durfte nicht sein. Sie musste sich Michel aus dem Kopf schlagen. Er war nicht ihr Bräutigam, sondern der ihrer Tante Adaliz. In einer Welt wie dieser würde kein Edelmann vom Rang eines Ritters de Montloup ein Mädchen zweifelhafter Herkunft heiraten.

Eine Nichtchristin. Ungläubig und unbelehrbar.

»Ich habe mich mit dem Klosterbruder unterhalten, der dich in der Lehre der heiligen Kirche unterwiesen hat«, brach Adaliz' Stimme durch die Mauer ihrer Gedanken. »Er sagt, er habe keine Bedenken, dass du heute noch vor meiner Trauung die Taufe empfängst. Der Abt wird das erledigen, er ist entfernt mit uns verwandt und wird Vater zuliebe den Mund halten. Wenn du erst einmal getauft bist, wird mir wohler sein.«

Mir nicht, dachte Prisca. Ihr fiel ein, dass in Kürze in den jüdischen Vierteln am Rhein zwei der höchsten Feiertage des Volkes Israel begangen werden würden: das Neujahrsfest *Rosch Ha-Schana* und der Tag der Versöhnung, der *Jom Kippur* genannt wurde. Eigenartig, dass sie ausgerechnet jetzt daran denken musste. Sie würde die Feste nie wieder feiern, denn schon das Ansinnen würde sie in den Augen der Kirche, der sie in wenigen Augenblicken angehören würde, zu einer verdammenswerten Ketzerin machen. Doch was, wenn der Gott Israels sie für den Verrat ebenfalls strafte? Sie fröstelte.

Balthasar stieg vom Pferd und klopfte wenig später an das große Tor des Klosters, woraufhin ihm ohne Umschweife geöffnet wurde. Der alte Mann nickte seiner Tochter und Prisca zu, ihm zu folgen. »Am besten wird sein, ihr beide geht schon einmal vor. Ich hole meinen Vetter, den Abt!«

Prisca atmete tief durch. Während sie an Adaliz' Seite auf die Kirche zueilte, stellte sie sich vor, wie ihr Vater Payen aus dem Himmel auf sie herabschaute. Ob ihr Entschluss ihn freute? Ihn, der wegen seiner Entscheidung, sich den Templern anzuschließen aus der Familie de Gros verstoßen worden war? Nun, bevor der Tag sich seinem Ende zuneigte, würde sie in die Familie aufgenommen werden. Balthasar würde sie nicht mehr wie eine dahergelaufene Bettlerin behandeln, sondern wie sein eigenes Fleisch und Blut. Das bedeutete, dass er ihr erst recht nicht erlauben würde, die Pilgerfahrt nach Jerusalem anzutreten.

Und ihre Mutter? Was würde sie von ihr denken, wenn sie Prisca vor einem Taufstein sähe? Sie hatte bis zu ihrem Tod mehr als eine Demütigung ertragen, weil sie Payen geliebt und ein Kind von ihm empfangen hatte. Dennoch war es ihr nie in den Sinn gekommen, die Mauern der Judengasse zu verlassen, um das Leben einer Christin zu führen.

Vor der Kirche erwartete Prisca und Adaliz eine unangenehme Überraschung. »Albin«, stieß ihre Tante erschrocken hervor, als sie den Mann am Portal erkannte. »Was hat der hier zu suchen?«

Prisca zuckte mit den Achseln. Balthasar war nicht darum herumgekommen, den Nachbarn zur Vermählung seiner Tochter einzuladen, doch hatten beide gehofft, dass Albin die Einladung nicht annehmen und der Trauung fernbleiben würde. Abgesehen davon war er viel zu früh. Noch verstörender erschien Prisca der düstere Blick, mit dem ein Mann neben Albin sie musterte. Er war hager, hatte ungepflegtes Haar und aus dem länglichen Gesicht stach die gekrümmte Nase scharf hervor.

»Jacques Fournier, der Bischof von Pamiers«, raunte Adaliz ihr zu. »Vater kann ihn nicht ausstehen, weil er die Tempelritter früher gnadenlos jagte und an die Inquisition auslieferte.«

»Aber dein Vater hasste die Templer doch auch«, wunderte sich Prisca.

Adaliz verdrehte die Augen. Offenbar hielt sie ihre Nichte für selten begriffsstutzig. »Das ist doch etwas ganz anderes. Eine Familienangelegenheit, in die kein Bischof seine Nase zu stecken hat. Jedenfalls sollte man vor Fournier auf der Hut sein. Es passt mir gar nicht, dass er bei meiner Hochzeit anwesend sein soll.«

Inzwischen waren sie von Albin entdeckt worden. Mit einem breiten Lächeln kam er auf sie zu, um sie zu begrüßen. Der hagere Bischof blieb mit gefalteten Händen auf der Treppe stehen, wo der Wind an seinem knöchellangen, pelzverbrämten Purpurmantel rüttelte. Erst als Priscas Tante ehrfurchtsvoll den Ring an seiner Hand küsste, schenkte er ihr ein huldvolles Nicken.

»Wie ich hörte, sollst du vermählt werden, Tochter«, sagte er kühl. »Wo ist dein Vater?«

»Er macht dem ehrwürdigen Abt seine Aufwartung, aber …«

Der Bischof unterbrach Adaliz mit einer Handbewegung, die zum Ausdruck brachte, dass er auf weitere Erklärungen verzichtete.

Prisca tauschte einen Blick mit ihrer Tante, die kaum merklich den Kopf schüttelte. Wenn sie die Kirche jetzt betraten und sich in die Kapelle mit dem Taufstein begaben, würden Albin und der Bischof ihnen zweifellos folgen. Das bedeutete, dass sie nicht getauft werden konnte, ohne dass Albin davon Wind bekam und seine Schlüsse zog.

»Die jungen Damen scheinen mir reichlich nervös zu sein«, sagte Balthasars Nachbar da auch schon lauernd. »Aber das ist vermutlich die Aufregung vor der Trauung.« Er verzog das Gesicht zu einem Lächeln. »Habt Ihr gehört, dass der Bischof von Bordeaux, der Euch auf Wunsch Eures Vaters vermählen sollte, gestern Abend ganz plötzlich erkrankt ist?«

»Erkrankt?« Adaliz erbleichte.

»Schwer erkrankt sogar. Er brach beim Essen zusammen und liegt seither in tiefer Ohnmacht. Aber keine Sorge, meine Liebe. Da ich rechtzeitig davon erfuhr, habe ich den ehrwürdigen Bischof von Pamiers gebeten, die Trauung vorzunehmen.«

»Das ist sehr zuvorkommend von Euch, Albin«, hörte Prisca ihre Tante sagen. Es klang weder dankbar noch begeistert, eher eingeschüchtert. Adaliz raffte den Saum ihres Gewandes. Mit einem Blick gab sie Prisca zu verstehen, ihr hinüber zum Kloster zu folgen.

»In der Abteikirche kann deine Taufe nicht stattfinden«, sagte sie. »Aber keine Sorge, dem Abt wird schon etwas einfallen!«

Doch in den nächsten Stunden ließ Albin weder Adaliz noch Prisca aus den Augen. Somit vereitelte er den Plan, Prisca noch vor der Trauung ihrer Tante taufen zu lassen. Balthasar schäumte vor Wut. Zu allem Unglück setzte am frühen Nachmittag auch noch ein Gewitter ein. Krachend gingen Donnerschläge über den Dächern der Abtei nieder. Das Gebälk ächzte in dem Raum, in den man die Familie sowie die wenigen angereisten Gäste geführt hatte. Durch die Bogenfenster waren zuckende Blitze zu sehen. Der Regen wurde stärker und ging alsbald in Hagel über. Körner, groß wie Enteneier, schlugen jenseits des Kreuzgangs auf die Steine des alten Klosterfriedhofs. Im Raum wurde es so finster, als sei die Nacht bereits angebrochen. Nicht einmal die eilig angezündeten Kerzen vermochten, die Dunkelheit aus ihm zu vertreiben.

»Ein schlechtes Omen für eine Hochzeit«, murmelte der Abt mit einem trübseligen Blick auf sein Stundenglas.

Prisca starrte auf den dichten Regenschleier; vor ihren Augen verschwamm die Welt. Sie spürte, dass in Kürze etwas geschehen würde. Aber was? Wenn wenigstens Michel hier wäre, dachte sie verzweifelt. Sie wagte einen verstohlenen Blick in Albins Richtung. Ihr Nachbar hatte sich mit dem Bischof in einen entlegenen Winkel des Raumes zurückgezogen. Die Männer schienen in eine Unterhaltung vertieft zu sein, doch Prisca entging nicht, dass ihr Nachbar von Zeit zu Zeit Balthasar und Adaliz musterte. Die beiden heckten etwas aus, soviel stand fest. Die übertriebene Fürsorglichkeit, die Albin an den Tag legte, entsprang gewiss nicht dem Wunsch, sich mit Balthasar zu versöhnen.

Sie atmete tief durch, während sie sich ihre mit Michel und Raymond geführten Gespräche ins Gedächtnis rief. Mehr denn je war sie davon überzeugt, dass Albin den guten Nachbarn und Freund der Familie nur spielte, in Wahrheit aber hinter den abscheulichen Verbrechen steckte, die im Dorf und auf dem Gut der de Gros' geschehen waren. Aber nach wie vor fehlten die Beweise dafür. Michel tat, was er konnte, um Zeugen zu finden, die es wagten, gegen Albin auszusagen, doch bislang waren seine Bemühungen erfolglos geblieben.

Priscas Blick fiel auf die junge Marie, die von Adaliz mitgenommen worden war, weil sie ihr vor der Trauung als Zofe beim Umkleiden helfen sollte. Blass und teilnahmslos hockte die Tochter des Dorfschmieds auf einer Bank, ließ eine Nadel durch eine Stickerei gleiten, starrte dabei aber ins Leere, als habe sie vergessen, dass sie sich nicht auf dem Gut, sondern in der Abtei Saint Jacques befand. Das Gewitter schien sie nicht zu ängstigen. Sie zuckte nicht einmal zusammen, wenn es donnerte. Hätten sich ihre Lippen nicht bewegt, man hätte sie für eine der steinernen Säulen halten können.

Wenn es mir doch nur gelingen würde, dich zum Reden zu bringen, dachte Prisca müde. Du könntest uns allen gewiss noch einiges über den Unhold berichten, der dich und deinen Mann überfallen hat.

Dummerweise ließ Marie durch nichts erkennen, dass sie Albin jemals zuvor begegnet war. Albin seinerseits würdigte sie keines Blickes.

»Gott sei gelobt«, rief Adaliz erleichtert aus, als nach einer gefühlten Ewigkeit endlich die Tür geöffnet wurde und ihr Verlobter den Raum betrat. Auch Balthasar atmete auf. Michel de Montloup schüttelte sich. Er war durchnässt bis auf die Haut. Regentopfen liefen ihm aus den Haaren in die Stirn, und sein samtener Übermantel, der gewiss teuer gewesen war, war am Saum aufgerissen und voller Schlammspritzer.

»Verzeiht«, rief der junge Edelmann mit einer höflichen Verbeugung, die dem Vater seiner Braut sowie dem Abt galt, »aber ich fürchte, ich bringe keine guten Neuigkeiten.«

Prisca hielt gespannt den Atem an.

»Der Bischof von Bordeaux ...«

Balthasar fiel ihm ins Wort. »Wir wissen bereits, dass Seine Ehrwürden erkrankt sind, mein lieber Michel.«

»Nicht nur erkrankt«, meinte Michel kopfschüttelnd. »Sein Medicus sagt, dass er vergifteten Wein getrunken hat! Wenn kein Wunder geschieht, geht es zu Ende mit ihm.«

Fassungslose Blicke richteten sich auf den jungen Mann. Adaliz stieß einen spitzen Schrei aus, während sich der Abt mit bebenden Fingern bekreuzigte. Er war ein alter Mann, der schon reichlich tatterig war und von zwei Mönchen gestützt werden musste.

Der Bischof vergiftet? Das war ungeheuerlich. Doch warum sollte jemand solch einen Frevel begehen? Seit fünfzehn Jahren stand der Geistliche dem Bistum vor, und niemals hatte sich das Volk gegen ihn empört. Obwohl treuer Anhänger der päpstlichen Partei in Avignon, hatte er es bislang verstanden, sein Bistum aus den erbitterten Streitigkeiten der verschiedenen Richtungen herauszuhalten. Umso rätselhafter, dass ausgerechnet auf ihn ein Giftanschlag verübt worden war.

Michel warf seinen verschmutzten Umhang ab. »Ich war im Bischofspalast, doch es war mir nicht möglich, mit dem Leibarzt

zu reden. Der ist aus verständlichen Gründen unabkömmlich.«
Während die Männer erschrocken miteinander tuschelten, trat
Albin vor. Gelassen ging er auf Michel de Montloup zu, den er
dabei nicht aus den Augen ließ.

»Wie Ihr seht, habe ich für Ersatz gesorgt«, sagte er. »Der Bischof von Pamiers kann Euch und Adaliz trauen, falls Ihr das unter diesen besonderen Umständen für angebracht haltet.«

»Besondere Umstände?« Balthasar stellte sich demonstrativ
an die Seite seines zukünftigen Schwiegersohns. »Was zum Teufel willst du damit sagen?«

»Ich will damit sagen, dass die plötzliche Krankheit des Bischofs von Bordeaux dem guten Michel möglicherweise nicht
ungelegen kommt.« Aus Albins Gesicht verschwand das Lächeln.
Stattdessen hob er forschend die Augenbrauen. »Ist der Ärmste
hinter Euer kleines Geheimnis gekommen, Michel?«

»Mein Geheimnis?« Michel de Montloup sah Albin voller
Verachtung an. »Wenn hier einer ein paar hässliche Geheimnisse
vor uns verbirgt, dann seid Ihr das!«

»Schluss mit dem Unfug!« Es war der Bischof von Pamiers,
der mit donnernder Stimme und erhobenem Zeigefinger dem
Wortstreit der beiden Männer Einhalt gebot. Mit frostiger Miene
wandte er sich Michel und Balthasar zu.

»Was auch immer meinem teuren Amtsbruder, dem Bischof
von Bordeaux zugestoßen sein mag, wird eine Untersuchung ergeben. Da er heute nicht hier sein kann, muss ich Euch ein paar
Fragen stellen.«

»Fragen?« Balthasar runzelte die Stirn. »Ich bin nicht gekommen, um mit Euch zu plaudern, sondern um meine Tochter zu
vermählen.«

Die Entgegnung brachte den Bischof keineswegs aus dem
Konzept. Im Gegenteil, er schien schon mit ihr gerechnet zu haben. Rasch rief er einen seiner Begleiter herbei, dem er etwas ins

Ohr flüsterte. Der Mann verneigte sich knapp, dann eilte er mit raschen Schritten auf die Pforte zum Kreuzgang zu.

Prisca sah ihm ratlos nach. Ihr war bang zumute. Am liebsten hätte sie diesen Ort verlassen, doch sie zweifelte keinen Moment lang daran, dass Albin das nicht zulassen würde. Er hatte sie alle da, wo er sie haben wollte. In der Falle.

»Gegen Euch, Balthasar, und den Verlobten Eurer Tochter sind schwere Vorwürfe erhoben worden, denen ich als Vertreter des päpstlichen Stuhls nachgehen muss«, sagte der Bischof. »Sollten sie wahr sein, so rate ich Euch, besser auf der Stelle zu bekennen!«

»Ich habe keine Ahnung, wovon Ihr redet!« Balthasar verschränkte die Arme vor der Brust. Die Bemerkungen des Hageren schienen ihn nicht sonderlich aufzuregen, doch Prisca entging der verstohlene Blick keineswegs, mit dem er sie ermahnte, sich ruhig zu verhalten. Nichts anderes hatte sie im Sinn.

Zu ihrem Pech schoss Albin plötzlich auf sie zu, packte sie am Arm und zerrte sie in die Mitte des Saales. Ehe sie wusste, wie ihr geschah, fand sie sich dem Bischof gegenüber wieder, der sie mit finsteren Blicken anstarrte.

»Was erlaubst du dir, Albin?« Die Stimme ihres Großvaters zitterte vor Wut. »Das Mädchen ist eine Waise und steht unter meinem Schutz. Ich werde nicht erlauben, dass du sie anrührst, als wäre sie eine deiner Huren!«

Albin kehrte dem alten Mann den Rücken zu, als wollte er kenntlich machen, dass er sich mit ihm später befassen würde. Zunächst galt seine Aufmerksamkeit Prisca allein. Sie spürte, wie ihre Hände kalt wie Eis wurden und ihr Herz zu trommeln anfing. In diesem Moment ging ihr auf, dass sie zu lange gezögert hatten, etwas gegen Albin zu unternehmen.

»Balthasar de Gros versteckt dieses Mädchen schon seit Monaten auf seinem Gutsbesitz bei Pouillon«, erhob Albin seine Stimme, die bis in die hintersten Winkel des Raumes drang. »Er gibt sie als entfernte Verwandte seiner verstorbenen Gemahlin aus, aber ich weiß es besser.« Mit einem höhnischen Gesichtsausdruck drehte er sich zu dem alten Mann um. »Wollt Ihr dem Bischof und den versammelten Hochzeitsgästen nicht verraten, wer Prisca wirklich ist? Dass sie nur vorgibt, eine fromme Christin zu sein?«

»Balthasar, sagt die Wahrheit!« Angriffslustig stemmte der Bischof von Pamiers die Hände in die schmalen Hüften. »Soweit mir bekannt ist, war Euer einziger Sohn Payen ein Ritter des Templerordens, der wegen übler, ketzerischer Machenschaften auch in Aquitanien verboten und verdammt wurde. Die Templer beteten einen steinernen Kopf an. Ihr, Balthasar, sollt den Priester, der ein heidnisches Götzenbild vor Euren Toren zerschlug, bedroht und aus dem Dorf gejagt haben.«

»Lächerlich«, erwiderte Priscas Großvater barsch. »Der Name meiner Familie hatte in dieser Gegend immer einen guten Klang. Niemals würde ich auf meinem Besitz jemanden dulden, der sich gegen die heiligen Sakramente der Kirche versündigt hat. Was meinen Sohn Payen betrifft, so wurde ich schon vor vier Jahren von dem Vorwurf, ihm und anderen Templern zur Flucht verholfen zu haben, freigesprochen.«

»Dann könnt Ihr beschwören, dass dieses Mädchen keine Ketzerin ist, der Ihr auf Eurem Gut Zuflucht gewährt?«, wollte der Bischof wissen.

Einen Moment lang stand Balthasar wie vom Donner gerührt da und sah Prisca an. Dann nickte er. »Ja, das schwöre ich! Prisca von Speyer ist nicht nur eine entfernte Verwandte, sie ist … meine Enkeltochter.«

Im Raum kehrte Totenstille ein. Nichts war zu hören, bis auf die Geräusche des Regens und des Sturmwinds, der nach wie vor heulend um die Klostergebäude fegte. Dann, als sei eine unsichtbare Tür geöffnet worden, brach unter den Anwesenden Getöse aus. Ungläubiges Gemurmel und Gelächter, welches immer lauter wurde, bis es durch den ganzen Saal dröhnte.

Prisca spürte, wie ihr das Blut in die Wangen schoss. Nie zuvor hatte sie sich so unbehaglich gefühlt. Ihr war, als stünde sie auf einem Viehmarkt, den neugierigen Blicken und hämischen Bemerkungen der Hochzeitsgesellschaft hilflos ausgeliefert. Die meisten Mienen zeigten eine Mischung aus Überraschung und Schadenfreude. Vermutlich überlegten sie noch, welcher Skandal die Provinz länger in Atem halten würde: der Umstand, dass Balthasars Sohn einen Bastard in die Welt gesetzt hatte, oder, dass dieser Bastard einen entflohenen Templer zum Vater hatte, der trotz seines Keuschheitsgelübdes ungeniert gehurt hatte.

Vorsichtig spähte Prisca zu Michel hinüber, voller Angst, in seinem Blick Verachtung zu finden. Doch er zerstreute ihre Befürchtungen, indem er ihr verstohlen zuzwinkerte. Er stand auf ihrer Seite, und das gab ihr neuen Mut.

Doch dieses Gefühl währte nicht lange, denn nun wandte der Bischof seine Aufmerksamkeit ihr direkt zu. »Ihr seid also eine gute Tochter der Kirche?«, wollte er wissen.

Prisca zögerte einen Moment zu lange. Sie hörte, wie der alte Abt sich ächzend von seinem Stuhl erhob. »Nein, das ist sie nicht«, sagte er mit einer dünnen Stimme, die an zerreißendes Pergament erinnerte. »Mein Vetter Balthasar hat mich gebeten, das Mädchen noch vor der Trauung seiner Tochter zu taufen. Er wollte Euch verheimlichen, dass sie in einem Judenviertel aufgewachsen ist.«

»Was?« Der Bischof schaute schockiert drein.

»Wenn sie wirklich Payens Tochter ist, so wurden ihr von ihm vielleicht auch einige seiner Templergeheimnisse anvertraut«, rief Albin. Er sah zufrieden aus. »Er muss welche gehütet haben, schließlich ist er untergetaucht, anstatt sich der Gerichtsbarkeit zu stellen und seine Sünden zu bereuen.«

Der Bischof zuckte mit den Achseln. »Ich werde das untersuchen«, versprach er und fügte, an Balthasar gewandt hinzu: »Ich kann verstehen, warum Ihr über die Herkunft Eurer ... Payens angeblicher Tochter nicht reden wolltet. Die Schande muss Euch tief getroffen haben. Es verwundert mich ein wenig, dass Ihr die Fremde nicht gleich zum Teufel gejagt habt. Andererseits spricht es für Euch, dass Ihr ihre Seele retten und sie taufen lassen wolltet. Aber vielleicht seid Ihr ja auch nur einem Schwindel aufgesessen.«

Einem Schwindel? Balthasar war so durcheinander, dass es ihm die Sprache verschlug. An seiner Statt fragte Adaliz den Bischof, worauf dieser hinauswollte.

»Nun, habt Ihr irgendeinen Beweis, dass diese junge Fremde wirklich die ist, die sie zu sein vorgibt? Ihr, meine Tochter, könnt Euch unmöglich an Euren Bruder Payen erinnern. Ihr wart viel zu jung, als er sein Elternhaus verließ, um Tempelritter zu werden.« Der Bischof reckte sein Kinn, was ihm das Aussehen eines riesigen Habichts verlieh, der bereit war, sich auf eine erspähte Beute zu stürzen. »Ihr scheint Euch selbst nicht so sicher zu sein, sonst hättet Ihr nicht so lange gezögert, das Mädchen als Verwandte anzuerkennen.«

»Wie lange müssen wir uns diesen Unsinn eigentlich noch anhören?«, rief nun Michel, der bislang geschwiegen hatte. »Ihr scheint zu vergessen, warum wir hier sind. Mit Euren haltlosen Verdächtigungen stört Ihr unsere Vermählung.« Er warf Adaliz einen bedauernden Blick zu. »Ich fürchte, wir werden die Trauung verschieben müssen. Jedenfalls steht mir nicht der Sinn danach, Seine Gnaden oder den ehrwürdigen Abt darum zu bitten.«

Albin schnaubte. »Was glaubt Ihr eigentlich, wer Ihr seid?«, fuhr er den verdutzten Michel an. »Es wird keine Hochzeit geben! Weder heute noch sonst irgendwann!« Er eilte zur Tür, riss sie auf und brüllte einen Befehl hinaus. Als habe man nur darauf gewartet, erschien nun zum Erstaunen aller eine Schar mit Knüppeln Bewaffneter, die einen Mann und eine Frau grob vor sich hertrieben. Die Hände der beiden waren mit Stricken gefesselt, ihre Kleider feucht und schmutzig, die Gesichter voller Platzwunden und Beulen. Unübersehbare Anzeichen dafür, dass sie von Albins Bewaffneten misshandelt worden waren.

Prisca schlug erschrocken die Hand vor den Mund, als sie Raymond erkannte. Das Weib an seiner Seite musste seine Schwester sein. Sie zitterte am ganzen Leib und blinzelte, als sei selbst das matte Kerzenlicht im Raum zu viel für ihre Augen. Ihr graues Kleid war so zerfetzt, dass es ihre Brüste kaum bedeckte. Mühsam versuchte sie, ihre Blöße vor den Augen der Fremden im Raum zu bedecken, was ihr mit gefesselten Händen nur schwer gelang.

Michel erbleichte vor Zorn, als er beobachte, wie sein Diener von Albins Handlanger einen brutalen Hieb ins Genick erhielt, der ihn stöhnend auf die Knie beförderte. Seine Hand fuhr hinunter zu seinem Schwertgurt, aber noch zögerte er, die Waffe zu ziehen.

»Das sind Michel de Montloups Dienstboten«, rief Balthasar fassungslos. »Keine Verbrecher, die eine solche Behandlung verdient hätten. Ich kenne sie! Sie tun keiner Fliege etwas zuleide.«

Albin verzog geringschätzig den Mund. »Diese jämmerliche Missgeburt, die de Montloup in seinen Diensten duldet, besaß die Dreistigkeit, mir nachzuspionieren. Glaubte vermutlich, ich würde nicht dahinterkommen, dass er auf meinem Gut herumschnüffelt und versucht, meine Leute auszuhorchen. Natürlich war ich neugierig zu erfahren, warum er das tut, und ließ ihn eine Weile gewähren. Gleichzeitig habe ich Erkundigungen über ihn und seine Schwester eingeholt.«

»Und?«, drängte der Bischof. Er wurde ungeduldig. Seine

schrille Vogelstimme übertönte das Raunen der Menge im Raum sowie das Schluchzen, das von Raymonds Schwester kam.

»Beide werden seit Jahren von der heiligen Inquisition gesucht. Es sind Ketzer, die seit ihrer Jugend heimlich nach den Lehren der Katharer leben.«

XXIII.

Die knisternde Spannung im Raum nahm zu. Wütende Rufe waren zu hören.

Prisca spürte, wie sich eine Gänsehaut über ihre Arme und Beine legte. Von den Katharern hatte ihr Adaliz einmal erzählt. Sie hatten sich von der Kirche des Papstes abgespalten und ganz andere Lehren vertreten. Ihrer Weltanschauung nach war die Erde nicht von einem guten Gott, sondern dem Teufel erschaffen und die Seelen in menschliche Körper gesperrt worden. Ihr Ziel war es gewesen, die böse Welt durch ein asketisches Leben zu überwinden. Doch die Katharer gab es längst nicht mehr, so jedenfalls die einhellige Meinung. Immerhin hatte ein Papst zum Kreuzzug gegen ihre Kirche und alle ihre Prediger aufgerufen. Überall im Süden des Landes waren sie aufgespürt und getötet worden, bis auf wenige, denen es gelungen war, sich in den Untergrund zu begeben. In gewisser Weise erinnerte das Schicksal der Sektierer Prisca an die Templer um Thomas Lermond, Rémy, Primus und die anderen. Da sie die Auflösung des Ordens durch den Papst niemals akzeptiert hatten, war es gut möglich, dass es auch heute noch Menschen gab, die den Lehren der Katharer folgten.

»Und Michel de Montloup, der heute in dieser ehrwürdigen Abtei in eine Familie einheiraten wollte, zu der nicht nur untergetauchte Templer, sondern offensichtlich auch Juden gehören, hat nicht nur davon gewusst. O nein!« Albin erhob anklagend seinen Zeigefinger. »Er hat die Verbrechen und Ketzereien seiner Diener gedeckt, indem er ihnen auf seiner Burg Zuflucht gewährt hat. Von dort ziehen sie und andere heimliche Anhänger ihrer Teufelslehre Nacht für Nacht aus, um zu morden und zu plündern. Ich möchte schwören, dass dieser missgestaltete Unhold auch für das Verbrechen verantwortlich ist, das sich vor nicht langer Zeit im Dorf von Balthasar de Gros ereignet hat!«

»Das ist nicht wahr«, rief Prisca empört über Albins Lügen. »Ihr selbst habt das getan und wollt nun von Euch selbst ablenken!«

»Ihr solltet schweigen, bevor ich Euch mit Stockhieben den Mund verschließen lasse«, fuhr der Bischof sie an. »Es steht einer dahergelaufenen Fremden wohl kaum an, einen Edelmann, der hier jedermann als fromm und großzügig bekannt ist, zu beschuldigen!«

»Aber ich sage die Wahrheit!« Ärger und Aufregung schnürten Prisca fast die Kehle zu. »Wir haben herausgefunden, dass der Angriff auf das Gut meines Großvaters von einer Rotte von Fremden ausgeführt wurde, die offensichtlich dafür bezahlt wurden wie Söldner. Und die Spur führt nicht nach Montloup, sondern zu Albins Gut.«

Albin lachte. »Ein Jammer, dass unser verstorbener König Philipp IV. vor zwölf Jahren die Juden aus dem Land gejagt hat. Er hätte sie bleiben lassen sollen, denn wie ich sehe, befinden sich unter ihnen eine ganze Menge Spaßvögel!« Schlagartig wurde er ernst. »Aber das ist kein Spaß! Kannst du auch beweisen, was du da behauptest?«

Prisca spähte verstohlen zu Marie hinüber. Am liebsten wäre sie zu ihr gelaufen, hätte sie geschüttelt und auf sie eingeschrien, dass es an der Zeit war zu reden. Sie war die Einzige, die Albin als den Mann überführen konnte, der ihren Mann niedergeschlagen und sie in ihrer Hütte vergewaltigt hatte. Doch Prisca hatte lange genug die Heilkünste studiert, um zu wissen, dass es zwecklos war, die Zofe mit Gewalt aus ihrer Starre zu befreien.

Beweisen? Nein, sie konnte ihre Behauptung nicht beweisen. Albin wandte sich wieder dem Bischof und dessen Begleitern zu. »Das dachte ich mir doch. Für ihre Unverschämtheit wird die Fremde noch bezahlen, aber zuerst werde ich den geforderten Beweis erbringen, dass Michel de Montloups Diener tatsächlich Katharer sind.«

Auf einen Wink hin zog einer seiner Leute zwei Hühnereier aus einem Beutel, die er Albin reichte. Albin brach sie auf und hielt sie dem immer noch auf dem Boden kauernden Raymond unter die Nase.

»Trink!«, forderte er ihn mit schneidender Stimme auf. »Na los, mach schon!«

Raymond rümpfte angewidert die Nase; mit aller Kraft presste er die Lippen aufeinander. Auch seine Schwester schüttelte mit einem Ausdruck von Ekel den Kopf.

Zufrieden streckte Albin die Hand aus. Er schien schon mit der Weigerung der beiden Diener, von dem rohen Hühnerei zu kosten, gerechnet zu haben.

»Ihr alle könnt bezeugen, was Ihr soeben gesehen habt!«, rief er. »Sie weigern sich. Warum, dürfte auf der Hand liegen. Die Anhänger der Katharer haben von jeher den Genuss von Fleisch und anderen tierischen Produkten abgelehnt. Gebt ihnen Milch zu trinken, und sie werden sie euch vor die Füße spucken!«

Der Bischof schüttelte ratlos den Kopf. »Ich hörte davon, dass diese satanische Ketzerei noch in einigen entlegenen Dörfern ihre Anhänger hat. Aber wer hätte geahnt, dass ein Edelmann mit solchen Leuten gemeinsame Sache machen würde!« Er maß Michel mit einem strengen Blick. »Michel de Montloup, gehört Ihr etwa auch zu den *bonhommes*, wie diese Katharer sich selbst nennen?«

Michel erwiderte den eisigen Blick des Geistlichen mit einer Gelassenheit, um die Prisca ihn beneidete. Fast sah es so aus, als sei der Vorwurf ihm nicht einmal eine Antwort wert, doch dann riss er plötzlich Albin die Schale mit dem Eigelb aus der Hand, legte den Kopf in den Nacken und verleibte sich die zähe Flüssigkeit mit einem genießerischen Geräusch ein. Danach wischte er sich mit dem Ärmel über den Mund.

»Damit sollte Eure Frage eigentlich beantwortet sein, Ehrwürden. Ich bin kein Häretiker, und über meine Dienstboten sitze ich allein zu Gericht und sonst niemand, verstanden?«

Mit einem Stoß seines Ellbogens drängte er den verblüfften Albin zur Seite und begab sich zu dem am Boden knienden Raymond. Ohne den wütenden Protest des Bischofs zu beachten, zog er seinen Dolch und zerschnitt erst die Handfesseln seines Dieners, dann die der Frau.

»Ich bin in die Abtei gekommen, um mich zu vermählen«, verkündete er dabei mit lauter Stimme. »Wäre ich ein Anhänger der Katharer, hätte ich das bestimmt nicht getan. Soviel ich weiß, hielten diese Leute nicht viel vom Sakrament der Ehe. Ich dagegen kann es gar nicht erwarten, mich mit meiner Braut in mein Gemach zurückzuziehen!« Er nickte Adaliz zu, die viel zu erleichtert war, um wegen der etwas frivolen Andeutung schamhaft den Kopf zu senken.

Auch Prisca atmete vorsichtig auf. Zumal von einigen der umstehenden Anwesenden nun sogar verhaltenes Gelächter zu hören war. Michel war ein wegen seiner Freundlichkeit überall geschätzter Mann, was von Albin nicht behauptet werden konnte.

Doch plötzlich beobachtete Prisca, wie Michel plötzlich zusammenzuckte, als sei er verletzt. Er taumelte, fasste sich an die Kehle. Dann krümmte sich sein Leib, als würde er von Krämpfen geschüttelt. Raymond sprang auf, wollte seinen Herrn am Arm packen, aber Michel riss sich mit einem erstickten Laut los von ihm.

Was war nur los mit ihm? Seine Augen weiteten sich in purem Entsetzen, und sein Gesicht färbte sich zuerst krebsrot, bevor sich eine Leichenblässe über seine Züge legte. Er ließ den Dolch fallen, der klirrend auf die Steinplatten schlug. Die Hand auf die Brust gepresst, machte er ein paar Schritte auf Adaliz zu. Doch er erreichte sie nicht mehr. Mit schmerzverzerrtem Gesicht brach er zusammen.

Prisca lief rasch zu dem Ohnmächtigen und ging neben ihm in die Knie. Noch ehe sie anfing, ihn zu untersuchen, wusste sie, dass sie nichts mehr für ihn tun konnte.

»Hilf ihm doch«, schluchzte Adaliz. Tränen rannen ihr über die Wangen. »Du bist doch eine Heilerin!«

Prisca wäre am liebsten ebenfalls in Tränen ausgebrochen. Nach nichts anderem war ihr in diesem Moment zumute, doch da ihr klar war, dass Albin ihr über die Schulter schaute, beließ sie es bei einem traurigen Kopfschütteln. Auch ihrer Heilkunst waren Grenzen gesetzt.

»Er ist tot«, sagte sie leise, während sie sich erhob. Sie fühlte sich wie betäubt, als sie Adaliz' verzweifelten Blick auffing. Ihre Tante schien zu glauben, sie wollte nicht helfen, doch das war nicht wahr. Sie hätte ihr Leben dafür gegeben, Michel wieder zum Leben zu erwecken, doch wie sollte sie ein Herz wieder zum Schlagen bringen, das seinen Dienst beendet hatte? Ein Stich drang durch ihr Herz, als sie an die Reliquien der drei Weisen aus Bethlehem dachte. Ja, wenn sie die Gefäße gehabt hätte, wäre es ihr möglicherweise geglückt, auf ihre wundersamen Kräfte zurückzugreifen. Etwas ganz Ähnliches hatte sich schließlich vor vier Jahren auf dem Kreuzberg zugetragen. Die Gefäße vermochten, Menschen zu heilen, so viel stand fest, aber Prisca war bislang stets davor zurückgeschreckt, die Geheimnisse zu erforschen, die sich in den alten Gaben der weisen Männer verbargen.

Ich bin eine schlechte Hüterin, dachte sie. Ich habe zwei der Gefäße aus der Hand gegeben, dabei hätten sie hier vielleicht Michels Leben retten können.

Sie holte tief Luft. »Für mich deutet alles darauf hin, dass er vergiftet wurde«, sagte sie dann mit brüchiger Stimme. Ihr Großvater, an dessen Brust Adaliz noch immer weinte, hob verblüfft die Augenbrauen. »Gift? Bist du sicher, Mädchen? Aber ... wie?« Prisca brauchte nicht lange zu überlegen. »Das Ei«, sagte sie ruhig. »Er hat das tödliche Gift zusammen mit dem Hühnerei zu sich genommen.«

Nun richteten sich alle Augen auf Albin, der sich mit ausgebreiteten Armen dem zögernden Bischof zuwandte. »Ist es nicht ungeheuerlich, was ich mir anhören muss, Ehrwürden? Dabei sehen wir doch alle, dass Michel de Montloup durch ein Gottesurteil gestorben ist. Seine Lüge hat ihm das Genick gebrochen. Ich habe ihm kein Gift gegeben, er selbst hat mir das Ei aus der Hand gerissen. Der Herr hat ihn für seine Frevel bestraft, diese elenden Kreaturen bei sich auf seiner Burg versteckt zu halten. Er wollte sie befreien und zog sogar in Eurer Gegenwart den Dolch.«

Die tiefen Furchen in der Stirn des Bischofs ließen erkennen, dass er fieberhaft nachdachte. Er blickte auf Michels Leichnam, dann musterte er Raymond und Prisca. Schließlich beugte er sich zu dem alten Abt und führte einen kurzen Wortwechsel mit ihm, von dem Prisca aber nichts verstand, so sehr sie auch die Ohren spitzte.

»Fest steht, dass es heute zu keiner Vermählung kommen wird«, erklärte er schließlich, was jedermann im Saal auch so schon klar war. »Ich weiß noch nicht, an wessen Händen Blut klebt, aber ich werde es herausfinden. Die ganze Angelegenheit erscheint mir ebenso unerfreulich wie rätselhaft. Doch ich habe momentan keinen Grund daran, an den Worten des einzigen Mannes zu zweifeln, der voller Eifer versucht hat, die Wahrheit ans Licht zu bringen. Zum Dank dafür musste er sich beschimpfen lassen!« Er nickte Albin hoheitsvoll zu.

»Das kann nicht Euer Ernst sein«, setzte Balthasar an, wurde aber durch eine herrische Geste des hageren Kirchenmannes zum Schweigen gebracht.

»O doch, Balthasar de Gros! Oder soll ich ausgerechnet Euch vertrauen, dem Vater eines Templers, der Euch zum Großvater eines Bastards gemacht hat? Einer Jüdin, die sich laut Dekret des Königs gar nicht innerhalb der Grenzen Frankreichs aufhalten dürfte und vielleicht sogar mit den Ketzern von Montloup unter einer Decke steckt?«

Prisca wurde gleichzeitig heiß und kalt vor Angst. Nicht nur ihretwegen, sondern auch, weil sie plötzlich die Gefahr erkannte, in die ihr Großvater sich und Adaliz durch sein Bekenntnis zu ihr gebracht hatte. Nach geltendem Gesetz hätte er sie trotz ihrer Blutsverwandtschaft nicht unter seinem Dach aufnehmen dürfen. Und sie hatte auch noch alles getan, um ihre Taufe hinauszuzögern. Nun war es dafür zu spät.

»Ihr wolltet dem verstorbenen Michel de Montloup Eure einzige Tochter zum Weib geben, einem Mann, der Ketzer beherbergt und wie seinesgleichen behandelt«, fuhr da auch schon der Bischof fort.

»Als Vertreter des erkrankten Bischofs von Bordeaux und im Namen des Königs ordne ich an, nicht nur die der Ketzerei Verdächtigten festzunehmen, sondern auch Euch, Balthasar de Gros, und die Frau, die Ihr als Enkeltochter ausgebt. Ihr werdet hier im Kloster die Ergebnisse meiner Untersuchungen abwarten, und sollte ich herausfinden ...«

Noch bevor der Bischof von Pamiers seinen Satz beenden konnte, entschied Balthasar, dass er genug gehört hatte. Sich kampflos festnehmen und in eine muffige Klosterzelle sperren zu lassen, kam für einen Sturkopf wie ihn nicht in Frage. Mit einem wütenden Aufschrei zog er seinen Dolch und stürzte sich auf den hageren Geistlichen, der erschrocken die Hände hob. Aus Balthasars Augen schienen Funken zu sprühen, als er den Mann am Kragen packte und grob mit sich zur Tür zog.

»Wir werden jetzt gehen«, rief er in den Raum, so machtvoll, dass es von den hohen Wänden widerhallte. Offensichtlich hatte er im Sinn, sich mit ihm als Geisel den Weg zu den Pferden freizuhauen. Währenddessen bückte sich Raymond nach der Waffe seines toten Herrn. Mit erstaunlicher Geschicklichkeit gelang es dem kleinen Mann, ein paar von Albins Männern abzuwehren.

Prisca nutzte den einsetzenden Aufruhr und stürzte zu Adaliz.

»Lass mich los«, fauchte ihre Tante sie an, als Prisca sie von Michels Leichnam fortziehen wollte. »Du bist schuld an allem! Wärest du hier nicht aufgetaucht ...« Wieder brach sie in Tränen aus. »Wäre dein Vater kein Tempelritter geworden ...« Erneut schüttelte sie Priscas Hand ab. Dieses Mal sogar noch energischer. »Ich bleibe und kümmere mich um Michels Bestattung. Mich hat ja niemand angeklagt.«

Prisca überhörte die Beleidigungen ihrer Tante. Adaliz war todunglücklich und nicht in der Verfassung, gerecht zu urteilen. Natürlich musste es für sie so aussehen, als habe der Tod ihres Verlobten mit ihr, dem Bastard und Templerspross, zu tun. Das war falsch und ungerecht, doch Prisca wehrte sich nicht dagegen. Stattdessen sagte sie: »Albin wird nun erst recht versuchen, über dich an die Ländereien deiner Familie heranzukommen. Das war sein Ziel, von dem er nur scheinbar abrückte. Sollte deinem Vater etwas zustoßen ...«

Adaliz hielt sich die Ohren zu. Sie wollte nichts mehr hören oder sehen. Nur noch allein sein mit ihrer Trauer um Michel.

Prisca sah ein, dass es zwecklos war, ihre Tante zur Flucht zu bewegen. Sie tröstete sich mit dem Gedanken, dass Adaliz niemals erfahren würde, wie viel ihr Verlobter Prisca selbst bedeutet hatte und wie schwer es ihr gefallen war, gegen diese Gefühle anzukämpfen. Sollte sie es jemals herausfinden, würde die Verachtung, die sie jetzt schon für Prisca empfand, sich zweifellos in blinden Hass verwandeln.

Als sie ihren Namen rufen hörte, wandte sie sich um. Ihr Großvater hielt den dürren Hals des Bischofs im Würgegriff, weshalb keiner von Albins Bewaffneten es wagte, sich den beiden bis auf zehn Schritte zu nähern.

»Worauf wartet ihr?«, brüllte der alte Ritter mit erhitzten Wangen. Sein Kampfeswille war erwacht; obwohl sein schwerer Körper weder in Kettenhemd noch Wams steckte, sah er nicht weniger kriegerisch und entschlossen aus wie damals auf dem Gut, als er den Plünderer in Priscas Kammer mit dem Schwert niedergestreckt hatte.

Prisca wollte auf ihn zueilen, als ein Schmerz sie nach Luft schnappen ließ. Eine Hand griff in ihr Haar und hinderte sie mit eisernem Griff davonzulaufen. Albin – er hatte sie gestellt.

Sie schrie laut auf, versuchte, sich zu befreien. Vergeblich.

»Du bleibst«, raunte er ihr mit dumpfer Stimme ins Ohr. »Der alte Narr wird sich ergeben, wenn er sieht, wie ich dich …« Wieder spürte Prisca den Schmerz, dafür aber endete Albins Drohung in einem erstickten Schnauben.

Warum sprach er nicht weiter? Und warum ließ er plötzlich ihr Haar los? Prisca stolperte hilflos vorwärts und fing sich im letzten Moment, bevor sie der Länge nach zu Boden schlug.

Hinter ihr ein überraschtes Aufstöhnen. Auf einen weiteren Angriff gefasst, wirbelte Prisca herum und hob zur Verteidigung beide Arme. Doch Albin rührte sich nicht. Reglos stand er da und starrte sie an. Aus seinem Hals ragte eine Nadel. Sie war aus einem Tierknöchelchen geschnitzt und wies am Ende sogar noch einen Rest Stickgarn auf, über den nun ein dünner Blutfaden rann.

Atemlos stieß Prisca die Luft aus, als hinter Albins Rücken Marie hervortrat. Das Gesicht der jungen Frau war wie gewöhnlich völlig ausdruckslos. Weder zeigte sich auf ihm ein Hauch von Überraschung oder Schuldbewusstsein, geschweige denn Genugtuung. Sie schien nicht einmal Prisca wahrzunehmen.

Prisca verlor keine Zeit. Bevor das Mädchen sich wieder auf die Bank setzen konnte, packte sie es am Gürtel und zerrte es mit sich zum Ausgang, wo Balthasar auf sie wartete. Niemand stellte sich ihr mehr in den Weg.

»Nun mach schon, wir müssen uns beeilen«, herrschte ihr Großvater sie an. Weder Raymond noch dessen Schwester waren noch an seiner Seite. Er allein hielt jetzt noch die Männer des Bischofs auf Abstand. Diese kamen zwar langsam näher, doch wurden sie von den matten Gesten ihres Herrn daran gehindert, Balthasar die Waffe zu entreißen. Keiner zweifelte daran, dass der Alte entschlossen genug war, um dem Bischof die Kehle zu durchschneiden.

»Wo zum Teufel bleibt Adaliz?« Balthasar reckte den Hals, konnte aber durch das in der Halle herrschende Zwielicht keinen Blick auf seine Tochter erhaschen.

Prisca schüttelte den Kopf. Ihr gefiel es ganz und gar nicht, zu welchen Mitteln ihr Großvater griff, doch wenn sie ehrlich war, fiel ihr auch keine elegantere Methode ein, wie sie sich der Verhaftung durch den Bischof entziehen konnten.

»Sie ist nicht in Gefahr«, versuchte sie den alten Mann zu beruhigen, während dieser seine Geisel durch den Schlamm zu den Pferdeställen des Klosters schleifte. Dort waren Raymond und die ältliche Frau im grauen Kleid schon damit beschäftigt, vier Pferde für sie zu satteln.

Ein Grummeln wühlte sich durch Priscas Eingeweide, als ihr

Blick auf Michels Rappen fiel. Albin würde ihn sich unter den Nagel reißen – vorausgesetzt, er überlebte den Stich mit der Nadel, woran Prisca jedoch keine allzu großen Zweifel hegte. Die Wunde mochte Balthasars Nachbarn vorübergehend handlungsunfähig gemacht haben, besonders tief war sie jedoch nicht gewesen.

»Nicht in Gefahr?« Mit finsterer Miene schob Balthasar zuerst Prisca, dann die junge Zofe auf das bereitstehende Pferd. Dann schwang er sich in den Sattel. Aber er zögerte loszureiten. Stattdessen warf er einen Blick zurück auf das düstere Gebäude. »Ich kann meine Tochter nicht diesen Schurken überlassen«, keuchte er. »Albin ...«

»Albin ist verwundet, er wird ihr nichts antun«, sagte Prisca. Zumindest war es das, was sie hoffte. Doch wenn sie die Dinge richtig betrachtete, war es in jedem Fall angebrachter, sich um ihren Großvater Sorgen zu machen. Sein Temperament hatte ihn in eine schier ausweglose Lage gebracht. Das bestätigte auch der Bischof von Pamiers, der, kaum in Freiheit, aufgebracht, nach seinen Wachen zu rufen begann. Drohend erhob der hagere Mann die Faust.

»Dafür werdet Ihr bezahlen, Balthasar de Gros«, rief er außer sich vor Wut. »Geht zu den Juden oder Ketzern, denn von heute an seid Ihr aus der Kirche ausgestoßen. Ihr seid gebannt!«

Ohne den Fluchenden weiter zu beachten, preschte die kleine Schar auf ihren Pferden durch das Klostertor. Als sie eine Weile geritten waren, erhob Balthasar die Hand. Er schwitzte aus allen Poren, und obwohl er aufrecht im Sattel saß, wirkte er zu Tode erschöpft. Der Sturmwind hatte glücklicherweise ebenso nachgelassen wie Blitz und Donner. Doch noch immer regnete es so stark, dass sie nach kurzer Zeit bis auf die Knochen durchnässt waren.

Als Prisca ihr Pferd neben das ihres Großvaters lenkte, bemerkte sie einen dunklen Fleck auf dessen Gewand. Blut.

»Ihr seid verletzt?«, schrie sie gegen Wind und Regen an, wobei sie auf Balthasars Schulter zeigte. »Lasst mich die Wunde sehen!«

»Kommt überhaupt nicht in Frage!« Eigensinnig schüttelte der alte Mann den Kopf. Er hatte nicht vor zu rasten, was in ihrer Lage auch nicht empfehlenswert war. Zumindest nicht in Sichtweite der Abtei, von deren Glockenturm dumpf, aber vernehmbar Glockengeläut bis zu ihnen drang. Zweifellos waren schon Bewaffnete unterwegs, um sie auf Befehl des Bischofs wieder einzufangen.

»Auf dem Gut kannst du meinetwegen den Kratzer verbinden, aber keinen Moment früher.« Prisca runzelte die Stirn. Hinter den Mauern von Balthasars *Donjon* würden sie in der Falle sitzen. Dem Ansturm einer Handvoll aufgehetzter Bauern mochte das Haus des Grundherrn standgehalten haben, aber nun war die Umzäunung niedergerissen worden, und für eine Belagerung durch bischöfliche Bewaffnete waren sie nicht gerüstet. Nein, sie konnten nicht auf das Gut zurückkehren. Jedenfalls nicht im Augenblick.

»Ein de Gros verkriecht sich nicht in irgendeiner Höhle«, brummte Balthasar, als Prisca ihm ihre Bedenken mitteilte. Es klang schroff, doch konnte Prisca dem matten Tonfall des Alten entnehmen, dass sein Widerstand bröckelte. Wenn sie ihn nicht bald mit Salben und Kräutern behandelte, würde sich seine Wunde womöglich entzünden. Krank und fiebrig würde er Adaliz keine Hilfe sein.

Zu dumm nur, dass die wenigen Heilmittel, die sie noch besaß, allesamt auf dem Gut waren. Und nicht nur diese. Auch die Reliquie.

Prisca presste die Lippen aufeinander. Hörten die Schwierigkeiten denn nie auf? Es war fast wie ein Fluch. Eine Heimsuchung.

»Die Burg Montloup ist stärker befestigt als Euer Gutshaus, Herr«, meldete sich Raymond zu Wort. Michels Diener war bereits ein Stück vorausgeritten, um sich zu vergewissern, dass die Landstraße frei und nicht durch vom Sturm abgerissene Äste unpassierbar geworden war. In dieser hügeligen Landschaft war bei solcher Wetterlage damit ebenso zu rechnen wie mit Steinschlag und Überschwemmungen.

»In Montloup würde man uns doch auch suchen«, wandte Raymonds Schwester ein. Es war das erste Mal, dass Prisca die Stimme der Frau vernahm. Es war eine auffallend melodiöse, wohlklingende Stimme, der Prisca gerne gelauscht hätte, wenn sie ihnen am Kaminfeuer eine Geschichte erzählt oder ein Lied vorgesungen hätte. Hier draußen, in der Dunkelheit wirkte sie allerdings auch ein wenig unheimlich, sodass Prisca sich wünschte, die Dienerin würde den Mund halten. Was sie zu bedenken gab, stimmte jedoch. Schon morgen in aller Früh würden Albins und des Bischofs Männer auch vor dem Burgtor von Montloup stehen.

Also nicht zu Michels Burg. Doch wohin dann? Prisca beobachtete mit wachsender Sorge Balthasars schmerzverzerrtes Gesicht. Er litt. Seine Kräfte waren verbraucht. Lange würde er sich nicht mehr im Sattel halten können. Dabei blieb ihm nichts anderes übrig, wenn sie ihren Verfolgern entkommen wollten.

Prisca sah sich nach einem Unterschlupf um, einer Höhle, irgendetwas, das fünf Personen und eine fast ebenso große Anzahl von Pferde vorübergehend Schutz bot und sie für die Männer, die nach ihnen suchten, unsichtbar werden ließ. Doch leider war so ein Ort nicht zu entdecken. Jenseits der Weingärten, die noch zu dem ausgedehnten Klosterbesitz gehörten, machte sie vage eine Anzahl dunkler Punkte aus, die sich zu bewegen schienen. Reiter? Nein. Dann schon eher Bäume, durch deren Kronen der Wind tobte.

»Ich kenne die Wälder!« Raymond schüttelte sich vor Unbehagen. »Wenn wir es bis dorthin schaffen und die Wölfe uns in Frieden lassen, könnten wir uns bis Tagesanbruch verstecken. Aber dann ...« Seufzend warf er die Arme in die Höhe. »Was geschieht dann? Vielleicht sollte ich zurückreiten und mich dem Bischof ausliefern. Es stimmt ja, was dieser Albin mir vorwirft.« Der schuldbewusste Blick, den der kleine Mann Prisca zuwarf, veranlasste sie, ebenfalls den Kopf zu senken. Offensichtlich hielt er sich für schuldig am Tod seines Herrn. Gemeinsam mit ihr hatten die Männer versucht, Albins Machenschaften aufzudecken und dafür einen hohen Preis bezahlen müssen. Nein, Raymond hatte nur Michels Aufträge ausgeführt und sich daher nichts vorzuwerfen.

»Unsinn«, knurrte Balthasar. »Du warst nur Mittel zum Zweck. Albin will keinen armseligen Knecht, sondern mich. Wenn ich tot bin, wird er Adaliz zur Vermählung zwingen, und dann gehört der Gutsbesitz de Gros endlich ihm.«

Balthasars scharfsinnige Schlussfolgerung bestätigte Priscas Annahme, dass Adaliz bis auf weiteres sicher war. Er wollte Adaliz nicht tot sehen. Noch nicht, denn er brauchte sie.

»Dann gibt es also tatsächlich noch überlebende Katharer?«, wandte Prisca sich an Raymond, während sie mit den anderen den Weg Richtung Waldrand einschlug. Sie bildete an der Seite des kleinen Dieners die Nachhut, während Balthasar, stur wie eh und je, es sich nicht nehmen ließ, die Gruppe trotz seines Zustands kreuz und quer durch die klostereigenen Weingärten zu lotsen.

Raymond zuckte mit den Achseln. »Unsere Kirche ist ebenso zerstört worden wie der Orden, dem Euer Vater Payen angehörte. Nicht einmal eine Handvoll *Perfecti* sind den Verfolgungen entkommen. Heute gibt es nur noch einen einzigen. Wenn er gefangengenommen wird oder stirbt, wird keiner mehr übrig sein, der den Gläubigen die Tröstung spendet.«

»Die Tröstung?« Prisca hob verwirrt die Augenbrauen.

Raymond zögerte. Es schien ihm ein wenig unangenehm, mit einer Außenstehenden, die sich nicht einmal zum christlichen Glauben bekannte, über seine Überzeugungen zu sprechen. »Die heiligste Handlung, die wir kennen, nennen wir Tröstung oder auch das *Consolamentum*. Es führt uns endlich aus der vom Bösen erschaffenen Welt hinaus und hinein ins Reich des Göttlichen. Das Ritual kann nur ein *Perfectus*, also einer unserer weisen Männer durchführen.«

Prisca überlegte, wie unterschiedlich diese Lehre doch von der war, die sie als Kind aus dem Mund der Rabbiner in der Speyrer Judengasse gehört hatte. Unter ihnen herrschte die Ansicht, dass der Mensch grundsätzlich gut war. Natürlich gelang es ihm nicht, ein sündenfreies Leben zu führen, weshalb er am heiligen Versöhnungstag alljährlich Gott und seinen Mitmenschen um Verzeihung zu bitten und zu geloben hatte, die Gebote künftig genauer zu befolgen. Mit der Auffassung der Katharer, die Welt sei von einem falschen Gott erschaffen worden, der die Seelen der Menschen gegen ihren Willen in Körper, also fleischliche Gefängnisse, steckte, konnte sie ebenso wenig anfangen wie mit dem Begriff der Erbsünde, den ihr Lehrer, der Mönch von Saint Jacques, oft erwähnt hatte.

»Und die Sache mit dem Ei?«, fragte sie. »Warum wolltest du nicht davon kosten?«

»Auch in Tieren, ob geboren oder noch ungeboren, könnte eine Seele eingesperrt sein«, gab der missgestaltete Mann Auskunft.

Prisca seufzte.

»Versteht mich nicht falsch, ich kann mich nicht an alle Regeln einer Gemeinschaft halten, die es nicht mehr gibt.« Er warf ihr einen vorsichtigen Seitenblick zu. »Euer leiblicher Vater war tatsächlich Templer?«

»Ja, das war er!«

»Dann versteht Ihr vielleicht, was ich meine. Es gab hierzulande früher ebenso viele Templer wie Angehörige meines Glaubens. Ein Papst hat sie alle zu Ketzern erklärt und Verleumdungen über sie verbreiten lassen. Sollte es heute noch Templer geben, so werden auch sie nicht die Möglichkeit haben, nach dem umfangreichen Regelwerk ihres Ordens zu leben, so wie sie es damals gewohnt waren. Aber vielleicht fühlt sich der eine oder andere Ritter trotzdem immer noch seinen alten Idealen verpflichtet.«

Prisca verstand nur zu gut, was Raymond damit sagen wollte. Sein Schicksal ähnelte in verblüffender Weise dem der sieben Templer. Nur mit Mühe widerstand sie dem plötzlichen Wunsch, ihm die Geschichte der Ritter und ihres Kampfes um das Mysterium von Tempelhof zu erzählen. Stattdessen erkundigte sie sich, ob er etwas über das Verhältnis zwischen dem alten Ritterorden und der Gemeinschaft der Katharer wusste.

Raymond dachte eine Weile nach, bevor er die Frage beantwortete.

»Die Templer kämpften mit dem Schwert gegen die Sarazenen in Palästina. Aber uns ließen sie in Ruhe. Mir ist selbst nicht ganz klar, warum. Schließlich waren sie dem Papst treu und gehorchten für gewöhnlich jedem seiner Befehle.«

»Du sagst das so, als fiele dir noch etwas anderes ein, was Templer und Katharer verband.«

Raymond verzog das Gesicht. »Als ich ein junger Bursche war, hörte ich ein paar alte Männer aus meinem Dorf von einem Pakt erzählen, den ein *Perfectus* vor über hundert Jahren mit dem Großmeister der Templer geschlossen haben soll. Dabei ging es wohl um irgendein Geheimnis, das die Templer in Jerusalem aufschnappten und sich nach ihrer Rückkehr aus dem Heiligen Land heimlich von einigen unserer Weisen deuten ließen. Ein … Mysterium, das bis in biblische Zeiten zurückreicht. Das würde wohl erklären, warum unsere Leute von den Templern nichts zu befürchten hatten. Die Ritter brauchten die *Perfecti*, weil die mehr über dieses Geheimnis wussten als sie. Wenn ich mich nicht täusche, hatte dieses Geheimnis auch einen Namen, der mündlich weitergegeben wurde: *Testimonium quartum.* Das vierte Zeugnis. Aber fragt mich nicht, was das bedeuten soll.« Er lächelte verlegen. »Ich habe Monsieur Michels Stiefel geputzt, keine Orakel gedeutet.«

Prisca wurde hellhörig. War es möglich, dass es bei diesem rätselhaften Pakt um dasselbe Geheimnis ging wie das, das die sieben Templer gehütet hatten? Rasch vergewisserte sie sich, dass ihr Großvater und die anderen zu weit entfernt waren, um sie zu hören. Dann fragte sie Raymond, ob ihm noch mehr zu dem ungewöhnlichen Bündnis zwischen den Tempelrittern und den Angehörigen der Katharer einfiel.

»Man erzählt sich, meine Brüder hätten ihr Wissen darüber mit hinauf zur Burg Montségur genommen, dem letzten Zufluchtsort der Katharer«, sagte er. »Dort verliert sich ihre Spur. Vermutlich verließen sie die Burg nicht lebend, und da der Templerorden durch Intrigen des Vaters unseres jetzigen Königs vernichtet wurde, weiß heute kein Mensch mehr, worum es bei diesem Pakt ging. Außer ...«

»Ja?«, drängte Prisca. »Nun sprich schon weiter. Du kannst mir vertrauen!«

»Nun ja ...« Raymond kratzte sich unschlüssig am Kopf. »Es soll noch einen letzten *Perfectus* geben. In meinem Dorf erzählte man, der Bruder dieses Mannes sei später dem Templerorden beigetreten und habe es dort weit gebracht. Angeblich bis zum Vertrauten des Großmeisters. Der könnte etwas über den Pakt wissen.«

Prisca dachte nach. Ihr Vater hatte als Hüter des Mysteriums vom Tempelhof zu den Vertrauten des letzten Großmeisters

Jacques de Molay gehört. Dasselbe galt für Rémy und die anderen sechs Templer, deren Bekanntschaft sie in Bandenburg gemacht hatte. Ob einer von ihnen der Mann sein konnte, von dem Raymond sprach?

»Wenn ich mit diesem *Perfectus* würde sprechen wollen, wo könnte ich ihn finden?«, fragte sie schließlich.

Raymond musterte sie argwöhnisch. »Was solltet Ihr denn mit ihm zu besprechen haben?«

»Nun, wie du weißt, war mein Vater Templer. Ich habe ihn bis zu seinem Tod gepflegt, und er hat mir gewisse Dinge anvertraut, über die ich aber nicht sprechen darf.«

»Großartig! Dann haben wir etwas gemeinsam. Ich muss über gewisse Dinge auch den Mund halten. Schlimm genug, dass dieser Albin und der Bischof von Pamiers herausgefunden haben, wer meine Schwester und ich in Wahrheit sind. Davon abgesehen würdet Ihr den *Perfectus* niemals finden. Nicht, solange er selbst nicht von Euch gefunden werden will. Er wandert rastlos umher, schläft nie länger als eine Nacht an einem Ort, um nicht verraten und von der Inquisition aufgestöbert zu werden. Die brutale Verfolgung durch die Päpstlichen haben aus ihm einen argwöhnischen Menschen gemacht, der die Kunst der Tarnung und der Maskerade beherrscht wie kein zweiter. Heute könnte er Euch mit dem Pilgerkreuz auf der Brust über den Weg laufen, morgen im Tross einer Gauklertruppe.« Er zuckte mit den Schultern. »Nein, schlagt Euch das aus dem Kopf! Ich werde ihn nicht verraten, weil Ihr neugierige Fragen zu ein paar Legenden habt. Wenn meine Zeit gekommen ist, werde ich ihn brauchen, damit er mir die Hände auflegt und die Tröstung spendet. Dann wird meine Seele endlich aus diesem schrecklichen, verkümmerten Körper befreit sein, vor dem jedes Balg auf der Gasse zu Tode erschrickt.«

Prisca sah ein, dass sie im Moment nicht mehr aus dem kleinen Mann herauslocken konnte. Raymond hatte Angst. Nicht nur um sein Leben und das seiner Schwester, sondern auch davor, dass mit dem Tod des letzten *Perfectus* etwas erlöschen könnte, was dieses Land hier viele Jahre geprägt hatte. Schlug man die letzten Wurzeln ab, so würde es verdorren und nie wieder erblühen. Deshalb wollte er diesen Mann nicht in größere Gefahr bringen als die, in der er ohnehin schon schwebte. Fing man Raymond und seine Schwester ein, so würde man sie unter der Folter auch nach seinem Aufenthaltsort fragen und ihm entsetzliche Schmerzen zufügen, bis er ihn verriet. Schlimmer noch, man würde ihm die Hoffnung auf Erlösung nehmen, nach der er sich so sehnte.

Prisca warf dem kleinen Mann einen sorgenvollen Blick zu. Nach Michels Tod gab es keinen mehr, der ihn unterstützen konnte. Wenn sie sein Leben retten wollte, musste sie sich etwas einfallen lassen. Dasselbe galt auch für Marie, die einen Edelmann angegriffen und verletzt hatte. Und für ihren Großvater. Die Last dieser Verantwortung schnürte ihr fast die Luft ab.

Raymond stieg schwerfällig von seinem Pferd. Er war, wie Prisca festgestellt hatte, kein guter Reiter und gewiss froh, wieder festen Boden unter den Stiefeln zu spüren. Fröstelnd fuhr er sich mit der Hand durch das nasse Gesicht, während Prisca einen Blick zurück über die Felder wagte. Um sie herum raschelte es im Unterholz. Die Tiere des Waldes verkrochen sich, suchten Schutz vor der Witterung. Von den Männern des Bischofs war nichts zu sehen. Keine brennenden Fackeln durchbrachen die Dunkelheit. Das bedeutete jedoch nicht, dass sie in Sicherheit waren. Womöglich jagte in diesem Moment schon eine Schar bewaffneter Reiter über die Straße nach Pouillon, um das Gut de Gros zu besetzen. Die Handvoll Knechte, die Balthasar treu ergeben war, würden gegen Albin und die Männer des Bischofs von Pamiers nichts ausrichten können. Das Tor war noch nicht wieder repariert, der

Bau der Mauer, den Michel angeregt hatte, hatte sich verzögert. Prisca konnte sich nicht daran erinnern, jemals einem Menschen etwas Schlechtes gewünscht zu haben, doch bei Albin machte sie eine Ausnahme. Er hatte Michel getötet, mochte er das auch abstreiten. Es war seine Schuld, dass ihr Großvater durch das Unterholz kriechen musste wie ein Verbrecher.

»Ich fürchte, wenn wir nicht bald ein trockenes Plätzchen finden, wird der alte Herr nicht mehr lange durchhalten«, flüsterte Raymond ihr zu. »Wir brauchen ein Dach über dem Kopf!«

Mit dem, was nun geschah, hätte Prisca niemals gerechnet. Ausgerechnet Marie, die sich seit ihrer Flucht aus der Abtei wie in Trance an Prisca geklammert, aber kein Wort gesagt hatte, zupfte nun an ihrem Ärmel.

»Ich kenne einen Ort, an dem uns niemand finden wird«, flüsterte sie zu aller Überraschung. »Lasst mich Euch dorthin führen!«

XXIV.

Jakobus von Hahnheim war enttäuscht, als er am Tor des Ordenshauses erfuhr, dass er sich bis zum Abend gedulden werden müsste, da der Vorsteher wegen wichtiger Geschäfte zum Bischofspalast geritten sei. Doch zu seiner Erleichterung waren die Ordensbrüder von Speyer, denen er sich mit Rang und Namen vorstellte, so freundlich, ihm einen Schlafplatz sowie eine Stärkung anzubieten, die Jakobus nach den Strapazen der letzten Tage dankbar annahm. Nach dem anstrengenden Ritt von Mühlen bis an den Rhein schmerzte ihm jeder Knochen im Leib, und er war so hungrig und durstig, dass sein Magen knurrte.

Als er jedoch bemerkte, dass der junge Ordensbruder, der ihn eingelassen hatte, ihn zum Spital führte, wies er ihn mit scharfen Worten zurecht. »Ich bin kein beliebiger Reisender, der mit dem Bettelstab anklopft, sondern Vorsteher der Kommende zu Mühlen und Eurem Bruder Rezzo ebenbürtig«, rief er und machte auf dem Absatz kehrt. Auf dem Rückweg forderte er mit lauter Stimme, im Ordenshaus untergebracht zu werden, worauf ein kurzer Wortwechsel folgte, den Jakobus mit dem ihm eigenen Selbstbewusstsein für sich entschied.

Nachdem er eine Schüssel Gerstenbrei mit scharf gewürzter Blutwurst hinuntergeschlungen und seinen Durst mit reichlich Bier gelöscht hatte, verlangte er, zu dem Gefangenen geführt zu werden. Doch dieses Mal stieß er auf taube Ohren.

Sprachlos funkelte Jakobus die Männer an, die sich ihm entschlossen in den Weg stellten. So eine Frechheit war ihm in einem Haus seines Ordens noch nie begegnet. Was zum Teufel war mit diesen Burschen los? Und wie konnten sie es wagen, einen Mitbruder einzusperren, ohne vorher seine Erlaubnis einzuholen? Er freute sich schon, diesem Rezzo die Meinung zu sagen. Der würde etwas von ihm zu hören bekommen. Und wenn er es wagte, ihm Widerstand zu leisten, würde er einfach seine Bekanntschaft zu dem edlen Fulko von Villaret ins Gespräch einfließen lassen. Dies sollte genügen, um den Alten mundtot zu machen. Der von allen Johannitern verehrte Ordensritter Fulko hatte einst die Insel Rhodos erobert, wo sich seither der Hauptsitz des Ordens befand. Jakobus hatte Fulko nur flüchtig kennengelernt, und gewiss hatte der Ritter ihn längst vergessen, aber das brauchte er dem alten Rezzo ja nicht auf die Nase zu binden.

»Keiner darf zu ihm«, erklärte ihm der Stellvertreter des Vorstehers, der schließlich von dem Getöse angelockt, in Jakobus' Quartier trat. »Geduldet Euch, bis Bruder Rezzo zurück ist!«

Geduld war nicht Jakobus' Stärke. Zudem empfand er die Weise, wie er als Johanniter im Haus seines eigenen Ordens behandelt wurde, als reichlich unverschämt. Es blieb ihm aber nichts weiter übrig, als sich zu fügen. Trübselig starrte er auf das Stundenglas.

Es dunkelte bereits, als man ihm mitteilte, dass der Vorsteher der Kommende von seinen Gesprächen mit dem Bischof zurück und bereit sei, ihn zu empfangen.

Na endlich, dachte Jakobus erleichtert. Rasch schlüpfte er in seine Stiefel, zog seinen Gürtel straff und folgte dem Knecht, der ihn über eine Treppe in einen Versammlungsraum führte. Dort waren einige Männer in ein Gespräch vertieft, von denen Jakobus aber nur den Vorsteher Rezzo kannte. Sie waren sich vor Jahren hin und wieder über den Weg gelaufen, und obwohl Jakobus den alten Mann nicht besonders mochte, beschloss er, ihn nicht gleich mit Vorwürfen zu überschütten, sondern wie einen alten Freund zu begrüßen. Schließlich kam er aufgrund von Germunds Dummheit als Bittsteller zu ihm.

Rezzo ließ ihn dies auch spüren. Der Alte hatte es nicht eilig, seine Unterredung zu beenden, wobei er unhöflicherweise mit den anderen flüsterte, weswegen Jakobus, der wie ein dummer Klosterschüler am Eingang wartete, nicht hören konnte, worum es ging. Als Rezzo sich endlich dazu herabließ, Jakobus zu sich zu winken, kochte dieser vor Wut.

»Jawohl, wir haben Euren Freund in Gewahrsam genommen«, gab der alte Ordensritter zu, als Jakobus ihm den Grund seines Besuchs auseinandersetzte.

»Wenn Ihr mich fragt, ist dieser Germund eine Schande für den gesamten Orden und sollte ausgestoßen werden. Er hat uns betrogen und ist mit der Waffe auf einen Mann losgegangen. Seinetwegen musste ich sogar dem Bischof Rede und Antwort stehen! Habt Ihr überhaupt eine Vorstellung, wie unangenehm das für mich gewesen ist?« Er strich über seinen wallenden Bart und sah Jakobus dabei so scharf an, dass dieser sogar vergaß, sich auf den Eroberer von Rhodos zu berufen.

»Glaubt mir, Bruder Jakobus, in diesen schwierigen Zeiten, wo wir große Mühe haben, den Johanniterorden gegen Vorwürfe zu verteidigen, trifft es uns hart, wenn wir über einen der Unseren zu Gericht sitzen müssen.«

Dieser dämliche Germund, grollte Jakobus insgeheim. Wie konnte er nur so dumm sein, die Speyrer Brüder gegen sich aufzubringen! In der folgenden Stunde gab er sich redlich Mühe, Rezzo davon zu überzeugen, dass er sich eine passende Bestrafung für seinen Ordensbruder einfallen lassen würde. Doch erst als er versprach, diese beispiellos hart ausfallen zu lassen, lenkte der Alte ein. Nach kurzer Beratung mit den anwesenden Männern, befahl er einem der Wachen des Ordenshauses, den gefangenen Germund freizulassen.

»Da hast du mich ja in eine peinliche Lage gebracht«, tobte Jakobus, kaum dass die beiden Männer am nächsten Morgen das Anwesen der Speyrer Johanniter verlassen hatten.

Jakobus hatte fast gar nicht geschlafen; sooft er eingenickt war, hatten ihn wirre Träume von seinem Lager hochschrecken lassen. Von Templern, die ihn ganz offen verhöhnten, von Nonnen, die sein Bett in Brand setzten, und von Fulko, dem Eroberer von Rhodos, der mit Rezzo an einem Tisch nach Art der Sarazenen Schach spielte, ohne ihn auch nur eines Blickes zu würdigen. O wie er sie alle verabscheute! Wenn er nur erst diese Reliquien in die Finger bekam und herausgefunden hatte, welche Macht in ihnen steckte, würde er es ihnen zeigen. Sie würden auf Knien um seine Gunst betteln. Dummerweise war dieser Traum in weite Ferne gerückt, und auch daran trug nur dieser Unglücksrabe Germund Schuld.

»Du hast eine der Reliquien bereits in Händen gehalten und doch wieder verloren! Warum zum Teufel hast du sie nicht besser versteckt?«, brummte Jakobus, während er einem Bettler, der ein Stück neben ihm her humpelte und die Hand ausstreckte, einen Tritt verpasste.

Sichtlich beleidigt verzog Germund den Mund. Sein ergrautes Haar stand ihm wirr vom Kopf ab. Er war unrasiert und hatte seine Kleidung nur notdürftig von dem Stroh des Kellerverlieses gereinigt, in dem man ihn die vergangenen Tage hatte schmoren lassen.

»Hätte ich ahnen können, dass dieser hergelaufene Bauerntölpel mir auf die Schliche kommt und mich zum Popanz macht?«, verteidigte er sich.

»Man kann sich nur selbst zum Popanz machen, das hast du

bewiesen!« Jakobus schnaubte. »Wenigstens konnten sie dir nicht auch noch den Mord an einer Klosterfrau nachweisen. Diese Irmingard ist kurz vor meiner Abreise in Mühlen angekommen und hat mir berichtet, was du ihr versprochen hast!«

Germund trat nach einem Schwein, das plötzlich vor ihm auftauchte, um sich über einen Haufen fauler Kohlblätter herzumachen, der inmitten der Gasse lag. Dort stank es so, dass die Männer die Nase rümpften.

»Das war nicht ernst gemeint! Am liebsten hätte ich dem Weib den Hals umgedreht, weil es mit diesen Templern gemeinsame Sache gemacht hat. Aber mit Drohungen allein hätte ich sie nicht so weit gebracht, mir die Reliquie zu beschaffen. Die Aussicht, in Mühlen Äbtissin zu werden, ließ sie ihre Treue zu dieser Benedicta von Rosenfeld schnell vergessen.« Er spuckte aus. »Natürlich müsst Ihr Euch an mein Versprechen nicht gebunden fühlen.«

»Das gewiss nicht«, sagte Jakobus. »Allerdings wird es höchste Zeit, dass die Klosterfrauen von Mühlen eine Äbtissin bekommen, die nicht mehr den Templern nachtrauert, sondern mit uns zusammenarbeitet. Diese Irmengard könnte für meine Pläne ganz nützlich sein. Vielleicht schafft sie es, die Nonnen zur Vernunft zu bringen. Die verweigern uns Johannitern immer noch den Gehorsam, trotz Benedictas Verschwinden.«

Ein weiterer Bettler kreuzte seinen Weg. Er war bucklig und hielt dem Johanniter eine aus einem Katzenkopf gefertigte Schale entgegen, die Jakobus so gut gefiel, dass er gnädig eine Handvoll Münzen hineinwarf.

»Obwohl sie darüber im Bilde ist, worauf wir aus sind? Na, Ihr müsst es ja wissen.« Germund kämpfte sich durch das Straßengetümmel, schlug jedoch nicht den Weg zum Stadttor ein. Als er sich anschickte, in eine Gasse einzubiegen, blieb Jakobus zurück. Erstaunt blickte Germund sich nach dem älteren Ordensritter um.

»Nanu, kommt Ihr nicht?«

»Wohin?«

Germunds Augen verengten sich zu Schlitzen, als er Jakobus zu verstehen gab, dass in dieser Gasse das Haus lag, in dem Benedictas Nonnen ihren Unterschlupf gefunden hatten.

»Ich finde, nach dem Ärger, den uns diese Weibsbilder gemacht haben, sollten wir ihnen einen Besuch abstatten, den sie in ihrem Leben nicht mehr vergessen werden.« Er zeigte auf sein Schwert. »Sollte Benedicta von Rosenfeld Euch nicht freiwillig verraten wollen, wohin die Templer mit den Reliquien unterwegs sind, werde ich es aus ihr herauskitzeln!«

Jakobus fragte sich, welcher Teufel ihn geritten hatte, Germund aus dem Keller der hiesigen Johanniter zu befreien. Besser wäre es gewesen, er hätte ihn dort schmoren lassen, denn sein Mangel an Verstand erschütterte ihn.

»Hör mir gut zu!« Er stapfte auf Germund zu und drängte ihn mit ausgestrecktem Zeigefinger gegen eine Hauswand. »Du bist von einem Rauswurf aus unserem Orden nur so weit entfernt, wie ich spucken kann. Es wäre daher angebracht, dass du dir keinen Fehler mehr leistest. Und der Überfall auf eine Schar hilfloser Frauen am helllichten Tag durch einen Johanniter wäre so ein Fehler. Benedicta von Rosenfeld hat sich vom Bischof zwar ihrer Ordensgelübde entheben lassen, aber sie steht nach wie vor unter seinem Schutz.« Er schnaubte. »Doch das ist für uns nicht länger von Belang. Soll sie mit ihren Templerinnen zur Hölle fahren, ich brauche sie nicht mehr.«

»Ach nein?« Verärgert machte Germund einen Schritt zur Seite. Sein durchdringender Blick verriet, dass er nicht gewillt war, noch mehr von Jakobus' Vorwürfen zu schlucken. »Dann wollt Ihr die Verfolgung dieser Ketzer aufgeben? Klein beigeben und es zulassen, dass sie sich ins Fäustchen lachen? Das hätte ich nicht von Euch gedacht, Bruder Jakobus! Meine Mittel, Euch die

Reliquien zu beschaffen, mögen versagt haben, aber ich war wenigstens nicht zu feige, sie anzuwenden.«

Jakobus beschloss, Germunds Respektlosigkeit zu überhören. Später, wenn er am Ziel seiner Wünsche war, konnte er ihn dafür immer noch bestrafen. Er schaute sich verstohlen um, dann zog er ein zerknittertes Stück Papier aus seinem Gürtel, das er Germund zeigte. Er vergaß, dass der Johanniter nicht mehr als seinen eigenen Namen lesen konnte.

»Ich brauche Benedicta nicht, weil ich auch ohne sie weiß, wohin die Reliquien gebracht werden«, erklärte er. »Papst Johannes hat sich dazu durchgerungen, die beantragte Gründung eines neuen Ritterordens in Portugal zu genehmigen. In wenigen Monaten wird er die hierfür notwendigen Urkunden unterzeichnen.«

»Na und?« Germund schüttelte mit trübem Blick den Kopf. »Was geht uns das an?«

»Heilige Dreifaltigkeit!«, rief Jakobus entnervt aus. »Würdest du mir zuliebe ein einziges Mal deinen Verstand bemühen, bevor er dir im Schädel vertrocknet wie eine verdammte Pflaume? Was könnte einem ehemaligen Tempelritter wie Rémy St. Clair reizvoll genug erscheinen, den Dienst als Waffenmeister des Brandenburger Markgrafen aufzukündigen? Doch wohl nur die Aussicht darauf, in einem neuen geistlichen Ritterorden eine führende Rolle zu spielen. Nur deswegen haben er und seine Gefährten die Reliquien aus ihrem Versteck geholt. Sie wissen, dass sie sie brauchen werden, um sich als Vertraute des letzten Großmeisters auszuweisen. Aus diesem Grund wollen sie ihre geheimnisvollen Reliquien nach Portugal schaffen.«

»Ich verstehe das nicht«, sagte Germund. »Warum nehmen sie den weiten Weg auf sich, um irgendwo im Süden einem Orden beizutreten, wenn es hier doch genug andere Ritterorden gibt, in denen sie um Aufnahme bitten könnten?«

Jakobus wollte diesen Einwand nicht gelten lassen. Zugegeben, er hatte von einigen Rittern gehört, die genau das getan hatten. Doch da die Templer nicht nur mit den Johannitern, sondern auch mit den meisten anderen Ritterorden im Streit gelegen waren, war ihre Anzahl in diesen Gemeinschaften wohl überschaubar.

»Der neue portugiesische Orden wird anders sein«, sagte Jakobus düster. »Da der Papst mit dem König von Portugal übereingekommen ist, ihm die beschlagnahmten Templergüter dort zu überlassen, verwette ich Schwert und Helm, dass die überlebenden Templer mit der Gründung dieses Ordens ihre Wiedergeburt feiern wollen. Aus allen Winkeln der Erde werden sie kriechen und nach Portugal strömen, um sich dort zu sammeln. Für uns bedeutet das nichts Gutes. Sobald der Orden einflussreich genug geworden ist, um sich über die Landesgrenzen des Königreichs Portugal hinaus auszubreiten, werden seine Großmeister die Hand nach dem früheren Besitz der Templer in anderen Ländern ausstrecken. In Frankreich, England und auch hier, im Deutschen Reich. Und wem wurden die meisten Güter übertragen?«

»Uns Johannitern«, keuchte Germund mit weit aufgerissenen Augen. Er hatte verstanden. Jakobus' düstere Zukunftsvision ließ ihn erschaudern.

»Begreifst du nun, warum wir nicht zulassen dürfen, dass Ritter Rémy seine wundersamen Reliquien nach Portugal bringt und sich damit möglicherweise das Amt eines Großmeisters in dem gefährlichen neuen Teufelsorden sichert?«

Germunds eifriges Nicken überzeugte Jakobus, dass er von dieser Seite keinen Widerstand mehr zu erwarten hatte.

»Also folgen wir der Spur dieser verfluchten Teufelsanbeter bis nach Portugal?«, wollte der grobschlächtige Ordensbruder wissen. Die Vorstellung, das Land zu verlassen, schien ihm nicht zu gefallen, doch er überspielte sein Unbehagen so gut er es vermochte.

Jakobus hob beide Hände. »Ja, wir heften uns an ihre Fersen. Aber möglicherweise können wir sie aufhalten, bevor sie Portugal erreichen.« Er schwenkte den Brief. »Den hier fand ich, als ich das Kloster Mühlen noch einmal auf den Kopf stellte. Er muss kurz nach Benedictas Flucht dort eingetroffen sein. Geschrieben wurde er auf einem Gutshof im Süden Frankreichs, und wenn mich nicht alles täuscht, werden wir dort nicht nur auf die Templer stoßen, sondern auch auf die fehlende dritte Reliquie.«

FRANKREICH, BURG VAUCOULEURS, HERBST 1318

Agnes trug ein sauberes weißes Kleid. Ihr Haar war mit mehreren Bürstenstreichen frisiert und mit Nadeln im Nacken zu einem Knoten aufgesteckt worden. Am Finger der rechten Hand, die sie in die Linke gefaltet hatte, funkelte ein goldener Ring mit einem Rubin, den Lermond ihr am Tag ihrer Hochzeit geschenkt hatte.

So entspannt, wie ihre Gesichtszüge im Halbdunkel der Kapelle wirkten, hätte man sie für friedlich schlafend halten können.

Doch Agnes schlief nicht. Sie lag aufgebahrt vor dem Altar, an Kopf- und Fußende brennende Kerzen. Im Raum war es still und so bitterkalt, dass der Atem der nur wenige Schritte vor der Aufgebahrten Knienden in weißen Wölkchen zur Decke aufstieg und sich dort verflüchtigte.

Kleine Seelen, die in den Himmel eilten, um sich mit der Seele der Verstorbenen zu vereinen.

Die Tür zur Burgkapelle quietschte, als Baudouin den Kopf hineinstreckte. Er benötigte einen Moment, bis es ihm gelang, Rémy auf sich aufmerksam zu machen. Der Ritter betete zunächst weiter, dann hob er missbilligend den Kopf, schlug ein Kreuz und zog sich schließlich lautlos zurück, um den tief in Gedanken versunkenen Lermond nicht zu stören.

»Was gibt's?«

»Wie geht es Lermond?«, wollte Baudouin wissen, nachdem Rémy ganz leise die Tür hinter sich ins Schloss gezogen hatte.

Rémy rieb sich müde die brennenden Augen. Zu gern hätte er sich ein wenig ausgeruht, doch dafür blieb keine Zeit. »Was denkst du? Der Ärmste ist untröstlich. Seit Agnes aufgebahrt wurde, starrt er sie an, als warte er verzweifelt darauf, dass sie die Augen aufschlägt und ihm sagt, dass das alles nur ein grausamer Irrtum gewesen ist.« Er seufzte. »Ich kann ihn verstehen. Nun hat er zum zweiten Mal eine Frau verloren, die er liebte.«

Um die erste war es nicht schade, dachte Baudouin, hütete sich aber, die Erinnerung an die königliche Hofdame heraufzubeschwören, für die sein ehemaliger Ordensbruder in Paris geschwärmt hatte. Ihr Name war Marie gewesen. Sie hatte vorgegeben, Lermond und den anderen Templern in jenen schrecklichen Tagen der Verfolgung durch die Inquisition zur Seite zu stehen, und eine Zeitlang hatte sie das auch getan. Selbst Baudouin war ihrem Charme verfallen. Doch seitdem waren Jahre vergangen, und es war sicher besser für ihn und auch für Lermond, über diese Episode den Mantel des Schweigens auszubreiten. In Wahrheit hatte die Hofdame nämlich aus Habgier diejenigen verraten, denen sie Hilfe versprochen hatte.

Agnes dagegen war aus ganz anderem Holz geschnitzt gewesen. Sie hatte Lermond nach all den Entbehrungen der Vergangenheit gutgetan. Ganz unerwartet war sie in sein Leben getreten und hatte diesem auch nach dem Untergang des Tempelhofs einen Sinn gegeben. Baudouin hielt nicht viel davon, sich mit dem Schicksal auseinanderzusetzen. Was der Himmel für einen vorsah, würde auch geschehen. Es gab Himmel und Hölle, Geburt und Tod, hoch und niedrig. Dennoch war er der Meinung, dass Agnes und Lermond ein wenig mehr Glück verdient gehabt hätten.

»Er macht sich Vorwürfe, nicht wahr?« Baudouin hob prüfend eine Augenbraue. »Hast du ihm nicht gesagt, dass dies falsch ist? So viele Weiber sterben im Kindbett. Und viele Neugeborene erleben den ersten Morgen nach ihrer Geburt nicht. Meine Eltern hatten neun Kinder. Von diesen leben nur noch ich und … nun, das spielt jetzt keine Rolle. Lermond kann jedenfalls nichts dafür, dass Agnes die Geburt des zweiten Kindes nicht überlebt hat. Er ist nicht verflucht, weil er seinen Gelübden zum Trotz eine Ehe eingegangen ist.«

Rémy sah das ebenso, doch bedauerlicherweise beurteilte Lermond die Sache weniger nüchtern, und in Anbetracht seiner Trauer war es vermutlich auch ein wenig zu viel verlangt, von ihm klare Gedanken zu erwarten. Falls Agnes geahnt hatte, dass sie Zwillinge erwartete, hatte sie dies ihrem Gemahl gegenüber jedenfalls mit keiner Silbe erwähnt. Möglicherweise war es ihre Absicht gewesen, ihn damit zu überraschen. Bei zwei Kindern auf einen Schlag erhöhte sich immerhin die Chance, ihm einen Sohn zu gebären. Tatsächlich hatte sie kurz nach ihrer Tochter einem Sohn das Leben geschenkt. Agnes war überglücklich gewesen. Rasch hatte sie die Kinder wickeln und sich selbst waschen und kämmen lassen. Doch sofort nachdem ihre Mägde ausgeschwärmt waren, um Lermond die gute Nachricht zu überbringen, hatte sich ihr Zustand so verschlechtert, dass sich die Freude rasch in Hoffen und Bangen verwandelt hatte. Die Hebamme hatte für sie getan, was in ihrer Macht stand, sie aber trotz aller Bemühungen nicht mehr retten können. Mit ihren Kindern im Arm war Agnes eingeschlafen. Dies war nun zwei Tage her. Zwei Tage, in denen Baudouin, Rémy und die anderen versucht hatten, für den alten Waffengefährten da zu sein, obwohl jeder von ihnen wusste, dass sie damit kostbare Zeit vergeudeten. So war es Primus gewesen, der sich Lermonds Kinder angenommen hatte. Gemeinsam mit Quartus hatte er in Vaucouleurs nach einer Amme gesucht und schließlich ein kräftiges Mädchen mit auf die Burg gebracht, dem der Lohn half, ihre eigene Familie satt zu bekommen. Gottfried hatte dafür gesorgt, die Neugeborenen sogleich taufen zu lassen, damit sie nicht im Falle eines plötzlichen Kindstods ohne die heiligen Sakramente der Kirche in die Ewigkeit eingehen mussten. Sogar Hugo van Haarlem hatte sich nützlich gemacht, indem er Lermonds Aufgaben als Burgvogt übernahm. Mit Feuereifer ging er daran, neue Wachpläne aufzustellen, mit der Burgbesatzung Waffenübungen durchzuführen und die Vorräte in den Kellern zu kontrollieren. Zur Überraschung seiner Gefährten tastete er den Wein nicht an. Dies war vermutlich seine Art, dem ehemaligen Ordensbruder seine Anteilnahme zu zeigen.

Lermond nahm von alldem nichts wahr. Er hatte sich in einen Schatten verwandelt, der sich im Licht des Tages aufzulösen drohte. Sein Blick war matt und trübe geworden; wenn er sich einmal vom Fleck bewegte, so war sein Gang schleppend, seine Schultern hingen herab. Der Kummer über Agnes' Tod brachte sein wahres Alter unbarmherzig zum Vorschein.

»Das kann man ja nicht mehr mitansehen«, sagte Baudouin entschlossen. »Weißt du was? Ich gehe jetzt dorthinein und sage Lermond, dass er so keinesfalls weitermachen darf. Agnes hätte ...«

Das Wort blieb ihm im Halse stecken, als er plötzlich Lermond in der Kapellentür stehen sah. Der ältere Mann musterte ihn stirnrunzelnd. Dann polterte er los.

»Woher zum Teufel willst du wissen, was Agnes gewollt hätte? Ich war ihr Gemahl. Ich allein weiß, was sie sich gewünscht hat. Sie wollte leben. Nicht auf einer zugigen Grenzbefestigung zugrunde gehen, während ich mit diesem dämlichen de Joinville

Weizensäcke in der Scheune und Lanzen in der Waffenkammer zähle.« Mit einer hilflosen Bewegung fuhr er sich durch das wirre Haar, das über Nacht schlohweiß geworden zu sein schien. Er starrte an Baudouin vorbei ins Leere, während er leise hinzufügte:»Ich hätte nicht auf einen Sohn bestehen sollen. Nach der Geburt des Mädchens ging es Agnes noch gut. Aber ich Narr musste mich ja unbedingt dem Wahn hingeben, einen Sohn haben zu müssen. Das hat sie umgebracht! Wir hätten gar keine Kinder haben dürfen. Ein Tempelritter, der sich nach Nachkommenschaft sehnt ...«

Baudouin schrak unter dem bitteren Gelächter zusammen, das der alte Ritter von sich gab.»Du darfst so etwas nicht sagen, das ist gottloser Aberglaube«, wies er ihn sanft zurecht.»Denk an Payen. Im Vergleich zu dem hast du gelebt wie ein Heiliger. Schließlich brach er das Gelübde, das er vor den Brüdern des Tempels abgelegt hatte, als es den Orden noch gab.«

»Noch dazu mit einer Jüdin«, pflichtete Rémy seinem alten Ordensbruder bei.»Das war ein ziemlich schwerer Fehler. Aber die Tochter, die aus dieser Verbindung stammt, haben wir alle kennengelernt. Wir haben ihr sogar das Mysterium vom Tempelhof überlassen, weil wir ihr als Payens Tochter vertrauen. Ihre jüdische Herkunft spielt dabei keine Rolle. Ich will damit ja auch nur sagen, dass wir alle Menschen sind. Wir brauchen Regeln, aber wir dürfen uns nicht von ihnen in Ketten legen lassen. Dass du Agnes von Vitzenburg geheiratet hast, war eine der besten Entscheidungen, die du in deinem Leben getroffen hast. Das sage ich dir nicht nur als Freund, sondern als ehemaliger Meister der Templerkomturei von Argyll. Du solltest deine Gemahlin als das größte Glück deines Lebens in Erinnerung behalten, nicht als Teil eines Verhängnisses oder Fluches. Das hat sie nicht verdient. Und was deine beiden Kinder angeht: Die verdienen einen Vater, der die Jahre, die ihm noch verbleiben, nicht damit zubringt, ihre

Existenz infrage zu stellen und Trübsal zu blasen, sondern damit, sie zu guten Menschen zu erziehen. Erzähle ihnen unsere Geschichte. Die Wahrheit über den Templerorden und über die Geschehnisse auf dem Tempelhof. So werden sie auch ihre Mutter kennenlernen.«

Lermond stand wie versteinert vor der Kapellentür und wirkte so abwesend, dass Baudouin schon befürchtete, kein einziges seiner Worte wäre zu ihm gedrungen. Ihm gegenüber fiel ein schwacher Sonnenstrahl durch eines der schmalen Rundbogenfester. Er streifte das bleiche Gesicht des alten Ritters, der plötzlich tief Luft holte.

»Wo sind mein Sohn und meine Tochter?«, erkundigte er sich, wobei er die beiden Wörter, die sich auf seine Kinder bezogen, so unsicher betonte, als koste es ihn viel Überwindung, sie überhaupt auszusprechen.

»Sie sind bei Quartus!« Rémy lächelte dünn. »Er ist selbst ein so großer Kindskopf, dass er am besten mit ihnen zurechtkommt.«

»Agnes würde jetzt sagen, dass es wohl keinen größeren Kindskopf und Einfaltspinsel gibt als den, den sie geheiratet hat«, brummte Lermond. Es klang wehmütig, aber nicht mehr ganz so niedergeschlagen. Er roch am Ärmel seiner zerknitterten Tunika und rümpfte angewidert die Nase.

»Vielleicht solltest du dich waschen und saubere Kleider anlegen, bevor du deiner neuen Familie einen Anstandsbesuch abstattest«, schlug Baudouin vor und atmete erleichtert auf, als Lermond nach kurzem Zögern nickte. Er ging aber erst, nachdem Rémy ihm versprochen hatte, die Totenwache in der Kapelle fortzusetzen. Agnes sollte nicht allein bleiben müssen. Rémy freute sich über diesen Vertrauensbeweis und wollte schon kehrtmachen, als Lermond ihn und Baudouin zurückrief.

»Euch beiden ist hoffentlich klar, dass ich nun, nach Agnes' Tod, erst recht nicht mit euch nach Portugal gehen kann, um euch bei den Gründungsverhandlungen des neuen Ordens zur Seite zu stehen. Meine Zeit als Ordensritter liegt nun endgültig hinter mir. Ihr habt mich davon überzeugt, dass mein Platz bei meinen Kindern ist. Ich will sie aufwachsen sehen und meinen letzten Atemzug im Kreis meiner Familie machen, nicht mit dem Schwert in der Hand in einer Ordenskomturei am Ende der Welt.«

Rémy beschloss, Agnes' Beisetzung abzuwarten, bevor sie die Reise in den Süden fortsetzten. Keiner der Männer hatte Einwände. Es versuchte auch niemand, Lermond umzustimmen, sie doch zu begleiten. Dies wäre auch völlig zwecklos gewesen, denn während der alte Ritter bislang kaum ansprechbar gewesen war, so schien er nunmehr von einem geradezu heiligen Eifer beseelt, das Versäumte nachzuholen. Er badete im Fluss, ließ einen Barbier auf die Burg kommen und sich vom Schneider einen Satz neuer Mäntel und Obergewänder anfertigen, die zwar kostspielig waren, aber auch mehr seinem Ritterstand entsprachen als die abgewetzten Lumpen, die er bisher getragen hatte. Gründlich nahm er sich die Änderungen vor, die Hugo in Vaucouleurs eingeführt hatte. Nach einigem Zögern entschied er sich dafür, diese beizubehalten. Anerkennend klopfte er dem Flamen auf die Schulter. Auch bei Primus und Quartus bedankte er sich für ihre Unterstützung.

»Ich habe für euch zwei Karten angefertigt, mit deren Hilfe ihr das Gut von Payen de Gros' Familie eigentlich finden solltet«, verkündete er zum Abschied. Mit ernster Miene überreichte er eine der Karten Rémy, die andere gab er Baudouin. Rémy ahnte auch, warum. Von den sieben Templern hatte keiner dem verstorbenen Payen so nahegestanden wie Baudouin. Sie waren Landsleute und von ähnlichem Temperament gewesen, und obwohl Baudouin so gut wie nie über seine Vergangenheit sprach, hegte Rémy den Verdacht, dass Baudouin ebenfalls aus dem

Süden Frankreichs stammte. Vermutlich brauchte er die Karte nicht einmal, um den richtigen Weg zum Besitz der de Gros' zu finden.

»Payens Mutter ist schon seit vielen Jahren tot«, unterbrach Lermond die Überlegungen des Ritters. »Aber soweit ich weiß, lebt sein Vater, der alte Balthasar, noch. Er wird euch aber nicht mit offenen Armen empfangen, weil ...«

Was er sonst noch dazu zu sagen hatte, ging in Baudouins Schnauben unter. »Nein, das wird dieser Sturkopf nicht«, ereiferte er sich. »Im Gegenteil, sollte Balthasar dahinterkommen, wer wir sind und was wir von seiner Enkelin wollen, wird er die Hunde auf uns hetzen. Ich weiß von Payen, dass er uns Templer zur Hölle wünschte. Er konnte es wohl nicht ertragen, seinen Sohn an den Orden zu verlieren. Als er erfuhr, dass König Philipp alle Templer Frankreichs von seinen Soldaten gefangen nehmen ließ, hat er bestimmt keine Träne vergossen.«

Lermond erwiderte nichts darauf. Schweigend tätschelte er den Hals von Gottfrieds Pferd, das fertig gesattelt und mit dem Nötigsten bepackt vor ihm am Tor stand. Hinter ihm kam schnaufend die Amme mit einem Binsenkorb die Treppe zum Burghof hinuntergelaufen. Darin lagen, friedlich schlafend, die beiden Kinder.

»Ich wollte euch noch danken, dass ihr die Patenschaft für Friedrich und die kleine Agnes übernommen habt«, sagte er, während er der jungen Frau den Korb aus der Hand nahm. »Es wäre meiner Gemahlin eine Ehre gewesen, und mir ist es ein Trost.« Er zuckte mit den Achseln. »Auch wenn ich nicht glaube, dass wir uns noch einmal über den Weg laufen.«

»Das entscheidet die Vorsehung«, sagte Primus lächelnd. Er schwang sich als Erster in den Sattel. »Und die ist, wie wir wissen, recht launisch!«

Hugo van Haarlem und der junge Quartus folgten seinem Beispiel und ließen ihre Pferde gemächlich die Anhöhe hinuntertraben.

Zuletzt stand außer Lermond nur noch Gottfried im Burghof. Es hatte den Anschien, als zögere sein ehemaliger Ordensbruder den Abschied hinaus, und Lermond ahnte auch, warum. Er überließ es der Amme, den Korb mit seinen inzwischen erwachten und lauthals schreienden Kindern zurück zum Palas zu bringen. Sie mussten gefüttert und gewickelt werden. Als die Frau sich entfernt hatte, schlenderten die beiden Männer ein Stück an der östlichen Mauer entlang, vor der ein paar Kinder auf Stelzen durchs Gras staksten. Der Himmel war blau wie ein Strauß Kornblumen, doch von Westen zogen dunkle Wolken herauf. Bis zum Abendläuten würde es sicher Regen geben, der das Reisen unangenehm machte.

»Ich erinnere mich noch gut an unser Gespräch von neulich«, begann Lermond. Es war ihm sichtlich unangenehm, noch einmal davon anzufangen, doch er tat es trotzdem. »Sag, hast du Rémy eigentlich von deinen Überlegungen erzählt?«

»Von welchen Überlegungen sprichst du?«

»Ich spreche von der Legende vom vierten Weisen, die dich so durcheinandergebracht hat.«

Gottfried verneinte, doch wenngleich Lermond im Mienenspiel des Jüngeren kein Anzeichen von Unaufrichtigkeit fand, spürte er doch, dass Gottfried ihm etwas verheimlichte.

»Ich habe nur Baudouin gegenüber eine Andeutung gemacht«, rückte dieser nach kurzem Zögern mit der Sprache heraus.

Das war nun nicht das, was Lermond zu hören gehofft hatte. Ihm war plötzlich, als packe ihn eine unsichtbare Hand an der Kehle und schnüre ihm die Luft ab. Benommen schnappte er nach Luft.

Baudouin wusste also Bescheid. Ausgerechnet er. Und ihm hatte er leichtfertig die Karte zum Gutsbesitz von Payen de Gros'

Familie in die Hand gedrückt. Ein Fehler, wie ihm nun aufging. Ein Irrtum, der, wenn sich Lermonds Befürchtungen bewahrheiteten, nicht nur für Gottfried, sondern auch für alle übrigen noch lebenden Templer in einer Katastrophe münden konnte.

XXV.

SÜDFRANKREICH, HERBST 1318

Als der Morgen graute, war Prisca so erschöpft, dass es ihr schwerfiel, überhaupt noch einen Fuß vor den anderen zu setzen. Ihre Zähne klapperten, so durchgefroren war sie. Doch sie war nicht die Einzige, der es so ging. Um sich herum hörte sie Husten und Schniefen. Am größten war ihre Sorge jedoch um Balthasar, der verletzt war und abwechselnd von Raymond, dessen Schwester und ihr gestützt werden musste. Da der Wald, durch den Marie sie führte, immer dichter wurde, war es ihnen nicht einmal möglich zu reiten, doch Prisca bezweifelte, dass der alte Mann sich in seinem Zustand überhaupt im Sattel hätte halten können.

Auf dieses Weise kamen sie nicht allzu rasch voran. In immer kürzeren Abständen war die kleine Gruppe gezwungen, dem Verwundeten eine Rast zu gönnen.

Skeptisch sah Prisca zu Marie hinüber, welche die Führung durch das Dickicht übernommen hatte. Nicht nur ihr hatte es vor Überraschung die Sprache verschlagen, als ausgerechnet die junge Frau darauf bestanden hatte voranzugehen. Seitdem mussten Stunden vergangen sein, wie viele genau vermochte Prisca bestenfalls zu schätzen. Doch wenigstens spürten sie unter den Bäumen den unvermindert anhaltenden Regen nicht so stark wie auf dem flachen Land. Prisca vermutete, dass die Reiter des Bischofs inzwischen in Pouillon eingetroffen waren und das Gut ihres Großvaters besetzt hatten. Gewiss behielten ihre Späher auch die Landstraßen nach Dax und die hügeligen Wege zur nahen Grenze nach Aragón im Auge. Da war es besser, sich durchs Unterholz zu kämpfen. Auf der anderen Seite hatte Prisca keine Ahnung, welches Ziel Marie im Auge hatte. Sie konnte nur hoffen, dass sie im Interesse aller wusste, was sie tat. Albin würde nicht eher ruhen, bis er sie aufgespürt hatte. Marie würde er wegen des Angriffs auf ihn nach kurzem Prozess hängen lassen, doch auch die Zukunft ihres Großvaters sah düster aus. Er hatte dem Bischof getrotzt, etwas, das dieser ihm weder nachsehen noch vergessen würde.

Doch für den Augenblick zählte nur, dass sie so rasch wie möglich aus diesem finsteren Wald herauskamen, damit Balthasars Wunden versorgt werden konnten, ehe ihn das Fieber dahinraffte. Eine Weile marschierten sie weiter, bis plötzlich dichter Nebel aufzog. Im Unterholz raschelten und fauchten Tiere, und die Luft war angefüllt vom würzigen Geruch von feuchtem Holz, Moos und Laub.

Raymond blieb stehen und lauschte. Von fern war Hundegebell zu hören. »Sie sind uns auf den Fersen«, keuchte er angsterfüllt. »Sie jagen uns mit Hunden. Gott steh uns bei!«

Balthasar zog seinen Dolch. Obwohl er sich fast nicht mehr auf den Beinen halten konnte und wegen der Nebelschwaden, die ihm entgegenwaberten, kaum mehr als die Umrisse von Baumstämmen erkennen konnte, schien er nicht bereit zu sein, sich kampflos zu ergeben.

»Wir müssen uns verstecken«, meinte hingegen Raymonds Schwester. Die Katharerin hatte während der letzten Stunden kaum ein Wort gesagt. Still und klaglos war sie mitmarschiert, nun aber sank ihr Mut. In Panik raffte sie ihr zerfetztes Kleid und rannte auf eine Hecke zu, um unter deren dornigen Ranken Schutz zu suchen. Allein Marie bewahrte Ruhe. Sie lief der Frau hinterher und riss sie am Schürzenband zurück.

»Ruhig Blut, das sind nicht unsere Verfolger«, versuchte sie ihre besorgten Gefährten zu beruhigen. »Ich kenne die Hunde gut. Jeden Einzelnen von ihnen. Sie gehören dem Herrn des Hauses, der uns Obdach gewähren wird.«

Prisca warf ihr einen fragenden Blick zu, doch noch bevor sie sich nach diesem sonderbaren Menschen erkundigen konnte, der mit einer Meute Hunden im Wald hauste, kehrte Marie ihr den Rücken zu und marschierte geradewegs in die Richtung davon, aus der das Knurren und Kläffen durch den Morgen drang.

Sie brauchten nicht mehr lange zu laufen. Bald lichtete sich der Wald, und mit ihm verschwanden auch die letzten Nebelschleier der Nacht. Neugierig blickte Prisca sich um und stellte fest, dass Marie sie bis zum Rand eines mit Steinen umfriedeten Feldes geführt hatte. Ein Stück abseits des schnurgerade verlaufenden Feldweges sah sie Rauch aufsteigen. Dort musste es eine Behausung geben. Ein Gehöft oder zumindest eine Hütte.

Prisca täuschte sich nicht. Der Hof, den sie dann betraten, war sogar größer, als es aus der Ferne den Anschein gehabt hatte. Er bestand aus einem Haus, das aus ähnlichem Stein erbaut war, wie der *Donjon* ihres Großvaters und den Mittelpunkt des Anwesens bildete. Es wirkte düster. Abweisend. Vermutlich, weil auf der dem Innenhof zugewandten Seite keine Fenster, nicht mal schmale Scharten zu sehen waren. Um das Bauernhaus herum gruppierten sich die Stallungen und eine Scheune, aus der ebenfalls Rauch drang. Daneben gab es einen Koben für Schweine und etwas abseits ein kleineres, gedrungenes Gebäude mit einem Flachdach, aus dem das Gebell ertönte, das Prisca und die anderen im Wald so erschreckt hatte.

Marie rannte auf die Scheune zu. Im selben Moment, als sie die Tür erreichte, erschien ein hünenhafter, bärtiger Mann auf der Schwelle, auf dessen entblößtem Oberkörper Ruß klebte. Er starrte die junge Frau einen Moment überrascht an, dann drückte er sie an sich.

»Ich wusste, du würdest kommen«, rief er mit hoher, sich fast überschlagender Stimme, die überhaupt nicht zu seiner Statur passte.

Marie drehte sich strahlend um und winkte Prisca herbei. Inzwischen waren einige Personen aus dem Bauernhaus getreten. Zwei Frauen und ein kahlköpfiger Mann mittleren Alters, der eine gewisse Ähnlichkeit mit dem Hünen aufwies. Während eine der Frauen mit einem spitzen Aufschrei auf Marie zustürzte, musterte der Mann die Schar der Ankömmlinge argwöhnisch. Balthasar machte einige schwankende Schritte auf das Haus zu. Neben Prisca blieb er stehen und wischte sich mit einer matten Handbewegung den Schweiß aus der Stirn. Er schien einige der Leute wiederzuerkennen.

»Das sind die Eltern des Mädchens«, flüsterte er ihr mit matter Stimme zu. »Der Mann war Hufschmied im Dorf!«

Richtig. Prisca fiel es wie Schuppen von den Augen. Nachdem Marie anfänglich beschuldigt worden war, ihrem Bräutigam in der Hochzeitsnacht den Schädel zertrümmert zu haben, hatte der Schmied mit seiner Frau und den jüngeren Kindern überstürzt das Dorf verlassen. Marie schien dies keinem von beiden übelzunehmen. Sie lagen sich weinend und jauchzend in den Armen. Ernster wurden die Mienen erst, als der Blick des hünenhaften Schmieds auf Balthasar und Prisca fiel. Er schnappte sich seinen Schmiedehammer und kam damit drohend auf sie zu.

»Der alte Herr?« Er drehte sich fragend nach seiner Tochter um; in seinen Augen glomm Wut auf. »Bist du noch bei Sinnen, Tochter? Du schleppst den Gutsherrn an? Seinetwegen musstest du im Keller seines *Donjons* sitzen.«

Prisca nahm all ihren Mut zusammen und machte einen Schritt auf den wütenden Mann zu. Holte dieser nun mit seinem

Hammer aus, war es um sie geschehen. Energisch schob sie sich zwischen ihn und ihren Großvater. »Der Grundherr hat deine Tochter nicht eingesperrt, um sie zu bestrafen, sondern um sie vor den Drohungen ihrer Nachbarn zu schützen! Im *Donjon* war sie sicher, bis ihre Unschuld bewiesen wurde. Hätte Balthasar de Gros sie mit euch ziehen lassen, wäre euer aller Leben in Gefahr gewesen, denn dann wärt ihr gewiss von einigen Aufwieglern aus dem Dorf verfolgt worden! Womöglich bis hierher nach ...« Sie zuckte ratlos mit den Schultern. »Wo befinden wir uns eigentlich?«

»Eine Meile von hier liegt das Dorf Castel-Sarrazin«, gab Maries Mutter, eine rundliche Frau, Auskunft. Sie tupfte sich mit einem Schürzenzipfel die Tränen aus den Augenwinkeln, dann lud sie die Ankömmlinge mit energischen Gesten ein, ihr ins Haus zu folgen.

Das Gehöft gehöre ihrem Schwager Mathieu, Maries Onkel, teilte die redselige Frau ihnen mit, während sie Priscas Becher mit warmer Ziegenmilch füllte.

»Mathieu und mein Ehemann sind hier draußen gemeinsam aufgewachsen. Wir waren zu jedem Kirchweihfest zu Besuch, deshalb hat sich auch Marie in diesen Mauern immer wie zu Hause gefühlt. Ach herrje ...« Sie warf Balthasar einen Blick zu. »Dem Herrn geht es nicht gut. Was ist denn nur mit ihm geschehen?«

Prisca hielt sich nicht mit langen Erklärungen auf, sondern teilte der Hufschmiedin nur mit, dass die Umstände es erforderlich machten, eine Weile heimlich Schutz zu suchen. Die Frau hörte ihr aufmerksam zu. Nach kurzem Zögern erlaubte sie den Mägden ihres Schwagers, Balthasar in einer Kammer ein Lager herzurichten. Sie selbst kümmerte sich um heißes Wasser, trockene Kleider und ein kräftiges Frühstück.

Prisca atmete auf, als sie schließlich Balthasars regelmäßigen

Atemzügen lauschte. Er war eingeschlafen, kaum dass sein Kopf das mit duftendem Heu gefüllte Kissen berührt hatte, ein Umstand, um den Prisca ihn beneidete. Ihr selbst war klar, dass sie so schnell nicht zur Ruhe kommen würde. Sie hatte die Stichwunde, die sich der alte Mann während der überstürzten Flucht aus St. Jacques zugezogen hatte, mit Öl und Wein gesäubert und verbunden. Er hatte noch einmal Glück gehabt, denn die Wunde war weder tief, noch hatte sie sich entzündet. Dennoch war es unumgänglich, dass Prisca sie mit heilenden Salben behandelte. Rasch überschlug sie, welche Kräuter sie zur Herstellung brauchte, und fand sich dann wieder in der Stube ein. Hier roch es nach deftigem Ziegenkäse, Knoblauch und Geräuchertem. Maries Mutter war nicht an der Kochstelle, nur ihr Schwager saß am Feuer, wo er die hölzerne Zinke eine Harke reparierte. Um seinen Kopf surrte ein Schwarm Fliegen.

Als der Mann Prisca bemerkte, hob er den Blick und starrte sie mit seinen großen Augen an. Verwunderlich fand Prisca das nicht. Eine derart bunt zusammengewürfelte Schar hatte der Ärmste gewiss noch nie zuvor in seinen vier Wänden beherbergt. Prisca trug noch immer das Kleid, das sie für Adaliz' Vermählung ausgewählt hatte. Inzwischen war es feucht, zerrissen und starrte vor Schmutz. Ihre Haare hingen ihr wirr ins Gesicht, was ihr das Aussehen eines Edelfräuleins bescherte, das unter die Räuber gefallen war.

»Ihr ... könnt Euch waschen, Herrin«, meinte Mathieu schließlich verlegen. »Die Frau meines Bruders wird Euch auch etwas Frisches zum Ankleiden herauslegen. Schnürkittel, Rock und ein Gebende für Euer Haar, wenn Ihr das wünscht. Aber etwas Besonderes kann ich Euch nicht anbieten.« Er senkte den Blick. »Wir leiden keine Not, aber reich sind wir nicht.«

Prisca lächelte. Sie hätte dem Bauern gern erklärt, dass sie es weder verdiente, mit »Herrin« angeredet zu werden, noch Brokat oder Samt auf der Haut zu tragen. Das Schicksal hatte sie zu Balthasar de Gros' Enkeltochter gemacht, doch war sie nichts Besseres als der Bauer, der seinen Ziegenkäse mit ihr teilte.

Nach einigem Nachdenken begnügte sie sich jedoch lediglich mit einem freundlichen Nicken. Sein Angebot warmen Wassers und sauberer Kleidung nahm sie indes dankbar an.

»Marie steckt in großen Schwierigkeiten, nicht wahr?«, wollte Mathieu wissen.

»Ich fürchte, wir alle stecken in Schwierigkeiten!«

»Hm!« Der Bauer deutete auf den dunklen Schlafwinkel hinter der Wand aus Binsengeflecht. »Balthasar de Gros ist nicht irgendwer. Seine Verfolger werden nicht aufhören, nach ihm zu suchen. Ein schnelles Pferd braucht von Castel-Sarrazin bis zu seinem Gut weniger als zwei Stunden. Wie lange wird es wohl dauern, bis die Männer des Bischofs auch vor meinem Gehöft stehen?«

Prisca wusste es nicht. Es konnte morgen schon so weit sein. Nächste Woche oder in einem Monat. Die Sorgen des armen Mannes waren daher nachvollziehbar. Schlimm genug, dass er seiner Nichte Unterschlupf gewähren musste. Aber die gehörte wenigstens zur Familie. Wegen völlig Fremder womöglich mitansehen zu müssen, wie das eigene Haus über dem Kopf angezündet wurde, war dagegen schon reichlich viel verlangt.

»Mach dir keine Sorgen«, sagte Prisca, wobei sie sich bemühte, nicht allzu niedergeschlagen zu klingen. »Sobald der Grundherr wieder auf den Beinen ist, werden wir euch verlassen.«

Mathieu verscheuchte eine Fliege, die über seinen glänzenden Kopf spazierte. »Aber wohin wollt Ihr denn gehen?«

Übers Meer, hätte Prisca beinahe gesagt. Mathieu war ein bedächtiger Mann und längst nicht so aufbrausend wie sein Bruder, der Schmied, doch gewiss hätte er angenommen, sie würde sich über ihn lustig machen. Es war ja auch wahnwitzig, unter diesen Umständen auch nur über die ersehnte Pilgerfahrt ins

Heilige Land nachzudenken. Sie konnte schon von Glück reden, wenn es ihr gelang, die Provinz zu verlassen. Wie sollte sie da an die Küste gelangen? Und ein Schiff finden? Davon abgesehen waren zwei der heiligen Gefäße nach wie vor nicht in ihrem Besitz. Das dritte befand sich zu Hause, im *Donjon*. Doch das war vermutlich inzwischen von Albin besetzt worden. Sie musste einen Weg finden, den Schuft aus Pouillon zu vertreiben. Nur so würde sie an die Reliquie gelangen. Wie aber sollte sie das anstellen? Auf die Hilfe ihres Großvaters konnte sie nicht zählen, und für Raymond wäre es ein zu großes Wagnis gewesen, sie zu begleiten.

Nein, bei näherer Betrachtung blieb überhaupt nur eine einzige Möglichkeit. Sie musste auf raschestem Wege Hilfe herbeiholen.

Am Nachmittag schüttete sie den Beutel mit Kräutern, den sie mit Hilfe einiger Frauen auf den Wiesen rund um das Gehöft gesammelt hatte, auf den blank gescheuerten Tisch nahe der Feuerstelle. Maries Mutter hatte ihr großzügig ein Töpfchen Gänsefett, Bienenwachs und ein paar Tropfen Öl überlassen. Raymond sah ihr zu, wie sie mit einem Messer Blüten und Blätter kleinhackte.

»Ihr seht aus, als hättet Ihr Euch Gedanken über unsere Zukunft gemacht«, sagte er nach einer Weile. Er warf einen vorsichtigen Blick durch das offene Fenster der Behausung, hinter dem ein kleiner, aber sorgsam gepflegter Gemüsegarten lag. Die Frauen nutzten die warmen Sonnenstrahlen, um dort Unkraut zu jäten. Damit ihnen die Arbeit leichter von der Hand ging, sangen sie ein okzitanisches Lied, das hübsch, aber auch ein wenig traurig klang. Auf Prisca und Raymond achtete keiner von ihnen, sodass sie sich ungestört unterhalten konnten.

»Dieser Mathieu wird uns sicher nicht verraten, denn damit

würde er auch das Kind seines Bruders ans Messer liefern. Andererseits wird er aber auch darauf dringen, dass wir so bald wie möglich verschwinden.«

Prisca schloss die Augen und sog den Duft der Kräuter ein, die sie in der Nähe des Gehöfts gefunden hatte. Darunter waren sowohl Kamillenblüten als auch gemeine Schafgarbe, Arnika und Calendula, die eine besonders entzündungshemmende Wirkung entfaltet. Geschickt vermengte sie den wohlriechenden Kräuterbrei mit einigen Tropfen Öl und strich alles durch ein Sieb. In der Zwischenzeit brodelte im Kessel, der an einem eisernen Dreifuß hing, Wasser. Prisca stellte eine große tönerne Schüssel auf die Öffnung, gab ein wenig Bienenwachs hinzu und wartete, bis es unter der Hitze des kochenden Wassers geschmolzen war. Raymond reichte ihr das aus den Heilkräutern gewonnene Öl, das sie erwärmte und zuletzt mit dem Wachs und weiteren Spritzern Olivenöl zu einer grüngelben Masse verrührte.

Zufrieden mit dem Ergebnis, ließ sie die fertige Salbe in einige Tiegel rinnen. Sobald sie ein wenig abgekühlt war, würde sie die Wunde ihres Großvaters damit behandeln.

»Ich will nicht hier abwarten, bis die Männer des Bischofs mich holen kommen«, brachte sich Raymond in Erinnerung.

Prisca hob den Blick. Nein, das war auch nicht ihre Absicht. Ihr Großvater konnte momentan nicht fort, er war zu schwach. Und auf Marie würde ihre Verwandtschaft achtgeben. Vielleicht fanden ihr Vater und sein Bruder sogar eine Möglichkeit, ihren Ehemann aus Pouillon zu holen, wobei es gewiss sicherer war, damit zu warten, bis die Behörden aufgehört hatten, nach ihr zu forschen. Was Raymond betraf, so lagen die Dinge anders. Als Katharer, der sich zu seinem Glauben bekannte, war er gefährdeter als alle anderen. Fand man ihn, so lieferte man ihn der Inquisition aus, und was die mit Ketzern anstellte, war Prisca hinreichend bekannt.

»Ich kenne da ein paar Männer, die uns möglicherweise weiterhelfen könnten«, sagte sie schließlich. »Freunde meines verstorbenen Vaters.«

Raymond biss sich auf die Lippe. »Wenn Ihr das so sagt, vermute ich, dass Ihr von Templern redet. Aber ich dachte, die ehemaligen Ordensritter hätten sich in alle Winde zerstreut.«

Prisca nickte. »Ich habe ja auch schon seit Jahren nichts mehr von ihnen gehört. Das letzte Mal sah ich sie im Mai 1314, einige Monate nachdem ihr alter Großmeister Jacques de Molay in Paris verbrannt wurde. Sie haben mir etwas anvertraut, das ...« Sie seufzte. »Es tut mir leid, ich habe versprochen, nur mit Eingeweihten darüber zu reden. Aber das, worauf ich aufpassen sollte, befindet sich zum Teil in Deutschland, weil ich der Meinung war, dass es dort sicherer sei. Nun muss ich es aber unbedingt wiederhaben.« Sie ergriff Raymonds Hand und drückte sie. Erst als der kleine Mann errötend zusammenzuckte, fiel ihr ein, dass es sich für sie als Frau nicht schickte, einen gläubigen Katharer zu berühren. Rasch zog sie ihre Hand zurück.

»Schickt Ihr mich nach Deutschland, um das zu holen, was Ihr dort zurückgelassen habt?«, erkundigte sich Raymond. »Und diese Templer gleich mit?«

Prisca dachte nach, dann schüttelte sie den Kopf. »Wenn der Herr meine Gebete erhört hat, wird das gar nicht nötig sein. Ich habe schon vor Monaten einer Vertrauten in Deutschland geschrieben und sie gebeten, die Templer in meinem Namen ausfindig zu machen und zu mir nach Aquitanien zu schicken. Wenn wir Glück haben, sind die Männer bereits auf dem Weg, und wir müssen ihnen nur entgegenreiten.«

Raymond hob fragend die Augenbrauen. »Nehmt mir meine Skepsis nicht übel, aber glaubt Ihr tatsächlich, dass diese Ritter nur auf die Bitte einer Frau hin, die Strapazen einer so langen Reise durch feindliches Gebiet auf sich nehmen?«

Vor vier Jahren hätte Prisca diese Frage ohne Zögern mit Ja beantwortet. Damals hatte Thomas Lermond, der der Templerkomturei von Tempelhof vorgestanden war, Boten in viele Länder ausgeschickt, um seine versprengten Ordensbrüder zusammenzurufen. Rémy St. Clair war aus Schottland nach Brandenburg gezogen, Baudouin Lavalle aus Paris und Gottfried Bisol aus dem Osten. Keiner von ihnen hatte Lermonds Hilferuf überhört. Sie alle einte der Pakt, das Mysterium des Templerordens zu schützen, was auch immer geschehen würde. Inzwischen war jedoch viel Zeit vergangen.

Trotzdem nickte Prisca beinahe trotzig. Sie haben den Pakt nicht vergessen, dachte sie dabei. Sie sind unterwegs, das spüre ich.

»Es gibt einen Mann, einen ehemaligen Templer, der sich als Hauptmann einer Grenzfestung im Westen Frankreichs niedergelassen hat«, sagte sie. »Sein Name ist Lermond. Wenn seine ehemaligen Ordensbrüder, wie ich hoffe, bereits auf dem Weg sind, um mir die fehlenden Teile des Mysteriums zu überbringen, werden sie die Reise sicher dort beginnen. Das heißt, dass du diese Richtung einschlagen wirst. Hast du erst einmal die Grenzfestung erreicht, bist du in Sicherheit. Lermond wird dir weiterhelfen, wenn ich ihn darum bitte.«

Raymonds Miene verriet nicht, was er wirklich darüber dachte. Doch welche Wahl hatte er? Nach einem tiefen Seufzer willigte er ein, am folgenden Tag abzureisen. Seine Schwester sollte sich einstweilen zu den Hofmägden gesellen. Da sie über ein naturgemäß recht unscheinbares Äußeres verfügte, hegten er und Prisca die Hoffnung, etwaige Verfolger täuschen zu können. Notfalls musste sie gemeinsam mit Balthasar und Marie im Wald oder einem anderen Versteck untergebracht werden.

Als Raymond Prisca am nächsten Morgen bei Reisevorbereitungen überraschte, pfiff er vor Überraschung durch die Zähne.

Ungläubig musterte er die wollenen Beinkleider, die sie am Fußende abgeschnitten hatte und in der Taille mit einem Gürtel straffzog. Zusammen mit dem leicht gelbstichigen Kittel und der schwarzen, tief in die Stirn gezogenen Filzkappe, die unter dem Kinn zusammengeschnürt wurde, sah sie wie ein junger Bursche aus.

»Was bei allen Teufeln …«

»Keine Aufregung«, kam Prisca Raymonds Entrüstungssturm mit einem Lächeln zuvor. »Die Sachen habe ich mir von Mathieus Ältestem geborgt.« Prüfend beugte sie sich über eine bis zum Rand mit Wasser gefüllte Schüssel, in der sich ihr Gesicht spiegelte. Es war nicht das erste Mal, dass sie aus Gründen der Sicherheit in Männerkleidung schlüpfte. Auf ihrer Wanderung von ihrer Geburtsstadt Speyer bis in die Markgrafschaft Brandenburg hatte ihr diese Verkleidung vermutlich mehrmals den Hals gerettet. Schließlich war es für eine Frau ein großes Wagnis, ohne männlichen Schutz auf Reisen zu gehen.

»Wenn Ihr schon unbedingt mitkommen wollt, warum brecht Ihr dann nicht gleich mit mir auf?«

Prisca wich dem Blick des Mannes aus. War es taktlos, darauf hinzuweisen, dass Raymond aufgrund seines Aussehens schon auffallend genug war? Sie wollte es nicht offen aussprechen, aber die Chance, dass einer von beiden sich nach Norden durchschlagen konnte, ohne gefasst zu werden, standen schon schlecht genug. Es war also durchaus sinnvoll, dass sie und der Katharer den Templern getrennt voneinander entgegenritten und unterwegs alles vermieden, was Aufsehen erregte.

»Ich werde noch hier gebraucht«, flunkerte Prisca und deutete dabei auf den Salbentiegel auf dem Tisch. »Ich muss Großvater behandeln und mich vergewissern, dass er bis zum Abend kein Fieber bekommt.«

Vor dem Stall stand schon Raymonds Pferd bereit. Mathieu

hatte es eigenhändig gesattelt, froh, wenigstens einen seiner ungebetenen Gäste so rasch wieder loszuwerden. Ein mit fetter Blutwurst, Ziegenkäse und Fladenbrot gefüllter Beutel sollte Raymond unterwegs als Proviant dienen, denn es war ratsam, Herbergen tunlichst zu meiden, solange er sich in Aquitanien befand. Allerdings ahnte Prisca, dass Raymond seiner religiösen Überzeugungen wegen mit Ausnahme des Brotes keinen Bissen davon zu sich nehmen würde.

Sie begleitete ihn hinaus auf den Hof, wobei sie nicht nur verwunderte Blicke anzog, sondern auch das Gelächter von Mathieus jüngeren Kindern über sich ergehen lassen musste.

»Dieser Aufzug ist einfach lächerlich«, brummte Raymond, während er seine abstehenden Ohren unter den Stoff eines muffig riechenden Kapuzenkragens zwängte. Offenbar fand auch er, dass ein wenig Maskerade nichts schaden konnte. Mühsam hievte er seinen Körper in den Sattel. Bevor er die Zügel nahm, glitt ein letzter sorgenvoller Blick über die Dächer des Gehöfts. Seine Schwester blieb im Haus. Von ihr hatte er sich bereits verabschiedet.

Prisca holte tief Luft. Es gab da noch etwas, das ihr auf dem Herzen lag. »Es ist möglich, dass es nur einem von uns gelingt, hierher zurückzukehren«, sagte sie. »Sollte ich es nicht schaffen, musst du den Templern helfen, an die Reliquie zu gelangen. Sie ist im *Donjon*, und zwar ...«

Noch bevor sie deutlicher werden konnte, zerriss plötzlich der schrille Klang eines Horns die Stille. Zweifellos ein Warnsignal. Es kam vom Waldrand. Prisca wandte sich erschrocken dem Ton zu und bemerkte, wie ein paar Männer den Feldweg entlangliefen. Sie kamen geradewegs auf das Gehöft zu.

»Reiter«, rief einer von ihnen Mathieu zu, der an der Seite seines Bruders, des Schmieds und dessen Frau mit angsterfüllten Blicken aus der Scheune trat. »Eine ganze Schar Bewaffneter. Sie reiten durch Castel-Sarrazin und werden gleich hier sein!«

Raymond erbleichte. »Soll ich nicht lieber ...«

Prisca schüttelte den Kopf. »Du musst fort. Na los, mach dich auf, sonst erwischen sie dich!« Sie klatschte dem Pferd mit der flachen Hand aufs Hinterteil und sah zu, wie Raymond, umhüllt von einer Staubwolke, davonpreschte.

XXVI.

PORTUGAL, KÖNIGLICHE BURG VON LEIRIA,
HERBST 1318

König Dinis stand auf der Mauer seiner Burg und blickte versonnen gen Westen. Hier oben fühlte er sich frei und unbeschwert. Allen Sorgen enthoben und dem Himmel so nah. Tief atmete er die frische, leicht salzige Luft ein, die ihm um die Nase wehte und den schweren Geruch von Lampenruß und Bratenfett aus seinen Kleidern vertrieb. Sogar das Kreischen der Seevögel mochte er. Die Tiere gehörten hierher, so wie er.

Weit am Horizont sah er Nadelwälder. Seine Kiefern und Pinien. Er selbst hatte den Befehl gegeben, die gesamte Küstengegend aufzuforsten, denn Holz war kostbar. Es wurde für den Schiffbau dringend gebraucht. König Dinis hatte schon in seiner Jugend von einer mächtigen portugiesischen Flotte geträumt, welche im Auftrag der Krone die Meere durchzog. Nun sah er seinen Traum in Erfüllung gehen und lächelte, als ihm einfiel, dass sein Volk ihn trotz seiner Liebe zur Seefahrt *O Rei-Agricultor* nannte, den Bauernkönig.

Eine ganze Weile blieb er auf der Mauer, um ungestört seinen Gedanken nachzuhängen. Es war vernünftig gewesen, Frieden mit dem benachbarten Königreich Kastilien zu schließen und somit die Grenzen zu sichern. Nach all den Streitigkeiten der Vergangenheit fand er nun endlich die nötige Muße, um an die Zukunft zu denken. Und dafür war es höchste Zeit. Er war inzwischen siebenundfünfzig Jahre alt. Gewiss, noch waren seine Lebensgeister nicht erschöpft, doch wer konnte schon wissen, wann der Herr einen von dieser Erde abberief.

Dinis legte den Kopf in den Nacken und beobachtete einen Schwarm Seevögel, die mit sanftem Flügelschlag den mächtigsten Turm der Burg umsegelten. Sein Kopf war angefüllt mit Einfällen, die sein Land unabhängiger und mächtiger machen sollten. Dazu gehörten neue Handelsverträge mit England und günstige Eheverbindungen für seine Söhne und Töchter. Dann war da noch die Förderung von Landwirtschaft und Handwerk in den Städten, die ihm am Herzen lag. Er hatte vor, bei Lissabon ein neues Kloster zu stiften und sich auch vermehrt um die von ihm gegründete Universität in Coimbra zu kümmern. War es nötig, dass die jungen Männer an französischen oder italienischen Universitäten studierten? Nicht, wenn er Coimbra zu einer weltberühmten Stätte der Gelehrsamkeit machte. Doch dafür waren Geld und große Anstrengungen nötig.

Eine Weile verbrachte er noch auf der Mauer in völliger Einsamkeit. Die Ruhe tat ihm gut. Als einer der Burgwächter ihm jedoch meldete, dass zwei Männer eingetroffen seien, die ihn sprechen wollten, begab er sich sogleich in seine Gemächer.

Er hatte die Herren zu sich bestellt und war neugierig, was sie ihm zu sagen hatten. Den Abt des Zisterzienserklosters von Alcobaca kannte er schon seit vielen Jahren. Er war ein kluger Mann, und obgleich er aufgrund der Last seines Alters inzwischen am Stock ging und kaum noch sehen konnte, arbeitete sein Verstand so zuverlässig wie in seiner Jugend. Sein Rat war für einen fortschrittlich denkenden König wie Dinis nicht mit Gold aufzuwiegen. Begleitet wurde der Alte von einem sonnengebräunten Ritter, der in der Blüte seiner Jahre stand. Er war schlank, aber muskulös und so groß, dass der zerbrechliche Abt neben ihm wie ein Zwerg wirkte. Etwas Geheimnisvolles ging von ihm aus, was der König jedoch nicht deuten konnte.

»Leoncio Almeida«, stellte der Abt seinen Begleiter vor. »Er gehörte zu den einflussreichsten Vertretern des früheren Templerordens in Portugal und ist verständlicherweise sehr interessiert daran, dass der Papst nun endlich seine Zustimmung zur Gründung des neuen Ordens gibt.«

Dinis nickte dem Ordensritter wohlwollend zu. Er hatte ihn bislang nicht empfangen, aber wenn er den Gerüchten über ihn glaubte, hatte Leoncio zu den wenigen Tempelrittern gehört, denen vor elf Jahren in Paris die Flucht aus dem dortigen Ordenshaus geglückt war. Ein kämpferischer Bursche, getrieben von Ehrgeiz und somit gewiss geeignet, auch in dem neuen Ritterorden eine Führungsposition einzunehmen.

»Oh, keine Sorge, die Billigung durch den Papst ist nur noch eine Formalität«, versprach Dinis schließlich in aufgeräumter Stimmung. »Meine Gesandten beim apostolischen Stuhl in Avignon berichten, dass sich der Heilige Vater bereits mit der Abfassung der Urkunden befasst. Darüber ist wohl keiner so froh wie ich.« Ein Lächeln glitt über sein Gesicht. »Es kostete die königliche Schatulle ja auch ein schönes Sümmchen, dass der Papst unserer Beschwerde stattgab. Bischof Vasco von Guarda wollte Papst Johannes nämlich beeinflussen, den Besitz der Templer auch in Portugal den Johannitern zu überschreiben.«

Leoncio Almeidas Augen blitzten auf. »Heißt das, er wird darauf verzichten?«

»Ja, wie gesagt, unsere Beschwerde hatte Erfolg. Damit ist der Rest eine Formsache.« Dinis beugte sich vor und faltete die Hände. Einen Moment lang betrachtete er den gebrechlichen Abt. War es nicht gewagt, die Aufsicht über eine neue Ordensgründung einem so alten Mann auf die Schultern zu legen? Natürlich zweifelte der König nicht daran, dass er diesen Auftrag mit Weisheit und Umsicht ausführen würde, doch wie weit würden seine Kräfte reichen? Und wie lange?

Der Christusorden darf nicht scheitern, überlegte Dinis. Dafür ist er jetzt schon zu wichtig. Ich brauche ihn, um Portugal groß und mächtig zu machen. Wenn ich seine Ritter eng an die Krone binde, wird keiner unserer Feinde es wagen, uns zu bedrohen. Weder die Mauren noch die Könige von Kastilien. Unsere Handelsschiffe werden unter dem Schutz des Ordensbanners sicher reisen und Gewinn einfahren. Überall werde ich Burgen und Festungen bauen lassen.

»Bringt Ihr auch Neuigkeiten über diese Ritter aus Deutschland? Die Vertrauten des letzten Großmeisters der Templer?«, wandte er sich schließlich direkt an Leoncio Almeida.

Leoncio senkte den Kopf. »Ich bin mir sicher, dass sie dem Aufruf gefolgt sind. Aber die Reise vom Heiligen Römischen Reich nach Portugal ist lang und voller Gefahren.«

Dinis sprang auf, kaum dass der Ritter ausgesprochen hatte. Die Antwort genügte ihm keineswegs. »Glaubt Ihr etwa, ich wüsste das nicht? Natürlich ist der Weg gefährlich, da sie durch Frankreich und Kastilien ziehen müssen. Trotzdem strömen aus ganz Europa Templer in mein Land. Nicht, dass ich etwas dagegen hätte, sie hier aufzunehmen. Der Christusorden wird schließlich mehr als die portugiesischen Ordensritter brauchen, um meine ... äh, seine Interessen zu vertreten, nicht wahr? Er wird Großmeister und Großprior brauchen, einen Großkomtur, Schlüsselbewahrer, Sakristan und Bannerträger. Außerdem Sergeanten und Kapläne.« Er raffte seinen bodenlangen Mantel und schritt mit würdevoll erhobenem Haupt auf den Abt zu. »Gewiss ist es nicht meine Angelegenheit, euch meine Meinung dazu aufzuzwingen, aber ich gehe davon aus, dass ihr für diese verantwortungsvollen Ämter nur die besten Männer im Sinn habt. Männer, die das Vertrauen des letzten Großmeisters genossen und über alle seine Geheimnisse im Bilde waren.«

Dinis wandte sich Leoncio Almeida zu und sagte freundlich:

»Ich gehe davon aus, dass dies auf Euch nicht ganz zutrifft, oder? Ihr mögt Zeuge des Untergangs Eures Ordens gewesen sein, aber besondere Geheimnisse wurden Euch nicht anvertraut!« Er maß ihn mit einem prüfenden Blick, dann schüttelte er den Kopf. »Nein, Ihr wisst weder etwas über das verschollene Geld der Templer noch über ihr bemerkenswertes Geheimarchiv, nicht wahr?«

Dies war mehr eine Feststellung als eine Frage. Sie ließ den dunkelhaarigen Ritter erröten, doch falls er sich durch diese Bemerkung gedemütigt fühlte, ließ er das weder durch Worte noch durch Gesten erkennen.

Der Abt räusperte sich. »In einem Punkt stimme ich mit Eurer Majestät überein«, sagte er. »Ein Orden, der das Erbe der Templer antritt, muss von den klügsten Köpfen geführt werden. Ob aus Portugal oder anderswo. Andernfalls werden seine Feinde ihn vernichten.«

»Und aus diesem Grund möchte ich den Aufbau des Ordens denen anvertrauen, die der verstorbene Großmeister Jacques de Molay für diese Aufgabe vorbereitet hat«, sagte Dinis. Er verschwieg, was er sich noch von der Ankunft dieser Männer erhoffte. Es hieß, sie hüteten ganz besondere Geheimnisse. Wissen, welches den Templerorden einst zur mächtigsten und reichsten Organisation der Welt gemacht hatte. Wenn er es schlau genug anstellte, würden diese Ritter aus seinem Land ein Königreich machen, das Meere und Länder beherrschte. Sie würden säen, er würde ernten. Er würde sie mit Privilegien und Ländereien überhäufen, wenn sie ihm ihre Mysterien verrieten.

Allerdings war es auch nicht weise, Männer wie diesen Leoncio außer Acht zu lassen und zu beleidigen, indem man sie überging. Zweifelsohne verfügte der Ritter über Fähigkeiten, derer sich die Krone bedienen sollte.

»Ich habe einen Auftrag für Euch, Leoncio Almeida«, erklärte

König Dinis. »Ich möchte, dass Ihr Euren Ordensbrüdern aus dem Norden entgegenreitet. Haltet Ausschau nach ihnen und sorgt für ihr sicheres Geleit bis Coimbra. Werdet Ihr das tun?« Der dunkelhaarige Mann tauschte einen raschen Blick mit dem Abt. Es schien König Dinis, als läse er im Mienenspiel beider einen Widerspruch. Doch vermutlich täuschte er sich. Es musste doch auch im Interesse des zukünftigen Visitators des Christusordens sein, dass die einstigen Vertrauten des Jacques de Molay sicher portugiesischen Boden erreichten. Zufrieden ließ er sich wieder auf seinem prächtigen Stuhl nieder und verabschiedete seine Besucher mit einem wohlwollenden Nicken.

Nun galt es nur noch abzuwarten.

XXVII.

SÜDFRANKREICH, HERBST 1318

Während die bewaffneten Reiter näherkamen, blickte sich Prisca nach einer Möglichkeit zur Flucht um. Wenn sie um ihr Leben lief, würde sie vielleicht den Waldrand erreichen. Aber um dorthin zu gelangen, musste sie über die Felder rennen. Dabei würde man sie sehen und verfolgen. Davon abgesehen, durfte sie ihren Großvater nicht einfach zurücklassen.

Hinter ihm war Albin schließlich her. Balthasar musste er zuerst aus dem Weg räumen, wenn er Adaliz zur Heirat zwingen und sich die Ländereien der Familie de Gros unter den Nagel reißen wollte. Kam der alte Mann auf der Flucht ums Leben, konnte es Albin nur recht sein.

Doch wenn der Wald keine Rettung bot, was dann? Sollte Prisca gegen eine Übermacht von Reitern kämpfen? Wenn sie Widerstand leistete, würden die Männer des Bischofs das Gehöft in Brand stecken und alle seine Bewohner wie Vieh erschlagen.

Ehe Prisca noch einen klaren Gedanken fassen konnte, stürzten Mathieu, seine Schwägerin und Marie aus dem Haus. Ihnen folgte Priscas Großvater, der von zwei Knechten des Bauern gestützt wurde, und Raymonds Schwester, die vor Angst völlig aufgelöst war. Wie Balthasar war auch sie in einen Kapuzenmantel aus grober, waidblau gefärbter Wolle gesteckt worden. Einen weiteren Umhang gleicher Farbe trug die Frau des Schmieds über dem Arm. Sie stürzte auf Prisca zu und befahl ihr energisch, sich den Mantel überzuziehen und ihr zu folgen.

Prisca tauschte einen knappen Blick mit ihrem Großvater, der aber ebenso wenig Ahnung hatte, was die Bauern im Schilde führten wie sie.

Die Hundemeute bellte wie irrsinnig, als die kleine Gruppe sich ihrem Verschlag näherte. Mathieu legte einen Finger über die Lippen, dann öffnete er die Tür und gab Prisca und den anderen mit den Augen ein Zeichen einzutreten.

»Vergrabt euch im Stroh«, riet seine Schwägerin. »Und rührt euch nicht!«

Prisca schluckte. Hatte die Frau den Verstand verloren? Von rasenden Hunden zerfleischt zu werden erschien ihr nicht wirklich erstrebenswerter, als Albin in die Hände zu fallen.

Das Knurren, das aus dem Dunkel des Verschlags kam, wurde lauter. Ein paar der Hunde versuchten, sich an ihrem Herrn vorbei ins Freie zu zwängen, doch Mathieu schaffte es mit Hilfe einer langen Stange, sie daran zu hindern.

Raymonds Schwester wich von Grauen erfüllt zurück. Der Kapuzenmantel rutschte ihr dabei über die knochigen Schultern. »Ich kann da ... nicht hineingehen«, stammelte sie. »Die Bestien werden uns zerreißen!«

»Los jetzt, verdammt«, herrschte die Frau des Schmieds sie an. Entschlossen bückte sie sich nach dem zu Boden gefallenen Mantel. »Sie werden gleich hier sein. Wenn ihr uns jetzt nicht vertraut, seid nicht nur ihr verloren, sondern auch meine Tochter. Ich werde nicht zulassen, dass ihr sie ans Messer liefert.« Plötzlich zog sie ein Messer aus ihrer Schütze. Die vormals so freundlich blickenden Augen zogen sich zu Schlitzen zusammen. Mit rauer Stimme befahl sie:»Rein da jetzt, sonst steche ich zu!«

Marie gehorchte als Erste, dann verschwand Balthasar hinter der Stalltür. Sein zerfurchtes Gesicht war gerötet und glänzte verschwitzt, so dass Prisca annahm, dass der Alte Fieber hatte und gar nicht so genau mitbekam, wie ihm geschah. Besser für ihn, dachte Prisca. Sie holte tief Luft und versuchte, das wilde Gebell und Knurren auszublenden. Doch es gelang ihr nicht, den Blick von den spitzen Zähnen, den schäumenden Lefzen und den blitzenden Augen der Tiere abzuwenden, auf die sie sich nun zubewegte. Sie streckte die Hand aus und packte Raymonds vor Angst zitternde Schwester am Handgelenk.

»Legt die Mäntel nicht ab«, rief Mathieu ihr hinterher, dann schlug er die Tür zu, und Prisca wurde von Dunkelheit umfangen.

Wenige Augenblicke später stampfte Maries Mutter vor dem Haus Butter, während aus der nahen Scheuer, in der ihr Mann seine Schmiede eingerichtet hatte, das Geräusch kraftvoller Hammerschläge ins Freie drang.

Als die ersten Reiter das Gatter erreichten, hob sie den Kopf. Eine Magd kam zu ihr gelaufen, beugte sich zu ihr herab und flüsterte ihr etwas ins Ohr.

Sie beobachtete, wie Mathieu und einige seiner Knechte das Tor öffneten, um die Männer auf den Hof zu lassen. Im Nu wimmelte es vor dem Haus und den Stallungen von bewaffneten Kriegern. Hühner und Gänse flatterten aufgeregt durcheinander. Sie lauschte. Aber es schien, als hätten sich zumindest die Hunde beruhigt. Hoffentlich blieb dies auch so.

Mit einem Gebet um Hilfe auf den Lippen strich sie ihre Schürze glatt und ging zum Gatter, wo Mathieu mit einem hochgewachsenen Mann sprach. Dieser schien verwundet zu sein, denn um seinen Hals war ein Verband aus hellem Leinen gewickelt, auf dem ein Blutfleck schimmerte.

Großer Gott, nun wusste sie, wen sie vor sich hatte. Das musste Maries Peiniger sein, der Mann, dem sie es zu verdanken hatten, in der Einöde leben zu müssen und vor dem ihr Kind auf der Flucht war. Sie zwang sich, nicht zum Hundeverschlag zu spähen. Wenn der Schurke Verdacht schöpfte, waren sie alle verloren.

»Hier waren keine Fremden, Herr«, hörte sie ihren Schwager beteuern. Es klang unterwürfig, wie man es von ihm erwartete. Gleichsam schwang in seiner Stimme Verwunderung mit. »Wir würden unser Haus auch nie im Leben Gaunern oder Ketzerpack öffnen!« Mathieu spuckte aus, um seine Worte zu unterstreichen.

»Verdammt«, knurrte einer der Bewaffneten übellaunig. Er hatte ein grobes Gesicht, das von Narben entstellt und von dem ungepflegten Schnurrbart unter der Nase kaum hübscher wurde. Dem Edelmann auf dem Pferd neben ihm warf er einen irritierten Blick zu. »Überall dasselbe. Niemand will sie gesehen haben. Die können sich doch nicht in Luft aufgelöst haben!«

Der Edelmann schüttelte den Kopf. Dann wandte er sich wieder Mathieu zu, wobei er auch Maries Mutter nicht aus den Augen ließ. »Dein Weib?«, wollte er wissen.

»Das Weib meines Bruders. Ich habe seine Familie aufgenommen, weil meine Frau letzten Winter gestorben ist und ich Hilfe brauchte!« Er bekreuzigte sich flüchtig. »Ohne Frau, die im Gehöft nach dem Rechten sieht, geht's nicht, Herr. Da tanzt einem das Gesinde auf der Nase herum. Und Zeit, um wieder eine zu freien, habe ich nicht.«

»Ich bin Albin de Fanion«, sagte der Edelmann, ohne auf Mathieus Bemerkung einzugehen. Die Hufschmiedin bemühte sich, seinem Blick nicht auszuweichen.

»Ich könnte schwören, dass ich dich schon einmal gesehen habe. Woher kommt ihr? Doch nicht aus Castel-Sarrazin?«

»Nein, Herr!« Sie schüttelte den Kopf. Es war zwecklos zu lügen, er würde es herausfinden und sie dann erst recht beargwöhnen. »Wir sind aus Pouillon gekommen, dem Dorf des Herrn de Gros.«

Sie bemerkte, wie es im Kopf des Mannes zu arbeiten begann. »Nun, das nenne ich einen Zufall«, sagte er schließlich mit einem hintergründigen Lächeln. »Wir suchen Balthasar de Gros und ein paar weitere Missetäter, die sich gemeinsam mit ihnen auf der Flucht vor der Justiz und der heiligen Inquisition befinden.«

»Wie mein Schwager Euch schon sagte, Herr …«

»Ja, niemand war hier. Weder Balthasar noch deine Tochter!«

»Ihre Tochter?«, keuchte Mathieu, der wie seine Schwägerin kreidebleich geworden war. »Marie wurde doch von allen Vorwürfen freigesprochen und dient nun der Tochter des Herrn de Gros als Zofe. Hier war sie schon seit Jahren nicht mehr, darauf könnt Ihr Euch verlassen!«

Aus Albins Gesicht wich das Lächeln. Stumm ließ er seine Blicke über das Gehöft wandern, als suchte er nach etwas, um Mathieu der Lüge zu überführen. Dann rief er seine Männer. »Durchsucht das Gehöft, Hütte und Stallungen. Jeden Winkel, in dem sich die Gesuchten verkrochen haben könnten.« Er schwang sich aus dem Sattel. Mit eisiger Miene deutete er auf seinen Hals. »Diese Wunde hat mir deine Tochter beigebracht, Weib! Stell dir vor, dieses armselige Miststück wollte mich töten. Drüben, in der Abtei von St. Jacques ist das geschehen. Und nur, weil ich ihren Herrn, Balthasar de Gros und seine Freunde der Ketzerei überführt habe.« Er machte einen großen Schritt auf die Hufschmiedin zu, die mit vor Angst geweiteten Augen vor ihm zurückwich.

»Meine Schwägerin kann nichts dafür, Herr«, erhob Mathieu mit matter Stimme Einspruch.

»Gewiss nicht, sie ist eine anständige Person, das sehe ich«, sagte Albin ruhig. »Ich bin daher geneigt, dem verwirrten Geschöpf zu verzeihen und Gnade vor Recht ergehen zu lassen.

Sagt mir, wo sie und die anderen sich verkrochen haben, dann lasse ich deine Tochter laufen. Na, ist das ein Angebot? Sie kann sogar wieder in die Dienste der Herrin Adaliz treten, wenn sie mag. Ihrem Ehemann geht es besser, er will sie wiedersehen!«

Mathieu öffnete die Lippen, senkte dann aber den Blick, ohne etwas zu sagen.

»Ich würde Euch gern helfen«, sagte die Hufschmiedin betrübt. »Aber wie sollte ich? Marie ist hier nicht aufgetaucht!«

Albin glaubte ihr nicht. Das stand auf seiner Stirn geschrieben. Entsprechend genau sah er sich im Haus nach Spuren der Flüchtigen um. Misstrauisch roch er an dem Tiegel mit Heilsalbe, die Prisca zur Behandlung der Wunde ihres Großvaters hergestellt hatte. Die Magd, die im Auftrag des Bauern rasch die Kammer gereinigt hatte, hatte sie achtlos auf dem Tisch stehenlassen.

»Die Salbe ist noch warm«, sagte Albin an die Hufschmiedin gewandt. »Ist jemand auf dem Hof verletzt?«

»Ich«, hörte sie jemanden rufen. Auf der Türschwelle stand der Hufschmied und hielt sich die Hand. Ein wenig Blut quoll zwischen den Fingern hervor. »Hab mich heute früh in der Schmiede verletzt. Die Wunde blutet wieder!«

Albin unterdrückte ein Schnauben. Wütend stürmte er an dem Schmied vorbei ins Freie, wo er seine Männer zusammenrief. Ihm war anzusehen, dass er am Ende seiner Geduld angelangt war.

»Wir haben alles abgesucht, Herr, hier ist niemand!«, berichtete der Waffenknecht mit dem groben Gesicht. »Nur dort drüben, in dem Schuppen mit den Bestien, sind wir nicht gewesen!«

Albin folgte dem ausgestreckten Zeigefinger des Mannes zu dem Hundeverschlag, aus dem Jaulen und Knurren drang.

Er runzelte die Stirn. Offensichtlich war er nicht zufrieden damit, dass die Männer ihn von ihrer Suche ausnahmen. Andererseits klangen die Geräusche im Innern nicht sehr ermutigend.

»Meine Hunde sind ziemlich wild«, erklärte Mathieu, der inzwischen mit seinen Verwandten auf den Hof getreten war. Gleichmutig zuckte er mit den Achseln. »Ich bin der Einzige, den sie in ihre Nähe lassen. Sie wurden heute noch nicht gefüttert. Einen Fremden würde die Meute in Stücke reißen, wenn er auch nur die Tür öffnete.«

»Es stimmt, was Mathieu sagt«, sprang der Schmied seinem Bruder bei. »Er liest die Streuner überall auf und bringt sie aufs Gehöft, um aus ihnen gute Spür- und Wachhunde zu machen. Sie dulden ihn, weil er ihnen zu fressen gibt. Aber die Tiere sind unberechenbar und gefährlich. Ich habe meinem Weib und den Kindern verboten, sich vor dem Schuppen herumzudrücken. Schlimm genug, dass diese Biester nachts unbewacht über den Hof streifen dürfen.«

»Schau nach«, befahl Albin dem Waffenknecht, der sogleich kalkweiß im Gesicht wurde. Er tat so, als habe er seinen Herrn nicht verstanden, und blieb stehen, wo er war.

»Wird's bald oder stehst du auf deinen Ohren?«

»Aber Herr, habt Ihr ... nicht gehört? Die Bestien werden mich zerreißen. Warum kann denn keiner von dem Bauerngesindel die Tür öffnen?«

»Dummkopf!«, fuhr Albin dem vor Angst schlotternden Mann über den Mund.

»Dem Kerl ist nicht zu trauen. Er könnte behaupten, der Schuppen sei bis auf seine Bestien leer. Nein, ich bestehe darauf, dass du höchstpersönlich die Tür öffnest, hast du verstanden?«

Sie begaben sich hinüber zum Verschlag der Hunde, die sich immer wilder gebärdeten. Die Tiere schienen zu wittern, dass draußen etwas nicht in Ordnung war. Sie heulten wie Wölfe und kratzten am Holz der Tür. Albins Bewaffnete hielten Lanzen und Knüppel bereit.

»Los jetzt!« Albin stieß seinen Handlanger unnachgiebig auf

die Tür zu, vor der ein schwerer Bolzen dafür sorgte, dass keines der Tiere entkommen konnte. Der Mann schlug den Bolzen zur Seite, dann zückte er sein Kurzschwert. Jemand warf ihm einen Fassdeckel zu, mit dem er Gesicht und Kehle schützen sollte. Mit dem Fuß öffnete er die Tür einen winzigen Spalt. Doch bevor er in den Verschlag spähen konnte, sprangen ihn auch schon zwei Hunde an, als hätten sie auf ihn gelauert. Einer von beiden erwischte ihn am Arm und biss sich fest, der andere schnappte nach seiner Wade. Mit einem gellenden Schrei sprang der Waffenknecht zurück, wobei er stolperte und der Länge nach hinschlug. Er verlor sein Schwert und drosch kreischend und strampelnd mit dem hölzernen Deckel nach dem Kopf des Tieres, das aber rechtzeitig seinen Arm losließ und durch den Türspalt die Flucht ins Innere des Schuppens antrat. Mathieu brüllte etwas, worauf auch der zweite Hund vom Bein des Mannes abließ und sich trollte, noch bevor Albins Knechte mit den Knüppeln bei ihm waren.

Rasch schlug er den Bolzen wieder vor die Tür, bevor weitere Tiere herausstürzen konnten. Dann drehte er sich schulterzuckend zu Albin und seinen Waffenknechten um. Ihr Kamerad lag noch immer keuchend und aus mehreren Wunden blutend zu ihren Füßen. Sein Gesicht war in Grauen erstarrt, doch obwohl er Schmerzen haben musste, gab er keinen Ton von sich. »Ich habe Euch gewarnt, Herr«, sagte Mathieu. Er sah zu, wie zwei der Männer ihren verletzten Gefährten aufhoben und zum Haus schleppten. Seine Schwägerin und eine Magd beschlossen, ihnen zu folgen, um ihre Hilfe anzubieten, aber das erlaubte Albin nicht.

»Ihr bleibt!«, sagte er kalt.

»Aber wir wissen nicht, wo die Menschen sind, die Ihr sucht«, beteuerte die Hufschmiedin händeringend. »Ihr habt es doch gesehen. In dem Schuppen würde niemand überleben.«

Albin lächelte grausam. »Ja, damit hast du vermutlich recht, Weib. Aber ich bin sicher, dass ihr etwas wisst, was ihr mir nicht sagen wollt.« Er drehte sich zu seinen Männern um, die die Schar zusammengetriebener Hofbewohner mit Lanzen in Schacht hielten.

»Da der Bauerntölpel und seine Familie so große Hundeliebhaber sind, dürfen nun sie ihre Gesellschaft genießen! Na los, ihr drängt sie in den Verschlag hinein, einen nach dem anderen. Anschließend brennt ihr das Gehöft nieder.«

Ein Augenblick der Stille folgte. Niemand, nicht einmal Albins Handlanger konnten glauben, was sie soeben vernommen hatten. Doch als allen klar wurde, dass der Mann nicht scherzte, brach offene Panik aus. Die Frauen schrien entsetzt auf, Fassungslosigkeit stand in den Mienen der Männer, die sich plötzlich mit Waffengewalt in Richtung Eingang gedrängt sahen. Selbst Mathieu stockte der Atem. Er hob beide Hände und warf sich vor Albin in den Staub, um ihn um Gnade anzuflehen, wurde aber von einem vierschrötigen Waffenknecht sogleich gepackt und zu den anderen gestoßen. Deren Schreie wurden verzweifelter, das Weinen lauter, als sie mitbekamen, wie sich einige der Knechte am Bolzen der Tür zu schaffen machten.

Aus dem Innern drang unvermindert wütendes Gebell.

Die Hufschmiedin bedeckte schluchzend ihr Gesicht mit der Schürze. Sie schwankte so sehr, dass ihr Mann sie stützen musste. »Wir können nicht … wir können doch nicht so …«, stammelte sie.

»Wartet noch!«, rief Albin plötzlich. Stirnrunzelnd blickte er zwei Reitern entgegen, die mit hoher Geschwindigkeit auf ihn zuhielten. Einer Ohnmacht nahe, schnappte die Hufschmiedin nach Luft. Ihrer Miene nach hatte sie einen der Reiter erkannt.

»Sieh an«, murmelte Albin, als die beiden Männer im Galopp das Federvieh aufscheuchten. »Wenn ich mich nicht täusche, gibt uns der Verwalter des alten Balthasar de Gros die Ehre!« Rasch befahl er seinen Waffenknechten, die Tür des Verschlags wieder sorgfältig zu verriegeln. Wie es aussah, wollte er sich vom Verwalter des Grundherrn nicht bei einer so grausigen Tat beobachten lassen. Mit einem dünnen Lächeln kam er den Männern zu Pferde entgegen, blieb aber in einiger Entfernung von ihnen stehen. Seine Hand berührte den Gurt mit dem Schwert.

»Nanu, was habt Ihr denn hier draußen zu suchen? Solltet Ihr nicht auf dem Gut sein und Eurer Herrin beistehen?«

»Die Herrin Adaliz schickt mich!«, gab Balthasars Verwalter Auskunft. Schwer atmend strich er sich eine Haarsträhne aus der Stirn. Sein Gesicht war vor Anstrengung gerötet und glänzte vor Schweiß. Er musste wie der Teufel geritten sein.

»Sie ist untröstlich, nicht einen Bissen hat sie gegessen, seit sie aus St. Jacques zurück ist. So groß ist ihre Sorge um ihren Vater.« Er machte eine Pause, um zu Atem zu kommen. »Ich kann es immer noch nicht glauben, was mein armer Herr getan haben soll. Dieses elende Ketzerpack muss ihn verhext haben. Ja, anders kann ich mir sein Verhalten nicht erklären. Die Herrin ist derselben Meinung. Sie hat eingesehen, dass dieser Michel de Montloup sich dem Bösen verschrieben hatte. Er und der Bastard, der sich bei uns eingeschlichen und frech behauptet hat, Monsieur Payens Tochter zu sein.« Er spie voller Verachtung zu Boden. »Eine ungläubige Jüdin. Ha, davon kann Monsieur Balthasar nichts gewusst haben, sonst hätte er das Weib zum Teufel gejagt, das möchte ich beschwören. Die Herrin Adaliz hofft, dass ihr Vater mit einer Buße des Bischofs davonkommt, wenn er sich freiwillig stellt.«

»Ist das alles?«, fragte Albin ungeduldig. Inwieweit er dem Mann auf dem Pferd traute, gab seine Miene nicht preis. »Ihr behauptet, Adaliz de Gros habe Euch geschickt, damit Ihr mir eine Botschaft überbringt.«

Der Verwalter strahlte. »Aber ja, gewiss doch! Ich soll Euch in ihrem Namen bitten, mich sogleich zum Gut de Gros zu begleiten. Sie hat über Euren Vorschlag nachgedacht!«

Einen Moment lang sagte Albin gar nichts. Er stand einfach nur da und starrte den Verwalter an, als traue er seinen Ohren nicht. Dann gab er seinen Waffenknechten den Befehl, ihm den Pfad hinunter zum Gatter zu folgen, wo die Pferde grasten. »Wir rücken ab«, ließ er verkünden. Im Gehen wandte er sich zu Mathieu und den anderen um, die ihm mit weit aufgerissenen Augen nachblickten. »Dieses Mal bleibt ihr ungeschoren, aber sollte ich herausfinden, dass ihr den Geflohenen helft, seid ihr alle des Todes!«

Als der letzte Reiter vom Gehöft verschwunden war, befreiten Mathieu und sein Bruder Prisca und die anderen aus dem Verschlag. Dem Hufschmied warf Mathieu eine blaue Pferdedecke über die Schultern, bevor sie den Schuppen betraten.

»Ich kann es kaum fassen«, sagte Prisca, als sie wieder im Freien stand. Geblendet von der Helligkeit des Tageslichts schirmte sie ihre Augen vor den Sonnenstrahlen ab. »Mir schien es so, als würden die Hunde uns nicht einmal wahrnehmen. Wir waren Luft für sie.«

Mathieu nahm ihr lächelnd den Umhang ab und hängte ihn sich über den Arm. »Dafür ist die blaue Farbe verantwortlich. Sie wirkt beruhigend auf sie. Ihr wart nicht in Gefahr, solange ihr die Umhänge getragen und euch still ins Stroh gelegt habt.« Er seufzte tief. »Aber als dieser Albin befahl, uns durch die Tür zu treiben, blieb mir fast das Herz stehen. Schließlich hätte ich ihn kaum bitten können, uns vorher noch ein paar blaugefärbte Decken holen zu lassen.«

Die Hufschmiedin schüttelte den Kopf. Noch immer stand der ausgestandene Schrecken ihr ins Gesicht geschrieben. »Sicher hätte Mathieu ein paar der Tiere bändigen können, weil sie ihn kennen«, jammerte sie. »Aber uns anderen hätte er nicht helfen können. Dieser Bote hat uns gerettet.«

Balthasar de Gros, der ihre Bemerkung aufgeschnappt hatte, machte eine abfällige Geste, die keinen Zweifel daran ließ, was er von seinem Verwalter hielt. »Dieser Kerl hält mich also für verhext«, grollte er. Seine Wut schien ebenso heiß zu lodern wie das Fieber in ihm. »Und er katzbuckelt vor Albin, dass es mir den Magen umdreht!« Er sog die feuchtwarme Luft ein, dann richtete er sich zu seiner vollen Größe auf.

»Ich ahne, was Adaliz vorhat«, flüsterte er Prisca auf dem Rückweg zur Bauernkate zu. »Sie will diesem windigen Verräter doch noch ein Eheversprechen geben. Habe ich recht?«

Prisca hätte wer weiß was darum gegeben, dem alten Mann widersprechen zu können, doch auch sie fürchtete, dass ihre Tante genau dies beabsichtigte.

»Ich muss sofort zum Gut zurück!«

Prisca blieb stehen und biss sich auf die Unterlippe; fassungslos starrte sie ihren Großvater an. Hatte er den Verstand verloren? Abgesehen davon, dass es in seinem Zustand nicht ratsam war, ein Pferd zu besteigen, schien er vergessen zu haben, was ihm zur Last gelegt wurde.

»Papperlapapp«, entgegnete der Alte, als Prisca ihm ins Gewissen zu reden versuchte. »Du hast doch mit eigenen Ohren gehört, was dieser Feigling von Verwalter zu Albin gesagt hat. Vermutlich ist es meinem Vetter, dem Abt von St. Jacques, und Adaliz längst gelungen, den Bischof zu besänftigen. Er wird mir eine Kirchenbuße auferlegen, mehr nicht.«

Und weil sich alle Missverständnisse in Luft aufgelöst haben, willigt Adaliz in eine Heirat mit Albin ein, dachte Prisca. Unmöglich. Ihr Großvater machte sich etwas vor, wenn er glaubte, auf so einfachem Wege wieder Herr seines Gutes werden zu können.

»Albin will nicht, dass Ihr zurückkehrt, begreift das doch«, sagte sie und bedauerte, dass sie dabei so ruppig klang. Nie zuvor hatte sie es gewagt, so mit Balthasar zu sprechen, nicht einmal in der Nacht des Aufruhrs. Doch eine andere Sprache schien der alte Ritter nicht zu verstehen. »Ihr steht zwischen ihm und dem Besitz der Familie de Gros. Wenn Ihr Euch jetzt ausliefert, wird er Euch töten lassen. Vermutlich hat er längst das Gerücht ausstreuen lassen, Ihr seit mit dem Teufel und Ketzern im Bunde. Die Leute werden sich an Payen erinnern ...« Meinen Vater, den Templer, fügte sie in Gedanken hinzu.

Balthasar wollte etwas erwidern, doch noch ehe er ein Wort sagen konnte, erlitt er einen Schwächeanfall und musste von Mathieu, der rasch zu Hilfe eilte, ins Haus getragen werden.

»Er schläft«, erklärte Prisca, als sie wenig später die Tür der kleinen Kammer hinter sich zuzog. »Ich habe nicht das Recht, Euch in Gefahr zu bringen, aber ...«

Die Hufschmiedin unterbrach sie, indem sie die Hand hob. »Ihr habt meiner Marie geholfen, deshalb helfen wir euch. Wenn etwas Zeit vergangen ist, werden wir Maries Ehemann aus dem Dorf holen und gemeinsam nach Bordeaux gehen. Dorthin wird dieser Albin uns gewiss nicht verfolgen. Euer Großvater kann sich solange hier verstecken, aber gegen seinen Willen festhalten können wir ihn nicht!« Ihr Achselzucken gab Prisca zu verstehen, dass Balthasar, auch wenn er von Bewaffneten gesucht wurde, immer noch ihr Grundherr war, dem einfache Leute wie sie keine Vorschriften machen durften.

Prisca verstand das nur zu gut. Zum ersten Mal, seit sie die Heilkunde ausübte, hoffte sie, dass sich die Genesung eines Patienten möglichst lange hinzog.

XXVIII.

Raymonds Rücken schmerzte, als würde er jeden Moment in zwei Teile brechen. Er war nun schon seit fast sieben Tagen unterwegs. Nur nachts gönnte er sich und seinem Pferd eine Rast. Ihm war klar, dass er rasch vorankommen und seinen Auftrag ausführen musste, wenn er Prisca und den anderen helfen wollte. Zu den Schmerzen in seinen Knochen kam noch die Sorge um seine Schwester. Er hatte es gerade noch geschafft, unbemerkt das Gehöft des Bauern von Castel-Sarrazin zu verlassen. Aber wie mochte es seinen Gefährten ergangen sein? Waren sie ihren Verfolgern in die Hände gefallen?

Raymond hatte mit sich gerungen und wäre beinahe umgekehrt, um sie nicht im Stich zu lassen. Doch dann hatte er sich gesagt, dass dies weder Prisca noch seiner Schwester helfen würde. Nein, die einzige Hilfe, die er ihnen leisten konnte, war, die Templer aufzuspüren und zu Prisca zu bringen. Raymond hatte nicht vor, in der Burg dieses ehemaligen Ordensbruders im Norden des Landes zu bleiben. Er musste mit den Templern in den Süden zurückkehren. Dort lag seine Bestimmung. Dort war er geboren worden, und in seiner Heimat wollte er auch sterben.

Am achten Tag seiner Reise waren Raymonds Vorräte aufgebraucht. Das war nicht schlimm, denn ein Mann wie er verstand sich darauf, sich von den Wäldern, durch die er ritt, ernähren zu lassen. Er fand genügend Beeren und essbare Kräuter, um den ärgsten Hunger zu stillen. Doch dann schlug plötzlich das Wetter um und beendete die milden Herbsttage, die es einem Reisenden erlaubten, seine Decke unter Bäumen auszurollen und ein Feuer anzuzünden.

Als Raymond schließlich die Straße nach Paris erreichte, konnte er nicht mehr weiter. Er war vor Hunger geschwächt und fror so sehr, dass seine Zähne klapperten. Auch seinem Pferd durfte er nicht zumuten, bei Wind und Regen weiterzureiten. Also blieb ihm nichts weiter übrig, als die erstbeste Herberge anzusteuern, die an der Landstraße zu sehen war.

Das Gasthaus, das er schließlich betrat, machte keinen einladenden Eindruck. Es war alt und verwahrlost. Im Dach des angrenzenden Pferdestalls prangte ein riesiges Loch, durch das der Regen in eine Tonne fiel. Müde tätschelte Raymond seinem Pferd den Nacken und versprach ihm eine große Portion Heu. Wie aus dem Nichts tauchte plötzlich ein Knecht hinter ihm auf. Der schmuddelige Bursche, kaum älter als zwölf Jahre alt, hielt sofort die Hand auf und grinste Raymond frech an. Erst nachdem eine Münze ihren Besitzer gewechselt hatte, ließ der Knabe sich dazu herab, Raymonds Tier in einen einigermaßen trockenen Winkel zu führen und die Futterkrippe zu füllen.

»Geh schon rein und wärm dich auf«, murmelte er, ohne Raymond dabei anzusehen. »Ist ein verfluchtes Mistwetter heute!«

Sich aufzuwärmen war nicht so leicht, wie Raymond sogleich feststellen musste, als er über die Schwelle des Schankraums trat. Die Wirtsleute sparten eindeutig mit Feuerholz, weswegen ein muffiger Geruch von feuchten Kleidern in der Luft lag. Zudem war es reichlich duster, da auch nur eine dürftige Anzahl Tranlampen brannte. Raymond rümpfte die Nase, während er sich über das zertretene Stroh auf dem Lehmfußboden bewegte. So wie es stank, war es schon lange nicht mehr erneuert worden.

Raymond grauste es davor, die Nacht in diesem Rattenloch zu verbringen, aber wie es aussah, hatte er keine andere Wahl. In solch schäbigen Herbergen gab es für gewöhnlich nur einen Schlafraum für alle, aber keine separaten Kammern. Dafür waren sie billig und einigermaßen trocken. Sobald der Wirt das Spundloch des Wein- oder Bierfasses verschloss und die Lampen löschte, suchten sich die Reisenden einen Winkel im Stroh, wo sie sich in ihre Umhänge oder Decken rollen konnten. In besseren Schenken bestand die Wirtin darauf, die Weiber von den Männern zu trennen, hier, so hatte Raymond den Eindruck, machte man sich diese Mühe nicht.

Der Schankraum war an diesem Abend recht voll. Wohin Raymond auch ging, stieß er auf vollbesetzte Bänke. Einige Männer, die keinen Platz an einem der wackeligen Tische gefunden hatten, hockten auf dem Fußboden und würfelten. Die Schankmägde, die mit Kräuterbier und dampfenden Suppenschüsseln durch die Menge eilten, mussten über ausgestreckte Beine steigen und quietschten teils empört, teils amüsiert, sobald eine Hand sich unter ihre Röcke verirrte. Im ganzen Raum herrschte ein unbeschreiblicher Lärm, der von zwei Spielleuten noch untermalt wurde.

Da niemand für Raymond Platz machen wollte, humpelte er schließlich in eine Ecke, in der er einen Schemel erspäht hatte. Keuchend ließ er sich darauf nieder und versuchte, seinen knurrenden Magen zu ignorieren. Die dicke Suppe, die von den Männern am Tisch gegenüber gelöffelt wurde, roch zugegebenermaßen so verführerisch, dass er sein letztes Hemd für einen Napf davon hergegeben hätte. Dummerweise schien sie außer Zwiebeln, Bohnen und Gerste auch reichlich fetten Speck zu enthalten, denn von Zeit zu Zeit stocherte sich einer der Männer ein sehniges Stück aus den Zähnen und spie es neben sich ins Stroh.

»Bier und was zwischen die Zähne?«

Raymond hob überrascht den Kopf. Vor ihm stand eine der Schankmägde und musterte ihn mit abschätzendem Blick. »Kein Bier, nein ... und auch keine Suppe. Ein Becher Wasser und etwas Brot genügen! Ich ... bin nicht sehr hungrig!« Um seine Worte Lügen zu strafen, knurrte sein Magen. »So?« Misstrauisch zog die Magd die Brauen hoch. »Woher kommst du? So wie du reden doch nur die tief im Süden, oder?« Noch ehe Raymond eine Antwort einfiel, rief die Wirtin nach dem Mädchen. Achselzuckend kehrte sie Raymond den Rücken zu und eilte zu ihrer Herrin. Die würfelnden Burschen stießen sich mit den Ellenbogen an und lachten boshaft. Einer von ihnen prostete Raymond übertrieben zu und nuschelte dabei etwas in seinen Bart. Seinen glasigen Augen nach hatte er schon zu viel Wein getrunken. »Hast wohl nicht genug Geld in der Tasche für so eine feine Schenke«, prustete er. »Nur keine Sorge, wir spendieren dir eine Runde Suppe und Wein. Auch wenn du ein hässlicher Vogel bist.« Er schlug einem seiner Würfelfreunde auf den Schenkel. »Wie wär's, wenn wir ihm auch noch eine Nacht mit der pockennarbigen Barbe bezahlen und dabei zuschauen, wie er sich an ihr abmüht.« Die jungen Männer kreischten vor Lachen.

Raymond rückte mit seinem Hocker so weit von der Schar Betrunkener ab, wie er nur konnte. Genau das hatte er befürchtet. Wenn die Kerle ihn weiter provozierten, würde bald der ganze Schankraum auf ihn aufmerksam werden. Warum hatte er es sich nicht neben seinem Pferd im Stall gemütlich gemacht? Er schloss die Augen und gab vor einzuschlafen. Doch er hatte nicht mit der Hartnäckigkeit der würfelnden Nichtsnutze gerechnet, die offensichtlich froh waren, jemanden gefunden zu haben, den sie quälen konnten.

»He, du Missgeburt«, brüllte da auch schon einer der Betrunkenen. Raymond hörte, wie das Stroh raschelte, und riss die Augen wieder auf. Instinktiv berührte er sein Gürtelband, an dem ein Messer hing. Mit angehaltenem Atem beobachtete er, wie der Mann, eine tönerne Suppenschale in der Hand, auf ihn zu taumelte. Beim Gehen verschüttete er die Hälfte. »Du wurdest von uns eingeladen, also frisst du auch!« Er blieb vor Raymonds Schemel stehen. Einen Augenblick lang grinste er ihn gehässig an, dann neigte er leicht den Kopf und spie in die Schale. »Na los, schlürf das Zeug, oder glaubst du, du hast was Besseres verdient?«

»Der redet nicht mit einem verdammten Hurenbock wie dir, Paul!«, neckte ihn einer seiner Zechgenossen mit schwerer Zunge. »Vielleicht solltest du dir erst die Pfoten waschen, bevor du dich einem Herrn aus dem Süden näherst!«

Der Betrunkene schnappte nach Luft. Er wollte sich einen Spaß mit dem missgestalteten Kerl auf dem Schemel machen und nicht selbst zum Gespött werden. Einen Augenblick sah es so aus, als habe er vor, eine Prügelei mit seinen Kumpanen anzuzetteln. Raymond wäre das ganz recht gewesen. Er war kein Feigling, der sich einfach davonstahl, wenn es brenzlig wurde, doch ihm war auch klar, dass sein Auftrag es ihm nicht erlaubte, den Helden zu spielen. Brach dieser Bursche ihm hier alle Knochen, würde er sein Ziel vermutlich nie erreichen.

Lautlos erhob er sich und wollte schon hinter dem Rücken des aufgebrachten Mannes zur Tür schleichen, als dieser auf dem Absatz herumwirbelte und ihm den Inhalt seiner Schüssel ins Gesicht schüttete.

Angewidert wischte sich Raymond den kalten Gemüsebrei aus den Augen. Die Faust, die auf sein Gesicht zuraste, sah er nicht. Dennoch zog er, einer Ahnung folgend, den Kopf ein und atmete erleichtert auf, als der Hieb seines Angreifers ins Leere ging. Fluchend wollte sich der Mann mit seinem ganzen Gewicht auf ihn werfen, doch wieder war Raymond schneller. Ein gezielt ausgeführter Tritt in die Kniekehle ließ den Betrunkenen vornüberfallen. Mit einem Fluch auf den Lippen schlug er gegen eine der Bänke.

Raymond schnappte sich Beutel und Decke, doch mit seinem lahmen Bein kam er nicht so schnell durch das Gedränge, wie es nötig gewesen wäre. Noch vor der Tür hatte ihn einer aus der Schar der Zechbrüder am Kragen gepackt. Zwei grobe Hände schüttelten und würgten ihn, bis ihm die Luft wegblieb. Obwohl er sich aus Leibeskräften gegen seinen Peiniger wehrte, gelang es diesem, ihn zurück in den finsteren Winkel zu ziehen, wo sein Freund ihn mit einem hasserfüllten Blick erwartete.

»Wir gehen jetzt hinters Haus«, raunte der Mann Raymond zu. »Dort ersäufe ich dich in der Jauchegrube!«

Er hatte die Drohung kaum ausgesprochen, als einer der Reisenden am benachbarten Tisch mit einem ärgerlichen Laut seinen Löffel fortwarf.

»Beim Schweißtuch der heiligen Veronika, was ist das für ein dreckiges, verwanztes Loch, in das du uns geführt hast?«, knurrte er seinen Begleiter, einen hochgewachsenen Burschen mit dichtem Vollbart, an. »Nicht einmal seine Ruhe hat man, während man dieses Schweinefutter herunterwürgt.« Donnernd schlug er seine Faust auf den Tisch. »Das nächste Mal suche ich die Herberge aus, verstanden?«

Die angetrunkenen Jünglinge hielten überrascht inne. Der Bursche, in dessen Griff Raymond zappelte, lachte kurz auf, war aber sofort wieder still, als der Fremde sich ihm mit einem kalten Blick zuwandte. Einen Atemzug lang musterte er ihn mit düsterer Miene. Dann befahl er seinem Reisegefährten: »Sag dem Wicht, er soll den Mann loslassen und sich mitsamt seiner Herde besoffener Schweine trollen, damit wir in Ruhe unsere Mahlzeit fortsetzen können.« Gelassen ergriff er seinen Becher und schwenkte ihn ein wenig. »Der Wein ist so schauderhaft wie die Unterhaltung hier, aber ich denke, weil morgen der Tag des Herrn ist, genehmige ich mir noch einen Schluck!«

An Raymonds Schicksal schien der Fremde nicht weiter interessiert zu sein. Er wandte sich wieder seinem Essen zu und überließ es seinem Begleiter, seine Forderung durchzusetzen.

»Ihr habt doch gehört, was der Ritter gesagt hat!« Ohne mit der Wimper zu zucken, zog der Bärtige sein Schwert aus der Scheide. Dann sprang er über die Sitzbank und kam auf die Schar zugeschritten. Seine Augen funkelten, als freute er sich schon darauf, jeden einzelnen der Störenfriede aufzuspießen. »Lasst den kleinen Kerl los und verzieht euch!«

Die Zecher schnappten jäh ernüchtert nach Luft. Ein bewaffneter Konflikt konnte für sie nur übel enden. Zumal sie zu begreifen schienen, dass es Edelleute waren, die für Raymond Partei ergriffen. Mit solchen Leuten legte man sich nicht an, wenn man am Leben bleiben wollte.

Schweigend bezahlten die jungen Männer dem Wirt, was sie schuldig waren, dann machten sie sich davon.

»Ich danke Euch, Messieurs!« Raymond verbeugte sich vor seinen beiden Rettern, die sich schon wieder ihrer Suppe zuwandten, als sei nichts gewesen. Vermutlich wollten sie einfach nicht belästigt werden. Raymond konnte das gut verstehen. Er beschloss, zu dem Schemel in der Ecke zurückzukehren und sein lahmes Bein auszustrecken. Die Schenke zu dieser Stunde zu verlassen erschien ihm zu gewagt. Sollten die Männer draußen auf ihn lauern, würden sie ihre Drohung gewiss wahrmachen und ihn ersäufen.

Während er noch unschlüssig dastand, sah er, wie der bärtige Fremde auf einen Wink seines Freundes zur Seite rückte. Mit herabgezogenen Mundwinkeln winkte er ihn herbei.

»Nun komm schon«, sagte der Ältere mit vollem Mund und deutete auf den freigewordenen Platz auf der Bank. Sein Französisch war gespickt mit deutschen und lateinischen Brocken und daher nur schwer zu verstehen. Dennoch begriff Raymond, dass er soeben eingeladen worden war, sich zu den beiden Reisenden zu gesellen.

»Besser als dein Schemel«, brummte der Bärtige kauend. Seinem Gesicht nach war er nicht unbedingt glücklich damit, dank der Großzügigkeit seines Freundes die Bank teilen zu müssen, aber er fand sich rasch damit ab und füllte Raymond sogar einen Becher mit Wasser. Der ältere Ritter reichte ihm ein Holzbrett, auf dem zwei frischgebackene Weizenmehlfladen lagen. Beide waren bereits angebissen, doch das störte Raymond nicht. Er war so ausgehungert, dass er die Stücke in Windeseile herunterschlang und die letzten Bissen mit Wasser nachspülte.

»Ich hätte die Suppe auch verschmähen sollen«, murmelte der Ritter. Seufzend hielt er sich den Bauch. »Aber wer wie wir dem Hungertod oft so nahe war wie wir damals im Heiligen Land, ist nicht mehr besonders wählerisch.«

Raymond hob die Augenbrauen. »Ihr habt im Heiligen Land gegen die Sarazenen gekämpft?«, fragte er. Ja, dem Alter der beiden nach zu urteilen, war es möglich, dass sie die Schlacht um Akkon miterlebt hatten.

Der Ritter bestätigte es durch ein knappes Nicken. »Aber das ist lange her. Wir müssen damit leben, dass wir die heiligen Stätten verloren haben. In absehbarer Zeit wird kein Pilger mehr den Ort sehen können, an dem unser Erlöser sein Leiden vollendete.«

»Amen«, brummte sein bärtiger Freund und biss in einen Apfel.

Eine Weile sagte niemand ein Wort, dann fragte der Ritter plötzlich: »Und du? Was ist mit dir? Deinem okzitanischen Akzent nach liegt deine Heimat im Süden, richtig?«

Raymond errötete. Unaufrichtig zu sein war ihm verhasst, doch zu seinem Schutz hatte er es sich angewöhnt, so wenig wie möglich von sich und seiner Herkunft zu erzählen. Die Herren stammten nicht aus Frankreich, daher war die Gefahr gering, dass sie ihn als Anhänger einer vom Papst verteufelten Sekte entlarvten. Dennoch galt es, auf der Hut zu sein. Das Haus de Montloup durfte er nicht erwähnen, denn auch wenn er es für unwahrscheinlich hielt, war es nicht ganz ausgeschlossen, dass die Nachricht vom Tod des angeblichen Ketzers Michel de Montloup ihn auf dem Weg nach Norden überholt hatte.

»Wenn du aus der Provinz Aquitanien stammst, hast du möglicherweise schon einmal von einem Landedelmann namens Balthasar de Gros gehört?«

Die Frage kam so überraschend, dass Raymond sich verschluckte. Was um alles in der Welt veranlasste zwei ihm völlig unbekannte deutsche Edelleute, ihn so viele Tagesreisen von zu Hause nach Priscas Großvater zu fragen? Solche Zufälle gab es einfach nicht. Oder doch?

Raymond dachte nach. War es möglich, dass die beiden zu den Männern gehörten, die er in Priscas Auftrag um Hilfe bitten sollte? Den Templern? Ihrer Ansicht nach waren die ja schon auf dem Weg nach Aquitanien.

»Darf ich fragen, was Euch zu Balthasar führt?«, erkundigte er sich vorsichtig. »Wer schickt Euch zu ihm?«

Der Ritter lächelte, während er ein mehrfach gefaltetes Stück Papier aus seinem Gürtel zog. »Uns hat ein Brief vom Gut des Grundherrn erreicht«, sagte er. Er schob das Blatt über den Tisch und erlaubte Raymond, einen Blick darauf zu werfen. Raymond konnte die Schrift nicht lesen, doch er horchte auf, als der Name Benedicta von Rosenfeld fiel. Ja, nun erinnerte er sich. Vor seiner Abreise hatte Prisca ihm den Namen der Äbtissin eines Klosters in Deutschland genannt und ihm aufgetragen, sich auf sie zu berufen. Als Beweis dafür, dass er auch wirklich von Prisca geschickt worden war.

Und nun zeigten die Männer ihm tatsächlich einen Brief, den Prisca an die besagte Nonne geschrieben hatte.

»Ihr seid es also wirklich«, rief er erfreut aus. »Die Freunde von Priscas Vater Payen? Das grenzt ja an ein Wunder!« Die beiden Männer tauschten erstaunte Blicke, dann nickten sie mit ernster Miene.

»Gott muss unsere Schritte hierher gelenkt haben«, pflichtete der Ritter ihm bei. Mit einem Fingerschnippen rief er den Wirt herbei und bestellte einen weiteren Krug Wein. »Aber vom Besten, wenn ich bitten darf! Schließlich haben wir etwas zu feiern!« Raymond blickte sich verstohlen im Schankraum um. Zu seiner Erleichterung hatte sich dieser inzwischen weitgehend geleert. Die Spielleute hatten ihre Sackpfeifen eingepackt, und viele der Reisenden schnarchten schon weinselig im Stroh. »Wo sind die anderen Herren? Das Mädchen sprach von sieben Templern!«

»Wir hielten es für sicherer, nicht alle zusammen zu reisen, sondern uns als Pilger getarnt in kleine Gruppen aufzuteilen«, räumte der Ritter leise ein, nachdem er einen Schluck aus seinem Becher genommen hatte. »Frankreich ist das Land, in dem unser Orden am heftigsten verfolgt wurde. Auch wenn Philipp IV. seit vier Jahren tot ist, dürfen wir kein Risiko eingehen.«

Das sah Raymond ein. Rasch berichtete er, was sich in St. Jacques und in den Tagen darauf zugetragen hatte.

Geduldig hörten die Männer ihm zu, ohne ihn einmal zu unterbrechen. Als sie erfuhren, dass Prisca vor dem Nachbarn ihres Großvaters in den Wald hatte fliehen müssen, schüttelten sie erbost die Köpfe.

»Hat sie es denn noch geschafft, etwas von ihrer Habe zu retten?« Der Ritter klang plötzlich aufgeregt. »Denk nach! Vielleicht ist dir etwas aufgefallen. Ein Gegenstand aus purem Gold? Ein kostbarer Kelch mit Edelsteinen besetzt oder ein Schrein?«

Raymond überlegte, doch er konnte sich beim besten Willen

nicht erinnern, dass Prisca auf der Flucht etwas dieser Art bei sich gehabt hatte. Gewiss wäre ihm das aufgefallen.

»Dann muss das Mysterium noch immer im Haus des alten Mannes sein«, flüsterte der Ritter seinem Gefährten zu. »Wir müssen es finden, bevor die anderen eintreffen!« Raymond lauschte, verstand jedoch kein Wort. Die Andeutungen der Fremden irritierten ihn. In ihren Blicken lauerte etwas, das ihm bisher nicht aufgefallen war, ihn nun aber erschreckte: Gier. Beging er einen Fehler, indem er ihnen den Weg zu Mathieus Gehöft zeigte? Sein Argwohn legte sich jedoch, als der Bärtige ihn mit einem freundlichen Schulterklopfen schlafen schickte.

»Keine Angst, Raymond«, sagte der Mann mit einem eindringlichen Lächeln. »Ich werde Wache halten, damit sich keiner in diesem Loch an dir oder deiner Habe vergreift. Wir brauchen dich schließlich als Führer!«

»Wir brechen noch vor Tagesanbruch auf«, verkündete sein Gefährte. Er warf Raymond eine wärmende Wolldecke zu und zeigte ihm den Weg zu der kleinen Kammer, die er vom Wirt für die Nacht gemietet hatte. Diese war feucht, der Schimmel fraß sich durch das Flechtwerk, und es roch muffig wie in einer Gruft. Doch im Gegensatz zum Schankraum war der gestampfte Lehmboden mit frischem Stroh und sauberen Binsen bedeckt.

»Ihr habt mir noch nicht Euren Namen verraten«, sagte Raymond zögernd.

Der Ritter hob überrascht die Augenbrauen. »Ach wirklich? Wie gedankenlos von mir. Du kannst mich Jakobus von Hahnheim nennen!«

Damit ergriff er die Kerze, schlug die Tür von außen zu und ließ Raymond im Dunkeln zurück.

XXVIX.

Vom Fenster ihrer Kammer aus sah Adaliz zu, wie die Männer und Frauen auf dem Hof ihrer Arbeit nachgingen, als sei nichts geschehen. Für sie war jeder Tag gleich, ob der Herr nun da war oder nicht. Keiner ahnte, wie es ihr dabei ging. Der Wind fuhr durch ihr offenes Haar und ließ sie frösteln, trotzdem bewegte sie sich nicht vom Fleck. Seit ihrer Rückkunft hatte sie kaum einen Fuß vor die Tür gesetzt, daher blieb der Blick aus dem Fenster ihre einzige Verbindung zur Welt dort draußen, vor der Tür des *Donjons*. Sie ertrug die mitleidigen Blicke der Mägde und Knechte ebenso wenig wie die aufgesetzte Freundlichkeit des Verwalters. Einmal hatte der Mann an ihre Tür geklopft, um ihr mitzuteilen, wie er sich die Bewirtschaftung des Guts vorstellte. Wie konnte er das nur wagen? Er tat fast so, als ob ihr Vater tot wäre. Sie hatte nicht geöffnet, sondern nur geschrien, er solle sie in Frieden lassen und warten, bis der Herr zurück sei. Sie wollte niemanden sehen, sondern mit ihrer Trauer um Michel allein sein. Und mit dem Kummer und mit ihrem Zorn. Auf ihn, der sie in St. Jacques verlassen hatte, bevor sie das Eheversprechen hatte geben können, auf ihren Vater, der einfach verschwunden war, und auf Prisca.

Prisca die Jüdin, zu der ihr Vater sich vor dem Bischof, dem Abt und vielen Würdenträgern bekannt und damit die ganze Familie lächerlich gemacht hatte.

Von plötzlicher Wut übermannt, ballte sie die Hände zu Fäusten.

Als die Schafe durch das Tor getrieben wurden, löste Adaliz ihren Blick vom Hof und begab sich zu ihrem Betschemel. Sie versuchte, sich auf ihre Gebete zu konzentrieren, doch es gelang ihr nicht, weil ihre Gedanken abschweiften. Immer wieder ließ sie sich den Augenblick durch den Kopf gehen, der ihr Leben auf derart groteske Weise auf den Kopf gestellt hatte. Sie versuchte zu verstehen, was Michel dazu bewogen haben mochte, Ketzern Unterschlupf zu gewähren. War ihm nicht bewusst gewesen, welch schreckliche Sünde das war?

Noch weniger begriff sie ihren eigenen Vater. Da hatte dieser jahrelang mit dem Entschluss seines Sohnes gehadert, Ritter des Templerordens zu werden. Und nun widersetzte er sich der Kirche und floh gemeinsam mit den Ketzern und ...

Prisca! Adaliz hob den Blick und starrte das Kruzifix an der Wand an. Sie wusste nicht, was sie von ihrer Nichte halten sollte. War sie wirklich schuld an dem Unheil, das über ihre Familie hereingebrochen war? Nun, Albin behauptete das zumindest, und Adaliz war zu erschöpft, um ihm zu widersprechen. Seiner Ansicht nach war dem Mädchen nicht zu trauen.

Tief in Gedanken überhörte Adaliz das Klopfen an ihrer Tür und schrak zusammen, als Albin plötzlich vor ihr stand.

»Warum antwortest du nicht?«, rügte er sie. »Ich mag es nicht, wie ein dummer Junge vor deiner Kammer warten zu müssen.«

Ich habe dich überhaupt nicht hereingebeten, wollte Adaliz sagen, aber selbst dafür fehlte ihr die Kraft. Die Augen fielen ihr fast zu vor Müdigkeit, dabei kam es ihr so vor, als würde sie seit ihrer Rückkehr aus der Abtei von St. Jacques immerzu schlafen. Auf dem Tisch lagen einige Briefe vom Vetter ihres Vaters, der sich in besorgtem Ton nach ihrem Befinden erkundigte. Keinen davon hatte sie beantwortet.

»Verzeih mir«, antwortete sie, ein Gähnen unterdrückend. »Ich fühle mich nicht recht wohl. Vermutlich liegt es an der Sorge um meinen Vater.« Schwerfällig erhob sie sich und stellte entsetzt fest, dass ihre Knie zitterten wie bei einem alten Weib. Was bei allen Heiligen war nur mit ihr los?

»Irgendetwas Neues von ihm?«, erkundigte sie sich, obwohl Albins verschlossene Miene ihr nicht gerade Hoffnung machte.

»Keine Spur! Weder von ihm noch von deiner Nichte oder den Ketzern. Dabei haben meine Leute die ganze Gegend nach ihnen abgesucht. Ich vermute, dass jemand sie versteckt hält.« Er trat zu Adaliz und hauchte einen Kuss auf ihre Hand.

»Hast du nicht in jedem Dorf verkünden lassen, dass der Bischof von Pamiers so großmütig ist, meinem Vater zu verzeihen, wenn er nur zurückkehrt?«, drang Adaliz in ihn. Der Gedanke, dass Balthasar verletzt und verzweifelt in irgendeinem Versteck verschmachtete, schmerzte sie wie ein Messerstich. Sie musste ihm helfen. Aber wie? Erneut überfiel sie ein so heftiges Schwindelgefühl, dass sie sich setzen musste.

»Du isst nicht genug«, bemerkte Albin mit einem kritischen Blick auf den Teller mit Brot und Weintrauben, welcher seit den frühen Morgenstunden unberührt neben Adaliz' Bett stand. »Ich möchte nicht, dass du bei unserer Trauung zusammenbrichst!«

Adaliz starrte ihn verwirrt an. Trauung? Ach ja, nun erinnerte sie sich wieder. Sie hatte Albin versprochen, seine Frau zu werden. Wie die Dinge lagen, musste sie dankbar dafür sein, dass er sie noch wollte. Sie, die Braut eines Ketzerfreundes, den ein Gottesurteil dahingerafft hatte. Die Tochter eines Aufrührers. Die Tante eines jüdischen Bastards.

Von welcher Seite man es auch betrachten mochte: Adaliz war zum Gespött der Provinz geworden und konnte es sich nicht länger erlauben, wählerisch zu sein.

»Vielleicht wurde Vater längst von den Ketzern umgebracht«,

sagte sie mit tonloser Stimme. »Sie haben ihn verhext, damit er ihnen zu fliehen half. Aber danach brauchten sie ihn nicht mehr!«

Albin umschlang ihre Hüfte und küsste sie so stürmisch, dass sie glaubte, in Ohnmacht fallen zu müssen. »Du brauchst dir keine Sorgen zu machen«, raunte er ihr sanft ins Ohr, während er sie zu ihrem Bett trug und die Vorhänge auseinanderzog. »Der Besitz deines Vaters ist bei mir in guten Händen. Wenn du erst einmal mein Weib bist, brauchst du dich um nichts mehr zu kümmern.«

Ohne eine Antwort abzuwarten, drückte er Adaliz in die Kissen und löste die Schnüre ihres Kleides.

Die Sonne war längst untergegangen, als Albin die Augen aufschlug.

Adaliz lag still neben ihm. Die dünne Leindecke bedeckte kaum ihre nackten Brüste: die Kälte ihrer blassen Haut erinnerte ihn an einen Fisch. Aber sie atmete regelmäßig.

Und so wird es bleiben, dachte er, während er nach Tunika und Beinkleidern griff, die er vor dem Bett ausgezogen hatte. Wenigstens bis nach der Hochzeit.

Vor dem *Donjon* wurde trotz der vorgerückten Stunde noch gearbeitet. Die Handwerker, die Albin beauftragt hatte, sägten und hämmerten im Schein von Fackeln, die den gesamten Hof und auch einen Teil des *Donjons* in ein gespenstisches Licht tauchten. Maurergesellen eilten mit Mörteleimern und Kellen durch die Nacht. Schnüre mit Knoten wurden als Maß gespannt und ausgelegt. Der Mauerbau machte Fortschritte.

Eine Weile sah Albin dem Treiben auf der Baustelle zu. Nicht mehr lange, und eine prächtige Mauer würde das Gut vor allen Eindringlingen schützen. Und Adaliz daran hindern, es ohne seine Erlaubnis zu verlassen. Doch wie es aussah, würde sie diese Kammer ohnehin nicht mehr verlassen. Mit Triumph dachte er daran, dass es ausgerechnet Michel de Montloup gewesen war, der die niedergerissene Umzäunung so schnell wie möglich hatte ersetzen wollen. Doch die Mauer war nicht das einzige Bauwerk, das Albin vorschwebte. Als Nächstes würde er das niedergebrannte Haus des Verwalters wiederaufbauen, dazu eine Reihe neuer Viehställe und Scheunen. Vielleicht ließ er den alten *Donjon* abreißen und an seiner Stelle ein neues, größeres Herrenhaus errichten. Dummerweise brauchte man dafür viel Geld. Schon die Mauer kostete ein Vermögen. Der armselige Tropf von einem Verwalter lag ihm ständig damit in den Ohren, dass die Handwerker bald die Arbeit einstellen würden, wenn man ihnen den Lohn schuldig blieb.

»Du musst doch wissen, wo dein Vater sein Geld aufbewahrt«, drängte er Adaliz, als er ihr beim Nachtmahl gegenübersaß. Einer Laune folgend, hatte er sie überredet, ihm Gesellschaft zu leisten. Doch zu seinem Ärger hörte sie ihm kaum zu. Stattdessen stocherte sie mit mattem Blick in ihrem Essen herum. Trotz des Kaminfeuers und des warmen, pelzverbrämten Mantels über ihren Schultern schien sie zu frieren.

»Ich denke nur an deine Sicherheit!« Wütend beugte er sich über die Tafel. »Oder würde es dir gefallen, wenn demnächst wieder Bauern versuchen würden, dich zu überfallen?«

Adaliz hob den Blick, als erwachte sie soeben aus einem düsteren Traum. Ein schwaches Lächeln umspielte ihre Mundwinkel. »Verzeih, ich war mit meinen Gedanken woanders. Ich muss immer wieder daran denken, wie ich die Übereinkunft zwischen unseren beiden Vätern verbrannt habe, weil ich glaubte, Michel wäre der richtige Mann für mich und nicht du.« Sie griff nach ihrem Becher, setzte ihn dann aber doch nicht an die Lippen.

»Warum hast du nicht auf dein Recht bestanden, sondern mich das Schriftstück verbrennen lassen?«

Mit einem Seufzer schüttelte er den Kopf. »Ich wollte mich deinem Vater nicht widersetzen. Außerdem nahm ich an, dass du Michel de Montloup geliebt hast. Ich hielt ihn für einen Ehrenmann.«

»Prisca war der Meinung, dass du es aus einem anderen Grund getan hast«, sagte sie. »Aber ich komme beim besten Willen nicht darauf, welcher das war.« Adaliz stellte den Becher ab und befühlte mit der flachen Hand ihre Stirn. »Ich vergesse so viel. Ist das nicht eigenartig?«

»Diese Prisca solltest du schleunigst vergessen!«, forderte Albin in beleidigtem Ton. »Wer ist sie schon? Einer von Payens Bastarden, noch dazu von einer Ungläubigen. Sie hätte sich nie in die Familie eines Edelmannes eingefügt, selbst wenn sie in St. Jacques die Taufe angenommen hätte. Vermutlich ist sie längst über alle Berge.«

Adaliz widersprach ihm. »Sie würde den Schmuck ihrer Mutter nicht hier zurücklassen. Er scheint ihr viel zu bedeuten. Sie wollte ihn mir nicht einmal borgen, als ich sie darum bat.«

Albin nahm Adaliz' Geplapper zunächst nicht ernst, erst als sie darauf beharrte, wurde er hellhörig. Eine Schatulle mit kostbaren Schmuckstücken? Wenn es die wirklich gab, brauchte er sich wegen der Bezahlung der Arbeiter an der Mauer keine Sorgen mehr zu machen.

»Du weißt also, wo sich diese Kassette befindet?« Albin packte Adaliz am Arm und riss sie unsanft aus ihrem Lehnstuhl. »Na los, zeige sie mir!«

Adaliz nahm eine Kerze und führte Albin die sich in die Tiefe windende Treppe hinunter, bis sie zu den Vorratskammern im Keller des *Donjons* kamen. Albin musste den Kopf einziehen, um ihn sich nicht an der niedrigen Decke zu stoßen. Hier unten herrschte eine Kälte, die ihm durch Mark und Bein drang.

Adaliz öffnete eine der Türen und hob die Kerze, da es in dem

Raum dunkel wie im Bauch eines Fisches war. »Nachdem das Verwalterhaus niedergebrannt war, hat Vater ihr erlaubt, hier unten zu schlafen«, flüsterte sie, obwohl außer ihnen niemand da war.

Albin ließ seine Blicke durch die Kammer wandern. Im schwachen Schein der Kerze erkannte er die Umrisse einiger Fässer, die ordentlich aufgereiht an der Wand standen. Er schnupperte. Ein scharfer, aber keineswegs unangenehmer Geruch von Essig und herben Kräutern lag in der Luft.

Auch Adaliz sah sich um. »Kein gastlicher Ort«, meinte sie kleinlaut. »Ich hätte Prisca einen Platz in meiner Schlafkammer geben sollen. Hier unten ist es so feucht und …«

»Das Biest verdient dein Mitleid nicht«, knurrte Albin schroff.

»Aber sie ist meine Nichte!«

»Und ich bin derjenige, der von nun an im Haus de Gros das Sagen hat. Gewöhn dich besser gleich daran, dann muss ich dich nicht bei jeder Gelegenheit daran erinnern!« Energisch zog er den Strohsack von dem Bettkasten, auf dem Prisca geschlafen hatte. Die Decken und Felle warf er achtlos zu Boden. Dann schlitzte er den Sack auf und durchwühlte ihn. Er fand nichts.

»Hier ist keine Kassette!« Aufgebracht schleuderte er das grobe Sackleinen in einen Winkel, dass der Staub beiden in die Kehle drang. Adaliz hustete.

»Allmählich glaube ich, du hast sie dir nur eingebildet!«

Beleidigt verschränkte Adaliz die Arme vor der Brust. Ihr Blick fiel auf die Heilkräuter, die in ordentlichen Bündeln von der Decke herabhingen. Ihrer Nichte war nicht viel Zeit geblieben, ihren Vorrat an Arzneien wieder aufzustocken. Die wenigen Pflanzen musste sie kurz vor ihrer Abreise nach St. Jacques auf den Wiesen rund um das Gutshaus gesammelt und getrocknet haben. Und die Kassette? Hatte sie sie bei einem ihrer Streifzüge vergraben? Nein, das war ausgeschlossen, denn auf Befehl des Grundherrn hatte sie das Gut nicht ohne Begleitung eines bewaffneten Knechts verlassen dürfen. Die Kassette musste hier sein. In dieser Kammer. Mit Ausnahme von Adaliz war jeder auf dem Gut davon ausgegangen, dass Prisca bettelarm und auf mildtätige Gaben angewiesen war. Sogar Balthasar. Demnach musste sie nicht befürchten, dass jemand den Raum nach Wertgegenständen absuchte.

Plötzlich bemerkte Albin, wie sich Adaliz' Miene aufhellte. Ihr war offensichtlich eine Idee gekommen. Er beobachtete, wie sie auf die Fässer an der Wand zuschritt. Ja, natürlich, dachte er. Ein Fass. Wenn er etwas hätte verstecken wollen, hätte er sich auch ein leeres Fass gesucht. Gespannt beobachtete er, wie Adaliz sich am Deckel des ersten Fasses zu schaffen machte. Vergeblich. Auch beim zweiten hatte sie kein Glück. Das dritte Fass hingegen ließ sich öffnen. Dem Geruch nach schien es einmal Essig enthalten zu haben, nun aber war es leer. Adaliz leuchtete mit der Kerze über den Rand. Ja, sie irrte sich nicht, da war etwas. Ganz unten, am Boden des Fasses erkannte sie einen unförmigen Sack. Sie griff danach, doch ihre Arme waren nicht lang genug, um es heraufzuziehen.

»Zur Seite«, befahl Albin. Es dauerte nur einen Moment, bis er den Sack zu fassen bekam.

Vor Balthasars großem Kamin zerschnitt er wenig später die Stricke, die um die Öffnung des Sackes geschnürt worden waren. Er griff hinein und schrie auf. Mit schreckerfüllter Miene zog er die Hand zurück.

»Verflucht, was ist das?«

Adaliz stieß einen keuchenden Laut aus und sah zu, wie Albin seine Hand ausschüttelte. An dieser nagte ein hässliches Untier von einem Fisch, kugelrund und so groß wie der Kopf eines Neugeborenen. Das Biest biss natürlich nicht wirklich zu, denn es war tot. Aber es wies kaum Spuren von Verwesung auf und glotzte aus den glasigen Augen noch genauso mordgierig wie zu Lebzeiten. Die spitzen Zähne, die aus seinem Maul ragten, schienen sich in Albins Hand zu bohren, um sie zu verschlingen.

Albin schlug seine Hand auf den Tisch, um den Kadaver samt Widerhaken loszuwerden. Mit einem Wutschrei beförderte er das Untier schließlich ins Feuer.

»Du blutest«, stellte Adaliz mit einem flüchtigen Blick auf Albins malträtierte Finger fest. »Bedauerlich, dass Prisca nicht hier ist. Sie könnte eine ihrer Salben auf die Wunde schmieren.«

»Ja, bedauerlich«, tobte Albin. »Für diese heimtückische Falle würde ich deiner lieben Nichte am liebsten den Hals umdrehen!«

Missmutig wischte er sich die blutenden Finger an seiner Tunika ab, dann wandte er seine Aufmerksamkeit dem schmutzigen Sack auf dem Tisch zu. Als er ihn schließlich vorsichtig über dem Tisch ausschüttete, kam ein abgegriffener, verschrammter Holzkasten zum Vorschein, wie Handwerker ihn zuweilen für ihr Werkzeug verwendeten. Er war unverschlossen; der Deckel ließ sich leicht abheben.

»Oh?« Adaliz blickte Albin über die Schulter. »Keine Ketten oder Armreife? Nicht einmal ein kleiner Goldring?«

Auch Albin runzelte die Stirn. Von allen Seiten betrachtete er sich seinen Fund. Nicht gerade das, was er erwartet hatte, aber immerhin bestand das Ding aus purem Gold und war daher zweifellos eine Kostbarkeit.

Es war alt, uralt sogar, wie Albin sofort erkannte. Den eingravierten Schriftzeichen und Symbolen auf der Umrandung nach war es nicht in Frankreich, sondern im Orient hergestellt worden, und zwar von einem Goldschmied, der etwas von seinem Handwerk verstand. Der Deckel war mit kostbaren Smaragden und Rubinen besetzt, die das Licht des Kaminfeuers in einer geradezu betörenden Weise zurückwarfen. Albin hatte nie zuvor solch strahlende Steine gesehen. Es musste eine besondere Bewandtnis damit haben. Aber welche? Und warum hatte Payens Tochter es vorgezogen, in bitterer Armut zu leben, als sich von dem goldenen Gefäß zu trennen? Von seinem Erlös hätte sie wie eine Fürstin leben können.

Es war Adaliz, die ihn nach einer Weile auf ein paar Pergamente aufmerksam machte, die ganz zuunterst im Kasten, versteckt unter einem Stück geöltem Leinen lagen. Sie mussten ebenfalls Prisca gehört haben und für sie so wichtig gewesen sein, dass sie sie zusammen mit dem Gold versteckt hatte.

Albin nahm alle Bögen heraus und nahm sie mit zum Kamin, wo er sich abmühte, einige davon zu entziffern. Die meisten waren nicht in okzitanischer, sondern in lateinischer Sprache abgefasst, gingen aber zu Albins Enttäuschung mit keinem Wort auf das goldene Gefäß ein, sondern behandelten heilkundliche Fragen und die medizinischen Erkenntnisse jüdischer und persischer Ärzte, deren Werke Prisca offensichtlich in ihrer Heimat studiert hatte. Nichts, was Albin interessierte.

Dann gab es noch Kopien aus dem Evangelium des Lukas, samt Randbemerkungen. Soweit Albin verstehen konnte, beschrieben alle Texte das Auftauchen der Heiligen drei Könige und ihre Gaben. Prisca hatte dazu eigene Gedanken zu Papier gebracht, doch unglückseligerweise nicht in Latein.

»Das ist Hebräisch«, murmelte Adaliz in vorwurfsvollem Ton. »Im Judenviertel von Speyer ist Prisca mit dieser Sprache aufgewachsen. Aber Vater hatte ihr streng verboten, sie hier auf dem Gut zu benutzen. Er verlangte, dass sie alles vergisst, was mit ihrer Vergangenheit zu tun hat und sich stattdessen auf ihren Unterricht in der christlichen Lehre konzentriert.«

»Das hat sie offensichtlich nicht getan«, murmelte Albin abwesend. »Wüsste zu gern, was sie als Jüdin ausgerechnet an der Geschichte der Weisen aus dem Morgenland fasziniert und hier ...« Er deutete auf die Abschrift eines Bibeltextes, die aus dem Skriptorium eines Klosters hätte stammen können. Der Name des Evangelisten Lukas, der in diesem Auszug als *geliebter Arzt* bezeichnet wurde, war mit schwarzer Tinte unterstrichen.

»Der Bastard deines Bruders muss von dem Evangelisten Lukas und seiner Erzählung der drei Weisen geradezu besessen sein. Sie hat Nachforschungen über ihn angestellt. Zu dumm nur, dass ich das meiste von dem, was sie geschrieben hat, nicht lesen kann.«

Adaliz schien etwas entdeckt zu haben. Aufgeregt deutete sie auf einen der letzten Bögen. Unter einem vierzeiligen hebräischen Text waren Kohlestiftzeichnungen zu sehen. Sie stellten Menschen dar, die in ehrfurchtsvoller Haltung kostbare Gaben überreichten. »Das sieht doch aus wie unser Gefäß, nicht wahr? Aber dem Bild nach gibt es noch mehr davon.« Vor Staunen weiteten sich die Augen der jungen Frau. Dann bekreuzigte sie sich. »Das sind die Geschenke, die Jesus Christus von den weisen Männern zu Bethlehem erhielt. Prisca hat eine wertvolle Reliquie in diesen Sack versteckt.« Sie streckte die Hand nach dem goldenen Gefäß aus, doch Albin war schneller.

»Wenn das wahr ist, dann war diese heilige Reliquie lange genug in den Händen eines Weibes«, sagte er. »Ich will mir gar nicht vorstellen, was die Jüdin damit im Sinne hatte. Gewiss nichts Gutes.« Er dachte nach, bis sich ein Schimmer der Erkenntnis über seine Gesichtszüge legte. »Nun wissen wir aber auch, wie sie an das kostbare Stück gekommen ist!«

Adaliz zuckte ratlos mit den Schultern. Während der letzten Stunde hatte sie sich so gut es nur ging zusammengerissen und verdrängt, wie schlecht es ihr ging. Nun aber kehrten ihre Müdigkeit und Erschöpfung umso gnadenloser zurück.

»Dein Bruder Payen muss es ihr anvertraut haben, bevor er starb!« Albin hauchte die Rubine und Smaragde an und polierte sie anschließend mit dem Ärmel seiner Tunika. »Das bedeutet, dass diese Reliquie jahrzehntelang von den Templern gehütet wurde. Ja, so muss es gewesen sein.« Unvermittelt ließ er sich in Balthasars geschnitzten Lehnstuhl fallen und brach in schallendes Gelächter aus. Adaliz starrte ihn teils missbilligend, teils neugierig an.

»Begreifst du denn nicht?«, rief Albin gut gelaunt, nachdem er sich wieder gefangen hatte. Hastig leerte er einen Becher Wein. Dann fuhr er fort: »König Philipp hat den Templerorden vernichten lassen, weil er sich dessen Schatz unter den Nagel reißen wollte. Woraus ihr wahrer Schatz besteht, hat er niemals erfahren! Die Templer haben keinen abstoßenden Götzenkopf angebetet, wie die Einfaltspinsel von der Inquisition behaupteten. Nein, sie haben sich das Geheimnis der Gaben aus dem Morgenland zunutze gemacht.«

Er umfasste das goldene Gefäß mit beiden Händen und hielt es hoch über seinen Kopf wie ein Priester den Messkelch. »Seit über hundert Jahren zerbricht sich die Christenheit den Kopf darüber, woher der ungeheure Reichtum der Templer stammt. Ihr militärisches Geschick und ihr Wissen. Und ausgerechnet im Gepäck einer armseligen fremden Jüdin finden wir die Antwort darauf.« Er senkte die Stimme und flüsterte in beschwörendem Tonfall: »Hast du den Templern zu Macht und Reichtum verholfen? Wirst du für mich dasselbe tun?«

Adaliz' zweifelnder Blick holte ihn auf den Boden der Tatsachen zurück. »Du hast aber nur eines der Gefäße«, erklärte sie »Schau dir die Skizzen an, die Prisca angefertigt hat! Demnach gibt es mehr als nur diese eine Reliquie!«

Verdammt, sie hatte recht. Albin zweifelte keinen Moment lang daran, dass die Templer mehr als nur eine der Reliquien besessen hatten. Er begann wie ein gefangenes Tier im Raum auf und abzugehen. Dabei sann er darüber nach, wie rasch die Dinge sich doch ändern konnten. Noch vor einer Stunde war Balthasars

Besitz der höchste seiner Wünsche gewesen. Doch angesichts dieser neuen Entwicklungen erschien ihm der alte Rittersitz mit seinem jämmerlichen Dorf und den umliegenden Ländereien kaum noch der Rede wert. Priscas Reliquie unterschied sich von all den anderen, die in den Kirchen zu bestaunen waren oder wegen denen Pilgerfahrten unternommen wurden. Das spürte er, je länger er den Glanz der Edelsteine sowie die Schriftzeichen auf sich wirken ließ. Sie schienen ihm etwas zuzuflüstern und seinen Geist mit Balsam zu benetzen.

Wie geblendet schloss Albin die Augen und atmete tief durch, um wieder zu Verstand zu kommen. Gab es dieses eine Gefäß, so existierten auch die anderen beiden. Irgendwo. Wenn er sie fand, war er ihr Herr, so wie einst die Templer.

Er würde sie zwingen, sich ihm zu offenbaren.

»Wie willst du die beiden anderen Gefäße finden?«, gab Adaliz zu bedenken. Sie sah sich noch einmal die Zeichnungen auf dem Pergament an, doch nach einer Weile rollte sie das Blatt ratlos zusammen und legte es in den Kasten zurück.

Albin lächelte. »Wenn Prisca auf diese eine Reliquie aufgepasst hat, wette ich, dass sie auch über das Versteck der anderen im Bilde ist. Sie wird es mir verraten, sobald sie zurück ist.«

»Zurück?« Adaliz blinzelte nervös. Ein paar Strähnen ihres hellen Haars hatten sich aus dem Zopf gelöst und tanzten um ihre trübe blickenden Augen. »Wieso sollte sie zurückkehren und sich in Gefahr bringen?«

»Oh, das wird sie, keine Sorge!« Albin lächelte. »Denk an all ihre medizinischen Aufzeichnungen, und mit wie viel Leidenschaft sie um das Leben dieses Bauern im Dorf gekämpft hat. Wenn sie erfährt, dass ein Mitglied der Familie, die sie so großzügig aufgenommen hat, auf den Tod erkrankt ist, wird sie kommen! Und ich werde dafür sorgen, dass sie es erfährt. Ich habe den Verdacht, dass die Sippe deiner davongelaufenen Zofe auf diesem Gehöft bei Castel-Sarrazin mehr weiß, als sie zugeben will.«

Adaliz starrte ihn entsetzt an. Sie öffnete den Mund, um etwas zu sagen, doch es gelang ihr nicht. Nur ein Röcheln erkämpfte sich den Weg durch ihre Kehle. Albins Worte hallten wie ein Echo in ihrem Verstand wider. Auf den Tod erkrankt ...

»Du ...?«, stammelte sie. »Jetzt begreife ich, warum ich mich so schwach fühle.« Ihr Blick fiel auf den Becher auf dem Tisch, aus dem sie getrunken hatte. »Du hast mir etwas gegeben, so wie vor mir ... Michel!« Sie stieß einen verzweifelten Schrei aus. »Es war kein Gottesurteil! Du hattest entschieden, dass er verschwinden muss! Und mein Vater ... und Prisca?«

Albin beantwortete ihre Frage, indem er einen seiner Waffenknechte rief, die vor der Tür Wache hielten. In den vergangenen Tagen hatte er die meisten von Balthasars Dienern durch seine eigenen Leute ersetzt.

»Bring die Herrin in ihre Kammer und bewach sie gut!«, befahl er. »Du bürgst mit deinem Leben dafür, dass sie ihre Gemächer nicht mehr verlässt!«

XXX.

Je tiefer die Templer in den Süden Frankreichs vordrangen, desto mehr schien Baudouin sich zu verändern. Wenigstens kam es Primus und Quartus, die ihren Gefährten genauestens im Auge behielten, so vor. War er an einem Tag heiter und zu Scherzen aufgelegt, so zog er sich am nächsten völlig in sich zurück, um schwermütig vor sich hin zu brüten.

Rémy erinnerte die jungen Männer daran, wie hart es für Baudouin gewesen war, nach dem Überfall auf das Ordenshaus der Hauptstadt und auch später, nach den Prozessen gegen den Orden, in Paris zu überleben. Baudouin hatte nie viel darüber gesprochen, aber Rémy wusste, dass es eine schwierige und sehr entbehrungsreiche Zeit gewesen war, die Baudouin nur dank seiner Anpassungsgabe gemeistert hatte. Um nicht als untergetauchter Templer erwischt zu werden, hatte er sich verstellen, lügen und stehlen müssen. Oftmals hatte er nicht länger als eine Nacht am selben Ort zugebracht, weil er befürchten musste, verraten zu werden. Dazu kam noch etwas, das wohl kaum einer bei einem Mann wie Baudouin vermutet hätte: die Qual des schlechten Gewissens. Während ihm die Flucht gelungen war, waren Dutzende seiner Ordensbrüder verhaftet und in die Kerker der Stadt geworfen worden. Die Erinnerung daran schien ihn nun, da er tagtäglich Menschen in seiner Muttersprache reden hörte, wieder mit aller Kraft heimzusuchen.

Was Primus über Baudouins Vergangenheit wusste, genügte nicht annähernd, um sich ein Urteil zu bilden, dennoch vermutete er, dass dieser seit seinem Eintritt in den Templerorden mit dem geforderten Gebot des Gehorsams rang. In Palästina, auf Zypern und auch später war er für den Tempel und für seine Kameraden durch die Hölle gegangen, aber die Regeln hatte er dabei nicht immer eingehalten. Dasselbe galt allerdings nicht nur für ihn, sondern auch für Rémy, Hugo und Gottfried. Von Payen, der eine Tochter gezeugt, und Lermond, der dem Orden nun endgültig den Rücken gekehrt hatte, ganz zu schweigen.

»Was hast du?« Quartus schien Primus schon länger beobachtet zu haben. Er lenkte sein Pferd heran und fiel in einen gemächlichen Trab. »Denkst du wieder über Baudouin nach?«

Primus schüttelte den Kopf. Nein, nicht nur Baudouin galt seine Sorge. »Ich begreife einfach nicht, warum Rémy und die anderen überhaupt als Hüter des Mysteriums ausgewählt wurden. In meiner Kindheit auf dem Tempelhof sah ich jeden Tag, wie die Ritter mit dem Schwert oder der Lanze übten. Sie ritten in Spähtrupps aus oder kümmerten sich um die Bewirtschaftung der Güter. Sie führten ein frommes und gleichzeitig kämpferisches Leben. Aber wenn ich mir Hugo oder Gottfried so ansehe, kann ich einfach nicht glauben, dass sie sich immer noch nach einem Leben in einem strengen Ritterorden sehnen.« Er hielt kurz inne, um nach den richtigen Worten zu suchen. »Ich habe den Eindruck, dass keiner der Herren auch nur im Traum daran dächte, nach Portugal zu ziehen, wenn es das Mysterium nicht gäbe.«

Quartus legte beschwörend einen Finger auf seine Lippen. Dabei spähte er verstohlen zu Rémy, der vorausgeritten war, um sich nach einer Unterkunft für die Nacht umzuschauen. Ihre Flaschen waren fast leer und mussten dringend wieder aufgefüllt werden. Dasselbe galt auch für den Proviant. Baudouin, der behauptete, den Pilgerweg nach Compostela, an dem sie sich orientierten, im Schlaf zu kennen, schwor bei seinem Schwert, dass sie noch vor Einbruch der Nacht auf eine von Mönchen betriebene Herberge für Pilger stoßen würden. Doch durch das Blätterdach der Laubbäume fielen schon die letzten Strahlen der untergehenden Sonne, und noch war weit und breit kein Hinweis auf eine menschliche Behausung zu sehen. Seit mehr als vier Stunden hatte weder ein Karren noch ein Reiter ihren Weg gekreuzt. Der Wald schien kein Ende zu nehmen. Totenstille breitete sich aus. Selbst Baudouin wurde allmählich unruhig.

»Du meinst, Rémy wäre besser beim Markgrafen von Brandenburg geblieben und Gottfried bei seinen Büchern?«, flüsterte Quartus. »Nun, möglich, dass sie dort ein bequemeres Leben hätten. Aber vergiss nicht, dass jeder von ihnen dem letzten Großmeister einen heiligen Eid geschworen hat, das Mysterium mit seinem Leben zu beschützen. Wenn wir die dritte Reliquie gefunden und nach Portugal gebracht haben, können wir immer noch entscheiden ...«

»Entscheiden, ob wir bleiben oder wieder gehen wollen?« Primus verzog sein Gesicht. Daran glaubte er nicht. Seine Gefährten würden ausnahmslos in den Christusritterorden eintreten, soviel stand für ihn fest. Allerdings schien noch keiner der Männer daran gedacht zu haben, dass es nur einen Großmeister geben konnte. Wer hatte vor, das Mysterium zu beanspruchen, um sich als Erbe Jacques de Molays dieses Amt zu sichern? Bis heute hatte ein einziges Ziel die Männer geeint: das Mysterium zu schützen und damit ein altes Versprechen einzulösen.

Was würde geschehen, wenn das Mysterium erst einmal angekommen und den Portugiesen vorgelegt worden war? Würde aus Brüdern Gegner werden? Rivalen? Feinde gar?

Primus mochte sich das nicht vorstellen, weil der Gedanke ihn traurig machte. Doch aus der Luft gegriffen war er nicht. Die

Männer mit all ihren Stärken und Schwächen sah er nicht nur als Freunde, sondern auch als die Familie, die er niemals gehabt hatte. Davon abgesehen, fragte er sich, ob die portugiesischen Ritter sie einfach so akzeptieren würden, nur weil ihr König Dinis dies so wollte. Würden sie nicht versuchen, die fremden Templer, die sich an die Spitze ihres Ordens zu setzen versuchten, loszuwerden?

Und dann war da auch noch Prisca, die in Primus' Gedanken herumgeisterte. Nachdem das Mädchen gemeinsam mit dem Mysterium aus seinem Leben verschwunden war, hatte er sich bemüht, nicht allzu oft an sie zu denken. Die Prisca von Speyer, die er einst auf dem alten Tempelhof kennengelernt hatte, hatte ihn nämlich stärker erregt als jede andere Frau, der er zuvor begegnet war. Doch ihm war auch rasch klargeworden, dass es gefährlich war, Gefühle für sie zuzulassen. Sie lebten in verschiedenen Welten, zwischen denen es keine Verbindung zu geben schien. Um sich selbst zu schützen, hatte er sich in seine Arbeit gestürzt und alles gelernt, was ein aufmerksamer Knappe wissen musste. So war Priscas Bild im Laufe der Jahre verblasst, und er hatte sich damit abgefunden, sie niemals wiederzusehen.

Nun war alles anders gekommen. Noch bevor der Winter begann, würden sie Payen de Gros' Heimat erreichen, und wenn das Schicksal es so wollte, würde er dort Prisca wieder begegnen.

Prisca. Ein wunderschöner Name, fand er. Ob sie sich sehr verändert hatte? Immerhin lebte sie ja inzwischen wohlbehütet im Schoß ihrer neuen Familie. Einem adeligen Rittergeschlecht. So sehr Primus ihr dieses Leben bei den Verwandten ihres Vaters auch gönnte, so schwer fiel es ihm auch, sich Prisca als sittsames Edelfräulein vorzustellen, das seine Tage mit Näh- und Stickarbeiten verbrachte. Ob sie noch immer die Heilkunst ausübte?

Er atmete die würzige Waldesluft ein und stellte sich dabei die Frage, ob Prisca manchmal an ihn gedacht hatte. Sie waren einander zu einer Zeit begegnet, als er noch kein Ritter, sondern ein einfacher Knecht gewesen war. Ein Bote, der von Thomas Lermond ausgeschickt worden war, um einen der sieben Templer zu suchen. Seite an Seite hatten sie gegen den Inquisitor gekämpft, der die Überlebenden des Ordens von Ort zu Ort gejagt hatte, und auch gegen die finsteren Pläne des Bischofs von Magdeburg. Er erinnerte sich noch gut daran, wie sie ihn beschworen hatte, an seinem Traum von einem besseren Leben festzuhalten. Was sie wohl sagen mochte, wenn sie erfuhr, dass er am Hof des Markgrafen von Brandenburg den Ritterschlag empfangen hatte? Würde sie sich für ihn freuen?

Und wie würde sie es aufnehmen, wenn Rémy und die anderen plötzlich auftauchten und die dritte Reliquie des Mysteriums von ihr forderten? Primus wusste nur wenig über die Kräfte, die den heiligen Gefäßen der Weisen innewohnten, doch nach allem, was er mit den Templern erlebt hatte, hegte er die tiefe Überzeugung, dass das Mysterium selbst sich seine Wächter aussuchte. Nach den Sieben hatte es sich für Prisca entschieden, daher war es nun an ihr, über sein weiteres Schicksal zu bestimmen. Keiner der Ritter hatte sich jemals die Frage gestellt, ob Prisca das letzte Gefäß freiwillig herausgeben würde, damit sie mit ihm in Portugal einen neuen Ritterorden aufbauen konnten.

Primus' Gedanken wurden von Rémys Horn unterbrochen. Drei dumpfe Töne zerschnitten die Stille des Waldwegs.

»Die Herberge«, rief Quartus erleichtert, als er hinter einer Wegbiegung eine Ansammlung von Hütten erspähte. Rauch stieg aus den Kaminen in den Himmel. »Dem Herrn sei Dank, es gibt sie noch! Wurde auch Zeit. Ich bin am Verhungern und könnte ein Kalb am Spieß verdrücken!«

Die Männer lachten. Sie erreichten das Pilgerquartier, das Baudouin beschrieben hatte, vor Einbruch der Dunkelheit. Müde folgten sie dem Strom der Pilger, die sich singend durch das Tor in einen weiträumigen Innenhof schleppten. Dieser Hof war ummauert und so vollgestopft mit Menschen, dass man aufpassen musste, nicht angerempelt zu werden. Primus betrachtete das baufällige Gebäude, vor dem Mönche die Reisenden in Empfang nahmen, mit Skepsis. Es schien ihm nicht nur heruntergekommen, sondern baufällig zu sein. Das Dach war nicht mit Stroh, sondern mit roten Schindeln bedeckt, die schon reichlich locker saßen und knirschten, sobald der Wind darüberstrich. Aus den zum Hof hin geöffneten Fenstern quoll weißer Rauch. Vermutlich wimmelte es im Innern der Schlafquartiere nur so von Wanzen und Flöhen, derer man nun durch das Ausräuchern der Räume mit Wacholderfeuer Herr zu werden versuchte, bevor die Lampen gelöscht wurden. Zwei spindeldünne Mönche fegten mit Reisigbesen ganze Haufen stinkenden Strohs zur Tür hinaus. Darin lagen auch einige tote Ratten und Mäuse. Die meisten Pilger störte weder der Rauch noch das Ungeziefer. Alles, wonach sie sich sehnten, war ein Stück Brot und ein Fleckchen, auf dem sie ihre Decke ausrollen konnten.

Primus und Quartus schlossen sich ihnen an, doch als sie an der Tür anlangten, merkten die jungen Männer, dass Rémy zurückblieb.

»Keine Horde Sarazenen bringt mich dazu, da drinnen zu schlafen«, rief er. »Lieber übernachte ich unter freiem Himmel, als in dieser Räucherkammer zu ersticken.«

Primus kannte Rémys Abneigung gegen enge Räume zur Genüge. Er ertrug es einfach nicht, eingesperrt zu sein. Dies ging auf seine Zeit als junger Tempelritter in Palästina zurück. Wie Baudouin ließ auch Rémy alte Geschichten lieber ruhen, doch es war allgemein bekannt, dass er bei der Verteidigung der Festung Akkon von einstürzenden Mauern verschüttet und nur durch ein Wunder gerettet worden war.

»Von mir aus könnt ihr euch von den Flöhen beißen lassen, ich werde dort drüben mein Glück versuchen!« Rémy deutete auf eine Stelle unweit des Tores, wo einige Pilger sich mit dem Aufschlagen von Zelten plagten, was bei dem immer stärker werdenden Wind ein mühsames Unterfangen darstellte. Baudouin und Hugo, die es auch nicht in das dunkle, völlig überfüllte Quartier im Langhaus zog, entschieden kurzerhand, ihn zu begleiten, und schließlich begab sich die ganze Gruppe zu den Zelten. Dort jedoch blieb Rémy wie angewurzelt stehen.

»Bleibt fort von uns«, warnte eine hohe, singende Stimme.

»Gütiger Jesus«, entfuhr es Hugo. Erschrocken bekreuzigte er sich. »Das sind ja Aussätzige!«

Primus bekam eine Gänsehaut. Tatsächlich waren die Gesichter und Hände der Pilger dick geschwollen und mit hässlichen, geröteten Schwären und Pusteln bedeckt. Blutbefleckte Lumpen waren nachlässig um Knöchel und Köpfe gewunden worden. Kein Wunder, dass man den Menschen befohlen hatte, sich von den Unterkünften der übrigen Wanderer fernzuhalten und hier draußen an der Mauer ihr Lager aufzuschlagen. Sie konnten von Glück reden, dass man sie nicht gleich verjagt hatte, doch vermutlich würde sie dieses Schicksal ereilen, sobald das Durcheinander auf dem Hof sich gelegt hatte.

Primus schluckte sein Unbehagen hinunter. Auch wenn viele Priester Aussatz als Gottesstrafe ansahen und das Schicksal der so Gezeichneten als mahnendes Beispiel heranzogen, um den Menschen ins Gewissen zu reden, taten ihm die Unglücklichen leid. Vermutlich suchten sie Rettung, indem sie zum Grab des heiligen Apostels Jakobus pilgerten. Am liebsten hätte er Hand angelegt, um ihnen beim Aufbau ihrer im Wind flatternden Planen aus Ziegenhaut zu helfen. Es sah ganz nach Regen aus, und wenn sie bis dahin nicht fertig waren, würden sie zu allem Überfluss auch noch nass bis auf die Knochen werden.

Rémy legte ihm eine Hand auf die Schulter und schüttelte den

Kopf. Schweigend sah er zu, wie Baudouin aus einiger Entfernung ein paar Worte mit den Pilgern wechselte.

»Merkwürdig«, berichtete er kurz darauf. »Die Leute schwören, sie seien noch völlig gesund gewesen, als sie vor zwei Tagen Bordeaux verließen. Und nun fühlen sie sich, als würde ihnen die Haut in Streifen vom Körper fallen.« Er warf Gottfried, der schon seit Tagen schweigend vor sich hinbrütete, einen provozierenden Blick zu. »Na, Bruder Bücherwurm, warum straft Gott sie, obwohl sie doch so viele Entbehrungen und Mühen auf sich nehmen, um zum Grab des Heiligen zu wandern?«

Gottfrieds Miene verfinsterte sich. »Deine Frage sollte eher lauten: Warum straft er nicht uns? Wir hätten seinen Zorn gewiss mehr verdient, denn wir geben nur vor, Pilger zu sein. Das ist eine Sünde, da sind sich Kirchenlehrer einig! Aber wisst ihr was?« Er blickte herausfordernd in die Runde. »Je länger ich darüber nachdenke, desto irrsinniger kommt mir das alles vor.« Er holte tief Luft, ließ sich aber auch von Rémys und Quartus' bestürzten Mienen nicht davon abhalten, zu sagen, was ihm auf dem Herzen brannte. »Ich bin mir nicht mehr sicher, ob wir das Mysterium überhaupt nach Portugal bringen sollten!«

Sieh an, dachte Primus überrascht. Demnach bin ich nicht der Einzige, der seine Zweifel hat.

»Aber warum denn nicht?«, rief Rémy stirnrunzelnd. »Wir haben einen Pakt geschlossen, es zu beschützen. Wir waren uns alle einig, dass dies unsere Berufung ist. Unser Großmeister hat uns zu diesem Zweck ausgewählt.«

Primus fuhr sich nachdenklich über den Bart, der seit ihrer Abreise von Vaucouleurs deutlich gewachsen war. Anders als Rémy und Baudouin war er ohne jede Erfahrung, und als Templer erkannten ihn die anderen nur an, weil er in ihre Geheimnisse eingeweiht war. Gewiss wäre es daher klüger gewesen, sich aus dem Streit der Männer herauszuhalten, doch er schaffte es nicht, seine

Zunge im Zaum zu halten. »Also wirklich behütet haben wir die drei Gefäße schon seit Jahren nicht mehr«, sagte er. »Wir wussten ja nicht einmal, was aus ihnen geworden war. Wir haben uns damit zufriedengegeben, dass Payens Tochter uns die Verantwortung für die Reliquien abgenommen hat. Aber keiner von uns hat sich die Mühe gemacht, nach ihnen zu forschen. Und nun liefern wir die Reliquien den Portugiesen aus, damit sie uns in ihren neuen Orden aufnehmen. Mit anderen Worten: Anstatt uns von den Gefäßen der Heiligen führen zu lassen, benutzen wir sie für unsere Zwecke. Ob das im Sinne der Weisen wäre?«

»Unsinn«, knurrte Baudouin erbost. »Die Gründung des Christusordens ist ein Fingerzeig des Herrn. Sie ist mit dem Stern vergleichbar, welcher die Weisen einst aus dem Morgenland zum Stall nach Bethlehem führte.«

Gottfried zog die Kapuze über den Kopf. »Vergiss nicht, dass es in der Geschichte auch einen König Herodes gab, der die Begeisterung der Sterndeuter missbrauchte und ein Blutbad unter Unschuldigen anrichtete.« Er ließ seine Blicke über den Hof schweifen. In nächster Nähe schrie ein Maulesel, weil eine Horde barfüßiger Mädchen mit vor Schmutz starrenden Gesichtern vor ihm Grimassen schnitt. Erst als ein dicker Mann mit einem Korb dünner Brotfladen seinen gewaltigen Bauch an ihnen vorbeischob, ließen sie das Tier in Ruhe und wandten sich ihm zu. In der Hoffnung, ihre Mägen mit seinem Brot füllen zu können, umtanzten sie bettelnd den Dicken, bis der sie mit barschen Worten zu den Unterkünften jagte. Der Mann war nicht krank, jedenfalls sah er nicht danach aus, schien aber mit den Pilgern an der Mauer verbunden zu sein, denn obwohl auch er keinen von ihnen berührte oder ihrem Lager aus Fellen und Decken auch nur einen Schritt zu nahekam, brachte er ihnen zu essen.

»Hast du ihn gefunden?«, hörte Primus einen der Kranken fragen. Es war ein hagerer Mann, der seine Gesichtszüge unter einem breitkrempigen grauen Pilgerhut versteckte. »Den jungen Medicus? Einer der Mönche hat gesagt, dass er schon seit zwei Tagen hier sei, um sich um die Kranken zu kümmern!« Der Dicke versprach, sich umzuhören, und entfernte sich. »Hörst du mir zu?« Rémys scharfer Ton holte Primus aus seinen Gedanken. »Ich sagte, dass ich niemanden von euch zwingen werde, mich nach Portugal zu begleiten. Wer umkehren will, dem steht es frei, zurückzureiten und ein neues Leben zu beginnen.« »Es würde mich nicht wundern, wenn Gottfried den Schwanz einzöge«, sagte Baudouin mit kaum verhohlener Häme. »Er trat dem Templerorden doch nur bei, weil sein Bruder das von ihm erwartete. Und Primus ...« Er musterte den jungen Mann von Kopf bis Fuß, als sähe er ihn heute zu ersten Mal. »Tapfer und wagemutig ist er ja, aber er hat nicht begriffen, dass für uns als Ordensbrüder der Gehorsam an oberster Stelle steht. Ich hätte mich als junger Bursche nicht getraut, in Gegenwart älterer Ritter das Maul aufzumachen.« Er schnaubte. »Ob wir mit einem solchen Haufen dem Christusorden Ehre machen würden ...«

Primus presste die Lippen aufeinander und schluckte die Entgegnung, die schon auf seiner Zunge lag, herunter. Was war nur in Baudouin gefahren? Seit sie auf französischem Boden waren, war er mürrisch, ja fast griesgrämig, was gar nicht zu dem heiteren Mann passte, dem für gewöhnlich der Schalk im Nacken saß. Irgendetwas hier schien ihn innerlich in Aufruhr zu versetzen. Es war gewiss angebracht, ihn im Auge zu behalten.

»Reißt euch gefälligst zusammen«, mahnte Rémy, wobei er sowohl Primus als auch Gottfried und Baudouin ansah. »Mir ist bewusst, dass wir alle müde und gereizt sind, aber keinem von uns ist geholfen, wenn wir einander an die Gurgel gehen. Können wir uns darauf einigen, dass wir ein gemeinsames Ziel haben, nämlich die drei Reliquien wieder zusammenzuführen? Wenn ja, dann können wir jetzt endlich schlafen gehen!«

Quartus kam ihnen entgegengelaufen. Er hatte auf Rémys Befehl die Tiere mit Hafer und Wasser versorgt und dann die Pilgerunterkünfte untersucht. Als er seine Gefährten sah, hob er mit betrübter Miene die Hand. »Ich wurde von den Quartiermeistern abgewiesen«, erklärte er ohne Umschweife. »Drinnen gibt es keinen Platz mehr! Wir haben zu lange gezögert.«

»Wir?«, beschwerte sich Hugo van Haarlem. »Ich gewiss nicht!« Alle Blicke richteten sich auf Rémy, der unangenehm berührt den Kopf einzog. Zu allem Überfluss begann es zu regnen.

Vor dem Tor stand ein pausbackiger junger Mönch, der gelangweilt Suppenreste aus einem Kessel kratzte. Als Baudouin ihn in seiner Muttersprache auf eine Schlafgelegenheit für sich und die anderen ansprach, schüttelte er den Kopf. »Wenn ihr hierbleibt, werdet ihr im Freien übernachten müssen. Unser bescheidenes Quartier ist diesem Ansturm nicht gewachsen.« Mit seinem Holzlöffel zeigte er auf die Landstraße, die sich wie ein Gürtel durch die leicht hügelige Landschaft schlängelte. »Wenn ihr dem Weg folgt, kommt ihr ins nächste Dorf. Eine Taverne gibt es dort nicht, aber wenn ihr sagt, dass die Pilgerquartiere überfüllt waren, lässt man euch vielleicht in einer Scheune übernachten.« Plötzlich hob er irritiert den Blick.

»Warum starrst du mich an wie vom Donner gerührt, Bruder?«, brummte Baudouin, wobei er sich des okzitanischen Dialekts der Region bediente, den er seit seiner Jugend beherrschte. Hastig murmelte der Mönch eine Entschuldigung, dann fuhr er fort, den Kessel zu reinigen. Er bot den Männern keine Schale Suppe an und hob erst wieder den Blick, als Baudouin sich in Richtung der Ställe davonmachte.

Primus und die anderen folgten ihm nachdenklich.

Der Mönch wusste nicht genau weshalb, aber er atmete erleichtert auf, als er die Männer aus dem Hof reiten sah. Eher kehrt der

Papst von Avignon nach Rom zurück, bevor ich glaube, dass die nach Compostela unterwegs sind, dachte er kopfschüttelnd. Während er sich noch mit dem Kessel abplagte, bemerkte er, wie ein junger Bursche das Langhaus verließ. Er kannte ihn, denn er hatte ihm tags zuvor selbst eine Strohschütte zugewiesen und etwas zu essen gebracht, weil er eine schmerzende Stelle an seinem Fuß aufgestochen und mit Salbe behandelt hatte. Es hieß, er sei heilkundig. Nun, zumindest half sein Kräuterbalsam. Anders als die Pilger, die noch vor den ersten Winterstürmen das Grab des Apostels erreichen wollten, befand er sich auf dem Weg nach Norden.

»Solltest du nicht schlafen?«, fragte der Mönch. »Manch einer würde dich um dein Nachtlager beneiden. Soeben musste ich eine Gruppe Männer fortschicken. Reisende aus Deutschland, wobei der eine Franzose war. Vielleicht auch besser, dass sie nicht geblieben sind. Pilger waren das eh nicht, eher Edelleute. Vielleicht aber auch Geistliche. Das heißt ...« Er schüttelte den Kopf. »Nein, wohl eher doch nicht. Jedenfalls kam mir der eine recht seltsam vor. Sein Gesicht erinnerte mich an jemanden, den ich als Kind einmal gesehen habe.«

Der junge Mann richtete seinen Blick auf das Tor. Es war noch nicht ganz dunkel, doch schon wurden dort von einigen Knechten Fackeln entzündet, welche die Nacht hindurch zu brennen hatten. Aus dem Langhaus drang das Gemurmel der Pilger ins Freie. Viele beteten monoton, andere schnarchten bereits.

»An wen hat er Euch denn erinnert?«, erkundigte sich der junge Mann nachdenklich.

Der Mönch starrte ihn irritiert an. Auf einmal hatte er keine Lust mehr, sich zu unterhalten. Er wollte nur noch hineingehen, die Tür schließen und seine Gebete sprechen.

»Ich habe mich geirrt«, rief er und bekreuzigte sich im Gehen. »Dieser Mann würde niemals hierherkommen. Der Teufel meidet geheiligte Stätten, merk dir das!«

XXXI.

Primus kam mit nacktem Oberkörper und nassen Haaren in die Hütte gelaufen, in der er und seine Gefährten die Nacht verbracht hatten. Prustend schüttelte er sich. »Hat dich jemand kopfüber in die Regentonne getaucht?« Mit einem spöttischen Grinsen warf Baudouin ihm seinen Kittel zu und machte ihm auf der Bank Platz.

Er hat offenbar gut geschlafen, dachte Primus, während er sich abtrocknete. Jedenfalls erschien der Franzose ihm bei weitem nicht mehr so griesgrämig wie tags zuvor.

Wie der Mönch in der Pilgerunterkunft es ihnen geraten hatte, hatten die Templer in einem der winzigen Bauerndörfchen entlang des Wegs nach einer Unterkunft gefragt und gleich in der ersten Hütte ein Lager gefunden. Der Töpfer, dem sie gehörte, hatte das Geld, das Rémy ihm auf den Tisch warf, eingesteckt und sich mitsamt Frau und Kinderschar in die Scheune zurückgezogen. Für sechs Männer war es in der Hütte eng gewesen, aber nicht einmal Rémy hatte sich darüber beklagt, zumal das Weib des Töpfers ihre bescheidene Unterkunft tadellos sauber hielt. Im Gegensatz zur Pilgerherberge gab es hier keine Wanzen oder Flöhe.

Zufrieden und ausgeruht saß Rémy nun gemeinsam mit Baudouin über einem Itinerarium, das die Pilgerwege durch das Land skizzierte. Während Hugo sich die Milch schmecken ließ, die eine der Töchter des Handwerkers ihnen in aller Frühe vorbeigebracht hatte, diskutierten sie über die kürzeste Strecke zum Dorf des Balthasar de Gros.

Als Quartus den zerschlissenen Vorhang teilte, hoben beide verärgert über die Störung den Blick. »Was gibt's?« Rémys Ton klang nicht gerade sanft. »Solltest du dich nicht um die Pferde kümmern, Junge?«

Quartus war so aufgeregt, dass er nicht weniger als drei Anläufe brauchte, bis er den Männern eine verständliche Antwort geben konnte. Doch schließlich brachte er heraus, dass es unten in der Pilgerherberge zu einem Unglück gekommen war.

»Es hat Tote gegeben und Verletzte!«

Primus sprang auf. Gottfried folgte seinem Beispiel.

»Die Jungfrau Maria muss uns beschützt haben«, keuchte Quartus, wobei er sich die wilde Mähne raufte, bis sie sein blasses Gesicht wie ein Heiligenschein umrahmte. »Sonst wären wir vielleicht jetzt auch nicht mehr am Leben.«

Es war Gottfried, der darauf bestand, zurückzureiten und nachzuforschen, was während der Nacht in der Herberge geschehen war. Rémys zaghafter Einwand, dass sie keine Zeit mehr zu verlieren hätten und weiterreiten müssten, wurde geflissentlich überhört, und nach einigem Zögern schlossen auch er, Baudouin und Hugo sich ihren Gefährten an. Pilgern beizustehen, war schon immer erste und vornehmste Pflicht der Templer gewesen.

Als sie durch das Tor ritten, fiel ihr Blick sogleich auf das Langhaus. Dort, wo am Abend noch ein Dach gewesen war, ragten nur noch zerborstene Balken wie die Knochen von Toten in den grau verhangenen Himmel. Das Dach musste im stürmischen Wind der vergangenen Nacht in sich zusammengebrochen sein und die Pilger unter sich begraben haben. Daraufhin war Panik ausgebrochen. Schlaftrunken hatten diejenigen, die nicht von herunterfallenden Schindeln oder Balken getroffen worden waren, versucht, sich durch das wabernde Gespinst aus Staub und Schutt einen Weg ins Freie zu erkämpfen, und hatten dabei etliche schon am Boden liegende Personen niedergetrampelt.

Der ganze Hof war angefüllt mit Verwundeten. Wer mit dem Schrecken davongekommen war, taumelte umher. Schmerzensschreie und Rufe nach Verwandten und Freunden schienen von überallher zu kommen. Derweil stiegen einige beherzte Männer und Frauen über das Geröll und suchten mit Stöcken nach Verschütteten.

Rémy presste die Lippen aufeinander; kalter Schweiß trat auf seine Stirn. Für einen Moment zitterten seine Hände so heftig, dass er sie unter den Gürtel schieben musste.

Seine Begleiter taten so, als bemerkten sie es nicht. Der Respekt vor ihrem Anführer hielt sie davon ab, das unheilvolle Wort auszusprechen, aber jeder von ihnen wusste, woran Rémy sich erinnerte.

Akkon in Palästina.

Die wie Zunder einstürzenden Mauern der alten Kreuzritterfestung. Berge von Schutt, die auf Rémy niederfielen und ihm die Luft zum Atmen nahmen. Dann völlige Dunkelheit.

Der Anfall verging rasch. Rémy holte dreimal tief Luft, dann war sein Kopf wieder klar genug, um die anderen zum Haus zu schicken, wo sie sich denen anschlossen, die Verwundete und Tote ins Freie schleppten.

Als die Mittagssonne hoch am Himmel stand, waren Primus und Quartus so erschöpft, dass sie inmitten des Chaos aus brüllenden und umherlaufenden Menschen hustend niedersanken. Primus blinzelte vorsichtig ins Sonnenlicht. Seine Augen schmerzten höllisch, doch zu seiner Erleichterung ließ das Brennen nach einer Weile nach. Ein paar Schritte vor ihm erkannte er eine gebeugte Gestalt in einer staubigen Kutte. Sie gehörte dem pausbackigen Mönch, der ihnen geraten hatte, woanders nach einer Schlafgelegenheit zu suchen. Der Mann stolperte mit einem

Eimer samt Schöpfkelle durch die Reihen, um den durstigen Verletzten und Helfern zu trinken zu bringen. Als er vor Primus stand, stutzte er. Irritiert blickte er auf ihn und Quartus herab, doch noch bevor er seine Kelle eintauchen konnte, wurde er von einem jungen Mann abgelenkt, der wie aus dem Nichts hinter ihm auftauchte und auf ihn einzureden begann. Das linke Auge des Burschen war gerötet, auch hatte er eine Anzahl von Kratzern und Blutergüssen abbekommen, doch sonst schien ihm nichts zu fehlen.

Staunend beobachtete Primus, wie der Mönch ein Kreuzeszeichen auf die Stirn des jungen Mannes zeichnete. Dann entriss er Quartus, der schon fast den halben Eimer Wasser geleert hatte, mit einer schroffen Geste die Schöpfkelle und gab sie an den fremden Burschen weiter.

»Er ist ein Medicus, dem unser aller Dank gilt«, erklärte der Mönch grimmig. »Wäre er nicht hier gewesen, hätte das Unglück uns noch schwerer getroffen. Er hilft den Verletzten, so gut es ihm nur möglich ist. Aber wenn er sich nicht wenigstens für ein paar Augenblicke ausruht, wird er zusammenbrechen.« Ein strenger Blick traf Quartus, der sich beschämt mit dem Ärmel über den Mund wischte. »Er braucht das frische Wasser nötiger als ihr beide. Wo steckt ... euer Freund, der Franzose, der gestern zu mir kam?«

Primus antwortete auf Deutsch, weil er ahnte, dass der Mönch kein Wort davon verstand. Dann schickte er ihn fort. Er hatte weder Zeit noch Lust, sich mit den neugierigen Fragen dieses Klosterbruders zu befassen. Viel interessanter fand er den jungen Burschen, den der Mann als Medicus bezeichnet hatte. Es gab da etwas an ihm, was Primus stutzig werden ließ. Aber was? War es die Weise, wie er sich bewegte, das sanfte, mitfühlende Lächeln, mit dem er einem runzeligen Weib an der Mauer Mut zusprach? Sein eher schmächtiger Körperbau?

War er ... überhaupt ein Mann?

Überwältigt schnappte Primus nach Luft, doch schon im nächsten Augenblick zerrte er den erstaunten Quartus am Kragen auf die Füße und trug ihm auf, Rémy und die anderen zu holen.

Prisca hörte ihren Namen nur geflüstert, aber doch so deutlich, dass kein Irrtum möglich war. Einen Herzschlag lang war sie versucht, einfach weiterzuarbeiten. Der Arm der Pilgerin war nicht gebrochen, nur ausgerenkt. Sie würde ihn wieder richten, so wie sie es schon viele Male getan hatte.

Doch noch bevor sie mit der Behandlung beginnen konnte, hörte sie durch das Gewirr von Stimmen, das Geschrei und Hundegebell ein weiteres Mal, wie jemand nach ihr rief.

Schließlich wagte sie einen kurzen Blick über die Schulter und erstarrte.

»Primus?« Sie spürte, wie ihr Herz vor Aufregung gegen die Rippen trommelte. Träumte sie, oder war sie wach? Womöglich war der Schlag, den sie bei der Flucht aus dem einstürzenden Gebäude erlitten hatte, doch schwerer gewesen.

Das Lächeln des staubverschmierten jungen Mannes, der keine zehn Schritte entfernt von ihr stand, fegte ihre Zweifel davon. Er war es wirklich.

Obwohl Prisca es kaum erwarten konnte, mit den Ordensbrüdern ihres Vaters zu sprechen, wurde es Abend, bis sich eine Gelegenheit dazu bot. Sie durfte die Verwundeten im Hof nicht im Stich lassen. Den ganzen Tag reinigte und nähte sie klaffende Wunden, schiente gebrochene Knochen oder richtete ausgerenkte Gliedmaßen. Ihr kleiner Vorrat an Heilsalbe ging dabei rasch zur Neige, doch auf ihre Bitte hin ritten Primus und Quartus ins nächste Dorf, wo sie sämtliche Heilkräuter aufkauften, derer sie habhaft werden konnten. Dazu noch eine ausreichende Menge an Wein, Olivenöl und Tüchern, die sie zu Verbänden zurecht-schneiden konnte. Erst als weitere Mönche ankamen, unter de-nen sich auch welche befanden, die etwas von der Krankenpflege verstanden, willigte sie ein, eine Pause zu machen. Sie ließ sich sogar überreden, den Pilgerhof zu verlassen und mit den Temp-lern zum Dorf zu reiten. Gegen eine großzügige Entlohnung mieteten sie die Hütte für eine weitere Nacht.

»Schließlich haben wir es jetzt nicht mehr ganz so eilig«, meinte Rémy schmunzelnd. Er war so gut gelaunt, dass er sogar darauf verzichtete, Quartus zu beschimpfen, als dieser ihm Bier über die Schuhe schüttete. Nachsichtig klopfte er ihm auf die Schulter.

»Ich kann es noch gar nicht glauben«, sagte Prisca. »Es ist noch nicht lange her, da habe ich einen Mann zu Lermonds Burg in den Norden geschickt, um Euch zu holen.« Sie seufzte, als ihr Raymond einfiel. Der Ärmste durchlitt die ganzen Strapazen der langen Reise nun umsonst. Nein, korrigierte sie sich. Er war bei Lermond in Sicherheit. Dort verdächtigte ihn niemand, zu den verbotenen Katharern zu gehören. Nun würde sich das Blatt wenden. Die Templer waren gekommen, um ihr die fehlenden Reliquien zu bringen. Sie würden ihr, helfen, Albin vom Gut ih-res Großvaters zu verjagen.

Von Freude überwältigt, nippte sie an ihrem Becher Ziegen-milch. Nun konnte sie getrost zu Balthasar zurückkehren.

Bis spät in die Nacht hinein saß sie mit den Männern am Tisch des Töpfers und schwelgte in Erinnerungen. Die Waffenbrüder ihres Vaters berichteten, wie es ihnen seit jenen Tagen auf dem Tempelhof im Brandenburgischen ergangen war. Prisca fiel es indes nicht leicht, Auskunft über ihr Leben zu geben, da sie den Verdacht nicht loswurde, dass die Männer, mit Ausnahme von Primus, ihr nur aus purer Höflichkeit zuhörten. Aber war das ein Wunder? Rémy und seine Ordensbrüder waren trotz ihres

Schicksals ehemalige Tempelritter, Edelleute, die eine Jüdin illegitimer Herkunft normalerweise keines Blickes gewürdigt hätten. Als sie ihnen jedoch von Albin und seinen Versuchen berichtete, sich das Gut der Familie de Gros unter den Nagel zu reißen, regte sich ihr Missfallen.

»Payen hätte diesen Schuft mit seinem Schwert einen Kopf kürzer gemacht«, polterte Hugo van Haarlem mit schwerer Zunge. Sein Gesicht war bereits gerötet vom Bier, und seine Augen glänzten. »Wie kann so einer es wagen, sich am Besitz des Tempels zu vergreifen!«

»Langsam«, wandte Gottfried ein. »Soweit ich mich erinnere, wurde Payen von seinem Vater enterbt. Selbst wenn es unseren Orden noch gäbe, hätte er keinen Anspruch darauf. Es ist der Besitz des alten Balthasar, und der war, wie ich mich gut erinnere, nicht gerade ein Freund der Templer. Hat er dich nicht sogar einmal verflucht?« Die Frage galt Baudouin, der sogleich den Blick hob. »Du warst doch damals Payens bester Freund, nicht wahr?«

Baudouins Laune sank. Wütend griff er nach seinem Becher mit Wein, erwischte stattdessen aber Priscas Ziegenmilch. Nach einem Schluck verzog er das Gesicht und spie neben sich ins Stroh. »Großer Gott, welcher Teufel hat dieses Zeug ausgeschissen?«

Die Männer lachten, aber für Priscas Empfinden war die anfängliche Unbeschwertheit einer sonderbaren Stimmung gewichen, die sie nur schlecht einordnen konnte. Verwirrt sah sie zu Primus hinüber, der ihrem Blick jedoch auswich. Das bestätigte ihren Verdacht, dass es unter den ehemaligen Waffengefährten ihres Vaters nicht zum ersten Mal zu Unstimmigkeiten kam. Kurz entschlossen stand sie auf. »Zugegebenermaßen hatte ich gehofft, dass Ihr mir helfen würdet, das Gut für meinen Großvater zurückzugewinnen. Aber wenn Ihr nicht wollt, muss ich eben einen Weg finden, es ohne Euch zu schaffen!«

Während sich eisiges Schweigen über die Hütte senkte, streckte sie erwartungsvoll die Hand aus. »Vergesst aber bitte nicht, wer inzwischen zur Hüterin des Mysteriums berufen wurde. Es ist meine Aufgabe, die Gefäße der Heiligen zusammenzuführen. Wenn Ihr mir nun die beiden Reliquien übergeben würdet, die Benedicta Euch für mich mitgegeben hat ...«

Sie hatte das nicht sagen wollen, denn natürlich würde sie es nicht allein schaffen. Natürlich brauchte sie die Hilfe der Templer. Tiefe Enttäuschung überfiel sie. Hatte sie sich etwas vorgemacht?

Die sechs Ritter starrten sie an. Dann räusperte sich Rémy. »Niemals«, sagte er, ohne laut zu werden, jedoch mit rauer Stimme. »Wir Templer hüten die Geheimnisse unseres Ordens, nicht du! Daher wirst *du* uns das Stück zurückgeben, das noch in deinem Besitz ist, verstanden?«

Prisca schwieg.

»*Verstanden?*«, wiederholte Rémy, dieses Mal eine Spur schärfer.

Primus stand auf und berührte sanft Priscas Arm. Eine beschwichtigende Geste, die ihr zu jedem anderen Zeitpunkt gefallen hätte. Nun aber konnte sie nicht anders, als demonstrativ einen Schritt zurückzuweichen und trotzig die Lippen zusammenzupressen. Noch immer trug sie Wams, Schnürkittel und Beinkleider. Doch vor der Bauernkate hatte sie sich in einem Zuber Gesicht, Hals und Hände gewaschen. Ihr üppiges, schwarzes Haar, das sie seit ihrem Aufbruch unter einer muffig riechenden Filzkappe verborgen hatte, war noch feucht und schimmerte im Licht der Tranlampe wie das Gefieder eines Raben.

Es war Gottfried, der schließlich das Schweigen brach. »Ich bin der Meinung, Payens Tochter hat ein Recht darauf, zu erfahren, was wir mit dem Mysterium vorhaben.« Wohlwollend nickte er Prisca zu. »Na los, setzt dich wieder, damit wir dir erklären können, was uns nach Frankreich geführt hat.« Gottfried wartete Rémys Einverständnis gar nicht erst ab, sondern begann sogleich, Prisca von der bevorstehenden Gründung des neuen Ritterordens in Portugal zu erzählen. Geduldig erklärte er ihr, wie viele Monate vergangen waren, bis der Papst in Avignon sich von den Plänen hatte überzeugen lassen, und verschwieg auch nicht, dass es Benedicta von Rosenfeld, Priscas Vertraute aus dem Kloster Mühlen, gewesen war, welche die sieben Templer ermuntert hatte, sich auf den langen Weg in Richtung Süden zu machen.

Benommen ob all dieser Neuigkeiten sank Prisca auf einen Schemel und stützte ihren Kopf auf beide Hände. »Die Äbtissin war das?«, fragte sie ungläubig in die Runde, als sie wieder den Blick hob. »Nun ja, wenn sie und Bischof Emich von Speyer Euch die beiden Reliquien gegeben haben, waren sie vermutlich der Ansicht, dass Ihr Euch diesem neuen Orden anschließen solltet. Es ist eine Chance für Euch, auch wenn ihr statt Templer künftig Christusritter genannt werdet!« Sie lächelte schwach. »Reifer Wein in neuen Schläuchen.«

Primus atmete tief durch. »Lass mich raten! Du teilst Benedictas Einschätzung nicht ganz?«

Es war schwer, den Rittern darauf die richtige Antwort zu geben. Portugal. Zugegeben, das klang nicht nur gut, sondern vielversprechend. Ein neues Land, in dem die Templer niemals in gleicher Weise verfolgt worden waren wie in Frankreich oder in anderen Ländern Europas. Ein Orden, unterstützt von einem König, dessen Großzügigkeit Rémy und seiner Schar nicht nur eine neue Heimat in Aussicht stellte, sondern auch eine Wiederherstellung des Lebens, das sie hatten aufgeben müssen. Ein König hatte ihnen alles genommen, ein anderer würde ihnen das Verlorene wiedergeben. Sie würden sich nicht mehr verstecken müssen. Das Vermächtnis des Tempels wäre gerettet. Es würde weiterleben bis in alle Ewigkeit.

Aber ließ sich die Vergangenheit tatsächlich so leicht wiederbeleben, nur weil ein König und einige seiner Ritter das so wünschten?

Prisca vermochte es nicht zu sagen. Was sie selbst betraf, so war eine Rückkehr unmöglich. Wohin hätte sie diese auch führen sollen? Nach der vereitelten Taufe in der Abtei von Saint Jacques stand für sie fest, dass sie nie das Leben einer frommen Christin würde führen können wie ihre Tante Adaliz. Andererseits führte für sie aber auch kein Weg zurück ins jüdische Viertel von Speyer. Die Menschen dort waren ihr fremd geworden, oder mit anderen Worten: Sie war zur Fremden geworden, zur Frau ohne Heimat. Für sie gab es kein Ziel.

Oder etwa doch? Ohne dass sie es wirklich wollte, öffneten sich ihre Lippen, und sie begann von ihren Träumen zu erzählen. Dabei blickte sie keinen der Männer an, nicht einmal Primus, denn ihr war bewusst, dass jeder im Raum sie für wahnsinnig halten musste.

»Du hast allen Ernstes daran gedacht, das Mysterium nach Jerusalem zu bringen?«, entfuhr es Rémy, als Prisca geendet hatte. Die Art, in der er seine Fassungslosigkeit zum Ausdruck brachte, bestätigte Priscas Befürchtungen. Aber auch die Blicke der anderen verrieten ihr, wofür sie sie hielten: ein überspanntes Weibsbild, das in einem Kloster hundertmal besser aufgehoben sein würde als auf freiem Fuß.

»Die goldenen Gefäße der Weisen aus dem Morgenland wurden erst im Heiligen Land zum Mysterium«, verteidigte sich Prisca. »Glaubt mir, ich hatte in den letzten vier Jahren viel Zeit, darüber nachzudenken. Dem Mysterium wohnt eine gewisse Macht inne, daran gibt es keinen Zweifel. Aber diese Macht ist nicht dafür gedacht, dass ein einziger Ritterorden sie sich zunutze macht. Eure Großmeister wussten über die wahren Geheimnisse des Mysteriums sehr wenig. Sie gebrauchten es, um Gold,

Burgen und Ländereien anzuhäufen und den Orden zu einem der mächtigsten Organisationen unserer Zeit zu machen, was ja auch gelungen ist. Aber dann brachten die Templer alle drei Gefäße aus Palästina fort. Damit begann das Unheil.«

»Willst du damit behaupten, unser Orden sei untergegangen, weil das Mysterium nicht an seinem angestammten Platz gelassen wurde?«, platzte Baudouin heraus. »Tut mir leid, wenn ich lache, aber so was Verrücktes kann sich nur eine Frau ausdenken.«

Quartus stellte den Krug ab, aus dem er den Männern eingeschenkt hatte und räusperte sich. »Darf ich etwas sagen?«

»Nein«, knurrten Rémy, Baudouin und Hugo fast einstimmig, was den jungen Mann aber nicht sonderlich beeindruckte.

»Ich wollte nur daran erinnern, dass ein Streit über die richtige Verwendung des Mysteriums völlig überflüssig ist, solange wir ohnehin nur zwei der Reliquien haben. Die beiden nutzen uns in Portugal wenig, denn König Dinis verlangt als Bewies dafür, dass ihr die engsten, lebenden Vertrauten des letzten Templergroßmeisters seid, alle drei Gefäße zu sehen. Jedenfalls hat das Benedicta von Rosenfeld behauptet.«

Er wandte sich Prisca zu, wobei er prüfend ein Auge zukniff. »In deinem Besitz befindet sich nur noch ein Gefäß, nicht wahr? Das nutzt dir in Palästina aber noch weniger. Vielleicht wäre es an der Zeit, noch einmal einen Pakt zu schließen und sämtliche Differenzen beizulegen, bis das Gut der Familie de Gros wieder von diesem Albin befreit wurde. Dort ist doch das Gefäß versteckt, nicht wahr? Du hattest schließlich keine Zeit, es vor deiner Flucht noch in Sicherheit zu bringen.« Er verneigte sich vor Rémy. »Wie ich meinen guten Herrn kenne, wird er sich deine Ansichten über Palästina zu gegebener Zeit durch den Kopf gehen lassen.«

»Wenn sie es bis Jerusalem schafft, ohne auf einem sarazenischen Sklavenmarkt zu landen oder gar gleich erschlagen zu werden, fresse ich meinen Bart«, fügte Hugo van Haarlem hinzu. Er lachte, als er sah, wie peinlich berührt Prisca zu Boden starrte.

Anstatt sich über den Flamen zu ärgern, ließ sie sich indes lieber Quartus' Vorschlag durch den Kopf gehen. Sie erinnerte sich nicht, vor vier Jahren auf dem Tempelhof mehr als ein paar Worte mit ihm gewechselt zu haben. Damals hatte sie ihn für Rémys Schatten gehalten, zuweilen auch für seinen Prügelknaben. Doch was er gesagt hatte, klang so vernünftig, dass sie schließlich zögernd zustimmte.

»Ein Pakt mit einer Frau, das hätte es zu Jacques de Molays Zeiten nicht gegeben«, meinte Baudouin. »Gut, dass der dies nicht mehr erleben muss.« Aber als Rémy in die Runde fragte, ob jemand Einwände erhob, schüttelte er nur stumm den Kopf.

»Und was geschieht nun?« Prisca hob die Augenbrauen und blinzelte ins Licht der Lampe. »Müssen wir unseren Pakt nun mit Blut besiegeln oder genügt es, auf die Bibel zu schwören?«

Wortlos beugte sich Rémy über den Tisch und reichte ihr zum Zeichen seines Einlenkens einen bis zum Rand gefüllten Becher.

»Ich denke, ein Schluck Bier tut es auch«, meinte er. »Trinken wir, und dann lass uns wissen, wie wir am leichtesten ins Haus deines Großvaters kommen!«

Während die Becher gefüllt und erhoben wurden, erklangen plötzlich draußen vor der Kate aufgeregte Stimmen. Von fern war wütendes Geschrei zu hören, erst gedämpft, dann lauter. Es musste etwas geschehen sein, denn so wie es sich anhörte, waren Dutzende von Menschen auf den Beinen.

»Was bei allen Heiligen ist nun schon wieder los?« Rémy nahm Quartus den Becher aus der Hand und scheuchte ihn mit einer Handbewegung zum Eingang. »Schau nach, was dieser Lärm zu bedeuten hat!«

Nur wenige Augenblicke vergingen, bis Quartus zurückkehrte. Bei ihm war der Töpfer, der am Vorhang stehen blieb und mit vor Schreck geweiteten Augen in die Stube starrte. Er sprach keine Silbe, dafür sprudelte es aus Quartus nur so hinaus. »Etwa zwei Dutzend Männer kommen die Straße hinaufgezogen. Sie tragen Pechfackeln und Knüppel bei sich. Angeführt werden sie von dem Klosterbruder, der uns im Hof der Herberge so merkwürdig gemustert hat.« Er zuckte ratlos mit den Achseln. »Kein Zweifel, die wollen zu uns. Aber ich habe keine Ahnung, warum.«

Baudouin stand auf. Wortlos ging er an Quartus vorbei und lupfte den Vorhang, um hinaus in die Nacht zu blicken. Dort waren tanzende Lichtpunkte zu erkennen, die wie schwirrende Glühwürmchen aussahen, aber von den näherkommenden Fackelträgern herrührten.

»Ich kann mir schon denken, was der Mönch den Leuten erzählt hat«, sagte er schließlich. Ein düsteres Lächeln huschte über seine Züge. »Er hat ihnen erzählt, dass ein Bote des Teufels für das Unglück in der Herberge verantwortlich war. Ein Mann, dessen Gesicht er gestern im Pilgerhof wiedererkannt zu haben glaubt.«

Langsam drehte er sich um und sagte: »Mein Gesicht!«

XXXII.

Ich finde, wir hätten den Kerl erschlagen und im Wald ver-
scharren sollen«, murrte Germund, als er sein Pferd über den
schmalen Pfad führte. Das Tier warf lange Schatten auf den weichen Waldboden. Seit ihrem Aufbruch waren einige Stunden
vergangen, und es dämmerte schon. Ein herrliches Abendrot
färbte die sanft dahingleitenden Wolken am Himmel. Die Luft
duftete herb nach harziger Rinde und Moos. Im Wald wimmelte
es von Tieren, aber obwohl Germund für sein Leben gern jagte,
schenkte er weder den Kaninchen Beachtung noch den Rebhühnern, die sich ihren Weg durchs Dickicht pickten.

»Er hat längst gemerkt, dass wir nicht die Templer sind, die er
erwartet hat, und wird uns bei der ersten sich bietenden Gelegenheit verraten! Bestimmt hat er den alten de Gros längst vor
uns gewarnt.« Schnaubend trieb er sein Pferd zur Eile an. »Man
sollte dieses Nest von Verrätern ausräuchern!«

Der Johanniter wartete auf eine Antwort, doch Jakobus von
Hahnheim, der direkt vor ihm ritt, ließ sich nicht einmal dazu
herab, sich umzudrehen. Germunds Ärger wuchs. Hochmütiger
Kerl, schimpfte er stumm. Eines Tages hole ich dich von deinem
hohen Ross. Vielleicht nehme ich dir diesen Trödel ab, hinter
dem du herjagst. Dann wirst du angekrochen kommen und mich
um Verzeihung bitten. Wieder kehrten seine Gedanken zu Raymond zurück. Warum Jakobus den Lahmen schonte, begriff er ein-

fach nicht. Der Bursche war ihnen doch längst nicht mehr von Nutzen. Er hatte seine Schuldigkeit getan, indem er sie bis zum Gehöft des Mannes geführt hatte, der dieser Prisca von Speyer eine Weile Obdach gewährt hatte. Aber was hatten sie dort vorgefunden? Nicht das Weib, das war zu Germunds großem Ärger längst ausgeflogen. Weder das Bauernvolk noch der Alte, den Raymond ihnen widerwillig als Prisca von Speyers Großvater vorgestellt hatte, wussten angeblich, wohin sie unterwegs war. Jakobus hatte das nicht gefallen, aber er hatte sich erstaunlich rasch mit der Situation abgefunden. Am nächsten Morgen hatte er seine Entscheidung verkündet, Balthasars Gutshaus einen Besuch abzustatten.

»Wir hätten Raymond zwingen sollen, uns wenigstens bis zum Dorf zu begleiten«, versuchte Germund noch einmal ein Gespräch mit Jakobus zu beginnen.

Diesmal bewegte der ältere Mann den Kopf und maß ihn mit einem scharfen Blick. »Ist dir entgangen, wie sehr der Mann allein bei dem Gedanken erschrak, uns dorthin zu führen? Das beweist mir, dass nicht nur Balthasar, sondern auch er selbst gesucht wird. Er wird sich ruhig verhalten. Wenigstens solange, bis das Mädchen wieder zurück ist.«

»Und dann wird er ihr brühwarm verraten, dass wir uns als Templer ausgegeben haben«, erwiderte Germund.

Jakobus lachte. »Von mir aus soll er das tun. Ich brenne schon darauf, ihr und ihren Freunden zu begegnen.«

Eine Weile ritten die Männer schweigend weiter, bis sich der Wald plötzlich lichtete und den Blick auf eine schier endlose Weite freigab. Abgeerntete Felder und Schafweiden, auf denen blutroter Klatschmohn blühte, verschmolzen am Horizont mit den tief hängenden Wolken. Ein sanfter Wind zerwühlte die Grasbüschel, die auf dem hügeligen Umland wuchsen. Wie Farbtupfer auf der Palette eines Malers muteten die Hütten eines Dorfes an.

Der Turm, der die mit Stroh, Binsengeflecht und roten Schindeln bedeckten Dächer überragte, stand ein wenig abseits auf einem Hügel.

Jakobus gab sich keinerlei Mühe, Germund über seine Pläne in Kenntnis zu setzen. Statt ihn einzuweihen, vertröstete er ihn auf einen späteren Zeitpunkt. Als Germund heftig protestieren wollte, befahl er ihm, vom Pferd abzusteigen und das letzte Stück zu Fuß zu gehen.

»Du wirst den Mund halten und das Reden mir überlassen, verstanden?«

Germund verzog das Gesicht. »Mit Vergnügen«, brummte er. »Wie Ihr wünscht!«

Neugierig sah er sich um und stellte fest, dass vor nicht langer Zeit ein Feuer auf dem Hof gewütet haben musste. Außer dem runden Turm hatten dieses lediglich ein paar Bretterbuden im hinteren Teil des Anwesens heil überstanden. Ein ehemals stattliches Gebäude linkerhand war hingegen bis auf die Grundmauern niedergebrannt. Am Tor wurde trotz der vorgerückten Stunde fleißig gearbeitet. Die Quadersteine, die dort in hoher Stückzahl behauen wurden, verrieten, dass eine Mauer um das Gut gezogen werden sollte. Als Germund und Jakobus an den staubbedeckten Handwerkern vorbeikamen, ließen diese Hämmer und Meißel sinken und starrten sie voller Argwohn an.

»Darf man fragen, wer ihr Herren seid und was euch hierherführt?« Die Stimme dröhnte vom Turm herunter. Sie klang fest, dabei aber weder einladend noch abweisend. Eher so, als wäre der, dem sie gehörte, noch unentschlossen, ob es sich für ihn lohnte, gastfreundlich zu sein. Als Germund sich umwandte, sah er an einem der Turmfenster das sonnengebräunte Gesicht eines ergrauten Mannes mit markanten hohen Wangenknochen.

Jakobus wechselte ein paar Worte mit ihm, worauf wenig später ein katzbuckelnder Bursche mit grauem Haarzopf auf sie zugeeilt kam und sie ins Haus eintreten ließ. Dort deutete der Bezopfte auf eine Treppe, deren Stufen nach oben führten. Germund verstand nichts von dem okzitanischen Redeschwall, den der Bedienstete über ihn ergehen ließ, vermutete aber, dass er ihn und Jakobus darüber informieren wollte, wo sein Herr sie beide erwartete. Als er nickte, leuchteten die matten Augen des Mannes erleichtert auf, und er stieß ein Kichern aus. Dazu klimperte er mit einem Bund Schlüssel, die wie Trophäen vom Gürtelband seiner Tunika herabhingen. Offensichtlich versah er hier im Haus die Pflichten eines Verwalters.

»Der ist doch nicht ganz richtig im Kopf«, meinte Germund, als er hinter Jakobus die Treppe hinaufstieg, vorbei an Wandbehängen, auf denen Jagdszenen zu sehen waren. »Aber das Haus gefällt mir. Es erinnert mich an die Burgen, die wir im Heiligen Land besaßen.«

Es war ein kühler Herbsttag, deshalb brannte im Kamin des großen Turmraums ein Feuer. Davor stand ein Mann, der sich an Größe und Körperbau mit Germund messen konnte. Er war jedoch bereits einige Jahre älter als der Johanniter. Der Mann kehrte ihnen den Rücken zu, als sie eintraten. Erst als der Bursche mit dem Zopf ihm etwas ins Ohr flüsterte, wandte er sich um und hieß sie mit einer Handbewegung willkommen.

»Ich fürchte, Ihr Herren habt die weite Reise umsonst auf Euch genommen«, erklärte er, nachdem Jakobus von Hahnheim ihm bei einem Becher heißem Kräuterwein den Grund ihres Besuches genannt hatte. »Ich bin Albin de Fanion, der Schwiegersohn des Grundherrn. Leider kann Euch weder er noch die junge Prisca empfangen. Beide befinden sich auf einer Reise, die sie vermutlich noch Wochen vom Gut fernhalten wird.«

Jakobus lehnte sich lächelnd zurück; unter seinem Gewicht knarrte der Lehnstuhl. »Ihr lügt«, sagte er.

Albin suchte Augenkontakt zu seinem Wächter, den er, mit

Spieß und Dolch bewaffnet, an der Tür postiert hatte. Aber er forderte ihn nicht zum Eingreifen auf.

»Was sagt Ihr da? Wollt Ihr mich beleidigen?«

»Ich sage, dass Ihr mich anlügt, obwohl dafür keinerlei Grund besteht!«

Germund schmeckte etwas Bitteres auf der Zunge. Gleichzeitig ging ihm auf, wie geschickt dieser Albin vorgegangen war, indem er ihm und Jakobus die Stühle überlassen hatte. Jakobus saß mit dem Rücken zur Tür. Ein auffordernder Blick Albins genügte, und sein Bewaffneter würde mit einem gezielten Wurf Jakobus' Rückenlehne durchbohren.

Steh auf!, schrie Germund stumm, wobei er unruhig auf seinem Stuhl auf und abrutschte.

Jakobus blieb, wo er war. Lächelnd trank er aus seinem Becher.

»Balthasar de Gros ist weder Euer Schwiegervater, noch befindet er sich auf Reisen«, sagte er, nachdem er einen tiefen Zug genommen hatte.

»So?« Albins Blick verriet, dass er bereit war, sich auf ein Kräftemessen mit dem Johanniter einzulassen. »Und was geht das zwei Ordensleute aus dem Deutschen Reich an? Ihr behauptet, ich würde Euch belügen, aber ganz ehrlich seid Ihr mir gegenüber doch auch nicht, habe ich recht? Ihr wollt den Grundherrn nicht besuchen, weil Ihr alte Freunde seid. Balthasar hat keine Freunde.« Er schien einen Moment lang zu überlegen. »Aber Ihr wisst etwas über seine Enkelin Prisca, und Ihr kennt den Grund, warum sie sich hier in Aquitanien verkrochen hat. Daher kann ich mir an einer Hand ausrechnen, was Ihr tatsächlich sucht.«

Germund hätte dem Kerl für sein anzügliches Grinsen liebend gern den Hals umgedreht, aber angesichts des Speerträgers in seinem Rücken blieb ihm keine andere Wahl, als sich zu zügeln. Warum Jakobus auf diese Weise mit sich reden ließ, ging ihm dennoch nicht in den Kopf. Er konnte nur hoffen, dass sein Ordensoberer überlegt vorging und sich nicht im Netz dieses Albin verfing.

Jakobus beugte sich vor, hielt aber dem stechenden Blick seines Gastgebers mühelos stand. »Wonach suche ich denn?«, fragte er geschmeidig.

Albin hob herausfordernd die Augenbrauen. »Priscas leiblicher Vater war Payen de Gros, ein Templer, dem der verstorbene König, Philipp IV., mit an Wahnsinn grenzender Besessenheit nachspüren ließ. Wie ich inzwischen weiß, hüteten Payen und seine Freunde eine Reihe recht delikater Geheimnisse.«

Germund stieß scharf die Luft aus. Er verfügte vielleicht nicht über Jakobus von Hahnheims messerscharfen Verstand, aber selbst er begriff, worauf die Andeutungen dieses Burschen hinausliefen.

Die dritte Reliquie war hier, irgendwo an diesem einsamen, öden Ort. Vermutlich hatte Albin de Fanion sie entdeckt und glaubte daher, leichtes Spiel mit ihnen zu haben. Dass er sich da mal nicht täuschte! Es gab verschiedene Wege, einen verstockten Kerl zum Reden zu bringen, und Germund kannte jeden einzelnen von ihnen. Rasch wog er ab, ob der Moment günstig war, um Jakobus' Stuhl mit einem Tritt umzustoßen, um danach Albin den Dolch an die Kehle zu setzen. Bevor der Wächter reagierte, hätte er dessen Herrn in seine Gewalt gebracht. Doch da sah er, wie Jakobus mit der Faust auf die Tafel schlug.

»Nun verstehe ich, Ihr nehmt an, wir seien Templer«, sagte er gekränkt. »Ketzer, die sich mit dieser Prisca von Speyer verschworen haben. Aber da irrt Ihr Euch. Wir gehören dem Orden vom Hospital des Heiligen Johannes zu Jerusalem an. Die Templer waren seit jeher unsere Gegner. Wir haben die Rechtmäßigkeit ihres Prozesses niemals in Frage gestellt und haben auch mit denen, die ihm entkommen sind, nichts zu schaffen!«

»Im Gegenteil, wir sind die Guten«, zitierte Germund stolz einen Lieblingsausspruch seines Meisters.

Albin starrte ihn mit herabgezogenen Mundwinkeln an. Jakobus' Bekenntnis schien ihn zu verwirren, doch sein Misstrauen beseitigte es nicht.

»Ich nahm tatsächlich an, Prisca habe Euch zu mir geschickt, um … etwas zu entwenden, das sie in der Eile zurückgelassen hat.« Er lachte nervös auf. »Verzeiht diesen Irrtum. Wieso sollten zwei fromme Ritter wie Ihr mit einer Jüdin gemeinsame Sache machen?«

Eine Weile sagte keiner der Männer ein Wort. Gedankenverloren starrten Jakobus und Albin in die Flammen des Kaminfeuers, jeder von ihnen gefangen in seinen eigenen Gedanken. Schließlich erhob sich der Johanniter. »Solltet Ihr Euch in den Kopf gesetzt haben, die Reliquie für Euch zu behalten, versucht es nur! Aber Glück wird sie Euch keines bescheren! Abgesehen davon, dass sich die beiden anderen Stücke nach wie vor im Besitz von Payen de Gros' Freunden befinden, würden sich der Papst und die heilige Inquisition gewiss die Frage stellen, warum Ihr Euren Fund nicht der Kirche überlassen habt, sondern ihn selbst behalten wolltet.« Er trat zum Kamin und streckte beide Hände aus, um sie über den Flammen zu wärmen. »Seid klug! Überlasst uns Johannitern die Reliquie und helft mir, den Templern die beiden fehlenden Stücke abzujagen, dann erfüllen wir auch Euch einen Wunsch.«

»Einen Wunsch?«, spottete Albin. »Ihr Johanniter seid ein eigenartiges Völkchen!«

Jakobus von Hahnheim trat ans Fenster und warf einen Blick hinaus. »Ein stattlicher Besitz«, meinte er anerkennend. »Er könnte schon bald Euch ganz allein gehören, nicht wahr? Aber nur, wenn es zu keiner Aussöhnung zwischen Balthasar de Gros und der Kirche kommt. Sollte ihm die gelingen, wird er Euch zum Teufel jagen, sobald er zurückkehrt.«

»Woher zur Hölle wisst Ihr das?«, keuchte Albin.

Jakobus hob die Schultern. »Wir Johanniter wissen noch viel mehr. Stellt uns auf die Probe!«

»Und Ihr könnt dafür sorgen, dass weder Balthasar noch seine Brut hierher zurückkehren?«

Zustimmend deutete Jakobus auf Germund. »Dieses Problem können wir getrost meinem treuen Begleiter überlassen. Ich vermute, es wird ihn glücklich machen, endlich einmal wieder ein Problem mit dem Schwert in der Hand zu lösen.«

Germund schwieg. So recht mochte ihm der Gedanke, einen wehrlosen alten Mann zu töten, nicht gefallen. Aber er war daran gewöhnt, Befehlen seiner Ordensoberen zu gehorchen, und wie die Dinge lagen, war dieser Balthasar inzwischen zum Verräter geworden, der sich die heilige Kirche zum Feind gemacht hatte. Da half auch keine Buße mehr; mancher Frevel ließ sich nicht mit Geld aus der Welt schaffen.

An dem Bewaffneten drängte sich plötzlich ein ältlicher Diener vorbei. Er war blass und sah sehr besorgt aus. Stotternd berichtete er, dass die Herrin es wieder abgelehnt habe, ihr Essen anzurühren. Stattdessen habe sie Teller und Schüsseln an die Wand geworfen.

Albin schickte den Mann mit einer unwirschen Handbewegung fort; es schien ihn zu stören, dass Jakobus und Germund alles mitangehört hatten. Rasch entschuldigte er sich und ging zur Tür, da er nach seiner Braut sehen wollte.

»Nur zu«, rief ihm Jakobus von Hahnheim hinterher. »Zähmt Euer Weib. Aber vergesst auf dem Rückweg das Mysterium nicht. Bei mir ist es besser aufgehoben!«

»Vertraut Ihr dem Kerl?«, wollte Germund wissen, nachdem Albins Schritte auf der Treppe verklungen waren.

Jakobus lachte amüsiert auf. »Nicht mehr als einem Taschendieb. Ich habe die Gier in seinen Augen gesehen. Sie macht ihn überheblich, schwach und angreifbar, da hilft ihm auch seine Verschlagenheit wenig.«

Er klopfte mit der Faust gegen das kahle Mauerwerk. »Dieser Turm würde sich doch perfekt als Ordenshaus eignen, nicht wahr? Würde es dir nicht gefallen, einer neuen Komturei in Aquitanien vorzustehen?«

XXXIII.

Rémy starrte Baudouin fassungslos an. Aber auch Gottfried, Hugo und die anderen erhoben sich von ihren Plätzen und scharten sich mit fragenden Mienen um ihren Waffenbruder.

»Wieso soll der Kerl dein Gesicht erkannt haben?«, fragte Primus. »Und wenn ja, welches ist gemeint? Du besitzt ja bekanntlich mehr als eines.«

»Sag bloß, du bist dem Mönch schon einmal begegnet?«, wollte auch Rémy wissen.

Baudouin schüttelte den Kopf. »Das nicht, aber sein Dialekt erinnert mich an die Weise, wie die Menschen in der Gegend von Foix sprechen, wo ich aufgewachsen bin.« Zum Beweis seiner Behauptung sagte er etwas auf Okzitanisch, wovon keiner der Anwesenden auch nur eine Silbe verstand, nicht einmal Rémy, der vor Jahren immerhin im Pariser Tempel, dem größten Haus des Ordens, gedient hatte und sich einiges auf seine Sprachkenntnisse einbildete.

»Also schön, dann hat dieser Klosterbruder also herausgefunden, dass du hier in der Nähe geboren wurdest«, meinte Hugo van Haarlem. »Na und? Das ist doch noch kein Grund, einen Mistgabel schwingenden Pöbel auf uns zu hetzen, oder?«

Gottfried atmete tief durch; er schien sich plötzlich an etwas zu erinnern. »Es geht um etwas anderes, nicht wahr? Oder sollte ich sagen: um eine Person, die dir gut bekannt sein müsste?«

Rémy runzelte die Stirn. »Was redest du da? Kann mich mal bitte jemand aufklären? Wenn es geht, noch bevor man die Tür eintritt und uns niederknüppelt.«

»Er will damit sagen, dass der Mönch mich mit jemandem verwechselt hat, der so aussieht wie ich«, sagte Baudouin mit einem Lächeln, das reichlich kläglich ausfiel. Offensichtlich wollte er sich selbst nicht eingestehen, wie besorgt er war.

»Ach so, nur eine Verwechslung?«, zischte Hugo van Haarlem. Er wuchtete seinen massigen Körper über Töpfe und Schüsseln hinweg zum Eingang der Kate, zog sein Schwert und hieb mit einem Streich den dicken Vorhang aus Schafwolle entzwei, der zum Schutz vor Wind und Kälte in den hölzernen Rahmen gespannt war. Mit zusammengekniffenen Augen spähte er hinaus in die Dunkelheit. »Wie beruhigend, und ich dachte schon, die wären hinter *dir* her!«

Baudouin schüttelte den Kopf. »Ausnahmsweise nicht, schließlich bin ich seit zwanzig Jahren nicht im Süden gewesen. Ob die Leute mir das jedoch abnehmen, kann ich nicht versprechen.«

»Und du glaubst tatsächlich, dass noch so ein hässlicher Vogel von deiner Sorte hier draußen herumflattert?« Rémy zog nun ebenfalls sein Schwert. Zum Davonlaufen war es zu spät. Davon abgesehen wäre das auch kaum ehrenhaft gewesen. Dieser Mob sollte ruhig kommen, Rémy hatte keine Angst vor ihm.

Prisca räusperte sich. »Es geht um Euren Bruder, nicht wahr, Baudouin?«

Ungläubige Blicke richteten sich auf sie, nur Gottfried, der den Braten bereits gerochen zu haben schien, nickte bestätigend.

»Ein Zwillingsbruder«, bestätigte Baudouin, wobei er missbilligend die Augen verdrehte. »Ich dachte allerdings, Bombaste sei längst aufgeknüpft worden.«

»Bombaste? Großer Gott, was für ein Name! Etwa ein Tempelritter?«

Baudouin schnaubte, als fände er allein die Frage absurd.»Bombaste? Niemals. Für meinen Entschluss, einem Ritterorden beizutreten und im Heiligen Land die Sarazenen zu bekämpfen, hatte der nichts als Verachtung übrig. Wir hatten schon als Kinder nie viel gemeinsam.«

»Abgesehen davon, dass er wie Ihr ein Meister der Maskerade zu sein scheint«, sagte Prisca. Inzwischen glaubte sie zu wissen, wer sich hinter dem ominösen Bombaste verbarg.

»Herr, sie haben den Dorfrand erreicht«, meldete Quartus dienstbeflissen.»Sollten wir nicht hinausgehen und die Pferde satteln? Hier drinnen sitzen wir in der Falle.«

Keiner widersprach dem Vorschlag, nicht einmal Rémy. Mit gezogenen Schwertern traten sie den Männern entgegen, die sich um den Mönch vom Pilgerquartier scharten. Als dessen Blick auf Baudouin fiel, schrie er triumphierend auf und deutete mit dem Finger auf ihn. Dann wandte er sich zwei älteren Männern zu, die mit hochroten, schweißüberströmten Gesichtern hinter ihm hereilten. Ihrer vornehmen Kleidung nach, handelte es sich bei ihnen um Edelleute von nahegelegenen Landgütern.

»Was habe ich Euch gesagt?«, rief der Mönch. Seine dicken Wangen schienen vor Aufregung wie Kohlestücke zu glühen. »Ich habe mich nicht getäuscht. Das ist der Verbrecher Bombaste, auf dessen Kopf der Bischof von Pamiers eine Belohnung ausgesetzt hat.«

»Dein Zwillingsbruder ist ein Verbrecher?«, raunte Rémy Baudouin zu.»Was hat deine Familie denn noch zu bieten? Eine Tante, die hexen kann?«

»Ach was, Bombaste ist nur ein Narr, der nie gelernt hat, im entscheidenden Augenblick seinen Mund zu halten!« Baudouin reckte verächtlich das Kinn und machte einen Schritt nach vorne. »Wie hoch ist das Judasgeld?«, brüllte er der Menge entgegen. »Doch hoffentlich nicht höher als der Preis, den König Philipp

446

vor zehn Jahren in Paris auf meinen Kopf ausgesetzt hat. Das würde mich beleidigen!«

Wütend presste der Mönch die Lippen aufeinander, da er sich zu Recht verspottet vorkam. Dann traf sein Blick Prisca, die neben dem hochaufgeschossenen Primus klein und schmächtig aussah. Er schnappte verwundert nach Luft.

»Medicus? Ihr befindet Euch in übler Gesellschaft!« Er winkte hektisch mit der Fackel in der Hand. »Haben die Fremden Euch gewaltsam verschleppt?«

»Das ist unerhört«, schimpfte einer der Landadeligen aufgebracht. »Lasst den Mann auf der Stelle frei!«

Priscas Herz klopfte wild, aber immerhin bot sich eine Möglichkeit, die Leute zu besänftigen. Sie musste nur erklären, dass dieser Aufruhr ein Irrtum und der ganze Lärm nichts anderes als die Folge eines Missverständnisses war. Sie hob den Arm, um sich Gehör zu verschaffen, doch noch bevor sie den Mund öffnen konnte, um den Verdacht des Mönches zu zerstreuen, hörte sie, wie der Mann ungläubig aufstöhnte. Gleichzeitig hielt er seine Fackel höher, um sie besser betrachten zu können. Im selben Moment begriff Prisca, was ihn so erschütterte. Sie hatte in der Eile vergessen, sich die Filzkappe wieder überzustülpen. Der Mönch hatte ihr langes Haar entdeckt und zog nun die richtigen Schlüsse.

»Ein Weib«, rief er entrüstet aus. »Kein Medicus! Ihr ... du schamloses Weibsstück hast uns zum Narren gehalten.« Er drehte sich zu seinen Begleitern um, die Prisca angafften wie eine Kuh mit zwei Köpfen. Keiner schien sich mehr daran zu erinnern, dass sie erst kürzlich in der Pilgerunterkunft Verletzte behandelt hatte.

»Braucht ihr noch mehr Beweise?«, tobte der Mönch. »Eine ehrbare Frau auf dem Pilgerweg hätte keinen Grund, zu übler Maskerade zu greifen. Sie muss mit dem gesuchten Bombaste gemeinsame Sache machen. Deshalb ist sie bei ihm. Ergreift sie und den Mann! Fesselt sie!«

Rémy hatte genug gehört. »Schluss mit dem Unsinn!«, donnerte er in französischer Sprache über die Köpfe der Menge hinweg. Zur Bekräftigung seiner Worte zog er sein Schwert aus der Scheide, richtete es auf den Mönch und stellte sich schützend vor Prisca. Primus, Gottfried und Hugo folgten seinem Beispiel. Die Flammen der Fackeln spiegelten sich auf dem Metall ihrer Waffen.

»Ihr werdet weder das Mädchen noch meinen Begleiter anrühren, verstanden?« Rémy hob das Kinn; aus seinen Augen schienen Funken zu sprühen. »Sie sind nicht die, die ihr sucht!«

Der Mönch keuchte. »Lasst euch nicht einschüchtern«, verlangte er unnachgiebig. »Ihr habt von Bombaste gehört. Er ist bösartig wie eine Natter und listig wie ein Fuchs, sonst wäre er der Gerechtigkeit nicht immer wieder entkommen. Gewiss hat er mit Hilfe dieses Weibes die Pilgerunterkunft zum Einsturz gebracht!« Er warf sich in die Brust. »Ich habe gesehen, dass die Männer es ablehnten, sie zu betreten. Sie wussten genau, was geschehen würde, sonst hätten sie sich hineinbegeben. Nachdem sie sich davon überzeugt hatten, dass das Haus überfüllt war, kamen sie voller Scheinheiligkeit zu mir, um sich nach einem besseren Schlafplatz für die Nacht zu erkundigen.«

Rémy schüttelte den Kopf. »Du Narr!«, sagte er. »Ich hatte nie die Absicht, die Nacht in diesem stinkenden, verwanzten Schafstall zu verbringen. Weißt du überhaupt, wer vor dir steht? Ich bin Rémy St. Clair, Waffenmeister des ehrenwerten Markgrafen Waldemar von Brandenburg.« Er nickte seinen Freunden zu. »Meine Begleiter sind ebenfalls Edelleute, für die ich mich als Ritter verbürge.«

»Aber Bombaste ...«

Rémy schnitt dem Mann mit einer rüden Geste das Wort ab.

»Ich rate dir, mich nicht noch wütender zu machen, Kerl, hier gibt es keinen Bombaste. Die Ähnlichkeit dieses Mannes mit meinem alten Freund hier, ist ein reines Hirngespinst. Und was dieses Mädchen anbelangt, so hat es die Kleider eines Jünglings nur angelegt, um sich auf ihrer Reise vor Zudringlichkeiten zu schützen!« Er verzog das Gesicht. »Und vor den Fragen neugieriger Pfaffen!«

»Ich glaube Euch kein Wort«, erhob der Klosterbruder Einspruch. Umgeben von kräftigen Bewaffneten sah er keinen Grund, auch nur einen Zoll zurückzuweichen. Dass er durch seine Hartnäckigkeit ein Blutbad heraufbeschwor, schien ihn in seinem Eifer nicht zu stören.

»Im Kloster wurde ich von Männern wie Euch gewarnt. Wir wissen, dass es auch unter dem Adel noch immer leichtgläubige Opfer gibt, die auf Bombaste hereinfallen und ihm Schutz gewähren. Er gehört nicht umsonst zu den letzten *Perfecti*.«

Prisca riss die Augen auf. Dieser Bombaste war also ein Katharer. Nun, das war interessant. Gespannt verfolgte sie, wie der Mönch mit weit ausgestrecktem Arm auf Baudouin zeigte. »Das ist der Mann, ich täusche mich ganz bestimmt nicht. Als ich noch ein Knabe war, führte er einen Disput mit meinem Abt, bei dem ich zugegen war.«

»Mit einem Abt hat er palavert?«, seufzte Baudouin. »Wie tief kann man sinken!«

Prisca rief sich ins Gedächtnis, was ihr Raymond von dem geheimnisvollen Mann erzählt hatte. Seinen Worten zufolge wanderte der *Perfectus* ruhelos von Ort zu Ort und sei darüber hinaus ein Meister der Maskerade. Baudouin musste dies all die Jahre geheim gehalten haben. Keinem seiner Ordensbrüder hatte er davon erzählt, aber womöglich hatte Jacques de Molay es herausgefunden und Baudouin deshalb zu einem der Hüter des Mysteriums bestimmt.

449

»Genug!«, rief einer der Männer, die den Mönch begleiteten. Sein Auftreten verriet, dass er daran gewöhnt war, Befehle zu erteilen. Er trug ein Kettenhemd über dem ledernen Waffenrock sowie einen Helm auf dem Kopf. Ein knirschendes Geräusch ertönte, als er sein Schwert aus der Scheide zog. »Ich bin hier der Bayle!«

»Der *was*?«, flüsterte Rémy irritiert.

»Ein Büttel«, gab Baudouin Auskunft. »Ein Engländer würde ihn wohl Sheriff nennen.«

»Ich bin kein Engländer, sondern Schotte, und du, mein Freund, wirst uns später einiges zu erklären haben.« Rémy beäugte den muskelbepackten Mann im Waffenrock. Der schien ihm in der Tat ein ernstzunehmender Kämpfer zu sein. »Aber zuvor sollten wir erst einmal diesen ungastlichen Ort verlassen, und das wird schwierig genug werden.«

»Legt die Waffen nieder und folgt mir«, verlangte der Bayle mit fester Stimme. Sein Blick fiel auf die Satteltaschen, die Rémy sich über die Schulter gehängt hatte. »Diebesgut, he? Werft es zu mir herüber, damit ich es begutachten kann!«

Als Rémy den Kopf schüttelte, stürmte der Bayle mit erhobenem Schwert auf ihn zu. Im Nu entbrannte zwischen beiden ein erbitterter Kampf. Singend traf Stahl auf Stahl. Zwei bärtige Männer, dem Wappen auf den Waffenröcken nach ebenfalls Männer des Bayle, drangen nun ihrerseits auf Primus und Gottfried ein, die sich erbittert wehrten. Hugo warf sich derweil mit einem wüsten Fluch auf den Lippen nicht weniger als drei Burschen entgegen, die versuchten, ihn mit Spießen an die Wand zu drängen. Dem ersten zertrümmerte er mit dem Knauf seines Schwertes den Kiefer, der knirschend brach. Der Mann kreischte auf und taumelte zurück. Auch dem zweiten Lanzenstich wich Hugo trotz seiner Körperfülle geschickt aus. Schon nach wenigen Augenblicken hatte er den letzten Angreifer in die Flucht geschlagen und sah sich nach neuen Gegnern um.

Währenddessen bemerkte Prisca, wie die ledernen Taschen von Rémys Schultern rutschten und zu Boden fielen. In geduckter Haltung pirschte sie sich an die Kämpfenden heran. Sie musste die Taschen an sich nehmen. Die kostbaren Gefäße durften unter keinen Umständen in die Hände dieses Mobs fallen. Gleichzeitig mit ihr setzte sich der Mönch in Bewegung; auch er bückte sich nach dem vermeintlichen Diebesgut.

»Was versteckt ihr da vor mir?«, brüllte er Prisca an und zerrte mit aller Gewalt an dem Gurt. »Bei der heiligen Jungfrau, lass los, Weib!« Er war erstaunlich kräftig, die Muskeln seiner Arme vermutlich das Ergebnis vieler Stunden harter Arbeit in den Gärten seines Klosters. Es gelang ihm, Prisca mit einem kräftigen Ruck zu Fall zu bringen, doch bevor er ihr die Satteltaschen entreißen konnte, tauchte Quartus hinter ihm auf. Ein heftiger Stoß brachte den Mann aus dem Gleichgewicht. Ächzend fiel er zu Boden

Quartus verlor keine Zeit. Er stieß Prisca vorwärts, geradewegs durch das Getümmel der Kämpfenden, bis sie wieder vor der Tür der Töpferwerkstatt standen. »Da hinein, rasch!«

Prisca ließ sich das nicht zweimal sagen. In ihrem Rücken hallte das Geschrei des Mönchs dumpf und schaurig von den Mauern der engen Gassen wider.

In der Hütte des Töpfers gab es keinen zweiten Ausgang, dafür aber in der Rückwand drei gelockerte Bretter, die sich durch kräftiges Rütteln leicht entfernen ließen. Quartus schien sie bereits vor Stunden entdeckt zu haben.

Schweigend sah Prisca zu, wie der junge Mann die Bretter herunterriss, bis die Lücke in der Wand groß genug war, um sich hindurchzuzwängen.

Kopfschüttelnd wich sie einen Schritt zurück. Ein plötzliches Schwindelgefühl drohte, ihr den Boden unter den Füßen wegzuziehen; in ihren Ohren rauschte es, als tobte in ihrem Kopf ein Gewittersturm.

»Was ist?« Quartus bemerkte, dass sie zögerte. »Worauf wartest du? Bring die Reliquien in Sicherheit!«

Ja, im Davonlaufen bin ich meisterhaft, dachte sie zu Tode erschöpft. Ich bin einmal mit dem Mysterium davongelaufen und habe die Templer ihrem Schicksal überlassen. Damals, auf dem Tempelhof. Ich bin aus dem Kloster St. Jacques geflohen und dann von Mathieus Gehöft.

»Ich will das nicht mehr!« Sie warf dem verdutzten Quartus die Satteltaschen zu. »Nimm du sie an dich.«

»Bist du verrückt geworden?« Quartus blickte ohne jede Begeisterung auf die Taschen. »Ich will sie nicht!«

Prisca zuckte mit den Achseln. »Nein? Nun, dann sind wir zumindest schon zu zweit! Ich nämlich auch nicht. Ich bin die schlechteste Hüterin, die man sich nur vorstellen kann.«

»Das bist du überhaupt nicht«, erhob Quartus Einspruch.

»Frag doch Primus, wenn du mir nicht glaubst.«

»Primus?« Priscas Herz begann schneller zu schlagen. Ein äußerst ungünstiger Moment, wie sie fand. Sie konnte ihn nicht sehen, aber sie spürte, dass der junge Ritter nur wenige Schritte von ihr entfernt mit dem Rücken zur Wand kämpfte. Primus würde jeden in Stücke hauen, der versuchte, an ihm vorbei durch den zerrissenen Vorhang zu schlüpfen.

»Er lässt nichts auf dich kommen, ganz egal, was die anderen sagen«, redete Quartus auf sie ein. »Bruder Rémy übrigens auch nicht, auch wenn der sich oft mürrisch gibt. Ich weiß, er hat dich angekeift, das tut er mit mir andauernd.« Er lächelte, obwohl Prisca genau wusste, wie viel Überwindung ihn dies kostete. »Aber mir würde etwas fehlen, wenn er's nicht mehr täte.«

Auffordernd hielt er ihr den Ledergurt hin.

Prisca nahm ihn entgegen; nach dem, was sie gehört hatte, blieb ihr wohl kaum eine andere Wahl. Das Mysterium wählte seine Hüter, nicht umgekehrt.

Als sie gerade durch die Lücke schlüpfen wollte, hörte sie auf einmal, wie jemand keuchend in die Hütte stolperte und nach Quartus rief. Es war Gottfried. Er war schweißüberströmt. Blut quoll aus einer Schramme an der Stirn. Noch immer hielt er sein Schwert umklammert, aber seine Hand zitterte.

»Wir konnten sie zurückdrängen«, keuchte er. »Rémy hat diesen Bayle am Arm verwundet, daraufhin sind seine Männer über die Hügel gerannt wie die Hasen. Aber der Mönch läuft fast noch schneller als sie.« Er wischte sich mit dem Ärmel über das Gesicht. »Hätte nicht erwartet, dass ein Klosterbruder so viele Flüche kennt. Merkwürdiges Land, dieses Aquitanien. Nicht mal die Slawen mit ihrem vierköpfigen Gott haben mich mehr überrascht als die Menschen hier.« Quartus strahlte über das ganze Gesicht. »Das sind gute Neuigkeiten.« Er nickte Prisca zu. »Sie hat das Mysterium in Sicherheit gebracht!«

»Wir sollten verschwinden, bevor sie zurückkommen«, meinte Gottfried, ohne näher darauf einzugehen. Er schickte Quartus zu den anderen, die sich bereits um die Pferde kümmerten.

Gottfried wartete, bis der junge Mann die stickige Stube verlassen hatte, dann wandte er sich Prisca zu. Sein Blick fiel auf die Satteltasche, um deren Gurt sie ihre Hand schlang.

»Rémy wird gleich hier sein, um die Tasche wieder an sich zu nehmen«, sagte er leise. »Doch vorher wollte ich dir noch etwas sagen.« Er unterbrach sich, um einen tiefen Atemzug zu nehmen, dann erklärte er: »Das Vermächtnis der drei Weisen ist unvollständig, es fehlt ein Teil.«

Prisca lächelte nachsichtig. »Schon, aber keine Sorge, sie werden schon bald wieder vereint sein! Hier drin sind die Gefäße des Caspar und des Melchior. Balthasars Gefäß befindet sich auf dem Gutsbesitz meines Großvaters, wo ich es zurücklassen musste. Aber kein Mensch dort weiß über das Mysterium Bescheid. Wir werden Albin aus dem Haus jagen und dann …«

»Du hast mich missverstanden, Prisca von Speyer«, fiel Gottfried ihr scharf ins Wort. »Wir wurden getäuscht, und das bereits seit mehr als hundert Jahren. So lange halten wir Templer schon unseren Kopf für Dinge hin, die wir nicht einmal ansatzweise verstehen. Aus Gehorsam, gewiss. Aus Treue und Pflichterfüllung.« Er seufzte. »Ich habe lange versucht, gehorsam zu sein und keine Fragen zu stellen. Aber das ist nun vorbei, es spottet meiner wahren Natur, und wenn ich deswegen kein Ordensritter mehr sein kann, so soll es eben genau so sein!«

Prisca verstand kein Wort von dem, was Gottfried daherredete. Sie nahm die Tranlampe vom Tisch und hob sie an. »Vielleicht sollte ich mir Eure Wunde an der Stirn genauer ansehen!«

»Willst du mich verspotten?«, zischte er verärgert. »Ich bin nicht wahnsinnig, jedenfalls nicht mehr als Rémy oder Baudouin. Zu Köln verehrt man die Gebeine der Heiligen drei Könige. Ich selbst besuchte ihren Schrein im Dom während der vergangenen vier Jahre fast täglich, um davor zu beten. Aber in Wahrheit gab es nicht nur die drei, sondern noch einen vierten Zeugen, verstehst du? Einen vierten Weisen aus dem Morgenland, dessen Gabe noch viel mächtiger war als die der drei anderen zusammen.« Gottfried schob sein Schwert zurück in die Hülle an seinem Waffengurt. »Lermond weiß davon, aber er hat mich beschworen, mich nicht weiter damit zu beschäftigen. Außer ihm war auch jeder einzelne Großmeister der Templer im Bilde. Im Archiv unseres Ordens muss es einst geheime Aufzeichnungen gegeben haben. Schriften, die jedoch zusammen mit dem Archiv verschollen sind.«

Prisca stellte die Lampe wieder ab. Sie war so erschöpft, dass sie kaum noch die Augen offenhalten konnte. Sie wollte Gottlieb auch nicht länger zuhören, weil das, was er sagte, für sie keinen Sinn ergab. Trotzdem jagte in ihrem Kopf bald ein Gedanke den nächsten, ohne dass sich einer davon festhalten ließ. Mit den Fingerspitzen berührte sie sanft die beiden schweren, über tausend Jahre alten Gegenstände in den Ledertaschen. Sie herauszunehmen traute sie sich nicht. Auf dem Gut ihres Großvaters hatte sie das ihr verbliebene Gefäß nur einige wenige Male aus seinem Kasten genommen, um es zu studieren. Balthasars Gefäß. Vor ihrer Flucht nach Aquitanien hatte sie gar nicht lange nachgedacht und sich intuitiv dafür entschieden, ausgerechnet dieses Gefäß mit nach Aquitanien zu nehmen. Es hatte sich richtig angefühlt, da ihr Großvater denselben Namen trug wie der alte Weise, welcher der Überlieferung nach einst in Palästina einem jüdischen Kind seine Achtung gezollt hatte.

Sie hatte nie daran gezweifelt, dass es einzig und allein die drei Gefäße der Weisen waren, die das geheime Heiligtum des Templerordens darstellten, doch nun stand Gottfried vor ihr und schwor, dass es außer den ihr bekannten Reliquien noch eine vierte, ungleich mächtigere gab. Die Vorstellung irritierte ihn, aber noch viel mehr schien er daran zu schlucken, dass keiner der Ordensgroßmeister es für nötig erachtet hatte, ihm und den anderen Hütern das ganze Geheimnis des Mysteriums zu offenbaren. Prisca musste an ihren Vater denken. Payen war ebenso ahnungslos gewesen wie Gottfried. Nur Lermond schien wenigstens ansatzweise eingeweiht gewesen zu sein. Nun aber war der letzte Großmeister schon seit über vier Jahren tot. Keiner war mehr übrig, der Gottfrieds Wissensdurst stillen konnte.

Der neue Christusorden in Portugal würde ohne die Mysterien wachsen müssen, welche die Templer einst aus Jerusalem nach Europa gebracht hatten. Dafür aber auch ohne den Hass und die Nachstellungen ihrer Verfolger. Prisca fragte sich unwillkürlich, ob dieser Weg nicht der bessere war.

»Wenn dieser vierte Weise wirklich existierte, dann gibt es sicher auch einen Grund, warum seine Geschichte verschwiegen wurde«, sagte Prisca nach einigem Nachsinnen. »Vielleicht ist es zu gefährlich, sich mit ihm zu befassen! Wir wissen nicht, was in den Aufzeichnungen stand, die der Templerorden über diesen Menschen zusammengetragen hat. Dass sie niemand je zu Gesicht bekommen sollte, beweist doch, dass Eure Großmeister die Erinnerung daran eher auslöschen wollten.«

Gottfrieds Blick verriet, dass er mit ihrem Einwand gerechnet hatte, ihn aber nicht gelten ließ. »Du redest daher wie Lermond«, sagte er eine Spur schärfer. »Ich soll die alten Legenden auf sich beruhen lassen und mich lieber auf den neuen Ritterorden in Portugal konzentrieren. Aber das ist unmöglich. Seit ich von dem vierten Weisen erfahren habe, muss ich immerzu daran denken, dass es noch ein viel größeres Mysterium gibt als das, welches wir gehütet haben. Ich frage mich, ob der Templerorden nicht hätte weiterbestehen können, wenn der Großmeister es gewagt hätte, sich dieses Geheimnisses zu bedienen. Vielleicht verbirgt sich dahinter eine Waffe, die das ganze Königreich Philipps IV. auf einen Schlag hätte vernichten können!« Er sah sie so durchdringend an, dass sich auf ihren Armen eine Gänsehaut bildete. »Das müsstest du doch eigentlich verstehen.«

Ohne Vorwarnung kam er auf sie zu und packte sie am Unterarm. »Du musst mir helfen, die anderen zu überzeugen«, sagte er in rauem Ton. »Portugal ist das falsche Ziel, Rémy führt uns in die Irre! Wenn wir den Templerorden wieder auferstehen lassen wollen, müssen wir nach dem vergessenen vierten Gefäß forschen. Wenn wir es erst einmal haben, brauchen wir uns nicht mehr um einen Rang in diesem Christusorden zu balgen, und wir werden auch nicht auf die Gnade eines portugiesischen Königs angewiesen sein.«

Prisca verschlug es die Sprache. War Gottfried etwa krank? Redete er deshalb so wirr daher? In seinem Wahn vermischte er Traum und Realität, das Gestern wurde für ihn Gegenwart und Zukunft zugleich. Andererseits hatte er sich auf Thomas Lermond berufen, der alles andere als ein Träumer und Wirrkopf war. Wenn der ehemalige Vorsteher der Komturei Tempelhof vor dem geheimnisvollen vierten Gefäß warnte, schien er die Existenz eines weiteren Mysteriums zumindest für möglich zu halten. Nur schien sich dieses Mysterium zu keiner Zeit im Besitz der Templer befunden zu haben.

Doch wer, wenn nicht sie, konnte es dann verwahren? Wer konnte etwas darüber wissen?

»Baudouins Bruder«, flüsterte Prisca.

»Was?«

»Er ist der letzte katharische *Perfectus*«, klärte Prisca ihn widerwillig auf. »Vor hundert Jahren schlossen Anhänger seiner Sekte ein Abkommen mit den Templern. Die Templer weigerten sich daraufhin, gemeinsam mit den Truppen Simon de Montforts gegen die katharische Bevölkerung des Südens zu ziehen. Es ist nur eine Vermutung, aber ...«

Gottfrieds Augen blitzten auf. »Sie wurden geschont, weil sie das vierte Mysterium hüteten!«

Geschont? Nein, davon konnte nicht die Rede sein. Das Heer aus dem Norden Frankreichs hatte das gesamte Languedoc verwüstet, so sehr, dass die verbrannte Erde noch heute, fast achtzig Jahre später, allerorts deutlich zu sehen war. Die Kirche der Katharer gab es nicht mehr, und die wenigen Frauen und Männer, die sich wie Raymond nach wie vor an ihre Lehren klammerten, taten dies heimlich und in ständiger Furcht vor Entdeckung durch die Inquisition. Prisca hörte, wie draußen auf der Gasse jemand ihren Namen rief. Primus. Er suchte sie. Rasch wollte sie an Gottfried vorbei zur Tür hinaus, doch er hielt sie zurück, versperrte ihr den Weg.

»Wir müssen diesen Bombaste finden, Baudouins Bruder«, beschwor er sie. »Wenn jemand das Geheimnis des vierten Mysteriums kennt, dann er! Baudouin muss uns verraten ...«

»Was muss ich verraten?«

Baudouin lehnte sich mit verschränkten Armen gegen den Türpfosten und musterte seinen Ordensbruder dabei ebenso abschätzend wie argwöhnisch. Dann fiel sein Blick auf die beiden Lederbeutel, die Prisca fest an sich drückte. »Die nehme ich, wenn du nichts dagegen hast!« Er streckte fordernd die Hand aus. »Und nun kommt endlich! Wir sollten verschwunden sein, bis dieser Bayle mit Verstärkung anrückt!«

XXXIV.

In den nächsten Tagen mieden Prisca und die Templer weitere Herbergen, auch wenn das zur Folge hatte, dass sie ihr Nachtlager nun zumeist unter freiem Himmel aufschlagen mussten. Sie suchten sich dafür abgelegene Orte, manchmal in den Wäldern, manchmal in den Ruinen niedergebrannter Höfe oder verlassener Burgen.

Am abendlichen Feuer wurde die Stimmung zunehmend angespannt. Baudouin ging sowohl Rémy als auch Gottfried aus dem Weg. Unter dem Vorwand, nach den Männern des Bayle Ausschau zu halten, schlug er sich in die Wälder und kehrte oft erst im Morgengrauen zurück. Hugo van Haarlem klagte über Übelkeit, die er darauf zurückführte, dass ihm der Wein ausgegangen war. Sein Unwohlsein trieb ihn in regelmäßigen Abständen in die Büsche. Doch sein Magen war nicht der einzige, der Schaden genommen hatte. Seit ihrer Flucht vor dem Bayle verzichtete auch Quartus auf seine magere Essensration.

Eines Morgens – sie hatten die Nacht am Ufer eines kleinen Sees verbracht – fand Rémy seinen Knappen zähneklappernd und kaum ansprechbar ein Stück vom Feuer entfernt auf dem Boden liegen.

»Verdammt, warum kann der verflixte Bengel nicht besser auf sich aufpassen?«, seufzte der Ritter händeringend, wobei er Prisca mit einem scharfen Blick maß. »Tu etwas! Irgendwie wirst du ihn doch wieder auf die Beine bringen, damit wir weiterreiten können!«

Prisca sammelte die Wolldecken der Männer ein, um Quartus darunter tüchtig schwitzen zu lassen. Anschließend trennte sie ein Stück von Hugos Mantel und schickte Primus damit zum See. Die durchtränkten Fetzen, die er ihr brachte, schlang sie geschickt um Quartus' Hand- und Fußgelenke. Dabei entdeckte sie einen winzigen Einstich in Quartus Fußsohle, der vermutlich von einem eingetretenen Dorn herrührte und eine böse Entzündung nach sich gezogen hatte. Wie Quartus es geschafft hatte, damit so lange durchzuhalten, blieb ihr ein Rätsel. Der Junge musste die Zähne zusammengebissen und geschwiegen haben.

»Er braucht Ruhe«, verkündete sie, als Rémy am Nachmittag zurückkam. Der Schotte hatte die vergangenen Stunden damit zugebracht, die Jungfrau Maria um Hilfe anzurufen, auf Knien und auf sein Schwert gestützt. Eine Weile leistete Gottfried ihm dabei Gesellschaft, doch noch ehe die Gebete beendet waren, stand er auf.

Prisca beobachtete aus den Augenwinkeln, wie er zu Baudouin ging, der sein Schwert mit einem Klümpchen Gänsefett polierte, das er in einer Zinnkapsel um den Hals trug. Die beiden Männer wechselten nur wenige Worte, bevor Baudouin ungestüm aufsprang und zum See hinunterging. Trotz der Kühle des Herbsttages riss er sich dort die Kleider vom Leib und tauchte splitternackt unter.

Prisca schlug den Blick nieder. Sie konnte sich schon denken, warum Gottfried so hartnäckig Baudouins Nähe suchte, doch wie es aussah, biss er mit seinen Fragen nach dessen Bruder Bombaste ebenso auf Stein wie Rémy schon einige Tage vor ihm. Auch dieser hatte versucht, seinem alten Freund etwas über seine Herkunft oder seinen geheimnisvollen Zwillingsbruder zu entlocken. Baudouin hatte daraufhin jedoch nur geantwortet, der einzige Mann, dem er je davon erzählt habe, sei Payen de Gros gewesen. Und auch dies nur, weil sein Freund ihm während einer Nachtwache im Ordenshaus von seiner verbotenen Liebesbeziehung zu der hübschen Jüdin aus Speyer, Priscas Mutter, berichtet habe.

Rémy räusperte sich geräuschvoll. »Gut, er braucht also Ruhe. Aber was können wir in dieser Einöde noch für ihn tun?«

»Viel Flüssigkeit und eine Arznei, die das Fieber drückt, wären ratsam. Aber ich habe leider kaum noch etwas bei mir. Primus sucht im Wald nach Weidenrinde und einigen Kräutern. Ein Sud daraus würde wohl ein wenig helfen, aber ...«

»Kein Aderlass?«, wunderte sich Rémy.

»Warum? Schworen die Ärzte Eures Ordens darauf?«

»Nur wenige«, gab er unumwunden zu. »Diejenigen, die der Orden nach Palästina schickte, verwendeten bald Heilmittel, die aus den Rezeptbüchern muslimischer Ärzte stammten. Ich darf behaupten, dass sie anderen Heilkundigen in vielen Dingen weit voraus waren.«

Remys wehmütiger Gesichtsausdruck ließ vermuten, dass er an das Mysterium dachte. Auf dem Tempelhof in Brandenburg hatten seine unerforschten Kräfte ihm nach einer schweren Verletzung das Leben gerettet, zumindest hielt er seitdem an dem Glauben an seine heilende Macht ebenso kompromisslos fest wie Gottfried an seiner neu gewonnenen Erkenntnis von der Existenz eines vierten, noch bedeutenderen Mysteriums.

»Da haben wir die Gefäße für Myrrhe und Weihrauch«, murrte er verdrossen. »Aber weil du das dritte Gefäß nicht mitgebracht hast, nützt uns das Mysterium nichts. Quartus wäre längst wieder auf den Beinen, wenn es hier wäre.«

Prisca wollte empört widersprechen, doch der Kummer, den sie in Rémys Augen erkannte, brachte sie dazu, seinen Vorwurf zu schlucken. Der Mann hatte sein großes Ziel Portugal vor Augen.

Es erschien ihm zum Greifen nah, und doch legte ihm das Schicksal Stein um Stein in den Weg. Dabei ahnte er nicht einmal, dass sich unter seinen Leuten Widerstand gegen sein Vorhaben regte. Sie schloss die Augen und atmete ein paar Mal tief durch. Seit Tagen rang sie bereits mit sich, ob sie Rémy von ihrer Unterredung mit Gottfried erzählen sollte. Noch hatte sie es nicht über sich gebracht, ihn zu verraten. Es gab schon genug Spannungen unter den ehemaligen Ordensbrüdern, ohne dass sie zusätzlich Öl ins Feuer goss. Stattdessen schwor sie feierlich, nichts unversucht zu lassen, um Quartus' Leben zu retten. Doch hierfür mussten sie ihn schleunigst an einen Ort schaffen, an dem er sich erholen konnte.

»Zum Gut meines Großvaters können wir ihn nicht bringen«, sagte sie schließlich leise. »Aber bis zum Kloster St. Jacques ist es weniger als ein Tagesmarsch. Der Abt dort ist ein Verwandter meines Großvaters.«

»Traust du ihm?«

Prisca atmete tief durch. O nein, das tat sie nicht. Der alte Mann hängte seine Kleider in jeden Wind, der ihn nicht sogleich davonwehte. Doch blieb ihr eine andere Wahl, als diesen Strohhalm zu ergreifen?

Germunds Ankunft auf Mathieus Gehöft wurde schon von Weitem durch eine Schar spielender Kinder gemeldet, die laut rufend auf das Haus zueilten, kaum dass sie das Pferd des nahenden Ankömmlings erspähten. Dieses Mal wurde er weniger offen begrüßt als bei seinem ersten Besuch. Als er durch das Gattertor ritt, begegneten ihm mehr argwöhnische als erfreute Blicke. Germund kümmerte dies nicht im Geringsten. Er hatte einen Auftrag, den es auszuführen galt.

Der Bauer bestellte mit seinen Knechten einen nahegelegenen Acker, kehrte aber, von einer der Mägde informiert, sogleich zum

Haus zurück. Zwei große schwarze Hunde waren an seiner Seite, als er Germund entgegentrat.

Germund blickte ihnen finster entgegen. Die Ungetüme starrten zurück.

»Halte mir deine Biester vom Leib«, warnte er Mathieu, unterließ es aber, zur Bekräftigung seiner Forderung die Hand an den Schwertknauf zu legen, denn es sah so aus, als warteten die Hunde nur auf eine derartige Geste. Zu seiner Überraschung, wollte ihm jedoch keines der Tiere ans Leder. Die Hunde näherten sich ihm vorsichtig, schnüffelten kurz an seinen Beinen und zogen sich dann mit freudigem Gebell zurück.

»Ihr habt sie beeindruckt, Herr«, sagte Mathieu mit einem Lächeln. »Sie würden sonst nie auf einen Fremden zugehen, es sei denn, ich würde es ihnen befehlen.«

Germund ließ die Bemerkung unerwidert. Er hatte längst aus seiner Erinnerung verdrängt, wie sehr er als Junge die Hunde auf dem Hof seines Vormunds geliebt hatte. Sie waren in den einsamen Jahren seiner Jugend, in denen er mehr Stockhiebe als gute Worte erfahren hatte, die besten Kameraden gewesen. Tröster, die seine Wunden geleckt hatten, wenn er grün und blau geprügelt in der Scheune gelegen hatte. Den grausamen Tod eines seiner Lieblingshunde, den sein Vormund eines Tages erschlagen hatte, um ihn für eine Ungeschicklichkeit zu bestrafen, hatte er mehr betrauert als den Verlust jedes Menschen, der je zuvor seinen Weg gekreuzt hatte. Doch das war lange her, und Germund hatte bei der seligen Jungfrau Maria geschworen, keinen Gedanken mehr an die Zeit vor seinem Eintritt in den Johanniterorden zu vergeuden. Nur die im Geiste Harten überlebten, hatte man ihm dort beigebracht, und allein die Gegenwart zählte. Aus ihr konnte er eine Zukunft formen, die es besser mit ihm meinen würde als die bitteren Jahre, die hinter ihm lagen. Wenn er Jakobus von Hahnheim dabei half, sein Ansehen im Orden zu vergrößern, dann würde dieser sich dafür erkenntlich zeigen. Gut möglich, dass er, Germund, dann tatsächlich eines nicht allzu fernen Tages einem Ordenshaus vorstand.

Seine Euphorie erhielt einen empfindlichen Dämpfer, als er Mathieu nach Balthasar de Gros fragte. Die betretene Miene des Bauern verriet ihm, dass etwas nicht stimmte, noch bevor der Mann auch nur den Mund öffnen konnte.

»Tot, sagst du?« Ohne Vorwarnung schnellte seine Hand vor. Er packte Mathieu am Hals und drückte ihn grob gegen den Türrahmen. Die Hunde winselten unruhig, taten aber nichts, um ihren Herrn aus dessen misslicher Lage zu befreien. Vermutlich warteten sie auf sein Zeichen.

»Wann ist das geschehen?«, knurrte Germund. »Und wag es bloß nicht, mich anzulügen. Ich wittere Unwahrheiten ebenso gut wie deine Biester einen Feldhasen.«

»Vor drei Tagen, Herr! In den frühen Morgenstunden!« Es war Mathieus Schwägerin, die Frau des Dorfschmieds, die auf Germunds Frage antwortete. Sie war aus dem Haus gekommen und stand nun mit gestrafften Schultern vor dem Johanniter. Angst schien sie vor ihm nicht zu haben. Germund ließ Mathieu los, doch nicht, ohne ihm vorher noch einen Stoß zu versetzen.

»Er war alt«, sagte die Frau so gleichmütig, als redete sie von einem verendeten Schaf. »Der Verlust seines Gutes und die Sorge um seine Tochter, die er ganz allein zurücklassen musste, haben seinen Herzschlag verstummen lassen.« Sie bekreuzigte sich dreimal. »Mein Schwager hat ihn auf einen Karren gelegt und zum nächsten Kirchhof gefahren, wo ihn der Priester unter die Erde gebracht hat wie jeden guten Christenmenschen.«

Germund schnaubte, als er das hörte. Auf dem Gutsbesitz hatte er etwas anderes erfahren. Dort hielt man den Alten für einen Mann, der insgeheim mit Ketzern paktierte, ihnen Hilfe und Unterschlupf gewährte. Doch das ging ihn nichts an. Albin de Fanion hatte von ihnen verlangt, dass der Grundherr nicht mehr zurückkehren würde. Wen scherte es da, dass der Alte verreckt war, bevor er Germunds Schwert zu spüren bekommen hatte? Ihn gewiss nicht. Nun musste dieser Lump Albin sich nur noch mit der Tochter de Gros' vermählen, und die Erinnerung an den Grundherrn und seine Familie war aus dem Gedächtnis der Leute hier ausradiert wie ein Schreibfehler auf einer Urkunde.

»Ich brauche einen Beweis für den Tod des alten Mannes«, wandte er sich schließlich an die Frau, die ihn mit kaum verhohlener Bitterkeit anstarrte. »Ihr habt doch bestimmt etwas von ihm aufbewahrt!«

Das Weib verschwand wortlos im Haus, kehrte aber kurz darauf mit einem Siegelring zurück, der mit einem Wappen geschmückt war. Germund erinnerte sich, dasselbe im *Donjon*, über Balthasar de Gros' Kamin gesehen zu haben. Aufmerksam betrachtete er sich das kostbare Stück von allen Seiten. Es war aus purem Gold, und der Rubin war gewiss ein Vermögen wert.

»Na, habt ihr dem Toten seinen Ring vom Finger gestreift?«

Die Dorfschmiedin griff sich mit entsetzter Miene an die Brust. »Aber nein, so etwas würden wir niemals tun«, beteuerte sie aufgeregt. »Wir sind ehrliche Leute, keine Leichenfledderer. Bevor es zu Ende ging, bat der alte Herr meinen Schwager Mathieu, ihm den Ring abzunehmen und bei nächster Gelegenheit seiner Tochter zu überbringen.«

»Nun gut, das werde nun ich übernehmen!« Germund öffnete seinen Gürtelbeutel und ließ den Siegelring hineingleiten. »Mein Herr wird dafür sorgen, dass ihn derjenige erhalten wird, dem er nach Recht und Gesetz zusteht!« Dann ließ er seine Blicke über das Gehöft schweifen. »Wo steckt eigentlich dieser Raymond? Etwa auch auf dem Kirchhof?«

Mathieu tauschte einen kurzen Blick mit seiner Schwägerin,

dann schüttelte er den Kopf. »Der Kahlkopf mit dem lahmen Bein, Herr? Der ist längst auf und davon. Keine Ahnung, wohin. Mit Verlaub, der Mann kam uns reichlich seltsam, ja fast unheimlich vor. Wir sind jedenfalls froh, dass wir ihn nun, da der alte Balthasar de Gros tot ist, nicht länger unter unserem Dach dulden müssen.«

Germund überlegte, ob er sich über diese Neuigkeiten freuen oder ärgern sollte, entschied sich aber dafür, der Flucht des Verkrüppelten keine Beachtung zu schenken. Bei den Bauern würde der sich gewiss nicht mehr blicken lassen, demnach konnte er auch diese Prisca nicht vor ihm und Jakobus warnen.

Germund griff in seinen Beutel und warf dem Bauern und seiner Schwägerin eine Handvoll kleiner Münzen vor die Füße.

»Wir haben nun einen Vertrag«, rief er mit lauter Stimme. »Ab sofort vergesst ihr, dass mein Herr und ich jemals einen Fuß auf euren Hof gesetzt haben, verstanden?« Er ließ sich sein Pferd bringen, schwang sich in den Sattel und befahl einem Knecht, das Gattertor für ihn zu öffnen. Als er sich ein letztes Mal umwandte, sah er zu seiner Befriedigung, wie der Bauer sich nach einer der Münzen bückte. Nur das Weib war stocksteif stehengeblieben. Vermutlich verwünschte es ihn in Gedanken, doch das war ihm einerlei. Er hatte nicht vor, sie oder einen anderen aus ihrer Sippschaft jemals wiederzusehen. Doch sollte sie seinen Vertrag brechen und Balthasars Enkelin sowie die Templer warnen, würde er davon erfahren.

Und zurückkehren.

Prisca plagte das schlechtes Gewissen, weil sie es zugelassen hatte, dass die Männer Quartus ohne sie nach St. Jacques brachten, aber Rémy hatte es ihr mit scharfen Worten ausgeredet, sie zum Kloster zu begleiten. Der Abt dort mochte alt und kurzsichtig sein, doch sie durften keinesfalls das Risiko eingehen, dass er in ihr das ungläubige Bastardkind seines verstorbenen Neffen Payen wiedererkannte.

Nach viel gutem Zureden erklärte sich Prisca schweren Herzens bereit, in einer Taverne, die nicht weit vom Kloster entfernt war, auf die Rückkehr der Männer zu warten, und tröstete sich mit dem Gedanken, dass Quartus in der Krankenstube der Mönche weitaus bessere Pflege zuteilwurde als im Wald, in einer Schenke oder in einem Heuschober. Natürlich musste damit gerechnet werden, dass der Junge in seinen Fieberträumen etwas ausplauderte, was nicht für fremde Ohren bestimmt war, doch Prisca bezweifelte, dass einer der Mönche in der Lage war, mit dem deutschen Dialekt seiner Heimat etwas anzufangen.

Prisca nutzte die Zeit in der angemieteten Kammer, um die Männerkleidung abzulegen und sich wieder in eine junge Frau zu verwandeln. Sie wusch sich die Haare und säuberte sorgfältig Hals und Gesicht vom Staub der Landstraßen. Zuletzt schlüpfte sie in das alte Kleid, das Primus der Schankwirtin abgeschwatzt hatte. Die Frau war klein und von rundlicher Statur, weshalb das aus rauer Wolle geschneiderte Kleidungsstück wie ein Rübensack über Priscas Hüften fiel. Als sie es mit kräftigen Bewegungen schnürte, spannte das Tuch dagegen so sehr, dass sie fürchtete, es bei einer unbedachten Bewegung zu zerreißen. Einerlei, entschied sie. Sie war wieder sie selbst, und das allein zählte.

Es war kurz vor Beginn der hohen jüdischen Feiertage, als Prisca vom Tod ihres Großvaters erfuhr. Ein junger jüdischer Kaufmann aus dem Königreich Kastilien, der unter dem Schutz des Bischofs von Bordeaux Handel getrieben hatte und nun auf dem Heimweg war, brachte die Neuigkeiten mit einem Windstoß und reichlich Regen in die überfüllte Taverne. Fassungslos lauschte sie, als der Fremde einigen Händlern bei einem Krug Wein davon erzählte.

Balthasar de Gros war tot? Aber warum nur? Was war geschehen? Seine Wunde hatte ihn doch kaum noch geplagt, als sie Mathieu Gehöft verlassen hatte. Nein, Prisca weigerte sich, das zu glauben. Am liebsten hätte sie sich auf den sonnengebräunten Händler gestürzt, ihn geschüttelt und ihm ins Gesicht geschrien, dass er sich irren musste, dass er nicht von ihrem Großvater sprechen konnte. Doch das wäre ein kindisches Verhalten gewesen und hätte zu nichts anderem geführt, als dass sie sich in den Augen der Anwesenden lächerlich oder gar verdächtig gemacht hätte. Daher taumelte sie lautlos in ihre Kammer zurück, wo sie ihr Gesicht unter dem muffig riechenden Kissen vergrub.

Während sich ihre Augen mit Tränen füllten, überlegte sie, warum das Schicksal so hart mit ihr umsprang. Sie war in denkbar ungünstigen Verhältnissen hineingeboren worden, doch nicht nur das. Ihre Mutter war gestorben, als sie noch ein kleines Mädchen gewesen war. Dann hatte sie ihren Vater verloren, der sich allerdings auch erst kurz vor seinem Tod zu ihr bekannt hatte. Und nun war ihr auch noch Balthasar genommen worden, bevor es zu einer Aussöhnung zwischen ihr und ihm hatte kommen können. Von ihrer Familie lebte nun niemand mehr, wenn man von Adaliz einmal absah.

Sie war allein. Wofür lebte sie eigentlich noch?

Prisca zuckte zusammen, als sie eine Berührung an der Schulter wahrnahm. Jemand schien sich geräuschlos an sie herangeschlichen zu haben. Sie wandte sich um und erkannte Primus, der sich mit einem besorgten Gesichtsausdruck über sie beugte.

»Wir haben es eben erst erfahren«, sagte er so sanft, dass Prisca gleich wieder zu schluchzen anfing. »Tut mir leid.«

Sie presste fest die Lippen aufeinander. Es war ihr unangenehm, dass ausgerechnet Primus sie so aufgelöst vorfand, nachdem sie sich doch stets so viel Mühe gegeben hatte, stark und beherrscht zu wirken.

»Quartus geht es ein wenig besser«, sagte er leise, weil er annahm, dass sie das hören wollte. »Die Mönche sind gastfreundlicher, als ich erwartet hätte.« Er lächelte. »Sie nehmen an, Quartus sei Rémys Sohn, und er lässt sie in dem Glauben. Ist einfacher für uns alle, nicht wahr?«

Erwartete er, dass sie antwortete? Wozu? Sie war es schon lange Leid, Geschichten erfinden zu müssen.

»Es ist vermutlich kein Trost für dich, aber wie du weißt, musste ich mich schon mein ganzes Leben lang allein durchs Leben schlagen«, flüsterte er, wobei er ihr vorsichtig eine Haarsträhne aus der Stirn strich. Eine wahrhaft ungeheuerliche Geste für einen Tempelritter, die, soweit Prisca von ihrem Vater wusste, zu Hochzeiten des Ordens nicht einmal Mutter oder Schwester liebevoll berühren durften. Dieses Kapitel der Ordensstatuten schien Primus nicht zu kennen. Oder falls doch, war es ihm herzlich einerlei. Er nahm ihre Hand und führte sie zu seinen Lippen.

»Ich wurde als Findelkind auf die Schwelle der Ordenskirche im Tempelhof gelegt«, fuhr er fort. »Über meine wahren Eltern habe ich nie etwas in Erfahrung bringen können. Entweder gehörten sie zum fahrenden Volk, oder meine Mutter war eine Magd, die das Pech hatte, von ihrem Dienstherrn geschwängert und davongejagt zu werden.« Er zuckte mit den Schultern. »Die Leute vom Tempelhof betrachteten mich als *Donatus*, ein Geschenk zum Jahresbeginn, mit dem sie umspringen konnten, wie immer es ihnen in den Sinn kam. Aber wenigstens ließen sie mich nicht verhungern.«

Prisca schloss die Augen. All das war ihr längst bekannt. Auch dass die Templer, bei denen er aufgewachsen war, ihm den Namen Primus gegeben hatten, weil er am frühen Morgen eines Neujahrstags gefunden worden war. Aber trotzdem ließ sie ihn weitererzählen, weil der Klang seiner tiefen Stimme ihr so guttat. Sie wollte sich von ihr davontragen lassen, hinaus aus dieser Kammer und an einen Ort, an dem es weder Tempelritter noch Juden oder Katharer, sondern einfach nur Menschen gab, die miteinander glücklich waren.

»Du wirst deinen rechtmäßigen Platz auf den Gütern deines Vaters schon einnehmen, dafür werden Rémy und wir anderen sorgen!«

Ihren rechtmäßigen Platz? Prisca hob verwundert den Blick. Hatte Primus denn gar nichts verstanden? Selbst ohne Albin, der sich auf dem Besitz der Familie de Gros breitmachte, gab es immer noch etwas Entscheidendes, das ihr fehlte: die Anerkennung des Grundherrn, ein Abkömmling der Familie zu sein. Sie hatte kein Recht, auch nur noch einen Fuß auf den Grundbesitz ihres verstorbenen Großvaters zu setzen. Die einzige Person, die dies eventuell ändern konnte, war Adaliz, doch nach allem, was in St. Jacques geschehen war, bezweifelte Prisca, dass ihre Tante und Albin ihr diesen Gefallen tun würden.

Bevor sie Primus bitten konnte, sie allein zu lassen, spürte sie plötzlich seine Lippen auf ihrem Mund. Sein Kuss war zärtlich und forschend. Als sie ihn schließlich erwiderte und die Arme wie eine Ertrinkende um seinen Hals schlang, sank er behutsam auf sie. Bald schon nahm sie weder den Lärm aus der benachbarten Schankstube mehr wahr noch den Regen, der gegen die geölte Leinwand im Fensterrahmen ihrer Kammer prasselte. Nur das Klopfen ihrer Herzen drang an ihr Ohr. Primus' Bewegungen umschlossen sie wie eine weiche Daunendecke, und als seine Lippen und Hände zuerst ihren Hals und dann die tiefer gelegenen Regionen ihres Körpers erkundeten, glaubte sie in einem Meer aus unbekannten Gefühlen zu ertrinken.

Sie roch den Duft frischer Minze. Er musste ein halbes Dutzend Blätter gekaut haben, bevor er zu ihr gekommen war. Unter ihrem glühenden Leib knisterte das Stroh, es mahnte, dass sie etwas Verbotenes tat. Etwas Herrliches, für das sie sich morgen früh verfluchen würde. Aber wer kannte schon das Morgen? Nun galten die Gesetze der Nacht, und Prisca verspürte keinen anderen Wunsch, als sie zu befolgen.

Anschließend lagen sie noch eine Weile beieinander, hielten sich an den Händen wie ein verliebtes Paar, dem die Welt einen Herzschlag lang zu Füßen lag. Mit dem Dahinschwinden des Tageslichts dämmerte es auch in der Kammer; die Kerze, die auf einem Schemel in der Ecke brannte, warf gespenstische Schatten an die Wand.

Nackt wie sie war, erhob Prisca sich und durchquerte eilig die Kammer, um die Kerze zu löschen. Sie konnte den Schatten nicht länger ertragen.

»Es tut mir leid«, hörte sie Primus sagen. Er klang kleinlaut, fast bekümmert. »Ich wollte dich nicht überrumpeln. Es ist nur ... Nachdem du damals fortgegangen warst, und niemand sagen konnte, ob wir einander jemals wiedersehen, hatte ich vor, dich zu vergessen. Aber ich ahnte schon, dass das nicht möglich sein würde. Ich bin der festen Überzeugung, dass unsere Wege sich immer wieder kreuzen werden, egal, wohin wir auch gehen.«

Sie glaubte ihm. Doch leichter machte es ihr sein Bekenntnis nicht.

»Du denkst an deinen Vater Payen und an deine Mutter, nicht wahr?«

Prisca brachte nicht mehr als ein Nicken zuwege, obwohl ihr klar war, dass Primus es nicht sehen konnte. Aber er hatte recht. Mit den beiden hatte alles angefangen. Mit einem Templer und einer Jüdin, die sich ineinander verliebt und somit alles um sich herum vergessen hatten: ihre Herkunft, ihren Glauben und ihren Auftrag.

Und nun, Jahre später, war ihre Tochter im Begriff, den gleichen Fehler zu begehen.

Nein! Prisca warf sich in ihr Kleid, stopfte ihr Haar unter das

Gebende und rannte hinaus in den strömenden Regen, ohne sich nach Primus umzublicken.

Sie würde die Fehler ihrer Vorfahren nicht wiederholen, das durfte sie einfach nicht.

Das Mysterium musste sie davor bewahren.

XXXV.

Krähen umschwirrten den *Donjon*, als Prisca wenige Tage später vor dem Tor des Gutshofes stand. Baudouin begleitete sie. Die Wahl war auf ihn gefallen, weil er es nicht nur besser als die anderen verstand, sein Äußeres zu verändern, sondern auch, weil er die Landessprache sicher beherrschte und sich so leicht als Einheimischer tarnen konnte. Beide, Prisca und der Templer, hatten sich in bäuerliche Aufmachung geworfen. Ihr Plan sah vor, dass Baudouin sich unter die Arbeiter aus den Dörfern rund um Pouillon mischte, die beim Bau der Mauer um den Hof Frondienste leisteten, während Prisca als Dienstmagd getarnt die Lage auskundschaftete. Rémy hatte zwar dagegen Bedenken angemeldet, doch da niemand die Gegend so gut kannte wie Prisca, war ihm zuletzt nichts anderes übriggeblieben, als klein beizugeben. Er hatte Prisca beschworen, zuallererst das Mysterium aus seinem Versteck zu holen. Dann, so versprach er, würden er und die übrigen Ritter sich um Albin kümmern.

Prisca bewegte sich in gebeugter Haltung durch das behelfsmäßig errichtete Tor, ein Bündel Reisig über die Schulter gelegt. Baudouin folgte in einigem Abstand nach. Er hatte eine Gruppe Männer erspäht, die vom Dorf kommend, einen Karren mit Lehmziegeln und Stroh die Anhöhe hinaufschoben. Keuchend vor Anstrengung und zu Tode erschöpft, merkte keiner von ihnen, dass plötzlich ein weiterer Helfer Hand anlegte, um den Karren über Stock und Stein durch das Tor zu befördern. Im Gegenteil, sie waren dankbar, dass sich dadurch ihre Last verminderte. Die beiden Wachen, die mit Lanzen bewaffnet Hof und Hügel im Auge behielten, winkten die Männer mit dem Karren ebenso gelangweilt durch wie Prisca mit ihrem Reisig. Aufgrund ihrer gebeugten Körperhaltung, des schleppenden Gangs und des tief ins Gesicht gezogenen Tuches hielten sie sie offenbar für ein älteres Weib, mit dem sie sich nicht aufzuhalten gedachten.

Prisca hielt ihren Blick wie erstarrt auf die halbrunden Fenster des *Donjons* gerichtet. Es war ein eigenartiges Gefühl, das Gebäude wieder zu sehen. Ihr Herz wurde ihr schwer, als sie daran dachte, wie stolz ihr Großvater auf den Besitz seiner Familie gewesen war. Für ihn war der alte Turm der Ort gewesen, an dem Generationen von Menschen seines Blutes geboren worden und gestorben waren. Gewiss wäre es sein Wunsch gewesen, in der nahe gelegenen Kapelle zur letzten Ruhe gelegt zu werden, doch stattdessen lag er nun fern von seinem Gut. Prisca konnte nicht einmal sagen, ob man seinen sterblichen Überresten ein ordentliches Begräbnis zugestanden oder ob man sie in aller Eile verscharrt hatte. Nachdem nun auch Balthasar tot war, gab es niemanden mehr, der den Namen des Rittergeschlechts weitergeben konnte. Das, wovor es Balthasar nach dem Eintritt seines Sohnes Payen in den Templerorden stets gegraut hatte, war eingetreten. Seine Familie drohte zu erlöschen.

Auf dem Gutshof bereitete man sich bereits auf den Winter vor. Wohin Prisca blickte, wurde gearbeitet. Vor dem hölzernen Vorratshaus, das sich nur wenige Schritte vom *Donjon* entfernt befand, wurde grobkörniges Salz aus Säcken in Fässer geschaufelt, die anschließend von Knechten versiegelt und dann ins Innere gerollt wurden. Unter einem Schattendach aus Stroh droschen Mägde Erbsen und Bohnen aus. Sie mussten später gemeinsam mit der Hirse, dem Dinkel und dem Roggen auf dem luftigen

Dachboden des Vorratshauses zum Trocknen ausgelegt werden. Andere Frauen dörrten Fisch oder rieben ihn an lagen Bänken mit Salz ein, um ihn für den kommenden Winter genießbar zu halten. Obst aus den Gärten des Grundherrn wurde von Kindern in Stroh gebettet oder in kleine Fässchen gepackt. Prisca erinnerte sich, dass ihr Großvater die Fässer jedes Jahr ab Oktober abdichten und in den Brunnenschacht hängen ließ, wo die Früchte bis weit nach dem Christfest frisch und schmackhaft blieben.

»Man könnte meinen, dieser Albin bereite sich auf eine Belagerung vor«, flüsterte Baudouin, als er eine halbe Stunde später zu Prisca stieß. Er bückte sich und gab vor, einen Stein aus seinem Schuh zu schütteln. »Hast du ihn hier irgendwo gesehen?«

Prisca schüttelte den Kopf. Aus den Augenwinkeln spähte sie zum *Donjon* hinüber, darauf gefasst, dass Albin jeden Moment seinen Kopf aus einem der Fenster steckte, sie erkannte und die Torwachen herbeirief, um sie festzunehmen. Doch im Turm regte sich nichts. Er sah aus, als wäre er verlassen. Doch Prisca spürte, dass dem nicht so war. Adaliz saß irgendwo dort oben, einsam und am Boden zerstört. Wie gern wäre sie jetzt in ihre Kammer gegangen, um sie zu trösten. Die Nachricht vom Tod ihres Vaters musste sie schwer getroffen haben. Es war gewiss nicht ihr Wille, dass auf dem Gut gearbeitet wurde, als wäre überhaupt nichts geschehen. Dass sie dies trotzdem zuließ, konnte nur bedeuten, dass sie sich in ihrem Kummer völlig zurückgezogen und Albin sämtliche Befugnisse des Hausherrn überlassen hatte.

Prisca verkrampfte sich der Magen vor Wut und Verzweiflung, als sie daran dachte, wie dieser Mann damit das Andenken ihres Großvaters beschmutzte.

»He, du faules Ding, starr keine Löcher in die Luft«, rief ihr plötzlich eine der Mägde zu. »Mit den Mannsbildern herumtändeln kannst du nach der Arbeit!«

Prisca erschrak. Sie kannte die Frau nicht, vermutlich kam sie aus einem der benachbarten Dörfer und hatte erst nach der Flucht ihres Großvaters eine Bleibe auf dem Gut gefunden. Albin schien fast das gesamte Gesinde ausgewechselt zu haben, vermutlich, weil er sich über dessen Treue nicht hatte sicher sein können. Für Prisca stellte es indessen einen Vorteil dar, dass die Magd sie nicht kannte. Sogleich begab sie sich zu dem Tisch, an dem die Frau mit bis über den Ellenbogen aufgerollten Ärmeln faule Früchte aussortierte und bot ihr mit einem Lächeln an, ihr zu helfen. Die Magd hob den Blick. »Wie freundlich, dass du mir deine Hilfe anbietest! Na los, bis zum Einbruch der Dunkelheit müssen die Guten von den Faulen getrennt werden.« Sie stieß einen spitzen Schrei aus, als sie Priscas Hände entdeckte. »Was für hübsche Pfötchen! Du scheinst mir zu den Faulen zu gehören, was? Hast dich wohl bislang immer um schwere Arbeit herumgedrückt oder sie den anderen überlassen. Kein Wunder, dass deine Mutter dich fortgeschickt hat.«

Prisca machte sich an die Arbeit, ohne auf die Sticheleien der Magd einzugehen. Gleichzeitig ärgerte sie sich über ihr Versäumnis, ihre Hände etwas weniger gepflegt aussehen zu lassen. Im Gegensatz zu dem, was ihr die Frau an den Kopf geworfen hatte, hatte sie sich niemals vor schwerer Arbeit gedrückt. Im Haus ihrer Verwandten zu Speyer, die ihr nach dem Tod ihrer Mutter widerwillig ein Dach über dem Kopf gegeben hatten, war sie von Kindheit an daran gewöhnt worden, dass nur die nicht hungrig vom Tisch aufstanden, die ihre Pflichten im Haus erfüllten. Unter der strengen Aufsicht ihrer Tante hatte Prisca nähen und sticken gelernt. Sie war in den Regeln des Kochens nach den Speisegeboten Israels unterwiesen worden und hatte meist nur spätabends ein wenig Zeit gefunden, um ihrer großen Leidenschaft, dem Studium der Heilpflanzen, zu frönen. Dies hatte erst aufgehört, als ein bedeutender Gelehrter auf ihre Begabung für die Heilkunde aufmerksam geworden war und es durchgesetzt hatte, sie selbst auszubilden. Den tadellosen Zustand ihrer Hände verdankte sie somit seiner Fürsprache, denn der Mann hatte die Ansicht vertreten, dass ruhige Hände das wichtigste Werkzeug eines guten Arztes darstellten.

»Euch hat man wohl keine Arbeit aufgetragen?«, fragte sie Baudouin, als der Tempelritter plötzlich neben ihr auftauchte. Prisca plagte sich mit einem schweren Holzkasten ab, der bis zum Rand mit aussortierten Früchten gefüllt war. Das Obst sollte in der Küche zu einem Mus eingekocht und dann in Honig eingelegt werden.

»Aber gewiss«, antwortete er mit einem Lächeln. »Ich passe auf, dass du nicht stolperst.« Er blickte sich verstohlen um. Es dämmerte bereits. Am Tor sehnten die Wachen ihre Ablösung herbei. Ihre Aufmerksamkeit ließ schon seit geraumer Zeit zu wünschen übrig. Sie plauderten mehr, als dass sie nach Feinden Ausschau hielten oder das emsige Treiben auf dem Platz vor dem *Donjon* beobachteten. Dass einer Magd mit einem Obstkasten von einem der Knechte die Tür zum Haupthaus aufgehalten wurde, nahm keiner von ihnen wahr.

»Lass mich das Obst tragen, bevor du zusammenbrichst«, sagte Baudouin. Hastig sah er sich um, als versuchte er, sich jede Einzelheit der kühlen Turmstube einzuprägen. Dann deutete er auf die Treppe, die zu Balthasars und Adaliz' Gemächern führten. »Dort entlang?«, wollte er wissen. Obwohl er flüsterte, hallten seine Worte von den grauen Steinmauern wider.

Prisca schüttelte den Kopf. Um zur Küche und den Vorrats- kammern zu gelangen, mussten sie einen fensterlosen Gang durchqueren, an dessen Ende einige Stufen hinab zu den Kellern führten. Dort angekommen, stellte Baudouin die Obstkiste ab und folgte Prisca leise zu den Vorratsräumen. Vor der Eichentür, hinter der die Küche des Gutes lag, blieb sie kurz stehen und drückte ihr Ohr gegen das Holz. Hineinzugehen, wagte sie nicht, denn das Gemurmel, das sie hörte, verriet ihr nicht, ob das Gesinde hinter der Tür neu oder schon zu Balthasars Zeiten auf dem Gut gewesen war. Als sie sich schon abwenden wollte, zuckte sie zusammen. Irritiert lauschte sie noch einmal, dann schüttelte sie den Kopf.

»Was ist los?«, fragte Baudouin. »Was hast du gehört? Ist dieser Albin etwa in der Küche?«

Prisca atmete tief durch, bevor sie ihm mit einer Handbewegung zu verstehen gab, dass ihre überreizten Sinne ihr offensichtlich einen Streich gespielt hatten. Einen Atemzug lang hatte sie doch tatsächlich geglaubt, jemanden in deutscher Sprache nach Wein rufen zu hören. Doch das war schlicht unmöglich, so tief im Süden. Außer ihr und den Templern war weit und breit kein Mensch der deutschen Sprache mächtig. Demnach musste sie sich getäuscht haben. Und was Albin betraf, so hatte sie vorhin beim Obstsortieren erfahren, dass dieser sich schon den ganzen Tag nicht hatte blicken lassen.

Gefolgt von Baudouin schlich Prisca weiter, bis sie endlich vor der Kammer stand, in der sie das Mysterium zurückgelassen hatte. Sie konnte nur hoffen, dass im Zuge der Vorbereitungen auf den Winter noch keine Fässer aus dem Keller geholt worden waren. Doch als sie den Raum betrat, stellte sie zu ihrer Erleichterung fest, dass keines von ihnen vom Fleck bewegt worden war. Ohne Lampe oder Kerze war es nicht ganz einfach, das richtige Fass auszuwählen, doch nach kurzer Suche gelang es ihr. Sie beugte sich über die Öffnung und ließ ihre Hände tastend hinabgleiten. Ein Schrecken durchfuhr sie, als sie auf nichts als Leere stieß. Der Sack, in dem sie das Kästchen mit dem Gefäß des Balthasar versteckt hatte, lag nicht mehr im Fass.

»Verdammter Mist«, fluchte Baudouin vor sich hin. Wütend versetzte er dem leeren Fass einen Fußtritt. »Aber vielleicht irrst du dich ja, und das Mysterium liegt in einem der anderen Fässer. Ich werde jetzt jeden einzelnen Deckel öffnen, bis ich die Reliquie gefunden haben.«

Prisca senkte den Blick. Wie gern hätte auch sie sich an diesen Strohhalm geklammert, aber gleichzeitig war ihr klar, dass es zwecklos war. Sie erinnerte sich genau, wann und wo sie den Sack versteckt hatte. Er war nicht mehr da, was bedeutete, dass jemand ihn gefunden hatte. Aber wer? Kein Mensch hatte auch nur eine blasse Ahnung davon gehabt, welches Geheimnis Prisca gehütet hatte, nicht einmal ihr Großvater. Für ihre Habseligkeiten hatte sich keiner auf dem Gutsbesitz interessiert, schließlich war sie bettelarm und halbverhungert in Aquitanien angekommen. Plötzlich schluckte sie, als ihr etwas einfiel.

»Meine Tante«, keuchte sie fassungslos. »Adaliz.«

Baudouin, der sich bereits an einem der anderen Fässer zu schaffen machte, drehte sich mit einem Stirnrunzeln zu ihr um. »Was?«

»Sie hat mich einmal gefragt, ob ich ihr den Schmuck meiner Mutter zeigen und vielleicht das eine oder andere Stück borgen würde, damit sie es zur Vermählung mit Montloup tragen könne. Natürlich stritt ich ab, so etwas Edles zu besitzen, was auch der Wahrheit entspricht. Aber Adaliz hat mir nicht geglaubt. Sie war überzeugt davon, dass ich etwas vor ihr verberge. Vermutlich war sie es, die meine Kammer durchsucht und dabei das Mysterium entdeckt hat.«

Baudouin nickte; offenbar leuchtete ihm die Erklärung ein. »Dann müssen wir auf der Stelle zu ihr!«, sagte er und ließ den Holzdeckel sinken.

»Bemüht Euch nicht! Ihr werdet nirgendwohin gehen!«

Die Worte kamen völlig unerwartet und lähmten sowohl Baudouin als auch Prisca für einen Moment so sehr, dass sie nur überrumpelt Augen und Münder aufrissen. Der Drohung folgte ein Schatten, der am Eingang wuchs wie ein Baum, bis er die ganze Breite der Tür ausgefüllt hatte. Schließlich schälten sich aus dem Dunkel die Umrisse eines breitschultrigen Mannes, den Prisca nie zuvor gesehen hatte. Er war groß, bärtig und ein wenig untersetzt, wirkte aber mit seinen muskulösen Armen und den sehnigen Beinen kampferprobt. Das eingestickte Kreuz auf dem ärmellosen Mantel, der in Brusthöhe von einer Bronzespange gerafft wurde, wies den Mann als Angehörigen eines christlichen Ritterordens aus.

Prisca wich einen Schritt zurück. Der Fremde hatte sie nicht im landesüblichen Dialekt, sondern auf Deutsch angesprochen. Sie wechselte einen hastigen Blick mit Baudouin und bemerkte, dass sich dessen Augen zu Schlitzen zusammenzogen.

»Germund«, spie der Templer aus, als ekelte es ihn, diesen Namen in den Mund zu nehmen. Der fremde Ritter grinste ihn an.

»Ihr hättet wohl nicht erwartet, mich ausgerechnet hier anzutreffen, aber wie Ihr seht, ist es nicht so einfach, vor uns davonzulaufen!«

Baudouin schnaubte. »Eure Scherze waren auch schon einmal besser, Germund. Das wäre freilich das erste Mal, dass ein Tempelritter vor einem Johanniter davonliefe. Aber dass Ihr uns nach Eurer schimpflichen Niederlage gegen meinen Ordensbruder Rémy St. Clair immer noch auf den Fersen seid, beweist mir, dass Ihr gerne Schläge einsteckt.« Ein spöttisches Grinsen umspielte seine Lippen. »Damals, in Alzey, hattet Ihr ja schon einmal das Vergnügen!«

Prisca hörte, wie der Fremde empört nach Luft schnappte. Dabei verfärbte sich sein Gesicht feuerrot, und seine Augen glühten so voller Hass, dass sie einen bangen Moment lang fürchtete, er würde sein Schwert ziehen und Baudouin mit einem Hieb den Kopf von den Schultern trennen. Ganz offensichtlich gehörte er zu den Personen, die Beleidigungen niemals vergaßen und noch weniger verziehen. Die Feindseligkeit, die wie ein Knistern in der Luft lag, schien aber nicht nur auf die Rivalität zweier gegensätzlicher Ritterorden zurückzugehen. Der Mann im Ordensgewand der Johanniter jagte ganz eindeutig ebenfalls dem Mysterium nach.

Prisca hatte den Gedanken kaum zu Ende gebracht, als das Geschrei weiterer Männer durch den Gang hallte. Angeführt von einem grauhaarigen Ritter, dessen Gewand ihn ebenfalls als Johanniter auswies, betraten sie den Raum. Albin war bei ihnen. Als sein Blick auf sie fiel, hob er strahlend seine Fackel.

»Sieh an, welche Maus auf der Suche nach Käse in mein Haus spaziert«, sagte er, wobei seine Stimme vor Genugtuung geradezu troff.

»In *Euer* Haus?«, gab Prisca zurück. »Euch gehört hier gar nichts, mögt Ihr Euch auch noch so aufspielen.«

Diesen Einwand hörte Albin ebenso ungern, wie der Johanniter Germund an vergangene Niederlagen erinnert wurde. Wutentbrannt stapfte er auf Prisca zu und holte aus, um ihr die brennende Fackel ins Gesicht zu schlagen. Prisca hob einen Arm, um ihre Augen zu schützen, doch noch ehe Albin sie erreichte, machte Baudouin einen Satz, ergriff den schweren Deckel des Fasses, den er kurz vorher zu Boden geworfen hatte, und schmetterte ihn dem wütenden Mann mit einer blitzschnellen Bewegung gegen den Kopf.

Mit einem Röcheln taumelte Albin rückwärts. Die Fackel entglitt seiner Hand und rollte über den festgestampften Boden. Baudouin bückte sich danach, dann zog er seinen Dolch und hielt die Männer eine Weile auf Abstand. Doch obwohl er sich verbissen gegen seine Angreifer wehrte, hielt er ihren Schwertern nicht lange stand. Er musste sich ergeben.

Mit einem Klirren fiel Baudouins Dolch zu Boden. Germund hob ihn auf und steckte ihn zufrieden in seinen Gürtel. Dann gab er zweien von Albins bewaffneten Knechten den Befehl, sowohl Baudouin als auch Prisca mit Stricken Hände und Füße zu fesseln. Als sie ihr Werk beendet hatten, trat Jakobus von Hahnheim vor. Er betrachtete den vor ihm auf dem Fußboden kauernden Mann mit einer Mischung aus Abscheu und Faszination.

»Ich habe Eure Worte mitangehört«, sagte er betont ruhig und klang dabei fast so wie ein Schulmeister, der einem widerspenstigen Zögling ins Gewissen redete. »In ihnen schwingt der Stolz mit, der Eurem Orden einst das Rückgrat gebrochen hat.« Er schüttelte mit einem Seufzer den Kopf. »Ihr scheint vom Orden vom Hospital des Heiligen Johannes nicht viel zu halten, aber das überrascht mich wenig nach den Lügen, die Euch Templern über uns erzählt wurden.«

»Lügen?«, erwiderte Baudouin. »Ihr seid es doch gewesen, die den falschen Zeugen geglaubt habt, die bei den Prozessen gegen uns Templer aussagten. Eure Leute hörten sich all diesen Unrat ohne den geringsten Widerspruch an. Keiner von Euch meldete Zweifel an, als man uns vorwarf, Götzen anzubeten oder verschwendungssüchtig zu sein. Dabei wisst Ihr gut, dass die Templer mehr Almosen gegeben und mehr Kirchen und Kapellen gestiftet haben als jeder andere Ritterorden. Das kam selbst in den Prozessen gegen uns zur Sprache, und nicht einmal der verschlagene Kanzler Philipps IV., der uns hasste bis aufs Blut und verfolgte, wagte es, dies zu bestreiten.«

Jakobus von Hahnheim hörte zu, beschloss aber die Vorwürfe des Gefangenen unerwidert zu lassen.

»Euer Fehler ist, dass Ihr noch nicht begriffen habt, dass es Euch Templer nicht mehr gibt«, sagte er schließlich bedächtig. »Die Augen vor der Wirklichkeit zu verschließen und so zu tun, als würdet Ihr mit mir von Ordensritter zu Ordensritter sprechen, beweist mir, dass Ihr genau das seid, was Euch vorgeworfen wird: ein Ketzer und Feind der Kirche.« Er nickte. »O ja, mir ist bekannt, was Ihr und Eure Waffenbrüder vorhaben. Ich weiß alles über den neuen Ritterorden in Portugal, dem Ihr Euch anschließen wollt.«

Baudouin hob lauernd den Blick. Seine Augen waren blutunterlaufen, die Lippe war aufgeplatzt. »Und das macht Euch wohl Angst?«

»Nein, denn wenn ich zwei und zwei zusammenzähle, ist Euer Anspruch auf eine führende Position in diesem neuen Ritterorden nichts wert, falls Ihr in Portugal nicht gewisse Beweise dafür vorlegen könnt, die Euch als Vertraute Eures letzten Großmeisters und Geheimnisträgers des Ordens ausweisen. Einer dieser Beweise ist jedoch in meiner Hand!«

Er warf Baudouin einen scharfen Blick zu, in dem keine Spur von Nachsicht und Milde mehr zu finden war. »Wo sind die goldenen Gefäße?«, herrschte er seinen Gefangenen an. »Ich will sie haben, und wenn ich etwas haben will, dann bekomme ich das auch!«

Baudouin nuschelte ein paar Worte auf Okzitanisch, die Jakobus von Hahnheim natürlich nicht verstand. Er wandte sich zu Albin um, der schulterzuckend übersetzte, der Gefangene würde sein Wissen eher mit einem Schwein teilen als mit ihm.

Der Johanniter presste die Lippen aufeinander. »Nun, das werden wir noch sehen«, sagte er mit düsterer Miene.

»Ich könnte mir ein paar Männer nehmen und die Gegend durchkämmen«, schlug Germund vor. »Fremde fallen hier auf. Ich bin sicher, dass die Ketzer nicht weit sind.«

Jakobus von Hahnheim lächelte. »Dein Eifer für unsere Sache in allen Ehren, aber ich denke, das wird nicht nötig sein. Dieser Templer wurde mit dem Mädchen vorgeschickt, um das Mysterium aus seinem Versteck zu holen und danach in Sicherheit zu bringen. Was, glaubst du, wird geschehen, wenn sie nicht zur verabredeten Zeit zurückkehren?«

Germund grinste. Er brauchte gar nicht nach den Templern zu suchen, sie würden von sich aus zu ihnen kommen. Und er würde vorbereitet sein, sie willkommen zu heißen.

Gehorsam ließ er seinem Herrn und Albin den Vortritt, als diese den Kellerraum verließen. An die Gefangenen richtete er kein Wort mehr. Lediglich ein letzter, mörderischer Blick streifte Prisca, dann warf er die Tür zu und verriegelte sie sorgfältig von außen.

»Verdammt, die Fesseln sitzen so straff, als hätte der Teufel sie gebunden!«

Baudouin wand sich auf dem Fußboden und zerrte dabei an den Stricken um seine Handgelenke, bis er schweißüberströmt war und der Hanf sein Fleisch aufscheuerte, doch zwecklos. Sie gaben nicht nach. Erschöpft ließ er den Kopf nach hinten sinken und starrte mit finsterer Miene auf ein Spinnennetz an der Decke.

Prisca wandte sich ab, denn es quälte sie, ihn so hilflos daliegen zu sehen. Dies war alles ihre Schuld. Hätte sie nicht damit rechnen müssen, dass man sie erwischte? Oder, dass jemand die Reliquie in der Zwischenzeit entdeckt hatte? Wie töricht war sie doch gewesen, anzunehmen, sie könnte einfach ins Haus spazieren und es von allen unbemerkt wieder verlassen. Baudouin machte ihr keinen Vorwurf, doch das beruhigte ihr Gewissen in keiner Weise.

»Ist es nicht sonderbar?«, sagte er nach einer Weile. »Ich bin in meinem ganzen Leben nie in Gefangenschaft geraten.« Er lachte auf, als belustigte ihn der Gedanke daran. »Weder damals, als ich nach Akkon abkommandiert war, um die Festung gegen die Sarazenen zu verteidigen, noch später in Paris.«

»Ihr sprecht von jenem Freitagmorgen, als die Templer in ganz Frankreich von König Philipps Männern überfallen wurden«, sagte Prisca. Sie zwang sich zu einem Lächeln, mit dem sie ihren

Mitgefangenen daran erinnern wollte, wie vielen scheinbar ausweglosen Situationen er in den letzten Jahren entronnen war. Doch dann bemerkte sie, dass es in der Kammer viel zu dunkel geworden war, um ihre Gesichtszüge zu erkennen. Durch das schmale vergitterte Fenster, das ihr gegenüber fast in Mannshöhe unter dem Deckengebälk saß, fiel kaum noch Tageslicht. Vermutlich war es ihre Absicht, die Gefangenen zu zermürben, indem sie sie gefesselt der Finsternis überließen.

»Ja«, bestätigte Baudouin nach einigem Zögern. »Du hast gewiss gehört, was sich Rémy und der dicke Hugo über mich erzählen, nicht wahr? Dass ich dem Unglück damals entkommen sei, weil ich nicht im Ordenshaus, sondern im Bett einer Hure geschlafen habe?«

Prisca schloss die Augen. Wem half es, alte Geschichten aufzuwärmen? Erwartete Baudouin von ihr, dass sie sich über seine Schwächen empört zeigte oder ihn verurteilte? Ausgerechnet sie? Wie viele Versprechen hatte sie denn in ihrem Leben gebrochen? Unzählige. Es lag ihr auf der Zunge, Baudouin von ihrer Nacht mit Primus zu berichten. Sie tat es nicht, obwohl sie ganz deutlich spürte, dass der Ritter dafür Verständnis aufbringen würde. Aber die Sache ging außer ihr nur Primus etwas an.

»Unser eigenes Gewissen ist oft der schärfste Ankläger«, sagte sie schließlich leise. »Ihr dürft Euch keine Vorwürfe mehr machen, weil Ihr damals nicht bei Euren Ordensbrüdern geblieben seid. Es ging um Euer Leben, und außerdem hattet Ihr einen Auftrag Eures Großmeisters zu erfüllen.«

»Wie scharfsinnig du doch bist!« Obwohl in Baudouins Ton stets auch eine Portion Ironie mitschwang, klang er diesmal aufrichtig. »Mein alter Freund Payen wäre stolz auf dich. Er hat mir oft von dir vorgeschwärmt. Ich vermute, ihn erreichte von Zeit zu Zeit ein Brief von deiner Mutter. Solange sie am Leben war, blieb er über dich im Bilde. Er wusste sogar von deiner Liebe zu

Pflanzen und Kräutern. Als wir für den Orden in Palästina waren, zog er sich den Spott der Brüder zu, weil er auf der Insel einheimische Pflanzen sammelte. Vermutlich wollte er sie dir eines Tages zum Geschenk machen.« Da der Templer nicht weiterredete, nahm Prisca an, er wäre eingeschlafen, doch dann sagte er unvermittelt:»Ich verbrachte jene Nacht in Paris nicht in einem Hurenhaus. Ich traf mich mit meinem Bruder.«

Prisca wurde hellhörig.»Mit … Bombaste?«

»Ganz recht, mit Bombaste, dem Katharer. Er kam nach Paris, weil er meine Hilfe brauchte. Schon damals wurde nach ihm gesucht, weil er als *Perfectus* durch den Süden zog. Es heißt, die Katharer seien vernichtet, völlig ausgelöscht worden, aber das entspricht nicht der Wahrheit. In einigen Gegenden des Languedoc gibt es nach wie vor Menschen, bei denen ihre Lehre nicht auf taube Ohren stößt.« Er bewegte leicht Schultern und Arme, die allmählich steif zu werden drohten.»Im Süden sehnen sich viele Bauern, aber auch Bürger in den Städten sowie kleine Adlige nach Befreiung von den Ketten der katholischen Kirchenfürsten und ihrer Inquisition. Daher unterstützen sie Menschen wie Bombaste.«

»Heißt das, Eure Familie gehörte wirklich den Katharern an?«

»Mein Großvater hat als kleiner Junge den Fall der Burg Montségur überlebt, in die sich die letzten Katharer monatelang zurückgezogen hatten«, sagte Baudouin.»Nach der Kapitulation der Burgmannschaft schwor seine Amme, der Junge sei rechtgläubig und gehöre nicht zu den Ketzern. Sie erzog ihn im Glauben an die heilige Dreifaltigkeit und die Jungfrau Maria. Für mich war es eine Selbstverständlichkeit, den Glauben mit dem Schwert gegen die Sarazenen zu verteidigen, aber Bombaste lehnte es ab, Templer zu werden. Im Gegenteil, er befasste sich mit der häretischen Lehre seiner Vorfahren und behauptete sogar, unser Großvater habe ihm auf dem Totenbett etwas anvertraut, was sowohl

Templer als auch Katharer angehe. Damals hielt ich dies alles für die reinste Ketzerei. Nichts wollte ich davon hören. Aber als Bombaste in jenen Oktobertagen 1307 unvermittelt in Paris vor mir stand ...«

»Er brauchte Geld, um zu fliehen, nicht wahr?«

Baudouin fluchte leise vor sich hin. »So beredt und manipulativ wie Bombaste war, wäre er besser Advokat geworden. Mit ein wenig Mühe hätte er es bis zum Kanzler des Königs bringen können. Immer wieder erinnerte er mich an das Vermächtnis unseres armen Großvaters und daran, dass es einmal einen Pakt zwischen Templern und Katharern gegeben habe, der nun durch uns Brüder besiegelt werden könnte.«

»Habt Ihr ihm geholfen?«

»Ich tat meine Pflicht als gehorsamer Ordensritter«, sagte Baudouin mit belegter Stimme. »Ich bat unseren Großmeister, Jacques de Molay, um Rat. Er war erst kurz zuvor aus Zypern nach Paris zurückgekehrt. Als berufener Hüter des Mysteriums genoss ich ja das Privileg, ihn jederzeit aufsuchen zu dürfen. Zu meiner Überraschung gab der Meister mir Geld und den Befehl, mich auf der Stelle mit Bombaste zu treffen. In der Stadt, nicht im Tempel. Jacques de Molay nahm die Sache viel ernster, als ich erwartet hatte. Ja, er brannte förmlich darauf zu erfahren, was mein Bruder über diesen Pakt wusste.« Er seufzte. »Wenige Stunden später war der Tempel umzingelt, und meine Ordensbrüder waren verhaftet worden. Ich sah Jacques de Molay nur noch einmal wieder, als ich ihn, als Wächter verkleidet, im Kerker besuchte. Über Bombaste haben wir dabei aber nicht gesprochen, und ich habe ihn nie wiedergesehen.«

Priscas Gedanken jagten sich. Sie gab es nur ungern zu, doch nach allem, was sie nun gehört hatte, schienen Gottfrieds Schlussfolgerungen keine Wahnvorstellungen zu sein. Wenn es diesen vierten Weisen gegeben hatte, dann gab es irgendwo auf der

Welt noch ein weiteres Mysterium. Jacques de Molay hatte die sieben Templer darüber nicht wissentlich im Unklaren gelassen, im Gegenteil. Er hatte durch Baudouin versucht, mehr über das vierte Mysterium zu erfahren. Womöglich, weil er gehofft hatte, damit das Unheil von seinem Orden abwehren zu können.

Das Mysterium der drei Weisen hatte die Aufgabe zu heilen, zu reinigen und zu versöhnen. Das vierte Geheimnis war vielleicht erschaffen worden, um zu zerstören.

Gottfried vermutete, dass sich eine gefährliche Waffe dahinter verbarg. Eine Waffe, die niemals in die falschen Hände geraten durfte.

Prisca wollte den Mund öffnen, um Baudouin danach zu fragen, als sie hörte, wie die Tür geöffnet wurde. Germund trat in die Kammer.

»Ich hoffe, ihr habt die Zeit genutzt, um im Gebet Vergebung für eure Sünden zu erbitten«, höhnte er. Dann zog er den Dolch und durchschnitt Baudouins Fußfesseln.

»Steht auf, Ihr kommt mit mir!« Er grinste. »Bruder Jakobus hat etwas Besonderes mit Euch vor. Es wird Euch gefallen!«

»So? Dann seht zu, dass Ihr mich nicht enttäuscht. Ihr Johanniter wart nie als Orden bekannt, der das Leben zu feiern versteht!«

Schwerfällig kämpfte sich Baudouin auf die Füße, was ihm aufgrund der gefesselten Hände einige Verrenkungen abverlangte. Als Germund ihm behilflich sein wollte, kehrte er ihm den Rücken zu.

»Dein Stolz wird dir bald vergehen«, knurrte Germund verdrossen. Mit einem Stoß in den Rücken brachte er Baudouin dazu, sich in Bewegung zu setzen. Von Prisca nahm er keine Notiz.

Die Tür fiel wieder ins Schloss, und sie blieb allein zurück.

XXXVI.

Prisca erwachte vom Klappern ihrer eigenen Zähne. Sie fror, und als sie sich vorsichtig bewegte, bemerkte sie, wie steif ihre Glieder geworden waren. Die gekrümmte Körperhaltung, in der sie vermutlich schon seit Stunden auf dem Boden kauernd verharrte, brachte es mit sich, dass sie nur noch unter großen Schmerzen Atem holen konnte. Sie begann Baudouin zu beneiden, denn ihn hatte man aus dem feuchten Loch herausgeholt, während man sie ganz offensichtlich darin versauern lassen wollte. Dann wieder schämte sie sich für ihren Neid. Womöglich war der Templer längst tot. Hatte dieser Germund nicht angekündigt, ihn erwarte oben im Turm eine besondere Behandlung? Vermutlich folterte man Baudouin in diesem Moment.

Prisca traten Tränen in die Augen. Es war schon ein ausgesucht böses Possenspiel des Schicksals, dass sie in dem Haus sterben sollte, in dem ihr Vater Payen einst geboren worden war und eine glückliche Kindheit verbracht hatte. Gemeinsam mit Albin als Jugendfreund, der sich in einen ihrer schlimmsten Feinde verwandelt hatte.

Sie zwang sich, nicht länger darüber nachzudenken. So grausam das Schicksal auch war, es würde auch Albin nicht ungeschoren lassen. Falls es so etwas wie Gerechtigkeit, ja, sofern es einen Gott im Himmel gab, dann würde er nicht zulassen, dass er bis in alle Ewigkeit frohlockte. Allmählich wurde es heller in der Kammer, so hell, dass sie mehr als nur Umrisse und Schemen ausmachen konnte. Prisca folgerte daraus, dass der Morgen graute, und tatsächlich vernahm sie nach einer Weile Vogelgezwitscher und wieder ein wenig später das Blöken von Schafen. Das Vieh drängte zur Weide, doch sein Gebrüll hielt unvermindert an. Daraus folgerte Prisca, dass sich niemand blicken ließ, um es aus den Ställen und Koben zu lassen. Kein Ruf war zu hören, auf dem Platz zwischen Tor und *Donjon* regte sich nichts.

Priscas Blick fiel auf das Lager mit den weichen Decken und dem warmen Ziegenpelz, unter denen sie es sich gemütlich gemacht hatte, solange sie die Kammer zum Schlafen genutzt hatte. Wenn sie es doch wenigstens bis dorthin schaffen würde. Sie biss die Zähne zusammen und kroch unter Aufbietung aller Kräfte auf den Strohsack zu. Zu seiner Linken stand ein kleiner Tonkrug. Priscas Kehle war völlig ausgedörrt; sie brauchte unbedingt einen Schluck zu trinken, bevor der Durst ihr den Verstand raubte. Es gelang ihr nach vielen mühseligen Versuchen, sich kriechend auf den Krug zuzubewegen, doch als sie ihn schließlich erreichte und sich mit letzter Kraft über ihn beugte, musste sie feststellen, dass er leer war.

Bitter enttäuscht versetzte sie dem Krug einen so heftigen Stoß, dass ein Stück herausbrach.

Prisca starrte auf die Scherbe und überlegte. War sie scharf genug, um ihre Handfesseln zu durchschneiden? Möglich war das. Sie musste es nur schaffen, das Tonstück so vor sich hin zu legen, dass sie das Stück Strick zwischen ihren Gelenken mit gleichmäßigen Bewegungen über die Kante ziehen konnte. Nach schier endlosen Versuchen gelang es ihr tatsächlich, den dafür geeigneten Winkel zu finden, doch als sie schließlich zu reiben begann und kurz darauf sogar spürte, wie die Fessel sich lockerte, hörte sie Schritte auf dem Korridor.

Verflucht, das konnte doch nicht wahr sein!

Das kreischende Geräusch des Türriegels ließ sie in ihrer Bewegung jäh innehalten. Zu spät, dachte sie verzweifelt. Sie kamen, um sie zu holen. Ein Hauch von Angst breitete sich in ihrem Körper aus. Sie schaffte es gerade noch, die Scherbe fallen zu lassen und sich mit angezogenen Knien gegen das kahle Mauerwerk zu drücken, als die Tür aufgestoßen wurde und ein Mann in den Raum trat. Er hatte eine Öllampe bei sich, die er in ihre Richtung schwenkte, und eine Lanze, die er jedoch am Eingang an die Wand lehnte.

Es war nicht Albin, sondern einer der Torwächter, ein kräftiger junger Bursche, dem ein so penetranter Geruch von Schmalz, Knoblauch und Schweiß anhaftete, dass Prisca ein Würgen unterdrücken musste. Unwillkürlich zog sie die Beine noch ein Stück höher gegen die Brust, denn wenn der Mann sich heimlich zu ihr schlich, konnte das nur bedeuten, dass er ihre hilflose Lage ausnutzen wollte. Tatsächlich beugte er sich prüfend über sie und musterte sie mit Hilfe der Lampe von Kopf bis Fuß. Mit zusammengepressten Lippen beobachtete Prisca, wie die Hand des Mannes zu seinem Gürtel wanderte, doch anstatt ihn zu lösen, griff er nur nach einem mit Hirschleder umhüllten Flaschenschlauch, der prall gefüllt daran herunterhing.

»Es ist Wein«, raunte er und fügte fast entschuldigend hinzu: »Kein guter, fürchte ich, aber er wird seinen Zweck erfüllen! Trinkt schon, Herrin. Ihr müsst am Verdursten sein!«

Herrin? Prisca befand, dass ihr Argwohn hier ebenso fehl am Platze war wie die respektvolle Anrede des Torwächters. Gierig saugte sie den Wein aus dem Schlauch, bis sie diesen bis zum letzten Tropfen geleert hatte.

Widerwillig rang sie sich zu ein paar Dankesworten durch. »Du hast mir das Leben gerettet!« Der junge Wächter hob die Schultern. »Ich hatte eine Schuld zu begleichen, und das habe ich getan.«

Eine Schuld? Prisca starrte den Mann verwundert an. Doch dann erkannte sie ihn und stieß einen Seufzer aus.

»Du bist der Ehemann von Marie aus dem Dorf, der damals überfallen wurde und ...«

»Der ohne die Hilfe der seligen Gottesmutter Maria und meiner Schutzheiligen nicht mehr am Leben wäre«, sagte der Torwächter voller Überzeugung. Er tastete nach einem kleinen aus Holz geschnitzten Amulett, das gleich neben der Flasche an seinem Gürtel hing, und berührte es ehrerbietig mit den Lippen. »Aber wie ich hörte, hat auch Euer heilkundliches Können dazu beigetragen, dass ich noch nicht unter der Erde liege. Ihr könnt mich übrigens Lo Cap nennen, das tun alle hier!« Er deutete auf seinen Kopf und grinste.

Prisca erinnerte sich dunkel, dass es Balthasar, ihr Großvater, gewesen war, der dem Bauern als Entschädigung für den erlittenen Schaden angeboten hatte, ihn nach seiner Genesung auf dem Gutsbesitz zu beschäftigen. Doch sie hätte nicht erwartet, ausgerechnet ihn unter Albins Torwächtern wiederzufinden.

»Wo ist der Mann, der hier bei mir eingesperrt war?«, fragte sie Lo Cap. »Was haben die mit ihm gemacht?«

Der Torwächter wollte erst nicht recht mit der Sprache heraus, doch als Prisca hartnäckig blieb, sagte er: »Ich habe mitangesehen, wie die deutschen Herren den Gefangenen ganz nach oben gebracht haben, bis zu den Zinnen des *Donjons*. Dort haben sie ihn nur mit einem Hemd bekleidet angekettet wie an einen Pranger. Er muss schon von weitem zu sehen sein. Die Ritter stehen neben ihm und warten.« Lo Cap machte ein zerknirschtes Gesicht, doch ihm war anzusehen, dass sein Mitleid mit Baudouin sich in Grenzen hielt. Seine Frau war es, um die er sich Sorgen machte. Nach einigem Zögern traute er sich, Prisca nach ihr zu fragen. »Sie war doch bei Euch und dem alten Balthasar, nicht wahr? Ist sie auch tot?«

Prisca gelang es mit wenigen Worten, Lo Cap zu beruhigen. Hastig berichtete sie ihm, dass Marie unter dem Schutz ihrer Angehörigen stand. Einstweilen zumindest, denn Albin hatte an andere Dinge zu denken als an die Verfolgung einer aufsässigen Magd.

»Hör zu, Lo Cap, du musst mich hier rauslassen!«, zischte sie schließlich. Sie hielt ihm ihre gefesselten Hände entgegen. »Hilf mir zu fliehen!«

Erschrocken schüttelte er den Kopf. »Das ... geht nicht! Tut mir leid!«

»Soll ich dir verraten, wer dich in deiner Hochzeitsnacht beinahe getötet und wer Marie ...« Sie schnappte nach Luft. »Ich meine, wer ihr das angetan hat? Es war Albin!«

»Lüge!«, keuchte Lo Cap verstört. »Er wird bald der Grundherr sein, er ... hat Marie verziehen und mich zu seinem Torhüter gemacht.«

»Wie großmütig von ihm, nachdem er dich vorher niedergeschlagen hat«, schrie Prisca den Mann an. »Marie weiß es, sie hat nur aus Angst vor Albin geschwiegen. Hättest du ihn erkannt, als er dir am Bach mit einem Stein den Schädel zertrümmerte, würdest du nicht mehr leben.«

»Aber ...«

»Albin war vom Gutsherrn als Bewerber um die Hand seiner Tochter abgewiesen worden. Er heuchelte Verständnis, aber in Wahrheit brodelte in ihm die Wut über diese Demütigung. Dann bekam er mit, wie im Dorf Hochzeit gefeiert wurde, das muss seinen Zorn gesteigert haben. Er beschloss, die Feierlichkeiten auf seine Art zu beenden. Treffen wollte er damit aber Balthasar de Gros. Als sich ihm eine Gelegenheit bot, ihm und dem Gut zu schaden, ergriff er sie ohne jede Rücksicht. Und nun wähnt er sich am Ziel seiner Wünsche. Balthasar ist bereits tot und die Herrin Adaliz ...«

»Sie wird ihn heiraten«, unterbrach sie der Torwächter. »Noch zu dieser Stunde, deshalb arbeitet heute niemand. Der neue Dorfpriester wird sie nach dem Angelusläuten trauen!« Mit zitternder Hand berührte er seinen Dolch, als könnte dieser ihm die Entscheidung abnehmen, die es nun zu treffen galt. »Dieser Schuft! Ich stoße ihm mein Messer in den Hals!«

Mit jeweils einem Streich durchtrennte er Priscas Hand- und Fußfesseln und half ihr auf die Beine.

Priscas Gelenke taten bei der kleinsten Bewegung so weh, dass ihr der Atem wegblieb, und einen schrecklichen Moment lang glaubte sie, nicht einen Fuß vor den anderen setzen zu können. Bis zur Tür musste Lo Cap sie führen, da sie nach jedem Schritt einzuknicken drohte.

»Wir müssen uns beeilen, Herrin!« Mit ängstlicher Miene spähte der Mann in den nur dürftig beleuchteten Gang. »Ich hatte den Auftrag, Euch zu diesem Templer hinaufzubringen. Wenn ich dort nicht in Kürze mit Euch auftauche, wird Albin Verdacht schöpfen!«

Es war niemand zu sehen. Lo Cap zog Prisca bis zur Treppe, die zu der kleinen Halle führte. »Ich bringe Euch ins Dorf, aber dort könnt Ihr nicht bleiben. Sie werden bei der Suche nach Euch jede Tür eintreten.«

»Adaliz«, presste Prisca durch die Zähne. Sie blieb auf der ersten Stufe stehen und blickte hinunter auf ihre staubigen Schuhspitzen. »Für Baudouin kann ich im Augenblick nichts tun, aber die Johanniter können ihn nicht töten, solange sie nicht haben, was sie von uns wollen.«

»Die Herrin Adaliz ist in ihrem Gemach!« Der junge Mann deutete zur Decke hinauf. »Es ist der Dienerschaft jedoch streng verboten, zu ihr zu gehen!«

Prisca wischte den Einwand mit einer Handbewegung beiseite. »Sie wird mit mir kommen!«, sagte sie. »Bei Gott, ich lasse nicht

494

zu, dass ein Mörder die Schwester meines Vaters vor den Altar schleppt. Ohne sie hat Albin kein Anrecht auf das Gut der Familie de Gros.«

»Schon verstanden!« Lo Cap gab sich mit einem Seufzer geschlagen, bestand aber darauf, Adaliz selbst zu holen. Prisca trug er auf, am Fuß der Treppe auf ihn zu warten.

»Betet dreimal das *Credo in Deum*«, flüsterte er, bevor er sich auf den Weg machte. »Wenn ich bis dahin nicht zurück bin, versucht, Euch ohne mich bis zum Dorf durchzuschlagen!« Ein flüchtiges Lächeln huschte über Priscas Gesicht. Wie lange hatte sich ihr Lehrer, der arme Mönch von St. Jacques, damit abgemüht, ihr die lateinischen Worte einzuprägen. Damals hatte er sie für begriffsstutzig gehalten, weil sie sich das Bekenntnis der Christen einfach nicht hatte merken können, doch nun sprangen ihr die Worte seltsamerweise geradezu über die Lippen.

Sie wartete mit klopfendem Herzen, lauschte dabei auf jedes Geräusch, das durch den Turm hallte. Dabei kam es ihr wie ein Wunder vor, dass niemand die Treppe hinabstieg, solange sie im Schatten der Vorratskeller kauerte.

Doch auch Lo Cap kehrte nicht zurück.

Prisca wurde allmählich unruhig. Vor allem aber musste doch Albin inzwischen misstrauisch geworden sein. Schließlich erwartete er sie gefesselt auf den Zinnen.

Die Angst stülpte ihren Magen um, während sie langsam die Treppe erklomm. Als sie die Tür zum Gemach ihres Großvaters sah, wurde ihr fast schwarz vor Augen. Und dann stand sie vor der Kammer ihrer Tante. Die gerundete Eichentür war nicht verschlossen, nur angelehnt. Dahinter herrschte Stille wie in einer Gruft.

Auf alles gefasst, lugte Prisca durch den Türspalt und rief dabei nach Adaliz, doch statt einer Antwort schlug ihr der klebrig-süßliche Geruch von Blut entgegen. Als sie genauer hinschaute, bemerkte sie umgeworfene Möbel, zerrissene Bettvorhänge und geöffnete Truhen. Gleich vor dem Alkoven lag Lo Cap mit durchschnittener Kehle. Seine Augen starrten zum Deckengebälk empor, als gäbe es dort etwas Wichtiges zu beobachten.

Prisca presste die Hand vor den Mund. Von Reue überwältigt dachte sie daran, dass sie es gewesen war, die darauf bestanden hatte, nach Adaliz zu suchen. Warum hatte sie Lo Cap nicht zurückgehalten und war selbst gegangen?

Plötzlich hörte sie hinter sich Atemgeräusche. Noch bevor sie sich umdrehte, wusste sie, dass es Albin war, der sie beobachtete. Er hielt das Messer, mit dem er den Torwächter getötet hatte, noch immer in der Hand. Nicht einmal das Blut hatte er von der Klinge gewischt.

»Ich musste gar nicht erst hinabsteigen, um nachzuschauen, ob du noch eingesperrt bist«, sagte er in ruhigem Ton. »Als ich diesen Burschen dabei überraschte, wie er Adaliz zur Flucht überreden wollte, war mir klar, dass du dahintersteckst!«

»Ihr habt ihn getötet!«

Albin nickte ungerührt, dabei warf er einen Blick auf den toten Lo Cap. »Dieser Narr«, sagte er bitter. »Ich muss zugeben, dass ich damals unbeherrscht war, als ich ihn in jener Nacht am Bach beim alten Heidenstein schlug. Ich wollte es auf meine Weise wiedergutmachen, indem ich ihn in meine Dienste nahm und auch nicht länger nach seinem Weib suchen ließ. Auf dem Gut hätte er es besser gehabt als unten im Dorf. Aber er hat sich dafür entschieden, mich zu hintergehen, und dafür seinen Lohn erhalten.«

Er begab sich zu Adaliz' Bett und wischte das Blut an seinem Dolch an einem ihrer Vorhänge ab.

»Was soll ich nun mit dir machen, he?«, murmelte er dabei vor sich hin. »Warum musstest du zurückkommen? Du bist ein Bastard, aber vom Blut der de Gros! Mein Gott, was für ein Glück für mich, dass du in St. Jacques nicht getauft wurdest, so wie der alte Balthasar es haben wollte.«

»Weil ich sonst das Erbteil meines Vaters Payen fordern könnte?« Priscas Stimme klang ihr selbst schrill in den Ohren. »Darüber müsst Ihr Euch keine Gedanken machen. Ihr wisst genau, dass mein Großvater mich niemals vollständig als seinesgleichen akzeptiert hätte, ob mit oder ohne Taufwasser. Ich war für ihn doch nur eine schmerzliche Erinnerung an den Kummer, den Payen ihm bereitet hat. Die Tochter des Templers, die es eigentlich nicht hätte geben dürfen.«

»Gut, dass du es einsiehst! Du bist weniger wert als der Dreck unter meinen Schuhen.«

Prisca holte tief Luft, bevor sie sich nach Adaliz erkundigte.

»Ich habe sie hinaufgebracht, damit sie sich Payens alten Ordensbruder ansieht. Mit ihm vor Augen wird sie sich hüten, widerspenstig zu sein. Aber es ist eine glückliche Fügung, dass du nun an unserer Vermählung teilnehmen kannst. Wir brauchen nicht einmal zu warten, bis der Pfaffe sich aus dem Dorf zu uns bequemt. Wie mir der ehrenwerte Johanniterbruder mitgeteilt hat, hat er selbst die geistlichen Weihen empfangen. Jakobus von Hahnheim wird Adaliz und mich vermählen. Anschließend erhält er von mir dein merkwürdiges goldenes Gefäß, so lautet unsere Abmachung!« Er zog eine Grimasse. »Ich hoffe nur, der Templer macht nicht schlapp, bevor seine Ordensbrüder kommen und mitansehen, was Germund mit ihm anstellt!«

XXXVII.

Auf der Plattform des Turms musste Prisca mitansehen, worauf Albin anspielte. Baudouin war mit einer Fußfessel versehen worden, die an einer mehrere Ellen langen Kette hing. Das Ende der Kette schloss sich um einen eisernen Ring in einer der Bodenplatten. Auf diese Weise wäre es Baudouin möglich gewesen, sich frei auf der Plattform zu bewegen, wären seine Arme nicht um einen aufrecht stehenden Pfahl gelegt und die Hände mit festen Stricken gefesselt worden. Er war bis auf ein dünnes Hemd entkleidet worden und zitterte im Wind, der um den *Donjon* heulte. Sein rechtes Auge war angeschwollen, die übrigen Gesichtspartien waren von den Spuren heftiger Faustschläge gezeichnet. Doch das war noch nicht alles. Ein Blick auf den Rücken des Templers genügte Prisca schon, um die blutigen Striemen auf der aufgeplatzten Haut zu sehen.

Man hatte ihn ausgepeitscht.

»Ihr ... Bestien«, presste Prisca in ohnmächtiger Wut hervor. Schroff schüttelte sie Albin ab, der sie zurückhalten wollte, und eilte auf Baudouin zu. Viel konnte sie nicht für ihn tun, doch sie wollte ihn wissen lassen, dass sie in seiner Nähe war. Tatsächlich öffnete er beim Klang ihrer Stimme das unversehrte Auge.

»Diese Anfänger«, lallte er, als habe er eine Handvoll Kiesel im Mund. »So ... wird das nichts!« Er kicherte, wobei Blut aus seinen Mundwinkeln troff. »Diese Hosenscheißer meinen, wenn Rémy

mich so sieht, würde … sein Herz bluten, und er würde ihnen …
die heiligen Reliquien geben. Einfach so. Für einen alten Hurenbock, der sich Ordensritter schimpft!«

Offensichtlich war Baudouin nicht nur der festen Überzeugung, dass Rémy sich von dem Anblick eines gefolterten Waffengefährten nicht erweichen lassen würde, sondern hoffte dies re-
gelrecht. Prisca musste zugeben, dass sie selbst keinen blassen
Schimmer hatte, wie die Männer auf Jakobus von Hahnheims Erpressung reagieren würden. Die strikte Mahnung, auch im Ange-
sicht des Todes niemals kleinbeizugeben und sich keinesfalls zu
ergeben, war den Templern in Fleisch und Blut übergegangen.
Anders hätte ihr Orden in den Wüsten Palästinas, wo es von Feinden nur so gewimmelt hatte, gewiss nicht lange überlebt.

In einer Ecke erspähte Prisca einen hölzernen Eimer. Stolz und
Hass unterdrückend, bat sie Germund, der sie mit verschränkten
Armen gegen eine Zinne gelehnt beobachtete, um etwas Wasser
für den Gefangenen. Sie wies ihn darauf hin, dass er ihnen tot
kaum noch von Nutzen sein würde.

Überrascht starrte Germund sie an. »Aber wir haben doch
noch dich, Jüdin«, sagte er mit einer Seelenruhe, die Prisca einen
Schauer über den Rücken jagte.

Doch er schlug Prisca die Bitte nicht ab. Zu ihrer Überraschung
zückte er sogar sein Messer, schnitt Baudouin von dem Pfahl los,
ohne seinen Meister, Jakobus, lange um Erlaubnis zu bitten, und
tauchte anschließend eigenhändig die Schöpfkelle in den Eimer.
Mit der ersten Kelle wusch er die blutigen Schrammen aus Baudouins Gesicht, die zweite und noch drei weitere führte er an dessen trockene Lippen. Während der Templer seinen Durst stillte,
trennte Prisca ein Stück von ihrem Rocksaum, tränkte es mit
Wasser und begann Baudouins Wunden auf dem Rücken abzu-
tupfen. Dabei stellte sie erleichtert fest, dass die Hiebe nicht so
tiefe Wunden geschlagen hatten wie zunächst befürchtet.

»Das Mädchen hat recht«, bemerkte Jakobus von Hahnheim gleichmütig. »Am Pfahl mag der Templer bei denen dort unten für Aufsehen sorgen, aber tot nützt er uns wirklich nichts. Davon abgesehen sind wir keine Folterknechte!« Diese Äußerung richtete sich an Albin, dessen Miene Missbilligung ausdrückte. »Vergesst nicht, wir handeln im Auftrag des Herrn, um diese Welt von Ketzereien zu befreien. Wir sind die Guten im *ludus vitae*, dem Spiel des Lebens!«

»Bewundernswert«, meinte Albin gelangweilt. »Aber wenn wir nun langsam zu unserem Teil der Abmachung kommen könnten? Ich bin dabei, mich zu vermählen, aber mich friert ein wenig, und ich würde diesen zugigen Ort gern so bald wie möglich verlassen!«

»Und ich will die Reliquien«, fauchte Jakobus gereizt.

Prisca folgte dem Blick des Johanniters zu der aufgeklappten Falltür, hinter der eine zusammengesunkene Gestalt kauerte, die keinen Laut von sich gab. Adaliz. Sie war elegant gekleidet. Ihr Brokatkleid schimmerte grünlich und wies reiche Verzierungen und Stickereien auf. In die fast bodenlangen Ärmel waren weiße Pelzstreifen eingearbeitet. Auf dem Kopf trug sie ein schwarzes Schapel, das ihr Gesicht besonders blass aussehen ließ. Mit gebeugtem Rücken hockte sie auf einem Schemel, der für gewöhnlich den Wachleuten diente, vermied es jedoch, zu den Männern hinüberzusehen. Was bei ihnen vor sich ging, blendete sie völlig aus. Als Albin zu ihr trat und sie am Arm packte und mit sich zu Jakobus zerrte, stieß er auf keinen Widerstand.

»Adaliz«, rief Prisca. Sie hob die Hand und atmete erleichtert auf, als ihre Tante auf den Gruß reagierte.

»Prisca, du?« Ungläubig schüttelte die blonde junge Frau den Kopf. Dabei machte sie einen Schritt zurück und schirmte ihre Augen mit der Hand vor dem Tageslicht ab, als würde sie von grellem Sonnenschein geblendet. Doch der Himmel war verhangen, die Sonne verbarg sich hinter einer dicken Wolkendecke, die Regen verhieß.

Plötzlich stieß Priscas Tante einen Schrei aus. Zärtlich berührte sie das kostbare, in Silber gefasste Gebetbuch, das an ihrem Gürtel hing. »Ich dachte, du wärest tot, Nichte«, rief sie entzückt. Ihr Gesicht strahlte. »Aber wenn du lebst, dann ist auch Vater am Leben! Und Michel! Sie werden zu uns zurückkommen, so wie die heilige Klara es mir versprochen hat.« Sie vollführte eine elegante Drehung um die eigene Achse, wobei der Saum ihres Kleides über den rauen Stein wirbelte.

»Halt den Mund, bevor ich die Geduld verliere«, warnte Albin ungehalten. »Und nenn dieses Geschöpf nicht mehr deine Nichte! Sie mag Payens Bastard sein, ein Wechselbalg und Spross eines Templers, der, anstatt fromme Werke hervorzubringen und das Heilige Land zu verteidigen, mit Ungläubigen gehurt hat. Aber sie ist keine de Gros!« Er versetzte Adaliz einen Stoß, der sie fast gegen Jakobus' Brust prallen ließ. »Du bist die letzte deiner Familie, hörst du, Adaliz? Die Erbin dieses Gutsbesitzes und aller Ländereien zwischen Dax und Bordeaux.« Er nickte Jakobus von Hahnheim zu und gab ihm damit zu verstehen, dass er nun die Trauung vornehmen konnte.

Jakobus warf ihm einen vernichtenden Blick zu, begann aber, lateinische Floskeln vor sich hinzumurmeln, die Prisca reichlich wirr und unzusammenhängend vorkamen. Es war nicht zu überhören, dass der Johanniter keine Ahnung davon hatte, mit welcher Formel ein Priester zwei Menschen in den Ehestand versetzte. Sie hielt die Luft an und hoffte, dass Adaliz sich wehren und im entscheidenden Moment Willenskraft genug aufbringen würde, um Albin das Jawort zu verweigern. Doch ganz offenkundig stimmte mit ihrer Tante etwas nicht. Hatte sie Prisca eben noch erkannt, so wurde ihr Blick nun wieder leer. Dahinter konnte nur Albin stecken. Um sicherzugehen, dass Adaliz ihm gehorchte, musste er ihr irgendein Mittel eingeflößt haben, das ihren Geist verwirrte und sie willenlos machte.

Er versteht sich auf Gifte, dachte Prisca. Natürlich, daher Adaliz' Zustand. So hatte er schon damals in Saint Jacques Michel aus dem Weg geräumt, und nun wandte er seine Künste bei ihrer Tante an.

Prisca ballte die Fäuste. Am liebsten hätte sie einem der Wachleute die Lanze entrissen und sie Albin durch den Leib gejagt. Doch das wäre auch ihr sofortiges Ende gewesen. Jakobus hatte sie zwar nicht wieder fesseln lassen und erlaubte sogar, dass sie der lächerlichen Zeremonie beiwohnte, aber dass sein Handlanger Germund nicht nur den halb ohnmächtigen Baudouin im Auge behielt, sondern auch sie, entging ihr keineswegs. Die Hand des Johanniters ruhte auf dem Knauf seines Schwertes. Er war bereit, es aus seiner Scheide zu ziehen, sollte sie es sich einfallen lassen, eine falsche Bewegung zu machen.

Das letzte *Amen* aus Jakobus von Hahnheims Mund war noch nicht verklungen, als Prisca plötzlich einen der Wachleute nach seinem Herrn rufen hörte. Wild gestikulierend deutete der Mann hinunter in den Hof, wo sich etwas zu tun schien. Dann stieß er einen okzitanischen Wortschwall aus, den Prisca nicht einmal ansatzweise verstand. Albin indessen frohlockte. »Na kommt, mein Freund, lasst uns schauen, wer uns die Ehre gibt«, sagte er zu Jakobus, der ihm eilig zu den Zinnen folgte. Prisca ging den Männern entschlossen nach, während Adaliz, die irritiert den Hals reckte, in Germunds Obhut zurückblieb.

»Ich sehe vier ältere Burschen mehr durchs Tor humpeln, als dass sie gehen!« Geringschätzig rümpfte Albin die Nase. »Sollen das Eure gefürchteten Templer sein?« Er lachte.

»Spart Euch Euren verdammten Hohn, bis ich das Mysterium des Templerordens in Händen halte«, wies Jakobus den Mann zurecht. Seiner düsteren Miene war anzusehen, dass Albin ihm auf die Nerven ging. »Man verkauft den Wolfspelz nicht, bevor der Wolf erschlagen ist!«

Jakobus beugte sich vor und ließ die Männer nähertreten. Prisca, die ebenfalls einen Blick in die Tiefe riskierte, erkannte Rémy, der die kleine Schar anführte, und Primus gleich hinter ihm. Gottfried schritt würdevoll und mit durchgedrücktem Rücken auf den *Donjon* zu, Hugo van Haarlem bildete das Schlusslicht.

»Sie sind es«, bestätigte Jakobus. »Sie kommen tatsächlich wie Lämmer zur Schlachtbank zu uns gezogen!«

»Auf dieses Schlachtfest freue ich mich schon seit langem«, drang Germunds Stimme aus dem Hintergrund.

Prisca wandte sich um und sah, wie der Johanniter Baudouin mit Fußtritten zum Aufstehen zwang und an den Pfahl trieb. Er band ihn zwar nicht mehr daran fest, positionierte ihn aber dermaßen, dass er in seinem blutigen, zerrissenen Hemd von den Näherkommenden sofort erkannt werden musste. Tief unter ihnen eilten einige Knechte zum *Donjon*. Kurz darauf fiel das schwere Eichentor mit einem dumpfen Knall ins Schloss.

»Willkommen auf dem Gut de Gros, Rémy St. Clair«, rief Jakobus den Männern zu, die mit düsteren Mienen zu ihm emporstarrten. Seine Stimme dröhnte dumpf im Wind. »Ich denke, wir sollten auf jeden Wortwechsel verzichten.«

»Sehr vernünftig von Euch, Jakobus«, kam sogleich die Antwort von unten. »Dann spitzt die Ohren. Ihr lasst meinen Ordensbruder Baudouin frei! Außerdem die Frauen, Prisca von Speyer und ihre Tante. Als Entschädigung für die erlittene Schmach händigt Ihr dem Ritter Baudouin noch das goldene Gefäß aus, das Ihr offensichtlich schon gestohlen habt. Es gehört seit vielen Jahrzehnten dem Templerorden, ihr Johanniter habt keinerlei Anrecht darauf. Dafür schenken wir Euch und Eurem verbrecherischen Handlanger das Leben!«

Prisca glaubte, ihren Ohren nicht zu trauen. Sie vergaß vor Anspannung fast, Atem zu holen. Was war in Rémy gefahren, die Männer derart zu reizen? Ihm musste doch klar sein, dass der Johanniter sie in der Hand hatte.

Jakobus von Hahnheim lehnte sich weit über die Brüstung. »Sonst noch was?«, rief er voller Hohn.

Nun trat Primus einen Schritt vor. Einen Atemzug lang kreuzten sich seine und Priscas Blicke, bevor er sich dem Johanniter auf dem Turm zuwandte.

»Wenn Ihr schon fragt? Liefert uns diesen elenden Verräter Albin de Fanion aus! Er hat auf diesem Landgut nichts zu suchen.«

Albin errötete vor Wut über diese Beleidigung. Hastig riss er einem seiner Wachleute die Lanze aus der Hand und schleuderte sie mit einem Aufschrei vom Turm.

Auch Prisca schrie auf.

Geistesgegenwärtig warf sich Primus zu Boden; die Spitze der Waffe verfehlte seinen Kopf nur um eine Handbreit. Gottfried sprang auf den jungen Ritter zu und hielt ihm die Hand hin, um ihm beim Aufstehen zu helfen, während die übrigen Templer ihre Schwerter zogen.

Jakobus von Hahnheim bedachte Albin mit einem Blick, aus dem tiefe Verachtung sprach. »Was seid Ihr nur für ein armseliger Tropf«, zischte er. »Habe ich Befehl zum Angriff gegeben? Nein, habe ich nicht!«

Albin runzelte die Stirn. Es gefiel ihm nicht, gemaßregelt zu werden, noch dazu in Gegenwart von Prisca und dem Templer, der am Pfahl mit seiner langen Fußfessel rasselte. Um seine Würde zu verteidigen, legte er seine Hand auf eine der steinernen Zinnen und rief dabei, so laut, dass es auch die Männer vor dem *Donjon* hören konnten: »Vergesst nicht, dass das Land, auf dem Ihr Euch befindet, in meinen Besitz übergegangen ist. Als

Gemahl des letzten Mitglieds der Familie de Gros gehört es mir!«

Auf das betretene Schweigen, das nun folgte, suchte Primus erneut Blickkontakt mit Prisca. Ihr blieb nichts anderes übrig, als Albins Worte mit einem verzweifelten Nicken zu bestätigen.

»Ein Schwein kann sich in einen Pferdestall verirren, das macht aus ihm noch keinen edlen Hengst«, erklang Hugo van Haarlems Stimme. Der Flame verzog das Gesicht, dann spie er in den Sand. »Aber wir sind nicht seinetwegen gekommen!«

»Gut gesprochen«, erwiderte Jakobus, der fand, dass es an der Zeit war, zum Wesentlichen zurückzukehren. »Nachdem Ihr mit lachhaften Forderungen unsere Zeit verschwendet habt, solltet Ihr mir nun die Reliquien aushändigen, die Ihr als Euer Mysterium bezeichnet. Es wäre ein unverzeihlicher Frevel, wenn Männer, deren Orden wegen Götzenanbetung und anderer Schandtaten vom Papst aufgelöst worden ist, noch länger Gegenstände verwahrten, die einst im Besitz unseres Herrn und Erlösers waren.« Er streckte den Arm aus und deutete zuerst auf Baudouin, dann auf Prisca. »Andernfalls sehen wir uns gezwungen, das Urteil zu vollstrecken, das vor sechs Jahren über die Templer gesprochen wurde.«

Auf einen Wink hin verteilte sich eine Handvoll Bogenschützen mit gespannten Waffen rund um die Zinnen. Ihre Pfeile waren auf die Männer im Hof gerichtet. Prisca hörte Rémy einen Befehl brüllen. Sogleich hoben die vier Templer ihre Schilde und schafften es eben noch, sich dicht aneinanderzudrängen, als ein erster Pfeilhagel surrend durch die Luft sauste.

»Nun seht Ihr hoffentlich ein, dass wir allein die Bedingungen stellen«, verkündete Germund. Er zog seinen Dolch und bewegte sich damit auf Prisca zu, die erschrocken zurückwich.

»Soll sie die Erste sein, die stirbt? Oder lieber der Bursche am Schandpfahl?« Er blieb abrupt stehen und hob fragend die buschigen Augenbrauen, als Baudouin sich plötzlich vom Pfahl fortbewegte. Er taumelte bis zu den Zinnen, von wo aus er seine Waffenbrüder eindringlich beschwor, die goldenen Gefäße nicht auszuliefern.

Wütend sprang Germund auf ihn zu und holte aus, um dem Templer seine Faust ins Gesicht zu schmettern, doch Baudouin sah den Hieb kommen und wehrte ihn ab, indem er blitzschnell beide Ellenbogen hochschnellen ließ und seinen Angreifer hart im Gesicht traf.

»Du Hund!«, heulte Germund hasserfüllt auf. Blut schoss ihm aus der Nase und rann in seinen Bart. »Das hast du zum letzten Mal gemacht!«

Der Signalton, der ohne jede Vorwarnung über den Hof schallte, ließ Germund erschrocken innehalten, noch bevor er Baudouin niederstechen konnte.

Eine Schar bewaffneter Reiter kam den hügeligen Weg vom Dorf entlanggeprescht und hielt zielstrebig auf das offene Tor zu. Es waren gut drei Dutzend Männer, die in den Hof einritten. Ihnen folgte in gemessenem Abstand ein Reisewagen, der von einem weißen und einem schwarzen Pferd gezogen und von einem die Peitsche knallenden Mann über den unebenen Pfad bis zum *Donjon* gelenkt wurde. Auf beiden Seiten des kastenförmigen Gefährts prangte ein prachtvolles Wappen, dessen Anblick Albin, dem es offenbar als Erstem auffiel, ungläubig nach Luft schnappen ließ.

»Wer ist das, zum Teufel?«, kreischte Jakobus wie von Sinnen und starrte dabei auf den rötlichen Staub, der von Wagenrädern und Pferdehufen aufgewirbelt wurde. Immer dichtere Wolken umschlossen sowohl die Templer als auch die absteigenden Reiter, als wären die Männer in einen Sandsturm in den Wüsten des Orients geraten.

»Das ist der Bischof von Pamiers«, presste Albin zwischen den

Zähnen hervor, als er einen schmächtigen, aber überaus aufmerksam dreinblickenden Mann von etwa dreißig Jahren die Kutsche verlassen sah. »Er ist einer der schärfsten Ketzerjäger des gesamten Südens und war zugegen, als sich der alte Balthasar im Kloster der Gerechtigkeit entzog. Aber was will er hier?« Prisca biss sich auf die Unterlippe. Das unvorhergesehene Auftauchen des Bischofs würde weder sie noch die Templer aus ihrer misslichen Lage befreien. Mit Schrecken erinnerte sie sich an die Strenge des Mannes, der von ihrem Großvater bedroht und beleidigt worden war. Gewiss hatte er sie, die widerspenstige Jüdin, ebenso wenig vergessen, und nun rückte ausgerechnet dieser Bischof mit einer Anzahl schwer bewaffneter Männer an. Sobald der Mann von Albin erfahren hatte, wer die vier Ritter waren, die sich vor dem *Donjon* verteidigten, und was sie bei sich führten, würden sie alle verloren sein. Der Bischof würde Rémy und die anderen ergreifen und auf dem Scheiterhaufen hinrichten lassen.

Doch seltsamerweise blieb Albin still. Statt seine Anklagen hinauszuschreien, schaute er beunruhigt auf zwei der Männer hinab, die dicht an den *Donjon* heranritten, dort neben dem Wagen abstiegen und sich auf einen Wink hin eilig zum Bischof von Pamiers begaben. Beide trugen Kettenhemden über abgesteppten Hemden aus hellem Leinen und Topfhelme. Vervollständigt wurde die kriegerische Aufmachung durch Schwertgurt und Dolch. Als die Ritter ihre Helme abnahmen, begannen Albins Kiefer zu mahlen, und sein Gesicht rötete sich vor Wut. Gleichzeitig stieß Adaliz, auf die niemand geachtet hatte, einen schrillen Schrei aus.

»Das ist Vater«, schluchzte sie, die Arme in die Luft werfend. »Ich wusste, dass er zurückkehrt und mich nicht alleinlässt!«

Prisca lief es eiskalt über den Rücken, als sie sich über die Brüstung beugte. Der Mann, der so energisch auf den Bischof und seinen jüngeren Begleiter einredete, war tatsächlich Balthasar de Gros. Er war nicht nur am Leben, sondern schien vor Tatendrang zu glühen.

»Schwindel«, zischte Albin, der nicht nur bemerkte, dass er getäuscht worden war, sondern auch alle seine Ansprüche auf die Güter der de Gros dahinschmelzen sah. Balthasar würde die Vermählung zwischen ihm und Adaliz nicht billigen. Da sie nicht vollzogen war, konnte er sie ohne große Mühe aufheben und Albin davonjagen lassen. Falls er ihn nicht gleich hier an den Galgen brachte. Blind vor Wut stieß er Jakobus von Hahnheim die Faust in den Magen.

»Ihr Betrüger habt behauptet, den Alten würden die Raben fressen. Damit habt Ihr unsere Abmachung gebrochen!« Blitzschnell bückte er sich nach dem Reliquienkasten, den er Jakobus nach der Vermählung übergeben hatte. Als er sich damit zur Falltür wenden wollte, erstarrte er in der Bewegung. Mit ungläubiger Miene sackte sein Kopf nach vorne, bis das Kinn die Brust berührte, aus der die blutbeschmierte Spitze von Jakobus' Schwert einen Fingerbreit herausragte.

Adaliz schrie entsetzt auf, als sie ihren ungeliebten Gemahl einen Schwall Blut ausspucken sah. Er schwankte einen Moment, dann zog Jakobus mit aller Kraft sein Schwert zurück. Albin sackte sterbend auf die kalten Steinplatten, hielt jedoch die Schlaufe des Kastens noch immer fest. Prisca nahm allen Mut zusammen. Obwohl ihr bewusst war, dass Jakobus ihr den Kasten nicht kampflos überlassen und sie vermutlich ebenso töten würde wie Albin, löste sie dessen Finger aus dem Strick der Trageschlaufe und drückte den hölzernen Kasten an die Brust.

Jakobus starrte sie hasserfüllt an, doch er zögerte, sie niederzuhauen. Stattdessen rief er Germund zu, er solle dem Weibsstück den Kasten abnehmen.

Dumpfe Schläge hallten durch den Turm. Die Männer vor dem

Donjon verlangten Einlass und trommelten gegen die Eichentür. Unschlüssig zogen sich die Bogenschützen zurück. Albin war tot, und den Befehlen eines Bischofs nicht zu gehorchen war gefährlich. Jakobus konnte nicht verhindern, dass sich einige der Wachleute davonmachten.

Germund stieß scharf die Luft aus, dann brüllte er:»Die Sache ist verloren, begreift Ihr nicht? Wir sollten zusehen, dass wir verschwinden, bevor ...« Unnachgiebig zeigte Jakobus auf den Reliquienkasten in Priscas Hand.»Hast du mich nicht verstanden, du Narr?« Seine Stimme zitterte.»*Boni sumus*, wir sind die Guten! Nimm der Jüdin das goldene Gefäß ab, stoß sie von mir aus über die Zinnen!«

Prisca stolperte einen Schritt rückwärts, wobei sie auf einen Gegenstand trat, der sich unter ihren Fußsohlen wie ein Stück Holz anfühlte. Es war die Peitsche, mit der Baudouin misshandelt worden war. Warum sie sie aufhob, wusste sie selbst nicht, denn es lag auf der Hand, dass sie Germund damit nicht ernsthaft in Schach würde halten können. Doch dann hörte sie durch die offene Falltür Schritte auf den Treppenstufen.

Unglücklicherweise entging dieses Geräusch auch Jakobus nicht. Ohne zu zögern, verschloss er die Falltür und stellte sich breitbeinig mit seinem ganzen Gewicht darauf.

Germund schimpfte wütend vor sich hin; Jakobus versperrte ihm den einzigen Weg zur Flucht.

»He, worauf wartest du noch?«, rief Jakobus von Hahnheim dem Mann mit lauter Stimme zu.»Es ist noch nicht zu spät! Wir können immer noch alle Reliquien bekommen, im Austausch gegen die beiden Weiber. Dieser Bischof wird sich nicht mit unserem Orden anlegen wollen. Er wird uns freien Abzug gewähren, wenn er erfährt, wie ich diesen Betrüger dort zur Strecke gebracht habe.« Er deutete auf Albins Leichnam.»Also hole mir die Reliquie!«

Was nun geschah, ging so schnell, dass Prisca nicht einmal Zeit fand, Luft zu holen. Als Germund mit drohender Miene auf sie zukam, nahm plötzlich Baudouin Anlauf und warf sich mit aller Kraft, die noch in ihm steckte, auf den Johanniter, der den Angriff nicht hatte kommen sehen. Die Wucht des Aufpralls schleuderte Germund über die hüfthohe Zinne und riss auch Baudouin, dessen Arme den Leib seines Gegners umklammerten, hinunter in die Tiefe.

Prisca rannte sofort zur Brüstung und bemerkte zu ihrer Erleichterung, dass Baudouin nicht abgestürzt war. Er hing mit dem Kopf nach unten. Die geschmiedete Kette an seiner Fußfessel hatte seinen Sturz nur wenige Fuß unterhalb der Zinnen aufgehalten. Nicht aber Germunds, den Baudouin im entscheidenden Moment losgelassen hatte.

Der Johanniter war ohne jeden Laut in den Hof gestürzt.

Prisca löste sich von dem grässlichen Anblick des zerschmetterten Körpers und wandte sich Baudouin zu, der keinen Laut von sich gab. Sie stellte den Kasten ab und zerrte verzweifelt an der Kette, bis ihr Kopf vor Anstrengung feuerrot wurde. Doch ihre Kräfte reichten nicht aus, um Baudouin wieder hinaufzuziehen. Hilfesuchend drehte sie sich um; ihr Herz hämmerte vor Aufregung, als sich ihre und Jakobus' Blicke kreuzten.

Der Johanniter sah mit einem Mal alt aus und so zerbrechlich, als könnte ihn ein einziger Windstoß vom Turm heben und zu seinem Gefährten in die Tiefe reißen. Er fuhr sich mit der Hand über die Stirn, dann trat er zur Seite und ließ zu, dass die Falltür von unten aufgestoßen wurde.

XXXVIII.

Baudouin schlug die Augen auf, als Rémy seine Hand drückte. Ein schwaches Lächeln glitt über seine Lippen. Er hob ein wenig den Kopf, woraufhin auch Gottfried und Hugo van Haarlem nähertraten. Primus ging neben ihm in die Knie und nickte ihm aufmunternd zu. Er hatte Rémys Lederbeutel geöffnet und die beiden darin verwahrten Gefäße herausgeholt. Vorsichtig stellte er sie zu dem dritten aus Priscas Kasten, und zwar so, dass Baudouin, der sich nur unter Schmerzen bewegen konnte, sie sah.

Eine Weile erfreute sich der Templer an dem Anblick des Mysteriums, dann ließ er seinen Kopf zurücksinken und bat Primus, ihm die Hände zu falten.

Rémy wandte sich Prisca zu, die mit bekümmerter Miene ein wenig abseits von ihnen stand. Sie traute sich weder zu ihnen noch zu ihrem Großvater, der seine Tochter Adaliz in die Arme genommen hatte. Balthasar hatte ihr zwar, nachdem er begleitet von den Templern und den Männern des Bischofs von Pamiers die Turmplattform gestürmt hatte, einen wohlwollenden Blick zugeworfen, sich dann aber nicht mehr um sie gekümmert. Rémy tat das leid. Obwohl er sich vor vielen Jahren schon abgewöhnt hatte, Gefühle zu zeigen, konnte er nachempfinden, wie verloren sich die junge Frau fühlen musste. Sie befand sich im Haus ihrer Familie, und doch kam sie sich offensichtlich immer noch ausgestoßen vor.

Er winkte sie herbei. »Du bist eine Heilerin«, sagte er mit belegter Stimme. »Kannst du denn gar nichts für ihn tun?«

Sie stieß einen Seufzer aus. »Sein Rückgrat ... und die Verletzung an seinem Schädel. Es ist ein Wunder, dass er noch bei Besinnung ist. Er wird ...« Sie sprach nicht weiter, aber das war auch gar nicht nötig. Rémy hatte in seinem Leben genügend Schlachten geschlagen und zu viele Männer sterben sehen, um nicht zu spüren, wann das Ende nahte. Ein Schatten fiel über sein Gesicht, und er ballte die Hände zu Fäusten. Nein, das war nicht gerecht. Baudouin hatte das Mysterium gerettet, warum sollte er nun dafür sterben? Warum er?

Rémy erhaschte einen Blick auf die goldenen Gefäße. »Damals, auf dem Tempelhof hat die Macht des Mysteriums mir das Leben gerettet. Erinnerst du dich?«

Prisca nickte; sie schien zu ahnen, worauf er hinauswollte.

»Wir haben heilige Formeln gesprochen und dann ...« Er atmete durch, weil die Erinnerung an diesen schwarzen Moment seines Lebens ihn zu überwältigen drohte. »Warum sollte sich das nicht wiederholen lassen?«

Baudouin kräuselte die Lippen; es sah fast ein wenig spöttisch aus. Aber sein Atem wurde allmählich flach. Das Reden fiel ihm schwer. »Das ist doch schon geschehen«, flüsterte er. »Ist Payens Vater etwa nicht von den Toten auferstanden? Dadurch wurde Prisca gerettet und ...« Er hustete, worauf Quartus ihm einen Becher an die Lippen setzte.

Rémy wollte einräumen, dass der alte Balthasar überhaupt nicht tot gewesen war. Er hatte sich rechtzeitig aus dem Staub gemacht, bevor der Johanniter ihn in Albins Auftrag ermorden konnte. Sein Weg hatte den alten Mann ausgerechnet in die Höhle des Löwen geführt, nämlich in den Palast des Bischofs von Pamiers. Eine mutige Tat, für die Rémy dem Vater seines alten Ordensbruders Payen Respekt zollte. Balthasar war offensichtlich nicht nur tollkühn, sondern auch diplomatisch, denn es war ihm gelungen, sich mit dem Bischof auszusöhnen. Nach dem Versprechen, eine angemessene Sühne zu leisten, war er von allen Vorwürfen freigesprochen worden. Mehr noch, der Bischof hatte sich – auf Zuraten eines Gastes, der sich gerade in seinem Palast aufhielt –, entschieden, Balthasar mit einigen Bewaffneten zu seinem Haus zu begleiten. »Das Mysterium hat in der Tat heilende Kräfte«, holte Baudouins Stimme Rémy zurück aus seinen Gedanken. Sie war kaum noch zu hören, dennoch verstand Rémy jedes Wort. »Aber es ist nicht seine Aufgabe, einzelne Menschen zu heilen, sondern eine Welt, die immer mehr aus den Fugen gerät.« Durch ein Blinzeln winkte er Prisca heran und bat seine Waffenbrüder, ihn einen Augenblick mit ihr alleinzulassen.

Rémy war erstaunt, brachte es aber nicht über sich, Baudouin diese Bitte abzuschlagen. Bevor er sich abwandte, sah er, wie sein alter Freund dem Mädchen etwas ins Ohr flüsterte. Er lächelte dabei. Prisca hielt kurz inne, dann nickte sie und ergriff die Hand des Ritters.

Der Bischof von Pamiers verspürte Gewissensbisse, weil er nicht bei dem Sterbenden war, um ihm die letzte Ölung zu spenden. Das wäre gewiss rascher gegangen, als den Priester aus dem Dorf zum *Donjon* zu befehligen, aber ein dumpfes Gefühl in der Magengegend hielt ihn davon ab, zu dem tödlich Verletzten zu gehen. Er war überzeugt, dass die Freunde des Mannes und der Dorfpriester auch ohne seine Anwesenheit das Richtige tun würden.

Stattdessen bestaunte er Balthasars Tapisserien, welche die Wände im Kaminzimmer des Alten zierten. Eine wundervolle Arbeit, das musste er zugeben. Balthasars Tochter schien mit buntem Garn und Faden sehr geschickt zu sein. Nach einer Weile befahl der Bischof einem seiner Bewaffneten, den Johanniter zu ihm zu bringen. Doch er wartete mit dessen Befragung, bis der Grundherr und die anderen Männer zu ihm gestoßen waren. Nach einigem Zögern ließ er auch die beiden Frauen rufen. Die Diener schlossen die Türen.

»Ist Euer Freund tot?«, fragte er in die Runde und bekreuzigte sich, als die Männer diese Nachricht mit einem Nicken bestätigten. Dann wandte er seine Aufmerksamkeit dem Gefangenen zu.

»Ihr habt Euch also mit einem Mörder gemein gemacht, der nichts anderes vorhatte, als den Besitz des Balthasar de Gros' an sich zu bringen? Und dies, obwohl Ihr auf Euren Eid nehmt, ein ehrenwertes Mitglied des Ritterordens vom Hospital des heiligen Johannes zu sein?«

Jakobus von Hahnheim zuckte nur wortlos mit den Schultern. »Vielleicht wäre einer der Herren so freundlich, dem Mann meine Worte zu übersetzen. Wie es aussieht, ist er der okzitanischen Sprache nicht mächtig.«

Rémy neigte respektvoll den Kopf und wiederholte die Anschuldigung auf Deutsch. Jakobus schnaubte verächtlich, bevor er sich dem Bischof zuwandte.

»Ich brauche keinen Ketzer, der mir Eure Worte erklärt«, sagte er. »Ich habe sie verstanden.«

Überrascht schaute der Bischof von Rémy zu dem dunkelhaarigen jungen Ritter, der neben ihm stand. Es war derselbe Mann, den Rémy schon bei dessen Ankunft im Hof in voller Rüstung neben dem alten Balthasar gesehen hatte, doch vorgestellt hatte er sich ihm noch mit keinem Wort.

»Warum bezeichnet Ihr die Herren als Ketzer?«, wollte der Bischof wissen.

Balthasar de Gros schüttelte den Kopf. Seiner gereizten Miene entnahm Rémy, dass der Alte sich nichts mehr wünschte, als den Bischof so rasch wie möglich wieder loszuwerden. »Ehrwürden, wir haben die Missverständnisse inzwischen geklärt. Die Herren sind ebenso wenig Ketzer, wie es der unglückselige Michel de Montloup war. Sein Tod hat, wie ich nun weiß, Albin de Fanion verschuldet, indem er ihn aus Eifersucht und Missgunst vergiftete. Auch meiner armen Tochter Adaliz hatte er dieses Schicksal zugedacht.« Er warf der jungen Frau, die still und in sich gekehrt in einem Lehnstuhl saß, einen liebevollen Blick zu, den diese aber unerwidert ließ.»Nun, glücklicherweise geht es ihr wieder besser.«

Der Bischof kaute auf seiner Lippe; er wirkte nachdenklich.

»Diese Männer sind Templer, die ihrem Orden niemals offiziell abgeschworen haben«, rief Jakobus wütend.»Sie waren auch Vertraute des letzten Großmeisters de Molay, welcher der Ketzerei schuldig gesprochen und verbrannt wurde.« Er machte einen Schritt auf den Bischof zu.»In ihrem Besitz befindet sich etwas, das sie selbst als Mysterium bezeichnen. Es sind Reliquien, die sie schänden wollen, um widerliche Rituale zu vollziehen. Ich bin den Ketzern gemeinsam mit meinem treuen Germund bis hierher gefolgt, um ihnen die Reliquien abzunehmen, bevor sie außer Landes gebracht werden sollten.«

»Nenn uns noch einmal Ketzer, und du bist ein toter Mann«, knurrte Hugo van Haarlem.

Der Bischof warf dem kugelrunden Mann einen tadelnden Blick zu, dann wandte er sich wieder an Jakobus:»Darf ich fragen, in wessen Auftrag Ihr diese Mission unternommen habt?«

»In wessen Auftrag?«

»Gewiss. Ihr müsst doch Handlungsvollmachten haben. Von wem stammen sie? Wer hat sie unterzeichnet? Etwa der Hochmeister Eures Ordens? Wenn ich ihm einen Brief schriebe, was, mein lieber Jakobus, würde er mir wohl antworten? Dass er es war, der Euch auf die Jagd nach diesen Reliquien geschickt hat?«

Jakobus von Hahnheim antwortete nicht.

»Das dachte ich mir schon«, sagte der Bischof. Sein Ton klang milde, doch der Blick, mit dem er den Johanniter fixierte, war eine einzige Warnung. »Euer heiliger Eifer in allen Ehren, aber ich glaube, es wird Zeit für Euch zu gehen. Und zwar unverzüglich! Ein paar meiner Männer werden Euch ein Stück begleiten, damit Ihr nicht rein versehentlich in die Irre reitet.«

»Ihr lasst den Burschen einfach so ziehen?«, rief Primus. Fassungslos verfolgte er, wie zwei Bewaffnete des Bischofs Jakobus von Hahnheim trotz dessen lautstarker Proteste packten und aus dem Raum zerrten.

»Ich bin noch nicht lange genug im Amt, um Freund und Feind über jeden Zweifel hinweg auseinanderhalten zu können«, gab der Bischof seufzend zu. »Meine Aufgabe besteht darin, die Inquisition von innen heraus zu reinigen und dieses Land von den letzten Katharern zu befreien, die in den Bergen und Tälern noch ihr Unwesen treiben. Möglich, dass ich dafür auch eines Tages auf den Einfluss des Johanniterordens zurückgreifen muss. Es wäre töricht von mir, es mir mit den Leuten zu verderben.« Er sah erst Primus, dann Rémy prüfend an.

»Ich nehme an, dass dieser Jakobus nicht in allen Punkten gelogen hat, nicht wahr? Ihr habt einst dem Templerorden angehört, so wie Balthasars Sohn.« Er dachte einen Augenblick nach, dann streckte er die Hand aus. »Ich könnte Euch dieselbe Frage stellen wie Jakobus. In wessen Auftrag glaubt Ihr, wertvolle Reliquien durch meinen Sprengel schmuggeln zu dürfen?«

Schweigen senkte sich über den Raum. Dann trat plötzlich der dunkelhaarige Ritter vor. »Sie tun es in meinem Auftrag«, sagte er gleichmütig.«

Der Bischof runzelte die Stirn. »Was sagt Ihr da?«

Der junge Mann nickte Rémy zu. »Ihr kennt mich nicht. Ich bin Leoncio Almeida. König Dinis von Portugal erwartet Eure Ankunft mit großer Ungeduld. Er hat mich beauftragt, Euch den

Pilgerweg entlang entgegenzureiten und dafür zu sorgen, dass Ihr sicheren Weges ankommt.«Zum Bischof sagte er: »Diese Männer stehen unter dem Schutz der portugiesischen Krone und des Christusordens, dessen Gründung unmittelbar bevorsteht, und zwar mit Billigung und Einverständnis des Papstes.« Er senkte leicht die Stimme, was sein würdevolles Auftreten noch unterstrich. »Gewiss wollt Ihr es Euch auch mit den Christusrittern nicht verderben, noch bevor der Orden gegründet wurde. Möglicherweise befindet sich unter einem der Männer der künftige Großmeister!«

Der Bischof von Pamiers war klug genug, um zu begreifen, dass Almeida ihn vor eine Wahl stellte. Er konnte sich empört und grollend oder mit Würde zurückziehen. Zur Erleichterung aller Anwesenden entschied er sich für Letzteres.

»Vergesst die Sühne nicht, die ich Euch auferlegt habe«, rief er Balthasar de Gros zu, bevor er mit seinen Männern dessen Haus verließ und wieder in seinen Reisewagen stieg. »Ihr habt versprochen, eine Pilgerfahrt anzutreten, sobald Ihr dazu in der Lage seid.«

Es war Prisca, die vorschlug, Baudouin am Ufer des Baches zu begraben. Keiner erhob dagegen Einwände, und so segnete der Dorfpriester an der Stelle, wo ihr Vater Payen, Baudouins bester Freund, als Junge den verwitterten römischen Stein freigelegt hatte, die Erde. Der Geistliche war klug genug, nicht lange zu fragen, warum die Ritter ausgerechnet diesen Ort dem Kirchhof vorzogen. Vielleicht nahm er an, dass die Freunde des Verstorbenen diesen nicht in der Nähe von Germunds sterblichen Überresten ruhen lassen wollten, dem Balthasar ein ordentliches Begräbnis zugestanden hatte.

Zu Priscas Freude kehrte noch am selben Tag Quartus aus dem Klosterspital zurück. Der Junge war blass und noch etwas wackelig auf den Beinen, doch die hingebungsvolle Pflege der Mönche hatte wahre Wunder gewirkt. Teilnahmsvoll ließ er sich von Prisca erzählen, was geschehen war, während Rémy und die übrigen Männer sich auf die Weiterreise vorbereiteten. Der Winter kam näher und mahnte sie, nicht mehr zu lange zu zögern. Darüber hinaus drängte auch der junge Almeida zum Aufbruch. Er war zuvorkommend und beteuerte, wie groß seine Freude darüber war, nun bald mit den Templern aufbrechen zu können, doch Prisca beschlich der Verdacht, dass der Mann jeden ihrer Schritte überwachte. Er kümmerte sich um die Ausrüstung mit Proviant und Kleidern und hätte sicher auch gern die drei Gefäße in Verwahrung genommen, wenn Rémy ihm das gestattet hätte.

Eines Abends, als Prisca am Ufer des Baches saß und auf das leise Plätschern des Wassers lauschte, stand plötzlich Adaliz hinter ihr. Die junge Frau hatte sich erstaunlich gut erholt. Ein wenig verlegen ließ sie sich neben ihrer Nichte ins Gras sinken.

»Ich habe ein paar Kleider und Schapel für dich herausgesucht«, brach sie nach einer Weile das Schweigen. »Sollten sie nicht passen, kann Marie sie für dich ändern. Vater möchte, dass sie zurückkehrt. Er ... fühlt sich verantwortlich für das, was ihr widerfahren ist.«

»Er kann nichts für die Niedertracht deines ... Gatten«, gab Prisca bitter zurück. Gewiss war es nicht klug, ausgerechnet jetzt mit ihrer Tante einen Streit vom Zaun zu brechen, aber nur um des lieben Friedens willen würde sie den Mund nicht halten. Dafür fühlte sie sich selbst viel zu schuldig und betrübt.

»Hatte ich denn eine andere Wahl?« Adaliz seufzte. »Seit wann bestimmen wir Frauen allein über unser Leben? Ich wurde so erzogen, sämtliche Entscheidungen Männern zu überlassen, und vermute, dass es dort, wo du herkommst, nicht anders war.« Sie meinte das Judenviertel, brachte es offenbar aber nicht über sich, dieses Wort in den Mund zu nehmen.

Prisca erinnerte sich an die engen Gassen von Speyer, in denen sie als Kind gespielt hatte. An ihre Mutter, die so viele Zwänge abgestreift und, obwohl man sie deshalb beschimpft und bespuckt hatte, an ihrer Liebe zu Payen festgehalten hatte. Und plötzlich begriff sie, dass ihre Tante trotz der Annehmlichkeiten ihrer edlen Geburt nicht freier aufgewachsen war als sie. Im Gegenteil: Prisca hatte mehrfach gewählt, in welche Richtung sie ihr Leben führen sollte. Sie hatte mit dem Schicksal gehadert, das ihr so oft übel mitgespielt hatte, und doch ergaben alle diese Mühen plötzlich einen Sinn für sie.

»Seien wir froh, dass Albin nie wieder in unser Leben treten kann«, sagte Adaliz nach einer Weile voller Erleichterung. »Ich habe die Diener angewiesen, ein zweites Bett für dich in meine Kammer stellen zu lassen. Ich glaube, ich habe einiges gutzumachen.« Dann stand sie auf und glättete ihr Kleid. Prisca wettete, dass sie sich spätestens morgen über die Grasflecke am Saum ärgern würde, doch sie hielt es ihr zugute, dass sie kein Wort darüber verlor. Anmutig stieg Adaliz die Uferböschung hinauf, die zum Gut führte, blieb oben angekommen jedoch noch einmal stehen und drehte sich zu Prisca um.

»Fast hätte ich es vergessen: Vater bittet dich zu sich!« Sie lächelte. »Lass ihn nicht zu lange warten!«

Zwei Stunden später begann das Gastmahl, das aus Anlass des bevorstehenden Aufbruchs des jungen Leoncio Almeida und der zukünftigen Ritter des portugiesischen Christusordens abgehalten wurde.

Zu Hugo van Haarlems Freude kredenzte der Hausherr seinen Gästen den besten Wein aus seinen Kellern und so viel zu essen, dass sich der Tisch fast bog. Die Mägde trugen Schüsseln mit geschmortem Hammelbraten, doppelt gegarter Schweineschulter und Räucherfisch auf, dazu gab es mit Butter verfeinerte Kräuterpasten, fetten Ziegenkäse mit Oliven und gelbem Pfeffer, eine

Soße aus Wein, Essig und Ingwer. Der Raum badete in einem Meer von Kerzen und am Fenster, das zum Schutz vor dem kühlen Abendwind mit einem purpurnen Vorhang versehen worden war, spielten ein Junge und ein Mädchen okzitanische Weisen auf der Flöte.

Prisca säbelte mit ihrem Schneidemesser an dem Stück Braten herum, das ihr Großvater für sie zerlegt hatte. Doch trotz des herrlichen Duftes aß sie nur wenig, denn es gab da noch etwas, das ihr auf dem Herzen lag und den Appetit raubte. Nach einer Weile entschuldigte sie sich und floh aus dem verräucherten Raum ins Freie. Was sie dringend brauchte, war frische Luft. Und Zeit, um nachzudenken.

Es war ein angenehmer Abend, trotz des heftigen Winds, der über die Dächer der Scheunen und Ställe strich. Von fern hörte Prisca Grillen zirpen, und der tintenschwarze Himmel war von einer unzählbaren Menge leuchtender Sterne bedeckt.

Nachdenklich spazierte Prisca an der unvollendeten Mauer entlang, die ihr schon fast bis zu den Schultern reichte. Womöglich würde aus dem Landsitz der Familie de Gros ja eines Tages wieder eine wehrhafte Burg werden. Prisca hoffte es sehr, denn die Nachrichten, die der junge portugiesische Ritter brachte, klangen alles andere als ermutigend. Wie die Dinge lagen, würde es in Kürze zu Spannungen mit den Engländern kommen, die Teile Aquitaniens für sich beanspruchten.

Als sie sich wieder dem Haus zuwandte, sah sie Primus und Gottfried auf sich zukommen. »Dein Großvater hat uns gebeten, nach dir zu sehen«, sagte Primus, während er sie mit einiger Besorgnis ansah. »Fehlt dir etwas?«

Prisca schüttelte den Kopf und zwang sich zu einem Lächeln. »Es geht mir gut«, sagte sie mit gespielter Fröhlichkeit. »Balthasar hat mich zu sich gerufen und mir gedankt. Er sagt, dass ich auf seinen Gütern immer einen Platz haben werde, weil ich das

Kind seines Sohnes bin. Er hat mir sogar erlaubt, künftig mein heilkundliches Wissen im Dorf anzuwenden.«

»Das klingt gut«, meinte Primus. Seiner Miene nach hätte er es schön gefunden, jetzt allein mit ihr zu sein, doch offensichtlich fand er keinen Vorwand, um Gottfried loszuwerden.

»Schon, aber wir wissen beide, dass ich seinen Glauben annehmen muss, wenn ich bleiben will. Daran hat sich nichts geändert. Weigerte ich mich, bliebe mir keine andere Wahl, als in meine Heimat zurückzukehren und mich irgendwo niederzulassen, wo Juden geduldet werden.«

Gottfried folgte dem Gespräch mit wachsender Ungeduld. Schließlich hielt er es nicht mehr aus. Er packte Prisca am Arm und bestürmte sie mit Fragen. »Baudouin hat dir vor seinem Tod etwas anvertraut, nicht wahr? Vermutlich, weil du Payens Tochter bist. Worum ging es? Etwa um das verlorene Mysterium? Bitte, du musst es mir sagen!« Die Aufregung des Mannes war ansteckend. »Rémy will sich morgen in aller Frühe mit dem Portugiesen auf den Weg machen. In einigen Wochen werden wir vor Almeidas König stehen und ihm die drei Gefäße der Heiligen übergeben. Aber dort gehören sie nun einmal nicht hin, oder?«

Prisca verschränkte die Arme vor der Brust, weil sie fröstelte. Nein, das taten sie nicht. Die Gefäße der drei Männer hatten in Portugal nichts verloren. Sie gehörten zurück nach Palästina. Dorthin, wo Ritter des Templerordens sie einst geraubt hatten.

»Wo bleibt ihr denn?« An der offenen Pforte des Turms warteten Rémy und Quartus auf sie. Hoch über ihnen drangen Gelächter, Gesprächsfetzen und Flötentöne aus dem Fenster. »Der gute Leoncio Almeida hat uns gerade von der neuen Ordensburg erzählt, die König Diniz den Christusrittern überlassen will. Castro … irgendwas.« Er blickte sich fragend nach Quartus um, der gutmütig ergänzte: »Castro Marim. Sie soll auf einem Hügel liegen, von dem aus man das Meer sehen kann.«

Rémy klopfte ihm lachend auf die Schulter. »Der Bengel hat gut aufgepasst! Er ist gar nicht so dumm, wie er immer tut. Passt auf, am Ende wird in Portugal doch noch ein Ritter aus ihm.« Als keiner ihm antwortete, hob Rémy irritiert die Augenbrauen. »Was ist los mit euch? Ihr könnt es wohl noch nicht fassen, dass wir bald wieder unserem Orden dienen können!«

Gottfried holte tief Luft, doch es war Primus, der schließlich zu reden anhob. Er wählte seine Worte mit Bedacht, vorausahnend, dass es für Rémy ein Schock sein musste, sich anzuhören, was er zu sagen hatte.

Als er fertig war, schloss Rémy die Augen. Er sah so niedergeschlagen aus, dass Prisca Mitleid mit ihm empfand. Es war schwer, einen Traum zu Grabe zu tragen und sich stattdessen der Wahrheit zu stellen. Doch die Wahrheit sah so aus, dass es den Templerorden, den Rémy einst gekannt hatte, nicht mehr gab und auch nie mehr geben würde. Kein neuer Orden konnte ihn ersetzen, er war unwiederbringlich verloren. Was indes weiterhin seine Gültigkeit hatte, war der Auftrag, der vor vielen Jahren sieben Männer aneinandergebunden hatte.

Im Guten wie im Bösen.

»Teilt ihr alle Primus' Ansicht?«, wollte Rémy wissen, wobei er die Antwort der Männer gar nicht erst abwartete. »Aber wenn wir uns nicht den Christusrittern anschließen, was sollen wir dann tun? Was soll aus dem Mysterium werden? Wir brauchen dafür einen Ort, an dem es sicher ist.«

Prisca räusperte sich. Diesen Ort gab es; es musste ihn einfach geben. In knappen Worten berichtete sie dem Templer, was Baudouin ihr mit letzter Kraft zugeflüstert hatte.

»Er ... er wollte allen Ernstes, dass wir seinen Bruder finden, diesen ...« Rémy war so entsetzt, dass es ihm die Sprache verschlug.

»Jawohl, den letzten *Perfectus* der Katharer«, sagte Prisca. »Es mag seltsam klingen, aber es war Baudouins letzter Wunsch, ihn aufzuspüren und in Sicherheit zu bringen, bevor der Bischof von Pamiers ihn erwischt.«

»Ihn und das Geheimnis, das *er* hütet«, sagte Gottfried aufgeregt. »Baudouin hat Prisca ein paar Hinweise gegeben, wo Bombaste sich aufhalten könnte. Wenn wir denen nachgehen ...«

Rémy brachte den Mann mit einer scharfen Geste zum Schweigen. Er brauchte eine ganze Weile, bis er sich gesammelt hatte. Schließlich stieß er einen tiefen Seufzer aus.

»König Dinis wird nicht erfreut sein, wenn wir Almeida nicht nach Portugal begleiten, aber er wird es verkraften. Es gibt in seinem Reich bestimmt Männer, die sich besser für das Amt des Hochmeisters eignen als ein alter Querkopf wie ich.« Er hielt inne, als könne er selbst nicht glauben, was er soeben gesagt hatte. Dann fuhr er sich über die Bartstoppeln an seinem Kinn. »Um ehrlich zu sein, stelle ich es mir auch nicht sehr aufregend vor, auf einem entlegenen Posten am Meer zu versauern. Der Sand ... die Hitze. Nicht das, wovon ein Schotte des Nachts zu träumen pflegt. Also meinetwegen, suchen wir den Kerl und finden heraus, was er über das Mysterium weiß!« Er fasste Prisca scharf ins Auge. »Ich hoffe für dich, dass er sich nicht nach Palästina verkrochen hat, denn dorthin werde ich bestimmt keinen Fuß mehr setzen. Hast du mich verstanden?«

Mit einem Lächeln ging Prisca an dem Templer vorbei ins Haus.

Es war an der Zeit, sich reisefertig zu machen.

NACHWORT

Der Templerorden entstand in der Zeit der Kreuzzüge in Palästina und galt als militärische Eliteeinheit, deren zumeist adelige Mitglieder sich nicht nur den Idealen des Rittertums verpflichtet sahen, sondern auch den asketischen Regeln des Mönchtums, wozu regelmäßige Gebete, Ehelosigkeit und der Verzicht auf persönliche Habe gehörten. Ursprünglich zwischen 1118 und 1120 in Jerusalem gegründet, diente der Orden zunächst dem Schutz christlicher Pilger auf dem Weg ins Heilige Land. Aus diesen bescheidenen Anfängen entwickelte sich der Ritterorden rasch zur einflussreichsten und wohlhabendsten christlichen Vereinigung des Mittelalters. Die Templer unterstanden politisch gesehen weder Kaiser noch König, sondern waren allein dem Papst Rechenschaft schuldig. In Palästina kamen sie auch mit den Errungenschaften der muslimischen und der jüdischen Kultur in Kontakt, die sie nicht ablehnten, sondern für sich bzw. den Aufbau ihres Ordens geschickt zu nutzen verstanden.

1307 jedoch brach Unheil über den stolzen Orden herein. Der französische König Philipp IV., der ein Auge auf den atemberaubenden Reichtum der Tempelritter geworfen hatte, warf ihnen eine Anzahl von Verbrechen vor, worunter die Vorwürfe der Ketzerei und Götzen- oder Teufelsanbetung am schwersten wogen. Die Templer, deren Hauptquartier sich nach dem Verlust der Besitzungen im Heiligen Land zuletzt in Paris befand, wurden am Freitag, den 13. Oktober 1307 auf einen Schlag überwältigt und gefangengenommen. Viele der Ritter starben elendiglich in französischen Kerkern oder wurden auf dem Scheiterhaufen verbrannt. Nach langwierigen Prozessen ließ Papst Clemens V. den Ritterorden im Jahr 1312 auflösen, sein letzter Großmeister wurde zwei Jahre später in Paris als Ketzer hingerichtet.

Dieses Buch erzählt die Geschichte einer Handvoll ehemaliger Tempelritter, die das tragische Ende ihres Ordens überlebt haben und sich sechs Jahre nach der offiziellen Zerschlagung nach einer Wiederherstellung ihrer einst so mächtigen Institution sehnen. Tatsächlich standen in Portugal die Dinge günstig. Es gelang dem Papst dort nicht, die Güter des Templerordens zu beschlagnahmen und dem mit den Templern rivalisierenden Orden der Johanniter zu übertragen. Der portugiesische König Dinis sorgte dafür, dass die Templergüter zunächst der Krone unterstellt wurden. Doch Dinis hatte noch weitaus Größeres im Sinn. Er befand, dass die Gründung eines neuen Ritterordens in seinem Land den Interessen Portugals dienlich sein würde. Der Orden sollte von ehemaligen Templern aufgebaut und geleitet werden. Er brauchte nur einen neuen Namen, um nicht gar zu deutlich hervorzuheben, dass er in Wahrheit nichts anderes als eine von und für Templer eingerichtete Bruderschaft war. Tatsächlich genehmigte Papst Johannes XXII. die Gründung des Ordens der Christusritter in der Bulle *Ad ea ex quibus*. Im Roman habe ich mir die Freiheit genommen, die Templer bereits im Sommer 1318 auf die Reise in den Süden zu schicken, tatsächlich erfolgte das Einverständnis des Papstes zur Gründung des neuen Ordens aber erst am 14. März 1319. Der Orden der Christusritter erhielt tatsächlich die Besitztümer der Templer zugesprochen und nahm auch zahlreiche ehemalige Templer auf. Nicht zuletzt durch ihn gelang es Portugal schließlich, zur europäischen Seemacht aufzusteigen.

Berühmte Seefahrer und Entdecker wie Vasco da Gama gehörten nachweislich dem Christusorden an.

Interessant ist die Frage, ob es jemals Templerinnen gegeben hat oder zumindest Frauen, die sich als solche bezeichneten. Offiziell nahm der Orden, der ja militärisch ausgerichtet war, zu keiner Zeit weibliche Mitglieder auf. Dennoch gibt es Belege dafür, dass die Ordensfrauen des kleinen Klosters Mühlen bei Osthofen im heutigen Rheinland-Pfalz von 1272 an für einige Jahrzehnte mit den Templern der nahegelegenen Komturei in enger Verbindung standen. Die Ritter verwalteten das Nonnenkloster und gewährten den dort lebenden Ordensfrauen Schutz, während diese für ihr Seelenheil beteten. Nach der Auflösung des Templerordens 1312 fiel das Kloster Mühlen ebenso wie die Templerkomturei an die Johanniter. Damit waren die Frauen von Mühlen aber offensichtlich nicht einverstanden. Sie weigerten sich hartnäckig, die Johanniter – in Mühlen 1317 vertreten durch einen urkundlich belegten Ritter Jakobus von Hahnheim – anzuerkennen und ihren Habit anzunehmen. Noch 1324 wurden die Ordensschwestern in einem päpstlichen Schreiben ermahnt, ihre ablehnende Haltung aufzugeben. Aus diesem Schreiben geht hervor, dass sie tatsächlich nach der Regel der Templer gelebt hatten und dies auch weiterhin zu tun gedachten. Vermutlich wurde das Kloster bald darauf aufgelöst. Es sind heute keine Überreste mehr davon vorhanden. Die Frauen von Mühlen könnten in Speyer ein Haus unterhalten haben, doch dass einige von ihnen dort als Beginen ein neues Leben begannen, ist frei erfunden. Wahrscheinlicher ist, dass die Frauen, die sich den Templern so eng verbunden fühlten, schließlich anderen Klöstern zugewiesen wurden. Eine Äbtissin Benedicta von Rosenfeld hat es nicht gegeben.

Nicht erfunden ist die Kapelle der ehemaligen Wasserburg Iben, wo Primus von Tempelhof im Roman seine inoffizielle Aufnahme in den Templerorden erlebt. Der Chor von ca. 1240 wurde aus Sandstein erbaut und besitzt etliche Details, welche auf die Templer hinweisen. Die Kapelle kann noch heute besichtigt werden.

Historisch nachzuweisen ist der im Buch beschriebene Konflikt zwischen den Johannitern von Speyer und Bischof Emich von Leiningen, der 1318 ihr Ordenshaus durchsuchen und Pfänder beschlagnahmen ließ, nachdem die Johanniter ihre Schulden bei ortsansässigen jüdischen Kaufleuten nicht beglichen hatten.

Was lässt sich über das Verhältnis zwischen Tempelrittern und Angehörigen der Katharer sagen? Gab es Gemeinsamkeiten oder Anknüpfungspunkte?

Nun, historisch gesehen hatten die beiden Gruppen nicht viel gemeinsam. Die hauptsächlich im Languedoc verbreitete Kirche der Katharer, oder der *guten Christen*, wie sie sich selbst nannten, bildete bis ins 13. Jahrhundert hinein eine Gegenkirche mit eigener Theologie, die den Papst nicht anerkannte, Gewaltlosigkeit praktizierte und weltlichen Besitz ablehnte. Die Templer bildeten dagegen keine Glaubensgemeinschaft, sondern einen Orden, der – zumindest in den frühen Jahren – für die Frömmigkeit seiner Angehörigen berühmt war und dem Papst die Treue hielt. Gemeinsam ist beiden Gemeinschaften indes ihr Schicksal. Sowohl Katharer als auch Templer wurden durch eine unheilige Allianz zwischen Papst und König gejagt und vernichtet. Beiden wurde im Laufe der Zeit nachgesagt, sie seien im Besitz besonderer Geheimnisse, oder gar des Heiligen Grals. Auch verwandtschaftliche Beziehungen zwischen Templern und katharischen Adelsfamilien sind belegt. Nachdem die Katharer infolge der Albigenser-Kreuzzüge – aus denen sich die Templer weitgehend heraushielten – nahezu von der Landkarte verschwunden waren, regten sich zu Beginn des 14. Jahrhunderts wieder kleine Zellen katharischen Widerstandes. Es gab bis ca. 1321 noch vereinzelt

Perfecti, so die Namen ihrer Geistlichen, die heimlich umherreisten, um die letzten noch lebenden Katharer zu betreuen.

Jacques Fournier, der Bischof von Pamiers, ist eine historische Gestalt. Als Inquisitor sah er seine Aufgabe, auch noch die letzten Katharer aufzuspüren und eine Wiederbegründung ihrer Gemeinschaft im Untergrund zu verhindern. Später sollte aus ihm Papst Benedikt XII. werden.

Guido Dieckmann